ATLÂNTIDA
O GENE

O mistério da origem – Livro 1

A. G. RIDDLE

ATLÂNTIDA
O GENE

O mistério da origem – Livro 1

A. G. RIDDLE

Tradução
Petê Rissatti

GLOBO Alt

Título original: *The Atlantis Gene*

Editora responsável **Eugenia Ribas-Vieira**
Editora assistente **Sarah Czapski Simoni**
Editor de arte **Diego de Souza Lima**
Projeto gráfico original **Laboratório Secreto**
Preparação **Delfin (Studio DelRey)**
Revisão **Huendel Viana e Jane Pessoa**
Paginação **Marco Souza**
Capa **Delfin (Studio DelRey)**

Texto fixado conforme as regras do Acordo Ortográfico da Língua Portuguesa (Decreto Legislativo nº 54, de 1995).

CIP-BRASIL. CATALOGAÇÃO NA FONTE
SINDICATO NACIONAL DOS EDITORES DE LIVROS, RJ

R411g

Riddle, A. G.
Atlântida – O Gene: o mistério da origem / A. G. Riddle ; tradução Petê Rissatti.
1. ed. - São Paulo : Globo Livros, 2015.
568 p. : il. ; 23 cm.
Tradução de: The Atlantis Gene

ISBN 978-85-250-6044-0
1. Ficção juvenil americana. I. Rissatti, Petê. II. Título.

15-24416 CDD: 813
CDU: 821.111(73)-3

1ª edição, 2015

Direitos de edição em língua portuguesa para o Brasil adquiridos por
Editora Globo S.A.
Av. Nove de Julho, 5.229 — 01407-200 — São Paulo — SP
www.globolivros.com.br

Para Anna

Prólogo

Geleira do navio de pesquisa oceanográfico
Oceano Atlântico
140 quilômetros da costa da Antártida

Karl Selig equilibrou-se na amurada da embarcação e espiou o gigantesco iceberg com o binóculo. Outro pedaço de gelo se desprendeu e despencou, revelando mais uma parte do longo objeto preto. Parecia um... submarino. Mas não podia ser.

— Steve, dá uma olhada nisso aqui.

Steve Cooper, amigo desde os tempos de escola de Karl, desamarrou uma boia e juntou-se a Karl no outro lado do barco. Pegou o binóculo, procurou rapidamente e parou.

— Uau. O que é aquilo? Um submarino?

— Talvez.

— O que tem por baixo?

Karl tomou o binóculo.

— Embaixo dele...

Ele observou a área embaixo do submarino. Havia mais alguma coisa. O submarino, se fosse mesmo um, projetava-se de outro objeto metálico, cinzento e muito maior. Diferente do submarino, o objeto cinza não refletia a luz; parecia com ondas, como o mormaço que reluz sobre o horizonte de uma rodovia quente ou um longo trecho de deserto. Mas não estava quente, ou ao menos não derretia o gelo ao redor. Logo acima da estrutura, Karl teve um vislumbre de algumas letras no submarino: *U-977* e *Kriegsmarine*. Submarino nazista. Saindo de... uma estrutura estranha.

Karl deixou o binóculo cair ao seu lado.

— Acorde Naomi e prepare para atracar o barco. Vamos ver o que é aquilo.

Steve correu até o convés inferior, e Karl ouviu quando ele acordou Naomi em uma das duas cabines do pequeno barco. O patrocinador corporativo de Karl insistiu para que ele levasse Naomi. Karl concordou na reunião e esperava que ela não ficasse no caminho. E não se decepcionou. Quando zarparam cinco semanas antes, na Cidade do Cabo, África do Sul, Naomi trouxe a bordo duas mudas de roupa, três romances e vodca o suficiente para matar um exército russo. Ele mal a viu desde então. "Deve ser tão chato para ela lá fora", Karl pensou. Para ele, era a oportunidade pela qual esperou uma vida inteira.

Karl ergueu o binóculo e olhou novamente para a peça de gelo gigantesca que havia se soltado da Antártida quase um mês antes. Cerca de noventa por cento do iceberg estava sob a água, mas a superfície ainda cobria cento e vinte quilômetros quadrados — uma vez e meia o tamanho de Manhattan.

A tese de doutorado de Karl concentrava-se em como os icebergs recém-desprendidos afetavam as correntes marítimas globais quando se dissolviam. Por mais de quatro semanas, ele e Steve haviam lançado boias de alta tecnologia ao redor do iceberg que mediam a temperatura do mar e o equilíbrio entre água salgada e água doce, bem como faziam leituras de sonar periódicas quanto à mudança de formato do iceberg. O objetivo era aprender mais sobre como os icebergs se desintegravam depois de se desprender da Antártida. O continente retinha noventa por cento do gelo mundial, e se derretesse nos próximos séculos, mudaria drasticamente o mundo. Com sua pesquisa, ele esperava descobrir exatamente como a mudança ocorreria.

Karl telefonou para Steve no minuto em que descobriu que seria financiado. "Você vem comigo… Não, confie em mim." Steve concordou com hesitação e, para deleite de Karl, seu velho amigo animou-se com a expedição quando faziam as leituras de dia e discutiam as descobertas preliminares a cada noite. Antes da viagem, a carreira acadêmica de Steve havia sido tão apática quanto o iceberg que estavam seguindo, pois ele flutuava de um tópico da tese para outro. Karl e outros amigos se perguntavam se ele abandonaria de uma vez por todas o doutorado.

As leituras da pesquisa eram intrigantes e, agora, encontraram algo mais, algo notável. Seria manchete de jornal. Mas o que diriam? "Submarino nazista encontrado na Antártida?" Não era inconcebível.

Karl conhecia a obsessão dos nazistas pela Antártida. Eles haviam enviado expedições para lá em 1938 e 1939 e até reivindicaram parte do continente como uma nova província germânica — Neuschwabenland, ou Nova Suábia. Vários submarinos nazistas nunca foram recuperados durante a Segunda Guerra Mundial e não se sabia se tinham sido afundados. Teóricos da conspiração alegavam que um submarino nazista saiu da Alemanha pouco antes da queda do Terceiro Reich, levando as mais altas patentes de nazistas e todo o tesouro, incluindo artefatos inestimáveis que foram espoliados e tecnologia secreta.

Das profundezas da mente de Karl, emergiu um novo pensamento: recompensa em dinheiro. Se houvesse um tesouro nazista no submarino, valeria uma quantia imensa de dinheiro. Ele nunca mais precisaria se preocupar com financiamento de pesquisas.

O desafio imediato era ancorar o barco ao iceberg. As águas estavam agitadas e foram necessários três avanços, mas, finalmente, conseguiram atracar a poucos quilômetros do submarino e da estranha estrutura embaixo dele.

Karl e Steve vestiram roupas apropriadas e aprontaram o equipamento de escalada. Karl passou algumas instruções básicas para Naomi, em resumo, "não toque em nada", em seguida ele e Steve desceram até a plataforma de gelo embaixo do barco e partiram.

Nos quarenta e cinco minutos seguintes, nenhum dos homens disse nada enquanto se arrastavam pela árida montanha gelada. O gelo ficava mais rústico à medida que avançavam, e os passos foram reduzidos, mais os de Steve que os de Karl.

— Precisamos acelerar, Steve.

Steve fazia esforços para acompanhar.

— Desculpe, um mês dentro do barco me deixou fora de forma.

Karl ergueu os olhos e encarou o sol. Quando se pusesse, a temperatura despencaria e eles morreriam congelados. Os dias eram longos ali. O sol se erguia às duas e meia da madrugada e se punha depois das dez da noite, mas eles tinham apenas poucas horas restantes. Karl aumentou o ritmo um pouco mais.

Atrás deles, ele ouviu Steve arrastando os sapatos de neve o mais rápido que podia, tentando desesperadamente acompanhá-lo. Sons estranhos ecoavam do gelo: primeiro um zumbido baixo, em seguida batidas rápidas, como se milhares de pica-paus estivessem atacando o gelo. Karl parou para ouvir, virou-se para Steve e os olhos dos dois se encontraram quando uma teia de rachaduras ínfimas se abriu no gelo embaixo dos pés de Steve. O rapaz baixou os olhos, horrorizado, e correu o mais rápido que pôde na direção de Karl e do gelo incólume.

Para Karl, a cena foi surreal, avançando quase em câmera lenta. Flagrou-se correndo na direção do amigo e lançando uma corda de seu cinto. Steve agarrou a corda uma fração de segundo antes de um estalo alto encher seus ouvidos e o gelo embaixo dele despencar, formando um abismo gigantesco.

A corda instantaneamente se estendeu, tombando Karl e jogando-o de barriga no gelo. Ele estava deslizando na direção de Steve e do cânion de gelo. Karl cambaleou, tentando ficar em pé, mas o puxão da corda foi muito forte. Ele relaxou as mãos e a corda deslizou por elas, reduzindo o avanço. Ele plantou os pés no chão e as travas embaixo da bota fincaram-se no chão, lançando pedaços de gelo no seu rosto enquanto parava. Ele apertou a corda e puxou com força contra a beirada do abismo, fazendo um som estranho e vibrante, quase como um violino baixo.

— Steve! Aguente firme! Vou puxar você para cima...

— Não! — Steve gritou.

— O quê? Ficou maluco...?

— Tem alguma coisa aqui embaixo. Pode me soltar, devagar.

Karl pensou por um instante.

— O que é?

— Parece um túnel ou uma caverna. Tem metal cinza lá dentro. Está embaçado.

— Tudo bem, aguenta aí. Vou soltar um pouco a corda. — Karl soltou três metros de corda e, como não ouviu nada de Steve, soltou mais três.

— Pare — Steve gritou.

Karl sentiu a corda puxar. Steve estava balançando? A corda ficou frouxa.

— Entrei — Steve falou.

— O que é?

— Sei lá. — A voz de Steve estava abafada.

Karl rastejou até a beirada de gelo e olhou para baixo.

Steve esticou o pescoço para fora da entrada da caverna.

— Acho que é um tipo de catedral. É gigante. Tem alguma coisa escrita nas paredes. Símbolos... nunca vi nada igual. Vou dar uma olhada.

— Steve, não...

Steve desapareceu novamente. Alguns minutos se passaram. Houve outra leve vibração? Karl ouvia com atenção. Não conseguia escutar, mas, sim, sentir. O gelo estava pulsando mais rápido. Ele se levantou e deu um passo para longe da beirada. O gelo atrás dele estalou e, em seguida, vieram estalos de todos os lados, que se espalhavam rapidamente. Ele correu a toda velocidade na direção da fissura que se alargava. Saltou... e quase conseguiu chegar ao outro lado, mas faltou um pouco. Suas mãos se agarraram à beirada de gelo e ele ficou pendurado ali por um segundo enorme. As vibrações no gelo ficavam cada vez mais violentas a cada segundo que passava. Karl observou o gelo ao redor se desfazer e cair e, em seguida, o pedaço que segurava se soltou e ele despencou para dentro do abismo.

No barco, Naomi observava o sol se pôr sobre o iceberg. Ela pegou o telefone via satélite e discou o número que o homem lhe dera.

— Você disse para ligar se encontrássemos algo interessante.

— Não diga nada. Espere na linha. Teremos sua localização em dois minutos. Vamos até você.

Ela deixou o telefone sobre o balcão, voltou para o fogão e continuou a mexer a panela de feijão.

O homem na outra ponta da linha via satélite olhou para cima quando as coordenadas do GPS piscaram na tela. Ele copiou a localização e buscou no banco de dados de vigilância via satélite para transmissões ao vivo. Um resultado.

Ele abriu o *stream* e vasculhou a visualização até o centro do iceberg, onde os pontos escuros estavam. Aproximou a imagem várias vezes e, quando o foco se ajustou, ele derrubou o café no chão, saiu em disparada para fora do escritório e correu pelo corredor até o gabinete do diretor, invadindo e interrompendo um homem grisalho que estava em pé e falava com as mãos erguidas.

— Encontramos.

Parte I
JACARTA EM CHAMAS

Capítulo 1

Centro de Pesquisa do Autismo (CPA)
Jacarta, Indonésia
Dias atuais

A dra. Kate Warner acordou com uma sensação terrível: havia alguém no quarto. Tentou abrir os olhos, mas não conseguiu. Sentia-se grogue, quase como se tivesse sido drogada. O ar tinha cheiro de mofo... subterrâneo. Ela se virou levemente e a dor a atravessou. A cama era dura — um sofá, talvez, definitivamente não era a cama no décimo nono andar do prédio no centro de Jacarta. "Onde estou?"

Ela ouviu outro passo silencioso, como num carpete.

— Kate — um homem sussurrou, testando para ver se ela estava acordada.

Kate conseguiu abrir um pouco os olhos. Acima dela, os raios esmaecidos do sol eram filtrados através de persianas de metal que cobriam as janelas pequenas e largas. No canto, uma luz estroboscópica cobria a sala a cada poucos segundos, como um flash de uma câmera fotografando sem cessar.

Ela respirou fundo e sentou-se rapidamente, vendo o homem pela primeira vez. Ele recuou, derrubando algo que ressoou quando um líquido marrom escorreu pelo chão.

Era Ben Adelson, seu assistente no laboratório.

— Meu Deus, Kate. Desculpe, eu pensei... que se você estivesse acordada, iria querer café. — Ele se curvou para apanhar os restos da caneca estilhaçada de café e, quando a olhou de perto, disse: — Sem querer ofender, mas você está horrível. — Ele a encarou por um momento. — Me diga o que está acontecendo.

Kate esfregou os olhos e sua mente pareceu clarear um pouco quando percebeu onde estava. Vinha trabalhando no laboratório dia e noite nos últimos cinco dias, praticamente sem parar desde que recebeu um telefonema do patrocinador da pesquisa: produza resultados agora, quaisquer resultados, ou o financiamento vai ser interrompido. Sem desculpas dessa vez. Ela não contara a ninguém da equipe a respeito dos seus estudos sobre autismo. Não havia motivo para preocupá-los. Ou ela conseguia alguns resultados e eles continuavam, ou eles iriam para casa.

— Café é uma boa, Ben. Obrigada.

O homem saiu do furgão e abaixou a máscara preta.

— Use a faca lá dentro. Tiros vão chamar a atenção.

Sua assistente concordou com a cabeça e também abaixou a máscara.

O homem estendeu a mão enluvada para a porta, mas hesitou.

— Tem certeza que o alarme está desligado?

— Tenho. Bem, eu cortei o fio externo, provavelmente desligou lá dentro.

— Como assim? — Ele sacudiu a cabeça. — Caramba... eles podem estar pedindo ajuda agora. Vamos agir rápido. — Ele abriu a porta de uma vez e avançou para dentro.

Sobre a porta, uma placa dizia:

Centro de Pesquisa do Autismo
Entrada de Funcionários

Ben voltou com outra xícara de café e Kate lhe agradeceu. Ele se jogou na poltrona na frente da mesa.

— Você vai morrer de tanto trabalhar. Fiquei sabendo que dormiu aqui nas últimas quatro noites. E o sigilo, mandando todo mundo embora do laboratório, juntando suas notas, sem falar nada sobre o ARC-247. Não sou o único que está preocupado.

Kate tomou um gole do café. Jacarta era um lugar difícil para fazer um estudo clínico, mas trabalhar na ilha de Java tinha suas recompensas. O café era uma delas.

Ela não podia contar a Ben o que estava fazendo no laboratório, ao menos não ainda. Talvez não desse em nada e, mais que provável, eles perderiam o emprego de qualquer maneira. Envolvê-lo apenas faria dele cúmplice de um possível crime.

Kate meneou a cabeça na direção da instalação piscante no canto da sala.

— O que é aquela luz estroboscópica?

Ben olhou sobre o ombro para ela.

— Sei lá. Um alarme, eu acho...

— Incêndio?

— Não. Fiz uma ronda antes de vir aqui, não é incêndio. Estava prestes a fazer uma inspeçao completa quando percebi que sua porta estava entreaberta. — Ben pegou uma das dúzias de caixas de papelão que lotavam o gabinete de Kate. Ele olhou alguns diplomas emoldurados. — Por que não os pendura?

— Não vejo motivo.

Não era do feitio de Kate pendurar diplomas e, mesmo que fosse, quem se impressionaria com eles? Kate era a única investigadora e médica nesse estudo e toda a equipe de pesquisa conhecia seu currículo. Eles não recebiam visitas e os únicos que entravam no gabinete, além deles, era a equipe com duas dúzias de pessoas que cuidavam das crianças com autismo participantes do estudo. A equipe pensaria que Stanford e Johns Hopkins eram pessoas, parentes há muito falecidos, talvez, que os diplomas fossem suas certidões de nascimento.

— Eu penduraria, se tivesse um doutorado em medicina pela Johns Hopkins. — Ben cuidadosamente devolveu o diploma para a caixa e fuçou um pouco mais.

Kate tomou a última gota de café.

— É mesmo? — Ela ergueu a caneca. — Troco por outra caneca de café.

— Isso significa que posso dar ordens agora?

— Não exagere — Kate falou enquanto Ben saía da sala. Ela se levantou e girou o cilindro de plástico rígido que controlava as persianas, revelando a cerca de alambrado que circundava o prédio e, além dela, as ruas lotadas de Jacarta. O trânsito matutino estava a todo vapor. Ônibus e carros se arrastavam, enquanto as motocicletas zuniam para lá e para cá, em espaços exíguos entre eles. Bicicletas e pedestres enchiam cada centímetro cúbico das calçadas. E ela que achava os congestionamentos de San Francisco ruins.

Não era apenas o tráfego; Jacarta ainda era estranha para ela. Não era seu lar. Talvez nunca seria. Quatro anos antes, Kate teria se mudado para qualquer lugar do mundo, qualquer lugar que não fosse San Francisco. Martin Grey, seu pai adotivo, disse: "Jacarta seria um lugar excelente para você continuar a pesquisa... e... recomeçar". Ele também disse algo sobre o tempo curar todas as feridas. Mas agora seu tempo estava se esgotando.

Ela voltou para a mesa e começou a arrumar as fotos que Ben havia tirado do lugar. Parou ao ver uma imagem esmaecida de um grande salão de dança com assoalho de madeira. Como aquilo foi parar nas suas coisas de trabalho? Era a única foto que tinha da infância em Berlim Ocidental, ao lado da Tiergartenstrasse. Kate mal conseguia se lembrar da residência gigantesca de três andares. Em suas lembranças, parecia mais uma embaixada estrangeira ou uma grande fazenda de tempos antigos. Um castelo. Um castelo vazio. A mãe de Kate morrera no parto e, embora o pai fosse amável, raramente estava presente. Kate tentou se lembrar dele, mas não conseguiu. Havia apenas uma vaga lembrança de um dia frio de dezembro, quando ele a levou para uma caminhada. Ela se lembrava de como sua mão parecia pequenina dentro da dele, como se sentia segura. Caminharam toda a Tiergartenstrasse até o Muro de Berlim. Era uma cena triste: famílias deixando coroas de flores e fotos, esperando e rezando para o Muro cair e seus entes queridos voltarem. Em outras lembranças, flashes dele saindo e voltando, sempre com algum suvenir de um lugar distante. Os empregados da casa compensavam sua falta o máximo que podiam. Eram atenciosos, mas talvez um pouco frios. Qual era o nome da governanta? Ou a tutora que vivia com ela e os outros empregados no andar de cima? Ela ensinara alemão para Kate. Ela ainda falava alemão, mas não lembrava o nome da mulher.

A única lembrança clara dos seus seis primeiros anos de vida era a da noite em que Martin se aproximou dela no salão de dança, desligou a música e disse que seu pai não viria para casa — nunca mais — e que ela moraria com ele.

Ela queria poder apagar essa lembrança e esquecer também os treze anos seguintes. Mudou-se para os Estados Unidos com Martin, as cidades se confundiam enquanto ele partia de uma expedição a outra e ela era despachada de um internato a outro. Nenhum deles se sentia em casa.

O laboratório de pesquisa era o que havia de mais próximo de um verdadeiro lar para Kate. Ela passava todos os momentos em que estava acordada ali. Depois de San Francisco, ela mergulhou no trabalho, e aquilo que começou como um mecanismo de defesa, um mecanismo de sobrevivência, transformou-se em rotina, estilo de vida. A equipe de pesquisa era sua família e os participantes da pesquisa seus filhos.

E tudo estava prestes a terminar.

Ela precisava de foco. E precisava de mais café. Empurrou a pilha de fotos da mesa para dentro da caixa lá embaixo. Onde estava Ben?

Kate saiu no corredor e caminhou até a cozinha da equipe. Vazia. Verificou o bule de café. Vazio. As luzes estroboscópicas estavam piscando ali também.

Havia algo de errado.

— Ben? — Kate chamou.

Os demais membros da equipe de pesquisa não chegariam tão cedo. Mantinham horários estranhos, mas faziam um bom trabalho. Kate se importava mais com o trabalho.

Ela se aventurou fora da ala de pesquisa, que consistia em uma série de salas de armazenagem e escritórios que cercavam um grande laboratório esterilizado, onde Kate e sua equipe aplicavam a geneterapia em retrovírus com os quais esperavam curar o autismo. Ela espiou através do vidro, mas Ben não estava no laboratório.

O prédio era assustador àquela hora da manhã. Ficava vazio, quieto e não totalmente escuro, mas nem iluminado. Feixes de luz solar concentrados cortavam os corredores, vindos das janelas das salas que os ladeavam, como holofotes sondando sinais de vida.

Os passos de Kate ecoavam alto enquanto ela rondava a cavernosa ala de pesquisa, espiando dentro de cada sala, apertando os olhos para enxergar através do brilho do sol de Jacarta. Tudo vazio. Restava a área residencial — as unidades de acomodação, cozinhas e instalações de apoio para a centena de crianças com autismo que participavam do estudo.

À distância, Kate pôde ouvir outros passos, mais rápidos que os dela... correndo. Ela começou a andar mais rápido na direção deles e, quando virou no corredor, Ben estendeu a mão e agarrou seu braço.

— Kate! Venha comigo, depressa.

Capítulo 2

Estação de trem de Manggarai
Jacarta, Indonésia

David Vale recuou à sombra da bilheteria da estação de trem. Observou o homem que comprava um exemplar do *The New York Times* da banca de jornal. O homem pagou ao jornaleiro, em seguida passou pela lixeira sem jogar o jornal fora. Não era o contato.

Atrás da banca de jornal, um trem urbano aproximou-se devagar da estação. Estava lotado até não poder mais com trabalhadores indonésios vindo para a capital das cidades afastadas para mais um dia de trabalho. Os passageiros apinhavam-se em cada par de portas corrediças, a maioria homens de meia-idade. No teto do trem, adolescentes e jovens adultos estavam sentados, agachados ou estirados, lendo jornais, mexendo em smartphones e conversando. O trem urbano lotado era um símbolo de Jacarta, uma cidade a ponto de estourar com uma população crescente, lutando para se modernizar. O trânsito gigante não era o único sinal visível da luta que a cidade travava para acomodar os vinte e oito milhões de pessoas em sua área metropolitana.

Os trabalhadores esvaziaram o trem, formando um enxame na estação como clientes atrasados fazendo as compras na Black Friday.

Era o caos. Trabalhadores empurravam-se, esmagavam-se e gritavam, correndo para fora da estação, enquanto outros lutavam para entrar. Isso acontecia ali e em outras estações de trens urbanos em toda a cidade, todos os dias. Era o lugar perfeito para um encontro.

David mantinha os olhos na banca de jornal. Seu fone de ouvido estalou.

— Coletor, Relojoaria. Aviso, estamos a zero hora mais vinte.

O contato estava atrasado. A equipe estava ficando nervosa. A pergunta que não queria calar era: abortaremos a missão?

David ergueu o celular até o rosto.

— Câmbio, Relojoaria. Negociador, Corretor, na escuta.

De sua posição estratégica, David conseguia ver dois outros agentes. Um sentado num banco no meio da multidão apinhada. O outro trabalhava em uma lâmpada perto dos banheiros. Os dois não haviam relatado sinal do informante anônimo, um homem que alegava ter detalhes de um iminente ataque terrorista chamado Protocolo Toba.

Os agentes eram bons, os dois melhores da Estação de Jacarta; David mal conseguia diferenciá-los na multidão. Enquanto ele inspecionava o restante da estação, algo irritou-o levemente.

O fone estalou novamente. Era Howard Keegan, o diretor da Clocktower, a organização antiterrorismo para a qual David trabalhava.

— Coletor, Avaliador, parece que o vendedor não gostou do mercado hoje.

David era o chefe da Estação de Jacarta, e Keegan, seu chefe e mentor. Mais velho, o homem claramente não queria desautorizar David encerrando a operação, mas a mensagem era óbvia. Keegan tinha vindo de Londres na esperança de uma oportunidade. Era um grande risco, pois havia outra operação da Clocktower em andamento.

— Concordo — David disse. — Vamos encerrar.

Os dois agentes saíram casualmente de suas posições e misturaram-se à multidão de indonésios apressados.

David deu uma última olhada para a banca de jornal. Um homem alto com uma jaqueta vermelha estava comprando alguma coisa. Um jornal. *The New York Times*.

— Em posição, Negociador e Corretor. Temos um comprador olhando a mercadoria — David comentou.

O homem deu um passo para trás, ergueu o jornal, parou por alguns segundos para ler a capa. Sem olhar ao redor, dobrou o jornal e jogou-o na lixeira e caminhou rapidamente na direção de um trem lotado que já saía da estação.

— Contato. Já localizei.

A mente de David acelerou quando ele se lançou das sombras para dentro da multidão. Por que o homem estava atrasado? E sua aparência... tinha algo de errado. A jaqueta vermelha exuberante, a postura (de um soldado ou agente), o jeito como andava.

O homem abriu caminho no trem e começou a se esgueirar entre a multidão apinhada de homens em pé e mulheres sentadas. O homem era quase mais alto que todos no trem e David ainda conseguia ver sua cabeça. Ele se apertou para chegar ao trem e parou. Por que o contato estava fugindo? Tinha visto algo? Ficou assustado? E, então, aconteceu. O homem virou, encarou David, e aquele olhar disse tudo.

David girou e agarrou quatro homens que estavam em pé na porta e jogou-os na plataforma. Ele os afastou do trem enquanto mais trabalhadores ansiosos se lançavam para dentro do vagão no espaço que ele havia aberto. David estava prestes a gritar quando o trem explodiu, lançando estilhaços de vidro e metal na estação. A explosão jogou David no chão de concreto da plataforma, espremendo-o entre corpos, alguns mortos, outros se retorcendo de dor. Os gritos encheram o ar. Através da fumaça, flocos e cinza e outros fragmentos pairavam como neve caindo. David não conseguia mover os braços ou as pernas. Deitou a cabeça e quase perdeu a consciência.

Por um instante, ele voltou a Nova York, correndo para fora do prédio que desmoronava, em seguida estava embaixo dele, preso, esperando. Mãos de braços invisíveis o agarraram e o puxaram para fora.

— Pegamos você, cara — eles disseram. As sirenes das viaturas com os adesivos "FDNY", os bombeiros, e "NYPD", a polícia de Nova York, soaram quando a luz do sol atingiu seu rosto.

Mas não era uma ambulância dessa vez. Era um furgão de entrega preto fora da estação de trem. Os homens não eram bombeiros, mas os dois agentes, Negociador e Corretor. Eles arrastaram David até o furgão e partiram em disparada enquanto a polícia e as equipes de bombeiros de Jacarta enchiam as ruas.

Capítulo 3

Centro de Pesquisa do Autismo (CPA)
Jacarta, Indonésia

A Brinquedoteca Quatro fervilhava. A cena era típica: brinquedos jogados por todo lado com cerca de uma dúzia de crianças espalhadas pela sala, cada qual brincando sozinha. No canto, uma criança de oito anos chamada Adi balançava para a frente e para trás enquanto montava um quebra-cabeça com facilidade. Quando encaixou o último bloco, ergueu os olhos para Ben e abriu um sorriso orgulhoso.

Kate não conseguia acreditar.

O garoto tinha acabado de montar um quebra-cabeça que a equipe usava para identificar os portadores da Síndrome de Savant — indivíduos com autismo e habilidades cognitivas especiais. O quebra-cabeça exigia um QI entre cento e quarenta e cento e oitenta. Kate não conseguiria montá-lo; apenas uma criança do estudo conseguia: Satya.

Kate observou a criança montar rapidamente o quebra-cabeça, desmontá-lo e montá-lo novamente. Adi se levantou e sentou-se num banco ao lado de Surya, de sete anos. O garoto menor foi até o quebra-cabeça e completou-o com a mesma facilidade.

Ben olhou para Kate.

— Dá para acreditar? Acha que estão fazendo isso de memória? De tanto observar Satya?

— Não. Ou talvez. Eu duvido — Kate respondeu. Sua mente voou baixo. Ela precisava de tempo para pensar. Precisava ter certeza.

— É nisso que você estava trabalhando, não é? — Ben perguntou.

— É — Kate respondeu, distraída. Era impossível. Não devia ter funcionado tão rápido. Ontem essas crianças mostravam sinais clássicos de autismo... se é que existia algo assim. Cada vez mais, pesquisadores e médicos começaram a reconhecer o autismo como um espectro de distúrbios com uma série ampla de sintomas. Na essência do autismo estava uma disfunção na comunicação e na interação social. Crianças mais afetadas evitavam o contato visual e a socialização, outras não respondiam ao próprio nome e, em casos graves, a criança não conseguia suportar qualquer contato. Ontem, nem Adi nem Surya poderiam ter montado o quebra-cabeça, fazer contato visual ou mesmo se revezar na montagem.

Precisava contar para Martin. Ele poderia garantir que o financiamento não seria cortado.

— O que quer que eu faça? — Ben perguntou com empolgação na voz.

— Leve-os para a Observação Dois. Preciso fazer uma ligação. — Descrença, exaustão e alegria pelejavam na mente de Kate. — E, hum, devemos administrar um diagnóstico. ADI-R. Não, ADOS 2, vai levar menos tempo. E vamos filmá-los. — Kate sorriu e pegou nos ombros de Ben. Queria dizer algo profundo, algo que marcaria o momento, palavras como ela imaginou que cientistas brilhantes e prestes a alcançar a fama diriam no momento da descoberta, mas as palavras não vieram, apenas um sorriso cansado. Ben assentiu e, em seguida, pegou as crianças pelas mãos. Kate abriu a porta e os quatro saíram para o corredor, onde duas pessoas esperavam. Não, não pessoas — monstros vestidos dos pés à cabeça com roupas militares: um capacete que cobria uma máscara de pano, óculos escuros como os de esqui, colete à prova de balas e luvas de borracha pretas.

Kate e Ben pararam, olharam-se incrédulos e afastaram as crianças para trás. Kate pigarreou e disse:

— Aqui é um laboratório de pesquisa, não temos dinheiro, mas levem os equipamentos, levem o que quiserem. Não vamos...

— Cala a boca. — A voz do homem era rouca, como alguém que havia passado a vida inteira fumando e bebendo. Ele olhou para o cúmplice de preto menor, que obviamente era uma mulher, e disse: — Leve-os.

A mulher deu um passo na direção das crianças. Sem pensar, Kate entrou no caminho dela.

— Não. Leve qualquer coisa. Leve a mim no lugar...

O homem sacou uma pistola e apontou para ela.

— Para trás, dra. Warner. Não quero machucá-la, mas farei isso se for necessário.

"Ele sabe o meu nome."

De canto de olho, Kate viu Ben se aproximar, entrando no espaço entre ela e o monstro com a arma.

Adi tentou correr, mas a mulher agarrou-o pela camisa.

Ben ficou ao lado de Kate, em seguida na frente dela, e os dois pularam sobre o homem com a arma. Eles o prenderam, mas a arma disparou. Kate viu Ben rolar para longe do homem de preto. Havia sangue para todo lado.

Ela tentou se levantar, mas o homem a agarrou. Era forte demais. Ele a prendeu no chão e ela ouviu um estalo alto...

Capítulo 4

Esconderijo da Clocktower
Jacarta, Indonésia

Trinta minutos depois da explosão do trem, David estava sentado à mesa barata de montar no esconderijo, aguentando o tratamento do enfermeiro e tentando entender o ataque.

— Ai. — David se encolheu e afastou-se da gaze com álcool que o enfermeiro passava em seu rosto. — Obrigado, de verdade, mas vamos fazer isso depois. Eu estou bem. Foram só uns cortes.

Do outro lado da sala, Howard Keegan estava em pé diante de uma bancada com telas de computador e, em seguida, foi até David.

— Tudo armado, David.

— Por quê? Não tem sentido...

— Tem. Você precisa ver isso aqui. Recebi pouco antes da explosão. — Keegan estendeu para ele uma folha de papel.

<<< CONFIDENCIAL >>>

<<< CLOCKTOWER >>>

<<< COMCENT >>>

Clocktower sob ataque.

Estações de Cidade do Cabo e Mar del Plata destruídas.

Karachi, Déli, Dakha e Lahore invadidas.

Recomendamos iniciar Defesa.

Atenção.

<<< FIM DO BOLETIM >>>

Keegan enfiou a folha de volta no bolso do casaco.

— Ele mentiu sobre o problema de segurança.

David esfregou as têmporas. Era um cenário de pesadelo. Sua cabeça ainda palpitava da explosão. Precisava pensar.

— Ele não mentiu...

— No mínimo subestimou ou, mais provavelmente, omitiu para nos enfraquecer e nos distrair desse ataque maior na Clocktower.

— O ataque à Clocktower não significa que a ameaça terrorista não é real. Talvez fosse o prelúdio...

— Talvez. Mas a única coisa que sabemos é que a Clocktower está encurralada. Sua primeira obrigação é proteger sua estação. Vocês são a maior operação no Sudeste Asiático. Seu QG pode estar sendo atacado neste minuto. — Keegan pegou sua bolsa. — Vou voltar para Londres para tentar coordenar as coisas de lá. Boa sorte, David.

Deram um aperto de mão e David viu Keegan sair do esconderijo.

Na rua, uma criança carregando uma pilha de jornais correu até David, agitando-os no ar e gritando:

— Já está sabendo? Jacarta está sendo atacada.

David empurrou-o para longe, mas o menino deixou um jornal enrolado na mão dele e correu, desaparecendo na esquina.

David estava prestes a jogar o jornal longe, mas... estava muito pesado. Havia algo enrolado dentro dele. Ele desenrolou o jornal e um cano preto com uns trinta centímetros caiu dele. Uma bomba caseira.

Capítulo 5

Centro de Pesquisa do Autismo (CPA)
Jacarta, Indonésia

Eddi Kusnadi, chefe de polícia de Jacarta Ocidental, limpou o suor da testa enquanto caminhava pela cena do crime — uma espécie de laboratório científico na ponta ocidental da cidade. Um vizinho ligou para relatar que ouvira um tiro. Era uma vizinhança bacana, do tipo onde os vizinhos tinham ligações políticas, então ele teve de verificar. O local era obviamente uma espécie de consultório médico, mas algumas salas pareciam mais uma creche.

Paku, um dos seus melhores oficiais à paisana, acenou para indicar uma sala nos fundos onde encontrou uma mulher inconsciente no chão, um homem morto numa poça de sangue perto dela e vários policiais ao redor.

— Briga de marido e mulher?

— Achamos que não — Paku respondeu.

Ao fundo, o chefe conseguia ouvir várias crianças chorando. Uma indonésia nativa entrou na sala e, ao ver os corpos, imediatamente começou a gritar.

— Leve a moça para fora — o chefe disse. Dois policiais a conduziram para fora da sala. Ele perguntou a Paku, o único policial que permaneceu: — Quem são?

— A mulher é a dra. Katherine Warner.

— Doutora? Isso aqui é uma clínica?

— Não. Um centro de pesquisa. Warner é a chefe. A mulher que acabou de ver é uma das babás das crianças... estão fazendo pesquisas com crianças deficientes.

— Não parece muito lucrativo. E o cara? — o chefe quis saber.

— Um dos técnicos laboratoriais. A babá diz que outro técnico se ofereceu para cuidar das crianças, então ela foi para casa. A babá diz que duas crianças sumiram.

— Fugiram?

— Ela acha que não, diz que o prédio tem proteções — Paku respondeu.

— Há câmeras de segurança no edifício?

— Não. Algumas câmeras de observação nas salas com crianças. Vamos analisar as gravações.

O chefe curvou-se e olhou para a mulher. Era magra, mas não muito. Ele gostou. Sentiu o pulso, em seguida virou a cabeça dela para o lado para ver se havia algum trauma na cabeça. Percebeu escoriações pequenas nos pulsos, mas, fora isso, parecia ter saído ilesa.

— Que zona. Descubra se ela tem algum dinheiro. Se sim, leve-a para a delegacia. Se não, deixe-a num hospital.

Capítulo 6

Complexo de Pesquisa da Immari Corp.
Próximo a Burang, China
Região Autônoma do Tibete

O diretor do projeto entrou no gabinete do dr. Shen Chang e jogou um prontuário na mesa.

— Temos uma nova terapia.

Dr. Chang agarrou o prontuário e começou a folhear as páginas.

O diretor atravessou a sala.

— É muito promissor. Já estamos avançando. Quero a máquina pronta e os pacientes sendo tratados com a nova terapia dentro de quatro horas.

Chang soltou o prontuário e ergueu os olhos.

O cientista abriu a boca, mas o diretor impediu que ele falasse.

— Não quero ouvir. A singularidade poderia acontecer a qualquer momento... hoje, amanhã, poderia já ter acontecido, por tudo que sabemos. Não temos tempo para precauções.

Chang começou a falar, mas o diretor o interrompeu de novo.

— E não me diga que precisa de mais tempo. O senhor teve tempo. Precisamos de resultados. Agora me diga do que vai precisar.

Chang afundou na poltrona.

— O último teste ultrapassou a capacidade da rede de energia local; excedemos nossa capacidade local. Acreditamos que o problema está resolvido, mas a autoridade regional energética pode desconfiar do que estamos fazendo. O maior problema é que estamos com falta de primatas...

— Não vamos testar em primatas. Quero um grupo de cinquenta pessoas prontas para o teste.

Chang endireitou o corpo e disse com mais firmeza:

— Deixando a moralidade de lado, que me faz pedir para que o senhor não prossiga com isso, simplesmente precisaríamos de muito mais dados para começar um teste com humanos, precisaríamos...

— O senhor tem, doutor. Está tudo no prontuário. E estamos coletando mais dados agora. E isso não é tudo. Temos dois pacientes com ativação prolongada do Gene Atlântida.

Os olhos de Chang se arregalaram.

— O senhor... dois... como...

O homem apontou para o prontuário como uma cobra dando o bote.

— O prontuário, doutor; está tudo aí. E eles chegarão aqui em breve. É melhor estar pronto. Tudo que o senhor precisará fazer é replicar a geneterapia.

Chang estava virando as páginas, lendo e murmurando para si mesmo. Ele ergueu os olhos.

— Os pacientes são crianças?

— São. Algum problema?

— Hum, não. Bem, talvez. Ou talvez não.

— *Talvez não* é a resposta correta. Ligue se precisar de mim, doutor. Quatro horas. Não preciso dizer ao senhor o que está em jogo.

Mas o dr. Chang não conseguia mais ouvi-lo, pois estava perdido nas anotações da dra. Katherine Warner.

Capítulo 7

QG da Estação da Clocktower
Jacarta, Indonésia

David olhou para o cano preto através de uma janela estreita do escudo blindado. Girar a tampa do cano levou uma vida com o braço operado manualmente. Mas ele precisava olhar lá dentro. Era o peso — o cano era leve demais para ser uma bomba. Pregos, munição de espingarda e chumbinho pesariam muito mais.

Finalmente, a tampa caiu e David tombou o cano para o lado. Um papel enrolado deslizou para fora. Uma página grossa, brilhante. Uma foto.

David o desenrolou. Era uma imagem via satélite de um iceberg flutuando num mar azul profundo. No centro do iceberg, havia um objeto preto oblongo. Um submarino projetando-se do gelo. No verso, uma mensagem:

Protocolo Toba é real.

12 + 4 + 47 = 4/5; Jones
22 + 7 + 47 = 3/8; Anderson
4 + 10 + 47 = 5/4; Ames

David enfiou a foto numa pasta grossa de papel pardo e saiu da sala de vigilância. Um dos dois técnicos virou-se da bancada de telas.

— Nem sinal dele ainda.

— Alguma coisa dos aeroportos? — David perguntou.

O homem digitou algumas coisas no teclado, em seguida levantou os olhos.

— Sim, ele embarcou há poucos minutos em Soekarno-Hatta. Quer que a gente o detenha lá?

— Não. Eu preciso dele aqui. Apenas garantam que eles não possam vê-lo nas escadas de vigilância. Eu assumo de lá.

Capítulo 8

BBC World Report — Notícia de Agência

SUPOSTOS ATAQUES TERRORISTAS EM VIZINHANÇAS RESIDENCIAIS EM MAR DEL PLATA, ARGENTINA, E CIDADE DO CABO, ÁFRICA DO SUL

**** Atualização de notícias de última hora: mais explosões relatadas em Karachi, Paquistão, e Jacarta, Indonésia. Atualizaremos esta reportagem quando tivermos mais detalhes.****

Cidade do Cabo, África do Sul // *O som de metralhadoras e explosões de granada estilhaçaram a calma matutina na Cidade do Cabo hoje, quando um grupo estimado de vinte agressores armados entrou num prédio de apartamentos e matou catorze pessoas.*

A polícia não disponibilizou informações oficiais sobre o ataque.

Testemunhas da cena descreveram como um ataque no estilo das operações especiais. Um repórter da BBC no local tomou esta declaração de uma testemunha: "Sim, eu vi, parecia um tanque ou uma coisa assim, sabe, um dos caminhões blindados da tropa estacionou e, logo depois, os caras saíram deles como ninjas ou soldados robôs ou algo assim, andando de um jeito mecânico, e, depois, foi como se o prédio explodisse, vidro caindo por todo lado, e eu corri para fora de lá. Digo, é uma vizinhança barra-pesada, mas, cara, eu nunca vi nada disso. Primeiro, eu imaginei que era, tipo, uma batida dos narcóticos. Seja o que for, deu errado de verdade".

Outra testemunha, também falando em condição de anonimato, confirmou que o grupo não tinha insígnia oficial no veículo ou nos uniformes.

Um repórter da Reuters, que teve acesso breve à cena do crime antes de os policiais o removerem, descreveu desta forma: "Para mim, parecia um aparelho, talvez da CIA ou do MI6. Teria que ser alguém muito bem financiado para ter esse tipo de tecnologia: uma sala de supervisão com telas de computador de parede a parede e uma sala de servidores gigantesca. Havia corpos para todo lado. Cerca de metade deles usava roupas civis; o restante estava com armaduras pretas semelhantes àquela que as testemunhas disseram que os agressores usavam".

Ainda não foi esclarecido se os agressores sofreram alguma baixa e foram forçados a deixar alguém para trás ou se os corpos eram todos de indivíduos que defendiam o local.

A BBC tentou obter comentários da CIA e do MI6 para esta reportagem, mas os dois órgãos se recusaram a comentar.

Não se sabe se esse incidente tem alguma relação com um acontecimento semelhante que ocorreu mais cedo em Mar del Plata, Argentina, onde uma explosão imensa em uma vizinhança de baixa renda matou doze pessoas aproximadamente às duas da manhã, horário local. Testemunhas dizem que a explosão foi seguida de um ataque por um grupo pesadamente armado que ninguém conseguiu identificar.

Como no ataque na Cidade do Cabo, ninguém assumiu a responsabilidade pelo ataque em Mar del Plata.

"É muito preocupante que não tenhamos ideia de quem esteja envolvido", disse Richard Bookmeyer, professor da American University. "Com base nos relatos iniciais, se qualquer das vítimas ou perpetradores dos ataques for parte de uma rede de terroristas... isso indicaria um nível de sofisticação que não se pensava possível para qualquer entidade terrorista conhecida. Temos um novo grupo ou uma evolução significativa de algum já existente. Os dois cenários exigem uma reavaliação do que pensamos conhecer sobre a paisagem do terrorismo global."

Atualizaremos esta história quando tivermos mais detalhes.

Capítulo 9

QG da Estação da Clocktower
Jacarta, Indonésia

David estava estudando um mapa de Jacarta e os aparelhos da Clocktower ao redor da cidade quando um técnico de vigilância se aproximou.

— Ele chegou.

David dobrou o mapa.

— Ótimo.

Josh Cohen caminhou na direção do prédio discreto de apartamentos que abrigava o quartel-general da Estação da Clocktower em Jacarta. Os prédios ao redor estavam em sua maioria abandonados — uma mistura de projetos de moradia fracassados e armazéns dilapidados.

Na placa no prédio, se lia "Clocktower Security, Inc." e, para o mundo, a Clocktower Security era apenas mais uma entre uma quantidade crescente de empresas de segurança privada. Oficialmente, a Clocktower Security oferecia proteção pessoal e serviços de guarda-costas a executivos e cidadãos estrangeiros importantes que visitavam Jacarta, bem como serviços de investigação particular quando a execução jurídica local era "menos eficiente na cooperação". Era o disfarce perfeito.

Josh entrou no prédio, atravessou um longo corredor, abriu uma pesada porta de aço e aproximou-se das portas prateadas brilhantes do elevador. Um painel ao lado das portas deslizou para trás e ele pousou a mão na superfície espelhada e disse:

— Josh Cohen. Verificar minha voz.

Um segundo painel se abriu, este no nível do rosto, e uma luz vermelha o escaneou de cima a baixo enquanto ele mantinha os olhos abertos e a cabeça parada.

O elevador emitiu uma sineta, abriu e começou a conduzir Josh ao andar intermediário do prédio. O elevador subiu silenciosamente, mas Josh sabia que, em algum lugar no prédio, um técnico de vigilância analisava uma digitalização completa de seu corpo, verificando se não havia escutas, bombas ou outros itens problemáticos. Se estivesse carregando qualquer coisa, o elevador se encheria com um gás incolor e inodoro e ele acordaria numa cela de contenção. Seria a última sala que ele veria. Se passasse, o elevador o levaria para o quarto andar — seu lar pelos últimos três anos e a sede da Clocktower em Jacarta.

A Clocktower era a resposta secreta mundial ao terror sem pátria: uma agência apátrida de combate ao terrorismo. Sem rotina. Sem burocracia. Apenas caras bons matando caras maus. Não era tão simples, mas a Clocktower estava mais perto do que o mundo jamais esteve dessa situação.

A Clocktower era independente, apolítica, antidogmática e, o mais importante, extremamente eficaz. Por essas razões, os serviços de inteligência de nações ao redor do mundo apoiavam a Clocktower, apesar de não saberem quase nada sobre ela. Ninguém sabia quando havia começado, quem a dirigia, como era financiada ou onde ficava seu quartel-general. Quando Josh entrou na Clocktower, três anos antes, supôs que conseguiria respostas àquelas perguntas como um membro da Clocktower. Avançou rapidamente na hierarquia, transformando-se em chefe de Análise de Inteligência da Estação de Jacarta, porém ainda não sabia mais sobre a Clocktower do que no dia em que havia sido recrutado pelo Departamento de Análise de Terrorismo da CIA. E eles pareciam querer que continuasse assim.

Dentro da Clocktower, as informações eram estritamente compartimentalizadas entre as células independentes. Todos compartilhavam informações com a Central, todos recebiam informações da Central, mas nenhuma célula tinha uma visão geral ou vislumbre da operação maior. Por esse motivo, Josh ficou surpreso ao receber um convite, seis dias antes, para uma espécie de "reunião de cúpula" dos analistas chefes de todas as células da Clocktower. Ele confrontou David Vale, o chefe da Estação de Jacarta, perguntando se aquilo era uma piada. Ele disse que não e que todos os diretores estavam cientes da reunião.

O choque de Josh com o convite foi rapidamente derrubado pelas revelações na conferência. A primeira surpresa foi com a quantidade de presentes: duzentos e trinta e oito. Josh pensava que a Clocktower era relativamente pequena, com talvez cinquenta células nos pontos ativos mundiais, mas, em vez disso, o mundo inteiro estava representado. Supondo que cada célula era do tamanho da Estação de Jacarta — cerca de cinquenta agentes —, talvez houvesse mais de dez mil pessoas trabalhando nas células, mais a organização central, que tinha no mínimo mil pessoas para correlacionar e analisar informações, sem mencionar a coordenação das células.

A escala da organização era impressionante — era quase do tamanho da CIA, que tinha cerca de vinte mil funcionários no total quando Josh trabalhou lá. E muitos daqueles vinte mil trabalhavam na análise em Langley, Virgínia, não em campo. A Clocktower era enxuta — não tinha as burocracias e a gordura organizacional da CIA.

As capacidades operacionais especiais da Clocktower provavelmente deixavam para trás qualquer governo do planeta. Cada célula da Clocktower tinha três grupos. Um terço da equipe era de agentes de caso, similares ao Serviço Nacional Clandestino da CIA; trabalhavam secretamente em organizações reais de terroristas, cartéis e outros grupos dirigidos por bandidos, ou em lugares onde poderiam desenvolver fontes: governos locais, bancos e departamentos de polícia. Seu objetivo era a Inteligência Humana (HUMINT) — informações em primeira mão.

Outro terço de cada célula trabalhava como analista. Os analistas passavam a maior parte do tempo em duas atividades: hackeando e adivinhando. Hackeavam a tudo e a todos: chamadas telefônicas, e-mails, mensagens de texto. Combinavam a Inteligência de Interceptação de Sinais, a SIGINT, com a HUMINT e quaisquer outras informações locais, e transmitiam-nas para a Central. As principais responsabilidades de Josh eram garantir que a Estação de Jacarta maximizasse sua coleta de informações e tirar conclusões sobre essas informações. Tirar conclusões soava melhor que adivinhar, mas seu trabalho essencialmente se resumia a adivinhar e fazer recomendações ao chefe da estação. Então, o chefe da estação, com aconselhamento da Central, autorizava operações locais, que eram conduzidas pelo grupo de operações de conversão da célula — o último terço da equipe.

O grupo de operações de conversão de Jacarta desenvolveu a reputação como uma das principais equipes de ataque da Clocktower. Essa situação concedeu a Josh um pouco de status de celebridade na conferência. A célula de Josh era de fato a líder da região da Ásia-Pacífico e todos queriam saber quais eram os truques de sua operação.

Porém, nem todos eram fascinados por Josh — ele ficou feliz em ver muitos de seus antigos amigos na conferência. Pessoas com quem tinha trabalhado na CIA ou tido contato de outras agências governamentais. Era incrível; ele tinha se comunicado com pessoas que conhecia havia anos. A Clocktower tinha uma política estrita: todo novo membro recebia um novo nome, seu passado era destruído e ele não podia revelar sua identidade fora da célula. A voz em chamadas telefônicas externas era alterada por computador. Contato pessoal era estritamente proibido.

Uma reunião cara a cara — com todos os analistas chefes de todas as células — estilhaçava aquele véu de sigilo. Era contra todos os protocolos operacionais da Clocktower. Josh sabia que devia haver um motivo — algo extremamente irrefutável e extremamente urgente — para assumir o risco, mas ele nunca teria imaginado que o segredo da Central seria revelado na conferência. Ele ainda não conseguia acreditar. E precisava contar a David Vale, imediatamente.

Josh caminhou até a frente do elevador e ficou perto das portas, pronto para seguir em linha reta até o gabinete do chefe da estação.

Eram nove da manhã e a Estação de Jacarta estaria a todo vapor. A sala dos analistas estaria iluminada como o pregão da bolsa de valores de Nova York, com analistas apinhados ao redor de bancadas de monitores, apontando e discutindo. Lá adiante, no andar, a porta para a sala de preparação de operações de campo estaria aberta e provavelmente cheia de agentes se preparando para o dia. Os últimos a chegar estariam na frente dos armários, montando suas armaduras rapidamente e enfiando munição extra em cada bolso que tinham no corpo. Os que haviam chegado primeiro em geral se sentavam ao redor de bancos de madeira e conversavam sobre esportes e armas antes dos briefings matutinos, sua camaradagem interrompida apenas por uma pegadinha ocasional nos vestiários.

Era seu lar e Josh precisava admitir que sentia falta, embora a conferência tivesse sido recompensadora de formas que ele não havia previsto. Saber que era parte de uma comunidade maior de analistas chefes, pessoas que compartilhavam as mesmas experiências de vida que ele, pessoas que tinham os mesmos problemas e medos que ele, era surpreendentemente reconfortante. Em Jacarta, ele era chefe dos analistas, tinha uma equipe que trabalhava para ele e respondia apenas ao chefe da estação; mas não tinha pares reais, ninguém para conversar de verdade. O trabalho da inteligência era uma profissão solitária, especialmente para quem estava à frente. Com certeza isso havia cobrado um preço alto de alguns de seus velhos amigos. Muitos envelheceram muito além de sua idade. Outros se tornaram endurecidos e distantes. Depois de vê-los, Josh se perguntou se terminaria daquele jeito. Tudo tinha um preço, mas ele acreditava no trabalho que estavam fazendo. Nenhum trabalho era perfeito.

Enquanto seus pensamentos estavam voltados para a conferência, ele percebeu que o elevador já deveria estar aberto. Quando virou a cabeça para olhar ao redor, as luzes do elevador ficaram borradas, como um vídeo em câmera lenta. Seu corpo parecia pesado. Mal conseguia respirar. Ele estendeu a mão para agarrar o corrimão do elevador, mas sua mão não se fechava; ela escorregou e o chão de aço se aproximou rapidamente.

Capítulo 10

Sala de interrogatório C
Centro de Detenção de Polícia, Jacarta Ocidental
Jacarta, Indonésia

A cabeça de Kate a estava matando. Seu corpo doía. E a polícia não estava ajudando em nada. Ela havia acordado no banco traseiro do carro de polícia, e o motorista havia se recusado a falar qualquer coisa para ela. As coisas apenas pioraram quando ela chegou à delegacia.

— Por que vocês não me ouvem? Por que não estão lá fora procurando aqueles dois garotos? — Kate Warner se levantou, inclinou-se sobre a mesa de metal e encarou o interrogador baixinho e presunçoso que já havia desperdiçado vinte minutos do seu tempo.

— Estamos tentando encontrá-los. É por isso que estamos fazendo essas perguntas, srta. Warner.

— Eu já disse, não sei de nada.

— Talvez, talvez não. — O homenzinho inclinou a cabeça de um lado para o outro enquanto dizia as palavras.

— Talvez uma ova. Eu vou encontrá-los sozinha. — Ela deu um passo até a porta de aço.

— A porta está trancada, srta. Warner.

— Então, destranque.

— Impossível. Precisa ficar trancada enquanto um suspeito é interrogado.

— Suspeito? Quero um advogado, imediatamente.

— Você está em Jacarta, srta. Warner. Sem advogado, sem ligação para a embaixada norte-americana. — O homem continuava olhando para baixo, tirando sujeira das botas. — Temos muitos estrangeiros aqui, muitos visitantes, muitas pessoas que vêm até aqui, que não respeitam nosso país, nosso povo. Antes, tínhamos medo do consulado norte-americano, chamávamos advogados para eles, eles sempre se safavam. Nós aprendemos. Os indonésios não são tão estúpidos como vocês pensam, srta. Warner. É por isso que a senhorita faz seu trabalho aqui, não é? Acha que somos estúpidos demais para descobrir o que a senhorita está aprontando?

— Não estou *aprontando* nada. Estou tentando curar o autismo.

— Por que não faz isso no seu país, srta. Warner?

Kate não diria a esse homem, nem em um milhão de anos, por que havia saído dos Estados Unidos. Em vez disso, ela falou:

— Os Estados Unidos são o lugar mais caro do mundo para se conduzir uma análise clínica.

— Ah, então são os custos, certo? Aqui na Indonésia vocês conseguem comprar bebês para seus experimentos?

— Eu não comprei nenhum bebê!

— Mas sua clínica é dona dessas crianças, não é? — Ele se virou para o prontuário e apontou para ele.

Kate seguiu o dedo do homem.

— Srta. Warner, sua clínica é a tutora legal dessas duas crianças... de todas as cento e três... não é?

— Guarda legal não é propriedade.

— Vocês usam palavras diferentes. Foi o que a Companhia Holandesa das Índias Orientais fez. A senhorita conhece? Tenho certeza que sim. Eles usavam a palavra *colônia*, mas foram donos da Indonésia por mais de duzentos anos. Uma companhia que era dona do meu país e de seu povo, e eles nos trataram como propriedade, levando o que queriam. Em 1947, finalmente conseguimos nossa independência. Mas a memória do meu povo ainda é recente. Um juiz verá isso da mesma forma. A senhorita pegou essas crianças, não foi? A senhorita mesma disse que não pagou por elas. E não vejo nenhum registro dos pais. Eles não deram consentimento para a adoção. Eles sabem que a senhorita está com os filhos deles?

Kate o encarou com frieza.

— Acho que sim. Estamos chegando a algum lugar agora. É melhor ser honesta. Uma última coisa, srta. Warner. Vejo que sua pesquisa é financiada pela Immari Jacarta, Divisão de Pesquisa. Provavelmente é apenas uma coincidência... mas muito infeliz... a Immari Holdings comprou muitos dos seus ativos dos holandeses quando foram expulsos, sessenta e cinco anos atrás... então o dinheiro para o seu trabalho vem da...

O homem enfiou as páginas na pasta e se levantou, como se fosse um Perry Mason indonésio proferindo seu argumento final.

— A senhorita pode ver como um júri talvez veja a questão. Seu povo vai embora, mas volta com um novo nome e continua a nos explorar. Em vez de cana-de-açúcar e grãos de café em 1900, agora vocês querem novas drogas, precisam de cobaias para seus experimentos. Pegam nossos filhos, fazem testes que não poderiam fazer em seu país, porque não fará isso com seus filhos, e quando algo dá errado, talvez uma criança fique doente ou vocês achem que as autoridades vão encontrá-los, vocês se livram dessas crianças. Mas alguma coisa dá errado. Talvez um de seus técnicos não consiga matar essas crianças. Ele sabe que é errado. Ele revida e é morto durante a luta. Vocês sabem que a polícia virá, então inventam uma história sobre o sequestro? Não é? Pode admitir, vai ser melhor. A Indonésia é um lugar misericordioso.

— Não é verdade.

— É a história mais lógica, srta. Warner. A senhorita não nos dá alternativa. Pede um advogado. Insiste que a soltemos. Pense como isso nos parece.

Kate o encarou.

O homem se levantou e foi até a porta.

— Muito bem, srta. Warner. Preciso alertá-la de que o que vem por aí não será agradável. É melhor cooperar, mas, claro, vocês, americanos espertos, sempre sabem mais que os outros.

Capítulo 11

Complexo de Pesquisa da Immari Corp.
Próximo a Burang, China
Região Autônoma do Tibete

— **Acorde, Jin,** estão chamando seu número.

Jin tentou abrir os olhos, mas a luz cegava. Seu colega de quarto aproximou-se dele, sussurrando algo em seu ouvido, mas ele não conseguiu entender. Ao fundo, uma voz ribombante chamava no alto-falante: "204.394, apresente-se imediatamente. 204.394, apresente-se imediatamente. 204.394. 204.394. Apresente-se".

Jin saltou da cama pequena. Havia quanto tempo que estavam chamando? Seus olhos pairaram à direita e à esquerda, examinando a cela de três metros quadrados que ele dividia com Wei. Onde estavam suas calças e camisa? Por favor, não... se estivesse atrasado e esquecesse sua roupa, eles o mandariam embora com certeza. Onde estão? Onde...? Seu colega de quarto, sentado na cama, ergueu as calças e camisa brancas. Jin agarrou-as e vestiu, quase rasgando as calças.

Wei estava com os olhos pregados no chão.

— Desculpe, Jin, eu estava dormindo também. Não ouvi.

Jin queria dizer algo, mas não havia tempo. Correu para fora do quarto e pelo corredor. Várias das celas estavam vazias e a maioria tinha apenas um ocupante. Na porta da ala, o servente disse:

— Braço.

Jin estendeu o braço.

— 204.394.

— Quieto — o homem disse. Acenou um dispositivo portátil com uma pequena tela sobre o braço de Jin. O aparelho bipou, e o homem virou a cabeça e gritou: — Está aqui. — Ele abriu a porta para Jin. — Pode entrar.

Jin juntou-se aos cerca de cinquenta outros "residentes". Três serventes os escoltaram para uma sala grande com várias e longas fileiras de cadeiras. As fileiras eram separadas por paredes altas como cubículos. As cadeiras quase pareciam cadeiras reclináveis de praia. Ao lado de cada cadeira, um suporte prateado alto que segurava três bolsas de um líquido claro, cada um com um tubo pendurado. Do outro lado de cada cadeira havia uma máquina com mais visores do que o console de um carro. Um monte de fios estava pendurado na parte de trás e estavam amarrados no braço da cadeira à direita.

Jin nunca tinha visto nada daquilo. Nunca havia acontecido. Desde que chegara ao centro de pesquisa, seis meses antes, a rotina raramente mudava: café da manhã, almoço e jantar exatamente nos mesmos horários, sempre as mesmas refeições; após cada refeição, coleta de sangue com um dispositivo semelhante a uma válvula implantado no braço direito; e, às vezes, exercício à tarde, monitorado por eletrodos no peito. O restante do tempo, ficavam confinados nas celas de três por três, com duas camas e um banheiro. A cada poucos dias, eles tiravam uma foto dele com uma grande máquina que fazia um zumbido baixo. Sempre diziam para ele ficar parado.

Tomavam banho uma vez por semana, em uma ducha grande para grupos mistos. Era de longe a pior parte — tentar controlar os impulsos no chuveiro. Durante seu primeiro mês, um casal foi flagrado se pegando. Ninguém mais os viu novamente.

No último mês, Jin tentou ficar na cela durante o horário da ducha, mas eles o pegaram. O supervisor entrou com tudo na cela.

— Vamos chutar você para fora daqui se desobedecer de novo — ele disse. Jin ficou muito assustado. Estavam pagando uma fortuna para ele, uma verdadeira fortuna. E ele não tinha opções.

Sua família havia perdido a fazenda no ano passado. Ninguém podia mais pagar os impostos de uma fazendinha; uma fazenda maior, talvez. Os valores dos terrenos estavam disparados, e a população estava inflando em toda a China. Então, sua família fez o que muitas outras famílias agrícolas fizeram: enviaram seus mais velhos para trabalhar na cidade, enquanto os pais e crianças mais novas seguravam as pontas.

Seu irmão mais velho encontrou trabalho em uma fábrica de eletrônicos. Jin e seus pais o visitaram um mês depois que havia começado. As condições eram muito piores que ali, e o trabalho já estava cobrando seu preço — o rapaz forte e vibrante de vinte e um anos que deixara a fazenda da família parecia ter envelhecido vinte anos. Estava pálido, os cabelos, ralos, e caminhava levemente curvado. Tossia com frequência. Disse que havia um vírus na fábrica e que todo mundo nos alojamentos tinha pegado, mas Jin não acreditou nele. Seu irmão deu aos pais o pouco dinheiro que havia economizado do salário.

— Pensem só, em cinco a dez anos, teremos dinheiro o bastante para comprar outra fazenda. Vou para casa e vamos recomeçar. — Todos fingiram que estavam muito entusiasmados. Os pais disseram que tinham muito orgulho dele.

No caminho de casa, o pai de Jin lhes disse que, no dia seguinte, ele sairia para encontrar um trabalho melhor. Que com suas capacidades, poderia entrar como supervisor em algum lugar. Faria um bom dinheiro. Jin e a mãe simplesmente concordaram.

Naquela noite, Jin ouviu a mãe gritar e, pouco depois, o pai também gritou. Eles nunca brigavam.

Na noite seguinte, Jin se esgueirou para fora do quarto, escreveu um bilhete para eles e foi embora para Chongqing, a cidade grande mais próxima. A cidade estava cheia de gente buscando trabalho.

Jin foi rejeitado nos primeiros sete lugares nos quais se candidatou. O oitavo lugar era diferente. Não fizeram perguntas. Passaram-

-lhe um cotonete na boca e fizeram-no esperar numa grande sala por uma hora. A maioria das pessoas foi dispensada. Uma hora depois, seu número foi chamado — 204.394 — e lhe disseram que podiam contratá-lo no centro de pesquisa médica. Em seguida, informaram quanto seria o salário. Ele assinou os formulários com tanta rapidez que sua mão ficou dolorida.

Não conseguia acreditar na sorte. Supôs que as condições seriam difíceis, mas não poderia estar mais errado — era praticamente um resort. E agora ele havia acabado com tudo. Com certeza, eles o mandariam embora. Eles haviam chamado seu número.

Talvez ele tivesse o bastante para uma nova fazenda. Ou talvez pudesse encontrar outro centro de pesquisa. Ele ouvia que as grandes fábricas da China trocavam listas de trabalhadores ruins. Essas pessoas não conseguiam encontrar trabalho em lugar nenhum. Aquele seria o beijo da morte.

— O que estão esperando? — o homem gritou. — Sentem-se.

Jin e outros cinquenta "trabalhadores" com roupas brancas e pés descalços saíram cambaleando até as cadeiras. Cotovelos voaram, pessoas empurraram e várias tropeçaram. Todos pareciam ter encontrado uma cadeira, menos Jin. Todas as vezes que chegava a uma, alguém se sentava nela no último segundo. E se ele não encontrasse uma cadeira? Talvez fosse um teste. Talvez ele devesse...

— Pessoal. Relaxem, relaxem. Cuidado com o equipamento — o homem disse. — Apenas sentem na cadeira mais próxima.

Jin exalou e caminhou até a próxima fileira. Cheia. Na última fileira, encontrou um assento.

Outro grupo de serventes entrou. Vestiam jalecos longos e brancos e carregavam tablets. Uma mulher de aparência jovem chegou até ele, prendeu as bolsas na válvula do braço e colou os sensores redondos no corpo. Ela tocou algumas vezes em sua tela e seguiu para a cadeira ao lado dele.

"Talvez seja apenas um novo teste", ele pensou.

De repente, sentiu-se sonolento. Recostou a cabeça para trás e...

Jin acordou na mesma cadeira. As bolsas haviam sido destacadas, mas os sensores ainda estavam conectados. Ele se sentia grogue e dolorido, como se estivesse gripado. Tentou erguer a cabeça, mas estava muito pesada. Um jaleco branco aproximou-se, piscou uma lanterna em seus olhos, em seguida tirou os sensores e disse para ele sair e ficar em pé com os outros ao lado da porta.

Quando se levantou, suas pernas quase cederam. Ele se equilibrou no braço da cadeira, em seguida cambaleou até o grupo. Todos pareciam meio adormecidos. Talvez houvesse uns vinte e cinco deles, cerca de metade do grupo que havia entrado. Onde estava o restante? Ele dormira demais, de novo? Aquilo era uma punição? Eles lhe diriam por quê? Após uns minutos, outro homem se juntou a eles; parecia em piores condições que Jin e o restante.

Os serventes os levaram por outro corredor longo até uma sala enorme que ele nunca tinha visto antes. A sala estava totalmente vazia e as paredes eram muito lisas. Ele teve a impressão de que era como um cofre ou algo assim.

Muitos minutos se passaram. Ele lutava contra o impulso de sentar-se no chão. Não haviam dito que ele podia sentar. Ficou lá, em pé, a cabeça pesada pendente.

A porta se abriu e duas crianças foram escoltadas para dentro. Não tinham mais de sete ou oito anos. Os guardas os deixaram com o grupo e a porta se fechou com um estrondo alto.

As crianças não estavam drogadas, ou ao menos Jin achava que não. Pareciam alertas. Moviam-se rapidamente entre o grupo. Eram morenos. Não eram chineses. Os dois perambularam de pessoa a pessoa, tentando encontrar um rosto familiar. Jin achou que estavam prestes a chorar.

No fundo da sala, ele ouviu um som mecânico, como um guincho. Depois de alguns segundos, percebeu que algo estava sendo abaixado. A cabeça estava tão pesada. Ele se esforçou para erguê-la. Mas conseguia ver o dispositivo, que parecia um peão gigante de xadrez feito de ferro com a cabeça achatada, ou talvez um sino com laterais lisas, retas. Devia ter uns quatro metros de altura e ser pesado, porque os quatro cabos que o abaixavam eram grandes, talvez com uns vinte e cinco centímetros de diâmetro. Quando estava cerca de seis metros do chão, o objeto parou e dois dos cabos desceram pela parede ao longo de um trilho que Jin não havia percebido antes. Pararam no nível da máquina gigante e pareciam se esticar, ancorando-o em cada lado. Jin lutou para erguer os olhos. Havia outro cabo que se prendia no topo da máquina. Era ainda mais grosso que os laterais. Diferente dos outros, não era metálico, nem mesmo sólido. Parecia manter um feixe de cabos de computador, como uma espécie de cordão umbilical eletrônico.

As crianças pararam no meio do grupo. Todos os adultos tentavam olhar para cima.

Os olhos se ajustaram e Jin conseguiu divisar uma marca talhada nos lados da máquina. Parecia o símbolo nazista, a... ele não conseguia lembrar o nome. Estava com tanto sono.

A máquina era escura, mas Jin achou que conseguia ouvir um pulsar leve, como se alguém estivesse batendo ritmicamente numa porta sólida — bum-bum-bum. Ou talvez o som da máquina de fotos. Era uma máquina de fotos diferente? Uma foto em grupo? O bum-bum-bum ficava mais alto a cada segundo e uma luz emergiu do topo do peão gigante — a cabeça parecia ter pequenas janelas. A luz laranja-amarelada piscava a cada pulso estrondoso, dando a ele quase o efeito de um farol.

Jin entrou num transe tão profundo com o som da máquina e os pulsos de luz que não percebeu as pessoas caindo ao seu redor. Algo estava acontecendo. E estava acontecendo com ele também. Suas pernas ficaram mais pesadas. Ouviu um som como o de metal dobrando — a máquina estava esticando os cabos de cada lado, tentando se erguer.

A força da gravidade ficava mais forte a cada segundo que passava. Jin olhou ao redor, mas não conseguiu ver as crianças. Ele sentiu alguém agarrar seu ombro. Virou-se e encontrou um homem segurando-o, seu rosto tinha marcas profundas e o sangue corria do nariz. Jin percebeu que a pele das mãos do homem estava ficando nas roupas de Jin. Não era apenas a pele. O sangue do homem começou a se espalhar sobre a camisa de Jin. O homem tombou para a frente sobre ele e os dois despencaram. Jin ouvia o bum-bum-bum da máquina misturar-se ao zumbido constante do som e à luz sólida, enquanto sentia o sangue correr do nariz sobre o rosto. De repente, a luz e o som pararam.

Na sala de controle, dr. Chang e sua equipe assistiam enquanto as cobaias do teste tombavam numa pilha de corpos enrugados e ensanguentados.

Chang despencou na poltrona.

— Tudo bem, é isso, desliguem. — Ele tirou os óculos e jogou-os sobre a mesa. Apertou a ponte do nariz e exalou. — Tenho de relatar isso ao diretor. — O homem não ficaria feliz.

Chang levantou-se e caminhou até a porta.

— E comecem a limpeza. Não se incomodem em fazer autópsias. — O resultado seria o mesmo dos últimos vinte e cinco testes.

A dupla da equipe de limpeza balançou-o para a frente e para trás, para a frente e para trás, e soltou o corpo, arremessando-o dentro da caçamba de plástico com rodinhas. A caçamba já estava com dez corpos, mais ou menos. Naquele dia, provavelmente seriam três viagens até o incinerador, talvez duas, se conseguissem empilhá-los no topo.

Já haviam limpado coisas piores; ao menos, aqueles corpos estavam intactos. Levava uma vida quando estavam em pedaços.

Era difícil trabalhar com os trajes de proteção biológica, mas era melhor que trabalhar sem eles.

Ergueram outro corpo e balançaram para a frente, quando...

Algo se moveu na pilha.

Duas crianças estavam se esfalfando sob os corpos, lutando para se desvencilhar. Estavam cobertas de sangue.

Um homem começou a afastar os corpos. O outro virou-se para as câmeras e sacudiu os braços.

— Hei! Temos dois vivos!

Capítulo 12

Cela
QG da Estação da Clocktower
Jacarta, Indonésia

— Josh, consegue me ouvir?

Josh Cohen tentou abrir os olhos, mas a luz era muito forte. Sua cabeça latejava.

— Aqui, me dê mais um.

Josh mal conseguia identificar a figura borrada que estava sentada ao seu lado na cama dura. Onde estava? Parecia com uma das celas de detenção da estação. O homem levou uma bolinha até o nariz de Josh e abriu-a com um estalo alto. Josh inalou o pior cheiro de sua vida inteira — um odor pungente e arrebatador de amônia que percorreu suas vias aéreas, inflou os pulmões e o fez se afastar e bater a cabeça contra a parede. O latejar constante transformou-se numa dor aguda. Ele fechou os olhos com força e esfregou a cabeça.

— Tudo bem, tudo bem, vá com calma. — Era o chefe da estação, David Vale.

— O que está acontecendo? — Josh perguntou.

Ele conseguiu abrir os olhos e percebeu que David estava com a armadura completa e que havia outros dois agentes de campo com ele ao lado da porta da cela.

Josh sentou-se.

— Alguém deve ter plantado uma escuta...

— Relaxe, não tem escuta. Consegue se levantar? — David perguntou.

— Acho que sim. — Josh se esforçou para se erguer. Ainda estava grogue com o gás que o derrubara no elevador.

— Bom, venha comigo.

Josh seguiu David e os dois agentes para fora da sala com as celas de detenção e através de um longo corredor que levava até a sala dos servidores. Na porta da sala dos servidores, David virou-se para os dois soldados.

— Esperem aqui. Chamem no rádio se alguém entrar no corredor.

Dentro da sala dos servidores, David retomou seu passo enérgico, e Josh quase precisou dar uma corridinha para manter o ritmo. O chefe da estação tinha pouco mais de um metro e oitenta e era musculoso, não tão truculento quanto os agentes de campo que pareciam *linebackers*, mas grande o bastante para impedir qualquer brigão bêbado num bar.

Eles serpentearam pela sala de servidores cheia, desviando das torres de gabinetes de metal com luzes piscantes verdes, amarelas e vermelhas. A sala estava fria e o zumbido constante das máquinas era levemente desorientador. O grupo de TI com três pessoas trabalhava ato contínuo nos servidores — acrescentando, removendo e substituindo hardware. O lugar era um chiqueiro. Josh tropeçou num fio, mas, antes que atingisse o chão, David virou-se, agarrou-o e o pôs em pé novamente.

— Você está bem?

Josh assentiu.

— Estou. Este lugar é uma bagunça.

David não disse nada, mas caminhou um pouco mais devagar pelo resto do trajeto até um gabinete de metal alto para armazenagem no fundo da sala dos servidores. David empurrou o gabinete para o lado, revelando uma porta prateada e um painel ao lado dela. A luz vermelha de um digitalizador de palma piscou sobre a mão dele e outro painel se abriu e fez a leitura do rosto e da retina. Quando terminou, a parede se abriu, revelando uma porta metálica escura que parecia algo vindo de um encouraçado.

David abriu a porta com uma segunda leitura da palma e levou Josh para dentro da sala, provavelmente com metade do tamanho de um ginásio escolar. A caverna tinha paredes de concreto e os passos ecoavam alto enquanto eles se aproximavam do centro da sala, onde havia uma pequena caixa de vidro, com cerca de três metros e meio por três metros e meio, pendurada por grossos cabos de metal trançado. A caixa de vidro era suavemente iluminada, e Josh não conseguia ver o que havia lá dentro, mas já sabia o que era.

Josh suspeitou que a célula tivesse uma sala como essa, mas nunca tinha visto uma pessoalmente. Era uma sala à prova de som. Todo o quartel-general da Estação de Jacarta era uma espécie de sala à prova de som — era protegido de todos os tipos de dispositivos de escuta. Não havia necessidade de mais precauções dentro da estação — a menos que alguém não quisesse que outro membro da célula o ouvisse.

Certamente havia protocolos que exigiam sua existência. Ele suspeitou que o chefe conversava com outros chefes da estação por telefone e vídeo naquela sala. Talvez até com a Central.

Quando se aproximaram da saleta, um lance curto de escadas de vidro desceu e rapidamente se retraiu depois que entraram na sala. Uma porta de vidro fechou-se logo em seguida. Uma bancada de telas de computador pendia da parede ao fundo da sala, mas, tirando isso, Josh achou a sala surpreendentemente espartana: uma mesa de dobrar simples com quatro cadeiras, dois telefones e um alto-falante para conferências e um antigo arquivo de aço. A mobília era barata e um pouco inadequada, como algo que se pode ver num trailer de um canteiro de obras.

— Sente-se — David sugeriu. Caminhou até o arquivo e puxou vários prontuários.

— Tenho um relato a fazer. É significativo...

— Acho melhor me deixar começar — David juntou-se a Josh à mesa e pousou os prontuários entre eles.

— Com todo o respeito, o que tenho a relatar pode mudar sua perspectiva inteira. Pode provocar uma grande realocação. Uma realocação de cada operação ativa na Estação de Jacarta e mesmo a maneira como analisamos cada...

David ergueu a mão.

— Eu já sei o que vai me dizer.

— Sabe?

— Sei. Você vai me dizer que a maioria das ameaças de terror que estamos rastreando, inclusive as operações em nações desenvolvidas que não entendemos ainda, não são obra de uma dúzia de grupos terroristas e fundamentalistas *separados*, como suspeitávamos.

Como Josh não disse palavra, David continuou.

— Você vai me dizer que a Clocktower acredita agora que esses grupos são simplesmente faces diferentes de um supergrupo global, uma organização com uma escala que excede as projeções mais insanas de qualquer pessoa.

— Eles contaram para você?

— Sim. Mas não agora. Comecei a juntar as peças antes de entrar na Clocktower. Contaram oficialmente quando me tornei chefe da estação.

Josh olhou para o outro lado. Não era exatamente uma traição, mas perceber que algo desse tamanho foi escondido dele, o chefe da análise, era um soco no estômago. Ao mesmo tempo, ele se perguntou se deveria ter juntado as peças também, se David ficou decepcionado por ele não ter percebido sozinho.

David pareceu sentir a decepção de Josh.

— Se isso importa, já fazia um tempo que queria dizer a você, mas era uma informação sigilosa, só para quem precisasse dela. E há outra coisa que você precisa saber. Dos mais ou menos duzentos e quarenta participantes na conferência de analistas, cento e quarenta e dois nunca voltaram para casa.

— O quê? Não entendi. Eles...

— Não passaram no teste.

— O teste...

— A conferência foi um teste. A partir do minuto em que você chegou até o momento de ir embora, vocês estavam sob vigilância por vídeo e áudio. Como os suspeitos que interrogamos aqui, os organizadores da conferência estavam medindo tensão na voz, dilatação da pupila, movimentos oculares e uma dúzia de outros marcadores. Em suma, observando as reações dos analistas durante a conferência inteira.

— Para ver se guardaríamos as informações?

— Sim, mas o mais importante: para ver quem já sabia o que estava sendo apresentado. Especificamente quais analistas já sabiam que havia um supergrupo terrorista nos bastidores. A conferência era uma caça aos infiltrados em toda a Clocktower.

Naquele momento, o quarto de vidro ao redor de Josh parecia estar sumindo. Conseguia ouvir David falando ao fundo, mas se perdeu em pensamentos. A conferência foi um disfarce perfeito para uma armadilha. Todos os agentes da Clocktower, mesmo os analistas, eram treinados em métodos-padrão de contraespionagem. Enganar um detector de mentira era um treinamento-padrão. Porém, contar uma mentira, como se fosse verdade, era muito mais fácil que fingir uma reação emocional diante de uma surpresa, sustentar a reação, com métrica corporal crível, por três dias — isso era impossível. Mas testar *cada* analista chefe? As implicações eram...

— Josh, você me ouviu?

Josh ergueu os olhos.

— Não, desculpe, é muita coisa para absorver... A Clocktower foi comprometida.

— Exato, e preciso que você se concentre agora. As coisas estão acontecendo rapidamente, e preciso de sua ajuda. O teste dos analistas foi o primeiro passo do protocolo de defesa da Clocktower. Ao redor do mundo, neste exato momento, os analistas chefes que voltaram da conferência estão reunidos com seus chefes de estação em salas à prova de som como esta, tentando imaginar como proteger suas células.

— Acha que a Estação de Jacarta foi comprometida?

— Ficaria surpreso se não tivesse sido. Tem mais. A limpa dos analistas desencadeou os eventos. O plano, o Protocolo de Defesa, era filtrar os analistas para encontrar infiltrados e para os analistas chefes remanescentes e os chefes da estação trabalharem juntos para identificar qualquer um que pudesse ser um agente duplo.

— Faz sentido.

— Faria, mas subestimamos o escopo da falha. Preciso contar um pouco sobre como a Clocktower é organizada. Você sabe quantas células existem: duzentas a duzentas e cinquenta a qualquer momento. Deveria saber que já havíamos identificado alguns dos analistas chefes como infiltrados, cerca de sessenta. Foram os que não chegaram à conferência.

— Então, quem eram...

— Atores. A maioria dos agentes de campo que trabalharam como analistas antes, qualquer um que pudesse fingir. Alguns dos analistas já sabiam o número aproximado das células da Clocktower e os atores ofereciam um benefício operacional: poderiam facilitar a detecção de mentiras de três dias, fazer perguntas pontuais, provocar reações, receber respostas.

— Inacreditável... Como pudemos correr um risco tão grande?

— Essa é uma das perguntas que precisamos responder. E tem mais. Nem todas as células são como a Estação de Jacarta. A vasta maioria são pouco mais que postos de escuta, lidam com um grupo pequeno de agentes de caso e enviam à Central as HUMINT e as SIGINT que coletam. Um posto de escuta comprometido é ruim. Significa que, não importa quem seja esse inimigo global, ele tem usado essas células para coletar informações e, talvez, até mesmo nos enviando dados falsificados.

— Talvez estivéssemos essencialmente cegos — Josh concluiu.

— Isso mesmo. Nosso melhor cenário era que esse inimigo tivesse cooptado nossa coleta de informações na preparação de um ataque gigantesco. Sabemos agora que isso é apenas metade do problema. Várias das células principais também estão em risco. Essas são células semelhantes à Estação de Jacarta, com coleta de informações *e* forças operacionais à paisana. Somos uma das vinte células principais. Essas são a última linha de defesa, a fina linha vermelha que separa o mundo daquilo que esse inimigo possa estar planejando.

— Quantas células estão comprometidas?

— Não sabemos. Mas três das principais células já caíram. Karachi, Cidade do Cabo e Mar del Plata, todas reportaram que as forças especiais de cada uma foram totalmente derrubadas em seu QG, matando a maioria dos analistas e chefes de estação. Não houve nenhuma comunicação delas por horas. A vigilância via satélite sobre a Argentina confirma a destruição do QG de Mar del Plata. Os insurgentes da Cidade do Cabo foram auxiliados por forças externas. Como conversamos, combates armados estão em curso em Seul, Déli, Dhaka e Lahore. Essas estações podem aguentar, mas tudo leva a crer que estarão perdidas também. Agora mesmo, nossas forças operacionais especiais talvez estejam se preparando para dominar a Estação de Jacarta, ou talvez isso esteja acontecendo neste segundo, fora desta sala, mas eu duvido.

— Por quê?

— Acredito que estejam esperando um retorno. Pelo que sabe, você é um problema. Quando atacarem, você estará no topo da lista de alvos. O briefing matutino seria o momento ideal para um ataque; provavelmente estão esperando por isso.

Josh sentiu a boca secar.

— Por isso você me tirou do elevador. — Ele pensou por um momento. — E agora você quer me apontar as ameaças na equipe antes do briefing? Iniciamos um ataque preventivo?

— Não — David respondeu, balançando a cabeça. — Esse era o plano original, mas já é passado. Precisamos considerar que a Estação de Jacarta cairá. Se estivermos tão comprometidos como as outras células principais, é apenas uma questão de tempo. Temos que olhar para o panorama geral e tentar imaginar o passo final do nosso adversário. Temos que considerar que uma ou mais células vão sobreviver e que poderemos usar qualquer informação que recebermos. Se não, talvez uma das agências nacionais. Mas tem uma pergunta que você ainda não fez, uma muito importante.

Josh pensou por um segundo.

— Por que agora? E por que começar com os analistas? Por que não limparam os agentes de campo primeiro?

— Muito bem. — David abriu uma das pastas. — Doze dias atrás, recebi o contato de uma fonte anônima que disse duas coisas. Uma, havia um ataque terrorista iminente, em uma escala que nunca vimos antes. E, duas, a Clocktower estava comprometida. — David arrumou algumas páginas. — Ele incluiu uma lista de sessenta analistas que ele alegava estarem comprometidos. Seguimos esses analistas por poucos dias e confirmamos que deixaram informações em esconderijos combinados e fizeram comunicações não autorizadas. Ficou provado. A fonte disse que talvez pudesse haver mais. O resto você já sabe: os outros chefes de estação e eu organizamos a conferência de analistas, interrogamos e colocamos em quarentena os analistas comprometidos e os substituímos por atores na conferência. Quem quer que seja a fonte, não sabia sobre os agentes de campo ou não divulgou por algum motivo. A fonte recusou um encontro e não recebi mais comunicados dele. Prosseguimos com a conferência e depois... a limpeza. A fonte silenciou. Então, ontem à noite, bem tarde, ele entrou em contato de novo. Disse que queria me entregar a outra metade das informações que prometera, detalhes do ataque gigantesco com o codinome Protocolo Toba. Era para nos encontrarmos hoje de manhã na Estação de Manggarai, mas ele não apareceu. Alguém com uma bomba veio no lugar. Mas eu acho que ele queria estar lá. Um garoto me entregou uma mensagem logo após o ataque. — David empurrou uma página na mesa.

Protocolo Toba é real.

12 + 4 + 47 = 4/5; Jones

22 + 7 + 47 = 3/8; Anderson

4 + 10 + 47 = 5/4; Ames

— É algum tipo de código — Josh disse.

— Sim, é surpreendente. As outras mensagens foram diretas. Mas agora ela faz sentido.

— Não entendo.

— Seja qual for o código, é a mensagem real, é o que constitui a configuração inteira. A fonte queria que a limpeza de analistas acontecesse para que pudesse enviar a mensagem codificada no tempo certo... e sabia que seria decodificado por alguém que não era um agente duplo: você. Queria que nos concentrássemos na limpeza dos analistas e no atraso das explosões até que pudesse enviar esta mensagem. Se soubéssemos o quanto estávamos comprometidos, teríamos deixado os agentes de campo em quarentena primeiro e deixado a Clocktower em confinamento total. Não estaríamos tendo esta conversa.

— Sim, mas por que se incomodar com um código? Por que não enviar a mensagem abertamente como as comunicações anteriores?

— É uma boa questão. Ele também precisa ficar sob supervisão. Comunicar seja lá o que estiver tentando nos dizer abertamente deve ter repercussões; talvez causaria morte ou aceleraria o ataque terrorista. Assim, quem quer que esteja vigiando o homem acredita que ainda não sabemos o que a mensagem diz. Pode ser o motivo por que eles não derrubaram mais células. Ainda pensam que podem conter a Clocktower.

— Faz sentido.

— Faz, mas uma questão ainda me incomoda. Por que eu?

Josh pensou por um momento.

— Certo, por que não o diretor da Clocktower, todos os outros chefes de Estação da Clocktower ou, simplesmente, alertar todas as agências de inteligência do mundo? Teriam poder de alcance muito maior para impedir um ataque. Talvez dar a dica desencadearia o ataque prematuro... bem como enviar a mensagem abertamente. Ou... você pode estar numa posição única para impedir o ataque... — Josh olhou para cima. — Ou sabe de alguma coisa.

— Muito bom. Mencionei anteriormente que comecei a investigar esse grupo superterrorista antes de ingressar na Clocktower. — David se levantou, caminhou até o arquivo e puxou mais duas pastas. — Vou mostrar para você uma coisa na qual estou trabalhando nos últimos dez anos, algo que nunca mostrei a ninguém, nem mesmo para a Clocktower.

Capítulo 13

Sala de interrogatório C
Centro de Detenção de Polícia, Jacarta Ocidental
Jacarta, Indonésia

Kate recostou-se na cadeira e pensou sobre suas opções. Teria de contar ao investigador como a pesquisa havia começado. Mesmo que não acreditasse, precisava ter essa informação registrada, caso eles a pusessem à prova.

— Pare aí — ela disse.

O homem parou na porta.

Kate colocou as pernas da cadeira para baixo e pousou os braços na mesa.

— Tem um bom motivo para minha pesquisa ter adotado essas crianças. Tem algo que vocês precisam entender. Quando vim para Jacarta, esperava conduzir essa pesquisa como qualquer outra nos Estados Unidos. Foi meu primeiro erro. Falhamos... e... mudamos a abordagem.

O homenzinho saiu da porta, sentou-se e ouviu Kate descrever como havia passado semanas preparando o recrutamento de pacientes.

* * *

A organização de Kate havia contratado uma Organização de Pesquisa Contratada (OPC) para executar a pesquisa, como teria feito nos Estados Unidos. Lá, as empresas farmacêuticas concentram-se no desenvolvimento de uma medicação ou terapia nova e, quando têm algo promissor, não raro terceirizam a administração da pesquisa para uma OPC. As OPCs encontram clínicas com médicos interessados na pesquisa. Então, as clínicas, ou instalações, inscrevem pacientes dispostos a participar da pesquisa, administram a nova medicação/ terapia, em seguida testam-nos periodicamente para verificar se há algum problema de saúde — efeitos colaterais. A OPC analisa de perto todos os locais na pesquisa, repassando os resultados ao patrocinador/ organização de pesquisa, que faz seus próprios relatórios para a FDA, o órgão governamental de controle de alimentos e medicamentos dos Estados Unidos, ou o órgão governamental de outros países. A etapa final era um teste com o efeito terapêutico desejado sem qualquer efeito adverso ou colateral. Era uma longa jornada, e menos de um por cento dos medicamentos que funcionava em laboratório chegava às prateleiras das farmácias.

Havia apenas um problema: Jacarta, e a Indonésia em geral, não tinha clínicas para autistas e apenas um punhado de consultórios especializados concentravam-se em distúrbios de desenvolvimento. Essas clínicas não tinham experiência em pesquisa clínica — uma situação perigosa para os pacientes. O setor farmacêutico era mínimo na Indonésia, principalmente porque o mercado era pequeno (Indonésia importava grande parte dos medicamentos genéricos), então pouquíssimos médicos foram contatados quanto à pesquisa.

A OPC propôs um conceito novo: envolver diretamente os pais e abrir uma clínica para administrar a terapia. Kate e o investigador chefe do experimento, dr. John Helms, encontraram-se finalmente com a OPC, buscando alternativas. Não havia. Kate encorajou o dr. Helms a prosseguir com o plano e, finalmente, ele concordou.

Compilaram uma lista de famílias no raio de cento e sessenta quilômetros de Jacarta que tivessem uma criança dentro do espectro do autismo. Kate reservou um auditório num dos hotéis mais bacanas da cidade e convidou as famílias para uma apresentação.

Ela escreveu, reescreveu e revisou o livreto do experimento por dias a fio. Finalmente, Ben invadiu a sala de Kate e disse que ele iria embora se não liberasse o livreto. Kate cedeu, o livreto do experimento seguiu para o conselho de ética, em seguida para a gráfica, e eles se prepararam para o evento.

Quando chegou o dia, ela ficou na porta, pronta para receber cada família quando chegasse. Ela queria que suas mãos parassem de suar. Limpava as palmas nas calças o tempo todo. A primeira impressão é tudo. Confiança, honestidade, perícia.

Ela esperou. Tinham livretos o bastante? Mil estavam disponíveis e, embora tivessem enviado apenas seiscentos convites, pai e mãe podiam aparecer. Outras famílias podiam aparecer — não havia banco de dados ou registro confiável de famílias afetadas na Indonésia. O que fariam? Ela disse para Ben ficar a postos para usar a copiadora do hotel, se necessário; ele poderia fazer cópias dos pontos principais enquanto ela falasse.

Quinze minutos depois do horário, as primeiras duas mães apareceram. Kate secou-se novamente antes de cumprimentar as mães com apertos de mão vigorosos e falar um pouco alto demais.

— Que ótimo ter as senhoras aqui, obrigado por terem vindo... não, o lugar é aqui... sentem-se, vamos começar logo...

Trinta minutos se passaram além do horário.

Uma hora se passou do horário de início.

Ela foi até as seis mães e puxou papo.

— Não sei o que aconteceu... que dia vocês receberam o convite?... Não, convidamos outros... Acho que deve ser um problema com o correio...

Finalmente, Kate levou as seis participantes para uma sala de reunião pequena no hotel para tornar a situação menos estranha. Fez uma breve apresentação enquanto, uma a uma, cada mãe pediu licença, dizendo que precisavam buscar os filhos, voltar para o trabalho e outras desculpas.

No bar do hotel, dr. Helms ficou bêbado como um gambá. Quando Kate juntou-se a ele, o homem grisalho inclinou-se para perto dela e disse:

— *Falei* que não funcionaria. Nunca vamos recrutar nesta cidade, Kate. Porque... hei, barman, aqui, quero mais um desse, hum, dessa coisa, meu bom homem... O que eu estava dizendo? Ah, sim, precisamos encerrar as atividades rapidamente. Recebi uma proposta de Oxford. Meu Deus, como eu sinto falta de Oxford, aqui é um horror de úmido, parece uma sauna o tempo todo. E, tenho que admitir, fiz o que pude. Falando em... — Ele se aproximou mais. — Não quero agourar ao dizer as palavras. Prêmio. No. Bel. Mas... Eu *ouvi* que meu nome foi apresentado... talvez seja o meu ano, Kate. Mal posso esperar para esquecer esse fracasso. Quando vou aprender? Acho que fico de coração mole quando vejo uma boa causa.

Kate quis enfatizar que seu coração mole certamente foi guiado por uma barganha difícil — três vezes o salário dela e seu nome em primeiro lugar em qualquer publicação ou patente, apesar do fato de que o estudo inteiro baseava-se na pesquisa de pós-doutorado dela —, mas ela segurou a língua e engoliu o resto do Chardonnay.

Aquela noite ela ligou para Martin.

— Não consigo...

— Pode parar, Kate. Você pode fazer qualquer coisa que estiver na sua mente. Sempre pôde. Há duzentos milhões de pessoas na Indonésia e quase sete bilhões de pessoas neste mundinho. E ao menos meio por cento pode estar em algum ponto do espectro do autismo. São trinta e cinco milhões de pessoas, a população do Texas. Você enviou carta para seiscentas famílias. Não desista. Não vou deixar que desista. Vou ligar amanhã de manhã para o chefe de financiamento da Immari Research; eles vão continuar financiando vocês, estando o canalha do John Helms no estudo ou não.

A ligação lembrou Kate da noite em que telefonou para ele de San Francisco, quando Martin jurou que Jacarta seria um ótimo lugar para começar e continuar a pesquisa. Talvez ele estivesse certo, no fim das contas.

Na manhã seguinte, ela entrou no laboratório e pediu para Ben solicitar mais livretos. E encontrar tradutores. Eles iam até os vilarejos. Ampliariam a rede — e não esperariam as famílias virem até eles. Ela despediu a OPC e ignorou os protestos do dr. Helms.

Duas semanas depois, eles carregaram três vans com quatro pesquisadores, oito intérpretes e caixas e caixas de livretos do experimento em cinco idiomas: indonésio/malaio, javanês, sundanês, madurês e betawi. Kate ficou preocupada com a escolha dos idiomas também: mais de setecentos idiomas diferentes eram falados em toda a Indonésia, mas por fim acabou escolhendo os cinco mais comuns falados em Jacarta e em toda a ilha de Java. Ironia à parte, ela não deixaria seu experimento com autismo fracassar por problemas de comunicação.

Como no hotel no centro de Jacarta, suas preparações foram um esforço totalmente desperdiçado. Ao entrar no primeiro vilarejo, Kate e a equipe ficaram surpresos: não havia crianças com autismo. Os aldeões não estavam interessados nos livretos. Os tradutores disseram que ninguém tinha visto uma criança com esses problemas.

Não fazia sentido. Devia haver ao menos duas, talvez três participantes em potencial em cada vilarejo, possivelmente mais.

No próximo vilarejo, Kate percebeu que um dos intérpretes, um homem mais velho, ficava encostado no furgão enquanto a equipe e os outros intérpretes batiam de porta em porta.

— Hei, por que o senhor não está trabalhando? — Kate perguntou.

O homem deu de ombros.

— Porque não vai fazer diferença.

— Claro que vai. Agora, é melhor…

O homem ergueu as mãos.

— Não quis ofender, senhora. Só estou dizendo que a senhora está fazendo as perguntas erradas. E para as pessoas erradas.

Kate encarou o homem.

— Tudo bem. Para quem o senhor perguntaria? E o que perguntaria?

O homem desencostou do furgão, gesticulou para Kate segui-lo e caminhou para o fundo do vilarejo, depois dos lares mais bacanas. Na periferia, ele bateu na primeira porta e, quando uma mulher baixinha atendeu, ele falou rápido, num tom ríspido, às vezes apontando para Kate. A cena a fez se encolher de medo. Envergonhada, juntou as lapelas do jaleco branco. Ficou aflita com o seu guarda-roupa também, decidindo por fim que projetar uma aparência confiável, médica, era a ordem do dia. Poderia apenas imaginar como parecia para os aldeões, que, em sua maioria, vestiam roupas que eles próprios faziam de retalhos das confecções clandestinas ou restos de roupas de segunda mão parcialmente desintegradas.

Percebendo que a mulher desapareceu, Kate avançou para questionar o intérprete, mas ele ergueu a mão quando a mulher voltou à porta, empurrando três crianças para ficar diante deles. Elas encaravam os pés e ficaram paradas como estátuas. O intérprete foi de criança em criança, olhando-as de cima a baixo. Kate deslocou um pouco o peso sobre as pernas, considerando o que fazer. As crianças eram saudáveis; nenhuma delas mostrava o menor sinal de autismo. Para a última criança, o homem se curvou e gritou novamente. A mãe disse algo rápido, mas ele gritou com ela, que logo silenciou. A criança disse três palavras nervosamente. O intérprete disse alguma coisa e a criança repetiu as palavras. Kate se perguntou se eram nomes. Locais, talvez?

O intérprete ergueu-se e começou a apontar e gritar para a mulher novamente. Ela balançava a cabeça com fúria, repetindo uma frase sem parar. Após muitos minutos de irritação do intérprete, ela baixou os olhos e começou a falar baixo. Apontou para outra cabana. A voz do intérprete ficou baixa pela primeira vez e a mulher parecia aliviada com as palavras dele. Empurrou as crianças para dentro de casa, quase cortando a última ao meio quando fechou rapidamente a porta.

A cena na segunda cabana desenrolou-se quase como na primeira: o intérprete gritava e apontava, Kate ficava por perto e sem jeito e a aldeã nervosa apresentava seus quatro filhos, em seguida esperava com preocupação nos olhos. Dessa vez, quando o tradutor fez perguntas a uma das crianças, a criança falou cinco palavras, e Kate acreditou que eram nomes. A mãe protestou, mas o intérprete a ignorou, pressionando a criança. Quando respondeu, o homenzarrão pulou, empurrou a mãe e a criança de lado e entrou porta adentro.

Kate foi pega de surpresa, mas quando a mãe e as crianças seguiram para dentro da casa, ela também seguiu.

A casa era uma choça apinhada com três cômodos. Ela quase tropeçou ao caminhar por ela. No fundo, ela encontrou o intérprete e a mulher brigando com mais veemência que antes. Aos seus pés, um menino pequeno, esquelético, estava amarrado a uma viga de madeira que segurava o telhado. Estava amordaçado, mas ela conseguia ouvir os ruídos rítmicos vindos da boca enquanto ele se sacudia para a frente e para trás, batendo a cabeça na viga.

Kate agarrou o braço do tradutor.

— O que é isso? O que está acontecendo aqui, me diga?

O homem olhou para Kate e para a mãe, parecia cercado entre o domador e um animal enjaulado cujo volume e histeria cresciam de segundo a segundo. Kate apertou o braço do homem e puxou-o para encará-lo e ele começou a explicar.

— Ela disse não ser sua culpa. É uma criança desobediente. Não come a comida dela. Não faz o que ela diz. Não brinca com as crianças. Diz que ele nem mesmo reage ao próprio nome.

Todos os sinais clássicos de autismo, de um caso grave. Kate olhou para a criança no chão.

O homem acrescentou.

— Ela insiste que não é sua culpa. Diz que já segurou o menino aqui mais que os outros, mas não pode...

— Que outros?

O tradutor conversou com a mulher num tom normal, em seguida virou-se para Kate.

— Depois do vilarejo. Tem um lugar para onde levam as crianças que não respeitam os pais, aquelas que desobedecem sempre, que não fazem parte da família.

— Leve-me até lá.

O tradutor arrancou mais informações da mulher, em seguida apontou a porta para eles saírem. A mulher chamou por eles. O homem virou-se para Kate.

— Ela quer saber se vamos levá-lo.

— Diga a ela que sim, para desamarrá-lo que voltaremos.

O tradutor levou Kate até um trecho de floresta deserta ao sul do vilarejo. Depois de uma hora procurando, ainda não haviam encontrado nada, mas continuaram a busca. Às vezes, Kate ouvia as folhas e as árvores farfalhando quando um animal se movia. O sol logo se poria e ela imaginou como seria a floresta no crepúsculo. A Indonésia era inteiramente tropical; a temperatura era quase constante todos os dias, em todas as estações. As selvas javanesas eram áreas perigosas, selvagens, lar de todo tipo de cobras, felinos grandes e insetos. Não era um lugar para crianças.

À distância, ela ouviu gritos, e o intérprete gritou por ela.

— Dra. Warner, venha rápido!

Ela partiu em disparada pela floresta densa, tropeçando uma vez e abrindo caminho através do mato alto. Encontrou o intérprete segurando uma criança, ainda mais esquelética que o garoto da cabana. Mesmo com sua pele morena, conseguia ver a sujeira e a oleosidade manchando seu rosto. Ele lutava contra o intérprete como um demônio aprisionado.

— Existem outros? — Kate questionou. Ela viu um telheiro, um barracão destruído a uns cinquenta metros. Havia uma criança deitada ali? Ela seguiu até lá.

— Não entre lá, dra. Warner. — Ele apertou ainda mais a criança. — Não há outros... para levar. Por favor, me ajude.

Ela pegou o braço do outro menino e eles o escoltaram de volta para a van. Juntaram-se à equipe de pesquisa, em seguida buscaram a criança que estava atada à viga e souberam que seu nome era Adi. A criança da floresta não tinha nome e eles sabiam que nunca encontrariam os pais ou qualquer um que assumisse o que fizera com ele. Kate chamou-o de Surya.

Quando a equipe de pesquisa se reuniu no furgão, Kate cercou o intérprete.

— Agora quero que você me diga o que fez... exatamente o que disse lá atrás.

— Acho que a senhora não vai querer saber, doutora.

— Acho que eu quero sim. Pode começar a falar.

O homem suspirou.

— Disse para eles que vocês são de uma organização humanitária que está fazendo uma obra social para crianças...

— O quê?

O homem empertigou-se.

— É isso que estão pensando da senhora, então não faz diferença. Eles não sabem o que é experimento clínico. Nunca ouviram falar disso. Olhe ao redor: essas pessoas vivem desse jeito há milhares de anos. Disse que vocês precisavam ver as crianças, que ajudarão as que precisam de ajuda. Ainda assim, não confiam na gente. Algumas acreditam que vamos trazer problemas, mas muitas simplesmente se preocupam com o falatório. Aqui é perigoso ter um filho com problemas. As pessoas escondem essas crianças. Se o falatório começar, as outras crianças terão dificuldade para encontrar alguém para casar. Vão dizer que "talvez você tenha esse filho e ele seja um problema como o irmão do seu pai". Que "isso está no sangue dele". Mas as crianças contam a verdade quando pergunto o nome dos irmãos e irmãs. As crianças ainda não conseguem esconder esse tipo de coisa.

Kate pensou na história do homem. Certamente funcionou. Ela se virou para a equipe:

— Tudo bem, essa é nossa nova abordagem.

Dr. Helms foi até Kate e o intérprete.

— Não vou fazer isso. Mentir para um pai ou mãe para inscrever uma criança num estudo clínico viola a ética médica básica e é moralmente errado. — Fez uma pausa dramática. — Independente das circunstâncias ou das normas sociais da comunidade. — Ele encarou Kate e, em seguida, o outro membro da equipe.

Kate interrompeu sua revolta.

— Faça o que quiser. Pode esperar no furgão, como qualquer outro que queira abandonar essas crianças aqui para a morte.

O doutor voltou-se para disparar outra saraivada, mas Ben interrompeu-o.

— Bem, estou dentro. Odeio esperar no furgão. Aliás, também odeio matar crianças. — Ele virou-se e começou a arrumar os equipamentos, parando apenas para pedir ajuda a outro membro da equipe.

Os três assistentes restantes começaram a ajudar com hesitação e então Kate percebeu como eles tinham ficado indecisos. Fez uma nota mental para agradecer ao Ben, mas o ritmo do dia logo se acelerou e ela esqueceu.

No vilarejo seguinte, a equipe descartou os folhetos, mas quando os aldeões começaram a recolhê-los, a equipe se moveu para entregar os livretos — para servir de isolante térmico para as casas dos aldeões. O ato de boa vontade ajudou a corroborar a história de trabalhadores voluntários e foi ótimo para Kate ver os livretos com os quais havia gastado tanto tempo servindo para um bom uso.

Dr. Helms continuou a protestar, mas o resto da equipe o ignorou. Enquanto os furgões se enchiam de crianças, seus protestos foram diminuindo e, no final do dia, ficou claro para todos que ele havia se arrependido dos seus atos.

De volta a Jacarta, ele procurou Kate em sua sala após o restante da equipe ir embora.

— Olha, Kate, estava mesmo querendo falar com você. Depois, hum, de pensar um pouco... e para ser franco, após ver alguns efeitos do seu trabalho nas, hum, crianças... tenho que dizer que decidi que estamos bem dentro das normas da ética médica e na minha zona de conforto pessoal, então, bem, estou bem confortável para conduzir esse estudo. — Ele fez menção de se sentar.

Kate não ergueu os olhos do documento que lia.

— Nem precisa sentar, John. Também tem uma coisa que preciso lhe dizer. Lá fora, em campo, você pôs sua segurança e a reputação do seu pessoal na frente da vida daquelas crianças. Isso é inaceitável. Nós dois sabemos que não posso demiti-lo, mas eu não conseguirei, de jeito nenhum, trabalhar com você num estudo no qual a vida dessas crianças esteja em jogo. Se algo acontecer a qualquer uma delas, se você colocá-las em perigo, não vou suportar. Informei a patrocinadora do estudo, a Immari Research, que eu estava saindo do projeto e aconteceu uma coisa muito engraçada. — Ela ergueu os olhos do papel. — Eles me disseram que não financiariam o estudo sem mim. Então, você pode renunciar ou eu renuncio, em todo caso você perderá o financiamento e poderá começar o mesmo estudo com um nome diferente. Ah, e por acaso, o pessoal da mudança virá amanhã desmontar sua sala. Então, seja lá o que você decidir, terá de encontrar um novo local.

Ela saiu da sala e partiu. No dia seguinte, Helms deixou Jacarta de uma vez por todas e Kate tornou-se a única investigadora do projeto. Kate pediu para Martin fazer algumas ligações, alguns favores foram trocados e o estudo recebeu a guarda legal de todas as crianças registradas.

Quando Kate terminou a história, o interrogador levantou-se e disse:

— Espera que eu acredite nisso? Não somos selvagens, srta. Warner. Boa sorte ao contar essa história para um júri, em Jacarta. — Ele saiu da saleta antes que Kate pudesse responder.

Fora da sala de interrogatório, o homenzinho foi até o chefe de polícia rotundo, que passou o braço suado ao redor dele e disse:

— Como foi, Paku?

— Acho que ela está pronta, chefe.

Capítulo 14

Sala de comunicações protegidas
QG da Estação da Clocktower
Jacarta, Indonésia

Josh olhou para as paredes de concreto além da sala envidraçada enquanto tentava digerir o que David havia lhe contado. A Clocktower estava comprometida. Várias células grandes já estavam lutando para sobreviver. A Estação de Jacarta logo estaria sob ataque e, principalmente, havia um ataque terrorista iminente em escala global.

E David precisava que Josh desvendasse o código para impedi-lo.

Sem pressão.

David voltou do armário de arquivo e sentou-se à mesa novamente.

— Estive trabalhando numa teoria que montei dez anos atrás, logo após o Onze de Setembro.

— Acha que esse ataque tem relação com o Onze de Setembro? — Josh perguntou.

— Acho.

— Acha que é uma operação da Al-Qaeda?

— Não necessariamente. Acredito que a Al-Qaeda causou os ataques de Onze de Setembro. Acredito que outro grupo, uma multinacional chamada Immari International, planejou, financiou e se beneficiou do ataque. Acho que era um disfarce para várias escavações arqueológicas que a Immari realizou no Afeganistão e no Iraque e um furto muito sofisticado. Um roubo.

Josh olhou para a mesa. David perdera a cabeça? Esse tipo de teoria da conspiração com o Onze de Setembro era bom para fóruns de internet, não trabalho sério de antiterrorismo.

David pareceu reconhecer a hesitação de Josh.

— Olha só, sei que parece forçado, mas ouça o que estou dizendo. Depois do Onze de Setembro, passei quase um ano em um hospital, depois fui para a reabilitação. É muito tempo para pensar. Várias coisas sobre os ataques não faziam sentido para mim. Por que atacar Nova York primeiro? Por que não atingir a Casa Branca, o Congresso, a CIA e a NSA simultaneamente? Aqueles quatro aviões teriam deixado o país aleijado, especialmente em nossas capacidades defensivas. Teriam nos jogado num caos completo. E por que usar apenas quatro aviões? Certamente poderiam ter treinado mais pilotos. Poderiam ter sequestrado trinta aviões naquela manhã se tomassem aviões em Dulles e nos aeroportos nacionais de Washington, D.C., Baltimore, talvez Richmond. Atlanta estava bem perto; Hartsfield-Jackson é o aeroporto mais agitado do mundo. Quem sabe, eles poderiam ter derrubado uma centena de aviões naquele dia antes de os passageiros começarem a lutar. E certamente sabiam que acidentes de avião são uma tática sem volta, então teriam maximizado o impacto.

Josh assentiu, ainda cético.

— É uma questão interessante.

— E há outras. Por que atacar num dia em que se sabia que o presidente estava fora da cidade, numa escola infantil na Flórida? Claro que o objetivo não era retirar nossa capacidade de lutar, claro que o Pentágono foi atingido e muitos bravos americanos morreram, mas no geral o efeito foi deixar o Pentágono e as Forças Armadas muito, muito putos da vida. Aliás, o país inteiro. Depois do Onze de Setembro, os Estados Unidos desenvolveram um apetite pela guerra como eu nunca tinha visto antes. E teve outro efeito impressionante: a Bolsa de Valores quebrou, uma quebra histórica. Nova York é o centro financeiro do mundo; atingi-lo faz sentido se você deseja uma coisa: quebrar o mercado de ações. Os ataques fizeram duas coisas muito bem: garantiram que haveria uma guerra das grandes... *e* quebraram o mercado de ações.

— Nunca tinha olhado por esse viés — John comentou.

— As coisas parecem muito diferentes quando se passa quase um ano no hospital, aprendendo a andar dia após dia e se questionando à noite. Não podia fazer muitas pesquisas sobre terroristas de uma cama de hospital, então me concentrei no ângulo financeiro. Comecei a olhar quem eram os grandes vencedores do colapso financeiro. Quem estava apostando contra as ações norte-americanas. Quais empresas estavam vendendo a descoberto, quem tinha opções de venda, quem fez fortuna. Era uma lista longa. Em seguida, comecei a olhar quem se beneficiava com as guerras, especialmente empresas de segurança privada e negócios de petróleo e gás. A lista ficou menor. E tinha mais uma coisa que me intrigava: os ataques quase garantiram uma guerra no Afeganistão. Talvez aquilo que o grupo desejava estava lá e precisavam de uma cobertura para ir até lá e procurar. Eu sabia que precisaria sair a campo para encontrar algumas respostas reais.

David tomou fôlego e continuou.

— Em 2004, eu já estava em pé. Candidatei-me para entrar na CIA naquele ano, mas fui rejeitado. Treinei mais um ano, fui rejeitado de novo em 2005 e treinei mais um pouco. Pensei em entrar no Exército, mas sabia que precisaria fazer parte das operações secretas para conseguir as respostas reais.

Josh baixou o olhar, absorveu as informações, vendo David sob uma luz completamente diferente. Sempre pensou no chefe da estação como um supersoldado invencível, sempre acreditou que David era tudo isso. A ideia de ele ter ficado deitado numa cama de hospital por um ano, de ter sido *rejeitado* como agente de campo — duas vezes — era um pouco surpreendente.

— Que foi? — David perguntou.

— Nada... eu só... pensei que você era um agente de carreira. Que você estava na agência no Onze de Setembro.

Um sorriso satisfeito cruzou os lábios de David.

— Não, nem perto. Era um aluno de pós-graduação, na verdade. Na Columbia, acredita? Talvez por isso a CIA tenha me rejeitado tantas vezes... não queria ninguém pensando demais nas unidades de campo. Mas aparentemente a terceira vez tem seu encanto... eles me pegaram em 2006. Talvez tenham perdido agentes o suficiente ou vários se juntaram às empresas de segurança privada; seja qual for o motivo, eu fiquei feliz em ir para o Afeganistão. Descobri minhas respostas. A lista menor que eu tinha, as três empresas, eram todas subsidiárias de uma companhia: a Immari International. A divisão de segurança, a Immari Security, coordenava as operações, mas os recursos do Onze de Setembro iam para várias empresas de fachada. E descobri outra coisa. Um plano para um novo ataque com codinome Protocolo Toba. — David apontou para a pasta. — Aquela pasta é tudo que tenho sobre o ataque. Não é muito.

Josh abriu a pasta.

— Por isso você entrou na Clocktower, para investigar a Immari e o Protocolo Toba?

— Em partes. A Clocktower era a plataforma perfeita para mim. Eu já sabia nesse momento que a Immari estava por trás do Onze de Setembro, que tinham feito fortuna com os ataques e que estavam buscando ativamente algo nas montanhas a leste do Afeganistão e no Paquistão. Mas me pegaram antes que eu pudesse descobrir o panorama geral. Quase me mataram a norte do Paquistão. Fui oficialmente registrado como morto na ação. Era a oportunidade perfeita para sair. Precisava de uma identidade nova e um lugar para continuar meu trabalho. Nunca tinha ouvido falar da Clocktower antes de estar em ação no Afeganistão, mas me refugiei aqui. Foi perfeito. Todos nós chegamos à Clocktower por motivos próprios; era a chave para minha sobrevivência no momento e a ferramenta que eu precisava para finalmente descobrir a verdade sobre a Immari e o Protocolo. Nunca contei a ninguém minha motivação, exceto para o diretor. Ele me aceitou e me ajudou a iniciar a Estação de Jacarta há quatro anos. Não fiz avanços substanciais na questão da Immari até uma semana atrás, quando a fonte me contatou.

— Por isso a fonte te escolheu.

— É o que parece. Ele sabe sobre minha investigação. Sabia que eu tinha essa pasta. Ela pode conter a chave para decifrar o código. O que sei é que a Immari Corporation está de alguma forma envolvida no Onze de Setembro, talvez em outras ações terroristas antes e depois dele, e que estão trabalhando em algo muito, muito maior: o Protocolo Toba. Por isso escolhi Jacarta, a cidade grande mais próxima do monte Toba. Acho que é uma referência de onde o ataque vai começar.

— Uma suposição lógica. O que sabemos sobre o Protocolo Toba? — Josh perguntou.

— Não muito. Além de algumas referências, existe um memorando sobre ele. É um relatório sobre urbanização, infraestrutura de transporte e potencial para reduzir a população humana total. Seja lá o que for esse Protocolo, acredito que é o objetivo: reduzir drasticamente a população humana total.

— De alguma forma, isso limita as possibilidades. Um ataque terrorista que poderia reduzir a população local teria que ser biológico; talvez uma mudança drástica no meio ambiente ou a provocação de uma nova guerra mundial. Não estamos falando de homens-bombas suicidas; é algo maior.

David assentiu.

— Muito maior e, provavelmente, algo que nunca esperaríamos. Jacarta é o lugar perfeito para começar um ataque. A densidade populacional é alta e existem toneladas de expatriados aqui. O início de um ataque enviaria estrangeiros ricos em Jacarta para o aeroporto e, de lá, para quase todos os países do mundo.

David foi até a bancada de telas de computador atrás de Josh.

— Os computadores atrás de você estão conectados à Central, aos nossos servidores e às células remanescentes. Eles têm tudo que sabemos sobre o que está acontecendo no mundo, os vários grupos e organizações terroristas que conhecemos são fachadas da Immari International. Não é muito. Começa lá, se atualiza, em seguida se move rapidamente para a última informação local. Se algo estiver acontecendo aqui em Jacarta, temos a responsabilidade de investigar primeiro.

Precisaremos passar o que sabemos no caso de a Estação de Jacarta cair. Pensar em outra perspectiva. Seja lá o que aconteça, talvez não se ajuste aos padrões normais. Olhar para algo que não suspeitaríamos — como cidadãos sauditas tendo aulas de voo na Alemanha, em seguida mudando-se para os Estados Unidos; como alguém em Oklahoma comprando toneladas de fertilizante sem ser fazendeiro.

— O que há no restante das pastas? — Josh quis saber.

David empurrou uma pasta sobre a mesa.

— Esta pasta contém o restante das informações sobre a Immari que eu coletei antes de entrar na Clocktower.

— Não está no computador?

— Não. Nunca entreguei essas informações para a Clocktower. Você verá por quê. O outro envelope contém uma carta minha para você. Deve abri-la quando eu morrer. Vai lhe dar instruções.

Josh começou a falar algo, mas David o interrompeu.

— Tem uma última coisa.

David levantou-se e pegou um pequeno estojo no canto da sala e deixou-o sobre a mesa.

— Esta sala e a câmara externa darão um pouco de proteção e, espero, tempo suficiente para descobrir algo e decodificar a mensagem. O QG da Clocktower é o último lugar onde vão te procurar. Mesmo assim, duvido que teremos muito tempo. Mande qualquer coisa que encontrar para o meu celular. O monitor no alto à direita mostra imagens de uma câmera que está sobre a porta, apontada para a sala do servidor, então você saberá se alguém estiver tentando entrar aqui. Como você sabe, não há câmeras no QG principal, por motivos de segurança, então talvez você não perceba muitas coisas. — Ele abriu o estojo e tirou uma pistola. Deslizou o pente no cabo da arma e deixou-a na mesa diante de Josh. — Você sabe como usar?

Josh encarou a arma e recostou-se na cadeira.

— Hum, sim. Bem, tive treinamento básico quando entrei na agência, doze anos atrás, mas não uso uma desde aquela época. Então... não, de verdade não. — Ele quis dizer "Se as forças de operações secretas entrarem nesta sala, que chance realmente teremos?", mas não disse; sabia que David estava mostrando a arma para fazê-lo se sentir mais seguro. Não ter medo da morte clarearia sua mente e o ajudaria a fazer seu trabalho, mas Josh sentia que era apenas metade da motivação do chefe.

— Se precisar usá-la, puxe o ferrolho para trás. Isso carrega um cartucho. Quando esvaziar, aperte aqui, o pente desliza para baixo. Você encaixa outro e aperta esse outro botão, o ferrolho volta e carrega o primeiro cartucho do novo pente. Mas se essa porta for derrubada, tem algo que você precisa fazer antes de usar a arma.

— Limpar os computadores?

— Exatamente. E queimar essa pasta e também a carta. — David apontou para um pequeno cesto de metal e entregou para ele um pequeno maçarico de butano que estava no estojo da arma.

— O que mais tem no estojo? — Josh pensou que sabia, mas perguntou de qualquer forma.

O chefe da Estação de Jacarta parou por um segundo, em seguida pegou o estojo e tirou uma pequena cápsula.

— Eu engulo?

— Não. Quando chegar a hora, você morde. O cianeto funciona muito rápido, talvez em três ou quatro segundos. — David entregou a cápsula a Josh. — Mantenha com você. Espero que não precise. É muito difícil entrar nesta sala.

David guardou a pistola no estojo e o guardou no canto da sala.

— Avise assim que souber de algo. — Ele virou e caminhou até a porta.

Josh levantou-se e perguntou:

— Que vai fazer?

— Ganhar um tempo para nós.

Capítulo 15

Sala de interrogatório C
Centro de Detenção de Polícia, Jacarta Ocidental
Jacarta, Indonésia

Kate ergueu os olhos quando a porta da sala de interrogatório se abriu, revelando um homem gordo e suarento. Ele carregava uma pasta numa das mãos e estendeu a outra para ela.

— Dra. Warner, sou o chefe de polícia Eddi Kusnadi. Eu espe…

— Estou esperando aqui há horas. Seus homens me interrogaram sobre detalhes inúteis do meu estudo, ameaçaram me prender. Quero saber o que vocês estão fazendo para encontrar aquelas crianças sequestradas.

— Doutora, a senhora não entende a situação aqui. Somos um departamento pequeno.

— Então, chame a polícia federal. Ou…

— A polícia federal já tem seus problemas, doutora, e eles não incluem encontrar crianças retardadas.

— Não as chame de retardadas.

— Não são retardadas? — Ele abriu a pasta e folheou. — Nossas notas dizem que sua clínica está testando uma nova droga para crianças retar…

— Não são retardadas. O cérebro delas funciona de um jeito diferente do das outras pessoas. Como meu metabolismo não funciona como o do senhor.

O chefe corpulento olhou para seu corpo, como se tentasse encontrar seu metabolismo, examiná-lo e compará-lo com o de Kate.

— Ou vocês começam a procurar aquelas crianças ou me soltam para que eu possa fazê-lo.

— Não podemos liberá-la — Kusnadi disse.

— Por que não?

— Não descartamos a senhora como suspeita.

— Que absurdo...

— Eu sei, doutora, eu sei, acredite em mim. Mas o que a senhora quer que eu faça? Não posso dizer aos meus investigadores quem é e quem não é suspeito. Seria inadequado. No entanto, eu os convenci a mantê-la nesta cela de detenção. Insistiram para que eu a levasse para uma área de detenção comum. Elas são mistas e temo que não sejam bem monitoradas. — Ele fez uma pausa, em seguida voltou a abrir a pasta. — Mas acho que posso ao menos postergar isso um pouco. Nesse meio-tempo, tenho algumas perguntas. Nossos registros dizem que a senhora comprou um prédio aqui em Jacarta. Pagou em dinheiro, o equivalente a setecentos mil dólares norte-americanos. — Ele ergueu os olhos para ela e, como Kate não disse nada, continuou. — Nosso contato no banco diz que a senhora mantém uma conta corrente com um saldo médio equivalente a trezentos dólares norte-americanos. A conta recebe transferências periódicas de um banco nas Ilhas Cayman.

— Meu saldo bancário não tem nada a ver com isso.

— Com certeza não. Mas a senhora consegue imaginar como isso soa aos meus investigadores. Posso perguntar como a senhora conseguiu tanto dinheiro.

— Eu herdei.

O chefe ergueu as sobrancelhas e pareceu ficar animado.

— Ah, dos seus avós?

— Não, do meu pai. Olhe, estamos perdendo tempo aqui.

— O que ele fazia?

— Quem?

— Seu pai.

— Banqueiro. Acho, ou era investidor. Não sei, eu era muito nova.

— Entendo. — O chefe meneou a cabeça. — Acredito que podemos ajudar um ao outro. Podemos convencer meus investigadores de que a senhora não está envolvida no sequestro e dar ao meu departamento os recursos que precisa desesperadamente para encontrar esses re… essas, ah… crianças indefesas.

Kate o encarou. Agora tudo fazia sentido.

— Estou ouvindo.

— Acredito na senhora, dra. Warner. Mas como eu digo, meus investigadores, eles procuram provas e sabem o que o júri pensará, e, cá entre nós, dra. Warner, acredito que talvez eles não gostem de estrangeiros, só um pouco, especialmente os norte-americanos. Acredito que a única maneira de realmente garantir sua segurança e conseguir o que nós queremos é encontrar essas crianças. Isso limpará seu nome.

— Então, o que estão esperando?

— Como eu disse antes, dra. Warner, somos um departamento pequeno. Para encontrar essas crianças… eu precisaria de mais recursos, pessoas fora do meu departamento. Mas, sinto dizer, uma investigação como essa custaria muito, provavelmente dois milhões de dólares. Ah, dólares norte-americanos. Mas se eu pedir alguns favores, acho que podemos fazê-la por um milhão e meio. Mas o tempo está correndo, minha cara doutora. As crianças podem estar em qualquer lugar agora. Apenas espero que ainda estejam vivas.

— Um milhão e meio de dólares.

O chefe assentiu.

— Vocês terão esse dinheiro. Mas, primeiro, me solte.

— Não há nada que eu queira mais, doutora, acredite em mim. Mas promessas feitas por suspeitos em salas de interrogatório… — Ele ergueu as mãos.

— Ótimo, me dê um telefone e os dados de sua… conta bancária. E me consiga um carro.

— Imediatamente, doutora. — Ele sorriu, levantou-se e saiu.

Ele deixou Kate sozinha na sala de interrogatório. Ela se sentou à mesa novamente, com uma das pernas sob o corpo na cadeira, e correu a mão pelos cabelos loiros. A mulher na parede espelhada não parecia em nada com a cientista promissora que havia se mudado para Jacarta quatro anos antes.

O chefe fechou a porta da sala de interrogatório. Um milhão e meio! Ele poderia se aposentar. A família inteira poderia se aposentar. Um milhão e meio… Poderia ter mais, talvez dois, ou dois e meio? Três milhões. Talvez ela tivesse mais. Muito mais. Ela concordou com um milhão e meio de imediato. Talvez ele pudesse voltar e dizer que precisava contratar mais pessoas. Custará quatro milhões. Ele teria aceitado duzentos e cinquenta mil; ele esperava conseguir menos. Ficou na frente da sala de interrogatório e ponderou o que fazer.

Ele não voltaria logo. Poderia amaciá-la ainda mais. Algumas horas na cela dos bêbados com as câmeras desligadas. Precisava ter cuidado — não queria que ela corresse para a embaixada norte-americana em seguida —, mas se fosse cuidadoso, poderia fazer ainda mais dinheiro naquele dia.

Capítulo 16

Sala de comunicações protegidas
QG da Estação da Clocktower
Jacarta, Indonésia

Josh olhou para os pontos vermelhos na tela de posicionamento. Na hora em que David saíra da sala, os vinte e quatro pontos vermelhos — representando todos os agentes de campo da Estação de Jacarta moveram-se do QG da estação para localizações pela cidade. Agora, o mapa mostrava quatro grupos de seis pontos cada.

Josh conhecia bem três das localizações: eram os aparelhos da Estação de Jacarta. Os dezoito agentes nessas localizações devem estar na lista de suspeitos de David. Os pontos nos aparelhos moviam-se lentamente, voltando quando chegavam às paredes que os protegiam, como um acusado caminhando numa cela de detenção, esperando para ouvir seu destino.

A estratégia era razoável: David dividiu as forças inimigas possíveis e ganhou tempo para vê-los se aproximar caso atacassem. Quando atacassem. Ver os pontos no mapa deixou Josh apreensivo, tornou a ameaça real. Estava acontecendo. A batalha pela Estação de Jacarta era apenas uma questão de tempo. Em algum momento, os pontos se libertariam dos esconderijos, pulariam sobre o grupo de seis soldados com David, em seguida voltariam ao QG para cuidar de Josh.

David simplesmente ganhou tempo para eles. Tempo para Josh peneirar as informações locais do dia e pensar no código — encontrar alguma coisa. E ele não tinha certeza se havia encontrado.

Ele assistiu novamente ao vídeo. Era tudo que tinha. E se estivesse errado?

Passou a mão pelos cabelos. Aquilo certamente estava longe do convencional. Mas se não fosse nada...

O trabalho de inteligência resumia-se a instinto. A van, a operação, aquilo não parecia muito certo para Josh.

Ele ligou para David e disse:

— Acho que descobri algo.

— Fale — David pediu.

— Um sequestro... duas crianças de uma clínica médica. Reportado ao departamento de polícia de Jacarta algumas horas atrás. Clocktower marcou como um incidente local de baixa prioridade. Mas o furgão é um veículo comercial registrado em nome de uma empresa de fachada em Hong Kong que é um braço conhecido da Immari. E, francamente, não parece coisa dos nativos; foi um sequestro profissional. Em geral, registraríamos como sequestro-padrão e resgate, mas a Immari não se incomodaria em fazer um sequestro com pedido de resgate. Ainda estou fuçando, mas tenho noventa e nove por cento de certeza de que é uma operação da Immari, e uma de prioridade alta, considerando como foi evidente... pegar crianças durante o dia e com um furgão que eles sabiam que rastrearíamos. Significa que eles não podiam esperar.

— Então, o que isso significa?

— Não sei ao certo ainda. O estranho é que parece que outra empresa da Immari, a Immari Research, financia a clínica. O dinheiro para o edifício e suas despesas mensais é pago a partir de uma holding com sede em Jacarta: Immari Jacarta. Há várias referências a ela em seus arquivos. O histórico da companhia tem quase duzentos anos. Era uma subsidiária da Companhia Holandesa das Índias Orientais, durante o período colonial. Talvez seja o principal centro operacional da Immari aqui, no sudeste da Ásia.

— Não faz sentido. Por que uma unidade da Immari sequestraria crianças da outra? Talvez uma rixa interna? O que sabemos sobre a equipe da clínica?

— Não muito. Não há muitos deles. Alguns técnicos laboratoriais, um deles morto durante o incidente. Uma equipe rotativa de babás para as crianças. A maioria de nativos, não relacionada. E a cientista-chefe. — Ele puxou um arquivo da dra. Katherine Warner. — Estava lá durante a invasão, possivelmente incapacitada. Ninguém saiu por mais de uma hora. A polícia local está com ela agora numa delegacia de Jacarta.

— Já enviaram um alerta interagências sobre as crianças?

— Não.

— Alertas públicos?

— Nenhum. Mas tenho uma teoria. Temos uma fonte no departamento de polícia de Jacarta, setor oeste. Ele registrou um relatório há quinze minutos, dizendo que o chefe de polícia está extorquindo uma cidadã norte-americana. Suponho que seja a dra. Warner.

— Hum. O que essa clínica faz?

— É uma clínica de pesquisa, na verdade. Pesquisa genética. Estão estudando novas terapias para crianças com autismo, basicamente qualquer um com distúrbios de desenvolvimento.

— Não soa exatamente como um alarme de terrorismo internacional.

— Concordo.

— Então, qual é a teoria aqui? O que estamos procurando?

— Honestamente, não faço ideia. Não cheguei ainda tão a fundo nessa questão, mas uma coisa chama a atenção: o estudo não registrou nenhuma patente.

— Por que isso é tão significativo? Acha que não estão fazendo a pesquisa?

— Não, tenho certeza absoluta que estão, apenas com base nos equipamentos que importaram e pela estrutura. Mas não é pelo dinheiro. Se queriam comercializar o que estão estudando, primeiro patenteariam. É procedimento-padrão para estudos clínicos. Encontra um componente no laboratório, patenteia, em seguida testa. A patente impede que a concorrência roube uma amostra de um ensaio e patenteie primeiro, limando os outros do mercado. Só se testa sem patente se não quiser que o mundo saiba sobre o ensaio. Tem sentido fazer isso em Jacarta. Um ensaio baseado nos Estados Unidos com qualquer paciente exigiria por lei um registro na FDA e a divulgação da terapia do ensaio.

— Então, estão desenvolvendo uma arma biológica?

— Talvez. Mas a clínica não tivera nenhum incidente até hoje. Não registraram nenhuma fatalidade, então, se estão testando em crianças, produziriam a arma biológica menos eficaz de todos os tempos. Com base no que posso ver, a pesquisa é legítima. E bem-intencionada. De fato, se alcançaram o objetivo da pesquisa, seria um imenso avanço médico.

— O que também faria dele um excelente disfarce. Mas tenho uma pergunta: por que roubar de si mesmos? Se a Immari financia e dirige a clínica, por que precisariam usar o próprio pessoal para sequestrar as crianças? Talvez a pesquisadora tenha ficado com medo da arma, do que estão fazendo, não? — David perguntou.

— Talvez.

— A fonte na delegacia de Jacarta tem autoridade para soltar a doutora?

— Não, aparentemente ele está um pouco abaixo na hierarquia.

— Temos um arquivo do chefe?

— Um momento. — Josh buscou no banco de dados da Clocktower e, quando o arquivo apareceu, ele se recostou na cadeira. — Sim, temos um arquivo. Uau.

— Mande para a minha central de comando móvel. Já analisou toda a inteligência local?

— Sim, foi a única coisa que realmente se destacou. Mas tem mais uma coisa. — Josh ponderou se devia mencioná-lo, mas, assim como o vídeo do sequestro, não parecia correto. — Nenhuma das outras células relataram ataques e a Central não liberou nenhuma instrução. Não há nada no noticiário também... nada desde a luta em Karachi, Cidade do Cabo e Mar del Plata. Todas as células estão quietas, liberando relatórios de rotina como se nada estivesse acontecendo.

— Especulação? — David quis saber.

— Duas possibilidades: ou estão esperando algo, talvez nosso próximo movimento, ou…

— O restante das células caiu sem lutar.

— Exato. Talvez sejamos a última célula principal — Josh disse.

— Quero que você trabalhe no código… o mais rápido que puder.

Capítulo 17

Complexo de Pesquisa da Immari Corp.
Próximo a Burang, China
Região Autônoma do Tibete

O dr. Shen Chang tentou relaxar quando a videoconferência começou.

Quando o homem apareceu, Chang engoliu em seco e disse:

— O diretor do projeto ordenou que eu entrasse em contato com o senhor, dr. Grey. Seguimos o protocolo e a pesquisa fornecidos à risca, não sei o que...

— Tenho certeza que sim, dr. Chang. Mas o resultado foi muito surpreendente. Por que as crianças sobreviveram e não os adultos?

— Não sabemos ao certo, dr. Chang. Fizemos os testes nas crianças. Mostram ativação prolongada do Gene Atlântida.

— É possível que a terapia não funcione em adultos?

— Sim, talvez. A terapia é um retrovírus que insere um gene no código genético do paciente. Não é uma mudança genética significativa, mas tem um efeito cascata no nível epigenético, acionando e desligando uma série de outros genes preexistentes no hospedeiro. Não há efeitos fisiológicos, não que pudéssemos observar, mas há uma mudança gigantesca no cérebro. O gene essencialmente reestrutura o cérebro do paciente. A neuroplasticidade, a capacidade do cérebro de se reestruturar ou se adaptar, diminui com a idade... por isso é mais difícil aprender as coisas quando envelhecemos. Exploramos a ideia de que os adultos não reagirão à terapia porque a ativação do gene não pode desencadear as mudanças no cérebro... essencialmente, um vírus geneterápico tenta reestruturar o cérebro, mas as placas de circuito já estão soldadas, desde pouco depois da infância.

— É possível que pacientes adultos não tenham o gene precursor para afetar as mudanças cerebrais?

— Não, todos os pacientes adultos tinham a sequência genética. Como o senhor sabe, já conhecemos esses genes há algum tempo e testamos cada paciente em nossas instalações de recrutamento na China. Os adultos deveriam ter sobrevivido ao teste.

— É possível que a terapia funcione apenas em cérebros afetados pelo autismo?

Chang não havia considerado essa possibilidade. O dr. Grey era um biólogo evolucionista interessado em paleobiologia e era o chefe do chefe de Chang, estava lá em cima no topo da cadeia alimentar da Immari. Chang supôs que aquela ligação não se concentraria na ciência. Esperava uma reprimenda do *über*-chefe por seus esforços fracassados.

Ele se concentrou na hipótese de Grey.

— Sim, certamente é possível. O autismo é fundamentalmente um distúrbio das conexões cerebrais, sobretudo nas áreas que controlam a comunicação e a compreensão social. E outras áreas são afetadas. Alguns indivíduos afetados têm inteligência superior com habilidades especiais; outros ficam na ponta oposta do espectro: não conseguem viver com independência. O autismo é realmente uma categoria abrangente para uma variedade de diferenças nas conexões cerebrais. Teríamos que investigar e talvez leve algum tempo. Provavelmente precisaríamos de mais pacientes para teste.

— Não temos tempo, mas talvez consigamos mais crianças. Embora esses sejam os únicos pacientes que conhecemos com ativação do Gene Atlântida. Deixe-me investigar. Tem algo que o senhor não me disse? Alguma outra teoria? Não há ideias ruins nesse ponto, dr. Chang.

Chang teve outra ideia. Algo que não comentara com o restante da equipe.

— Pessoalmente, me pergunto se os adultos e as crianças foram tratados com a mesma terapia.

— Problemas para replicar a pesquisa da dra. Warner?

— Não. Como eu disse, seguimos o protocolo à risca... posso confirmar isso. Fico imaginando se a dra. Warner... não tratou essas crianças com algo diferente, algo que não esteja nas notas oficiais ou no protocolo do ensaio.

Grey parecia considerar a ideia de Chang.

— Isso é muito interessante.

— Seria possível falar com a dra. Warner?

— Não tenho certeza... eu aviso o senhor. Algum outro membro da equipe expressou essa preocupação?

— Não, não que eu saiba.

— Por ora, gostaria que o senhor mantivesse em sigilo suas suspeitas sobre a dra. Warner e entrasse em contato diretamente comigo para atualizações. Precisamos ficar de olho nisso. Informarei o diretor do projeto que o senhor e eu estamos trabalhando juntos. Ele vai apoiar seus esforços sem questionar.

— Entendo — dr. Chang disse, mas não entendia de verdade. A chamada suscitou mais perguntas e ele se convenceu de uma coisa: estavam usando a terapia errada.

Capítulo 18

Centro de Detenção de Polícia, Jacarta Ocidental
Jacarta, Indonésia

O chefe Kusnadi estava prestes a abrir a porta da sala de interrogatório quando um homem bloqueou seu caminho. Era norte-americano, talvez europeu, definitivamente um soldado. Tinha a constituição de um soldado... e os olhos.

— Quem é você? — Kusnadi perguntou ao homem.

— Não importa. Estou aqui para buscar a dra. Katherine Warner.

— Ah, que engraçado. Fale quem você é antes que eu te jogue numa cela.

O homem entregou um envelope pardo a ele e disse:

— Dê uma olhada. Não é nada que não tenha visto antes.

O chefe de polícia abriu o envelope e olhou para as primeiras imagens. Não conseguia acreditar no que via. Como? Como poderiam ter...?

— Se não soltá-la agora, o senhor não será o último a vê-la.

— Quero as originais.

— Isso parece uma negociação para o senhor? Solte-a ou minha organização vai divulgar o conteúdo desse envelope.

Kusnadi baixou os olhos, em seguida caminhou de um lado para o outro, como um animal acuado decidindo para que lado correr.

— E, no caso de o senhor estar considerando me jogar numa cela, se meu pessoal não receber uma ligação minha dentro de três minutos, vão divulgar esses arquivos. Você trabalha para mim agora. Quer ser chefe de polícia ou não?

Kusnadi precisava pensar. Olhou ao redor no departamento. Quem poderia fazer isso?

— O tempo está acabando. — O homem virou-se para partir.

— Espere. — O chefe de polícia abriu a porta da sala de interrogatório e acenou para a mulher sair. — Este homem vai escoltá-la.

A mulher fez uma pausa na porta e fitou Kusnadi antes de olhar o soldado de cima a baixo.

— Tudo bem, este homem vai levá-la agora.

O homem passou o braço nas costas de Kate e disse:

— Venha comigo, dra. Warner. Vamos tirá-la daqui.

Kusnadi observou-os sair da delegacia.

Fora da delegacia, Kate parou e virou-se para o homem que a resgatara. Estava vestido com um colete preto — estranhamente parecido com o homem que havia levado suas crianças. E assim estavam seus homens — ela os via agora —, cinco deles em pé, diante de uma grande van preta, como uma van de entrega preta exagerada da UPS, e uma SUV preta com vidros fumê.

— Quem são vocês? Quero saber…

— Espere um segundo — ele disse.

O homem foi até o interrogador baixote que acusara Kate de comprar as crianças. O soldado entregou ao homenzinho uma pasta e disse:

— Ouvi dizer que você está na fila para uma promoção.

O homenzinho deu de ombros.

— Só faço o que mandam — ele disse, tímido.

— Seu agente de inteligência diz que você é uma boa fonte. Se for esperto o bastante para saber o que fazer com isso, talvez seja um chefe de polícia melhor.

O interrogador assentiu.

— O que quiser, chefe.

O soldado voltou até Kate e apontou para a grande van de entrega.

— Preciso que a senhora entre na van.

— Não vou a lugar nenhum até vocês me dizerem quem são e o que está acontecendo.

— Vou explicar, mas neste momento preciso levá-la a um lugar seguro.

— Não, vocês...

— Vou dar uma dica. Os mocinhos pedem para a senhora entrar na van. Os bandidos lhe põem um saco preto na cabeça e jogam a senhora na van. Estou pedindo. Olhe, a senhora pode ficar aqui ou ir comigo. A escolha é sua.

Ele foi até a van e abriu as portas duplas da traseira.

— Espere. Estou indo.

Capítulo 19

QG da Estação da Clocktower
Jacarta, Indonésia

Vincent Tarea, chefe de operações de campo da Clocktower Jacarta, massageava os músculos do braço quando a equipe da estação encheu a sala de conferência principal. Os braços e pernas ainda doíam do ataque daqueles dois tolos na clínica e daquelas crianças ferozes. E o dia havia piorado desde então. Porém, ele poderia fazer as coisas andarem. Ele precisava apenas convencer alguns da equipe de Jacarta a acompanhar o ataque; o restante já estava na folha de pagamento da Immari.

Tarea ergueu as mãos para acalmar a multidão. Todos do QG da Clocktower estavam lá: todos os analistas, todos os agentes de inteligência e todos os agentes de campo — todos, exceto David Vale e cinco agentes com ele. Josh Cohen, o chefe de análise, também faltava, mas eles o encontrariam logo. As grandes telas da parede da sala de conferência mostravam três salas apinhadas, cheias de agentes de campo confinados nos aparelhos, os esconderijos espalhados pela cidade.

— Tudo bem, pessoal, ouçam aqui. Todo mundo consegue me ouvir nos links de vídeo?

Cabeças menearam, seguidas por uma série de "sim" e "estamos ouvindo".

— Não há uma maneira fácil de dizer, então vou falar de uma vez: a Clocktower foi comprometida.

Era possível ouvir um alfinete caindo na sala.

— E estamos sob ataque. Recebi relatórios mais cedo hoje contando que várias células, inclusive, da Cidade do Cabo, de Mar del Plata e de Karachi foram completamente destruídas. Várias outras estações estão lutando para sobreviver enquanto falamos aqui.

As pessoas começaram a falar baixinho. Alguns gritaram perguntas.

— Espere aí, pessoal. Vai piorar. Temo que o inimigo que estamos combatendo é um dos nossos. O que sabemos até agora: vários dias atrás, David Vale, junto com outros chefes de estação, organizaram uma reunião com todos os analistas-chefes. Óbvio que isso vai totalmente contra o protocolo. Acreditamos que disseram aos analistas que havia uma nova ameaça. Sabemos agora que mais de metade dos analistas nunca voltaram dessa conferência. A farsa inteira consistiu numa execução em massa, acreditamos que para enfraquecer nossa análise de inteligência antes desse ataque maior. Os analistas que voltaram para suas células estão trabalhando ativamente contra a Clocktower.

Tarea observou os olhares céticos ao redor da sala.

— Olha, sei que é difícil de acreditar; como vocês, não quero acreditar. De fato, não acreditava, não até esta manhã, quando David espalhou nossos agentes de campo pela cidade. Pensem na situação: ele está nos espalhando para que não consigamos nos defender do ataque. Ele está se preparando para derrubar a Estação de Jacarta. É apenas uma questão de tempo.

— Por quê? — alguém perguntou.

— Ele não faria isso — outra pessoa acrescentou.

— Fiz a mesma pergunta. Disse a mesma coisa. — Tarea falou. — Ele me recrutou, atuei com ele, eu o conheço. Mas tem muita coisa sobre David Vale que ainda não entendo. Todos chegamos à Clocktower por razões próprias. Do que podemos reunir, David se feriu seriamente durante os ataques no Onze de Setembro. Não sabia disso até hoje. Desde então, ele escondeu uma teoria da conspiração sobre o Onze de Setembro, algumas ideias sobre empresas militares instigando o ataque para lucro próprio. Ele pode até mesmo ser uma vítima da própria mentira. Alguém pode estar usando David. De qualquer forma, ele está doente, virado do avesso. Ele puxou muitas outras pessoas para a conspiração. Achamos que Josh Cohen voltou da conferência de analistas e está trabalhando com o chefe.

Todos ficaram em silêncio, parecendo absorver as notícias. Um soldado de um dos aparelhos na tela disse:

— Qual é a operação? Vai incluí-lo?

— Pode não ser possível. Ele vai lutar até o fim. A prioridade é minimizar os danos colaterais. E vamos precisar de alguma ajuda. A Immari Security nos ofereceu alguns homens emprestados. Estão cientes da situação e querem vê-la contida, como nós. Parece que a Immari é o alvo da vingança de David. Sabemos que David capturou uma cientista que trabalha em um projeto financiado pela Immari. Talvez ela também seja uma conspiradora ou apenas uma vítima dos seus planos; não sabemos ainda. O plano é recuperar a mulher, dra. Katherine Warner, e neutralizar o chefe.

Capítulo 20

Sala de comunicações protegidas
QG da Estação da Clocktower
Jacarta, Indonésia

Josh esperou com nervosismo para descobrir se sua teoria sobre a mensagem em código que David lhe dera estava correta. Era a melhor ideia de Josh. Na verdade, sua única ideia.

Tentou não fixar os olhos na tela do computador principal na longa parede da sala envidraçada. Nos últimos trinta minutos, a tela dizia a mesma coisa:

Pesquisando...

Ele olhou para as duas telas ao lado: uma da câmera apontada para a porta lá fora e o mapa da cidade com vinte e quatro pontos vermelhos representando os agentes de campo da Clocktower Jacarta. Ele não sabia que tela o deixava mais nervoso. Talvez fosse as telas gigantes de contagem regressiva que rodavam os segundos até sua morte e alguma catástrofe terrível e desconhecida... a outra tela simplesmente dizia *Pesquisando...*

Uma pesquisa levava tanto tempo assim? E se ele estivesse desperdiçando tempo?

Algo mais o deixava nervoso. Ele olhou para a caixa que David havia deixado na mesa. Levantou-se e pegou a caixa, mas quando a ergueu, o fundo dela desabou. A arma e as cápsulas de cianeto caíram na mesa, o ruído estridente estilhaçou o silêncio. O som pareceu ecoar por horas. Finalmente, Josh pegou a arma e as duas pílulas. As mãos estavam tremendo.

Na parede, um bipe arrancou-o daquele momento. Na tela maior surgiu:

5 resultados.

Cinco resultados!

Josh sentou-se à mesa e trabalhou com o teclado e o mouse sem fio. Três resultados do *The New York Times*, um do *Daily Mail* em Londres e um do *Boston Globe*.

Talvez ele estivesse certo. Assim que viu os nomes e datas, seu primeiro pensamento foi: são obituários. Obituários e classificados faziam parte da arte da espionagem clássica: agentes após a Segunda Guerra Mundial sempre os usavam para enviar mensagens pelas redes de espionagem espalhadas pelo globo. Era tradição, mas se a mensagem foi repassada em 1947, talvez fosse um método viável. Se fosse real, essa rede terrorista já tinha mais de sessenta e seis anos. Ele mandou as implicações disso para o fundo da mente.

Ele olhou para a mensagem codificada que David lhe dera:

Protocolo Toba é real.

12 + 4 + 47 = 4/5; Jones
22 + 7 + 47 = 3/8; Anderson
4 + 10 + 47 = 5/4; Ames

Então, ele voltou aos resultados. Era mais provável que os terroristas tivessem usado um jornal — um jornal que estivesse disponível nas cidades ao redor do mundo. O *The New York Times* era o candidato mais provável. Mesmo em 1947, era possível ir até uma banca de jornal em Paris, Londres, Xangai, Barcelona ou Boston e conseguir uma edição do dia do *The New York Times*, inclusive os obituários pagos.

Se os obituários fossem mensagens codificadas, eles seriam marcados de alguma forma. Josh viu a marca imediatamente: cada um dos obituários do jornal tinha as palavras *clock* e *tower*. Ele se recostou na cadeira. Era possível que a Clocktower fosse tão antiga? A CIA não foi estabelecida formalmente até a Lei de Segurança Nacional de 1947, embora sua organização precursora, a Agência de Serviços Estratégicos (OSS) tivesse sido criado durante a Segunda Guerra Mundial, em junho de 1942.

Por que os terroristas mencionariam a Clocktower? Talvez estivessem combatendo a Clocktower naquela época — em 1947 — sessenta e seis anos atrás?

Ele precisava se concentrar nos obituários. Precisava haver um jeito de decodificá-los. O sistema de encriptação ideal traria uma cifra variável: não haveria uma chave que pudesse desencriptar uma mensagem. Cada mensagem incluiria uma chave própria — algo simples.

Ele abriu o primeiro obituário, datado de 12.4.1947:

> **Adam Jones, pioneiro da relógios Clock, falecido aos 77 anos trabalhando em sua obra-prima, Tower.**
> Relojoeiro nascido em Gibraltar, Adam Jones era cidadao britânico. Seu criado o encontrou. Será trasladada a sua ossada para o túmulo perto de sua falecida mulher — local que escolheram. Por favor, no caso de visita, informar a família.

A mensagem estava ali, em algum lugar. Qual era a chave? Josh abriu os outros obituários e procurou, esperando encontrar algum tipo de pista. Cada obituário continha um local, e cada um estava no início do texto. Josh percorreu várias possibilidades, rearranjou várias palavras, em seguida sentou-se e pensou. Os obituários eram escritos de forma estranha, como se certas palavras estivessem fora de ordem. Ou forçadas, como se *tivessem* que usar essas palavras. A ordem, os intervalos. Ele enxergou. Os nomes eram cifras — o comprimento dos nomes. Era a segunda parte do código.

12 + 4 + 47 = 4/5; Jones

O obituário de 12.4.1947 era de Adam Jones. 4/5. O nome tinha quatro letras; o sobrenome cinco. Se ele pegasse a quarta palavra do obituário, em seguida contasse cinco palavras depois dela, e repetisse, formaria uma sentença.

Ele reexaminou o obituário.

Adam Jones, pioneiro da relógios Clock, falecido aos 77 anos trabalhando em sua obra-prima, Tower.

Relojoeiro nascido em *Gibraltar*, Adam Jones era cidadão *britânico*. Seu criado o *encontrou*. Será trasladada a sua *ossada* para o túmulo *perto* de sua falecida mulher — *local* que escolheram. Por *favor*, no caso de visita, *informar* a família.

Junta, a mensagem era:

Gibraltar, britânico encontrou ossada perto [do] local. Favor informar.

Josh examinou a mensagem por um momento. Não via a que ela levava. E não tinha ideia do que significava. Buscou na internet e encontrou poucos resultados. Aparentemente, os britânicos haviam encontrado ossos em Gibraltar, nos anos 1940, em uma caverna marítima natural chamada Caverna de Gorham. Mas não eram ossos humanos. Eram ossos de neandertal — e eles mudaram radicalmente o que o mundo conhecia sobre os neandertais. Nossos primos pré-históricos eram, de fato, muito mais do que homens da caverna arcaicos. Construíam casas e imensas fogueiras em fornalhas de pedra, cozinhavam vegetais, falavam um idioma, criaram a arte rupestre, enterravam seus mortos com flores e faziam armas avançadas de pedra e louças. Os ossos em Gibraltar também mudaram a linha do tempo dos neandertais. Antes da descoberta, pensava-se que eles estavam extintos havia mais ou menos quarenta mil anos. Os neandertais em Gibraltar viveram aproximadamente vinte e três mil anos atrás — até muito depois do que se pensava antes. Gibraltar foi uma espécie de última parada dos neandertais.

O que uma fortaleza neandertal antiga teria a ver com um ataque terrorista global? Talvez as outras mensagens lançassem alguma luz sobre o caso. Josh abriu o segundo obituário e decodificou-o.

Antártida, submarino alemão não encontrado, avise se mais buscas forem autorizadas.

Interessante. Josh fez algumas pesquisas. 1947 foi um ano agitado na Antártida. Em 12 de dezembro de 1946, a Marinha norte-americana enviou uma armada gigantesca, inclusive treze navios com quase cinco mil homens, para a Antártida. A missão, com codinome Operação Highjump, era estabelecer a base de pesquisa Little America IV na Antártida. Por muito tempo houve teorias da conspiração e especulações de que os Estados Unidos estavam buscando bases nazistas e tecnologias secretas na Antártida. A mensagem significa que eles não descobriram nada?

Josh virou a página grossa e brilhante com a mensagem e examinou a foto. Um pedaço imenso de gelo flutuava num mar azul, e no seu centro um submarino preto saía do gelo. O que estava escrito no submarino era pequeno demais para ler, mas tinha que ser um submarino nazista. Com base no provável tamanho do submarino, o iceberg tinha mais ou menos quarenta e um quilômetros quadrados. Grande o bastante para vir da Antártida. Isso significa que descobriram o submarino recentemente? Sua descoberta desencadeou todos esses eventos?

Josh concentrou-se na última mensagem, esperando que ela fornecesse uma pista. Decodificado, o resultado foi:

Roswell, balões meteorológicos combinam com tecnologia de Gibraltar, precisamos nos encontrar.

Juntos, todas as três mensagens diziam:

Gibraltar, britânico encontrou ossada perto [do] local. Favor informar.

Antártida, submarino alemão não encontrado, avise se mais buscas forem autorizadas.

Roswell, balões meteorológicos combinam com tecnologia de Gibraltar, precisamos nos encontrar.

O que significava? Um local em Gibraltar, um submarino na Antártida e a última — um balão meteorológico em Roswell que batia com a tecnologia em Gibraltar?

Havia uma questão maior: por quê? Por que revelar essas mensagens? Tinham sessenta e cinco anos de idade. Como poderiam ter relação com o que estava acontecendo agora — com a batalha da Clocktower e um iminente ataque terrorista.

Josh começou a caminhar; precisava pensar. "Se eu fosse um infiltrado numa organização terrorista, tentando pedir ajuda, o que eu faria?" Tentar pedir ajuda... a fonte teria deixado uma maneira de contatá-la. Outro código? Não, talvez estivesse revelando o método — como contatá-lo. Os obituários. Mas isso seria ineficiente, obituários de jornal levariam ao menos um dia para aparecer, mesmo que fosse on-line. On-line. O que seria o equivalente moderno? Onde você postaria?

Josh percorreu várias ideias. Os obituários de jornal eram fáceis: havia apenas poucos jornais a checar. Agregar todos os obituários do passado levaria um bom tempo, mas ele tinha uma vantagem importante: sabia onde procurar. A mensagem poderia estar em qualquer lugar on-line. Devia haver outra pista.

O que havia em comum nas três mensagens? Um local. O que havia de diferente nelas? Não havia pessoas na Antártida, nem classificados, nem...? Qual era a diferença entre Roswell e Gibraltar? As duas tinham jornais. O que poderia fazer em uma e não na outra? Postar alguma coisa... a fonte estava apontando um sistema de postagem tão disseminado hoje como o *The New York Times* era em 1947.

Craigslist, a lista de classificados gratuitos na internet. Josh verificou. Não havia Craigslist em Gibraltar, mas, sim, existia uma para Roswell/Carlsbad, Novo México. Josh acessou-a e começou a ler as mensagens. Havia milhares, em dúzias de categorias: vendas, acomodações, comunidade, empregos, currículos. Devia haver centenas de novas postagens por dia.

Como poderia encontrar a mensagem da fonte? Considerando que ela estivesse lá? Poderia usar uma tecnologia de agregação de internet para reunir o conteúdo do site — um servidor da Clocktower "rastrearia" o site, semelhante ao modo como Google e Bing indexavam websites, extraindo conteúdos e tornando-os buscáveis. Em seguida, poderia executar o programa de codificação, ver se alguma das postagens era traduzida. Levaria apenas algumas horas.

Ele não tinha algumas horas.

Precisava de um lugar para começar. Obituários eram uma escolha lógica, mas a Craiglist não tinha obituários. Qual seria a categoria mais próxima? Talvez... anúncios pessoais? Ele percorreu os títulos:

Estritamente platônico
Mulheres procuram mulheres
Mulheres procuram homens
Homens procuram mulheres
Homens procuram homens
Romance misto
Encontros casuais
Cadê você?
Críticas e reclamações

Por onde começar? Estava numa busca vã? Não tinha tempo a perder. Talvez mais alguns minutos, mais um grupo de mensagens.

"Cadê você?" era uma categoria interessante. A ideia era que, se você visse alguém no qual estivesse interessado, mas não tivesse a chance de "entrar em contato" — pedir para sair com esse alguém —, era só postar ali. Era popular com rapazes que, no momento, não conseguiam juntar coragem para chamar uma garçonete bonitinha para sair. Josh já havia usado várias vezes. Se a pessoa via a mensagem e respondia, então você estava no páreo, sem pressão. Se não... não era para ser.

Ele abriu e leu algumas postagens.

> **Assunto>** Vestido verde em CVS
>
> **Mensagem:** Meu Deus, você estava maravilhosa! Você é perfeita e eu fiquei totalmente sem fala. Gostaria de falar com você. Me manda um e-mail.

> **Assunto>** Hampton Hotel
>
> **Mensagem:** Estávamos pegando água juntos no bar e subimos juntos no elevador. Não sei se você gostaria de me encontrar para fazer um pouco mais de exercício. Diga em qual andar eu desço. Vi sua aliança. Podemos ser discretos também.

Ele leu mais algumas. A mensagem seria mais longa, se seguisse o mesmo padrão: uma mensagem dentro de uma mensagem, decodificada pelo tamanho do nome como uma mensagem cifrada. A participação na Craiglist era anônima. O nome ficava no endereço de e-mail.

Na próxima página, a primeira postagem era:

> **Assunto>** Vi você no antigo prédio da Tower Records falando sobre o novo single da Clock Opera

Promissor... *Clock* e *Tower* no assunto. Josh clicou na postagem e leu rapidamente. Era mais longa que as outras. O endereço de e-mail era andy@gmail.com. Josh anotou cada quarta palavra e, em seguida, cada quinta palavra da postagem. A mensagem decodificada era:

Situação mudou. Clock tower cairá. Responda se ainda vivo. Não confie em ninguém.

Josh teve um calafrio. *Responda se ainda vivo.* Ele precisava responder. David precisava responder.

Josh pegou o telefone via satélite e discou para David, mas não conseguiu se conectar. Ele havia ligado mais cedo. Não era a sala ou o telefone. O que poderia...

Ele viu. A câmera fora da porta. Não estava mudando. Observou mais de perto. As luzes dos servidores estavam paradas. Mas nunca acontecia daquela forma; elas sempre piscavam quando os discos rígidos eram acessados, enquanto as placas de rede enviavam e recebiam pacotes de arquivos. Não era uma câmera ao vivo, era uma fotografia — uma foto posta lá por alguém que estava tentando entrar na sala.

Capítulo 21

Sala de situação principal
QG da Estação da Clocktower
Jacarta, Indonésia

A sala de situação estava agitada. Os técnicos de operações digitavam nos teclados, analistas filtravam o que entrava e saía com relatórios e Vincent Tarea andava para lá e para cá, observando as paredes de telas.

— Tem certeza que Vale está recebendo um mapa falso de localização?

— Sim, senhor — um dos técnicos disse.

— Diga aos aparelhos para saírem.

Tarea observou as câmeras do aparelho enquanto os soldados marchavam até as portas e as abriam.

O som das explosões fez cabeças virarem para os monitores na grande sala de situação, que agora estavam fora do ar com a estática em preto e branco.

Um dos técnicos esmurrou um teclado.

— Mudando para o vídeo externo. Senhor, temos uma detonação gigantesca em...

— Eu sei! Aparelhos, em posição! — Tarea gritou.

Nenhum som veio dos alto-falantes. O mapa de localização estava completamente preto onde os pontos vermelhos caminhavam ao redor dos aparelhos. Apenas os pontos restantes eram a escolta de David e o pequeno grupo que ficara no QG.

O técnico girou na cadeira.

— Ele conseguiu explodir os aparelhos.

Tarea esfregou a ponte do nariz.

— Obrigado, Capitão Óbvio. Ainda estão na sala à prova de som? Eles encontraram Josh?

— Não, estão prestes a partir.

Tarea saiu da sala de situação, entrou na sua sala e pegou o telefone. Discou o número de seu contato na Immari Security.

— Temos um problema. Ele tirou meus homens daqui.

Ele ouviu por um momento.

— Não, olhe, eu os convenci, mas ele... não importa, estão todos mortos. Este é o ponto.

Outra pausa.

— Não, bem, se eu fosse você, eu garantiria que o primeiro golpe o matasse, não importa quantos homens você precise para isso. Ele é duro de conter em campo.

Ele começou a baixar o fone, mas puxou-o com impaciência de volta no último minuto.

— O quê? Não, estamos procurando. Achamos que está aqui. Mantenho você informado. O quê? Ótimo, eu vou, mas só tenho dois homens com quem posso ir e vamos ficar na retaguarda caso vá para o sul.

Capítulo 22

Centro Móvel de Operações da Clocktower
Jacarta, Indonésia

Kate seguiu o soldado para dentro da grande van preta. Lá dentro era muito diferente de uma van de entrega. Era parte armários, com armas e equipamentos que ela não reconhecia, parte escritório, com telas e computadores, e parte ônibus, com fileiras de assentos afundados nas laterais.

Havia três telas grandes. Uma mostrava pontos num mapa que ela supôs ser de Jacarta. A outra mostrava as imagens das câmeras frontal, traseira e laterais da van. No alto à direita, a SUV preta podia ser vista abrindo caminho para a van através das ruas apinhadas de Jacarta. A última tela estava branca, exceto por uma palavra: Conectando...

— Sou David Vale.

— Quero saber para onde estão me levando — Kate exigiu.

— Um aparelho. — David estava mexendo numa espécie de tablet. Parecia manipular uma das telas da parede da van. Ele ergueu os olhos, como se esperasse algo aparecer. Como não apareceu, apertou mais alguns botões.

— Então, vocês estão com o governo norte-americano? — Kate perguntou, tentando chamar a atenção do homem.

— Não exatamente. — Ele abaixou a cabeça, ainda mexendo no tablet.

— Mas o senhor *é* americano?

— Mais ou menos.

— Pode se concentrar e falar comigo?

— Estou tentando entrar em contato com um colega. — O homem parecia preocupado, olhava para os lados como se estivesse pensando.

— Algum problema?

— Sim. Talvez. — Ele pôs o tablet de lado. — Preciso fazer algumas perguntas sobre o sequestro.

— Está procurando as crianças?

— Nós estamos tentando descobrir o que está acontecendo.

— Nós quem?

— Ninguém de quem tenha ouvido falar.

Kate correu a mão pelos cabelos.

— Olha só, eu tive um dia muito ruim. Na verdade, não me importo quem é o senhor ou de onde vem. Alguém levou duas crianças da minha clínica hoje e até agora ninguém parece querer encontrá-las. Inclusive o senhor.

— Nunca disse que não a ajudaria.

— Também nunca disse que ajudaria.

— É verdade — David concordou —, mas, neste momento, estou resolvendo meus problemas, dos grandes. Problemas que poderiam resultar em muitos inocentes mortos. Vários já morreram e eu acho que sua pesquisa tem alguma ligação com isso. Não sei bem como. Veja bem, se responder a algumas perguntas, prometo que farei o que puder para ajudá-la.

— Tudo bem, é justo — Kate inclinou-se para a frente na cadeira.

— O quanto sabe sobre a Immari Jacarta?

— Nada, na verdade. Eles financiam minha pesquisa. Meu pai adotivo, Martin Grey, é o presidente da Immari Research. Eles investem em diversas pesquisas científicas e tecnológicas.

— A senhora está fabricando uma arma biológica para eles?

A pergunta atingiu Kate como um tapa na cara. Ela se recostou na cadeira:

— O quê? Meu Deus, não! Está maluco? Estou tentando curar o autismo.

— Por que essas duas crianças foram levadas?

— Não faço ideia.

— Não acredito na senhora. O que há de diferente nos dois? Há mais de cem crianças na clínica. Se os sequestradores fossem traficantes humanos, teriam levado todos. Levaram aquelas duas crianças por um motivo. E se arriscaram, se expuseram muito para fazê-lo. Então, vou perguntar novamente: por que aqueles dois?

Kate olhou para o chão e pensou. Ela soltou a primeira pergunta que surgiu na mente.

— A Immari Research levou minhas crianças?

A pergunta pareceu desconcertá-lo.

— Hum, não, a Immari Security levou. É outra divisão, mas o mesmo time de bandidos.

— Isso é impossível.

— Veja por si mesma. — Ele entregou uma pasta para Kate e ela a folheou, vendo fotos via satélite do furgão na clínica, os dois agressores de roupas pretas arrastando as crianças para o furgão, e os números de placa do furgão que os levou até a Immari International, divisão de segurança de Hong Kong.

Kate considerou a prova do homem. Por que a Immari levaria suas crianças? Poderiam ter pedido. Algo mais a incomodava nessa situação.

— Por que acha que estou construindo uma arma biológica?

— É a única coisa que faz sentido, com base nas provas.

— Que provas?

— Já ouviu falar do Protocolo Toba?

— Não.

Ele entregou outra pasta.

— É tudo que temos sobre ele. Não é muito, mas o principal é que a Immari International está trabalhando num plano para reduzir drasticamente a população humana.

Ela leu a pasta até o fim.

— Como a catástrofe de Toba.

— Não conheço.

Ela fechou a pasta.

— Não surpreende. Não é aceita por muitos, mas é uma teoria popular entre os biólogos evolucionistas.

— Teoria popular sobre o quê?

— O Grande Salto Adiante. — Kate reconheceu a confusão de David e continuou antes que ele pudesse falar. — O Grande Salto Adiante é provavelmente um dos aspectos mais contestados da genética evolutiva. É um mistério, de verdade. Sabemos que, por volta de cinquenta a sessenta mil anos atrás, houve uma espécie de "Big Bang" na inteligência humana. Ficamos muito mais espertos, mais rápidos. Não sabemos exatamente como. Acreditamos que foi uma espécie de mudança nas conexões cerebrais. Pela primeira vez, seres humanos começaram a usar linguagem complexa, criar arte, fazer ferramentas mais avançadas, resolver problemas...

David encarou a parede da van, processando as informações.

— Não vejo como...

Kate jogou os cabelos para trás.

— Tudo bem, vamos recomeçar. A raça humana tem cerca de duzentos mil anos, mas somos chamados de seres humanos *comportamentalmente modernos*... o tipo realmente esperto que assumiu a Terra... há mais ou menos cinquenta mil anos. Então, cinquenta mil anos atrás, sabemos que havia ao menos três outros hominídeos: neandertais, *Homo floresiensis*...

— *Homo flor*...

— Não são muito conhecidos. Faz pouco tempo que os conhecemos. Eram menores, pareciam hobbits. Vamos chamá-los de hobbits, fica mais fácil. Então, cinquenta mil anos atrás, éramos nós, os neandertais, os hobbits e os denisovanos. De fato, provavelmente havia mais alguns hominídeos, mas o ponto é que havia cinco ou seis subespécies humanas. E, nessa época, nosso ramo da árvore humana explode enquanto as outras são extintas. Vamos de poucos milhares a sete bilhões de pessoas num espaço de cinquenta mil anos e as outras subespécies se extinguem. Conquistávamos o globo, enquanto eles morriam nas cavernas. É o maior mistério de todos os tempos e os cientistas têm trabalhado nele desde o início dos tempos. A religião também. No centro da questão está a pergunta: como sobrevivemos? O que nos deu essa vantagem evolucionária imensa? Chamamos essa transformação de Grande Salto Adiante, e a Teoria da Catástrofe de Toba propõe como esse grande salto adiante pode ter acontecido, como nos tornamos tão espertos enquanto nossos primos, os outros hominídeos, neandertais, hobbits etc., permanecem basicamente homens da caverna. Cerca de setenta mil anos atrás, segundo a teoria, um supervulcão entrou em erupção no monte Toba, aqui, na Indonésia. As cinzas da erupção obscureceram o sol em grandes partes da Terra, causando um inverno vulcânico que durou anos. Essa mudança climática rápida reduziu drasticamente a população humana total, talvez para menos de dez mil indivíduos.

— Espere aí, a raça humana foi reduzida a dez mil pessoas?

— É o que achamos. Bem, as estimativas não são exatas, mas sabemos que houve uma redução imensa da população e foi acentuada em nossas subespécies. Achamos que os neandertais e alguns outros hominídeos vivos na época se saíram melhor. Os hobbits foram a favor do vento de Toba e os neandertais se concentraram na Europa. África, o Oriente Médio e o sul da Ásia sofreram os efeitos da erupção de Toba e foi onde nos concentramos na época. Neandertais também eram mais fortes que nós e tinham cérebros maiores; isso pode ter lhes dado uma vantagem adicional de sobrevivência, mas ainda estamos analisando. Sabemos que os seres humanos tomaram uma pancada do supervulcão de Toba. Estávamos à beira da extinção. Isso causou o que os geneticistas populacionais chamam de "gargalo populacional". Alguns pesquisadores acreditam que esse gargalo fez com que um grupo pequeno de seres humanos evoluísse, sobrevivesse através de mutação. Essas mutações talvez tenham levado à explosão exponencial da humanidade em inteligência. Há uma prova genética desse fato. Sabemos que todo ser humano do planeta descende diretamente de um homem que viveu na África há mais ou menos sessenta mil anos. Na verdade, todos fora da África descendem de um pequeno grupo de humanos, talvez pouco mais de cem, que deixaram o continente há cerca de cinquenta mil anos. Essencialmente, somos todos membros de uma pequena tribo que saiu da África depois da catástrofe de Toba e assumiu o planeta. Essa tribo era significativamente mais inteligente que quaisquer outros hominídeos da história. Isso foi *o que* aconteceu, mas não sabemos *como* aconteceu. A verdade é que não sabemos de fato como nossa subespécie sobreviveu ao Toba ou como ficou tão mais inteligente que as outras subespécies humanas vivas na época. Houve algum tipo de mudança nas conexões cerebrais, mas ninguém sabe como esse Grande Salto Adiante aconteceu. Pode ter sido por uma mudança na dieta ou por uma mutação espontânea. Ou talvez tenha acontecido gradualmente. A Teoria da Catástrofe de Toba e o subsequente gargalo populacional é apenas uma possibilidade, mas está ganhando seguidores.

Ele baixou os olhos, parecendo considerar tudo isso.

— Estou surpresa que isso não tenha aparecido na sua pesquisa. — Como ele não disse nada, ela acrescentou: — Então... o que *acha* que representa "Toba"? Digo, talvez eu esteja errada aqui...

— Não, a senhora está certa. Eu sei disso. Mas é apenas uma referência ao efeito da Catástrofe de Toba no passado... como ela mudou a humanidade. Esse é o objetivo: criar outro gargalo populacional e forçar um Segundo Grande Salto Adiante. Querem trazer à tona o próximo estágio da evolução humana. Isso me diz por quê, o que não sabíamos antes. Pensávamos que Toba era uma referência ao local onde a operação começaria. Sudeste da Ásia, especialmente na Indonésia, faz sentido. É um dos motivos pelos quais estabelecemos operações em Jacarta, a noventa e seis quilômetros do monte Toba.

— Certo. Bem, a história pode ser muito útil. Os livros também. Talvez até mais úteis que as armas.

— Só para constar, eu leio muito. E gosto de história. Mas a senhora está falando de setenta mil anos atrás. Isso não é história, é pré-história. Aliás, as armas têm seu lugar; o mundo não é tão civilizado quanto parece.

Ela ergueu as mãos e se afastou para trás na cadeira.

— Ei, só estou tentando ajudar. Falando nisso, o senhor disse que me ajudaria a encontrar as crianças.

— E a senhora me disse que responderia às minhas perguntas.

— Eu respondi.

— Não respondeu. Você sabe por que essas duas crianças foram levadas ou, ao menos, tem uma teoria. Me conte.

Kate pensou por um momento. Poderia confiar nele?

— Preciso de algumas garantias. — Ela esperou, mas o homem apenas encarava a outra tela, aquela com todos os pontos. — Ei, está me ouvindo? — Ele parecia preocupado agora, olhando ao redor. — O que está havendo?

— Os pontos não estão se movendo.

— Deveriam estar?

— Sim. Definitivamente deveriam estar se movendo. — Ele apontou para os cintos de segurança. — Bote o cinto.

O jeito que ele disse a assustou. Ele lembrava um pai que acabara de perceber que a filha estava em perigo. Ficou hiperconcentrado. Os olhos não piscavam enquanto se movia rapidamente, prendendo artigos soltos na van e pegando um rádio.

— Móvel Um, Comando Clocktower. Alterar curso, novo destino é QG da Clocktower, câmbio?

— Câmbio, Comando Clocktower, Móvel Um alterando curso.

Kate sentiu a van virar.

O homem baixou o rádio ao lado do corpo.

Ela viu a luz na tela um segundo depois que ouviu — e sentiu — o estouro.

Na tela, a grande SUV na frente deles explodiu, voou e caiu num monte de chamas e metal queimado.

Ouviram tiros e, em seguida, a van saiu da estrada — como se ninguém estivesse dirigindo.

Outro projétil atingiu a rua ao lado da van, não acertando por um fio. A força do estouro quase fez a van capotar e pareceu tirar quase todo o ar do espaço. Os ouvidos de Kate zumbiram. A barriga latejava onde o cinto de segurança a prendia. Era como uma privação sensorial.

Tudo parecia mover-se em câmera lenta. Sentiu a van bater no chão e sacudir com o choque.

Através do ressoar, ela olhou para cima. O soldado estava deitado no chão da van, sem se mover.

Capítulo 23

Sala de comunicações protegidas
QG da Estação da Clocktower
Jacarta, Indonésia

Josh precisava pensar. Fosse quem fosse que tivesse substituído a imagem da câmera da porta da sala à prova de som, sem dúvida estava lá fora, tentando entrar. A sala de vidro na tumba gigante de concreto parecia tão frágil agora. Pendia ali, apenas esperando para explodir, como uma *piñata* de vidro. Ele era o prêmio lá dentro.

Havia algo na porta? Um ponto laranja? Josh caminhou até a ponta da sala de vidro e olhou mais de perto. *Era* um pontinho, ficando cada vez mais brilhante, como um elemento de aquecimento. Fazia o metal parecer úmido... sim, o metal estava escorrendo porta abaixo. Naquele instante, fagulhas voaram do canto superior direito da porta. As faíscas lentamente caíam, deixando um sulco estreito e escuro para trás.

Estavam vindo com um maçarico. Claro. Explodir a sala usando bombas destruiria a sala do servidor. Era apenas mais uma medida de segurança, tomada para dar a quem estivesse lá dentro mais tempo.

Josh correu para trás da mesa. O que fazer primeiro? A fonte, a mensagem na Craiglist. Ele precisava responder. O endereço de e-mail, andy@gmail.com, obviamente era falso: aquele endereço provavelmente ficou disponível por no máximo dois segundos depois do lançamento do Gmail. A fonte sabia que Josh entenderia, sabia que ele veria o que era: apenas outro nome com a extensão adequada para desencriptar a mensagem usando o código: O código... ele teria que decifrar uma mensagem e o nome que seguia o código.

Ele olhou adiante. O maçarico já estava na metade do lado direito da porta. As fagulhas queimavam na direção do chão como um pavio percorrendo seu caminho até uma bomba.

Caramba, não tinha tempo. Ele clicou no botão "Responder" e escreveu uma mensagem:

> **Assunto>** Para o homem na Tower Records.
>
> **Mensagem:** Queria que pudéssemos ter conversado, mas não houve tempo. Acho que meu tempo vai acabar novamente. Meu amigo me enviou suas mensagens. Eu ainda não entendi. Desculpe por ser tão direto. De verdade, estou sem tempo para jogos com mensagens cifradas. Não consegui falar com o meu amigo por telefone, mas talvez você possa entrar em contato com ele por este site. Por favor, responda com qualquer informação que possa ajudá-lo. Obrigado e boa sorte.

Josh clicou em "Enviar". Por que não conseguiria contatar David? Ele ainda tinha acesso à internet. Deve estar numa conexão completamente diferente, uma conexão que os agentes da Clocktower não conhecem. Fazia sentido para as chamadas e videoconferências seguras. A câmera da porta foi fácil: podiam ter cortado o fio e conectado a outra fonte de vídeo ou, simplesmente, colocado uma imagem da sala na frente da câmera e deixado ela gravar.

De canto de olho, Josh viu a tela com os pontos vermelhos mudar rapidamente: os pontos nos aparelhos estavam concentrados nas portas. Estavam se movimentando.

Então, desapareceram. Mortos.

Os olhos de Josh voltaram para a porta. O maçarico havia ganhado velocidade. Ele atualizou a página da Craigslist, esperando que o contato respondesse.

Capítulo 24

Centro Móvel de Operações da Clocktower
Jacarta, Indonésia

David olhou para a mulher — dra. Warner — em pé sobre ele.

— O senhor se machucou? — ela perguntou.

Ele a empurrou de lado e ficou em pé. Os monitores revelavam a cena externa: a SUV com três de seus agentes estava em chamas e seus destroços espalhados na rua deserta. Ele não viu os dois homens que estavam dirigindo a van. A segunda explosão deve tê-los atingido. Ou um franco-atirador.

David sacudiu a cabeça para tentar clareá-la, em seguida tropeçou sobre os armários de armas. Puxou duas granadas de fumaça, puxou o pino das duas e caminhou até as portas duplas na traseira da van.

Devagar, empurrou uma das portas, em seguida soltou rapidamente uma lata e rolou a outra um pouco mais longe. Ouviu o chiado suave da fumaça escapando dos cilindros enquanto eles giravam na rua. Uma pequena voluta de fumaça branco-acinzentada entrou na van quando ele fechou cuidadosamente a porta.

Ele esperava ao menos um tiro a esmo quando abriu a porta. Deviam querer a garota viva.

Voltou ao armário de armas e começou a se equipar. Pendurou um fuzil de assalto automático sobre o ombro e enfiou pentes para a arma grande e para a arma auxiliar nos bolsos das calças. Puxou um capacete preto e reatou seu colete.

— Ei, o que está fazendo? O que está havendo?

— Fique aqui e mantenha a porta fechada. Volto quando estiver seguro. — David falou e caminhou até a porta.

— O quê?! Vai sair?

— Vou...

— Está *maluco*?

— Olhe, somos alvos fáceis aqui; é apenas uma questão de tempo até nos alcançarem. Preciso lutar em espaço aberto, conseguir cobertura e descobrir como sair daqui. Eu volto.

— Bem... bem... tem... Posso pegar uma arma ou algo assim?

Ele se virou para ela. Estava assustada, mas ele precisava lhe dar crédito. Ela era uma mulher de coragem.

— Não, não pode pegar arma nenhuma.

— Por que não?

— Porque só vai machucar a si mesma com uma arma. Agora, feche a porta assim que eu sair. — Ele baixou os óculos do capacete e cobriu os olhos. Num movimento fluido, ele abriu a porta e pulou para dentro da fumaça.

Três segundos de corrida, as balas começaram a chover sobre ele. Os trajetos dos fuzis lhe disseram o que precisava saber: os franco-atiradores estavam no topo dos prédios à esquerda.

Ele correu para dentro de um beco do outro lado da rua, apontou sua arma para o telhado e começou a atirar. Atingiu o franco-atirador mais próximo, viu-o cair e então disparou duas rajadas automáticas em outros dois. Os dois recuaram para um pequeno quarto de tijolos no topo do prédio antigo.

Uma bala chispou ao lado de sua cabeça. Outro buraco no acabamento de concreto do prédio ao lado, espalhando lascas de tijolo e concreto no capacete e colete. Ele virou na direção da fonte: quatro homens em pé, correndo na direção dele. Immari Security. Não eram seus homens.

Ele soltou três rajadas rápidas neles. Os homens se espalharam. Dois caíram.

No segundo em que soltou o gatilho, ouviu um chiado.

Ele mergulhou para o outro lado do beco quando a granada propelida por lançador explodiu a três metros de onde ele estava um segundo antes.

Devia ter matado os franco-atiradores primeiro. Ou saído do seu alcance pelo menos.

Escombros caíam ao seu redor. A fumaça encheu o ar.

David se esforçou para encher novamente os pulmões.

A rua estava quieta. Ele rolou para a frente.

Passos vindo na sua direção.

Ele se levantou e correu para dentro do beco, deixando o fuzil para trás. Precisava chegar a uma posição defensível. Balas ricochetearam nas paredes do beco e ele se virou, puxando sua arma menor, deu alguns tiros e forçou dois homens que o seguiam a parar e se refugiar na entrada do beco.

Diante dele, o beco abria-se para uma velha rua empoeirada que corria ao longo de um dos trinta e sete rios de Jacarta. Havia um mercado do rio, com barracas, vendedores de cerâmica e de outros produtos. Estavam fugindo à toda, apontando, gritando, juntando a féria do dia em dinheiro e desviando-se dos tiros.

David saiu do beco e mais tiros o acertaram. Um deles o atingiu bem em cheio no peito, lançando-o violentamente no chão, tirando todo o seu ar.

Na sua mente, mais tiros estalaram no chão; os homens no beco estavam se aproximando rapidamente.

Ele rolou na direção da parede do beco, longe dos tiros. Fazia um grande esforço para respirar.

Era uma armadilha: os homens no beco o acuavam.

Ele tirou duas granadas. Puxou os pinos, esperou um segundo inteiro, jogou uma para trás, dentro do beco, e a outra na esquina, na direção da emboscada.

Em seguida, ele correu para o rio, atirando no rumo da emboscada enquanto seguia.

Atrás dele, ouviu um som abafado da explosão no beco, em seguida o estouro mais alto à beira da emboscada.

Pouco antes de ele alcançar as margens do rio, ouviu outra explosão, essa muito mais próxima, talvez a dois metros e pouco atrás dele. O estouro o ergueu e o lançou para dentro do rio.

Dentro do furgão blindado, Kate sentou-se novamente. E se levantou. Lá fora, os sons pareciam da Terceira Guerra Mundial: explosões, pistolas automáticas, escombros batendo na lateral da van.

Ela caminhou até o armário com as armas e os coletes à prova de balas. Mais tiros. Talvez ela devesse vestir algum tipo de colete? Pegou um dos trajes pretos. Era pesado; muito mais pesado do que havia pensado. Ela baixou os olhos para as roupas amarrotadas com as quais dormiu no escritório. Que dia bizarro.

Então, uma batida na porta:

— Dra. Warner?

Ela soltou o colete.

Não era a voz *dele*, daquele que a havia tirado das mãos dos policiais. Não era David.

Ela precisava de uma arma.

— Dra. Warner, vamos entrar.

A porta se abriu.

Três homens com roupas e coletes pretos, como os homens que haviam levado as crianças. Eles se aproximaram.

— Estamos felizes que a senhora esteja segura, dra. Warner. Estamos aqui para resgatá-la.

— Quem são vocês? Quem é ele, o homem que estava aqui? — Ela deu um passo para trás.

Os tiros cessaram. Em seguida duas… não, três explosões à distância.

Eles se aproximavam, passo a passo. Ela deu outro passo para trás. Conseguiria alcançar uma arma. Conseguiria atirar?

— Tudo bem, dra. Warner. Venha conosco para fora. Vamos levá-la para ver Martin. Ele nos enviou.

— O quê? Quero falar com ele. Não vou a lugar nenhum até falar com ele.

— Tudo bem…

— Não, quero que vocês saiam daqui agora — ela disse.

O homem ao fundo abriu caminho entre os outros dois e disse:

— Eu disse, Lars, você me deve cinquenta pratas. — Kate conhecia a voz: rouca, áspera, a voz do homem que levara suas crianças. Era ele. Kate ficou paralisada, o medo correndo pelo corpo.

Quando o homem se aproximou, agarrou com força o braço de Kate, forte, e girou-a, deslizando a mão até o pulso da mulher. Agarrou o outro pulso e segurou-os juntos com uma das mãos enquanto os prendia com braçadeiras de plástico.

Ela tentou se livrar, mas o plástico fino a apertava, causando dores agudas nos braços.

O homem a puxou pelos longos cabelos loiros e enfiou um saco preto em sua cabeça, mergulhando Kate na completa escuridão.

Capítulo 25

Sala de comunicações protegidas
QG da Estação da Clocktower
Jacarta, Indonésia

Josh observou os outros pontos vermelhos desaparecerem da tela. Os homens nos aparelhos; eles se moveram para a porta, em seguida desapareceram — mortos. Poucos minutos depois, viu o grupo de David parar na rua, depois também sumiram, exceto David. Ele observou como o ponto de David movia-se rapidamente. Uma última corrida.

Depois, desapareceu também.

Josh expirou e despencou na cadeira. Ele olhou através das paredes de vidro para a porta externa. O maçarico queimava o outro lado agora, a marca chamuscada como um *J* ao contrário. Logo seria um *U* inteiro, depois um *O*, daí eles entrariam, e seu tempo estaria esgotado. Tinha dois, talvez três minutos.

A carta. Ele se virou, puxou a pilha de pastas e encontrou: a carta de David para "abrir quando eu estiver morto". Poucas horas antes, Josh pensou que nunca precisaria abri-la. Tantas ilusões haviam morrido naquele dia: a Clocktower não poderia ser comprometida, a Clocktower não poderia cair, David não poderia morrer, os mocinhos sempre venciam.

Ele abriu a carta.

Caro Josh,

Não se sinta mal. Já estávamos atrasados quando começamos. Posso apenas supor que a Estação de Jacarta caiu ou está prestes a cair.
Lembre-se de nosso objetivo: precisamos impedir o xeque-mate da Immari.
Repasse tudo que encontrou ao Diretor da Clocktower. Ele se chama Howard Keegan. Pode confiar nele.
Há um programa no ClockServer1 — ClockConnect.exe, que abrirá um canal privado até a Central, pelo qual você poderá transmitir os dados com segurança.
Um último lembrete: juntei um pouco de dinheiro durante esses anos, a maior parte de bandidos que derrubamos. Há outro programa no ClockServer1 — distribute.bat. Ele distribuirá o dinheiro em minhas contas.
Espero que eles nunca encontrem esta sala e que você esteja lendo esta carta em segurança.

Foi uma honra trabalhar ao seu lado.

David

Josh abaixou a carta.

Ele digitou rapidamente no teclado, primeiro fazendo o upload dos dados para a Central da Clocktower, em seguida realizando as transações bancárias. "Um pouco de dinheiro" foi bem modesto. Josh observou as transações, de cinco milhões de dólares cada, indo primeiro para a Cruz Vermelha, em seguida para a Unicef e, depois, outras três organizações de ajuda humanitária em desastres. Fazia sentido. Mas a última operação não: um depósito de cinco milhões de dólares para uma conta bancária no JP Morgan, nos Estados Unidos — uma agência de Nova York. Josh copiou o nome dos titulares da conta e pesquisou: um homem de sessenta e dois anos e sua mulher, com cinquenta e nove. Pais de David? Havia uma nota de jornal, num canto de um jornal de Long Island. O casal havia perdido a filha nos ataques de Onze de

Setembro. Ela era uma analista de investimento na Cantor Fitzgerald na época dos ataques, havia se graduado pouco tempo antes em Yale e se casaria com Andrew Reed, um pós-graduando de Columbia.

Josh ouviu, ou melhor, não ouviu quando o maçarico parou. O círculo estava completo e, logo, começariam a empurrar a porta, esperando o metal se soltar.

Ele reuniu os papéis, correu até a lixeira e ateou fogo neles. Voltou para a mesa e abriu o programa que apagaria tudo no computador. Levaria mais de cinco minutos. Talvez eles não descobrissem. Ou talvez ele pudesse ganhar tempo; ele olhou para a caixa com a arma.

Mais uma coisa surgiu, na tela, no mapa de localização. Josh pensou ter visto um flash, um ponto vermelho. Mas agora ele desapareceu. Ele olhou novamente.

Um tuuum, tuuum, tuuum na porta quase derrubou Josh da cadeira. Os homens estavam batendo na porta como num tambor de guerra, tentando soltar o metal espesso. As batidas combinavam com a palpitação no peito de Josh, seu coração batia descontroladamente.

A tela do computador mostrava o avanço do apagamento: doze por cento concluído.

O ponto iluminou-se novamente, ficando aceso dessa vez: D. Vale. Pairou lentamente, no rio. Os sinais vitais estavam fracos, mas ele estava vivo. O colete mantinha os sensores, mas devia estar danificado.

Josh precisava mandar para David o que havia encontrado e a maneira de contatar a fonte. Opções? Normalmente estabeleceriam um ponto de entrega secreto on-line: um website público onde trocariam mensagens codificadas. A Clocktower usava normalmente os leilões do eBay — as imagens dos produtos à venda incluíam mensagens incorporadas ou arquivos que um algoritmo da Clocktower conseguia desencriptar. A olho nu, as imagens pareciam normais, mas pequenas alterações nos pixels em toda a fotografia resultavam em um arquivo complexo que a Clocktower conseguia ler.

Porém, ele e David não estabeleceram nenhum sistema. Ele não conseguia ligar. Mandar e-mail seria uma sentença de morte: a Clocktower monitorava qualquer endereço de e-mail e, quando David o verificasse, a Clocktower rastrearia o IP do computador usado. O IP lhes daria um endereço físico ou uma ideia da localização. As câmeras de vigilância próximas fariam o restante do trabalho e eles o capturariam em minutos. Um IP... Josh teve uma ideia. Funcionaria?

Apagamento... 37% concluído

Precisava trabalhar rápido antes que o computador parasse de funcionar.

Josh abriu uma conexão VPN para um servidor particular que ele usava na maior parte do tempo como uma área de transferência e preparação para operações on-line — transformando e repassando relatórios encriptados pela internet antes de entregá-los à Central. Era apenas uma segurança adicional para garantir que os downloads da Estação de Jacarta para a Central não fossem interceptados. Estava fora da rede, ninguém sabia dele. E tinha vários protocolos de segurança que ele havia montado. Era perfeito.

No entanto, o servidor não tinha um endereço eletrônico — não precisava de um — apenas um IP: 50.31.14.76. Endereços eletrônicos, como www.google.com ou www.apple.com, na verdade traduziam-se para IPs. Quando se digita um endereço em seu navegador, um grupo de servidores chamado servidores de nome de domínio (DNS) combinam o endereço a um IP num banco de dados e o enviam para o lugar correto. Se o IP for digitado na barra do navegador, de fato chega-se ao mesmo lugar sem o roteamento: 74.125.139.100 abre o Google.com, 17.149.160.49 abre a Apple.com e assim por diante.

Josh terminou de fazer o upload dos dados para o servidor. O computador já estava começando a ficar lento. Várias mensagens de erro apareceram.

Apagamento... 48% concluído

As batidas haviam parado. Estavam usando o maçarico novamente. Uma saliência arredondada de metal forçado havia se formado no centro da porta.

Josh precisava mandar o IP para David. Não poderia ligar ou enviar mensagem de texto. Todas as fontes e agentes eram monitorados pela Clocktower e, além disso, ele não tinha ideia de onde David pararia. Precisava de algum lugar onde David olhasse. Alguma maneira de enviar os números no endereço de IP. Algo que apenas Josh conhecia...

A conta bancária de David. Talvez funcionasse.

Josh também mantinha uma conta bancária; imaginava que quase todos no ramo faziam o mesmo.

O ranger do metal retorcendo-se encheu a sala cavernosa como uma baleia agonizante. Estavam próximos.

Josh abriu um navegador e acessou sua conta bancária. Rapidamente digitou o número de agência e a conta de David. Em seguida, fez uma série de depósitos para a conta de David:

9,11

50,00

31,00

14,00

76,00

9,11

Levaria um dia para as transações caírem e, mesmo depois que entrassem na conta, David veria apenas se verificasse a conta. Ele saberia que era um endereço de IP? Os agentes de campo não eram exatamente habilidosos com tecnologia. Era um tiro no escuro.

A porta cedeu. Os homens entraram, soldados com vestes completas de batalha.

Apagamento... 65% concluído

Não era o bastante. Eles encontrariam alguma coisa.

A caixa, a cápsula. Três a quatro segundos. Não era tempo suficiente.

Josh avançou sobre a mesa para pegar a caixa, derrubando-a. Ela bateu no chão envidraçado e ele a acompanhou. As mãos trêmulas tatearam lá dentro e agarraram a arma. Como era mesmo? Desliza, atira, aperta aqui? Deus. Estavam na entrada da sala envidraçada. Três homens.

Ele ergueu a arma. O braço tremia. Ele o firmou com a outra mão e apertou o gatilho. A bala atingiu o computador de raspão. Ele precisava atingir o disco rígido. Atirou novamente. O som era ensurdecedor na sala.

Em seguida, o som encheu o espaço. Vidros espalhados em todos os lugares, pequenas lascas. Josh correu até a parede de vidro, que caía ao redor dele, cortando-o. Ele olhou para baixo, viu os buracos de bala no peito. Sentiu o sangue correr da boca e pingar do queixo, juntando-se à poça carmesim cada vez maior no peito. Ele virou a cabeça e observou quando a última das luzes do computador se apagou.

Capítulo 26

Rio Pesanggrahan
Jacarta, Indonésia

Os pescadores remaram o barco rio abaixo, na direção do Mar de Java. A pesca fora boa nos últimos dias, e eles haviam trazido redes a mais — todos tinham, na verdade. O barco afundava com o peso, correndo mais baixo na água do que de costume. Se as coisas fossem bem, eles voltariam no pôr do sol, arrastando as redes atrás do barco, cheias de peixes, o suficiente para a pequena família e para vender no mercado.

Harto observou o filho Eko remando na frente do barco e o orgulho o invadiu. Logo Harto se aposentaria e Eko assumiria a pesca. Então, no tempo certo, Eko levaria o filho para o trabalho, desse jeito, como o pai de Harto o ensinara a pescar.

Esperava que fosse assim. Nos últimos tempos, Harto começou a se preocupar pensando que as coisas pudessem tomar outro rumo. A cada ano mais barcos, e menos peixes. Eles pescavam por mais tempo a cada dia e, ainda assim, as redes arrastavam menos peixes. Harto tirou o pensamento da mente. Boa sorte vem e vai, como os mares; assim que funcionavam as coisas. "Não devo me preocupar com coisas que não posso controlar."

O filho parou de remar. O barco começou a virar.

Harto gritou com ele.

— Eko, você precisa remar, o barco vai virar se não remarmos ao mesmo tempo. Preste atenção.

— Tem alguma coisa na água, *papa*.

Harto olhou. Havia... algo preto, flutuando. Um homem.

— Reme rápido, Eko.

Pararam ao lado dele e Harto estendeu o braço, agarrou-o e tentou puxá-lo para dentro do barco estreito carregado de redes. Era muito pesado. Usava um tipo de colete. Mas o colete flutuava. Algum material especial. Harto virou o homem. Um capacete e óculos cobriam o nariz, impedindo que se afogasse.

— Mergulhador, *papa*?

— Não, ele é... policial, eu acho. — Harto tentou puxá-lo novamente para dentro do barco, mas ele quase virou. — Aqui, Eko, me ajude.

Juntos, pai e filho arrastaram o homem encharcado para dentro do barco, mas assim que pesou na lateral, o barco começou a fazer água.

— Estamos afundando, *papa*! — Eko olhou ao redor com nervosismo.

A água corria sobre o lado do barco. O que jogar fora? O homem? O rio corria para o mar, certamente ele morreria lá. Não poderiam arrastá-lo, não por muito tempo. A água entrava cada vez mais rápido.

Harto olhou para as redes, a única coisa com peso no barco. Mas eram herança de Eko — a única riqueza que sua família tinha, o único meio de sobrevivência, de pôr comida na mesa.

— Jogue as redes no rio, Eko.

O jovem seguiu as ordens do pai sem questionar, jogando as redes uma a uma, entregando seus bens hereditários ao rio que corria lentamente.

Quando a maior parte das redes foi jogada, a água parou de invadir e Harto despencou dentro do barco, encarando o homem com olhos ausentes.

— Que foi, *papa*?

Como o pai não disse palavra, Eko aproximou-se dele e do homem que haviam resgatado.

— Ele está morto? Ele...

— Precisamos levá-lo para casa. Ajude a remar. Talvez ele esteja encrencado.

Eles mudaram o rumo do barco e remaram rio acima, contra a corrente, na direção da mulher e da filha de Harto, que se preparavam para limpar e armazenar os peixes que trariam. Mas não haveria peixes naquele dia.

Capítulo 27

Associated Press
Notícias de agência — Notícias de última hora

Explosões e tiroteios abalam Jacarta, capital da Indonésia

Jacarta, Indonésia (AP) // *A Associated Press recebeu vários relatos de explosões e tiroteios em Jacarta. Embora nenhum grupo terrorista tenha assumido a responsabilidade, informantes anônimos dentro do governo indonésio disseram acreditar que os ataques foram coordenados. Não está claro no momento quem eram os alvos.*

Por volta da uma hora da tarde, horário local, três bombas explodiram em prédios populares em vizinhanças residenciais decadentes na cidade. Observadores dizem que ao menos dois dos prédios talvez estivessem abandonados.

Aqueles estouros foram seguidos minutos depois por explosões e tiroteios de armas automáticas nas ruas do bairro comercial. Não há números de vítimas, e a polícia nega-se a comentar.

Atualizaremos esta notícia quando mais detalhes surgirem.

The Jakarta Post

Preso chefe do Centro de Detenção de Jacarta Ocidental

A Polícia Federal indonésia confirmou que prenderam hoje o chefe do Centro de Detenção de Jacarta Ocidental, Eddi Kusnadi, acusado de fomentar a pornografia infantil. O novo chefe do Centro de Detenção, Paku Kurnia, deu a seguinte declaração: "É um dia triste e vergonhoso para a Polícia Metropolitana de Jacarta e para a Delegacia de Jacarta Ocidental, mas nossa disposição para enfrentar a corrupção dentro de nossos quadros no fim das contas nos tornará mais fortes e confirmará a confiança da população em nossa polícia".

Capítulo 28

Sede da Immari Jacarta
Jacarta, Indonésia

Kate estava sentada numa cadeira, mãos presas para trás, o capuz escuro ainda sobre a cabeça. A viagem foi dolorosa. Os soldados a jogaram para lá e para cá como uma boneca de pano nos últimos trinta minutos, transferiram-na de um furgão para outro, fizeram-na percorrer vários corredores e, finalmente, sentaram-na numa cadeira e fecharam a porta. A sensação de se mover na pura escuridão a deixara nauseada. Os pulsos doíam com as braçadeiras e ela não conseguia ver nada através do capuz preto grosso. A escuridão e o silêncio absolutos eram desorientadores, como uma privação sensorial. Quanto tempo já estava lá?

Então, ela ouviu alguém se aproximar: passos num corredor ou numa grande sala. Ecoavam mais alto a cada segundo que passava.

— Tire o capuz!

A voz de Martin Grey. Martin — o som da voz do pai adotivo enviou ondas de alívio pelo corpo de Kate. A escuridão já não parecia tão escura e a dor nas mãos perto das amarras parecia se aliviar. Estava segura. Martin a ajudaria a encontrar as crianças.

Ela sentiu o capuz sendo erguido. As luzes a cegaram e ela estreitou os olhos, fez careta e jogou a cabeça para trás.

— E desatem as mãos! Quem fez isso com ela?

— Eu, senhor. Ela estava resistindo.

Ela ainda não conseguia vê-lo, mas conhecia a voz — o homem que a tirou da van, que havia levado as crianças da clínica. O assassino de Ben Adelson.

— Vocês devem tê-la assustado demais.

A voz de Martin era fria e potente. Kate nunca o tinha ouvido falar com ninguém daquele jeito. Ouviu mais dois homens dando risadinhas, então, seu captor respondeu:

— Reclame o quanto quiser, Grey. Não respondo a você. E você parecia satisfeito com nosso trabalho anterior.

O que ele queria dizer com aquilo?

A voz de Martin mudou levemente, parecia mais relaxado.

— Você sabe, quase soa como se o senhor estivesse resistindo, sr. Tarea. Bem, vou mostrar o que acontece quando alguém resiste.

Kate conseguiu ver Martin. Seu rosto estava sério. Ele encarou o homem, em seguida olhou para os outros dois — soldados que devem ter acompanhado Martin.

— Levem-no para uma cela de detenção. Vendem-no e amarrem as mãos. Quanto mais apertado, melhor.

Os dois homens agarraram o sequestrador, enfiaram o capuz que estava na cabeça de Kate nele e o arrastaram para fora da sala.

Martin curvou-se diante de Kate e perguntou:

— Você está bem?

Kate esfregou as mãos e inclinou-se para a frente.

— Martin, duas crianças foram tiradas do meu laboratório. Aquele homem era um dos sequestradores. Precisamos encontrar…

Martin ergueu a mão.

— Eu sei. Vou explicar tudo. Mas agora preciso que você me diga o que fez com aquelas crianças. É muito importante, Kate.

Kate abriu a boca para responder, mas não sabia por onde começar. As perguntas atribulavam sua mente.

Antes que ela pudesse falar, mais dois homens entraram na grande sala e falaram com Martin.

— Com licença, o diretor Sloane deseja falar com o senhor.

Martin ergueu a cabeça, irritado.

— Eu ligo para ele depois, isso não deve...

— Senhor, ele está aqui.

— Em Jacarta?

— Aqui no prédio, senhor. Fomos instruídos a escoltar o senhor até ele. Desculpe, senhor.

Martin levantou-se devagar, parecendo preocupado.

— Leve-a lá para baixo, para o deque de observação das escavações. E... vigie a porta. Volto logo.

Os homens de Martin escoltaram Kate para fora, mantendo uma distância segura, mas vigiando-a como um falcão. Ela percebeu que os outros homens conduziram Martin pelo mesmo caminho.

Capítulo 29

Rio Pesanggrahan
Jacarta, Indonésia

Harto observou quando o homem misterioso ergueu-se sobre os cotovelos, tirou capacete e óculos, em seguida olhou ao redor, confuso. Jogou os equipamentos no rio e, depois de ficar deitado por alguns minutos mais, esforçou-se para abrir as tiras na lateral do colete. Por fim, conseguiu soltá-las e jogou o colete pesado no rio também. Harto percebeu um buraco grande na área do peito do colete. Talvez tenha sido danificado. O homem esfregou o peito, respirando pesadamente.

Ele era norte-americano ou talvez europeu. Isso surpreendeu Harto. Sabia que o homem era branco — ele conseguiu ver parte do rosto quando eles o puxaram para dentro do barco —, mas supôs que o homem era japonês ou, talvez, chinês. Por que um europeu armado estaria ali, no rio? Talvez não fosse um policial. Talvez fosse criminoso, terrorista ou um soldado do cartel das drogas. Ajudar esse homem os levava a algo perigoso? Ele remou mais rápido. Eko viu o barco começando a virar e remou com mais velocidade também. O garoto aprendia bem rápido.

Quando a respiração do homem branco se estabilizou, ele se sentou e começou a falar em inglês.

Eko olhou para trás. Harto não sabia o que dizer. O soldado falava devagar. Harto disse a única coisa que sabia em inglês.

— Minha mulher fala inglês. Ela ajuda você.

O homem deitou-se novamente. Olhou para o céu e esfregou o peito enquanto Harto e Eko remavam.

David supôs que a bala no peito havia destruído o biomonitor no colete. Com certeza ela o derrubou. O rastreador do capacete ainda estava ativo, mas no fundo do rio.

Deus abençoe esses pescadores jacarteses. Eles o salvaram, mas onde o levariam? Talvez a Immari tivesse anunciado um prêmio por ele — esses dois simplesmente haviam conseguido um bilhete de loteria. Se fossem entregá-lo, David precisava se libertar, mas mal conseguia respirar. Ele veria o que fazer quando fosse o momento. Precisava descansar. Observou o rio por um minuto, em seguida fechou os olhos.

David sentiu o conforto suave de uma cama embaixo dele. Uma mulher jacartesa de meia-idade segurava um trapo úmido sobre sua testa.

— Você me ouve? — Quando ela o viu abrir os olhos, virou-se e começou a gritar em outro idioma.

David agarrou seu braço. Ela olhou assustada.

— Não vou machucá-la. Onde estou? — ele perguntou e percebeu que se sentia muito melhor. Já conseguia respirar, mas a dor ainda estava lá, no peito. Ele se sentou e soltou o braço da mulher.

A mulher lhe disse o endereço, mas David não sabia onde era. Antes que pudesse fazer outra pergunta, ela se afastou para o fundo da sala, observando-o com cautela, a cabeça levemente inclinada.

David esfregou a escoriação no peito. "Pense." Se eles haviam assumido o risco de atacar o comboio ao ar livre, já haviam assumido o QG da Estação de Jacarta.

Josh. Outro soldado caído. "Se eu não impedir o Protocolo Toba, haverá muitos mais. E civis, como houve antes..."

"Foco."

A ameaça atual. O que isso significa?

Eles pegaram Warner. Precisam dela. "De algum jeito está envolvida."

Mas ele não acreditava nisso. Kate Warner foi genuína, sincera. Acreditava na pesquisa que estava fazendo. Não se envolveria no Protocolo. Precisavam de sua *pesquisa*; eles a usariam. Forçariam para que ela a revelasse. Seria outra vítima inocente. Ele precisava se concentrar em tê-la de volta. Era sua melhor pista.

Ele se levantou e caminhou pela casa. Eram várias salas separadas por paredes finas como papel cobertas com arte caseira, a maioria representações de pescadores. Ele abriu uma porta de tela frágil e saiu para um terraço. A casa ficava no terceiro ou quarto nível de um "prédio" com muitas casas similares — todas com finas paredes de gesso, portas de tela sujas e terraços empilhados como degraus de escada que subiam as margens do rio lá embaixo. Ele olhou ao longe. Na distância que conseguia enxergar, viu pilhas e pilhas daquelas casas, como caixas de papelão empilhadas umas sobre as outras. As roupas ficavam penduradas em varais fora delas, e aqui e ali mulheres batiam tapetes, fazendo poeira subir para o sol poente como demônios fugindo da Terra.

David olhou para o rio. Os barcos de pesca passavam para lá e para cá. Poucos tinham pequenos motores, mas a maioria era movida pelos remadores. Seus olhos rastrearam os prédios acima. Eles já estariam ali, procurando por ele?

Então, ele os viu. Dois homens, Immari Security, saindo do segundo andar abaixo dele. David recuou para a sombra da sacada e observou os homens entrarem na próxima casa. Quanto tempo tinha? Cinco, talvez dez minutos?

Ele voltou para a casa e encontrou a família agachada e reunida naquilo que supostamente era uma sala de estar, embora tivesse duas pequenas camas nela. Os pais encurralaram um garoto e uma menina atrás deles, como se o olhar de David pudesse lhes fazer mal.

Com um metro e noventa e dois, David era quase duas cabeças mais alto que o homem e a mulher e sua composição musculosa quase preenchia a entrada estreita, bloqueando os últimos raios do sol poente. Ele devia parecer um monstro para eles, ou um alienígena, uma espécie totalmente diferente.

David concentrou-se na mulher.

— Não vou machucar vocês. Você fala inglês?

— Falo. Um pouco. Vendo peixe no mercado.

— Ótimo. Preciso de ajuda. É muito importante. Uma mulher e duas crianças estão em perigo. Por favor, pergunte ao seu marido se ele vai me ajudar.

Capítulo 30

Sede da Immari Jacarta
Jacarta, Indonésia

Martin Grey entrou na sala com cuidado, encarando Dorian Sloane como se ele fosse uma aparição. O diretor da Immari Security estava em pé, no canto mais distante do escritório de Martin, no sexagésimo sexto andar da sede da Immari Jacarta. Sloane encarou o Mar de Java, observando os barcos que passavam. Martin pensou que o homem mais jovem não o vira entrar, então ele se assustou quando o outro falou.

Surpreso em me ver, Martin?

Martin percebeu que Sloane o viu entrar pelo reflexo do vidro. Enxergou os olhos dele lá agora. Eram frios, calculistas, intensos… como um predador observando a presa, esperando para atacar. O reflexo incompleto escondia o restante do rosto. Suas mãos estavam entrelaçadas nas costas. Seu longo sobretudo preto parecia muito deslocado em Jacarta, onde o calor e a umidade forçavam até mesmo os bancários a usarem vestes menos formais. Apenas os guarda-costas, ou alguém com algo a esconder, cobriam-se tanto.

Martin esforçou-se para parecer casual. Caminhou a passos largos até a mesa de carvalho no meio da sala gigantesca.

— Na verdade, sim. Temo que você me pegou num momento ruim…

— Não. Eu já sei de tudo, Martin. — Sloane virou-se lentamente e falou de forma intencional, sem tirar os olhos de Martin enquanto caminhava até o homem mais velho atrás da mesa. — Sei sobre sua pequena expedição em geleiras na Antártida. Sua interferência no Tibete. As crianças. O sequestro.

Martin mexeu os pés, virando-se para ficar atrás da mesa, pôr algo entre os dois, mas Sloane alterou seu vetor, aproximando-se da lateral. Martin firmou os pés. Não se afastaria, mesmo que o homem agressivo cortasse sua garganta bem ali, em sua sala.

Martin devolveu o olhar de Sloane. O rosto de Dorian era fino, musculoso, mas grosseiro. Anos de vivências difíceis cobraram seu preço. Era um rosto que conhecia a dor.

Sloane parou sua ronda a um metro de Martin, sorriu levemente, como se soubesse algo que Martin não sabia; como se alguma armadilha tivesse sido montada, e ele estivesse simplesmente esperando.

— Eu teria descoberto antes, mas estive bem ocupado com a situação da Clocktower. Mas acho que você já sabe disso.

— Certamente, vi os relatórios. Infelizmente e na hora errada, sem dúvida. E, como você mencionou, eu estava bastante ocupado também. — As mãos de Martin começaram a tremer um pouco. Ele as enfiou no bolso. — Eu planejava revelar esses acontecimentos recentes... Antártida, China...

— Cuidado, Martin. Sua próxima mentira pode ser a última.

Martin engoliu em seco e olhou para o chão, pensativo.

— Tenho só uma pergunta, meu velho. Por quê? Eu segui todas as pistas que você deixou, mas ainda não vejo seu objetivo final.

— Eu não traí meu juramento. Meu objetivo é *nosso* objetivo: impedir uma guerra que nós sabemos que não podemos vencer.

— Então, estamos de acordo. Chegou a hora. O Protocolo Toba está em andamento.

— Não. Dorian, há outra maneira. É verdade, eu mantive esses... acontecimentos em segredo, mas por um bom motivo. Era cedo demais, eu não sabia se funcionaria.

— E não funcionou. Li os relatórios da China, todos os adultos morreram. Já estamos atrasados.

— Verdade, o teste falhou, mas porque usamos a terapia errada. Kate usou outra coisa; não sabemos o que ainda, mas ela vai me dizer. Amanhã, a essa hora, poderíamos entrar nas catacumbas, finalmente descobrir a verdade.

Foi uma aposta alta e Martin quase se surpreendeu quando Sloane interrompeu seu olhar fixo e raivoso. Seus olhos se afastaram, em seguida abaixaram-se. Um momento se passou e, finalmente, ele virou as costas, caminhando de volta para as janelas, assumindo sua posição original de quando Martin entrou na sala.

— Já sabemos a verdade. E quanto a Kate e a nova terapia... você pegou as crianças. Ela não vai falar.

— Para mim, sim.

— Acho que eu a conheço melhor que você.

Martin sentiu o sangue subir.

— Você já abriu o submarino? — A voz de Sloane era baixa.

Martin foi pego de surpresa pela pergunta. Estava sendo testado por Sloane? Ou ele achava...

— Não — Martin respondeu. — Estamos seguindo um protocolo de quarentena mais extenso, apenas para garantir a segurança. Soube que o lugar é quase seguro.

— Quero estar lá quando abrirem.

— Ficou selado por mais de setenta anos, nada poderia...

— Quero estar lá.

— Claro. Vou informar as instalações. — Martin estendeu a mão para pegar o telefone. Não conseguia acreditar nessa trégua. A esperança parecia um suspiro de ar fresco após ficar sob a água três minutos a mais que o possível. Ele discou rapidamente.

— Você pode dizer para eles quando chegarmos lá.

— Não há nada que eu...

Sloane afastou-se das janelas. O olhar sedento de sangue havia voltado. Seus olhos acertaram Martin em cheio.

— Não estou pedindo. Vamos abrir aquele submarino juntos. Não vou deixar que você saia da minha vista, não até tudo isso ter acabado.

Martin desligou o telefone.

— Tudo bem, mas preciso falar com Kate primeiro. — Martin suspirou, endireitando a coluna. — E agora *eu* não estou pedindo. Você precisa de mim, nós dois sabemos disso.

Sloane olhou para Martin através do reflexo da janela e Martin pensou ter visto um pequeno sorriso se abrir nos lábios do homem mais jovem.

— Você tem dez minutos com ela. E *se* você falhar, partiremos para a Antártida e eu vou deixá-la com pessoas que vão fazê-la falar.

Capítulo 31

Favelas de River Village
Jacarta, Indonésia

David observou os agentes da Immari Security fazendo a curva e correndo para dentro da casa de gesso com cinco cômodos no canto da fileira de casas. Ele havia escolhido aquele lar especificamente por conta de sua disposição.

Os homens varreram os cômodos, agindo com movimentos rápidos e mecânicos, entrando em cada cômodo com as armas erguidas diante deles, apontando para a esquerda e para a direita.

David ouviu de seu esconderijo quando os homens avisaram. "Limpo. Limpo. Limpo. Limpo. Limpo." Ouviu o caminhar lento enquanto saíam da residência agora "segura".

Quando o segundo homem passou, David silenciosamente deslizou para trás dele, cobriu a boca do homem com um pano úmido e esperou o clorofórmio encher a boca e as narinas. O homem se debateu, tentando agarrar David em desespero ao passo que perdia o controle dos membros a cada segundo. David lhe segurou a boca com força, nenhum som escapou. O homem despencou no chão e David estava prestes a atacar o outro homem quando ouviu o rádio na sala ao lado dar sinal de vida.

— Immari Time Recon Cinco, alerta, Clocktower relata que uma unidade móvel em sua área foi acessada. Acredita-se que o alvo está nas proximidades e pode estar em posse de armas e explosivos da unidade. Prossiga com cautela. Estamos enviando unidades de reforço.

— Cole? Ouviu isso?

David agachou-se sobre o homem que havia incapacitado — aparentemente era Cole.

— Cole? — o outro homem chamou do cômodo ao lado. David conseguiu ouvir a terra estalando embaixo das botas do soldado. Caminhava devagar agora, como um homem num campo minado, onde qualquer passo pode ser o último.

Quando David se levantou, o homem entrou com tudo pela porta, a arma apontada para o peito de David, que avançou. Os dois caíram no chão e lutaram pela arma. David bateu com tudo a mão do homem no chão de terra e a arma deslizou para a parede.

O homem empurrou David para longe e começou a rastejar na direção da arma, mas David pulou sobre ele antes que conseguisse, prendendo o pescoço do homem com uma gravata firme. Ele encaixou a palma da mão nas costas do homem para conseguir levantá-lo mais. Conseguia sentir as vias aéreas da vítima fecharem. Não demoraria muito mais.

O homem agitava-se para a frente e para trás, apertando o braço ao redor do pescoço. Ele estendeu o braço para baixo, tentando alcançar... o quê? O bolso? Então, o homem conseguiu — uma faca da bota. Ele golpeou para trás, na direção de David, chegando à lateral. David ouviu as roupas rasgarem e viu sangue na faca, que vinha para uma segunda investida. Ele se pôs de lado e quase não escapou da outra punhalada, moveu a mão das costas até a cabeça do homem e, usando um movimento cruzado com o braço ao redor do pescoço do homem, puxou com tudo. Um estalo alto soou, e o homem foi ao chão.

David rolou para longe do mercenário morto e encarou o teto, observando duas moscas se perseguirem.

Capítulo 32

Sede da Immari Jacarta
Jacarta, Indonésia

Os homens de Martin levaram Kate para o subterrâneo, em seguida a conduziram por um longo corredor que desembocava no que parecia um imenso aquário. As janelas de vidro tinham ao menos quatro metros e meio de altura e talvez dezoito de largura.

Kate não entendeu o que estava vendo. A cena além dos vidros era obviamente do fundo da baía de Jacarta, mas as criaturas que se moviam lá a deixaram confusa. Num primeiro momento, ela pensou que eram algum tipo de criatura marítima iluminada, como águas-vivas, submergindo até o fundo e, em seguida, subindo à superfície. Mas as luzes eram estranhas. Ela se aproximou do vidro. Sim, eram robôs. Quase como caranguejos robóticos, com luzes que giravam como olhos e quatro braços, cada qual com três dedos metálicos. Eles fuçavam o fundo, então emergiam com objetos nas mãos mecânicas. Ela fez um esforço para enxergar. O que eram aqueles objetos?

— Nossos métodos de escavação melhoraram muito.

Kate virou-se e avistou Martin. O olhar no seu rosto a fez hesitar, preocupada. Ele parecia cansado, abatido, resignado.

— Martin, por favor, me diga o que está acontecendo. Onde estão as crianças que foram levadas do meu laboratório?

— Num lugar seguro, por ora. Não temos muito tempo, Kate. Preciso fazer algumas perguntas, é muito importante que você me diga o que você usou naquelas crianças. Sabemos que não foi ARC-247.

Como ele podia saber? E por que ele se importava com o que ela havia usado para tratá-las? Kate tentou pensar. Havia algo de errado ali. O que aconteceria se ela lhe dissesse? Foi o soldado, David, não foi?

Nos últimos quatro anos, Martin fora o único homem, a única pessoa em quem Kate conseguia se permitir confiar plenamente. Sempre fora distante, mergulhado no trabalho — mais um tutor do que um pai adotivo. Mas ele estava lá para ajudá-la quando ela precisava dele. Era impossível que estivesse envolvido no sequestro. Mas... tinha algo de errado ali...

— Vou contar sobre a terapia, mas quero as crianças de volta primeiro — ela disse.

Martin aproximou-se, ficando ao lado dela diante da parede de vidro.

— Acho que não vai ser possível, mas você tem minha palavra. Vou protegê-las. Precisa confiar em mim, Kate. Muitas vidas estão em jogo.

"Protegê-las do quê?"

— Quero saber que diabos está acontecendo aqui, Martin.

Martin afastou-se dela, parecia ponderar.

— E se eu dissesse que existe uma arma, em algum lugar deste mundo, que é mais poderosa do que qualquer coisa que você possa imaginar? Uma arma capaz de eliminar a raça humana inteira. E que o tratamento que você deu às crianças é nossa única chance de sobrevivência, nosso único meio de resistir a essa arma?

— Eu diria que parece bem forçado.

— Parece? Você conhece o bastante sobre evolução para saber que não é. A raça humana não está tão a salvo como pensamos que está. — Ele foi até a parede do aquário, na direção de um robô que descia. — O que você acha que está acontecendo lá fora?

— Caça ao tesouro? Um navio mercante afundado, talvez.

— Parece uma caça ao tesouro para você? — Como Kate não respondeu, ele continuou. — E se eu dissesse que há uma cidade costeira perdida lá? E que é apenas uma de muitas ao redor do mundo? Cerca de treze mil anos atrás, a maior parte da Europa estava sob três quilômetros de gelo. A cidade de Nova York estava coberta por mais de um quilômetro e meio de gelo. No espaço de poucas centenas de anos, as geleiras derreteram e os níveis do mar subiram quase cento e vinte metros, varrendo todos os povoados costeiros da face da Terra. Mesmo hoje, quase metade da população humana vive dentro de cento e sessenta quilômetros de costa. Imagine quantas pessoas viviam no litoral na época, quando o peixe era a fonte mais confiável de comida e os mares eram o método mais fácil de comércio. Pense nos povoados e primeiras cidades que estavam perdidos para sempre, a história que nunca vamos recuperar. O único registro vivo que temos desse evento é a história do Grande Dilúvio. As pessoas que sobreviveram ao degelo das geleiras foram perspicazes a ponto de alertar as gerações seguintes. A história do dilúvio é um fato histórico, o registro geológico comprova e a história aparece na Bíblia e em todos os textos que recuperamos antes e depois dela. Tabletes cuneiformes de Acádia, textos dos sumérios, civilizações americanas antigas, todos eles contam sobre o Dilúvio, mas ninguém sabe o que acontece antes dele.

— Então é por isso? Para encontrar as cidades costeiras perdidas... Atlântida?

— Atlântida não é o que você acha que é. Minha ideia é que há tanto lá embaixo, tanto de nossa história que não sabemos. Pense no que mais foi perdido na época do Dilúvio. Você conhece a história genética. Sabemos que no mínimo duas espécies de humanos sobreviveram à época do Dilúvio, talvez três. Talvez mais. Não faz muito tempo encontramos ossos de neandertais em Gibraltar que têm vinte e três mil anos. Poderíamos encontrar ossos até mais jovens. Também encontramos ossos que tinham apenas doze mil anos, datados da época do Dilúvio, a menos de cento e sessenta quilômetros de onde estamos agora, próximo à Ilha de Java, na Ilha Flores. Pensamos que esses humanos parecidos com hobbits caminharam pela Terra por quase trezentos mil anos. Então, de repente, há doze mil anos, eles foram extintos. Os neandertais evoluíram seiscentos mil anos atrás, vagaram pela Terra quase três vezes mais do que nós quando foram extintos. Você conhece essa história.

— Você sabe que eu conheço e não vejo o que isso tem a ver com o sequestro das minhas crianças.

— Por que você acha que os neandertais e os hobbits foram extintos? Eles estavam por aí muito antes de os seres humanos entrarem em cena.

— Nós os matamos.

— Isso. A raça humana é a maior assassina em massa de todos os tempos. Pense nisto: fomos codificados para sobreviver. Mesmo nossos mais antigos ancestrais eram guiados por esse impulso, guiados o bastante para reconhecer que os neandertais e os hobbits eram inimigos perigosos. Podem ter exterminado dúzias de subespécies humanas. E esse legado vergonhosamente continua. Atacamos tudo que é diferente, qualquer coisa que não entendemos, que possa mudar nosso mundo, nosso ambiente, reduzir nossas chances de sobrevivência. Racismo, guerra de classe, sexismo, Oriente contra Ocidente, Norte contra Sul, capitalismo e comunismo, democracia e ditaduras, islã e cristianismo, Israel e Palestina, são todas faces diferentes da mesma guerra, a guerra por uma raça humana homogênea e pelo fim de nossas diferenças. É uma guerra que começamos muito tempo atrás, uma guerra que lutamos desde então. Uma guerra que opera em cada mente humana, num nível abaixo do subconsciente, como um programa de computador que roda o tempo todo em segundo plano, guiando-nos para alguma possibilidade.

Kate não sabia o que dizer, não conseguia enxergar a relação com seu experimento e as crianças.

— Você espera que eu acredite que essas duas crianças estão envolvidas em uma luta cósmica ancestral da raça humana?

— Sim. Pense na guerra entre neandertais e seres humanos. As batalhas entre hobbits e seres humanos. Por que vencemos? Os neandertais tinham um cérebro maior que o nosso e certamente eram maiores e mais fortes. Mas nosso cérebro tinha conexões diferentes. Nossa mente era conectada para construir ferramentas avançadas, resolver problemas e antecipar o futuro. Nosso software mental nos deu uma vantagem, mas ainda não sabemos como conseguimos. Éramos animais, como eles, cinquenta mil anos atrás. Mas algum Grande Salto Adiante nos deu uma vantagem que ainda não entendemos. A única coisa que sabemos ao certo é que foi uma mudança nas conexões cerebrais, possivelmente uma mudança na maneira de usarmos a linguagem e nos comunicarmos. Uma mudança repentina. Você sabe disso tudo. Mas... se outra mudança estiver a caminho? O cérebro daquelas crianças tem conexões diferentes. Você sabe como a evolução funciona. Nunca é uma linha reta. Opera na base de tentativa e erro. O cérebro daquelas crianças pode ser a próxima versão do sistema operacional da mente humana, como a nova versão do Windows ou do Mac OS, uma versão mais nova, mais rápida... com vantagens sobre a versão anterior, a nossa. E se essas crianças, ou outra como elas, forem os primeiros membros de um novo ramo que surge na árvore genética humana? Uma nova subespécie. E se, em algum lugar deste planeta, um grupo já tiver o novo software? Como acha que nos tratariam, os velhos seres humanos? Talvez da mesma forma que tratamos os últimos seres humanos que não eram tão espertos quanto nós, os neandertais e os hobbits.

— Isso é absurdo, essas crianças não são uma ameaça para nós. — Kate observou Martin. Ele parecia diferente... aquele olhar, ela não conseguia compreender. E o que ele estava dizendo, toda aquela conversa sobre genética e história evolucionária... falando coisas que ela já sabia... mas por quê?

— Pode não parecer dessa forma, mas como podemos saber de verdade? — Martin continuou. — Pelo que sabemos do passado, cada raça humana avançada eliminou todas as raças que via como ameaça. Fomos os predadores da última vez, mas seremos a presa na próxima.

— Então, vamos ver o que fazer quando essa vez chegar.

— Ela já chegou, só não sabemos. É a natureza do Problema de Estrutura: em um ambiente complexo, simplesmente não podemos saber as consequências de nossos atos, por melhor que possam parecer no momento. Ford pensou que estava criando um dispositivo para transporte das massas. Também deu ao mundo maneiras de destruir o meio ambiente.

Kate sacudiu a cabeça.

— Ouça o que você está dizendo, Martin. Soa maluco, ilusório.

Martin sorriu.

— Eu disse a mesma coisa quando seu pai me fez o mesmo discurso.

Kate considerou a afirmação de Martin. Era mentira, precisava ser. No mínimo era uma distração, um jogo para que ela confiasse, um esforço para lembrar que ele a assumira. Ela o encarou de cima a baixo.

— Você está me dizendo que pegou aquelas crianças para impedir a evolução?

— Não exatamente... não posso explicar tudo, Kate. Eu bem que gostaria. Tudo que posso dizer é que aquelas crianças detêm a chave para impedir uma guerra que vai exterminar a raça humana. Uma guerra que está em curso desde o dia em que nossos ancestrais partiram da África, sessenta mil ou setenta mil anos atrás. Você *precisa* confiar em mim. Preciso saber o que você fez.

— O que é Protocolo Toba?

Martin parecia confuso. Ou estava assustado?

— Onde... você ouviu isso?

— O soldado que me tirou da delegacia. Você está envolvido nisso... no Protocolo Toba?

— Toba... é um plano de contingência.

— Você está envolvido? — A voz de Kate era firme, mas ela temia a resposta.

— Sim, mas... talvez não seja necessário... *se* você me contar, Kate.

Quatro homens armados entraram por uma porta lateral que Kate não havia visto antes.

Martin voltou-se para eles.

— Não terminei a conversa com ela ainda!

Dois guardas a pegaram pelos braços, arrastando-a para fora da sala e pelo longo corredor que ela havia cruzado para encontrar Martin.

À distância, ela ouviu Martin discutir com os outros dois homens.

— O diretor Sloane disse para comunicar que o tempo acabou. Ela não vai falar e, de qualquer forma, ela sabe demais. Ele está esperando no heliponto.

Capítulo 33

Favelas de River Village
Jacarta, Indonésia

David estapeou Cole novamente e ele despertou. Não podia ter mais de vinte e cinco anos. O jovem ergueu os olhos sonolentos que se arregalaram quando viram David.

Ele tentou se afastar, mas David o segurou.

— Qual é o seu nome?

O homem olhou ao redor, buscando ajuda ou, talvez, uma saída.

— William Anders.

O homem buscou armas no corpo, mas não encontrou nenhuma.

— Olhe para mim. Vê o colete que estou usando? Reconhece?

David se levantou, deixando o homem perceber a roupa de batalha completa da Immari que ele vestia.

— Venha comigo — David ordenou.

O homem grogue tropeçou para dentro da próxima sala, onde estava o cadáver de seu parceiro, a cabeça virada num ângulo estranho, anormal.

— Ele mentiu para mim também. Vou perguntar só mais uma vez, qual o seu nome?

O homem engoliu em seco e se endireitou na entrada da sala.

— Cole. Meu nome é Cole Bryant.

— Assim é melhor. De onde você é, Cole Bryant?

— Filial Jacarta, Forças Selecionadas da Immari Security.

— Não, de onde você veio?

— O quê? — O jovem mercenário parecia confuso com a pergunta.

— Onde você cresceu?

— Colorado. Fort Collins.

David pôde ver que Cole estava saindo do atordoamento. Logo ficaria perigoso. Precisava descobrir se Cole Bryant tinha qualificações.

— Deixou família lá?

Cole afastou-se alguns passos de David.

— Não.

Era mentira. Muito promissor. Agora David precisava fazer com que acreditasse.

— Vocês brincam de "doces ou travessuras" em Fort Collins?

— O quê? — Cole afastou-se até a porta.

— Pare de se mover. — A voz de David ficou mais ríspida. — Essa sensação nas suas costas, a rigidez. Está sentindo?

O homem tocou a lombar, tentando deslizar a mão para dentro da armadura. A confusão cobriu seu rosto.

David caminhou até uma bolsa de náilon no canto da sala e abriu-a, revelando vários blocos marrons quadrados e retangulares que pareciam massinha de modelar envolvida em papel-filme.

— Sabe o que é isso?

Cole assentiu.

— Grudei uma pequena fileira desse explosivo na sua coluna. Este gatilho sem fio a controla. — David ergueu a mão esquerda, mostrando a Cole um pequeno cilindro com o tamanho de duas pilhas AA em pé. Numa das pontas havia um botão vermelho onde estava pousado o dedão de David. — Sabe o que é isso?

Cole ficou paralisado.

— Dispositivo de homem-morto.

— Muito bem, Cole. Este *é* um dispositivo de homem-morto. — David levantou-se e encaixou a alça da bolsa no ombro. — Se meu dedo sair deste botão, os explosivos são acionados e suas tripas vão virar uma gosma gelatinosa. Saiba que não há explosivos o bastante para me ferir ou mesmo para penetrar sua armadura. Eu poderia ficar bem na sua frente e, se eu tomar um tiro ou for machucado, a explosão liquefaria seus órgãos internos, deixando sua proteção externa intacta, como um ovo de chocolate recheado. Você gosta de ovos de chocolate recheados, Cole? — David conseguiu perceber que ele estava realmente assustado agora.

Cole sacudiu a cabeça de um lado para o outro.

— Sério? Os Cadbury Creme Eggs eram meus favoritos quando eu era moleque. Adorava ganhá-los na Páscoa. Minha mãe costumava guardar alguns para me dar no Dia das Bruxas, depois de eu sair para o "doces ou travessuras". Não via a hora de chegar em casa para abrir um daqueles. A casca de chocolate grossa, o creme amarelo por dentro. — David virou o rosto, como se lembrasse como eram deliciosos. Ele olhou de volta para Cole. — Mas você não quer ser um Cadbury Creme Egg, quer, Cole?

Capítulo 34

Sede da Immari Jacarta
Jacarta, Indonésia

Martin saiu do elevador para o heliponto. O sol estava quase se pondo. O céu estava vermelho e o vento no topo do prédio de oitenta andares soprava do mar, carregando o cheiro de água salgada. Diante dele, Dorian Sloane esperava com três de seus homens. Quando viu Martin, virou as costas e seguiu até o piloto do helicóptero para iniciar a sequência de decolagem. O motor foi acionado, e as hélices do rotor começaram a girar.

— Eu disse que ela não falaria — Sloane comentou.

— Ela precisa de tempo.

— Não vai ajudar.

Martin estendeu o corpo.

— Sei muito melhor que você…

— É discutível.

— Diga mais uma palavra e farei você se arrepender. — Martin deu um passo na direção de Sloane, quase gritando mais que o rugido do helicóptero. — Ela precisa de tempo, Dorian. Ela vai falar. Imploro para que não faça isso.

— Você criou essa situação, Martin. Eu estou só arrumando as coisas.

— Temos tempo.

— Nós dois sabemos que não... você mesmo disse. E eu fiquei bastante interessado nas outras coisas que você contou. Achei que você me odiava, pois odiava meus métodos e planos.

— Eu te odeio pelo que você fez com ela...

— Que não é um décimo do que ela fez com a minha família.

— Ela não tem nada a ver com isso...

— Vamos concordar em discordar, Martin, e nos concentrar na tarefa atual.

Sloane agarrou-o pelo braço e levou-o para longe do helicóptero, onde seria mais fácil conversar. E, Martin pensou, onde os homens de Sloane não poderiam ouvi-lo.

— Olha só, Martin, vou fazer um acordo com você. Eu postergo o Protocolo Toba até descobrirmos se isso pode funcionar. Você nos deixa trabalhar com a garota, vamos conseguir o que precisamos em uma, talvez duas horas, no máximo. Se partirmos agora para a Antártida, teremos as informações no momento em que aterrissarmos. Poderíamos testar um retrovírus do Gene Atlântida verdadeiro dentro de oito horas. E, sim, eu sei que você está buscando uma entrada. — Martin começou a falar, mas Dorian acenou com a mão para impedi-lo. — Nem tente negar, Martin. Eu tenho um dos meus na equipe. Dentro de vinte e quatro horas, você e eu poderíamos atravessar os portões das catacumbas juntos. Sem Toba. É o único plano que você tem. Nós dois sabemos disso.

— Quero sua palavra de que ela não será ferida... permanentemente ferida.

— Martin. Eu não sou um monstro. Só precisamos do que ela sabe; nunca a machucaria *permanentemente*.

— Vamos concordar em discordar nesse ponto. — Martin baixou os olhos. — Temos que ir agora. O local na Antártida é bem difícil de chegar.

Quando caminharam até o helicóptero, Sloane puxou um dos homens de lado.

— Tire Tarea daquela cela e diga para ele descobrir o que Warner fez com aquelas crianças.

Capítulo 35

Fora da sede da Immari Jacarta
Jacarta, Indonésia

Eles dirigiram em silêncio por quase dez minutos, quando David disse:

— Diga uma coisa, Cole, como um garoto de Fort Collins acaba na Immari Security?

Cole olhava para a frente, concentrado na direção.

— Diz isso como se fosse algo ruim.

— Você nem sabe como.

— Olha quem fala, o cara que matou meu parceiro e grudou uma bomba na minha coluna.

Cole tinha razão. Mas David não poderia explicar, ele perderia sua vantagem. Às vezes, era preciso ser o bandido para salvar os mocinhos.

Eles continuaram em silêncio até chegarem ao campus da Immari Jacarta — uma série de seis prédios cercados por um alambrado alto com arame farpado por cima. Guaritas flanqueavam cada entrada. David pôs capacete e óculos e entregou para Cole a identificação do homem que havia matado.

No portão, o guarda saiu da cabine e contornou o carro.

— Identificação.

Cole entregou dois cartões de identificação da Immari.

— Bryant e Stevens.

O guarda pegou as identificações.

— Obrigado, babaca. Eu só comecei a ler há quarenta anos.

Cole ergueu a mão.

— Só quis ajudar.

O guarda inclinou-se na janela.

— Tire o capacete — ele falou para David.

David tirou o capacete e olhou para a frente, em seguida para o lado, esperando que o perfil passasse, que a conferência mais atenta fosse apenas uma leve perseguição profissional ou o guarda inseguro marcando território.

O guarda examinou a identificação, em seguida examinou David. Repetiu o movimento várias vezes.

— Só um minuto. — Ele voltou às pressas para a cabine.

— Isso é padrão? — David perguntou a Cole.

— Nunca aconteceu antes.

O homem estava com o fone na orelha. Estava discando, os olhos grudados nos dois dentro do carro.

David sacou a arma e estendeu a mão num movimento único e fluido. O guarda soltou o telefone e tentou pegar a arma. David disparou um tiro único, acertando o ombro esquerdo do homem, bem no ponto onde o colete terminava. O homem foi ao chão. Sobreviveria, mas sua atitude provavelmente não melhoraria.

Cole olhou para David, em seguida partiu em disparada com o carro na direção do prédio principal da sede da Immari.

— Estacione na entrada dos fundos, perto do cais. — David estendeu a mão para o banco traseiro e pegou um pacote pequeno cheio de explosivos. Puxou a bolsa de náilon com as cargas remanescentes para o assoalho do carro.

À distância, ouviram o uivo de sirenes irromper através do perímetro do campus.

Entraram no prédio através da porta do cais de embarque vazio. David deixou um explosivo na parede próxima à porta, digitou o código do detonador e ele começou a bipar. Era difícil fazer aquilo com apenas uma das mãos, mas precisava manter o dedão no gatilho por causa de Cole.

Atravessaram o saguão e David deixou mais explosivos a cada seis metros.

David optou por não dizer nada a Cole antes de eles chegarem — seu prisioneiro poderia encontrar uma maneira de repassar as informações para o QG da Immari, ou eles poderiam ser interceptados. De qualquer forma, não havia lado bom. Agora, precisava explicar.

— Escute bem, Cole. Eles estão mantendo uma mulher em algum lugar deste prédio. A dra. Kate Warner. Precisamos encontrá-la.

Cole hesitou por um momento, dizendo em seguida:

— As celas de detenção e as salas de interrogatório ficam no meio do prédio, no quadragésimo sétimo andar… Mas, mesmo que ela estiver lá e você conseguir tirá-la da sala, nunca vai sair do prédio. A segurança está a caminho agora e já tem dúzias de guardas só neste prédio. Mais os agentes de campo que retornaram. — Cole apontou para o dispositivo de homem--morto na mão esquerda de David. — O que acontece comigo se…

David pensou.

— Há algum equipamento de operações de campo neste prédio?

— Sim, o arsenal principal é no terceiro, mas a maioria das armas e armaduras estão fora. O regimento de campo inteiro foi destacado para matar você hoje.

— Não importa; eles não tiraram o que eu preciso. Quando estivermos com a garota, entrego este gatilho para você. Você tem a minha palavra, Cole. Em seguida, eu dou um jeito de sair daqui.

Cole assentiu uma vez, em seguida disse:

— Há uma escadaria de serviço sem câmeras.

— Preciso fazer uma coisa antes de irmos.

David abriu um armário de suprimentos e começou um incêndio. Em segundos, as chamas lamberam as prateleiras de madeira na direção dos detectores de fumaça no teto.

Os alarmes de incêndio dispararam ao redor deles, enquanto luzes de LED piscantes pontuavam o ruído e o pandemônio instalou-se. Portas se abriram, pessoas correram das salas à esquerda e à direita, sprinklers começaram a jorrar e a água encharcou a multidão em fuga.

— Agora podemos ir.

Capítulo 36

Sede da Immari Jacarta
Jacarta, Indonésia

No elevador, Kate lutava contra o guarda que torcia seu braço para trás. Eles a prenderam à parede até as portas do elevador se abrirem, em seguida empurraram-na numa sala com o que parecia uma cadeira de dentista reclinável. Eles a jogaram na cadeira, prenderam-na com cintas e zombaram:

— O doutor já vai chegar. — Eles gargalharam antes de sair.

Aquele era o momento de esperar. Seu alívio inicial ao ver Martin parecia ter ficado no passado remoto. O medo começou a tomá-la. As cintas largas cortavam seus braços, bem onde as braçadeiras de plástico haviam ferido seus pulsos. As paredes da sala eram muito brancas e, exceto pela cadeira, a única coisa ali era uma mesa de aço alta com um pacote redondo sobre ela. Mal conseguia vê-lo da cadeira reclinada, que a forçava a olhar para as lâmpadas fluorescentes que zuniam.

A porta se abriu e ela esticou o pescoço para enxergar. Era ele — o homem que havia pegado as crianças. O homem que a tirou do soldado da van. Um sorriso largo estendia-se no seu rosto. Era um sorriso malvado, do tipo que dizia: "Agora você é minha".

Ele parou a poucos centímetros do rosto de Kate.

— Você me enfiou em um monte de problemas hoje, mocinha. Mas a vida é feita de segundas chances. — Ele caminhou até a mesa de aço e desenrolou o pacote. De canto de olho, Kate conseguiu ver o brilho de utensílios de aço longos e pontudos. Ele lançou um olhar de raiva sobre o ombro. — Ah, quem estou enganando? Na minha experiência, a vida é um grande "bateu, levou". — Ele pegou um dos instrumentos de tortura, uma versão menor de um espeto de churrasco. — Você vai me dizer o que eu preciso saber e espero que isso demore o quanto for fisicamente possível.

Outro homem entrou. Usava um jaleco branco e segurava algo que Kate não conseguiu ver direito, possivelmente uma seringa.

— O que está fazendo? — ele perguntou ao torturador.

— Começando os trabalhos. O que você está fazendo?

— Esse não é o plano. Usamos as drogas primeiro. Essas são as ordens.

— Não as minhas ordens.

Kate estava lá, deitada, impotente, enquanto os homens se encaravam, o torturador segurando o espeto prateado, o de jaleco branco uma seringa. Por fim, o homem da seringa disse:

— Dane-se. Vou dar isto aqui para ela, então pode fazer o que quiser.

— O que é isso?

— Um negócio novo que estamos usando no Paquistão. Basicamente transforma o cérebro num pudim; eles contam tudo depois disso.

— É permanente? — o torturador quis saber.

— Às vezes. Tem muitos efeitos colaterais diferentes. Ainda estamos trabalhando nele. — Ele espetou a seringa imensa no braço de Kate e injetou devagar. Ela sentiu o líquido frio encher as veias. Forçou as cintas, mas estavam apertadas demais.

— Quanto tempo para fazer efeito?

— Dez, talvez quinze minutos.

— Ela vai se lembrar?

— Provavelmente não.

O torturador deixou o instrumento prateado de lado e foi até Kate. Correu a mão pelos seios e pelas pernas dela.

— Tão linda. E agressiva. Talvez eles me deixem ficar com você quando tiverem as respostas.

Capítulo 37

Kate não sabia quanto tempo havia passado; não sabia se estava adormecida ou se estava acordada. Seu corpo não doía. Não conseguia sentir as amarras, não conseguia sentir nada. Estava com tanta sede. As luzes a cegavam. Ela virou a cabeça para o lado, lambendo os lábios. Tanta sede.

O homem feio estava colado ao seu rosto. Ele a agarrou pelo queixo e ergueu-o para a luz. Ela apertou os olhos. O rosto dele, tão maldoso. Furioso.

— Eu diria que estamos prontos para nosso primeiro encontro, princesa.

Ele puxou algo do bolso. Um pedaço de papel?

— Mas primeiro precisamos resolver uma papelada. Só algumas perguntas. Pergunta número um: o que você deu para aquelas crianças? — Ele apontou para o papel. — Ah, e temos uma nota de rodapé aqui: "Sabemos que não foi A-R-C 2-4-7", seja lá o que isso for. Eles sabem que não foi isso, portanto nem tente. Então, o que foi? Resposta final, por favor.

Kate tentou combater o impulso de responder. Ela sacudiu a cabeça de um lado para o outro, mas na mente ela se viu no laboratório, preparando, pensando que não funcionaria ou que prejudicaria o cérebro deles, transformando-o em... pudim... a droga que eles lhe deram... Ela precisava...

— O que foi? Diga.

— Eu dei... aos meus bebês...

Ele se inclinou sobre ela.

— Fale, princesa. Não conseguimos ouvi-la. Os operadores estão de prontidão para gravar suas respostas.

— Eu dei... não podia... dei aos meus bebês...

— Sim, é isso, deu o que aos bebês?

— Dei aos meus bebês...

Ele se sentou.

— Jesus, vocês ouviram isso, rapazes? Ela está fritando. — Ele fechou a porta. — Hora do plano B. — Ele fez algo no canto da sala.

Ela não conseguia se concentrar.

Em seguida, um alarme — e água, caindo do teto. Luzes piscaram, ainda mais brilhantes do que as luzes de antes. Kate fechou os olhos bem apertados. Quanto tempo havia passado? Um som alto, mais deles. Tiros. A porta explodindo.

O homem feio caiu, ensanguentado. Eles a desamarraram, mas ela não conseguia ficar em pé. Deslizou da cadeira para o chão como uma criança descendo num tobogã.

Ela conseguia vê-lo... o soldado da van. David. Usava uma mochila. Ele entregou ao homem um pequeno dispositivo. O outro homem estava assustado; ele encaixou o dedão no dispositivo. As vozes soavam abafadas, como se Kate estivesse embaixo d'água.

O soldado tomou seu rosto nas mãos. Os olhos castanhos suaves encontraram os dela.

— Gate? Goncebe le oulir? Gate?

As mãos do homem eram quentes. A água fria. Ela lambeu os lábios. Deveria ter tomado um pouco. Tanta sede ainda.

Ele deu um salto, mais tiros soaram. Ele saiu. Ele voltou.

— Goncebe bôr os brafos em volde lim? — Ele segurou os braços dela, mas ela não conseguia movê-los; caíram, sem vida, na direção do chão. Eram feitos de concreto.

Ele disparou para a porta e jogou alguma coisa.

Ele a ergueu com os dois braços, braços fortes. Correu. Diante deles, uma parede de vidro e aço explodiu. Estilhaços a atingiram, mas eles não se machucaram.

Estavam voando. Não, caindo. Ele a segurou com força, com apenas um braço agora. Ele estendeu o braço para trás, tentando pegar algo.

Em seguida, eles foram puxados para trás, presos em algo. Ela voou, caiu dos braços dele, mas ele a segurou com um braço. Ela pendeu enquanto ele deslizava lá em cima, suspenso por cordas de uma nuvem branca. Seu abraço estava escorregando — ela estava muito molhada, suas roupas estavam molhadas. Estava caindo.

Ele a prendeu com os pés, enterrando-os em suas costas e costelas. A mão dele ergueu seus braços e, finalmente, envolveu as pernas ao redor dela. Ela olhava para baixo agora e os viu.

Homens, tiros, lá bem abaixo — o prédio e o cais estavam cheios deles. Mais homens saíam dos prédios e começaram a disparar. Bipes acima. O térreo do prédio explodiu, lançando estilhaços e pedaços de soldados no estacionamento.

Sons de rasgos acima, eles caíam mais rápido agora. O homem sacudiu-se e ela sentiu que estavam voando, movendo-se para mais longe sobre a baía.

Mais sons lá embaixo — motores sendo ligados e mais tiros. Eles giraram e ela viu a marina se enchendo de vida. Bipes rápidos acima. Um carro no estacionamento explodiu, mandando uma barreira de chamas e fumaça a centenas de metros ao redor dele, engolfando tudo e todos. Os tiros cessaram.

Agora estava tudo quieto, pacífico. Ela viu os últimos raios da luz do sol que se punha sobre o Mar de Java e a escuridão que caía. Eles ficaram pendurados lá por um tempo. Kate não sabia quanto.

Lá em cima, ela ouviu outro rasgo e eles estavam despencando para o mar escuro lá embaixo. Kate sentiu como ele lutava, tentando agarrar alguma coisa. As pernas ao redor dela deslizaram; eles finalmente perderam o contato e ela estava caindo mais rápido, sozinha. Segundos se passaram em câmera lenta. Ela girava enquanto caía, viu o homem flutuando sobre ela, flutuando para longe dela.

Ela ouviu, mas não sentiu o estalo alto quando a água a engolfou, empurrando-a para baixo, puxando-a para baixo em seguida. Água, água fria e salgada estava na boca e no nariz e ela não conseguia respirar, conseguia apenas sugar água. Queimava. A escuridão era quase completa, apenas um reflexo de luz na superfície onde a lua beijava o mar.

Ela estava à deriva agora, braços ao lado do corpo, olhos abertos, esperando.

Esperando. Ela se esforçou para não respirar mais água. A mente vazia. Sem pensamentos. Apenas água fria ao redor e queimando nos pulmões.

Um lampejo, uma vareta sinalizadora caindo, longe demais dela. E algo nadando na superfície, como um pequeno inseto, muito longe. Outro lampejo, mais próximo, mas ainda longe. A criatura sacudiu a cabeça para baixo, nadou, em seguida voltou à tona para buscar ar. Um terceiro lampejo e a figura mergulhou na direção dela. Agarrou-a e puxou-a, batendo os pés violentamente na direção da superfície. Eles nunca conseguiriam. Ela tomou outro gole d'água, precisou, necessitava de ar. A água a invadiu, parecia concreto frio sendo despejado na sua garganta. E a puxava com tanta força, sem deixá-la subir, e a lua estava lá e, em seguida, tudo ficou tão escuro.

Ela sentiu o ar, o vento e as gotículas de chuva, ouviu o chapinhar ao redor. O chapinhar continuou por bastante tempo e o braço envolveu-a, mantendo-a na superfície, a cabeça fora d'água.

Um som alto, um barco imenso, com luzes. Ele os atingiria. Vinha na direção deles. Ela viu seu salvador acenar e puxá-la para fora do caminho da embarcação.

Outro homem, mãos puxando-a para cima, e ela ficou deitada de costas. Seu salvador estava sobre ela, apertando o peito, pressionando o nariz e... ele a beijou. Seu hálito era tão quente, encheu sua boca e invadiu seus pulmões. Ela resistiu de início, mas em seguida ela devolveu o beijo. Ela não beijava fazia tanto tempo. Lutou para erguer os braços, mas não conseguiu, tentou novamente e, sim, ela estendeu os braços, tentou abraçá-lo. Ele empurrou os braços para longe, segurou-os embaixo. Ela ficou lá, deitada, imóvel, pouco antes do peito explodir. A água jorrou da boca e do nariz quando ele a virou de lado. A água continuou saindo em tosses e engasgos. O estômago se contraía e ela puxou ar em suspiros desesperados.

Ele a segurou até a respiração diminuir. Cada suspiro doía, os pulmões ainda não se enchiam, cada suspiro era raso.

Ele gritou para o outro homem.

— Duzes! Duzes! — Ele puxou a mão sobre o pescoço num movimento de corte. Nada aconteceu.

Ele se levantou e foi para longe. Um segundo depois, as luzes se apagaram e eles estavam se movendo rapidamente. A chuva batia no rosto de Kate, mas ela ficou lá, deitada, incapaz de se mover.

Ele a ergueu novamente, da mesma forma que a carregara para fora da torre alta. Levou-a para baixo e deitou-a numa pequena cama num quarto atulhado.

Ela ouviu vozes. Viu-o apontando para um homem.

— *Arto*, pare, pare!

Ele apontou de novo.

Em seguida, veio até ela, pegando-o em seus braços fortes e saíram do barco para terra firme novamente. Caminharam por uma praia, na direção de uma aldeia destruída, como se tivesse sido bombardeada na Segunda Guerra Mundial. Entraram numa espécie de cabana e as luzes estavam acesas. Estava tão cansada, não conseguia ficar mais nenhum segundo acordada. Ele a deixou num canteiro de flores — não, um edredom com estampas florais. Ela fechou os olhos e quase adormeceu, mas sentiu como se ele estivesse a seus pés, puxando suas calças. Ela sorriu. Ele estendeu a mão para a camisa. Pânico. Ele veria... a cicatriz. As mãos seguraram a camisa, mas ela as impediu, lutando para abaixar a camisa.

— Gate, bocê brecisa pôr roubas zêcas.

— Não. — Ela sacudiu a cabeça e virou-se.

— Bocê brecisa...

Ela mal conseguia ouvi-lo.

Ele puxou a camisa.

— Por favor, não — ela murmurou. — Por favor, não...

Em seguida, ele a soltou, o peso na cama mudou e ele desapareceu.

Um motor foi acionado, um pequeno. E o ar quente estava ao redor dela, sobre ela. Ela se virou e isso aqueceu sua barriga, seus cabelos. Seu corpo inteiro ficou morno.

Capítulo 38

Sede da Immari Jacarta
Jacarta, Indonésia

Cole ficou deitado de bruços, esperando. Ele já esperava quase uma hora enquanto o técnico do esquadrão antibombas mexia nas vestes. Ele se esforçou para não se contorcer, não perder o controle da bexiga, não gritar. Um pensamento passava pela cabeça repetidamente: "Nunca mais verei minha família". Ele nunca deveria ter aceitado o trabalho, independentemente do dinheiro. Eles economizaram quase o bastante — cento e cinquenta mil de duzentos e cinquenta mil dólares que precisavam para abrir uma franquia da oficina de troca de óleo Jiffy Lube. Com o dinheiro de duas missões seguidas nos fuzileiros navais, eles ficariam bem. Mas queria ter um "pouco de grana extra" guardada — apenas para o caso de os negócios irem devagar nos primeiros anos. O recrutador da Immari dissera: "Você ficará lá a maior parte do tempo fazendo número, para que nossos clientes se sintam seguros. Como você solicitou, vamos alocá-lo para uma região de segurança mínima, nem Oriente Médio, tampouco América do Sul. Europa exige senioridade. O sudeste da Ásia é bem tranquilo. Vai amar o clima de Jacarta". Agora, algum outro uniformizado da Immari estaria batendo na porta de sua mulher. "Senhora, seu marido foi morto em um infeliz incidente de Cadbury Creme Egg. Nossas mais profundas condolências. Como? Ah, não, senhora, isso nunca aconteceu. Aqui estão os restos de ovo de chocolate dele." Cole soltou uma risada seca, quase irracional. Estava perdendo a noção.

— Segura aí, Cole. Estamos quase lá — o técnico disse de trás de um escudo grosso curvado. O homem vestia um capacete pesado e espiava atrás de uma faixa de vidro no alto do escudo. Os braços estendiam-se através de duas mangas sanfonadas e prateadas de metal que pareciam os braços do robô da série de TV dos anos 1960, *Perdidos no espaço*.

O técnico cuidadosamente cortou as faixas do colete de Cole, erguendo levemente o colete e inclinando-se mais perto da pequena janela de vidro no escudo para olhar melhor.

Pingos de suor caíam no rosto já encharcado de Cole.

— Não tem explosivo preso — o técnico disse. Centímetro a centímetro, ele puxou o colete para trás. — Vamos ver o que temos aqui.

Cole quase pulou quando ouviu o homem lançar o colete longe. Havia um timer? Um backup? Ele sentiu as mãos do homem trabalharem rapidamente em sua espinha. Em seguida, sentiu as mãos enluvadas ficarem leves. Ouviu o ranger de metal contra metal quando o técnico deslizou com força o escudo para longe. Trabalhava com as mãos limpas agora.

Cole sentiu o homem erguer a bomba de sua coluna.

— Pode levantar agora, Cole.

Ele se virou, segurando o fôlego.

O homem olhou para ele com desdém.

— Aqui está sua bomba, Cole. Tome cuidado, você pode ser alérgico a poliéster. — Ele entregou para Cole uma camiseta enrolada.

Cole não podia acreditar. Ficou envergonhado, mas o alívio era muito maior.

Cole desenrolou a camiseta. Nela estava escrito, em letras grandes feitas com marca-texto: "BUM!". Embaixo, em letras menores: "Desculpe…".

Capítulo 39

Marina Batavia
Jacarta, Indonésia

Harto pôs o braço ao redor da mulher e puxou filho e filha para o seu lado. Estavam em pé, na doca de madeira da marina onde Harto buscara o barco sobre o qual o soldado comentara. Os quatro admiravam a máquina, ninguém dizia uma palavra. Ele reluzia. Tudo aquilo ainda parecia um sonho para Harto. O barco era a coisa mais linda que ele vira desde que seu filho mais novo nascera.

— É nosso — ele disse.

— Como assim, Harto?

— O soldado me deu.

A mulher correu a mão na lateral do barco, talvez para ver se era de verdade.

— É quase bom demais para pescar nele.

O barco era um mini-iate. A sessenta pés, era capaz de viajar entre as pequenas ilhas em Java. Talvez aguentasse trinta pessoas no convés principal e acomodasse para dormir oito no convés inferior, na cabine principal, cabine de hóspedes e cabine de hóspedes na popa. O convés superior e a *fly bridge* ofereceriam vistas de tirar o fôlego.

— Não vamos pescar nele — Harto disse. — Vamos levar outros para pescar. Os estrangeiros que vivem aqui e os turistas. Vão pagar muito dinheiro para pescar no mar aberto. E para outras coisas: mergulhar e fazer passeios nas ilhas.

A mulher olhou de Harto para o barco, então de volta para o marido, como se tentasse avaliar se funcionaria ou, talvez, quanto trabalho restaria para ela.

— Finalmente vai aprender inglês, Harto?

— Vou ter que aprender. Não há peixe o bastante no mar para alimentar todos os pescadores de Jacarta. Entretenimento é o futuro.

Parte II
TAPEÇARIA TIBETANA

Capítulo 40

Em algum lugar na costa do Mar de Java

Kate acordou com a pior dor de cabeça de sua vida. Doía se mover. Ficou deitada na cama por um momento, engolindo em seco várias vezes. Abrir os olhos doía. A luz do sol doía. Ela virou para longe da janela. A janela. A cama. Onde estava?

Esforçou-se para levantar e a cada centímetro que se movia, a dor se espalhava. Seu corpo estava dolorido, mas não parecia a dor do exercício — ela sentia como se tivesse sido espancada inteira com colheres de madeira. Estava enjoada, com dores. "O que aconteceu comigo?"

O recinto entrou em foco. Uma cabana ou algum tipo de casa de veraneio na praia. O quarto era pequeno, com uma cama de casal e alguma mobília de madeira rústica. Lá fora, ela viu um grande alpendre que se abriu para uma praia deserta. Nao daquele tipo impecável e bem mantida que se via em resorts, mas o tipo que se pode encontrar numa ilha deserta real — uma praia bruta, revolvida, coalhada de cocos, cascas de árvore, plantas tropicais e, aqui e ali, peixes mortos que haviam sido trazidos pela chuva violenta e pela maré alta da noite anterior.

Kate empurrou as cobertas e saiu devagar da cama. Uma nova sensação a arrebatou: náusea. Ela aguardou, esperando que fosse passar, mas apenas piorou. Sentiu a saliva acumular-se no fundo da garganta.

Ela correu para o banheiro e quase não conseguiu chegar a tempo. Caiu de joelhos e teve ânsias sobre a privada. Uma vez, depois outra e ainda uma terceira vez. As convulsões mandavam ondas de dor através de seu corpo já devastado. A náusea cedeu e ela deslizou sobre os joelhos para se sentar ao lado da privada, apoiando um cotovelo no assento e descansando a mão na testa.

— Ao menos você não precisa sair aos tropeços daqui.

Ela ergueu os olhos. Era o homem da van, o soldado. David.

— Quem é você, onde estamos…

— Conversamos depois. Beba isto.

— Não. Eu vou vomitar tudo.

Ele se inclinou e estendeu o copo com líquido laranja na direção dela.

— Tente.

Ele segurou a nuca de Kate e ela percebeu que estava bebendo antes que pudesse recusar novamente. Era doce e cobria sua garganta seca. Ela bebeu tudo e ele a ajudou a se levantar.

Havia algo que ela precisava fazer. O que era? Algo que ela precisava obter. A cabeça ainda latejava.

Ele a ajudou a chegar à cama, mas parou.

— Espere, tem algo que preciso fazer.

— Tudo a seu tempo. Você precisa descansar.

Sem falar mais nada, ele a levou à cama. Ela se sentiu sonolenta, como se tivesse tomado um calmante. O doce elixir laranja.

Capítulo 41

Jato da Immari Corporate
Em algum lugar ao sul do oceano Atlântico

Martin Grey inclinou-se na janela do avião e espiou o iceberg gigantesco lá embaixo. O submarino nazista estendia-se para fora da montanha de gelo perto do centro da ilha flutuante, que cobria uma distância de cento e vinte e dois quilômetros quadrados — mais ou menos o tamanho da Disneylândia. Onde o submarino tocava o gelo, operários e maquinário pesado trabalhavam duro nas escavações, procurando a entrada do submarino. Abrir a lateral era o último recurso, mas seria o jeito se não chegassem logo à escotilha.

As ruínas abaixo do submarino eram ainda mais misteriosas; equipes ainda estavam considerando as teorias. Martin tinha uma teoria própria, uma ideia que ele levaria para o túmulo, se necessário.

— Quando encontraram?

A voz de Dorian Sloane assustou Martin e este se virou para vê-lo em pé sobre ele, encarando outra janela do jato.

Martin abriu a boca para responder, mas Sloane o interrompeu:

— Sem mentiras, Martin.

Martin curvou-se na cadeira e continuou com os olhos apertados olhando para fora da janela.

— Doze dias atrás.

— É ele?

— As marcas são as mesmas. A datação de carbono confirma a idade.

— Quero entrar primeiro.

Martin virou-se para ele.

— Eu não recomendaria. Os destroços provavelmente são instáveis. Não há como saber o que há lá dentro. Poderia haver...

— E você vem comigo.

— De jeito nenhum.

— Ora, Martin, onde está aquele explorador intrépido que conheci na minha juventude?

— Esse é um trabalho para os robôs. Podem ir a lugares que não podemos. Podem suportar o frio, e *vai* estar frio lá, mais frio do que você pode imaginar. E eles são mais fáceis de substituir.

— Sim, vai ser perigoso. Ainda mais perigoso, acho, se eu for sozinho, digamos, com você lá fora.

— Acha que sou tão moralmente corrupto quanto você.

— Eu não sequestrei crianças e guardei segredos. — Sloane recostou-se numa cadeira diante de Martin, que se preparava para uma briga.

Uma comissária entrou na cabine e disse para Sloane:

— Ligação para o senhor. É urgente.

Dorian pegou o fone na parede da cabine.

— Sloane.

Ele ouviu, em seguida olhou para Martin, surpreso.

— Como? — Um momento passou. — Você não pode estar falando sério... — Ele assentiu algumas vezes. — Não, olhe, ele teve que sair de barco. Faça buscas nas ilhas próximas, não devem ter ido muito longe. Acione todo mundo, leve tropas da Immari Security local e as células seguras da Clocktower se precisar. — Ele ouviu novamente. — Ótimo, não importa, use a mídia para limitá-los. Mate-o e capture-a. Ligue de volta quando conseguir pegá-la.

Sloane desligou o telefone e examinou Martin antes de dizer:

— A garota fugiu. Um agente da Clocktower a ajudou.

Martin continuou olhando o local lá embaixo.

Sloane pôs os cotovelos na mesa e inclinou-se perto o bastante para atingir Martin.

— Cinquenta dos meus homens estão mortos e três andares da Immari Jacarta explodiram, sem mencionar o embarcadouro. Não parece surpreso, Martin.

— Estou olhando para um submarino nazista de oitenta anos de idade e o que poderia ser uma espaçonave alienígena saindo de um iceberg na costa da Antártida. É difícil se surpreender assim, Dorian.

Sloane recostou-se.

— Sabemos que não é uma nave alienígena.

— Sabemos?

— Saberemos em breve.

Capítulo 42

Em algum lugar na costa do Mar de Java

David ficou recostado por um tempo contra o batente da porta do quarto, observando Kate dormir, esperando para ver se ela acordaria de novo. Os capangas da Immari a deixaram em maus lençóis e seu resgate não havia sido exatamente tranquilo.

Vê-la dormir enquanto as ondas marulhavam e a brisa soprava pelo quarto lhe trouxe um pouco de paz. Ele não entendia. A queda da Estação de Jacarta diante de uma ameaça de terror iminente — das mesmas pessoas que ele dedicara sua vida para impedir — era um cenário de pesadelo. Não, era *o* cenário de pesadelo. Mas salvar Kate havia afetado David de alguma forma. O mundo parecia menos assustador agora, mais administrável. Pela primeira vez desde que conseguia se lembrar, tinha... esperanças. Estava quase feliz. Sentia-se seguro. Não, aquilo era um erro. Talvez... as pessoas ao redor dele estivessem mais seguras, ou ele se sentia mais confiante. Confiante de que poderia proteger as pessoas que...

A autoanálise teria de esperar. Tinha trabalho a fazer.

Quando ficou óbvio que Kate não acordaria novamente tão cedo, ele se retirou do quarto e retomou o trabalho na câmara escondida embaixo da cabana.

Ele disse aos empreiteiros que queria um abrigo antibomba. Não disseram nada, mas os olhares que trocaram disseram tudo. "Esse cara é maluco, mas não regateou no preço, então vamos trabalhar." Tinham dado ao aposento uma forte aparência pós-apocalíptica, de fim do mundo: todas as paredes de concreto, uma mesa de metal utilitária embutida e espaço suficiente para uma cama pequena e alguns suprimentos. Dada a situação, era conveniente.

Seu próximo movimento era crucial. Ele havia deliberado sobre o que fazer durante grande parte da manhã. Seu primeiro instinto foi o de contatar a Central da Clocktower. O diretor, Howard Keegan, era seu mentor e amigo. David confiava nele. Howard deveria estar fazendo tudo que podia para proteger a Clocktower e, obviamente, precisaria da ajuda de David.

A questão era entrar em contato. A Clocktower não tinha nenhum canal de comunicação clandestino, apenas a VPN oficial e os protocolos. Sem dúvida estes eram monitorados — usá-los marcaria um alvo na sua localização.

David tamborilou os dedos na mesa de metal, recostou-se na cadeira e encarou a lâmpada com fios à mostra pendurada no teto.

Abriu um navegador de internet e percorreu as notícias locais e nacionais. Estava procrastinando. Não havia nada ali que pudesse ajudá-lo. Ele viu uma notícia de agência sobre uma mulher e um homem procurados por ter relação com uma trama terrorista e um possível círculo de tráfico de crianças. Aquilo poderia atrasá-lo. Não havia retratos falados anexados ao artigo, mas logo apareceriam e cada agência de segurança de fronteira no sudeste da Ásia estaria procurando por eles.

David tinha várias identidades no esconderijo, mas não muito dinheiro.

Abriu a conta bancária. O saldo era quase zero. Josh... ele havia feito as transferências. Estava vivo? David supôs que o QG da Estação de Jacarta havia sido atacado quando ele foi para as ruas. Havia algo mais. Vários depósitos, todos pequenos, menos que mil dólares. Todos valores em dólares. Era um código, mas que tipo? Geolocalização?

9,11

50,00

31,00

14,00

76,00

9,11

9,11 — esse era o início e o final do código. O restante: 50.31.14.76. Um endereço de IP. Josh enviara uma mensagem.

David abriu o navegador e digitou o IP. A página era uma carta de Josh.

David,

Eles estão na porta. Ela não vai aguentar muito mais tempo.

Decodifiquei as mensagens. Clique aqui para ler. Não consegui descobrir o que significavam. Desculpe.

Encontrei o contato, on-line ao menos. Está usando o fórum da Craigslist de Roswell para repassar mensagens. Clique aqui para acessar. Espero que ele envie outra mensagem e que você pare o ataque.

Sinto muito, de verdade, por não ter podido ajudar mais.

Josh

P.S.: Li sua carta e fiz as transações (obviamente). Pensei que estivesse morto — o sensor em sua roupa não mostrava sinais vitais. Espero que não te atrapalhe.

David bufou e desviou o olhar da tela por um bom tempo. Abriu o arquivo com as mensagens decodificadas: obituários do *The New York Times*. De 1947. Josh fizera um trabalho excelente. E morreu pensando que falhou.

David abriu o site da Craigslist de Roswell e viu imediatamente: uma nova mensagem do contato.

Assunto: Click, clock, que droga, você não foi até a Tower

Mensagem:

Ao meu admirador secreto,

Temo que meu relacionamento atual ficou complicado. Não posso encontrá-lo ou ter qualquer contato. Desculpe. Não sou eu. É você. Você é perigoso demais para mim. Pensei em 30 motivos e 88 desculpas para não encontrá-lo. Passei por 81 mentiras e 86 histórias.

Disse a mim mesmo que te encontraria.

Defini até uma data: 12.03.2013

E um horário: 10:45:00

Mas a verdade é que você é o 44º na minha lista de prioridades neste momento. E não é o bastante para ser importante. Talvez se fosse o 33. Ou 23. Ou mesmo 15. Não é o suficiente.

Preciso desligar a energia e salvar minhas crianças.

É a única coisa responsável a fazer.

David coçou a cabeça. O que significava? Era um código, claro. Poderia realmente usar a ajuda de Josh naquele momento.

David pegou um bloco de anotação e tentou se concentrar. Seu cérebro não estava pronto para esse tipo de coisa. Por onde começar? A primeira parte era muito direta: o contato estava com dificuldades. Não poderia se encontrar ou mandar mais mensagens. Excelentes notícias. O restante era uma série de números e as palavras ao redor dela não faziam sentido. Faziam naquele fórum de relações perdidas, mas não tinham nada a dizer, nem acrescentavam nada de novo à mensagem. Os números. Tinham de significar alguma coisa.

David começou a rabiscar no bloco de notas, extraindo os números da mensagem. Em ordem, eram o seguinte:

30,88. 81,86.

12.03.2013

10:45:00

44º

33-23-15

A primeira parte: *30,88. 81,86.* Coordenadas de GPS. David verificou. Oeste da China, bem na fronteira entre o Nepal e a Índia. Imagens de satélite não revelavam nada lá... exceto... o que era aquilo? Um prédio abandonado. Uma antiga estação de trem.

Próximo: *12.03.2013* e *10:45:00.* Uma data e um horário. O contato dizia não poder se encontrar; então, o que haveria naquela estação de trem abandonada? Uma armadilha? Outra pista? Se Josh leu a carta — e seguiu as instruções —, enviou tudo que encontrou para a Central da Clocktower. Se a Central tivesse sido comprometida, a Immari saberia tudo sobre os obituários e o fórum da Craigslist. A mensagem poderia ser da Immari. Um conjunto de forças especiais poderia estar lá, na China, esperando David entrar no alvo.

David deixou aquele pensamento de lado e concentrou-se no último conjunto de números: *44º* e *33-23-15.* Devia ser um bagageiro na estação de trem. Ou talvez o número 44 fosse um trem ou um vagão? David esfregou a ponte do nariz e leu a postagem novamente.

As frases após os números. Era um tipo diferente de mensagem. Instruções?

"Preciso desligar a energia e salvar minhas crianças.

É a única coisa responsável a fazer."

"Preciso desligar a energia." "Salvar minhas crianças." David revirou as frases na mente.

Tomou uma decisão: iria até as coordenadas na data e horário especificados para ver o que realmente havia lá. Deixaria Kate na cabana, onde estaria segura. Ela sabia de alguma coisa, mas ele não sabia como aquilo se encaixava. "Ela estará segura aqui." Aquilo era importante para ele.

Lá em cima, ele ouviu alguém andar na cabana.

Capítulo 43

Notícia da Agência Al Jazeera

Autoridades indonésias identificam dois norte-americanos ligados a ataques terroristas e círculo de tráfico de crianças

Jacarta, Indonésia // *Uma série de ataques terroristas ontem em Jacarta, capital da Indonésia, desencadeou uma caçada por mar, terra e ar. A Polícia Federal Indonésia acionou metade de sua forte unidade de fuzileiros, com doze mil soldados, para o Mar de Java e convocou as tropas ao redor do país para procurar em Jacarta e nas ilhas ao redor. Governos vizinhos também se juntaram à busca, deixando suas divisões de segurança aeroportuária e de fronteira em alerta. Até o momento, autoridades não se pronunciaram sobre o motivo dos ataques, mas liberaram breves descrições dos suspeitos.*

A mulher, dra. Katherine Warner, foi identificada como uma pesquisadora genética que realiza experimentos não autorizados em crianças carentes de vilarejos rurais fora de Jacarta. "Ainda estamos juntando as peças", disse o inspetor geral de polícia, Nakula Pang. "Sabemos que a clínica da dra. Warner era a tutora legal de mais de cem crianças indonésias que foram levadas sem o consentimento dos pais. Também sabemos que a dra. Warner estava movimentando muito dinheiro atra-

vés de contas nas Ilhas Cayman — um paraíso fiscal comum para tráfico de drogas, tráfico humano e outros crimes internacionais graves. Neste momento, acreditamos que a clínica era uma empresa de fachada para o tráfico infantil e, pelo que podemos averiguar, os lucros podem ter financiado os ataques de ontem."

Esses ataques incluem três explosões em bairros residenciais, um tiroteio violento no distrito do mercado e uma série fatal de explosões no embarcadouro que resultou na morte de cinquenta funcionários da Immari Jacarta. Adam Lynch, porta-voz da Immari Jacarta, prestou esta declaração: "Estamos de luto pelas vidas perdidas ontem e, hoje, simplesmente buscamos respostas. A polícia indonésia confirmou nossas suspeitas de que o ataque foi realizado por David Vale, um ex-agente da CIA *que tinha contato prévio com a Immari Security — outra divisão da Immari International. Acreditamos que esses ataques são parte de uma vingança pessoal e que o sr. Vale continuará atacando os funcionários e os interesses da Immari. É um homem muito perigoso. É possível que sofra de* TEPT *(transtorno de estresse pós-traumático) ou outra doença psicológica. É uma situação muito triste para todos os envolvidos. Oferecemos nossa ajuda, inclusive assistência da Immari Security, às autoridades indonésias e aos governos vizinhos. Queremos encerrar esse pesadelo. Queremos dizer ao nosso pessoal que estão seguros o mais rápido que pudermos".*

Capítulo 44

Em algum lugar na costa do Mar de Java

Quando Kate acordou pela segunda vez, sentia-se muito, muito melhor. Sua cabeça doía menos, o corpo mal doía e... ela conseguia pensar.

Ela olhou ao redor do quarto. Estava quase escuro. Quanto tempo havia dormido? Através das janelas, via o sol se pôr sobre o mar. Era lindo e a vista prendeu sua atenção por um breve momento. A brisa era quente e cheirava a água salgada. No alpendre, uma rede de cordas amarfanhadas sacudia ao vento, suas correntes enferrujadas estalando a cada lufada. O lugar parecia tão deserto.

Ela se levantou, saiu do quarto e entrou na grande sala de estar, que se abria para a cozinha e para uma porta até o alpendre. Estava sozinha? Não, havia um homem, mas...

— A Bela Adormecida acorda. — O homem parecia ter surgido do nada. Qual era seu nome? David.

Kate hesitou por um momento, sem saber o que dizer.

— Você me drogou.

— Sim, mas em minha defesa, eu não fiz isso para arrancar respostas suas e fazer coisas terríveis às suas crianças.

Em uma enxurrada, tudo voltou. Martin, as drogas, o interrogatório. Mas o que aconteceu depois disso? Como chegara até ali? Não importava.

— Precisamos encontrar aquelas crianças.

— *Nós* não precisamos fazer nada. Você precisa descansar, eu preciso trabalhar.

— Olhe...

— E, antes disso, você precisa comer. — Ele ergueu algo que parecia uma refeição pré-embalada para perda de peso, mas era mais substancial... como um pacote de ração de soldado.

Kate inclinou-se mais perto. Cozido de carne e vegetais com biscoitos. Ou algo parecido com isso. Kate quis rejeitar, mas a visão e o cheiro da comida quente fizeram seu estômago roncar — estava faminta. Não comera no dia anterior inteiro. Ela pegou a refeição, sentou-se e tirou o plástico da caixinha frágil. Uma nuvem de vapor ergueu-se. Kate mordeu um pedaço do bife e quase cuspiu.

— Meu Deus, isso é horrível.

— Sim, me desculpe; passou um pouco da validade e já não era muito bom antes disso. E, não, eu não tenho mais nada aqui. Desculpe.

Kate deu outra mordida, mastigando pouco antes de engolir.

— Onde estamos?

David sentou-se à mesa diante dela.

— Um empreendimento abandonado na costa de Jacarta. Comprei uma casa aqui depois que as empreiteiras foram à falência, imaginei que fosse um bom esconderijo em caso de eu precisar sair de Jacarta às pressas.

— Não me lembro muito disso. — Kate experimentou os vegetais. A vontade de arremessar tudo diminuía; ou tinham um gosto melhor que o da carne ou ela estava se acostumando com o nojo geral que sentia pela refeição. — Precisamos ir às autoridades.

— Eu gostaria. — Ele empurrou uma página impressa para ela, um artigo da Al Jazeera descrevendo a caçada a eles.

Kate engoliu alguns vegetais e quase gritou:

— Isso é absurdo. Isso é...

Ele pegou a página de volta.

— Logo não vai mais importar. Seja lá o que estejam planejando, está acontecendo agora. Estão nos procurando e têm ligações no governo. Nossas opções são bastante limitadas aqui. Tenho uma pista e preciso checá-la. Vai ficar segura aqui. Preciso que você me diga...

— Sem chance de eu ficar aqui. — Kate balançou a cabeça. — Sem chance.

— Sei que não lembra, mas não foi tão fácil tirá-la da custódia da Immari. Essas pessoas são muito más. Não é como nos filmes nos quais o herói e a garota saem para uma grande aventura por conta da conveniência da trama. O que faremos é o seguinte: você vai me contar tudo que sabe, você tem minha palavra que farei tudo que eu puder para salvar aquelas duas crianças. Vai ficar aqui e monitorar um site, caso cheguem mais mensagens.

— Sem acordo.

— Olha, não estou oferecendo um acordo, estou dizendo...

— Não vou fazer isso. Você precisa de mim. E não vou ficar aqui. — Ela terminou a refeição e jogou o garfo-colher na caixa vazia. — E, além disso, acho que o mais seguro é ficar com você.

— Ótimo. Ótima tentativa para inflar meu ego, mas, infelizmente, sou quase, *quase* esperto o bastante para não cair nessa.

— Está me deixando aqui porque acha que vou ficar no seu caminho.

— Estou tentando mantê-la em segurança.

— Essa não é minha maior preocupação.

O homem abriu a boca para responder, em seguida parou, inclinando a cabeça de uma vez para o lado.

— O que...

A mão dele se levantou.

— Quieta.

Kate mexeu-se na cadeira. Em seguida ela viu — um holofote varrendo a praia. O som baixinho de um helicóptero. Como ele ouviu aquilo?

Ele saltou, agarrou Kate pelo braço e a arrastou para um armário de casacos perto da entrada da casa. Ele empurrou com força a parede do fundo e abriu-a para dentro, revelando uma escadaria de concreto.

Kate olhou de volta para ele.

— O que é isso...?

— Desça. Vou em seguida.

— Aonde você vai? — Kate perguntou, mas ele havia desaparecido.

Kate correu de volta para dentro da casa. David estava reunindo as coisas: a comida e seu casaco. Kate correu para dentro do quarto e arrumou as cobertas, em seguida limpou o banheiro rapidamente. O ruído do helicóptero ainda estava distante, mas se aproximava cada vez mais. Já estava escuro e ela conseguia ver muito pouco. A luz fraca mal iluminava a praia.

David apareceu no quarto e olhou para Kate.

— Ótimo trabalho, agora venha.

Eles correram para o armário de casacos, atravessaram a passagem e desceram até uma saleta que parecia um abrigo antibomba. Havia uma mesa com computador, uma única luz pendendo do teto e uma pequena cama — definitivamente criado para uma pessoa.

O soldado forçou Kate a deitar na cama e estendeu o dedo indicador sobre a boca. Em seguida, puxou o cordão ao lado da lâmpada, lançando-os na escuridão total.

Algum tempo depois, Kate ouviu passos no assoalho acima deles.

Capítulo 45

Base de pesquisa da Immari Snow Island
155 quilômetros da costa da Antártida

Martin Grey assistiu aos robôs girarem a alça de roda da escotilha do submarino. Ele mal conseguia se mover na roupa — uma roupa genuína de astronauta que haviam comprado às pressas da Agência Espacial Chinesa uma semana antes. Era a única coisa que podia resistir à temperatura na Antártida, protegê-los da possível radiação e trazer oxigênio suficiente caso o cano fosse desconectado. Apesar da proteção do traje, entrar no submarino nazista ainda o apavorava demais. E o homem no traje ao seu lado — Dorian Sloane — apenas contribuía para as preocupações de Martin. Sloane tinha o pavio curto e o que estavam prestes a descobrir poderia fazê-lo acender, definitivamente. Em um submarino, mesmo a menor das explosões era fatal.

A escotilha gemeu alto, o rangido de metal contra metal. Mas ela não resistiu. O braço robótico se desprendeu, deslizou, voltou a prender-se, girou de novo e em seguida — BUM — a escotilha estourou para trás como a porta de uma caixinha de surpresa. O robô foi esmagado instantaneamente contra o submarino, lançando estilhaços de metal e plástico pela neve enquanto o ar chiava.

Pelo rádio em seu traje, Martin ouviu a voz sem corpo de Dorian Sloane. O efeito mecânico e oco do rádio o fizeram soar mais ameaçador que de costume.

— Depois de você, Martin.

Martin encarou os olhos frios do homem, em seguida se dirigiu de volta à escotilha.

— Operação, tem o vídeo?

— Câmbio, dr. Grey, temos vídeo para os dois trajes.

— Tudo bem. Estamos entrando agora.

Martin arrastou-se para a entrada redonda de quase um metro no alto da pequena colina de gelo. Quando chegou à escotilha, ele se virou, agachou-se e encaixou o pé no primeiro degrau. Pegou um sinalizador de LED da lateral e o jogou na abertura. Ele caiu por volta de quatro a seis metros. Um tilintar de plástico duro no metal ecoou pela tumba gélida e a luz espalhou-se embaixo dele, revelando um corredor à direita.

Martin deu outro passo. Os degraus de metal estavam cobertos de gelo. Outro passo e ele estava segurando a escada com as duas mãos, mas conseguia sentir um dos pés escorregando. Tentou firmar a passada, mas antes que pudesse seu pé estava voando da escada. Ele bateu nas costas da escotilha e caiu — a luz o engolfou, em seguida ficou escuro —, aterrissando com um baque surdo. O isolamento o salvou. Mas... se o traje houvesse rasgado, o frio entraria e o congelaria até a morte em segundos. Martin pôs as mãos no capacete, tateando com afã. Em seguida uma luz, caindo preguiçosamente pelo túnel. A lâmpada brilhante aterrissou na barriga de Martin, lançando luz ao redor dele. Ele olhou para o traje. Parecia em ordem.

Sobre ele, Sloane entrou no campo de visão, ocultando a luz do sol.

— Parece que você ficou tempo demais sentado atrás de uma mesa, velhote.

— Eu disse que não deveria estar aqui.

— Saia do caminho.

Martin rolou e rastejou para fora da abertura assim que Sloane deslizou escada abaixo, as mãos e os pés segurando-a dos dois lados sem nem tocar os degraus.

— Estudei o projeto, Martin. A ponte de comando é bem em frente.

Eles ligaram as luzes do capacete e arrastaram-se pelo corredor.

O submarino, ou tecnicamente um *U-Boot*, estava em perfeitas condições — selado e congelado. Sua aparência era idêntica à de oitenta anos antes, quando saíra do porto ao norte da Alemanha. Poderia ser uma peça de museu.

O corredor era estreito, especialmente com o tamanho dos trajes, e, às vezes, os homens precisavam puxar os tubos de ar enquanto se enfronhavam mais fundo na relíquia. O corredor abriu-se para uma área mais ampla. Sloane e Martin pararam e giraram suas luzes de capacete para a esquerda e para a direita, revelando o espaço em flashes, como um farol riscando feixes de luz na noite. O espaço era mesmo a ponte ou algum tipo de centro de comando. A cada poucos segundos, Martin tinha um vislumbre do horror: um homem mutilado, caído sobre uma cadeira, a pele do rosto derretida; outro caído contra o anteparo, manchas de sangue em suas roupas; e um grupo de homens deitado de bruços num bloco congelado de sangue. Esses homens pareciam ter sido enfiados num micro-ondas gigante, em seguida congelados instantaneamente.

Martin ouviu o rádio estalar.

— Parece radiaçao do Sino?

— Difícil dizer, mas sim, bem próximo — Martin respondeu.

Os dois trabalharam em silêncio por alguns minutos, vasculhando a ponte de comando, examinando cada homem.

— Deveríamos nos separar — Martin disse.

— Eu sei onde está o compartimento — Sloane falou ao virar e percorrer o corredor ao fundo que permitia se afastar da ponte.

Martin arrastava-se atrás dele. Esperava distraí-lo, chegar aos compartimentos da tripulação antes de Sloane.

Naquele momento estava quase impossível se movimentar com aquele traje e Sloane parecia lidar com ele muito melhor que Martin.

Finalmente, o homem mais velho alcançou Sloane quando ele girou a alça para abrir a escotilha para o outro compartimento. Sloane virou algumas lanternas para dentro, banhando o espaço com luz.

Martin segurou o fôlego quando examinou o compartimento. Vazio. Ele soltou o ar. Teria ficado mais feliz se visse um corpo? Talvez.

Sloane foi até a mesa e olhou papéis, abrindo algumas gavetas com molas de retorno. As luzes do traje iluminaram uma fotografia em preto e branco de um homem vestindo um uniforme militar alemão. Não um uniforme nazista, algo anterior, até mesmo da Primeira Grande Guerra. O homem segurava uma mulher, sua mulher, à direita, e os dois filhos à esquerda. Pareciam muito com ele. Sloane encarou a foto por um bom tempo, em seguida a enfiou no bolso do traje.

Naquele momento, Martin quase sentiu pena do homem.

— Dorian, ele não poderia ter sobrevivido…

— O que você esperava encontrar, Martin?

— Eu poderia fazer a mesma pergunta.

— Perguntei primeiro. — Sloane continuou a vasculhar a mesa.

— Mapas. E, se tivéssemos sorte, uma tapeçaria.

— Tapeçaria? — Sloane girou a cabeça de seu traje imenso, cegando Martin com a lanterna do capacete.

Martin ergueu a mão para bloquear a luz.

— Sim, um tapete grande com uma história…

— Sei o que é tapeçaria, Martin. — Ele voltou a atenção para a mesa, fuçando mais livros. — Sabe, talvez eu estivesse errado sobre você. Não é uma ameaça, simplesmente está perdido. Bebeu Ki-Suco tempo demais. Olhe o que aconteceu com ele, caçando tapeçarias e lendas supersticiosas. — Sloane jogou um calhamaço de papéis e livros de volta à mesa congelada. — Não há nada aqui, apenas alguns diários.

Diários! Poderia ser *o* diário. Martin esforçou-se para parecer casual.

— Posso levá-los comigo. Talvez alguma coisa tenha serventia.

Sloane empertigou-se, fez contato visual com Martin, depois olhou a pilha de livros finos.

— Não, acho que vou dar uma olhada primeiro. Eu repasso qualquer coisa que houver de… *científico*.

Dorian estava farto do traje. Já estava dentro dele por seis horas: três horas no submarino e três horas na descontaminação. Martin e seus cabeças-ocas da pesquisa eram meticulosos. Cuidadosos. Fanáticos exagerados. Esbanjadores de tempo.

Ele estava sentado diante de Martin na sala de limpeza, esperando pelos resultados do exame de sangue — pelo "tudo limpo". Por que estava demorando tanto?

Martin olhava para os diários de vez em quando. Obviamente havia algo ali que ele queria ver. Algo que não queria que Dorian visse. Ele puxou a pilha de livros para mais perto dele.

O submarino foi a maior decepção da vida de Sloane. Estava com quarenta e dois anos e, desde os sete, nem um dia havia passado sem que não sonhasse em encontrar aquele submarino. Mas agora o dia havia chegado e ele não encontrou nada. Ou quase nada: seis corpos congelados e um *U-Boot* novinho em folha.

— E agora, Martin? — Dorian perguntou.

— O mesmo que sempre fazemos. Continuamos a escavar.

— Seja mais específico. Sei que você está escavando embaixo do submarino, perto da estrutura.

— O que encontramos é a outra embarcação Martin acrescentou rapidamente.

— Concordo em discordar. O que vocês encontraram?

— Ossos.

— Quantos? — Dorian recostou-se na parede. Sentiu um frio na barriga, como a ansiedade que se sente antes de uma queda na montanha-russa. Ele temia a resposta.

— O suficiente para doze homens até agora. Mas achamos que existem mais — Martin falou, exausto. Todo aquele tempo no traje estava realmente cobrando seu preço.

— Tem um Sino lá embaixo, não é?

— Era a minha hipótese. A área ao redor do submarino despencou quando dois pesquisadores se aproximaram dela. Um homem foi incinerado de um jeito semelhante ao que vimos no submarino. O outro morreu quando o gelo despencou. Espero encontrar o resto da tripulação lá embaixo.

Dorian estava cansado demais para discutir, mas a ideia o apavorava. A finalidade dela.

— O que sabem sobre a estrutura?

— Não muito. É antiga. Ao menos tão antiga quanto as ruínas em Gibraltar. Cem mil anos, talvez mais velha.

Uma coisa incomodava Dorian desde a chegada deles: a falta de progresso nas escavações. Mesmo que o pessoal de Martin tivesse apenas encontrado o sítio doze dias antes, com seus recursos já teriam aberto o iceberg como um peru de Ação de Graças. A equipe era quase mínima, como se a ação real estivesse em outro lugar.

— Este não é o sítio principal, é?

— Temos recursos... alocados em outro lugar...

"Alocados em outro lugar." Dorian remoeu a ideia na cabeça. O que poderia ser maior que isso? A estrutura que eles passaram milhares de anos procurando. Todos os sacrifícios. O que poderia ser maior?

Maior. Uma estrutura maior. Ou... a estrutura principal.

Dorian inclinou-se para a frente.

— Essa é apenas uma peça, não é? Estão procurando uma estrutura maior. Essa parte simplesmente se separou de alguma estrutura principal. — Dorian ainda não sabia se era verdade, mas se fosse...

Martin assentiu devagar, sem fazer contato visual com Dorian.

— Meu Deus, Martin. — Dorian levantou-se e caminhou pela sala. — Pode acontecer a qualquer minuto. Eles podem estar a dias de nós, talvez horas. Você nos colocou em risco. E... você sabia disso doze dias atrás! Ficou maluco?

— Pensamos que era a principal...

— Pensamos, desejamos, esperamos... esqueça isso. Agora temos que agir! Assim que tirarem a gente desta gaiola de plástico, volto para fechar as operações na China e iniciar o Protocolo Toba... nem se dê ao trabalho de contestar, você sabe que chegou a hora. Quero que você me diga quando encontrar a estrutura maior. E, Martin, eu tenho muitos destacamentos de agentes a caminho. Eles vão ajudá-lo se tiver *problemas* em operar seu telefone via satélite.

Martin pousou os cotovelos nos joelhos e encarou o chão.

A porta da sala de retenção abriu com um chiado quando o ar puro entrou antes de uma mulher de vinte e poucos anos carregando uma prancheta. Vestia uma roupa quase colada ao corpo, talvez tivesse escolhido um uniforme três tamanhos menores.

— Os senhores estão limpos para voltar às atividades. — A mulher virou-se para Dorian. — Agora, tem alguma coisa que eu possa fazer pelo senhor? — Ela deixou a prancheta de lado e cruzou as mãos atrás do corpo, arqueando um pouco as costas.

— Como você se chama? — Dorian perguntou.

— Naomi. Mas o senhor pode me chamar como quiser.

Capítulo 46

Em algum lugar na costa do Mar de Java

Kate não conseguia dizer se estava acordada ou dormindo. Por um momento, simplesmente flutuou na escuridão completa e no silêncio mortal. A única sensação era do tecido macio nas costas. Ela se inclinou para o lado e ouviu o estalo do colchão barato. Deve ter adormecido na pequena cama do abrigo antibomba. Perdera a noção do tempo enquanto ela e David esperavam os perseguidores marcharem para lá e para cá sobre eles, revistando a cabana pelo que pareciam horas.

Era seguro acordar?

Sentiu outra sensação agora: fome. Quanto tempo havia dormido?

Ela lançou as pernas para fora da cama pequena e plantou os pés sobre...

— Ai, caramba! — A voz de David preencheu o espaço mínimo quando ele ergueu o tronco embaixo das suas pernas, em seguida curvou-se e se contorceu no chão.

Kate voltou com o peso para a cama, procurando o chão firme para os pés — que não fosse sobre o corpo de David. Finalmente plantou o pé esquerdo e se levantou, balançando o braço no ar para alcançar a corda que ligava a lâmpada pendurada no teto. A mão tocou a corda e ela puxou para acender a luz, mandando um flash de luz amarela no quarto pequeno. Ela apertou os olhos e esperou num pé só. Quando conseguiu ver, foi até o canto da sala, longe de David, que ainda estava deitado em posição fetal no meio do assoalho.

Ela o acertou *lá*. Meu Deus. Por que ele estava no chão?

— Não somos adolescentes, sabe? Poderia ter deitado comigo na cama.

David grunhiu quando finalmente rolou para ficar de quatro.

— Pelo visto, o cavalheirismo não compensa.

— Eu não...

— Deixa pra lá. Precisamos sair daqui — David falou quando se levantou.

— Aqueles homens...?

— Não, eles saíram faz uma hora e meia, mas podem estar esperando lá fora.

— Não é seguro aqui. Eu vou...

— Eu sei. Eu sei. — David ergueu a mão. Estava recuperando o fôlego. — Mas tenho uma condição, inegociável.

Kate o encarou.

— Você fará o que eu disser, quando eu disser. Sem perguntas, sem discussão.

Kate endireitou-se.

— Eu consigo seguir ordens.

— Está bem, vou acreditar quando eu vir. Quando estivermos lá fora, cada segundo será importante. Se eu disser para me deixar para trás ou correr, vai precisar fazer isso. Talvez fique assustada ou desorientada, mas precisa se concentrar naquilo que eu disser para você fazer.

— Não tenho medo — ela mentiu.

— Bem, ao menos um de nós precisa não ter. — David abriu portas duplas de aço no concreto. — Tem mais uma coisa.

— Estou ouvindo — Kate disse, um pouco na defensiva.

David olhou para ela de cima a baixo.

— Não pode usar essas roupas. Parece uma sem-teto. — Ele jogou algumas roupas para ela. — Talvez fiquem um pouco grandes.

Kate examinou os novos trajes: jeans azuis velhos e uma camiseta preta com gola V.

David jogou para ela um suéter cinza.

— Vai precisar disso também. Vai estar frio no lugar aonde vamos.

— O que é?

— Explico no caminho.

Kate começou a puxar a camiseta, mas parou.

— Você poderia, hum...

David sorriu.

— Não somos mais adolescentes.

Kate virou o rosto, tentando decidir o que dizer.

David pareceu lembrar-se de alguma coisa.

— Ah, sim. A cicatriz. — Ele girou, ajoelhou-se e começou a separar algumas caixas no fundo do armário.

— Como você...?

David tirou uma arma e algumas caixas de munição.

— As drogas.

Kate corou. O que ela dissera? Fizera? Por algum motivo, a ideia a aterrorizava e ela desejou desesperadamente poder lembrar.

— Eu, ou nós...?

— Relaxe. Tirando a violência gratuita, foi uma noite liberada para todas as idades. A classificação indicativa já está liberada para crianças?

Kate puxou a camiseta para baixo.

— E para soldados imaturos.

David pareceu ignorar a cutucada. Ele se levantou e estendeu uma caixa para ela — outra caixa de refeição. Kate leu as letras. RPC: Refeições Prontas para Consumo.

— Está com fome?

Kate olhou para a caixa: frango ao molho barbecue com feijões-pretos e batata.

— Não muita.

— Fique à vontade. — Ele puxou o filme plástico para trás, jogou na mesa de metal e começou a devorar a comida fria com o garfo-colher incluído. Ele deve ter esquentado a refeição do dia anterior apenas por ela.

Kate sentou-se na cama diante dele e calçou os tênis que ele havia lhe entregado.

— Hei, não sei se já disse isso antes, mas queria dizer... dizer obrigada por...

David parou de mexer nos papéis e se forçou a engolir a garfada que ele estava mastigando. Não olhou para Kate.

— Não precisa. Estou apenas fazendo o meu trabalho.

Kate amarrou os sapatos. Apenas fazendo o trabalho dele. Por que a resposta pareceu tão... insatisfatória?

David jogou o último dos papéis numa pasta e entregou para ela.

— Isso é tudo que tenho sobre as pessoas que levaram suas crianças. Você terá tempo de ler no caminho.

Kate abriu a pasta e começou a ler os papéis. Deviam ser umas cinquenta páginas.

— No caminho para onde?

David devorou mais umas garfadas.

— Dê uma olhada no alto da página. É a última comunicação críptica de uma fonte de dentro da Immari. Alguém com quem eu estive me comunicando por quase duas semanas.

30,88. 81,86.

12.03.2013. 10:45:00

44º. 33-23-15

Desligar a energia. Salvar minhas crianças.

Kate colocou o papel de volta na pasta.

— Não entendo.

— A primeira parte são coordenadas de GPS; parece uma estação de trem abandonada no oeste da China. A segunda é obviamente uma data, provavelmente um horário de partida de um trem. Não estou certo sobre a parte do meio, mas acho que é um bagageiro na estação com a combinação. Acredito que o contato deixou algo para nós no bagageiro, algo de que precisamos, talvez outra mensagem. Não dá para saber se as crianças estarão na estação de trem ou se é apenas outra pista. Ou eu posso estar lendo errado. Talvez seja outro código ou significar algo diferente. Tive um parceiro que decodificou todas as mensagens anteriores.

— Consegue falar com ele?

David terminou a última bocada, jogou o garfo-colher na bandeja e juntou os itens que ele havia tirado do armário.

— Não, infelizmente não consigo.

Kate fechou a pasta.

— Oeste da China? Como vamos chegar lá?

— Estou pensando como. Um passo de cada vez. Primeiro precisamos descobrir se deixaram tropas lá em cima. Está pronta?

Kate assentiu e o seguiu escada acima, onde ele pediu para que ela esperasse enquanto vasculhava a cabana.

— Está limpo. Fique perto de mim.

Eles correram da cabana para uma vegetação escassa ao longo de uma estrada de terra que não mostrava sinais de uso. A estrada terminava em quatro grandes galpões azuis, também abandonados havia anos. David levou Kate até o segundo galpão, onde ele puxou uma folha de metal corrugado da parede, expondo um buraco triangular com o tamanho certo para Kate.

— Entre.

Kate fez menção de protestar, mas lembrou-se da primeira exigência dele e obedeceu sem dizer uma palavra. Por motivos que não conseguia entender, tentou não se ajoelhar na lama, mas não teve muito sucesso. David pareceu sentir seu dilema e puxou com mais força a aba de metal, dando a Kate espaço o bastante para se encaixar confortavelmente.

David seguiu-a para dentro, em seguida destrancou e abriu as portas do edifício, revelando o "tesouro" escondido do galpão.

Era um avião, ou quase isso. E era estranho: um hidroavião do tipo que Kate imaginava sendo usado para acessar áreas remotas no Alasca… nos anos 1950. Provavelmente não era *tão* velho, mas era velho. Tinha quatro assentos e duas hélices em cada asa. Provavelmente teria que girar uma manualmente, como Amelia Earhart. Se ele ligasse… e se David conseguisse pilotá-lo. Ela observou enquanto o soldado tirava a lona da cauda e chutava os blocos embaixo das rodas.

Lá na cabana, ele dissera "sem perguntas", mas ela precisava perguntar:

— Você *consegue* pilotar essa coisa, certo?

Ele parou, deu de ombros lentamente e olhou para ela como se tivesse sido flagrado tentando fugir com alguma coisa.

— Ah, bem, de modo geral, sim.

— De modo geral?

Capítulo 47

Jato da Immari Corporate
Em algum lugar ao sul do oceano Atlântico

Dorian observou Naomi terminar o resto do martíni e depois se esticar no sofá no lado oposto do avião. O roupão de tecido felpudo branco caía de lado, revelando o peito que subia e descia a um ritmo cada vez menor quando a respiração ficou mais lenta, como um gato contente que havia acabado de devorar uma presa. Ela lambeu as últimas gotas de martíni dos dedos e se apoiou nos cotovelos.

— Pronto para mais uma?

Ela era insaciável. E, vindo dele, era realmente verdade. Dorian pegou o telefone.

— Ainda não.

Naomi fez um biquinho e caiu de costas no sofá.

Na linha, Dorian ouviu o oficial de comunicações no avião dizendo:

— Sim, senhor?

— Ligue para a Central na China.

— Immari Xangai?

— Não, a nova... no Tibete. Preciso falar com o dr. Chase.

Dorian ouviu cliques de mouse ao fundo.

— Dr. Chang?

— Não, Chase. Seção nuclear.

— Um instante.

Dorian observou Naomi puxar o roupão embolado ao redor dela no sofá. Ele imaginou quanto tempo ela poderia resistir.

O telefone estalou. Uma voz distraída disse:

— Chase.

— É Sloane. Como estamos com as armas nucleares?

O homem tossiu e falou mais devagar.

— Sr. Sloane. Temos, acredito, cinquenta, quarenta e nove prontas.

— Quantas no total?

— É tudo que temos, senhor. Estamos tentando conseguir mais, mas os indianos e os paquistaneses... nenhum deles quer nos vender mais.

— Dinheiro não é problema, tudo que co...

— Tentamos, senhor, eles não vão vender a preço nenhum, não sem um motivo, e não temos uma história melhor do que a reserva para nosso reator nuclear.

— Podemos trabalhar com as armas do bloco soviético?

— Podemos, mas vai levar mais tempo. Provavelmente são dispositivos mais antigos, precisam ser verificados e convertidos. E provavelmente terão um rendimento menor.

— Está bem. Verei o que posso fazer. Prepare-se para um novo embarque. E por falar em conversões, preciso que faça duas bombas portáteis... algo para uma pessoa pequena ou... alguém... *cansado* poder carregar com facilidade.

— Vai levar algum tempo.

— Quanto? — Dorian bufou. Nada era simples com esses malucos.

— Depende. Qual é o limite de peso?

— Peso? Não sei. Talvez quinze, dezoito quilos. Espere, isso é muito. Talvez... uns sete quilos. Vamos supor uns sete quilos mais ou menos, você pode fazer?

— Vai diminuir o rendimento.

— Pode fazer? — Dorian repetiu, impaciente.

— Posso.

— Em quanto tempo?

O cientista suspirou.

— Um dia, talvez dois.

— Preciso dela em doze horas, sem desculpas, dr. Chase.

Uma longa pausa. Em seguida:

— Tudo bem, senhor.

Dorian desligou o telefone.

Naomi finalmente cedeu. Estava servindo outro martíni para si e inclinou a garrafa na direção dele na expectativa.

— Agora não. — Dorian nunca bebia quando estava trabalhando.

Ele pensou por um minuto, em seguida pegou o telefone novamente.

— Ligue para a Central do Tibete novamente, dr. Chang.

— Chase?

— Chang, rima com gangue.

Os cliques foram mais rápidos dessa vez.

— Chang falando, sr. Sloane.

— Doutor, estou a caminho de sua Central e precisamos fazer alguns preparativos. Quantas cobaias o senhor tem por aí?

— Acho… — Chang começou. Dorian ouviu papéis sendo remexidos, chaves tilintando e, em seguida, o homem voltou à linha. — De primatas, trezentos e oitenta e dois, cento e dezenove humanos.

— Só cento e dezenove humanos? Pensei que as inscrições tinham sido muito maiores. O plano do projeto é para milhares. — Dorian olhou para fora da janela do avião. Cento e dezenove corpos talvez não sejam o bastante.

— É sim, mas, bem, com a falta de resultados, paramos o recrutamento humano. Concentramo-nos mais em testes em roedores e primatas. Devemos voltar aos humanos? Há uma nova terapia…?

— Não. Há um novo plano. Precisamos trabalhar com o que temos. Quero que trate todos os seres humanos com o último tratamento: a pesquisa da dra. Warner.

— Senhor, essa terapia era ineficaz…

— *Era*, doutor. Sei de algo que o senhor não sabe. Precisa confiar em mim.

— Sim, senhor, vamos aprontá-los. Dê uns três dias…

— Hoje, dr. Chang. Tempo é a única coisa que não temos.

— Não temos pessoal ou espaço...

— Arranje. — Dorian ficou ouvindo. — Alô?

— Estou aqui, sr. Sloane. Vamos arranjar, então.

— Mais uma coisa. Não incinere os corpos dessa vez...

— Mas o risco...

— Tenho certeza de que o senhor encontrará uma maneira de lidar com eles de forma segura. O senhor tem salas de quarentena aí, não? — Dorian esperou, mas o cientista não disse uma palavra. — Bom. Ah, quase esqueci. Quanto peso acha que duas crianças podem carregar... cada uma?

Chang parecia surpreso com a pergunta, ou talvez distraído ou preocupado com a última ordem para não destruir os corpos.

— Hum, o senhor diz, peso, como numa...

— Numa mochila, se estiverem carregando.

— Não sei ao certo...

Cientistas: a perdição da existência de Dorian. Avessos a riscos, medrosos, desperdiçadores de tempo.

— *Hipóteses*, doutor. Não precisa ser exato.

— Acho que entre quatro e seis quilos. Dependeria de quanto tempo ou da distância que eles carregariam...

— Ótimo, ótimo. Estarei aí em breve. Melhor se aprontar. — Dorian desligou o telefone.

Naomi não lhe deu a chance de pegar o telefone novamente. Ela tomou todo o seu martíni, foi até ele, deixou o copo na mesa e subiu sobre ele, deixando o roupão cair no chão. Ela tentou abrir o zíper dele, mas Dorian agarrou as mãos da mulher e prendeu-as de lado, em seguida ergueu-a e jogou Naomi no sofá ao lado dele. Ele apertou o botão de comissários atrás dele.

Cinco segundos depois, a comissária abriu a porta e, quando viu a cena, começou a se retirar.

— Pare. Fique aí — Dorian ordenou. — Junte-se a nós.

A compreensão espalhou-se sobre o rosto da jovem. Ela fechou a porta com delicadeza, como se fosse uma adolescente saindo do quarto à noite.

Naomi levantou-se do sofá e pegou o rosto da mulher entre as mãos, beijou-a, depois tirou seu lenço e, finalmente, começou a abrir os botões do blazer azul sobre a blusa branca. A blusa já estava no chão quando o beijo terminou e Naomi concluiu o trabalho, puxando a saia da comissária para baixo.

Capítulo 48

Acampamento Nevado Alpha
Sítio de perfuração nº 4
Leste da Antártida

Robert Hunt fechou a porta de sua cápsula portátil e pegou o rádio.

— Bounty, aqui é o Rei da Neve. Chegamos à profundidade de sete-cinco-zero-zero pés, repetindo, nossa profundidade é de sete-cinco-zero-zero pés. Situação inalterada. Só atingimos gelo até agora.

— Rei da Neve, Bounty. Copiamos vocês. Profundidade de sete mil e quinhentos pés. Câmbio.

Robert deixou o rádio na mesa dobrável e recostou-se na cadeira frágil. Não via a hora de ir embora daquele inferno gelado. Havia perfurado em busca de petróleo nos lugares mais difíceis do mundo: a norte do Canadá, Sibéria, Alasca e Mar do Norte, acima do Círculo Ártico. Nada se comparava à Antártida.

Ele olhou ao redor da cápsula — seu lar nos últimos sete dias. Foi exatamente como as últimas três cápsulas nos últimos três sítios de perfuração: um quarto de três por quatro metros e meio com três catres, um aquecedor grande e barulhento, quatro arcas com equipamentos e alimentos, e a mesa com o rádio. Não havia refrigerador; manter as coisas geladas era o menor de seus problemas.

O rádio estalou.

— Rei do Gelo, aqui é Bounty. As ordens são as seguintes: extrair a sonda, cobrir a perfuração e seguir para a nova localização. Por favor, confirme as ordens quando estiver pronto para novas coordenadas de GPS.

Robert confirmou as ordens, anotou as novas coordenadas e se desconectou. Ele se sentou por um minuto, pensando sobre o trabalho. Três sítios de perfuração, todos com sete mil e quinhentos pés de profundidade, todos com o mesmo resultado: nada além de gelo. E os equipamentos estavam todos brancos com a neve e cobertos por imensas abóbadas como *parasails*. Fosse lá o que estivessem fazendo, seu contratante não queria que fossem vistos de cima.

Ele supôs que estivessem procurando petróleo ou algum metal precioso. Perfurações encobertas não eram incomuns. Você vai, perfura, encontra o material, encobre e, em seguida, consegue os direitos do terreno. Mas não havia direitos de perfuração a serem obtidos na Antártida e havia locais mais fáceis — locais mais baratos — para encontrar petróleo e matérias-primas. A questão econômica não tinha sentido. Mas dinheiro não parecia ser um problema. Cada sítio tinha cerca de trinta milhões de dólares em equipamentos — e eles não pareciam se importar com o que acontecesse. Estavam pagando para ele dois milhões de dólares pelo que disseram ser dois meses — no máximo — de sondagem. Ele assinou um contrato de sigilo. E só.

Dois milhões de dólares, perfurar onde eles quisessem, manter a boca fechada. Robert pretendia fazer exatamente isso. Dois milhões de dólares o tiraria da encrenca em que ele estava metido e, talvez, deixaria grana o suficiente para sair das plataformas de petróleo de uma vez por todas. Talvez pudesse até resolver seus problemas, o motivo pelo qual ele estava nesse acordo, para começo de conversa. Mas aquilo provavelmente era uma ilusão, assim como era conseguir encontrar petróleo na Antártida.

Capítulo 49

Em algum lugar nas montanhas a oeste da China

Fizeram três tentativas de aterrissagem no pequeno lago e Kate não aguentava mais.

— Pensei que você soubesse pilotar esta coisa.

David continuava concentrado nos controles.

— Aterrissar é muito mais complicado que voar.

Para Kate, aterrissar era a mesma coisa que voar, mas ela deixou para lá. Verificou a fivela do cinto de segurança pela centésima vez.

David limpou um pouco das manchas dos dispositivos de controle antigos e tentou alinhar o avião para outra tentativa.

Kate ouviu uma descarga e sentiu a lateral do avião despencar.

Você fez isso?

David tocou o painel de controle, primeiro com leveza, depois com mais força.

— Estamos sem combustível.

— Pensei que você tivesse dito...

— O medidor deve estar quebrado. — David moveu a cabeça. — Vá para trás.

Kate engatinhou sobre ele e para a fileira traseira de assentos, obedecendo para variar sem contra-argumentar ou reclamar. Ela apertou o cinto. Deveria ser a última tentativa de aterrissagem.

O outro motor deu os últimos suspiros de vida e o avião se estabilizou, pairando no silêncio agourento.

Kate olhou para baixo, observando a densa floresta que cercava o pequeno lago azul. Era lindo, como uma cena da natureza selvagem canadense. Ela sabia que estava frio lá fora; deviam estar em algum lugar a norte da Índia ou a oeste da China.

Voaram a maior parte do caminho sobre a água, pairando bem perto do mar para evitar detecção de radares. Foram para o norte grande parte do percurso; o sol estava alto no céu, à direita de Kate, até eles cruzarem a costa, em algum lugar em áreas de monções baixas, provavelmente Bangladesh. Kate não fizera perguntas — não que ela pudesse ter feito alguma com o barulho dos motores gêmeos agora mortos. Onde quer que estivessem, o lugar era remoto e intocado. Se se machucassem — de qualquer forma — na aterrissagem, provavelmente seria fatal.

O lago se aproximava rapidamente deles. David nivelou o avião. Ou tentou — o avião era aparentemente mais difícil de controlar sem a força dos motores.

Cenários de desgraças correram pela mente de Kate. E se eles fossem de bico para dentro do lago? Havia montanhas ao redor deles. O lago podia ser incrivelmente fundo — e frio. O avião os puxaria para baixo. Nunca sobreviveriam ao abismo gélido. E se eles conseguissem se estabilizar? Como parariam? Eles atingiriam as árvores em velocidade total. Ela imaginou uma série de galhos de árvores fazendo uma dúzia de buracos neles, como alfinetes em um boneco vodu. Ou o combustível, os vapores do tanque explodiriam com qualquer faísca; isso os consumiria rápido.

Os pontões deslizaram de forma desigual na água e o avião sacudiu de um lado para o outro.

Um dos pontões poderia se soltar. Aquilo partiria o avião — e a eles — em pedaços.

Kate apertou o cinto. Seria melhor tirá-lo? Ele poderia cortá-la ao meio.

Os pontões beijaram a água novamente antes de voltar para o ar, oscilando e entortados.

Kate inclinou-se para a frente e, por algum motivo, envolveu o pescoço de David com os braços, segurando-o com força no assento e apertando-se contra as costas do assento dele. Ela descansou a cabeça na nuca do homem. Não conseguia olhar. Sentiu o avião avançar sobre a água com mais violência. O assoalho chacoalhava o tempo todo. A turbulência espalhou-se nas finas paredes de metal, ela ouviu uma série de estalos e foi jogada para trás no assento, quase perdendo o fôlego. Ela abriu os olhos e respirou fundo. Eles haviam parado. Galhos! Na cabine. A cabeça de David pendia sem vida.

Kate avançou, mas o cinto quase a cortou ao meio. Ela tentou alcançá-lo, sem pensar no cinto. Passou a mão no peito dele. Algum galho havia atravessado o homem? Ela não sentia nada.

Ele ergueu a cabeça, letárgico.

— Ei, moça, ao menos me pague uma bebidinha.

Kate voltou com tudo ao assento e empurrou o ombro dele. Estava feliz em estar viva. E feliz que ele estivesse também, mas disse:

— Já tive pousos melhores.

Ele olhou de volta.

— Sobre a água?

— Ao que me consta, é minha primeira aterrissagem na água, então, não.

— É a minha primeira aterrissagem na água também. — David tirou o cinto de segurança e abriu a porta do passageiro. Equilibrou-se no degrau e soltou o assento do passageiro para que Kate pudesse sair.

— Está falando sério? Nunca pousou um avião na água? Você ficou louco?

— Não, estou brincando. Pouso na água o tempo todo.

— Sempre fica sem combustível?

David começou a tirar os suprimentos do avião.

— Combustível? — Ele ergueu os olhos, como se lembrasse de algo. — Não ficamos sem combustível. Só desliguei os motores para ter um efeito dramático. Sabe, só esperando que você pulasse para a frente e me abraçasse por trás.

— Muito engraçado. — Kate começou a organizar os suprimentos, como se fosse parte da rotina por anos. Ela olhou para David. — Você está, hum, certamente mais... *animado* do que estava em Jacarta. — Ela havia considerado não dizer nada, mas imaginava... — Quer dizer, não estou reclamando...

— Bem, sabe, sobreviver à morte certa sempre me deixa de bom humor. Por falar nisso — ele entregou para ela a ponta de uma lona verde grande. — Ajude a estender esta lona sobre o avião.

Kate agachou-se sob o avião e pegou a lona quando ele a jogou, em seguida voltou até ele na pequena pilha de suprimentos. Ela olhou para o avião coberto.

— Nós não vamos... vamos voar em...

David sorriu para ela.

— Não, eu disse que era o último voo. E, além disso, estamos sem combustível. — Ele ergueu três RPCs, abrindo-as como se fosse um baralho. — Agora, vai continuar sua greve de fome ou deseja compartilhar uma dessas finas iguarias?

Kate apertou os lábios e inclinou-se para mais perto, como se inspecionasse os pacotes marrons.

— Hum. O que há no cardápio desta manhã?

David virou as caixas para cima.

— Vamos ver, para seu prazer culinário, temos: bolo de carne, estrogonofe de carne e sopa de macarrão e frango.

A última refeição de Kate havia sido no dia anterior — na tarde anterior, antes que eles saíssem do abrigo antibomba embaixo da cabana.

— Bem, não estou com *aquela* fome, mas a sopa de macarrão e frango parece simplesmente irresistível.

David girou o pacote e rasgou-o.

— Uma escolha excelente, senhora. Por favor, aguarde vários momentos enquanto sua entrada é aquecida.

Kate deu um passo na direção dele.

— Não precisa esquentar.

— Que bobagem, não custa nada.

Kate observou a lona que cobria o avião.

— A fogueira não vai entregar nossa localização... nos pôr em risco?

David sacudiu a cabeça.

— Minha cara doutora, admito que estamos numa situação complicada hoje, mas não vivemos na idade da pedra para cozinhar nossa comida em fogueiras, como neandertais. — Ele tirou algo que parecia uma pequena lanterna do bolso e ergueu para mostrar. Girou a ponta e uma chama saiu dela. Ele moveu a chama para a frente e para trás sob a refeição de Kate.

Kate agachou-se diante dele e observou a "sopa de frango" começar a borbulhar. Sem dúvida, eram grãos de soja ou algum outro substituto ao frango.

— Ao menos, nenhum animal foi ferido.

David mantinha o foco na chama e na caixa, como se estivesse reparando uma delicada peça eletrônica.

— Ah, eu acho que é carne de verdade. Eles avançaram muito com essas coisas nos últimos poucos anos. Comi algumas no Afeganistão que não eram adequadas para consumo humano. Ou consumo hominídeo, acho que você diria.

— Muito impressionante... sim, somos hominídeos. Hominíneos para ser exata. Os últimos restantes.

— Estou atualizando minha história evolucionária. — David entregou a sopa de frango aquecida, em seguida abriu outro pacote, bolo de carne, e começou a comê-lo frio.

Kate mexeu a sopa com o garfo-colher e, hesitante, deu algumas colheradas. Não era terrível. Ou ela estava se acostumando com aquele gosto horroroso? Não importava. Ela bebericava a sopa enquanto comiam em silêncio. O lago era plácido e a floresta densa que os cercava sacudia ao vento e estalava às vezes, quando criaturas escondidas saltavam de um galho para o outro. Se não fossem os eventos trágicos do dia anterior, poderiam estar num acampamento numa floresta intocada; e, por um momento, assim pareceu para Kate. Ela terminou a última colherada da sopa um minuto após David e ele pegou a caixa dela e disse:

— Temos que continuar, faltam trinta minutos para o horário do encontro do contato. — E, dessa forma, a paz e a inocência do cenário natural evaporaram. David ergueu uma mochila pesada e escondeu o resto do lixo sob a lona.

Ele entrou num ritmo enérgico quando começaram a escalar a floresta montanhosa, e Kate se esforçava para acompanhar e esconder sua respiração ofegante. Ele estava muito mais em forma que ela. Ele parava às vezes, ainda respirando pelo nariz, e Kate virava as costas e puxava o ar com força pela boca.

Na terceira parada, ele se recostou a uma árvore e disse:

— Sei que você não está pronta para falar sobre sua pesquisa, mas me diga uma coisa: por que acha que a Immari levou as crianças?

— Na verdade, venho pensando muito nisso desde Jacarta. — Kate inclinou-se e pousou as mãos nos joelhos. — Algumas das coisas que Martin me disse quando estava me interrogando, elas não têm sentido nenhum.

— Por exemplo?

— Ele insinuava que havia uma arma, algum tipo de superarma que poderia varrer a raça humana da...

David afastou-se da árvore.

— Ele disse...?

— Não, ele não disse nada mais. Foram resmungos, devaneios. Parte de uma falação sobre cidades perdidas, genética e... o que mais? — Kate sacudiu a cabeça. — Ele insinuou que as crianças com autismo poderiam ser uma ameaça, que eram o próximo passo na evolução humana.

— É possível? A parte da evolução?

— Não sei. Talvez. Sabemos que o último grande avanço na evolução foi uma mudança nas conexões cerebrais. Se olharmos para o genoma dos seres humanos cem mil anos ou cinquenta mil anos atrás, há pouca mudança genética, mas sabemos que os genes que mudaram tiveram um impacto gigantesco... em grande parte na forma como pensávamos. Os seres humanos começaram a usar a linguagem e a pensar criticamente, resolvendo problemas em vez de agir por impulso. Essencialmente, o cérebro começou a agir mais como um computador do que como um centro processador de impulsos. É discutível, mas há provas de que outra mudança nas conexões cerebrais está ocorrendo. O autismo é, no fundo, uma mudança nas conexões cerebrais, e a taxa de diagnóstico dos transtornos do espectro do autismo, ou TEA, está explodindo. Nos Estados Unidos, subiu cinco por cento nos últimos vinte anos. Um em cada oitenta e oito norte-americanos está em algum ponto do espectro. Um pouco desse aumento se deve a melhores técnicas diagnósticas, mas não há dúvida de que o TEA está crescendo em todos os países do mundo. Nações desenvolvidas parecem ser as mais atingidas.

— Não entendo. Como o TEA se conecta com a genética evolutiva?

— Sabemos que quase todas as condições do espectro do autismo têm um componente genético forte. São todos causados por uma diferença nas conexões cerebrais que é controlada por um grupo pequeno de genes. Minha pesquisa tem foco em como esses genes afetam as conexões cerebrais e, mais importante, como uma geneterapia poderia acionar ou desativar genes que aumentariam as capacidades sociais e melhorariam a qualidade de vida dos pacientes. São muitas pessoas em algum ponto do espectro do autismo que vivem com independência e tranquilidade. Por exemplo, indivíduos diagnosticados com síndrome de Asperger simplesmente têm muitas dificuldades de socialização e em geral concentram-se com intensidade numa área de interesse: computadores, quadrinhos, finanças, qualquer área. Mas nem sempre precisa ser limitador. Na verdade, especializar é a chave para o sucesso nesses dias. Dê uma olhada na lista da *Forbes*: se você testasse os indivíduos que fizeram fortuna com tecnologia, biotecnologia e finanças, garanto que a maioria se enquadraria no espectro do autismo. Mas eles tiveram sorte, ganharam a loteria genética. Seu cérebro opera de maneira que permite resolver problemas complexos, *e* eles têm habilidades sociais suficientes para funcionar em sociedade. Era o que eu estava tentando fazer, dar às minhas crianças uma chance na vida. — Kate já havia recuperado o fôlego, mas continuou olhando para baixo.

— Não fale assim. Como se tivesse acabado. Vamos continuar. Temos quinze minutos.

Eles retomaram o ritmo e Kate acompanhou dessa vez. Cinco minutos antes do horário do encontro, a floresta desapareceu e um trem extenso entrou no campo de visão.

— Definitivamente não está abandonada — Kate disse.

Diante deles, a estação fervilhava de gente, todas vestidas com jalecos brancos, uniformes de segurança e outros. David e Kate se destacariam entre a massa que enchia a estação.

— Depressa, antes que eles nos vejam saindo da floresta.

Capítulo 50

Complexo de Pesquisa da Immari Corp.
Próximo a Burang, China
Região Autônoma do Tibete

Dorian olhava as telas enquanto os pesquisadores levavam mais ou menos vinte pacientes chineses para fora da sala. A terapia realmente fizera um estrago neles. Metade mal conseguia andar.

A sala de observação incluía uma grande parede com telas monitorando cada centímetro do centro de pesquisa e várias fileiras de estações de trabalho onde os cabeções digitavam em computadores o dia todo, fazendo sabe lá Deus o quê.

Do outro lado da sala, Naomi estava recostada a uma parede, visivelmente entediada. Parecia tão estranha vestida. Dorian acenou para ela se aproximar. Ela não estava autorizada a ouvir o relatório do cientista.

— Quer dar uma volta? — Naomi perguntou.

— Já, já. Vá se familiarizar com as instalações. Tenho trabalho a fazer. Encontro você daqui a pouco.

— Vou pesquisar os talentos locais.

— Não faça nada que eu não faria.

Ela saiu da sala sem dizer uma palavra.

Dorian virou-se para o cientista nervoso que estava à espreita, seguindo, quase perseguindo-o desde que ele chegara.

— Dr. Chang?

O homem deu um passo à frente.

— Sim, senhor?

— O que estou vendo aqui?

— Este é o terceiro grupo. Estamos trabalhando o mais rápido que podemos, sr. Sloane. — Como Dorian não disse nada, Chang continuou. — Will, hum, o dr. Grey se juntará a nós?

— Não. Você se reportará a mim sobre esse projeto daqui em diante. Entendido?

— Ah, sim, senhor. Há...?

— O dr. Grey está trabalhando num novo projeto. Gostaria que me deixasse a par de tudo.

Chang abriu a boca para falar.

— E seja breve. — Dorian encarou-o com impaciência.

— Claro, senhor. — Chang esfregou a palma das mãos como se as aquecesse numa fogueira. — Bem, como o senhor sabe, o projeto remonta aos anos 1930, mas fizemos avanços substanciais apenas nos últimos anos e tudo isso graças a algumas descobertas na área da genética, em especial o rápido sequenciamento do genoma.

— Pensei que já haviam sequenciado o genoma humano... nos anos 1990.

— Ah, isso é uma inco... ah, um equívoco terminológico, se quiser. Não existe *um* genoma humano. O *primeiro* genoma humano foi sequenciado nos anos 1990 e essa sequência foi publicada em fevereiro de 2001... que foi o genoma do dr. Craig Venter. Mas cada um de nós tem um genoma diferente. Essa é parte do desafio.

— Não entendi.

— Sim, desculpe, não falo muito sobre o projeto. — Ele soltou uma risadinha nervosa. — Ah, por motivos óbvios! E não para alguém na sua posição, claro. Sim, onde começamos? Talvez um pouco de história. Ah, os anos 1930... na época a pesquisa era... radical, mas rendeu alguns resultados interessantes, apesar dos métodos. — Chang olhou ao redor, como se imaginasse que tinha ofendido Dorian. — Ah, bem, passamos décadas estudando o que o Sino de fato faz com suas vítimas. Como o senhor sabe, é uma forma de radiação que não entendemos por completo, mas os efeitos são...

— Sem palestra sobre os efeitos, doutor. Ninguém neste mundo sabe mais sobre isso que eu. Fale o que o senhor sabe. E seja rápido.

Chang baixou os olhos. Abriu e fechou as mãos várias vezes e, em seguida, tentou secá-las nas calças.

— Claro que o senhor sabe, só quis contrastar nossa pesquisa passada com... Sim, hoje, a genética, nós sequenciamos... Nós... A... descoberta virou a pesquisa de cabeça para baixo... em vez de estudar os efeitos do dispositivo, concentramo-nos em descobrir uma maneira de sobreviver à máquina. Sabemos desde os anos 1930 que alguns pacientes ficam melhores que outros, mas como todos morrem no fim das contas... — Chang ergueu os olhos para ver se Dorian estava de cara fechada. O doutor abaixou a cabeça e continuou. — Nós, nossa teoria é que se pudermos isolar os genes que transmitem a imunidade à máquina, poderemos desenvolver uma geneterapia para nos proteger dos efeitos. Usaríamos o retrovírus para instilar esse gene, o que estamos chamando de "Gene Atlântida".

— Então por que não descobriram esse gene?

— Pensávamos estar muito perto anos atrás, mas nenhuma pessoa parece ter imunidade total. Nossa premissa, como o senhor sabe, era que havia um grupo de seres humanos que poderia ter resistido à máquina em algum momento e que seu DNA se espalhou pela Terra... basicamente estávamos em uma caça genética de agulha no palheiro. Mas, francamente, após muitos experimentos que realizamos, dado o tamanho da nossa amostragem, começamos a acreditar que o Gene Atlântida não existia... que nunca existiu em seres humanos.

Dorian ergueu a mão e o doutor parou para tomar fôlego. O que o doutor disse era verdade, exigiria uma reavaliação de tudo em que acreditavam. E justificaria seus métodos. Ou ao menos chegaria perto disso. Mas seria possível? Havia alguns problemas.

— Como as crianças sobreviveram? — Dorian perguntou.

— Infelizmente, não sabemos. Não sabemos ao certo com o que foram tratados…

— Eu sei disso. Diga o que sabe.

— Sabemos que a terapia que receberam foi algo de ponta. Possivelmente algo novo que não temos como comparar. Mas temos algumas teorias. Existe outro avanço recente na genética, que chamamos de epigenética. A ideia é que nosso genoma é menos como uma planta estática e mais como um piano. As teclas do piano representam o genoma. Cada um de nós tem teclas diferentes, e as teclas não mudam durante a vida: morremos com as mesmas teclas de piano, ou genoma, com que nascemos. O que muda é a partitura: a epigenética. Essa partitura determina que música será tocada, que genes serão expressos, e estes determinam nossos traços, tudo desde o QI até a cor dos cabelos. A ideia é que essa interação complexa entre nosso genoma e a epigenética que controla a expressão gênica realmente determina quem nos tornamos.

"O interessante é que temos a mão para escrever a música, para controlar nossa epigenética. E assim fazem nossos pais e até mesmo o ambiente. Se um determinado gene é expresso em seus pais e avós, muito provavelmente ele se ativará no senhor. Basicamente, nossas ações, as ações de nossos pais e nosso ambiente influenciam quais genes podem ser ativados. Nossos genes talvez controlem as possibilidades, mas a epigenética determina nosso destino. É uma descoberta incrível. Sabíamos que algo mais do que a pura genética estática ficava em funcionamento por algum tempo. Foi o que nossos estudos com gêmeos nos anos 1930 e 1940 nos disseram. Alguns gêmeos sobreviviam mais tempo na máquina que outros, apesar de terem quase exatamente o mesmo genoma. A epigenética era o elo que faltava."

— O que isso tem a ver com as crianças?

— Minha teoria pessoal é que algum novo tipo de terapia inseriu novos genes nas crianças e que esses genes tiveram um efeito cascata, possivelmente operando também no nível epigenético. Acreditamos que sobreviver ao Sino é uma questão de ter os genes corretos *e* acionar esse "Gene Atlântida"… essa é a chave. Estranho é que a terapia tenha funcionado quase como uma mutação.

— Mutação?

— Sim, uma mutação é simplesmente uma mudança aleatória no código genético, um rolar de dados genético, se preferir. Às vezes compensa muito, transmitindo uma nova vantagem evolucionária, e às vezes... acaba-se com seis dedos, ou quatro! Mas essa mutação trouxe imunidade ao Sino. É tão *fascinante*! Imagino se eu pudesse falar com a dra. Warner. Seria incrivelmente útil...

— Esqueça a dra. Warner. — Dorian esfregou a têmpora. Genética, epigenética, mutações. Tudo desembocava na mesma coisa: pesquisa fracassada, sem terapia viável para imunidade ao Sino e sem mais tempo. — Quantos pacientes sua sala do Sino pode aguentar?

— Ah, em geral limitamos cada teste a cinquenta pacientes, mas talvez cem, talvez um pouco mais se os amontoarmos.

Dorian olhou para os monitores. Um grupo de cientistas de jaleco branco estava prendendo um novo grupo de pacientes em cadeiras, em seguida espetando neles as bolsas plásticas transparentes da morte.

— Quanto tempo demora?

— Não muito. Cinco ou dez minutos é o tanto que qualquer paciente aguenta.

— Cinco ou dez minutos. — A voz dele era pouco mais que um sussurro. Ele se recostou na cadeira, revirando a ideia na mente. Em seguida se levantou e deu um passo na direção da porta. — Comece a processar todos os seus pacientes remanescentes com o Sino, o mais rápido que puder. — Dr. Chang avançou para contestar, mas Dorian já estava quase saindo. — Ah, e lembre-se de não destruir os corpos. Precisamos deles. Estarei no departamento nuclear, doutor.

Capítulo 51

Trem da Immari Corp.
Próximo a Burang, China
Região Autônoma do Tibete

Kate estava sentada, em silêncio, observando a paisagem rural verde voar a cento e quarenta quilômetros por hora. Diante dela, David se mexeu um pouco no seu lado do compartimento fechado do trem. "Como ele consegue dormir num momento como este? Vai ter um torcicolo dormindo assim." Kate inclinou-se para a frente e empurrou um pouco a cabeça do homem.

Mesmo que os nervos não estivessem à flor da pele, as pernas de Kate doíam demais para dormir. O ritmo enérgico de David na caminhada do "local de aterrissagem" do avião até a estação de trem já mostrava seus resultados. E também houve a corrida lá dentro, até a área de bagageiros e o número 44, que fora sua salvação.

Dentro do bagageiro havia dois uniformes: um de segurança para David e um jaleco branco para Kate. Também havia crachás de identificação: Kate era agora dra. Emma West, pesquisadora adjunta no "Sino Principal: Divisão Genética", fosse lá o que isso significasse. David era Conner Anderson. As imagens nos crachás não batiam, mas eles tiveram apenas que passá-los numa máquina, como um leitor de metrô ou cartão de crédito, para conseguir embarcar no trem das 10h45 — aparentemente o último trem da manhã.

Quando embarcaram, Kate voltou-se para David e perguntou:

— E agora?

David virou-a de costas e disse:

— Não fale, eles podem ouvir. Siga o plano.

"O plano" não era bem um plano. O objetivo dela era encontrar as crianças e voltar ao trem; David desligaria a energia e se encontraria com ela. Não era nem mesmo meio plano. Provavelmente seriam pegos antes de chegarem ao trem. E agora ele estava dormindo.

Porém... ele não havia dormido muito na noite anterior. Ficou acordado para ver se os homens que vasculhavam a cabana encontrariam a entrada do abrigo antibombas? Quanto tempo ficou deitado naquele chão de concreto? E depois todas as horas naquele avião, uma armadilha mortal, antiga e chacoalhadora. Kate enrolou algumas roupas de sua bolsa e as encaixou entre o rosto e a parede.

Outros trinta minutos passaram e Kate sentiu o trem diminuir a velocidade. No corredor, as pessoas estavam fazendo uma fila.

David agarrou o braço de Kate. Quando ele havia acordado? Kate olhou para ele, o pânico começando a se estampar no rosto.

— Fique calma — ele disse. — Lembre-se, você trabalha aqui. Está levando as crianças para um exame. Ordens do diretor.

— Que diretor? — Kate sussurrou.

— Se perguntarem isso, diga que não é da alçada deles e continue caminhando.

Kate tentou fazer outra pergunta, mas David abriu a porta do compartimento com tudo e empurrou-a para a fila em movimento. Quando virou-se, ele estava várias pessoas atrás dela e movendo-se para o outro lado, abrindo a distância entre os dois. Ela estava sozinha. Jogou a cabeça para trás e engoliu em seco algumas vezes. Ela conseguiria.

Kate moveu-se com o fluxo de pessoas, tentando agir normalmente. Os trabalhadores eram, em sua maioria, asiáticos, mas havia alguns europeus, talvez houvesse norte-americanos. Eram uma minoria, mas ela não se destacava muito.

Havia várias entradas para o prédio gigantesco, cada uma com três filas. Ela descobriu a entrada onde mais jalecos brancos estavam reunidos e foi até ela. Ficou na fila, esperando para passar o cartão, tentando vislumbrar os crachás ao redor. "Sino Auxiliar: Abrigo de Primatas." Olhou para a fila ao lado. "Sino Controle: Manutenção e Limpeza." O que ela era? Sino alguma coisa. Havia genética no título. Ela teve um medo tremendo de que, se olhasse para o crachá falso, alguém apontaria para ela e gritaria: "Impostora! Pegue-a!", como uma criança no playground gritando porque a outra fez xixi na calça.

Lá adiante, os jalecos brancos marchavam para a frente, passando os crachás como autômatos. A fila avançava rápido, como na estação de trem. Nesse momento, ela viu outro cenário: seis guardas armados. Três estavam espalhados, um parado em cada fila, examinando cada rosto. Os outros três matavam tempo atrás de uma cerca de alambrado, bebendo café e falando rápido, tirando sarro uns dos outros como funcionários de escritório na cozinha da empresa. Cada homem tinha um fuzil automático pendurado no ombro tão casualmente como se fosse uma bolsa de carteiro cheia de memorandos.

Precisava se concentrar. O crachá. Kate tirou seu cartão e espreitou. "Sino Principal: Divisão Genética." Na fila ao lado, viu um homem alto e loiro, provavelmente com quarenta e poucos anos, segurando um cartão com a mesma divisão. Ele estava várias pessoas atrás dela. Teria de esperá-lo passar e depois segui-lo.

— Senhora...

Estavam falando com ela!

— Senhora. — O guarda apontou para o poste largo com o leitor magnético no alto. Ao lado dela, as pessoas passavam o cartão e seguiam apressadas.

Kate esforçou-se para manter a mão parada quando passou o cartão na fenda. Um som diferente. Uma luz vermelha.

Ao lado dela, mais duas pessoas passaram. Luzes verdes, sem bipe.

O guarda inclinou a cabeça e deu um passo em sua direção.

Suas mãos estavam tremendo visivelmente. "Aja com naturalidade." Ela tirou o cartão da fenda e passou novamente, devagar dessa vez. Luz vermelha. Bipe ruim.

Os guardas atrás da cerca pararam de falar. Estavam olhando para ela. O guarda na fila olhou para trás, para os outros guardas.

Ela tentou alinhar o cartão para outra passada, mas alguém agarrou a mão dela.

— Lá para trás, amorzinho.

Kate ergueu os olhos. O loiro. Ela não conseguia pensar. O que ele disse?

— Eu trabalho aqui — Kate disse rapidamente, olhando ao redor. Todos estavam olhando para eles. Estavam bloqueando duas das três filas.

— É o que espero, de verdade. — O homem pegou o cartão. — Você deve ser nova — ele disse enquanto olhava o cartão. — Nunca vi você ant... Ei, não parece com você.

Kate puxou o cartão com tudo.

— Não... não olhe a foto. Eu, hum, sou nova aqui. — Ela correu a mão pelos cabelos. — Eles usaram uma foto antiga. Eu perdi... um pouco de peso.

— E pelo visto pintou o cabelo — ele disse, desconfiado.

— É, isso... — Kate suspirou fundo. — Espero que você guarde o meu segredo. Loiras são mais divertidas. — Ela tentou sorrir, mas imaginou que parecia mais assustada que confiante.

O homem assentiu e sorriu.

— É, são mesmo.

Lá de trás da fila alguém gritou:

— Ei, Casanova, deixa o papinho furado para depois.

Risadas soaram pela fila. Kate sorriu.

— Como faz? — Ela passou o cartão novamente. Vermelho, bipe. Ela ergueu os olhos.

O homem pegou a mão de Kate, virou o cartão e passou. Verde. Em seguida, ele virou para o poste e passou o próprio cartão. Verde. Hesitante, passou pelos seis guardas de cara feia e Kate seguiu atrás dele.

— Obrigada, doutor…

— Prendergast. Barnaby Prendergast. — Eles viraram em outro corredor.

— Barnaby Prendergast. Eu estava quase para adivinhar.

— Olha, você é bem engraçadinha. — Ele olhou para ela. — Rápida no gatilho para alguém que não conseguia operar um leitor de cartão.

Ele sabia? Kate tentou parecer envergonhada; não foi difícil.

— Armas me deixam nervosa.

— Então vai odiar isto aqui. Parece que todo mundo sem jaleco branco está com uma arma na mão. — Ele disse as últimas palavras com sotaque americano. Passou o cartão e empurrou um par de portas que poderiam estar dividindo seções de um hospital. — Acho que estão prontos até no caso de as árvores atacarem. — Ele bufou e murmurou. — Malditos idiotas.

Diante deles, vários homens gorduchos empurravam jaulas de metal com rodízios no caminho. Kate parou para olhar. As jaulas estavam cheias de chimpanzés. Quando passaram, Kate percebeu que estava sozinha no corredor. Ela correu pelo corredor e viu Barnabus, ou fosse qual fosse seu nome. Ela avançou para alcançá-lo.

Ele parou no terminal leitor de outro par de portas.

— Para onde disse que estava indo, dra. West?

— Eu… não. — Kate deu uma piscadela para ele. Sentiu-se uma idiota. — Aonde você vai?

— Hum, para meu laboratório, na área de vírus. Com quem você está trabalhando aqui? — Ele olhou para ela, confuso. Ou estava examinando a médica?

Kate entrou em pânico. Era muito mais complicado do que pensara no trem. O que ela pensou, que simplesmente entraria ali como se estivesse numa creche e diria: "Estou aqui para buscar duas crianças indonésias"? O conselho de David — Diga a eles que está fora de sua alçada — parecia tão simplista, tão irreal. Era óbvio que dissera aquilo para deixá-la tranquila, tirá-la do trem e fazê-la andar. Mas o que veio ali foi um branco.

— Está fora da sua alçada — ela soltou.

Barnaby estava prestes a passar o cartão, mas puxou para cima e deixou o cartão balançando no ar.

— Desculpe? — Ele olhou para ela, em seguida olhou ao redor como se tentasse imaginar de que direção viera aquele som.

Kate teve o impulso de correr o mais rápido que podia para longe dele, mas não tinha ideia para onde ir. Precisava descobrir onde eles mantinham as crianças.

— Estou fazendo pesquisas sobre autismo.

Barnaby deixou o cartão cair ao lado do corpo e virou para encarar Kate.

— Sério? Não conheço nenhuma pesquisa de autismo.

— Com o dr. Grey.

— Dr. Grey? — Os olhos de Barnaby se reviraram enquanto pensava. — Nunca ouvi falar dele... — Sua expressão desconfiada se dissipou aos poucos enquanto ele caminhava até um telefone branco na parede ao lado da porta. Ele estendeu a mão para trás para pegar o fone.

— Talvez eu devesse... hum... achar alguém para ajudá-la a encontrar sua sala.

— Não!

O rompante de Kate deixou-o perplexo.

— Não. Não estou perdida. Estou trabalhando... com duas crianças.

Ele voltou a abaixar as mãos ao lado do corpo.

— Ah, então é verdade. Ouvimos rumores, mas todo mundo é tão *discreto* sobre isso. Tão misterioso.

Ele não sabia sobre as crianças. O que isso significava? Kate precisava ganhar tempo, precisava pensar.

— Hum, é mesmo. Desculpe, não posso falar mais nada.

— Bem, com certeza não é da minha alçada, como você disse. — Ele murmurou mais alguma coisa, talvez "como se você soubesse o que é da minha alçada". — Mas, honestamente, preciso dizer, o que você estaria fazendo com crianças num lugar como este? Estamos falando sobre uma taxa de sobrevivência de zero por cento. *Zero por cento.* Imagino que sua "alçada" justifique isso. Não é?

Um novo pensamento assolou Kate, um horror que ela não havia considerado: taxa de sobrevivência de zero por cento. As crianças talvez já estivessem mortas.

— Você me ouviu?

Mas Kate não conseguia responder. Apenas ficou lá em pé, paralisada.

Ele conseguiu enxergar... o medo em seus olhos. Ele inclinou a cabeça.

— Sabe, tem alguma coisa estranha em você. Tem algo errado aqui.

Ele estendeu o braço. Pegou o telefone.

Kate saltou sobre ele, arrancando o telefone das mãos do homem.

Os olhos dele se arregalaram, um olhar de *como ousa?*

Kate olhou ao redor. As palavras de David — *Eles podem ouvir* — ecoaram em sua cabeça. Talvez já fosse tarde demais. Ela pôs o telefone no gancho e deu um abraço em Barnaby, sussurrando em seu ouvido:

— Ouça. Duas crianças estão sendo mantidas aqui. Estão em perigo. Estou aqui para resgatá-las.

Ele a empurrou para longe.

— O quê? Você está louca?!?

Ele olhou exatamente da maneira que Kate fez dois dias antes, naquela van, quando David a questionou.

Ela se aproximou de novo.

— Por favor. Precisa confiar em mim. Preciso de sua ajuda. Preciso encontrar essas crianças.

Ele examinou o rosto dela. Sua boca formou um bico, como se ele tivesse experimentado algo horrível e não pudesse cuspir.

— Olhe, eu não sei o que você está fazendo, se é algum treinamento de segurança ou joguinho doentio, mas eu disse que não sei nada sobre essas crianças, nem que existiam. Só ouvi rumores.

— Onde eles os prenderiam?

— Não faço ideia. Nunca vi os pacientes. Só tenho acesso aos laboratórios.

— Pense. Por favor, preciso de sua ajuda.

— Não sei... as alas residenciais, talvez.

— Me leve até lá.

Ele abanou o cartão para ela.

— Alô? Eu não tenho acesso. Acabei de dizer, só posso entrar nos laboratórios.

Kate olhou para o próprio cartão.

— Aposto que eu posso.

O segurança observou quando a mulher abordou o homem, tirou o telefone dele, em seguida agarrou-o e sussurrou no ouvido dele — possivelmente uma ameaça. O homem certamente parecia assustado. Tinham acabado de assistir a outro seminário sobre assédio sexual, mas foi mais sobre homens obrigando mulheres a fazer sexo com eles. Então, não era o caso. Mas talvez fosse alguma coisa. O guarda pegou o telefone.

— Sim, aqui é do Posto Sete; acho que teremos problemas no Sino Principal.

Capítulo 52

Complexo de Pesquisa da Immari Corp.
Próximo a Burang, China
Região Autônoma do Tibete

David aguardava na fila enquanto passavam pelos guardas da segurança. A estrutura era imensa — além de qualquer coisa que ele havia esperado. Três torres de resfriamento gigantes, no formato de vasos, soltavam fumaça branca no céu. Elas ultrapassavam os prédios em tamanho.

O complexo devia ser uma espécie de centro hospitalar/médico e usina energética. Outros trens chegavam de outras linhas. Era provável que todo o pessoal fosse trazido de fora; havia uma zona muito ampla de quarentena ao redor do complexo, talvez com uns cento e sessenta quilômetros. Por quê? O custo era descomunal. Construir algo assim no meio do nada e transportar suprimentos e pessoal para dentro dele todos os dias?

— Senhor!

David ergueu os olhos. Era sua vez. Ele passou o cartão. Sinal vermelho. Estava ao contrário. Ele virou o cartão e conseguiu um bipe com luz verde.

Ele avançou para dentro do prédio. Agora, a parte difícil: aonde ir?

Outro pensamento deu sinal no fundo da mente: Kate. Ela estava numa situação além de suas forças. Precisava terminar sua parte e buscá-la, rápido.

Ele encontrou um mapa na parede: rota de fuga de emergência. Não havia sala de reator no andar. De fato, com base na localização das torres de vapor d'água, ele não acreditava que era naquele prédio.

Ele saiu do corredor principal, seguindo o fluxo da maioria dos homens, para uma área aberta com fileiras de armários. A maioria dos guardas estava conversando ou pegando armas e rádios e partindo.

Ele ouviu alguns guardas falando sobre a usina energética, e ele os seguiu, pegando um rádio e a pistola da prateleira antes de sair. A saída traseira para o prédio baixo da segurança abria-se para um pequeno pátio e David teve um vislumbre dos três prédios adiante: a enorme usina energética; um prédio sem muitas janelas, talvez um centro médico; e um prédio menor com janelas e a bandeira da Immari Corporate tremulando no topo — provavelmente o centro administrativo.

Os homens diante dele estavam entretidos numa conversa.

David estendeu a mão para trás e sentiu a mochila, imaginando se teria explosivos o suficiente. Provavelmente não. O lugar era maior do que esperava.

Na entrada da usina energética, um guarda obeso estava sentado num banco de bar, inspecionando crachás e consultando uma página impressa num púlpito diante dele. Ele estendeu os dedos grossos para David sem dizer uma palavra.

David entregou o crachá. Na fila fora do trem, ele riscara grande parte da foto, apenas por precaução.

— O que aconteceu com seu crachá?

— Meu cachorro.

O homem bufou e começou a buscar na lista. Seu rosto se contorceu lentamente, como se a lista tivesse mudado para uma língua que ele não conseguiria ler.

— Não tem seu nome aqui para hoje.

— Foi o que eu disse quando eles me acordaram hoje de manhã. Agora, se está dizendo que eu posso ir, vou embora. — David estendeu a mão para pegar o crachá.

O homem com a lista ergueu a mão gorducha.

— Não, espere aí.

Ele enterrou a cabeça na lista novamente e pegou uma caneta de trás da orelha. Ele olhava do crachá para a lista a cada poucos segundos, rabiscando "Conner Anderson" no final da página com letras de fôrma infantis. Devolveu o crachá para David e a mão gorducha chamou o próximo cara da fila.

A próxima sala era uma espécie de saguão, com uma recepcionista no balcão e dois guardas conversando. Eles o encararam quando ele passou, em seguida retomaram a conversa. David encontrou outro cartaz com a rota de evacuação de emergência e começou a rumar para a seção do reator.

Para seu alívio, seu cartão funcionou em cada porta em que ele passou. Estava quase na sala do reator.

— Ei, pare aí.

David virou-se. Era um dos guardas do saguão.

— Quem é você?

— Conner Anderson.

O guarda olhou confuso, em seguida sacou a arma.

— Não é, não. Parado aí.

Capítulo 53

Barnaby parecia mais assustado que Kate. De alguma forma, aquilo fazia com que ela se sentisse mais confiante, sendo a líder da conspiração.

Sua confiança recém-descoberta dissipou-se um pouco quando ela viu o guarda asiático magro lendo uma revista em quadrinhos do outro lado das portas duplas na ala residencial. Quando ele os viu, jogou a pilha fina de páginas na mesa e observo-os se aproximar do leitor de cartão na parede.

Kate encostou o cartão. Verde.

Ela empurrou a porta e deu um passo para dentro. Barnaby seguiu no seu encalço.

— Não! Você... você passa cartão também! — O guarda apontou para Barnaby, cujos olhos se arregalaram quando ele deu um passo para trás, como se estivesse prestes a tomar um tiro.

— Você passa cartão. — O homem apontou para o leitor.

Barnaby pegou seu cartão pendurado no peito, em seguida passou-o. Vermelho.

O guarda se levantou.

— Crachá.

Ele estendeu a mão para Barnaby.

O cientista loiro ficou de costas para a parede, soltando o crachá.

— Ela me obrigou a fazer isso. Ela é louca!

Kate ficou entre eles.

— Tudo bem, Barnaby. — Ela pegou o crachá do chão e entregou para ele. — Queria que ele viesse comigo para trabalhar, mas tudo bem. — Ela encostou a mão na lombar dele e o empurrou para a frente. — Tudo bem. Vejo você mais tarde, Barnaby. — Ela se virou para o guarda, ergueu o crachá e passou-o de novo pelo leitor. — Viu... verde. — Ela empurrou a porta, passou e esperou um segundo.

As portas permaneceram fechadas; talvez estivesse segura. Kate avançou para dentro da ala. A cada seis metros mais ou menos havia uma porta grande, aparentemente um corredor para outra área. Pelo que seus olhos conseguiam enxergar, era o mesmo: portas e corredores simétricos. E havia o silêncio, uma espécie enervante de silêncio.

Ela passou o cartão na porta mais próxima e aventurou-se lá dentro. Era uma espécie de alojamento ou... dormitório universitário... foi o que veio à mente. Ela estava em pé em uma grande sala comunitária que levava a seis salas menores, cada qual com beliches. Não, não eram bem como dormitórios... eram vazios demais, mais pareciam celas de uma prisão. E estavam vazias. Abandonadas, aparentemente. As celas estavam desarrumadas: cobertores e roupas espalhados no chão, pertences pessoais jogados nas pequenas pias ao lado dos beliches. Parecia que seus ocupantes haviam saído às pressas.

Kate saiu da sala e voltou a caminhar por um tempo no corredor principal. Seus tênis soltavam um guincho a cada passo que dava. À distância ela ouviu vozes. Precisava avançar até elas, mas uma parte dela resistia. Era seguro ali nos quartos vazios, sem pessoas.

Ela virou no próximo "cruzamento" e caminhou na direção da conversa. Conseguia ver agora, algo como uma área de atendimento num hospital: um balcão alto com prontuários sobre ele e duas ou três mulheres lá atrás.

Ela ouviu outro som de outra direção — o estalar alto e rítmico de botas ecoando no corredor vazio. Estavam se aproximando. Ela chegou perto das enfermeiras. Ouviu suas vozes:

— Eles querem que todos saibam.

— Eu sei.

— Foi o que eu disse.

— Nada do que fazem tem sentido.

— Eles nem mesmo estão tratando…

Kate virou-se — as botas atrás dela. Seis homens, guardas. Estavam correndo na direção dela, armas na mão.

— Pare onde está!

Ela poderia correr e talvez chegar até o balcão de atendimento. Os guardas estavam se aproximando rápido agora, a uns seis metros de distância. Ela deu um passo, em seguida outro, mas eles já estavam lá, apontando as armas para ela.

Kate ergueu as mãos.

Capítulo 54

David ergueu as mãos.

O guarda apontou a arma para ele e se aproximou.

— Você não é Conner Anderson.

— Não brinca — David disse baixinho. — Agora, abaixe a arma e cale a boca; eles podem estar ouvindo.

O guarda parou de se mover e olhou para baixo, confuso.

— O quê?

— Ele me disse que eu precisava ir até o cara.

— O quê?

— Olha, nós tivemos uma noite e tanto. Ele disse que estaria ferrado se eu não viesse — David insistiu.

— Quem é você?

— Um amigo. Você deve ser o amigo *realmente* esperto dele aqui.

— O quê?

— É tudo que você consegue dizer? Olha, abaixe a arma e aja naturalmente.

— Conner não está escalado para hoje.

— Sim, disso eu sei, gênio. Mais uma cagada do bêbado. Vou matar ele, se vocês, idiotas, não me matarem primeiro. — David inclinou as mãos para a frente e assentiu, dizendo baixinho:

— *Bem, é você ou não é?*

O guarda não falou nada.

— Cara, me dá um tiro logo ou me deixa ir embora.

O homem, relutante, voltou com a arma para o coldre, ainda parecendo muito insatisfeito.

— Aonde você vai?

David foi até ele.

— Vou dar o fora; qual é o caminho mais rápido?

O homem virou e apontou, mas não disse uma palavra. David acertou-o com uma pancada certeira na base do crânio.

Ele precisava avançar rápido agora. Correu mais para dentro das instalações. Havia outro problema, um que ele empurrou para o fundo da mente, dadas as questões de sobrevivência mais urgentes. Mas agora precisava pensar em *como* cortar a energia. Sua melhor ideia era não atacar os reatores nucleares diretamente; era muito provável que estivessem isolados e bem protegidos, supondo que ele conseguisse chegar perto deles. E havia três. As linhas de abastecimento eram sua melhor chance. Se ele explodisse as linhas, cortaria a energia para todo o complexo em caráter permanente, inclusive qualquer energia que pudessem ter armazenada no reator. Mas ele estava em ambiente desconhecido. E se as linhas estivessem enterradas sob o complexo ou fora de alcance? Ou passassem por uma construção com segurança pesada fora do prédio do reator? Ele as conheceria se as visse? Havia muitos "ses"...

David encontrou outro esquema na parede e observou as áreas. Reator 1, Reator 2, Reator 3, Turbina, Sala de Controle, Sala de Circuito Principal... "Sala de Circuito" — talvez funcionasse. Estava posicionada diante dos reatores e parecia que as linhas de cada reator corriam para ela.

Ele se afastou do mapa bem quando dois guardas entraram no corredor e marcharam na sua direção. Ele assentiu e partiu para a sala de circuito. Quando se aproximou, conseguiu ouvir o roncar baixo das máquinas e o zumbido da energia de alta voltagem. Parecia atravessar as paredes e passar pelo solo. O chão não vibrava, mas, quando ele passou o crachá e entrou na sala, seu corpo começou a tremer com a vibração das máquinas gigantescas.

Lá dentro, a sala era imensa — e atulhada. Tubos e conduítes de metal pareciam serpentear em todas as direções, zumbindo e estalando de quando em quando. Ele se sentiu reduzido e lançado dentro de uma placa de circuito impresso.

David entrou na sala e posicionou as bombas nos conduítes maiores, nos pontos em que entravam no recinto. Havia vários "armários" de metal, por falta de palavra melhor. Ele implantou bombas neles também. Tinha apenas poucos explosivos restantes. Seriam suficientes? Quanto tempo? Ele configurou o detonador para cinco minutos e escondeu-o atrás do armário. Onde colocar os últimos explosivos?

Ouviu outro barulho além do ruído das linhas. Ou talvez não. Ele pegou outro explosivo e o empurrou entre duas linhas menores. Segurou-o por um segundo, tirando a mão lentamente para ter certeza de que ficaria ali.

De canto de olho ele os viu — três guardas, na sala, aproximando-se rápido. Não poderia se livrar da situação com conversa dessa vez.

Capítulo 55

Os seis guardas cercaram Kate.

Um homem disse no rádio:

— Nós a encontramos. Ela estava vagando no corredor 2.

— O que você está fazendo? — Kate protestou.

— Venha conosco — disse o homem com o rádio.

Dois dos guardas a pegaram pelos braços e começaram a afastá-la das vozes das enfermeiras no balcão.

— Pare!

Kate virou para ver uma mulher correndo atrás deles. Era jovem, talvez tivesse vinte anos. Estava vestida de forma tão... equivocada, tão provocante, como uma espécie de coelhinha da Playboy. Parecia um peixe fora d'água.

— Vou levá-la — ela disse para os homens.

— Quem é você?

— Naomi. Trabalho para o sr. Sloane.

— Nunca ouvi falar dele. — O guarda que obviamente estava na liderança virou-se para outro homem. — Vamos levá-la também.

— Vão se arrepender se fizerem isso — Naomi falou. — Informe-se. Eu espero. Peça para o seu chefe ligar para o sr. Sloane.

Os guardas se olharam.

Naomi pegou um dos rádios.

— Deixe que eu faço isso. — Ela apertou o botão. — Aqui é Naomi, preciso falar com o sr. Sloane.

— Um minuto.

— Sloane.

— Aqui é Naomi. Estou levando uma garota até você, mas tem um bando de guardas aqui nos incomodando.

— Espere. — Em seguida, a voz de Sloane falou para alguém ao fundo. — Diga aos seus bobos da corte para parar de incomodar meu pessoal.

Outra voz entrou na linha.

— Aqui é o capitão Zhào. Quem está aí?

Naomi tentou entregar o rádio de volta para o homem, mas ele se afastou, desviando como se fosse uma praga. Naomi jogou-o para o homem que havia falado.

— Boa sorte. — Ela pegou Kate pelo braço e disse baixinho: — Fique quieta e me siga.

Naomi levou Kate para longe dos guardas, que estavam tentando se desculpar desesperadamente com o homem do rádio.

Elas viraram à direita, em seguida à esquerda, atravessaram outro corredor deserto. Naomi pediu para Kate passar o crachá em um par de portas.

— Quem é você? — Kate perguntou.

— Não importa. Estou aqui para ajudá-la a tirar as crianças daqui.

— Quem enviou você?

— A mesma pessoa que mandou os crachás para vocês.

— Obrigada. — Foi tudo que Kate pôde pensar para dizer.

A mulher assentiu. Abriu uma porta, e Kate ouviu Adi e Surya falando lá dentro. Seu coração começou a palpitar. A porta se abriu e lá estavam eles, sentados à mesa numa sala de paredes caiadas. Kate correu para dentro, ajoelhou-se para abraçá-los e, sem dizer uma palavra, eles correram para ela e saltaram em seus braços, derrubando-a. Estavam vivos. Ela conseguiria. Conseguiria salvá-los. Kate sentiu a mão firme erguê-la.

— Desculpe, mas não temos tempo. Temos de nos apressar — Naomi disse.

Capítulo 56

O chefe de segurança entregou o rádio para Dorian.

— Eles não vão mais causar problemas para a garota. Peço desculpas por isso, sr. Sloane. São tantas caras novas, não sabemos bem…

— Poupe-me. — Dorian voltou-se para o cientista nuclear, dr. Chase. — Continue.

— Os embarques que recebemos do norte… não sei bem se poderemos usá-los.

— Por que não?

— As armas de Belarus foram alteradas. Se tivéssemos tempo, talvez pudéssemos desmontá-las e arrumá-las.

— O que resta? — Dorian perguntou.

— Os dispositivos ucranianos e russos parecem o.k., mas são antigos. E o embarque da China era impecável, modelos muito recentes. Como o senhor…?

— Esqueça isso. Números?

— Vamos ver. — Ele observou uma impressão. — Cento e vinte e seis ogivas no total. E a maioria tem um desempenho extremamente alto. Seria útil saber o alvo, do contrário não poderei…

— E as bombas portáteis?

— Ah, sim, nós as conseguimos. — Dr. Chase acenou para um assistente no outro lado da sala. O jovem saiu e voltou carregando um ovo de prata tamanho família, um pouco menor que um carrinho de compras. O homem mal conseguia segurar o ovo escorregadio com os braços, então ele o carregava como uma pilha de lenha, inclinando-se para trás para garantir que não rolasse dos braços curvados. Quando chegou à mesa, ele pousou o ovo nela e se afastou, mas o ovo cambaleou desajeitadamente, em seguida rolou para a beirada. O assistente lançou-se para a frente e segurou-o com uma das mãos.

Dr. Chase pôs as mãos nos bolsos, assentiu uma vez para Dorian e sorriu na expectativa.

Dorian fuzilou o ovo com o olhar, em seguida se virou para dr. Chase.

— Que diabos é isso?

O cientista tirou as mãos dos bolsos e deu um passo na direção do ovo, apontando para ele.

— É o… dispositivo portátil que o senhor pediu. Tem sete quilos e quatrocentos, cerca de dezesseis libras. — Ele balançou a cabeça. — Só não conseguimos diminuí-lo mais; bem, se tivéssemos tempo…

Dorian recostou-se na cadeira, olhando do ovo para o cientista.

— Tem algo errado com ele? Temos o outro…

— Portátil. Preciso de duas bombas portáteis.

— Ah, e de fato são. O senhor viu Harvey carregando-o. Claro que é um pouco volumoso, mas…

— A curto prazo e numa mochila, não um ovo mágico que um ogro poderia botar num pântano. Quanto tempo para deixá-lo menor… como algo que possa de fato se encaixar numa *valise*, doutor? Essa é a palavra-chave, *valise*.

— Hum, bem… o senhor nunca disse… — O homem olhou para o ovo.

— Quanto tempo? — Dorian pressionou.

— Alguns dias, se…

— Sr. Sloane, temos um problema na usina. O senhor precisa ver isso.

Dorian rolou a cadeira até o tablet que o chefe de segurança tinha na mão. Atrás dele, ouviu o cientista caminhando e reclamando para Harvey.

— Não é como nos filmes, nos quais você só "prende o fio verde", enfia numa mochila e parte para escalar o Everest, eu digo que temos... — Dorian bloqueou a voz do cientista e se concentrou no vídeo no tablet: um homem movendo-se através de alguma sala de máquinas.

— Onde é isso?

— A sala de circuito principal do lado de fora dos reatores. Tem mais. — O chefe de segurança voltou o vídeo.

Dorian observou o homem plantar uma série de explosivos. Havia algo mais. Dorian tocou o tablet, pausou o vídeo, deu zoom no rosto. Não podia ser.

— O senhor o reconhece?

Dorian examinou o rosto e relembrou um vilarejo de encosta ao norte do Paquistão, as chamas se erguendo de cada cabana, as mulheres e crianças correndo, os homens caídos na frente das casas queimando... e um homem atirando atrás dele. Ele se lembrou de ter atirado nele, não sabia quantas vezes. E de ter terminado o trabalho.

— Sim, eu o conheço. Seu nome é Andrew Reed. Ele é um ex-agente de campo da CIA. Vai precisar de muito mais homens para contê-lo.

— Atiramos para matar?

Dorian afastou os olhos, ausente. Ao fundo, ouviu o rádio estalar e os homens da segurança gritarem ordens. Reed estava lá, tentando cortar a energia. Ele não agiria sozinho. Onde andou nos últimos quatro anos... se não estava morto? Por que a energia?

O chefe de segurança inclinou-se.

— Temos os explosivos e o temporizador. Estamos tirando todos do prédio. Analisamos as gravações de segurança desde que ele entrou... eles são a única ameaça. Estamos cercando o homem. O senhor quer que nós...

— Não atire nele. Onde está agora? — Dorian quis saber.

O chefe ergueu o tablet, apontando um local no mapa.

Dorian bateu em outro local no mapa.

— Que sala é esta?

— Um dos corredores do reator, apenas uma passagem entre os reatores 1 e 2.

Dorian apontou para duas grandes portas de lados opostos.

— Essas são as únicas duas entradas e saídas?

— São. E a sala tem paredes de concreto com três metros de espessura em todos os lados.

— Perfeito. Leve-o até lá e feche a porta — Dorian disse. O que ele estava perdendo? Esperou enquanto o chefe da segurança informasse pelo rádio. As crianças. — Qual a situação das crianças?

O chefe pareceu confuso com a pergunta.

— Na cela de detenção.

— Mostre.

O chefe deu vários toques no tablet. Em seguida, ergueu o rosto com uma expressão de surpresa.

— Encontre-as — Dorian falou.

O chefe gritou no rádio. Esperaram alguns momentos, o rádio guinchou algumas vezes, e o chefe digitou algo no tablet, erguendo-o para Dorian assim que outro vídeo começou: Naomi e, com ela, Kate Warner e as crianças. Era a pior notícia ou a melhor notícia de todos os tempos?

O chefe estava gritando no rádio com a outra mão.

Dorian pensou. Seriam apenas os dois?

— Vamos pegá-los num instante, senhor. Não sei como…

Dorian ergueu a mão, sem olhar para o homem.

— Pare de falar.

O que fazer? Obviamente ainda havia uma brecha na segurança, uma séria. E havia apenas poucos suspeitos. Dorian foi até um dos funcionários que havia trazido consigo.

— Logan, envie um memorando para o conselho da Immari: "Complexo da China sob ataque. Estamos tentando resolver, mas possivelmente todas as capacidades de pesquisa serão destruídas. Assim sendo, proceder com o Protocolo Toba a toda velocidade. Postaremos mais atualizações quando os eventos se desenrolarem". Inclua os vídeos do homem na usina de energia e das duas garotas tentando levar as crianças. Quero saber imediatamente quando alguém responder.

O chefe deu um giro sobre os calcanhares.

— Já temos eles, senhor.

— Ótimo trabalho, de verdade — Dorian disse, caçoando.

O chefe engoliu em seco e disse com menos confiança.

— Nós deveríamos…

— Leve as duas garotas para o Sino, coloque-as com todos os outros pacientes que estão prontos, mas garanta que as duas entrem. Quero que sejam as primeiras da fila. Em seguida, acione a alavanca o mais rápido possível… diga a Chang que não tem desculpa. — Dorian fez uma pausa. Kate Warner, na sala do Sino, era uma vingança doce, tão doce. E não havia nada que Martin pudesse fazer. Logo, não haveria nada que se pudesse fazer. De fato, as coisas estavam se saindo melhor do que ele poderia ter planejado. Dorian foi até o dr. Chase. — Todas as ogivas estão nos vagões?

— Sim, exceto pelos dispositivos de Belarus e… os portáteis…

— Ótimo. — Dorian voltou-se para o chefe. — Ponha as crianças no vagão com as ogivas e mande-o para longe daqui agora. — Ele se virou para o dr. Chase. — Espero que o senhor esteja no trem também e, quando chegar à costa, aqueles ovos caberão numa mochila ou o senhor vai caber. Entendeu?

Dr. Chase assentiu e desviou o olhar.

O chefe ouviu, em seguida abaixou o rádio na lateral.

— O sabotador está trancado no corredor 2 do reator.

— Tudo bem. Segure os vagões remanescentes. Precisaremos deles para transportar outra coisa. — Dorian foi até Dmitry Kozlov, subcomandante da unidade pessoal de Dorian da Immari Security.

— Quando o Sino estiver terminado, carregue os corpos naqueles vagões e mande-os embora — Dorian disse. — Precisamos estabelecer uma zona de carga, provavelmente no norte da Índia, em algum lugar com acesso a aeroportos.

— E o restante da equipe aqui?

— Estive pensando sobre isso — Dorian comentou enquanto levava Dmitry para longe de qualquer outro da equipe. — São um problema. Não podemos deixar ninguém partir até o Toba estar em pleno funcionamento. Temos outra questão. Há apenas cento e dezenove pacientes humanos aqui.

O homem viu a implicação de imediato.

— Não há corpos o bastante.

— Não chegam nem perto. Acho que podemos resolver as duas questões, mas não será fácil.

Dmitry assentiu e olhou para os cientistas que perambulavam no laboratório.

— Levar a equipe para o Sino? Concordo. Exigiria que a equipe de Chang operasse as máquinas... com seu pessoal. Possível, mas pode ficar feio. Há ao menos cem pessoas da segurança no local. Eles não irão sem protestos, mesmo que os separarmos e orquestrarmos como um exercício.

— De quantos você precisa? — Dorian perguntou.

— Cinquenta, talvez sessenta homens. Os agentes de campo da Immari Security ou da Clocktower seriam ideais. A Immari Security está limpando a Estação da Clocktower em Nova Déli. Devemos conseguir arregimentar os agentes de campo que restaram.

— Providencie — Dorian disse enquanto se afastava.

— Onde o senhor estará?

— Alguém dentro da Immari deve estar trabalhando com Reed. Vou descobrir quem é.

Capítulo 57

Kate gritou quando os seguranças arrancaram as crianças de suas mãos e a jogaram no chão. Ela arranhou o rosto deles e chutou. Não poderia perdê-los de novo. Precisava lutar.

— Não, para o trem — um dos guardas disse. Os garotos tentaram resistir e fugir.

Kate estendeu as mãos para eles, mas um homem prendeu seus braços. Outro homem correu até Kate e ela viu o cabo de um fuzil vindo na direção do seu rosto.

A sala era escura e cheia. Kate estava sendo esmagada por pessoas de todos os lados. Ela acotovelou pessoas à esquerda e à direita, mas ninguém respondia — estavam mortos em pé. Eles teriam caído se não estivessem tão apertados.

Acima dela, Kate ouviu um estrondo alto. Um imenso dispositivo de metal estava descendo do teto. Havia luzes que piscavam no alto, com estrondos sincronizados. Ela conseguia sentir os *buns* no peito e nos corpos dos zumbis reunidos ao redor dela.

As crianças estavam ali? Ela olhou ao redor. Não conseguia ver ninguém, apenas rostos impassíveis, meio acordados. Então: Naomi. A mulher confiante que a havia resgatado parecia aterrorizada.

Os estrondos repetidos lá em cima ficavam cada vez mais ensurdecedores, a luz cegante. Kate sentiu a carne ao redor dela se aquecer. Ela ergueu a mão para enxugar o suor do rosto, mas a mão já estava tão úmida, coberta com algo espesso, quase grudento — sangue.

Capítulo 58

As portas de concreto para o corredor do reator fecharam com um estrondo alto. O som era quase audível sobre o retumbar dos reatores gigantescos. David caminhou mais para dentro da sala, examinando o local de sua última defesa. Talvez Kate tivesse saído.

Ele tirou o pente da arma. Duas balas. Deveria guardar a última? As drogas que usaram em Kate eram sérias. Quem saberia o que eles poderiam fazer. Tinha conhecimento de informações valiosas. Era um motivo altruísta, mas havia outros. Ele afastou o pensamento da mente. Enfrentaria a situação quando ela se apresentasse.

Caminhou pela sala — a passagem entre os dois reatores gigantes. Lembrava um ginásio de ensino médio com um pé-direito alto dominado por uma armação de metal. Tinha o formato de uma ampulheta; a sala era quase retangular, salvo por dois recuos arredondados próximos do centro — as grossas paredes de concreto dos dois reatores. Havia duas entradas, as duas com portas de concreto que deslizavam para cima e para baixo — uma na frente e outra ao fundo da sala. As paredes altas e lisas que cercavam as portas eram pontuadas por conduítes e tubos de metal que eram em sua maioria prateados, com alguns azuis e vermelhos misturados, dando a impressão de veias varicosas destacando-se de uma testa grisalha sobre a boca da porta.

— Olá, Andrew — uma voz ribombou do alto-falante, sem dúvida pensado para alertas de evacuação. David conhecia aquela voz: alguém pré-Clocktower. Mas ele não conseguia identificá-la.

David precisava ganhar tempo. Era a única coisa que poderia ajudar Kate.

— Esse não é mais meu nome. — Ele ouviu os reatores em cada lado rugir, vivos. Ele imaginou se a "voz" poderia ouvi-lo com todo aquele ruído.

Quanto tempo passou? As bombas explodiriam logo. Cortar a energia selaria seu destino, mas poderia ajudar Kate.

— Estamos com a garota. E encontramos suas bombas. Não foi muito criativo. Eu teria esperado mais de você.

David olhou ao redor. A voz estava mentindo? Por que contar para ele? O que ele poderia fazer? Atirar nos reatores? Ideia estúpida com as paredes maciças de concreto. Atirar em um dos conduítes, esperando dar sorte? Improvável. O teto? Inútil.

A voz queria algo dele; por que mais o questionaria? Talvez a voz estivesse mentindo. Kate poderia estar esperando por ele no trem. Talvez ele não estivesse com ela.

— O que você quer? — David gritou.

— Quem enviou você aqui? — a voz retumbou a pergunta.

— Libere a mulher e eu conto.

A voz gargalhou.

— Claro, combinado.

— Parece bom, desça aqui e faremos uma declaração formal. Posso até tirar uma foto sua. Também consegui o endereço de e-mail dele.

— Se eu tiver que entrar aí, vou te espancar até arrancar o que quero. Meu cronograma está apertado. Sem tempo para diversão.

Os reatores ficaram mais altos. Deveriam soar desse jeito?

A voz continuou:

— Você não tem opções, Andrew. Nós dois sabemos disso. Mas você ainda resiste. Esse é seu problema, sua fraqueza. Você é o último idiota de uma causa perdida. Apela para sua fantasia de resgate. Aldeões paquistaneses, crianças jacartesas, você sempre procura essas coisas. Como você se compadece, sente-se uma vítima… essa é sua mentalidade. Acha que, se você se acertar com as pessoas que o enganaram, ficará completo. Mas não ficará. Acabou. Sabe que é verdade. Ouça a minha voz. Você sabe quem sou. Eu cumpro minhas promessas. Vou dar à garota uma morte rápida, prometo. É o melhor que você pode fazer aqui. Diga quem foi. É sua última chance.

Interrogação-padrão: destrinche seu tema, afirme superioridade e convença-os de que falar é a única opção. De fato, *era* bastante convincente nesse momento. David sabia que eles poderiam simplesmente sufocá-lo com gás, lançar uma granada lá dentro ou mandar soldados espancá-lo com alguns guardas. Ele não tinha opções. Mas agora lembrou quem era o homem atrás do microfone: Dorian Sloane, o comandante de campo da Immari no Afeganistão e no Paquistão. Ele deveria ter imaginado que Sloane correria a região inteira pela Immari Security nesse momento. Ele era implacável, capaz… e vaidoso. David poderia usar isso? Sua melhor opção era arriscar para ganhar tempo, apostar na chance remota de que algo aconteceria. Ou que Sloane estivesse mentindo e Kate escapasse.

— Vou contar uma coisa para você, Sloane, acho que tem um talento desperdiçado. A psicanálise… incrível. Você realmente fez com que eu questionasse minha vida toda. Posso ter um tempinho para contemplar as questões mais profundas nas quais você tocou? Digo…

— Pare de desperdiçar meu tempo, Andrew. Não vai adiantar para você ou para ela. Você ouve o barulho desses reatores aumentando? É o som da energia fluindo para a máquina que está matando Kate neste momento. Só tem você, agora. E a Clocktower caiu há algumas horas. Agora, me diga…

— Nesse caso, você está desperdiçando meu tempo. Eu não tenho nada a dizer. — David cerrou os dentes e jogou a arma no chão. Ela deslizou até a porta mais distante. — Quer tentar me espancar até que eu fale, venha aqui embaixo e tente a sorte. Estou desarmado. Talvez você tenha uma chance. — Ele ficou no meio da sala em formato de ampulheta, olhando de porta para porta, imaginando qual delas abriria primeiro… e se ele conseguiria chegar até ela quando se abrisse.

O reator rugiu ainda mais alto e David sentiu o calor irradiando dele. Era mau funcionamento? Atrás dele, uma porta de concreto estrondou, erguendo-se do recuo de um metro no chão. A arma estava na porta oposta.

David correu até a porta que se abria. Doze metros de distância. Nove metros. Era sua única opção: deslizar sob ela e lutar corpo a corpo, em seguida tentar fugir do perímetro que haviam definido. Seis metros.

Sloane abaixou-se sob a porta e se levantou, uma arma na mão direita diante do corpo. Ele deu três tiros rápidos. O primeiro acertou David no ombro, impedindo seu avanço instantaneamente, derrubando-o no chão de concreto. O sangue espalhou-se embaixo dele enquanto ele rolava para lá e para cá, esforçando-se para se erguer, mas Sloane já estava sobre ele, chutando as pernas de David para ele ficar no chão.

— Quem te contou sobre este lugar?

David mal podia ouvi-lo com o ruído dos reatores. Seu ombro latejava. O ferimento não parecia ferimento; parecia um pedaço dele que havia sido estourado. Mal conseguia sentir o braço esquerdo.

Sloane apontou a arma para a perna esquerda de David.

— Ao menos morra com alguma dignidade, Andrew. Diga, e eu acabo com isso.

David tentou pensar. "Preciso ganhar tempo."

— Não tenho um nome.

Sloane aproximou a arma da perna de David.

— Mas… eu tenho um endereço de IP. É como eu me comunicava com ele.

Sloane se afastou, considerando.

David suspirou mais algumas vezes.

— Está no meu bolso esquerdo, vai ter que pegá-lo. — Ele apontou para o braço.

Sloane inclinou-se sobre ele e puxou o gatilho, cravando uma bala na perna de David.

David retorceu-se loucamente no chão, gritando de dor. Sloane circulou-o.

— Pare. De. Mentir. Para. Mim.

Como David não disse nada, Sloane ergueu a bota e acertou a testa de David, fazendo o crânio do homem bater no chão de concreto. David viu estrelas. Sabia que desmaiaria logo. Sobre eles, os reatores haviam mudado seu ruído, um som diferente. Sloane olhou para cima. Uma sirene soou pouco antes de uma explosão sacudir a sala, derrubando lascas de concreto e destroços de metal em todos os lugares. Gás jorrou dos canos e paredes, enchendo a sala de fumaça. A outra porta abriu e as pessoas estavam correndo por ela.

David rolou de bruços e arrastou-se com uma das mãos e uma perna, puxando o braço frouxo e a perna morta. A dor quase o apagou. Ele precisava parar, engolir e tomar fôlego. Arrastou-se mais alguns metros. Tentou não inalar a poeira e a sujeira que cobria o chão. Sabia que estavam entrando nos buracos da perna e do ombro, mas não importava, ele precisava sair. Viu Sloane abanando a fumaça, avançando pela sala.

Outra explosão.

Outro reator?

A fumaça era densa demais para ver qualquer coisa agora.

Uma conversa à distância.

— Senhor, precisamos evacuar, há um problema...

— Está bem. Dê sua arma.

Tiros para todos os lados. Nas paredes, no chão. David ficou paralisado. Segurou a cabeça parada contra o chão como se ouvisse, esperasse algum sinal. Nos poucos centímetros sobre o chão, viu corpos caindo aqui e ali, os homens de Sloane caindo na sua última tentativa de dar mais um tiro em David.

— Senhor, precisamos...

— Está bem!

David ouviu as pessoas correndo ao redor dele. Tentou erguer o corpo com o braço bom, mas não conseguiu. Estava muito fraco. Estava frio demais. Observou a respiração soprando poeira branca no chão. Cada respiro soprava alguns grãos de poeira branca. Tudo ao redor dele, o branco estava sendo engolido pelo vermelho. Aquilo o fez lembrar de algo, um pensamento ou lembrança; o que era aquilo? Barbear. Era como o sangue de um corte de barbear consumindo o tecido branco. Ele observou o escorrer vermelho sobre a poeira branca na direção do seu rosto enquanto as sirenes gemiam.

Capítulo 59

Kate pensou que a massa de pessoas na sala estava caindo, mas percebeu, horrorizada, que estavam derretendo, ou desintegrando-se, de baixo para cima. As luzes piscavam no salão e ela vislumbrou ondas fluindo, como ondas violentas trazendo a morte, um estrondo por vez.

Mas os estrondos ficaram diferentes. E a luz — os flashes — estavam ficando mais turvos, não mais cegantes. Ela conseguia vê-lo agora — o dispositivo suspenso das paredes. Tinha o formato de um sino ou de um peão superdimensionado com janelas no topo. Apertou os olhos para ver algo mais. Estava... pingando. Lágrimas de ferro caíam, cobrindo as pessoas azaradas embaixo dele em um cobertor derretido de morte.

Mais pessoas estavam caindo, mas havia sobreviventes espalhados pela sala — alguns pareciam confusos, como se esperassem ser escolhidos em uma loteria de execução; outros corriam, alguns para os cantos; três ou quatro batiam na porta.

Kate olhou para baixo, vendo seu corpo pela primeira vez desde que acordara. Estava coberta de sangue, mas não era seu sangue. Além do latejamento na cabeça, estava ilesa. Precisava ajudar essas pessoas. Ajoelhou e examinou o homem que estava aos seus pés — ou o que restara dele. Parecia que seu sangue havia inflado, os vasos sanguíneos estouravam por dentro, causando uma hemorragia imensa em todo o corpo que rasgava a pele e estourava olhos e unhas.

O sino estava mudando — a luz piscou novamente, mais brilhante que nunca. Kate protegeu os olhos com a mão e virou de costas para a luz. Lá adiante, viu Naomi, que devia ter atravessado por entre os corpos na direção da porta. Kate arrastou-se até ela.

O estrondo agora era um lamento constante e grave, como o dobrar de um gongo que não terminaria. O ferro estava se estendendo?

Kate rolou a cabeça de Naomi para trás e puxou o cabelo do rosto da mulher. Morta. Linda. O sangue não havia atingido seu rosto.

Os corpos reuniram-se ao redor de Kate — os vivos. Eles se apinhavam na porta, batendo e gritando. Ela tentou se levantar, mas não conseguia; todos estavam sobre ela, agitando os braços no ar e se empurrando.

O estouro ensurdeceu Kate e espremeu a multidão, apertando meia dúzia de pessoas contra ela. Puxou o ar com força, mas ele não vinha. Eles estavam espremendo Kate, sufocando-a. Ela esmurrou, virou-se e ergueu a cabeça para trás. Estava chovendo. Não... escombros estavam caindo. E, em seguida, água, uma imensa enxurrada de água na sala e ela estava livre, flutuando, pairando com a onda gigantesca que varreu as paredes esboroadas que selavam a sala da morte.

Kate inalou com força. Respirar doía, mas era um alívio. Naquele momento, teve dois pensamentos:

"Estou viva."

"David deve ter me salvado."

Capítulo 60

Dorian Sloane acenou para o dr. Chang colocar um dos fones do helicóptero.

Abaixo deles, outra explosão sacudiu o complexo, fazendo o helicóptero tremer, em seguida levantou voo e se distanciou um pouco do heliponto.

No segundo em que os fones de Chang cobriram seus ouvidos, Dorian começou a falar.

— Que diabos aconteceu?

— O Sino, algum tipo de problema.

— Sabotagem?

— Não, não acho que tenha sido. Tudo estava normal: energia, emissão de radiação. Mas ele... teve mau funcionamento.

— Impossível.

— Olhe, ainda não entendemos completamente como funciona, e ele é, sabe, velho, mais de cem anos de idade, e estamos usando o equipamento sem parar há oitenta anos...

— Não é uma questão de garantia, doutor. Precisa descobrir o que aconteceu...

Outro homem entrou na linha.

— Senhor, uma ligação do complexo. O chefe de segurança diz que é urgente.

Dorian tirou o fone e pegou o telefone via satélite.

— O quê?

— Sr. Sloane, temos outro problema.

— Não me ligue para me dizer que temos um problema. É bem óbvio que temos problemas. Diga que problema é e pare de desperdiçar meu tempo.

— Claro, me desculpe...

— O quê? Diga!

— A sala do Sino. Explodiu. Achamos que talvez haja vazamento de radiação.

A mente de Dorian acelerou. Se corpos — ou mesmo radiação — tivessem escapado da sala do Sino, ele ainda poderia liberar o Protocolo Toba. Precisava apenas vender a ideia para as pessoas lá no solo.

— Senhor? — o chefe da segurança perguntou, hesitante. — Estou iniciando uma quarentena através de nossos procedimentos-padrão, queria apenas confirmar...

— Não. Não vamos estabelecer uma quarentena...

— Mas minhas ordens...

— Mudaram. Como a situação. Precisamos resgatar nosso pessoal, chefe. Quero que dedique todos os recursos para levar todo mundo para os trens e longe do complexo. E ponha os corpos no trem também. As famílias merecem o direito de enterrá-los.

— Mas não haverá um surto...

— Preocupe-se em levar aquelas pessoas para os trens. Vou cuidar do restante. Há fatores que você não conhece. Ligue quando o último trem estiver partindo. Immari é uma família. Não deixamos ninguém para trás. Entendeu?

— Sim, senhor, não deixaremos nenhuma alma para trás...

Dorian desligou o telefone e colocou o fone de volta. Virou-se para Dmitry Kozlov, o diretor da Immari Security que estava sentado diante dele.

— Chase saiu com as ogivas e as crianças?

— Sim, estão a caminho da costa.

— Ótimo. — Dorian pensou por um momento. Eles ainda teriam os corpos do Sino — aquilo era a boa notícia. Mas as explosões no complexo chamariam a atenção. Se o mundo descobrisse o que acontecia nas instalações... Cinco mil anos de trabalho, de segredos bem guardados, tudo seria perdido, como a Immari.

— Lance drones do Afeganistão. Assim que o último trem partir, exploda o complexo.

Capítulo 61

David sentiu quando eles o ergueram e o carregaram como um boneco de pano. Ao redor, ele viu uma zona de guerra: sirenes berravam, poeira branca flutuava no ar como neve, focos de incêndio cuspiam fumaça preta e vozes gritavam em chinês. Ele observou tudo aquilo com olhos semicerrados, como se fosse um sonho.

Por um alto-falante, uma gravação repetia: "Rompimento do núcleo do reator: Evacuar. *Evacuer*. *Evakuieren*...". A voz esvaiu-se, e David sentiu a luz do sol no rosto. Os homens o jogaram para lá e para cá enquanto o arrastavam no chão áspero.

— Parem! Deixem eu dar uma olhada. — Um homem estava diante do seu rosto. Alguém com um jaleco branco. Loiro, por volta dos quarenta. Britânico. Ele pegou o rosto de David e puxou as pálpebras, em seguida olhou de cima a baixo, inspecionando os ferimentos. — Não, ele não vai resistir. — O homem apontou para o chão e levou uma das mãos até a garganta dele. — Ponha-o no chão. Pegue outra pessoa. — Ele apontou para o prédio. Os operários chineses o soltaram como um saco de batatas podres e correram de volta ao prédio.

Do chão, David observou o homem correr até outro grupo que segurava um corpo retirado dos escombros. O homem examinou-o rapidamente.

— Sim, ela vai resistir. — Gesticulou na direção do trem, e os homens carregaram a mulher os últimos seis metros, jogando-a no vagão onde outros operários a arrastaram para dentro.

O jaleco branco virou-se para outro grupo.

— Suprimentos? Para o trem. Rápido.

O trem. Seis metros para a liberdade. Mas David não conseguia se mexer.

Capítulo 62

Kate chegou assim que o trem de passageiros começou a se afastar. Ela correu atrás dele, as pernas queimavam enquanto se esforçava, até ficar tonta e o trem estar a meio campo de futebol de distância.

Ela ficou lá, parada, curvada, as mãos sobre os joelhos, ofegando enquanto o chuc-chuc-chuc rítmico do trem desaparecia na vasta floresta verde.

As crianças estavam naquele trem. Ela sabia disso, em algum lugar, de alguma forma, num lugar que não podia identificar. Estavam fora do alcance. E ela estava enrascada. O dispositivo, esse lugar. Naquele momento, sentiu-se extremamente derrotada.

Olhou ao redor. Não havia outro trem. A viagem de trem levava quase uma hora através de nada além da floresta densa. Ela não conseguia caminhar e tinha outro problema: estava ficando mais frio. Precisava de abrigo, mas quanto tempo poderia se esconder ali antes que algum segurança da Immari a encontrasse?

Outro pensamento veio à mente: David. Ele estaria procurando por ela? Seus estouros haviam feito um estrago nos prédios. Provavelmente estava no trem, acreditando que ela estava também. Ele procuraria em todos os vagões, esperando encontrá-la sentada com as crianças? O que faria quando não a encontrasse? Ela sabia o que a Immari faria se eles a capturassem.

Olhou para trás, para o complexo da Immari em chamas. Era sua única opção.

Outro trem apitou. Kate girou. De onde tinha vindo? Virou-se de novo, tentando desesperadamente encontrar a direção. Tinha que estar do outro lado do campus. Ela começou a correr, os pulmões queimando pelo frio e pelo impacto da sala do Sino.

Chegou ao prédio médico quando o trem apitou novamente. Abaixou a cabeça e avançou através do caos lá dentro. A porta traseira da instalação abria-se para dentro de um pequeno pátio que levava à usina energética, que obviamente havia sofrido o maior dano. Era uma ruína, aos pedaços, soltando fumaça. Duas das imensas chaminés em forma de vaso haviam tombado completamente. O trem soltou mais um assobio — vinha do outro lado do prédio. Kate correu com toda a força que conseguiu reunir. Outra explosão na usina energética encheu o ar, quase derrubando a mulher. Ela se equilibrou e continuou a avançar.

Quando chegou à lateral da usina, viu um trem de carga. Operários lançavam suprimentos e corpos através das amplas portas de correr, enquanto o trem seguia lentamente, permitindo que eles espalhassem a carga entre os vagões.

Ver a carnificina do lado de fora da usina energética forçou outro pensamento na mente de Kate: e se David não tivesse conseguido sair? Ele ainda poderia estar lá dentro. Ou no trem. Ela conseguiu ver pessoas dentro dos vagões de carga, caminhando sobre os corpos. David podia ser um deles. Procuraria no trem antes que ele partisse, depois na usina. Não iria embora sem ele.

Atrás dela, Kate ouviu uma voz conhecida. O doutor britânico. Barnaby Prendergast?

Ela correu até ele.

— Barnaby, você viu… — Mas ele estava concentrado em um corpo. Ignorou Kate e gritou para um grupo de guardas chineses que estavam próximos. Kate agarrou-o pelas lapelas do jaleco branco imundo e o fez virar. — Barnaby, estou procurando um homem, um segurança, loiro, trinta…

— Você! — Barnaby tentou se afastar, mas Kate o segurou com força. Quando ele viu a aparência de Kate, roupas encharcadas de sangue e sem nenhuma ferida aparente, ele cambaleou para trás para se livrar dela. — *Você* fez isso! — Ele acenou para um dos guardas. — Socorro! Essa mulher é uma impostora, uma terrorista, ela fez isso tudo, alguém me ajude!

As pessoas pararam o que estavam fazendo e olharam. Vários guardas começaram a caminhar na direção de Kate.

Kate soltou Barnaby e olhou ao redor.

— Ele está mentindo! Eu não...

Mas os guardas continuaram a avançar. Ela olhou para a plataforma, buscando uma saída, um...

Então, viu David deitado lá, sem se mover, olhos fechados, o corpo caído de forma desajeitada na plataforma de concreto cheia de escombros. Sozinho. Morrendo. Ou morto?

Kate correu até ele e inspecionou os ferimentos. Tiros. Dois: ombro e perna. O que acontecera com ele? Os ferimentos eram sérios, mas algo incomodava Kate ainda mais — eles mal sangravam. Sentiu um arrepio e a boca do estômago se apertou.

Precisava continuar. Olhou o restante dele. As roupas estavam em frangalhos e uma série de marcas de queimaduras e buracos de estilhaços sarapintavam pernas e torso, mas nada tão grande quanto os tiros. Ela precisava...

Kate sentiu a mão no ombro — um guarda, em seguida outro, três deles estavam sobre ela. Havia bloqueado tudo ao redor quando viu David. Eles a agarraram pelo braço e a levantaram. Barnaby estava atrás deles, apontando e instigando a tropa:

— Eu tentei impedi-la!

Kate lutou para escapar das mãos do guarda, mas ele a puxou com força. A mão dela estava ao lado dele, sobre a arma. Ela puxou, mas a arma não se soltou. Girou de novo com toda a força e ouviu um estalo; estava com a arma. Mas eles ainda a seguravam com muita força; os três estavam sobre ela, puxando-a para o chão. Ela apontou para o ar e apertou o gatilho. A arma quase voou de sua mão, mas os homens se espalharam e Barnaby cambaleou para longe, recuando, olhando para trás com nervosismo antes de abaixar a cabeça e correr.

Kate estendeu a arma diante dela, girando para a esquerda e para a direita enquanto os homens mantinham as mãos para o alto e se afastavam de costas. A mão dela tremia muito e ela apoiou com a outra mão. Olhou para trás. O trem estava quase partindo. As últimas pessoas na plataforma haviam fugido para dentro dos três vagões remanescentes, que logo desapareceriam.

— Ponham-no no trem — ela ordenou para os guardas. Eles continuavam se afastando. Kate apontou a arma para David, em seguida para o trem. — No trem. Agora!

Ela se afastou de David, dando espaço para os homens. Eles o pegaram e carregaram até o vagão deixando-o bem na beirada. Kate mantinha a arma sobre eles enquanto arrastou os pés até um monte de suprimentos médicos espalhados no chão, sem dúvida deixado para trás por algum operário assustado. Qual era a prioridade? Antibióticos. Algo para limpar e fechar os ferimentos. Ela não conseguiria salvá-lo, mas poderia tentar, mesmo que fosse apenas para o próprio bem.

Outra explosão sacudiu as instalações, seguida pelo som de uma voz chinesa raivosa gritando pelos rádios dos guardas. Os guardas aparentemente decidiram que, com tudo o mais acontecendo, eles tinham prioridades mais urgentes do que lidar com uma maluca roubando suprimentos médicos, e Kate, de repente, se viu sozinha.

Atrás dela, o trem estava avançando mais rápido, já longe do prédio. Kate começou a enfiar a arma no cós da calça, mas parou, olhando para ela. Ainda estava engatilhada? O cão estava puxado para trás. Ela provavelmente explodiria a própria perna. Deixou a arma cuidadosamente no chão, reuniu o máximo de suprimentos que pôde e correu para o trem. Algumas caixas caíram da pilha, mas ela continuou. Mal conseguia manter o ritmo do trem. Jogou os suprimentos para dentro; alguns bateram na beirada do vagão e caíram para fora. Agarrou a alça na porta e saltou, caindo de barriga, as pernas penduradas para fora. Arrastou-se para dentro do vagão e observou quando a plataforma desapareceu, em seguida a usina energética.

Arrastou-se até David.

— David? Pode me ouvir? Você vai ficar bem.

Estendeu o braço e começou a fuçar na pilha escassa de suprimentos.

Capítulo 63

David assistiu horrorizado ao colapso do prédio que o engolfava no concreto, na poeira e nos estilhaços metálicos. Sentiu os escombros aproximarem-se ao seu redor, esmagando-o, arranhando seus ferimentos. Ele respirou poeira e fuligem, ouvindo gritos, alguns próximos, alguns distantes. E ele esperava. Em seguida, eles chegaram e puxaram-no para fora.

— Pegamos você. Não tente se mexer, camarada.

Bombeiros de Nova York. Eles puxaram e escavaram ao redor dele. Pediram uma maca, amarraram-no nela e o conduziram pelo solo irregular. A luz do sol banhou seu rosto.

Um médico levantou suas pálpebras e acendeu uma lanterna sobre ele, em seguida amarrou algo ao redor da perna.

— Consegue me ouvir? — Ele mexeu mais um pouco na perna, depois voltou ao rosto. — Sua perna foi esmagada e tem uma grande laceração nas costas, mas você vai ficar bem. Entendeu?

Kate estancou as feridas da perna e do ombro de David, mas não importava — não havia tanto fluxo de sangue para impedir. Ele já sentia frio.

Ela disse a si mesma que era apenas o vento frio que soprava pela porta do vagão. O trem se movia rapidamente agora, mais rápido do que aquele que passava no outro trilho. O sol estava se pondo e a temperatura caía. Ela se levantou e empurrou a porta corrediça de metal. Não conseguiu fechá-la com aquela velocidade.

Jogou-se ao chão, pegou o braço de David e o arrastou até o canto, o mais distante da porta que conseguiu. Deu-lhe uma injeção de antibiótico, limpou e fechou as feridas o melhor que pôde. Não havia mais nada a fazer. Recostou-se à parede, puxou-o para o seu colo e envolveu-o com as pernas para tentar aquecê-lo. Sua cabeça caída descansou sobre a barriga de Kate e ela correu a mão pelos cabelos curtos. Ele estava esfriando mais.

Capítulo 64

Além das janelas do helicóptero, o sol se punha sobre o planalto tibetano. Dorian tentou encontrar o complexo na extensão da floresta verde. Era apenas uma coluna única de fumaça cinza e branca, como um acampamento na natureza intocada.

— O último trem partiu — Dmitry disse.

— Drones? — Dorian não tirou os olhos da janela ou da coluna de fumaça.

— Saem em trinta minutos. — Como Dorian não disse nada, o homem perguntou: — E agora?

— Pare os trens. Catalogue todo mundo, inclusive os cadáveres. Todos devem estar com equipamento de quarentena completo.

Capítulo 65

Kate encarou a noite preta. Um naco de lua lançava um pequeno facho de luz sobre as copas das árvores que passavam apressadas. Ou haviam passado apressadas. O trem diminuiu a velocidade. Mas não havia nada lá fora, apenas floresta.

Ela tirou a cabeça de David do colo e foi até a porta. Inclinou-se para fora e olhou para a frente do trem, em seguida para a outra ponta. Estavam no último vagão e não tinha nada nos trilhos além dele. Kate voltou para dentro do vagão e viu — na porta oposta, no trilho ao lado deles, outro trem parado lá, tão imóvel e escuro quanto a noite, quase invisível. E havia algo mais: figuras sombrias em pé no alto do trem. Esperando o quê?

O trem parou e, quase no mesmo instante, ela ouviu o ribombar de botas aterrissando no teto. Kate moveu-se para as sombras do vagão assim que os soldados voaram para a porta como ginastas pendurados na barra fixa. Espalharam-se rapidamente pelo espaço, jogando luzes no seu rosto e em cada canto do vagão. Estenderam um cabo de aço entre os trens e puxaram-no para testar a resistência.

Um homem agarrou Kate, prendeu-se à linha e lançou-se para fora da porta na direção do segundo trem. Kate olhou para trás. David! Mas eles o pegaram também; outro homem, bem atrás dela, segurou David pelo peito com um braço como se carregasse uma criança adormecida.

O captor de Kate levou-a para um vagão-restaurante e jogou-a numa cabine.

— Espere aqui — ele disse num inglês com sotaque chinês antes de se afastar.

O outro homem trouxe David e jogou-o num sofá. Kate correu até ele. Não parecia pior, mas isso não dizia muita coisa. Ele não tinha muito tempo.

Ela correu até a porta que o soldado estava fechando. Segurou-a, impedindo-o.

— Ei, precisamos de ajuda.

Ele a encarou, em seguida voltou a tentar fechar a porta.

— Pare! Precisamos de um hospital. Medicamentos. Sangue. — O homem entendia alguma coisa que ela falava? — Kit de primeiros socorros — ela disse em desespero, buscando qualquer coisa que pudesse ser entendido.

Ele pousou a mão no peito de Kate, empurrou-a para trás no vagão e bateu a porta com tudo.

Kate caminhou de volta até David. As balas dos tiros no ombro e na perna haviam atravessado. Kate fechou os ferimentos o melhor que pôde. Precisava limpar os ferimentos direito, mas a infecção não era o maior risco para a vida dele no momento. Precisava de sangue imediatamente. Kate poderia lhe dar sangue, ela era O negativo, doadora universal. Se... ela pudesse fazer a transfusão.

O trem sacudiu, lançando Kate ao chão. Estavam se movendo. Ela se ergueu quando o trem balançou para a frente em soluços e trancos, aumentando a velocidade. Lá fora, ela não conseguia ver o outro trem, o trem de carga onde estavam. Os dois agoram eram levados para a direção oposta. Quem eram eles? Kate deixou a questão de lado. Salvar David era tudo que lhe importava naquele instante.

Olhou ao redor, talvez houvesse algo que pudesse usar. O vagão-restaurante tinha cerca de doze metros de comprimento, a maior parte dele dedicada a cabines, mas no fim havia um pequeno bar com uma máquina de refrigerantes, copos e bebidas. Talvez o tubo...

A porta deslizou novamente e outro soldado entrou aos tropeços, tentando manter o equilíbrio enquanto o trem acelerava. Ele deixou uma maleta verde-oliva com uma cruz vermelha pintada no chão.

Kate avançou sobre ela.

O soldado atravessou às pressas o vagão e fechou a porta quando Kate chegou à maleta. Ela a abriu e fuçou o conteúdo. Respirou aliviada quando viu o que havia lá dentro.

Quinze minutos depois, o tubo estava preso no braço de Kate e corria para o de David. Ela abria e fechava o punho. O sangue fluía. Estava faminta. E sonolenta. Mas estava fazendo algo por ele e, por isso, sentia-se muito bem.

Capítulo 66

Kate acordou com o dobrar de sinos pairando através de uma imensa janela panorâmica sobre a alcova que continha sua pequena cama de solteiro. Um vento montanhês fresco, revigorante e limpo empurrou as cortinas de linho sobre a cama, quase tocando seu rosto.

Estendeu o braço para tocar o tecido, mas o encolheu de dor. Seu braço estava muito escoriado. Manchas roxas escuras e pretas estendiam-se no antebraço e subiam até o bíceps.

David.

Ela olhou ao redor do cômodo, uma espécie de sala de aula, talvez. Era comprido e largo, com assoalho de madeira rústica, paredes de gesso brancas e vigas de madeira a cada três metros.

Mal se lembrava de ter saído do trem. Já era tarde da noite. Os homens a carregaram por escadas infinitas, até uma fortaleza na montanha. Ela se lembrava... um templo ou, talvez, um mosteiro.

Começou a rolar para fora da cama, mas algo a deteve — movimento no quarto, uma figura erguendo-se do chão. Ele estava sentado tão parado que ela não tinha enxergado. Ele se aproximou e Kate pôde ver que era mocinho, um adolescente. Parecia quase um Dalai Lama jovem. Vestia uma túnica grossa carmesim que se prendia a um ombro e estendia-se até os dedos dos pés, pairando justamente sobre as sandálias de couro. A cabeça era raspada. Ele sorriu para ela e disse, ansioso:

— Bom dia, dra. Warner.

Ela plantou os pés no chão.

— Desculpe, você me assustou.

Ela se sentiu zonza.

Ele fez uma mesura extravagante, estendendo um braço na direção do chão quando se curvou.

— Não quis alarmá-la, senhora. Sou Milo, ao seu dispor. — Ele falava cada palavra com cuidado.

— Hum, obrigada. — Ela coçou a cabeça, tentando se concentrar. — Havia um homem comigo.

— Ah, sim, o sr. Reed.

Reed?

Milo caminhou até a mesa próxima à cama.

— Vim para levá-la até ele. — Ele ergueu uma tigela grande de cerâmica com as duas mãos e foi até ela, estendendo-a diante do rosto de Kate. — Mas, primeiro, café da manhã! — Ele ergueu as sobrancelhas enquanto falava.

Kate estendeu o braço para deixar a tigela de lado, mas quando se levantou, sentiu que desmaiaria. Caiu de volta na cama, desorientada.

— Café da manhã faz bem para dra. Warner. — Milo sorriu e estendeu novamente a tigela.

Kate inclinou-se, sentiu o cheiro do mingau grosso e, relutante, pegou a colher e experimentou. Delicioso. Ou ela estava tão faminta e os pacotes de ração foram tão ruins? Ela terminou a tigela em segundos e limpou a boca com as costas da mão. Milo voltou com a tigela para a mesa e entregou um tecido grosso como um lenço. Kate sorriu, desconcertada, e limpou a boca.

— Agora, eu queria ver…

— Sr. Reed. Claro. É por aqui.

Milo a conduziu para fora do quarto e por um longo corredor aberto nas laterais que ligava várias estruturas.

A vista era estonteante. Um planalto verde estendia-se diante deles, alcançando o horizonte, interrompido apenas por várias cadeias de montanhas nevadas. Fumaça de vários vilarejos emergia do planalto lá embaixo. À distância, havia vários pontos nas laterais das montanhas: outros mosteiros, construídos nas encostas íngremes cobertas de neve.

Kate precisou refrear a vontade de parar e compreender tudo aquilo. Milo reduziu o passo para que ela o alcançasse.

Eles viraram em outro corredor. Embaixo deles, havia uma grande plataforma quadrada de madeira com vista para os vales e montanhas. Vinte ou trinta homens, todos com cabeças raspadas e vestidos com túnicas carmesins, estavam sentados no chão com as pernas cruzadas, imóveis, olhando ao longe.

Milo virou-se para Kate.

— Meditação matutina. Gostaria de participar?

— Hum, hoje não — Kate murmurou enquanto se esforçava para tirar os olhos da cena.

Milo a conduziu para outra sala, onde viu David deitado em uma alcova semelhante àquela onde ela havia acordado. Kate correu até ele. Ajoelhou-se ao lado da cama e examinou-o rapidamente. Ele estava acordado, mas indiferente. Antibióticos — ele precisava de mais para combater a infecção. Sem controle, ela o mataria, com certeza. Mais cedo ou mais tarde, ela precisaria desinfetar e costurar os ferimentos a bala de forma adequada.

Uma coisa de cada vez. Ela havia deixado os antibióticos no trem. "Deixado" quando foi sequestrada. Ou resgatada? Havia tantos mistérios naquele momento.

— Milo, preciso de alguns medicamentos, antibióticos...

O jovem acenou para uma mesa como aquela em que ele havia servido o mingau de café da manhã.

— Imaginamos, dra. Warner. Preparei uma série de remédios para seu uso. — Ele estendeu a mão para várias pilhas de raízes sujas de terra, uma pilha de pó laranja e um ramo de cogumelos. Sorriu e inclinou a cabeça, como se dissesse *Muito bom, hein?*

Kate baixou as mãos ao lado do corpo.

— Milo, eles vão ser, hum, muito úteis, obrigada, mas, hum... temo que a situação dele seja grave... hum, vai precisar de alguns medi...

Milo deu um passo para trás, sorriu como o Gato de Cheshire, e apontou para ela.

— Ah, peguei a senhora, dra. Warner!

Ele abriu as portas de um armário de madeira que ia do chão ao teto, revelando uma porção de suprimentos médicos modernos.

Kate correu até o armário, examinando prateleira por prateleira. Tinham um pouco de tudo: antibióticos, analgésicos, fungicidas, ataduras. Por onde começar? Kate sacudiu a cabeça e sorriu carinhosamente para Milo enquanto escolhia um antibiótico.

— Sim, você me pegou, Milo.

Ela leu alguns rótulos. Definitivamente feitos na Europa, talvez no Canadá. Alguns estavam vencidos, mas encontrou outros que poderia usar.

— Seu inglês é excelente. Onde aprendeu?

— Rosetta Stone.

Kate olhou para ele, cética.

— A Pedra Rosetta?

O sorriso de Milo ficou sério. Ele olhou pela janela para o vale lá embaixo.

— Eles encontraram em uma caverna no sopé desta montanha. Por trinta dias e noites, uma centena de monges removeu as pedras até restar apenas uma pequena passagem. Eles me mandaram entrar... eu era o único que cabia. Lá, no fundo da caverna, uma luz amarela brilhava sobre uma laje de pedra e eu encontrei a tabuleta lá. Carreguei-a para fora naquela noite e ganhei minha túnica. — Ele exalou profundamente quando a história terminou.

Kate ficou lá, em pé, segurando os antibióticos, sem saber ao certo o que dizer.

Milo deu um pulo e girou para encará-la, apontando.

— Ahhh, peguei a senhora de novo, dra. Warner! — Ele inclinou o corpo todo para trás, gargalhando.

Kate sacudiu a cabeça enquanto voltava para o leito de David.

— Bem, você é bem engraçadinho, não é? — Ela abriu a tampa de um frasco de antibiótico.

— Milo é cheio de vida, dra. Warner, e fico feliz em entreter os hóspedes.

Hóspedes? Obviamente Milo viu aí uma oportunidade de fazer uma nova amiga. Kate sorriu para ele.

— Me chame de Kate.

— Sim, claro que sim, dra. Kate.

— Então, como você aprendeu inglês neste lugar?

— Rosetta Stone...

Kate o encarou, divertida, mas o jovem apenas meneou a cabeça.

— É verdade. É um programa de computador. Recebi por correio, de um benfeitor anônimo... muito, muito misterioso. E muito auspicioso para Milo. Não recebemos muitos visitantes. E quando eles perguntam: "Vocês falam inglês?", tem que ser Milo, ninguém mais fala inglês, não tão bem como Milo. Eu aprendi por diversão, mas olhe que sorte a minha!

Kate pegou um copo de água da mesa e ajudou David a engolir alguns antibióticos. Ela selecionou o antibiótico de grande espectro e esperava que ele fosse funcionar. Antibióticos intravenosos em um hospital seriam o ideal. Ela também lhe deu analgésicos. Quando ele saísse do delírio, a dor seria real e ela quis se adiantar.

O que fazer em seguida? Um pensamento lhe ocorreu. Rosetta Stone.

— Milo, vocês têm um computador?

— Claro; foi assim que encontramos vocês. — Ele ergueu as sobrancelhas de um jeito conspirador. — E-mail críptico.

Kate levantou-se.

— E-mail? Posso usar...?

Milo inclinou-se.

— Não, desculpe, dra. Kate. Qian quer vê-la. Ele diz que, assim que você desse remédios ao sr. Reed, eu deveria levá-la até ele. É um homem muito sério, não engraçado como Milo. Ele diz que tem uma coisa para lhe dar.

Capítulo 67

Auditório principal
Escritórios da Indo-Immari Corporate
Nova Déli, Índia

O bate-papo terminou quando duzentos pares de olhos concentraram-se nele, esperando pelo motivo pelo qual foram tirados da cama às seis da manhã. Dorian foi até o meio do palco e observou a multidão. A maior parte era da Immari Security. Havia algumas dúzias de outras subsidiárias da Immari: Immari Research, Immari Logistics, Immari Communications e Immari Capital. Eles todos teriam um papel na próxima operação. E havia também o pessoal operacional da Clocktower.

O chefe da Estação de Nova Déli havia jurado que eliminaria qualquer um que pudesse ser um problema. A Immari Security ajudou com a limpeza e ainda havia um punhado de analistas e agentes de campo nas celas... aguardando "avaliação final". Apenas o chefe da estação e a unidade de Dorian na Immari Security sabiam detalhes sobre o Protocolo Toba e o que devia ser feito. Dorian tinha de manter daquela forma, mas também precisava de ajuda, muita ajuda, de todas as pessoas naquele salão. Daí o discurso, o convencimento — algo a que Dorian não estava acostumado. Ele dava ordens e elas eram seguidas.

Ele não pedia, ele mandava, e seu pessoal não fazia perguntas. Mas essas pessoas fariam; estavam acostumadas a analisar e pensar de forma independente. Não havia tempo para isso.

— Vocês todos estão se perguntando por que estão aqui, a esta hora, em uma sala com tantos rostos novos — Dorian começou. — A presença de vocês significa que foram escolhidos. *Escolhidos* como membros de uma força-tarefa, um grupo de trabalho muito especial, uma equipe de elite na qual a Immari Corporation e todas as suas predecessoras estão depositando suas esperanças. O que estou prestes a dizer a vocês não pode sair desta sala. Levarão o que eu disser aqui para o túmulo. Algumas coisas serão difíceis de acreditar. E algumas coisas que vocês deverão fazer serão ainda mais difíceis, de maneiras que vocês não poderão entender ainda. Devo dizer agora que não poderei dar todas as respostas a vocês. Não posso aliviar sua consciência, ao menos não agora. Depois que tudo terminar, tudo fará sentido. Vocês saberão o papel vital que desempenharam na história e outros, saberão. Mas vocês merecem *algumas* respostas, alguns motivos para as coisas terríveis que pediremos para vocês fazerem.

Dorian fez uma pausa e caminhou pelo palco, examinando os rostos.

— O que posso dizer a vocês é que a Immari Corporation é a descendente, a encarnação moderna de uma tribo de pessoas que saiu desta área, acreditamos que de algum lugar na Índia, no Paquistão ou até mesmo do Tibete, cerca de doze mil anos atrás, pouco tempo depois da última era do gelo, quando as águas do dilúvio ergueram os níveis do mar em centenas de metros, destruindo as comunidades costeiras do mundo. Esse grupo tinha um objetivo: descobrir as origens e a história verdadeiras da raça humana. Eram um povo de muita fé e acreditamos que criaram uma religião na sua busca por respostas. Porém, com o passar do tempo e os avanços da humanidade, uma nova via de investigação surgiu: a ciência. E a ciência permanece como o centro de nosso trabalho hoje. Alguns de vocês já viram pequenas partes desta grande operação: escavações arqueológicas, projetos de pesquisas, experimentos genéticos. É nosso grande trabalho. Mas nunca poderíamos imaginar o que encontramos.

"Estou chegando ao fim do que posso dizer a vocês, mas todos precisam saber o seguinte: muitos anos atrás, descobrimos um perigo claro e presente para a raça humana. Uma ameaça inacreditável. Sabemos há quase cem anos que chegaria um dia em que precisaríamos combater esse inimigo. E esse dia chegou. Cada um de vocês é um soldado no exército que impedirá esse apocalipse iminente. Os próximos dois dias, e os que virão, serão difíceis. Não estou falando de um conflito menor em um país periférico. Será uma batalha pela raça humana, pelo nosso direito à sobrevivência. Temos um objetivo: a sobrevivência da humanidade."

Dorian recuou para o centro do palco, deixando o público assimilar o discurso. Surgiram olhares confusos, mas também aceitação, cabeças assentindo.

— Perguntas estão surgindo na mente. Por que não levar a público? Por que não contar com a ajuda dos governos ao redor do globo? Gostaria que pudéssemos, de verdade. Acalmaria minha consciência sobre o que precisamos fazer. De fato, a consciência de vocês será o outro inimigo que combaterão nos dias que virão. E ir a público também aliviaria o fardo, o proverbial peso do mundo: saber que não somos a última linha de defesa, que há ajuda a caminho, que há outros combatendo o inimigo, que podemos falhar. Mas não podemos falhar, nem podemos revelar detalhes da ameaça. É o mesmo motivo pelo qual não posso revelar a vocês todos os detalhes, por que não posso me sentar aqui e justificar tudo que vou pedir que façam, embora eu quisesse. Se revelássemos ao público, o resultado seria pânico em massa, histeria, colapso da sociedade no exato momento em que precisamos ficar intactos.

"Há sete bilhões de pessoas neste planeta. Imagine se elas soubessem que estão à beira da extinção. Nosso objetivo é salvar as vidas que pudermos. Não restarão muitas, mas se fizermos nossa parte, podemos garantir que a raça humana sobreviverá. Eis os nossos desafios. E não estamos enfrentado apenas a grande ameaça. Existem outros obstáculos, menores: governos, a mídia, agências de inteligência. Não podemos acabar com eles, mas podemos controlá-los o suficiente para nosso plano funcionar. E por isso precisamos começar imediatamente. Os pacotes que meus homens estão passando são suas missões: subgrupos, responsabilidades, equipamentos. As ações são drásticas, mas nossa situação também é."

Dorian ajustou os ombros.

— Sou um soldado. Nasci para isso. Dediquei a minha vida a esta causa. Meu pai deu sua vida por esta causa. *Nossa* causa. Mas sei que vocês não são soldados. Vocês foram escolhidos. Mas não pedirei que façam o que não são capazes de fazer. Seria cruel, e eu não sou um homem cruel. Immari não é uma organização cruel. Se, a qualquer momento, vocês não puderem participar da operação que segue, podem simplesmente informar um dos agentes da Immari Security em minha unidade pessoal. Não há vergonha nenhuma nisso. Todos somos elos de uma corrente. Se um elo se romper, a corrente vai quebrar e o desastre acontecerá. E estamos todos aqui para isso: impedir o desastre, não importa o que possa parecer. Obrigado e desejo a vocês boa sorte.

Um agente da Immari Security cumprimentou Dorian quando ele saiu do palco.

— Excelente discurso, chefe.

— Não me menospreze. Precisa manter os olhos nessas pessoas. Qualquer um deles pode afundar a operação inteira. Como estamos com a força-tarefa principal?

— Estão reunidos no QG da Estação da Clocktower.

— Ótimo. Dê a todos trinta minutos para compilar suas informações, em seguida reúna o grupo. Como estamos com os trens?

— Teremos a lista de vivos e mortos dentro de uma hora.

— Acelere isso. Quero estar com ela na mão para a reunião.

Capítulo 68

Região Autônoma do Tibete

Milo balançou o lampião atrás dele, iluminando os degraus de pedra.

— Já estamos chegando, dra. Kate.

Desceram a escadaria de pedra em espiral pelo que pareceu uma hora. Kate pensou que deviam estar no centro da montanha ou a mais de um quilômetro e meio abaixo do mosteiro. Milo pulava degraus, carregando o lampião como uma criança carrega uma sacola de doces na noite de Dia das Bruxas, incansável, sem parar para descansar. As pernas de Kate queimavam. Ela ainda não havia se recuperado dos esforços de ontem. E temia a viagem de volta escada acima.

Lá adiante, Milo parou novamente, esperando por ela, mas dessa vez ele ficou no nível do chão — uma abertura grande e redonda na base das escadas. Finalmente. Ele deu um passo para trás e ergueu o lampião, iluminando uma porta de madeira com formato de lápide com a parte de cima arredondada.

Kate esperou um momento, imaginando se ele a aguardava de novo.

— Entre, por favor, dra. Kate. Ele está esperando.

Kate assentiu e abriu a porta, revelando uma sala circular e estreita. As paredes eram cobertas por mapas e estantes com frascos de vidro, pequenas imagens e artefatos de metal. A sala era... medieval, como um antigo laboratório na torre de um castelo, onde alguém com um nome como Merlin poderia trabalhar. E havia um feiticeiro naquela sala, ou, ao menos, ele parecia um. Um senhor estava sentado numa mesa de madeira desgastada, lendo. Ele virou o pescoço lentamente, como se doesse. Era asiático, sem cabelos havia muito, e o rosto era mais enrugado que qualquer um que Kate já vira. Poderia facilmente ter mais de cem anos de idade.

— Dra. Warner. — Sua voz era um sussurro. Ele se ergueu e caminhou lentamente até Kate, apoiando-se pesadamente na bengala de madeira.

— Senhor…

— Não há senhores aqui, dra. Warner. — Ele fez uma pausa. Caminhar e falar era muito difícil para ele. Ele encarou com paciência o chão de pedra enquanto recobrava o fôlego. — Me chame de Qian. Tenho uma coisa para você. Algo que esperei setenta e cinco anos para lhe entregar. Mas, primeiro, tenho algo a mostrar. Poderia me ajudar com a porta? — Ele se moveu para uma pequena porta de madeira que Kate não vira. Não tinha mais de trinta centímetros. Kate abriu a porta e ficou aliviada ao ver que a passagem além dela era mais alta que a entrada. Esperou na porta, enquanto Qian passava por ela, parando a cada poucos metros. Quanto tempo levaria até ele descer até ali?

Kate olhou para o corredor e ficou surpresa, pois era iluminado com luzes modernas. Era curto, com menos de cinco metros de comprimento e parecia terminar numa parede de pedra. Levou vários minutos até Qian chegar à porta, onde gesticulou para um botão na parede.

Kate apertou o botão e a parede de pedra começou a se erguer. Ela sentiu a rajada de ar passar pelos pés, enchendo o recinto. Era provável que estivesse selada.

Ela seguiu Qian para dentro do espaço, que era surpreendentemente grande, com cerca de doze por doze metros. Estava vazio, exceto por um grande tapete quadrado no centro. O tapete devia ter ao menos nove metros. Kate olhou para o teto e viu um tecido fino de linho que cobria a área toda do lugar. Acima do pano, ela conseguiu ver outro tecido idêntico e, além dele, outro, até onde conseguia enxergar, como camadas de mosquiteiros que chegavam até o topo da montanha. Um método para evitar a umidade? Possível, mas Kate viu algo mais — pedaços pequenos de terra e pedras presos nos tecidos.

Qian meneou a cabeça para o tapete.

— Este é o tesouro que protegemos aqui. Nossa herança. Pagamos um bom preço por ele. — Ele pigarreou e continuou a falar com lentidão. — Quando eu era jovem, homens vieram até meu vilarejo. Usavam trajes militares. Eu não sabia na época, mas eram uniformes nazistas. Esses homens procuravam um grupo de monges que viviam nas montanhas, depois do meu vilarejo. Ninguém falava sobre esses monges. Eu não sabia de nada. Os homens pagaram para mim e para outras crianças os levarem lá. Os monges não tinham medo dos homens, mas deveriam ter. Esses homens, que foram gentis no vilarejo, tornaram-se impiedosos nas montanhas. Revistaram o mosteiro, torturaram monges e, por fim, atearam fogo à montanha.

Qian fez outra pausa, recuperando o fôlego.

— Meus amigos estavam mortos e os soldados me procuraram pelo mosteiro. E então me encontraram. Um dos soldados me pegou pelos braços e me carregou através do mosteiro até um túnel. Três monges aguardavam lá. O homem lhes disse que eu era o único sobrevivente. Eles me entregaram um diário e disseram que eu precisava guardá-lo até que chegasse o tempo certo. Os três monges partiram naquela noite apenas comigo, as roupas nas costas, e essa tapeçaria. — Qian pousou os olhos na obra de arte gigantesca, uma espécie de história bíblica com deuses, heróis, monstros, céus, luz, sangue, fogo e água.

Kate estava em silêncio. No fundo da mente, ela se perguntava o que aquilo tinha a ver com ela. Suprimiu a vontade de dizer: "Olhe, isso é muito bom, agora posso usar seu computador?".

— E agora você deve estar se perguntando o que isso tem a ver com você.

Kate corou e inclinou a cabeça para o lado.

— Não, digo, é lindo... — E era. As cores eram fortes, tão vívidas quanto em qualquer afresco numa igreja católica, e os fios acrescentavam profundidade às imagens. — Mas, o homem com quem vim até aqui... ele e eu estamos em perigo.

— Você e Andrew não são os únicos.

Antes que Kate pudesse falar, Qian continuou com uma força inesperada na voz.

— Seu inimigo é o mesmo grupo que queimou aquele mosteiro setenta e cinco anos atrás e o mesmo que liberará um mal impensável muito em breve. É isso que a tapeçaria representa. Entendê-la junto com o diário é a chave para impedi-los. Eu me agarrei à vida por setenta e cinco anos, aguardando, esperando pelo dia em que cumpriria meu destino. E ontem, quando soube o que aconteceu na China, sabia que o dia chegara. — Qian enfiou a mão dentro da túnica e, com mão frágil, estendeu um pequeno livro com capa de couro para Kate.

Ele apontou para a tapeçaria.

— O que você vê, minha menina?

Kate examinou as imagens ricas em cores. Anjos, deuses, fogo, água, sangue, luz, sol.

— Algum tipo de representação religiosa?

— Religião é nossa tentativa desesperada de entender nosso mundo. E nosso passado. Vivemos na escuridão, cercados por mistérios. De onde viemos? Qual é o nosso objetivo? O que acontecerá conosco depois que morrermos? Religião também nos dá algo mais: um código de conduta, um mapa do certo e do errado, um guia para a decência humana. Como qualquer outra ferramenta, não se pode abusar dela. Mas esse documento foi criado muito antes de o homem encontrar consolo em suas religiões.

— Como?

— Acreditamos que foi criado a partir de tradições orais.

— Uma lenda?

— Talvez. Mas acreditamos que seja um documento histórico e profético. Uma descrição de eventos antes do despertar do homem e das tragédias vindouras. Chamamos de épico dos quatro dilúvios. — Qian apontou o canto superior esquerdo da tapeçaria.

Kate seguiu o dedo e observou a imagem — feras nuas, sem humanos, em uma floresta esparsa ou uma savana africana. As pessoas estão correndo, fugindo de uma escuridão que desce do céu — um cobertor de cinzas que os sufoca e mata a vida vegetal. Bem embaixo dela, estavam sozinhos em uma paisagem árida, morta. Em seguida, uma luz surge, leva-os para fora e um protetor está falando com selvagens, entregando uma taça com sangue.

Qian limpou a garganta.

— A primeira cena é o Dilúvio de Fogo. Um dilúvio que quase destruiu o mundo, quase fez do homem cinzas, e acabou com toda a comida do mundo.

— Um mito da criação — Kate sussurrou. Todas as grandes religiões tinham alguma forma de mito da criação, uma história sobre como Deus criou o homem à sua imagem.

— Não é mito. É um documento histórico. — O tom de Qian era gentil, como o de um professor ou pai. — Observe que o homem já existia antes do dilúvio de fogo, vivendo como feras na floresta. O dilúvio os teria matado, mas o salvador os protegeu. Mas ele não consegue salvá-los sempre. E então ele lhes entrega o maior presente de todos: seu sangue. Um presente que os manterá vivos.

No fundo da mente de Kate, ela pensou. A Catástrofe de Toba e o Grande Salto Adiante. Sangue. Uma mutação genética — uma mudança nas conexões cerebrais — que deu à humanidade uma vantagem de sobrevivência, ajudando-os a enfrentar o mar de cinzas que caía do supervulcão Toba, setenta e cinco mil anos antes. O Dilúvio de Fogo. Poderia ser?

Kate seguiu para baixo da tapeçaria. A cena era estranha. Os homens da floresta pareciam ter se transformado em ninjas ou espíritos. Usavam roupas e haviam começado a exterminar as feras. A cena ficou mais sangrenta, os horrores cresciam em cada centímetro da tapeçaria. Escravidão, assassinato, guerra.

— Esse presente deixou o homem esperto, forte e a salvo da extinção, mas ele pagou um preço alto. Pela primeira vez, viu o mundo como ele realmente era e enxergou os perigos que estavam ao redor... nas feras da floresta e em seu semelhante. Como fera, vivia num mundo de felicidade, agindo por instinto, pensando apenas quando precisava, sem olhar para si mesmo pelo que era, sem se preocupar com a mortalidade, sem tentar enganar a morte. Mas agora seus pensamentos e medos o dominavam. Conheceu o mal pela primeira vez. Seu Sigmund Freud chegou bem perto ao descrever esses conceitos como *id* e *ego*. O homem se transformou no Médico e no Monstro. Lutava com sua mente-fera, seus instintos animais. Paixão, ódio... não importa o quanto evolua, o homem não consegue escapar desses instintos: nossa herança como feras. Podemos apenas esperar controlar a fera dentro de nós. O homem também ansiava em entender sua mente desperta, com seus medos, sonhos e questionamentos de onde veio e qual era seu destino. E, acima de tudo, sonhava em enganar a morte. Construiu comunidades na costa e cometeu atrocidades enormes para garantir a própria segurança e buscar a imortalidade, em seus atos ou através de alguma mágica ou alquimia. A costa é o lugar natural para o homem; é como sobrevivemos ao dilúvio do fogo. A vida marinha foi nossa fonte de alimento quando a terra ficou queimada. Mas o reino do homem teve vida curta.

Kate observou o quadrante inferior esquerdo da tapeçaria: uma grande parede de água, bem abaixo de uma biga sobre o mar que carregava o salvador que portava a taça do dilúvio de fogo.

— O salvador volta e diz às tribos que o grande dilúvio está a caminho, que eles precisam se preparar.

— Soa familiar — Kate comentou.

— Sim. Há um mito de dilúvio em todas as religiões, antigas e novas, ao redor do globo. E o dilúvio é um fato. Cerca de doze mil anos atrás, a última era do gelo terminou. As geleiras derreteram. O eixo do planeta mudou. Os níveis do mar subiram quase cento e vinte metros durante o período inteiro, às vezes subindo gradualmente, às vezes em ondas destruidoras e tsunamis.

Kate observou a imagem — de cidades caindo sob a onda de água, de multidões de pessoas se afogando, de reis e ricos em pé e sorrindo na água, e às margens um pequeno bando de pessoas vestidas em roupas humildes, aventurando-se no interior, nas montanhas. Carregavam uma espécie de arca.

Qian deixou-a pensar na tapeçaria por um bom tempo, em seguida continuou.

— As pessoas ignoraram o alerta do dilúvio. O homem havia dominado o mundo, ou assim pensava. Eles eram arrogantes e decadentes. Eles torceram o nariz para o desastre iminente e continuaram por seus caminhos perversos. Alguns dizem que Deus está punindo o homem por matar irmãos e irmãs. Uma tribo, atenta ao alerta, constrói uma arca e afasta-se do mar, segue para as montanhas. O dilúvio vem e destrói as cidades ao longo do mar, deixando vivos apenas os vilarejos primitivos no interior e as tribos nômades espalhadas. Espalha-se um rumor de que Deus está morto, de que o homem agora é o deus da Terra. Que a Terra lhes pertence para que eles façam o que quiserem. Mas uma tribo manteve a fé. Se ativeram a uma fé: que o homem é falho, que o homem não é deus, que para abraçar a humildade é necessário ser realmente humano.

— Vocês eram essa tribo.

— Sim. Nós ouvimos o alerta do salvador e fizemos o que ele ordenou. Levamos a arca até as terras altas.

— E essa tapeçaria estava na arca? — Kate perguntou.

— Não. Nem mesmo eu sei o que havia na arca. Mas deve ter sido real; as histórias sobre ela sobrevivem até hoje. E a história é muito poderosa. Exerce uma atração incrível em quem a ouve. É uma das muitas histórias que emergem da psique humana. Nós a vemos como verdade, como reconhecemos as várias versões do mito da criação. Essas histórias sempre existiram e sempre existirão, dentro de nossa mente.

— O que aconteceu à tribo?

— Eles se dedicaram a encontrar a verdade da tapeçaria, a entender o mundo antediluviano, descobrir o que houve. Um grupo pensava que as respostas estavam na mente humana, na compreensão da nossa existência através da reflexão e da auto-observação. Tornaram-se monges da montanha, os Immaru, a Luz. Sou o último Immaru. Mas alguns monges ficaram cada vez mais irrequietos. Buscavam as respostas no mundo. Como nós, eram um grupo de fé, ao menos no início. Com o passar do tempo e de sua jornada, perderam aos poucos a religião, literalmente.

Dedicaram-se a uma nova esperança para suas respostas: a ciência. Estavam cansados dos mitos e alegorias. Queriam provas. E começaram a encontrá-las, mas pagaram um alto preço por isso. Falta à ciência algo muito importante que a religião oferece: um código moral. A sobrevivência do mais adaptado é um fato científico, mas é uma ética cruel; é como os animais procedem, não uma sociedade civilizada. As leis podem apenas nos levar até aí e precisam se basear em alguma coisa, num código moral compartilhado que surge de alguma coisa. Quando esse fundamento moral se perde, os valores da sociedade fazem o mesmo.

— Não acho que uma pessoa precise ser religiosa para ser ética. Sou cientista e não sou... tão religiosa... mas sou, ou acho que sou, uma pessoa bastante ética.

— Também é muito mais inteligente e mais empática que a maioria das pessoas. Mas eles alcançarão você um dia e o mundo viverá em paz, sem necessidade de alegorias ou lições morais. Temo que esse dia esteja mais longe do que qualquer um acredita. Falo do estado das coisas hoje, das massas, não da minoria. Mas eu não deveria estar falando disso. Estou pregando sobre assuntos do meu interesse, como os velhos geralmente fazem, principalmente os solitários. Você sem dúvida já adivinhou a identidade dos monges que formaram a dissidência dos Immaru no passado.

— Os Immari.

Qian assentiu.

— Acreditamos que, por volta do tempo dos gregos antigos, os monges separatistas mudaram o nome para Immari. Talvez o fizeram para soar mais grego, então talvez pudessem ser aceitos pelos eruditos gregos que estavam fazendo muitas descobertas nesse campo emergente que era a ciência. A verdadeira tragédia e a verdade sobre como essa facção mudou para sempre estão relatadas no diário. É por isso que você precisa lê-lo.

— E o restante da tapeçaria... os outros dois dilúvios?

— Esses são os eventos que virão.

Kate observou a outra metade da tapeçaria. O mar azul que havia consumido o mundo no Dilúvio das Águas virou um mar carmesim de sangue quando fluiu para o quadrante direito inferior da tapeçaria. Sobre o mar de sangue, um grupo de super-homens estava massacrando seres menores. O mundo era uma terra devastada, a escuridão cobria a terra e o sangue corria de cada homem, mulher e criança para dentro de um fosso carmesim. O Dilúvio de Sangue. Acima da batalha, um herói combatia um monstro, matando-o no céu, onde ele desencadeava um Dilúvio de Luz, banhando o mundo e liberando-a. Tomado como um todo, a tapeçaria movia-se dos tons pretos e cinzentos do Dilúvio de Fogo para os azuis e verdes do Dilúvio de Água, passando para os tons vermelhos e carmesins do Dilúvio de Sangue até os brancos e amarelos do Dilúvio de Luz. Era bonito. Cativante.

Qian interrompeu a concentração de Kate.

— Agora preciso descansar. E a senhora precisa fazer seu dever de casa, dra. Warner.

Capítulo 69

Sala de conferência principal
QG da Clocktower
Nova Déli, Índia

Dorian ergueu a mão para segurar o analista.

— O que é esse "Relatório de Barnaby Prendergast"?

O homem de trinta e poucos anos parecia confuso.

— É o relatório de Barnaby Prendergast.

Dorian olhou ao redor da sala de conferência para o pessoal da Clocktower e da Immari Security reunido. A equipe agora integrada ainda estava se ajustando à união formal Immari-Clocktower e aquilo estava atrasando a reunião enquanto os papéis e competências eram ajustados.

— Alguém pode me dizer o que é Barnaby Prendergast?

— Ah, é o nome dele... Barnaby Prendergast — o analista respondeu.

— Sério? Nós demos esse nome para ele... na verdade, não me diga, não me importa. O que ele disse? Comece do início.

O analista folheou algumas páginas empilhadas.

— Prendergast é um dos vinte da equipe que ainda estão lá no complexo.

— *Estavam* no complexo — Dorian corrigiu.

O analista inclinou a cabeça.

— Bem, tecnicamente ele, ou seu cadáver, está no complexo.

— Meu Deus, leia esse relatório.

O analista engoliu em seco.

— Certo, hum, antes de o drone atacar, ele... Prendergast... comentou sobre uma mulher não identificada, segundo as palavras dele aqui: "abordou-o fora do laboratório e obrigou-o a ajudá-la no que ela alegava ser um resgate de crianças". — O analista folheou outra página. — Ele continua dizendo que "tentou impedi-la" e que "acreditava que ela estava usando um cartão de identificação falso ou roubado". Ele diz também, e aqui está o problema, que ela saiu às pressas depois dos ataques "coberta de sangue, mas ilesa", e que ela "o atacou novamente, impediu-o de resgatar operários" e, depois, ela "pegou a arma de um guarda, tentou atirar nele", segundo Prendergast, depois entrou no trem de carga com um cúmplice agonizante, que Prendergast disse ter sido alvejado várias vezes.

Dorian recostou-se na cadeira e encarou a bancada de telas. Kate Warner sobreviveu ao Sino. Como? Reed provavelmente estava morto; Dorian praticamente havia transformado o idiota num queijo suíço.

O homem pigarreou.

— Senhor, devemos desconsiderar? O senhor acha que é bobagem? Talvez o cara estivesse tentando chamar a atenção.

— Não, não acho. — Dorian roeu uma de suas unhas. — É elaborado demais para ser inventado. Espere... por que você diz que ele estava "tentando chamar a atenção"?

— Prendergast ligou para a BBC pouco antes do ataque; foi assim que conseguimos o relatório. Estávamos monitorando todas as comunicações que entravam e saíam do complexo desde o... acidente. Estamos com ele em nossa lista de desconfiança; sua história ameaça a nota à imprensa anterior sobre o acidente industrial da Immari. Então...

— Tudo bem, pare. Pare exatamente aí. Uma coisa por vez. Vamos nos concentrar aqui. — Dorian girou a cadeira para encarar o dr. Chang, que estava sentado no canto, olhando o carpete barato da sala de conferência. — Chang. Preste atenção.

Dr. Chang sentou-se ereto, como se o professor tivesse chamado a sua atenção. O homem estava exausto e ausente desde a explosão na China.

— Sim. Estou aqui.

— Por ora está, doutor, mas se não descobrir como Kate Warner sobreviveu ao Sino, não estará.

Chang deu de ombros.

— Eu... não consigo nem começar...

— O senhor *vai* começar. Como ela pôde sobreviver?

Chang levou a mão fechada ao rosto e pigarreou.

— Bem, hum, vamos ver, talvez ela tenha se tratado com aquilo que deu às crianças. Talvez tenha testado em si por segurança.

Dorian assentiu.

— Interessante. Outras possibilidades?

— Não. Bem, há a óbvia... talvez ela já tivesse a imunidade... o Gene Atlântida.

Dorian roeu a unha um pouco mais. Aquilo era muito interessante. *Muito* interessante.

— Tudo bem, isso parece fácil de testar...

Chang sacudiu a cabeça.

— Meu laboratório foi destruído e nós nem sabemos por onde começar...

— Pegue um laboratório novo. — Dorian virou-se para um dos homens da equipe: — Encontre um novo laboratório para o dr. Chang. — Ele se voltou de novo para Chang: — Não sou cientista, mas eu começaria pelo sequenciamento do genoma da mulher e pela verificação de qualquer irregularidade.

Chang assentiu.

— Sim, claro, isso é fácil, mas com o estado do complexo, talvez não encontremos nenhum DNA...

Dorian lançou a cabeça para trás.

— Pelo amor de Deus, pense além. Warner vivia num condomínio em Jacarta; com certeza o senhor é esperto o bastante para encontrar uma escova de cabelo ou um absorvente usado, doutor.

Chang enrubesceu.

— Sim, isso poderia funcionar.

Uma analista da Clocktower interveio.

— Algumas mulheres jogam absorventes internos na privada.

Dorian fechou os olhos e ergueu as mãos para o alto.

— Esqueçam o absorvente. Deve haver toneladas do DNA de Kate Warner em Jacarta. Vá até lá e encontre. Ou, melhor ainda, vamos *encontrá-la*. Se ela escapou, deve estar em um dos nossos trens. — Dorian voltou-se para Dmitry Kozlov, o comandante de campo da Immari Security, que havia deixado a China com ele.

O soldado sacudiu a cabeça.

— Acabei de receber a lista. Batemos com a lista de funcionários. Ela não está em nenhum dos trens. Nem Reed. Tivemos um monte de feridos e mortos, várias pessoas com traumas, mas ninguém com ferimentos a bala.

— Você não pode estar falando sério. Vasculhe os trens de novo…

— Isso atrasará Toba… — Dmitry disse.

— Faça o que mandei.

O analista com o relatório de Prendergast se intrometeu.

— Talvez ela tenha saltado.

Dorian esfregou as têmporas.

— Ela não pulou.

O analista sacudiu a cabeça.

— Como o senhor sabe…

— Porque estava com Reed.

— Talvez ela possa ter empurrado…

— Poderia, mas não empurrou.

O analista parecia confuso.

— Como o senhor sabe?

— Porque não é tão estúpida quanto aparentemente vocês são. Ela tem um metro e setenta e cinco, cinquenta e quatro quilos. Reed tem mais de um metro e oitenta e oitenta e um quilos. Warner não conseguiria caminhar para fora do Tibete sozinha, muito menos carregando oitenta e um quilos de peso morto. E, acreditem, se Reed estiver vivo, ele não consegue andar.

— Talvez ela tenha deixado o homem para trás.

— Ela não o deixaria.

— Como o senhor sabe?

— Porque eu conheço a mulher. Vamos encerrar esse assunto, todos para fora, vamos. — Dorian levantou-se e acenou os braços para afastar as pessoas para fora da sala lotada.

— E o relatório de Barnaby Prendergast? — o analista perguntou.

— O quê?

— Deveríamos contestar…

— Inferno, não! Confirme. A notícia vai correr de qualquer forma, tem a palavra *terrorista* nela. E é verdade: um terrorista atacou nossas instalações na China. É a melhor desculpa que temos. Libere a gravação de Reed plantando as bombas para corroborá-la. Diga à imprensa que o ataque segue um ataque anterior pelo mesmo pessoal em Jacarta. Incluam o vídeo de Warner também. — Dorian pensou por um momento. Talvez aquilo funcionasse bem, talvez os fizesse ganhar tempo e oferecesse uma história de cobertura. — Vamos dizer que atualmente estamos investigando se a dra. Warner usou uma arma biológica no complexo e estamos pedindo uma quarentena estrita para as instalações. — Dorian esperou, encarando a equipe. — Tudo bem, vamos lá, pessoal.

Ele apontou para Dmitry.

— Você fica.

O soldado alto aproximou-se de Dorian quando a sala esvaziou.

Alguém os tirou do trem.

— Concordo. — Dorian afastou-se da mesa. — Tem que ser eles.

— Impossível. Fizemos buscas naquelas montanhas sem parar desde o Onze de Setembro, eles não estão lá. Todos foram mortos em 1938. Ou talvez fossem um mito. Talvez os Immaru nunca tenham existido.

— Tem uma ideia melhor? — Dorian disse. Como Dmitry não respondeu, Dorian continuou: — Quero equipes vasculhando as montanhas.

— Desculpe, senhor, não temos contingente. A limpeza da Clocktower, mais o fim das maiores hostilidades no Afeganistão… nossas forças na região já chegaram ao mínimo. Todos que temos no local estão concentrados no Protocolo Toba. Se o senhor quiser equipes, elas precisarão ser desviadas.

— Não. Toba é a prioridade. Que tal uma vigilância via satélite? Podemos rastreá-los, descobrir onde estão?

Dmitry sacudiu a cabeça.

— Não temos olhos no céu sobre o leste da China, ninguém tem. Esse é um dos motivos pelos quais a Immari Research selecionou aquele local... não há nada lá e nenhum motivo para buscas. Nenhuma cidade... de fato, não há nem mesmo muitos vilarejos ou estradas. Podemos reposicionar os satélites, mas levará tempo.

— Faça isso. E lance o restante dos drones no Afeganistão...

— Quantos...

— Todos. Que varram cada centímetro da planície... concentre-se nos mosteiros. E realoque dois homens... podemos poupá-los. Toba é importante, mas capturar Warner também. Ela sobreviveu ao Sino. Temos que saber por quê. Coloque os dois homens para rastrear cada trem que saiu, interrogar aldeões, qualquer um que possa ter visto alguma coisa. Faça pressão. Quero encontrá-la.

Capítulo 70

Mosteiro Immaru
Região Autônoma do Tibete

David ainda estava dormindo quando Kate voltou ao quarto. Ela sentou aos pés dele, na cama da alcova, e olhou pela janela por um tempo. A serenidade daquele lugar era diferente de qualquer coisa que já vivenciamos. Ela olhou de volta para David. Parecia quase tão pacífico quanto o vale verdejante e as montanhas cobertas de branco. Kate recostou-se contra a parede e esticou as pernas ao lado das dele.

Ela abriu o diário e uma carta caiu. O papel parecia velho, frágil, como Qian. As letras fluíam em tinta preta espessa, e ela conseguia sentir o relevo nas costas da página como braille. Kate começou a ler em voz alta, esperando que David ouvisse e que a voz o confortasse.

Para os Immaru,

Tornei-me serviçal da facção que vocês conhecem como Immari. Envergonho-me das coisas que fiz, e temo pelo mundo — pelas coisas que sei que estão planejando. Neste momento, em 1938, eles parecem imbatíveis. Oro para estar errado. Para o caso de eu não estar, estou enviando este diário. Espero que possam usá-lo para evitar o Armagedom dos Immari.

Patrick Pierce
15.11.1938

15 de abril de 1917
Hospital Aliado
Gibraltar

Quando me tiraram do túnel na Frente Ocidental e me trouxeram para este hospital de campanha um mês atrás, pensei que estava a salvo. Mas este lugar cresceu em mim como um câncer, me consumindo de dentro para fora, silenciosamente de início, sem meu conhecimento, em seguida me tomou de surpresa, lançando-me na doença obscura da qual não consigo escapar.

O hospital fica quase quieto a esta hora, e é quando fica mais assustador. Os padres vêm toda manhã e toda noite, rezando, tomando confissões e lendo à luz de vela. Todos foram embora, como a maioria das enfermeiras e médicos.

Fora do meu quarto, consigo ouvi-los, lá fora no pátio amplo com fileiras de camas. Homens gritam — a maioria deles de dor, alguns com pesadelos; outros choram, falam e jogam cartas à luz da lua, e riem como se meia dúzia de homens não fossem morrer antes de o sol se erguer.

Eles me deram um quarto particular, me colocaram aqui. Não pedi. Mas a porta se fecha e bloqueia os gritos e os risos, e fico feliz por não ouvir nem um, nem outro.

Pego o frasco de láudano, bebo até escorrer pelo queixo, em seguida fico à deriva na noite.

O tapa me traz de volta à vida e eu vejo um monte de dentes podres irregulares dentro de um sorriso perverso num rosto sujo e não barbeado.

— Tá acordado!

O cheiro pútrido de álcool e doença fez minha cabeça e meu estômago revirarem.

Dois outros homens me arrastam para fora da cama, e eu grito de dor quando minha perna bate no chão. Eu me contorço no chão, lutando para não desmaiar enquanto eles riem. Quero estar acordado quando eles me matarem.

A porta se abre e vem a voz de uma enfermeira.

— O que está acontecendo...

Eles a agarram e batem a porta.

— Só se divertindo um pouco com o menino do senador, *moça*, mas você é muito mais bonita que ele. — O homem envolveu-a com os braços e deslizou-os atrás dela. — A gente pode começar contigo, senhorita. — Ele rasga o vestido e as roupas de baixo desde a manga esquerda até a cintura. Os seios dela escapam, ela ergue o braço para se cobrir. Luta para afastá-los com o outro braço, mas o homem o pega e rapidamente o torce para trás.

A visão do corpo nu parece energizar os bêbados.

Eu luto para ficar em pé e, assim que me levanto, o homem mais próximo pula sobre mim. Ele segura uma faca contra a minha garganta. Ele me encara direto nos olhos enquanto balbucia suas palavras bêbadas.

— O papai senador malvadão mandou ele pra fora da guerra, mandou ele pra nós todos, mas ele não pode te salvar mais.

A faca corta meu pescoço quando o homem enlouquecido me olha furioso. O outro homem segura a enfermeira por trás, esticando a cabeça, tentando beijá-la enquanto ela vira o rosto. O último homem a despe.

Ficar em pé irradia dores por todo meu corpo — dor tão grave que me deixa nauseabundo, aturdido. Vou desmaiar logo. É insuportável, mesmo com o láudano. O láudano — vale mais que ouro num lugar como este.

Estico-me até a mesa, tentando interromper o olhar do homem.

— Tem láudano, um frasco cheio na mesa.

A concentração dele rompe-se por um instante e eu pego a faca. Eu a puxo sobre o pescoço quando giro, em seguida o empurro para longe e avanço com a faca sobre o homem nu, enterrando a lâmina até o punho em seu estômago. Eu caio sobre ele, arranco a faca e a enfio no seu peito. Os braços dele estremecem e o sangue vaza da boca.

A dor da investida está me acometendo. Não tenho nada para o último homem, o captor da enfermeira, mas seus olhos arregalam-se e ele solta a mulher e corre da sala assim que eu desmaio.

— *2 dias depois* —

Acordo num lugar diferente, uma cabana no interior — é o que parece pelo cheiro e como o sol brilha através da janela aberta. É um quarto claro, decorado como uma mulher faria, com quinquilharias e coisas pequenas que mulheres gostam e homens nunca percebem, exceto em momentos como este.

E lá está ela, lendo em um canto, balançando-se silenciosamente, aguardando. Por algum tipo de sexto sentido, ela parece saber instantaneamente que estou acordado. Deixa o livro de lado com gentileza, como uma peça de porcelana fina, e caminha até o meu leito.

— Olá, major. — Ela olha para minha perna esquerda, nervosa. — Tiveram que operar sua perna novamente.

Percebo a perna agora. Está com ataduras, grossa, quase com o dobro do diâmetro da minha perna normal. Quando me trouxeram para cá, e por duas semanas depois disso, ameaçaram arrancá-la. "Vai nos agradecer mais tarde. Tem que confiar na gente, rapaz. Parece horrível, mas é o melhor. Não ficará sozinho em casa, garanto a você, haverá toneladas de mais jovens que voltarão da guerra correndo para cá em pernas de lata, será tão comum quanto beber água, estou dizendo."

Tento me inclinar para a frente para espiar, mas a dor me acomete quando me ergo, agarrando-me e me jogando de volta na cama.

— Ela ainda está aí. Insisti que eles respeitassem seus desejos.

Mas removeram bastante tecido. Disseram que estava infectado e nunca curaria. O hospital é um lugar ruim para germes e, no fim das contas... — Ela engoliu em seco. — Disseram que o senhor ficará na cama por dois meses.

— E os homens?

— Acham que eram desertores. Deve haver uma investigação, mas... apenas uma formalidade, acho eu.

Vejo agora a garrafa branca na mesa, bem como estava no hospital. Eu me demoro olhando. Sei que ela me olha.

— Pode tirar isso daqui.

Se eu começar novamente, nunca vai parar. Sei como funciona.

Ela avança e pega rápido o frasco, como se estivesse prestes a cair da mesa.

Qual o nome dela? Deus, o último mês é um borrão, um sonho manchado por ópio e álcool, um pesadelo. Barnes? Barrett? Barnett?

— Está com fome? — Ela está lá, em pé, o frasco preso ao peito com uma mão, o vestido preso com a outra. Talvez sejam as drogas ou ter ficado tanto tempo sem comer, mas não tenho vontade nenhuma de comer.

— Faminto — eu digo.

— Estará pronto em um minuto. — Ela já estava quase saindo pela porta.

— Enfermeira... é...

Ela para e olha para trás, talvez um pouco decepcionada.

— Barton. Helena Barton.

Vinte minutos depois, sinto cheiro de pão de milho, feijão e presunto do campo. O cheiro é melhor do que qualquer coisa que já provei. Para minha surpresa, comi três pratos naquela noite. No fim das contas, eu estava faminto.

Capítulo 71

Sala de conferência principal
QG da Clocktower
Nova Déli, Índia

Dorian repassou a lista de vivos e mortos dos dois trens.

— Quero enviar mais corpos para os Estados Unidos. A Europa parece o.k., eu acho. — Ele coçou a cabeça. — Acho que a alocação para o Japão também deve bastar. A densidade populacional ajudará. — Ele desejava poder consultar Chang ou um dos cientistas, mas precisava limitar o acesso às informações.

Dmitry examinou a lista.

— Ainda podemos realocar, mas de onde tiraríamos?

— África e China. Acho que eles se movem mais lentamente do que pensamos. A China tende a ignorar ou abafar a crise na saúde pública e a África simplesmente não tem infraestrutura para lidar com um surto.

— Ou para espalhá-lo. É um dos motivos pelos quais alocamos...

— Nações desenvolvidas, elas são a ameaça real. Não subestime os centros de controle e prevenção de doenças. Eles se moverão rápido quando chegar lá. E sempre podemos trabalhar na África depois que começar.

Capítulo 72

Mosteiro Immaru
Região Autônoma do Tibete

Kate segurou a cabeça de David levantada enquanto ele engolia o antibiótico com água de uma caneca de cerâmica. O resto da água escorreu de sua boca, e ela limpou com a manga da camisa. Ele pairou entre a consciência e a inconsciência durante toda a manhã.

Ela abriu novamente o diário.

Levo meus homens através do túnel, segurando a vela diante de mim. Estamos quase lá, mas eu paro, erguendo minhas mãos enquanto os homens tropeçam atrás de mim. Ouvi alguma coisa? Enterro meu diapasão na terra e observo, esperando o veredicto. Se vibrar, os alemães estão abrindo um túnel perto de nós. Já abandonamos duas passagens pelo medo de nos conectarmos a eles. O segundo nós estouramos embaixo deles, esperamos que seu avanço tenha sido interrompido.

O diapasão não se move. Eu o encaixo novamente no meu cinto de ferramentas e nos arrastamos mais fundo na escuridão, a vela lançando sombras fracas nas paredes de terra e pedra. Poeira e cascalho caem em nossa cabeça enquanto caminhamos.

Em seguida, a chuva constante de sujeira para. Olho para cima e aproximo minha vela, tentando discernir o que aconteceu.

Eu me viro e grito: "Voltem!", quando o teto despenca e o inferno se instala. A luz fraca da vela se extingue quando me jogo no chão. Os escombros esmagam minha perna, e eu quase desmaio.

Os alemães aterrissam em pé, praticamente em cima de mim, e começam a atirar, matando dois dos meus homens instantaneamente. Os clarões dos disparos das metralhadoras e os gritos dos homens morrendo são meu único guia para a carnificina.

Puxo minha arma e atiro neles à queima-roupa, matando os primeiros dois homens, que devem ter pensado que eu estava morto ou não puderam me ver na escuridão. Mais homens estão chegando, e eu atiro neles também. Cinco, seis, sete deles mortos, mas há uma fila infinita deles, um regimento inteiro, pronto para invadir o túnel e as fileiras dos Aliados. Será um massacre. Estou sem balas. Jogo a pistola vazia de lado e tiro uma granada. Puxo o pino com os dentes e jogo-a com toda a força no túnel alemão lá em cima, aos pés da nova onda de soldados. Dois longos segundos passam quando os homens saltam lá de cima, atirando em mim quando chegam, e em seguida a explosão os destroça, desintegra o túnel deles e fazem os dois túneis despencarem ao meu redor. Estou preso. Não consigo me levantar e não vou sair, as ruínas estão me sufocando, mas de repente há mãos sobre mim...

A enfermeira está lá, limpando o suor da minha testa e segurando minha cabeça.

— Estavam esperando por nós... conectaram-se ao nosso túnel à noite... não havia chance... — eu disse, tentando explicar.

— Acabou. Foi apenas um pesadelo.

Eu estendo a mão até a perna, como se tocá-la fosse parar a dor latejante. O pesadelo não acabou. Não vai acabar.

O suor e a dor ficavam piores a cada noite; ela deve ver isso. E ela vê. O frasco branco está em sua mão e eu digo:

— Só um pouco. Eu preciso me livrar disso.

Dou um grande gole e as feras se afastam. E consigo dormir de verdade.

Ela está lá quando eu acordo, tricotando no canto. Na mesa ao meu lado, três pequenos vidros de uma dose continham o líquido marrom--escuro — a ração diária do preparado de ópio que oferece a morfina e a codeína que necessito desesperadamente. Graças a Deus. Os suores voltam e a dor veio com eles.

— Estarei em casa antes de o sol se pôr.

Assinto e tomo a primeira dose.

Duas doses por dia.

Ela lê para mim toda noite, após o trabalho e o jantar.

Estou deitado, acrescentando comentários espertos e observações espirituosas às vezes. Ela sorri e, quando fico um pouco cruel demais, me castiga de brincadeira.

A dor é quase suportável.

Uma dose por dia. Liberdade.

Quase. Mas a dor persiste.

Ainda não consigo caminhar.

Passei minha vida em minas, em espaços escuros confinados. Mas não consigo aguentar. Talvez seja a luz, ou o ar fresco, ou ficar deitado na cama dia após dia, noite após noite. Um mês passou.

Todo dia, quando chega perto das três horas, conto os minutos até ela chegar em casa. Um homem, esperando por uma mulher chegar em casa. Isso põe em dúvida a premissa da frase.

Insisti para que ela parasse de trabalhar no hospital. Germes. Bombas. Chauvinistas. Tentei de tudo. Ela não ouve. Eu não consigo vencer. Não tenho uma perna para me apoiar. Simplesmente não consigo abaixar meu pé. E, além disso, estou ficando perdido, fazendo piadas fracas sobre mim, para mim mesmo.

Lá fora, pela janela, eu a vejo chegar. Que horas são? Duas e meia. Ela está adiantada. E... lá está um homem com ela. No mês que estou aqui, ela nunca trouxe um pretendente consigo. O pensamento nunca me ocorreu e, agora, aquilo me atinge de todas as formas erradas. Eu me esforço para olhar melhor a janela, mas não consigo vê-los. Eles já estão na casa.

Eu me ajeito freneticamente na cama e fico empertigado, apesar da dor atenuada, então posso me sentar na cama e parecer mais forte do que estou. Pego um livro e começo a lê-lo de cabeça para baixo. Ergo os olhos, em seguida viro o livro do lado certo pouco antes de Helena entrar. O pretencioso de bigode e monóculo, num terno de três peças, está próximo dela como um cão ávido por caçar.

— Ah, você pegou um dos livros. O que escolheu? — ela o levanta na minha direção levemente, lê o título e inclina a cabeça um pouco. — Hum, *Orgulho e preconceito*. Um dos meus favoritos.

Fecho o livro e jogo-o na mesa, como se ela tivesse me dito que ele estava infectado com a praga.

— Sim, bem, um homem precisa estar a par dessas coisas. E eu aprecio... os clássicos.

O homem de monóculo olhou para ela impaciente. Pronto para dar prosseguimento à visita — longe do aleijado no quarto contíguo.

— Patrick, esse é Damien Webster. Ele veio dos Estados Unidos para vê-lo. Não me disse para quê. — Ela ergueu as sobrancelhas de um modo conspirador.

— Prazer, sr. Pierce. Eu conheci seu pai.

Ele não está cortejando Helena. Espere aí, ele *conhecia* meu pai.

Webster parece perceber minha confusão.

— Enviamos um telegrama ao hospital. O senhor não recebeu?

Meu pai está morto, mas ele não veio aqui para isso. Para quê, então?

Helena fala antes que eu possa responder.

— Major Pierce está aqui há um mês. O hospital recebe muitos telegramas por dia. Qual seu assunto, sr. Webster? — O tom de Helena fica mais sério agora.

Webster lança um olhar raivoso para ela. Provavelmente não está acostumado com uma mulher falando com ele nesse tom. Talvez ele possa tirar proveito disso.

— Várias questões. A primeira seria o espólio do seu pai...

Lá fora, pela janela, vejo um pássaro pousar na fonte. Ele se irrequieta, mergulha a cabeça, levanta e sacode a água.

— Como ele morreu? — eu pergunto, ainda concentrado no pássaro.

Webster fala rapidamente, como se fosse algo para tirar do caminho, um incômodo:

— Acidente de automóvel. Ele e sua mãe morreram instantaneamente. Máquinas perigosas, eu diria. Foi rápido. Não houve sofrimento, garanto ao senhor. Agora...

Sinto a dor de um jeito diferente, uma sensação devastadora de solidão, vazio, como se houvesse um fosso dentro de mim que não consigo preencher. Minha mãe, morta. Enterrada. Nunca a verei novamente.

— Isso seria aceitável, sr. Pierce?

— O quê?

— A conta no First National Bank, em Charleston. Seu pai era um homem muito frugal. Há quase duzentos mil dólares na conta.

Frugal em excesso.

Webster fica claramente frustrado e continua na espera de uma resposta:

— A conta está no nome do senhor. Não há testamento, mas, como o senhor não teve filhos, não há problema. — Ele espera mais um momento. — Podemos transferir o dinheiro para um banco daqui. — Ele olha para Helena. — Ou da Inglaterra, se o senhor preferir...

— O Orfanato de Virgínia Ocidental. Fica em Elkins. Cuide para que eles recebam o saldo da conta. E que eles saibam que veio do meu pai.

— Hum, sim, isso é... possível. Posso perguntar por quê?

Uma resposta sincera seria "porque ele não queria que eu ficasse com esse dinheiro" ou, mais exatamente, "porque ele não gostava do homem que me tornei". Mas não digo nada, talvez porque Helena esteja no quarto ou talvez porque não ache que esse inescrupuloso mereça uma resposta honesta. Em vez disso, murmuro algo que se aproxima de "É o que ele faria".

Ele olha para a minha perna, buscando as palavras certas.

— Muito bem, mas as pensões do Exército são... bem parcas, mesmo para um major. Achei que o senhor estivesse disposto a guardar um pouco do dinheiro, digamos, cem mil dólares?

Eu o encaro agora.

— Por que o senhor não me diz o motivo de sua visita? Eu duvido que seja pelo espólio de duzentos mil dólares do meu pai.

Ele fica perplexo.

— Claro, sr. Pierce. Eu estava apenas tentando aconselhá-lo... para seu melhor interesse. De fato, é por isso que estou aqui. Trago uma mensagem de Henry Drury Hatfield, governador do grande estado da Virgínia Ocidental. Sua Excelência deseja que o senhor... bem, em primeiro lugar, ele envia suas mais profundas condolências pela sua perda, aliás do estado e de nossa grande nação. Além disso, ele gostaria que soubesse que ele está preparado para designá-lo para a vaga de seu pai no Senado dos Estados Unidos, pois foi investido dessa autoridade pelo legislativo estadual.

Começo a perceber como os McCoys talvez odiassem essas cobras. Henry Hatfield é o sobrinho do Demônio Hatfield, líder do infame clã Hatfield. O governador não pode concorrer a um segundo mandato. Ele se candidatou para essa vaga no Senado dos Estados Unidos dois anos atrás, mas os estados ratificaram a Sétima Emenda no ano anterior, permitindo a eleição direta dos senadores, arrancando o poder dos legislativos estatais corruptos e de manipuladores como Hatfield. Meu pai estava na primeira turma dos senadores norte-americanos eleitos pelo povo. Sua morte e a conversa sobre dinheiro, agora faz mais sentido. Mas não a nomeação.

Webster não deixa o mistério se estender muito. Ele se recosta ao pé da cama, falando como se fôssemos antigos camaradas.

— Claro que sua situação como herói de guerra o tornará uma escolha popular. Haverá uma eleição especial. Como o senhor sabe, os senadores agora são eleitos pelo povo — ele balança a cabeça —, como deveria ser. O governador está pronto para nomeá-lo para servir no mandato do seu pai sob a seguinte condição: que o senhor o endosse na eleição especial e faça campanha para ele. Em troca, está disposto a apoiar sua carreira. Talvez como candidato ao congresso. Congressista Patrick Pierce soa muito bem, creio eu. — Ele se afasta da cama e sorri para mim. — Então, posso dar as boas-novas ao governador?

Encaro-o com fúria. Nunca tive tanta vontade de me levantar em toda a minha vida, ser capaz de levar esse demônio até a porta e jogá-lo para fora.

— Sei que as circunstâncias não são ideais, mas precisamos nos mostrar à altura da ocasião. — Webster meneou a cabeça para a perna. — E com suas... limitações, talvez fosse uma boa pedida. Dificilmente encontrará um trabalho melhor...

— Saia.

— Ora, sr. Pierce, eu sei...

— O senhor me ouviu. E não volte. Já recebeu a única resposta que vai conseguir. Diga àquele bandido do Hatfield para fazer ele mesmo seu trabalho sujo, ou talvez um dos primos. Sei que são bons nisso.

Ele caminha na minha direção, mas Helena o pega pelo braço.

— Por aqui, sr. Webster.

Quando ele parte, ela volta.

— Sinto muito pelos seus pais.

— Eu também. Minha mãe era muito gentil e adorável. — Sei que ela consegue ver como estou triste agora, mas não consigo mais segurar.

— Posso lhe trazer alguma coisa?

Posso dizer que ela não teve intenção, mas seus olhos se lançam para a garrafa que estava ao lado da cama.

— Sim. Um médico. Para minha perna.

Capítulo 73

Sala de situação
QG da Clocktower
Nova Déli, Índia

Dorian parou ao lado da porta, observando a sala de situação. Parecia quase a sala de controle de missão para um lançamento da Nasa. Várias fileiras de analistas falavam em fones de ouvido e trabalhavam em computadores que controlavam os drones. Na parede comprida, uma colcha de retalho de telas mostrava a telemetria dos drones: cenas de montanhas e florestas.

Dmitry estava coordenando a busca. O russo corpulento parecia que não dormia desde as explosões na China. Abria caminho entre a multidão de analistas e juntou-se a Dorian no fundo da sala.

— Não conseguimos nada até agora. A área de busca é muito grande.

— E a vigilância via satélite?

— Ainda pendente.

— Por quê? Por que leva tanto tempo?

— O reposicionamento leva tempo e há muita área para cobrir.

Dorian observou as telas por um momento.

— Comece sacudindo os arbustos.

— Sacudir?

— Queimar — Dorian falou quando se virou e levou Dmitry até a porta, fora do alcance dos analistas. — Veja o que cai de lá. Aposto que Warner está em um daqueles mosteiros. Em que pé estamos com o Protocolo?

— Os corpos estão nos aviões seguindo para a Europa, América do Norte, Austrália e China. Os vivos estão em hospitais locais na Índia e — ele verificou o relógio — Bangladesh dentro de uma hora.

— Relatórios?

— Nada até agora.

Ao menos havia algumas boas notícias.

Capítulo 74

Mosteiro Immaru
Região Autônoma do Tibete

Na manhã seguinte, Milo estava aguardando Kate, como na manhã anterior. "Quanto tempo está sentado aqui, me esperando acordar?", ela se perguntou.

Kate levantou-se e encontrou outra tigela de café da manhã no mesmo lugar. Ela e Milo trocaram gentilezas matutinas e ele a levou de novo até o quarto de David.

O diário ficou na mesa ao lado da cama, mas Kate o ignorou, indo primeiro até David. Ela administrou os antibióticos e inspecionou os ferimentos do ombro e da perna. Os anéis vermelhos haviam se expandido à noite, espalhando-se pelo peito e pelo alto da coxa. Kate mordeu a boca por dentro e olhou para a janela, distraída.

— Milo, preciso que me ajude com uma coisa. É muito importante.

— Como disse quando nos conhecemos, madame — ele se curvou de novo —, Milo está ao seu dispor.

— Você tem problemas com sangue, Milo?

Várias horas depois, Kate estava prendendo a última atadura ao ombro de David. Uma pilha de gaze ensanguentada estava em uma poça de sangue e pus numa tigela sobre a mesa. Milo desempenhou admiravelmente, não tão bem quanto um enfermeiro num centro cirúrgico, mas sua contenção zen teve um papel fundamental, especialmente para manter os nervos de Kate sob controle.

Quando terminou com as ataduras, Kate correu a mão sobre o peito de David e exalou profundamente. Agora, tudo que podia fazer era esperar. Recostou-se na alcova e observou o peito subir e descer, o movimento quase difícil de discernir.

Após poucos momentos, ela abriu o diário e começou a ler.

3 de junho de 1917

— E agora? — dr. Carlisle diz quando aperta a caneta-tinteiro na minha perna.

— Sim — eu digo entredentes.

Ele desliza a caneta para baixo e aperta novamente.

— E aqui?

— Como o inferno.

Ele se endireita e observa os resultados das punções.

Antes de olhar para a perna, ele passou um tempo coletando um "histórico". Era um desvio bem-vindo da conduta dos cirurgiões de campo, que olhavam para o ferimento, nunca para o homem, e em geral procediam sem dizer uma palavra. Eu lhe disse que tinha vinte e seis anos, com boa saúde, tirando a perna, não tinha "dependências" e me feri num túnel que despencou sob a Frente Ocidental. Ele assentiu e realizou um exame completo, observando que o ferimento não era diferente daquele que vira em mineiros e esportistas.

Espero pelo veredicto, imaginando se devia dizer algo.

O doutor da cidade coçou a cabeça e sentou-se ao lado da cama.

— Tenho que dizer que concordo com o que os cirurgiões do Exército disseram. Teria sido melhor extirpá-la, provavelmente bem abaixo do joelho, ou ao menos é onde eu teria começado.

— E agora? — Eu temia a resposta.

— Agora... não tenho certeza. Não vai andar com essa perna de novo ou, ao menos, não normalmente. Em grande parte dependerá de quanta dor você tiver. Há muitos nervos lesionados, sem dúvida. Recomendaria que você tentasse caminhar, o melhor que puder, pelo próximo mês ou dois. Se a dor for insuportável, como suspeito que será, tiraremos abaixo do joelho. A sensação maior está nos pés; há mais nervos lá. Isso dará algum alívio. — Como se antecipasse meu nervosismo, ele acrescenta: — Não estamos combatendo a dor aqui. Vaidade é um fator. Nenhum homem quer perder metade da perna, mas isso não faz dele menos homem. É melhor ser prático. Vai agradecer se for. E acredito que a última consideração é que tipo de trabalho o senhor fará, capitão... não, major, era isso? Nunca vi um major na sua idade.

— Sobe-se na hierarquia rápido quando todos estão morrendo ao seu redor — eu digo, protelando a outra pergunta, aquela que me recusava a encarar desde que o túnel desabou. Escavar é tudo que sei. — Não sei o que fazer depois... depois que estiver em pé. — É a primeira expressão que me vem à mente.

— Trabalho burocrático, hum, seria benéfico para sua disposição, se conseguir encontrar. — Ele assente e se levanta. — Bem, se isso é tudo, me visite ou escreva em um mês. — Ele me entrega um cartão com seu endereço em Londres.

— Obrigado, doutor, de verdade.

— Bem, eu não poderia negar um pedido do Lorde Barton. Nós nos conhecemos há muito tempo, desde nossos dias em Eton, e quando me disse que o senhor era um herói de guerra e que sua menina foi tão insistente, que temia que o coração dela se partiria de verdade se eu não desse uma olhada, entrei no trem no dia seguinte.

Ouvimos um estrépito no vestíbulo, como se alguém derrubasse algo de uma prateleira. Dr. Carlisle e eu olhamos, mas nenhum de nós diz nada. Ele recolhe sua bolsa preta e se levanta.

— Deixarei instruções com Helena sobre como fazer ataduras na perna. Boa sorte, major.

5 de agosto de 1917

Dois meses se passaram e eu estou "andando" há um mês agora. Capengando a maior parte do tempo. Em dias bons, com o uso de uma bengala, mancando.

Carlisle apareceu uma semana atrás para ver minha apresentação inválida. Ele ficou ao lado de Helena e comemorou como um dono orgulhoso num concurso de cães.

Isso é injusto. E maldoso — alguém que está sendo apenas bondoso comigo.

As pílulas. Elas embotam a dor e tudo o mais, inclusive meus pensamentos. Deixam-me imune à emoção quando eu as tomo e irritado como um marimbondo quando o efeito passa. Lutar uma guerra na minha mente é uma espécie estranha de tortura. Acho que preferia ter sido fuzilado pelos homens do Kaiser; ao menos eu sabia onde estava e poderia ter um minuto de descanso quando não estava no front. As semanas caminhando, tomando pílula e caminhando penosamente me deixaram com outro medo: que eu nunca vou me livrar dessa fera nas minhas costas, constantemente me aguilhoando para arrancar a dor. Preciso das pílulas, não consigo ficar sem elas e não quero. Eu troquei o demônio, o láudano, por duas muletas, uma ao meu lado e outra no meu bolso.

Carlisle diz que meu caminhar vai melhorar apenas quando eu "conhecer a perna" e encontrar a dose rotineira mínima com os analgésicos. É tão fácil falar.

Mas as pílulas não são pelo que mais me afeiçoei nos meses desde que saí do hospital. Nunca conheci alguém como ela. A ideia de se mudar, de dizer adeus, me aterroriza. Sei o que quero fazer: pegá-la pela mão, a bordo de um navio, e partir de Gibraltar, longe da guerra, longe do passado, e recomeçar em algum lugar seguro, onde nossos filhos possam crescer sem preocupações no mundo.

Quase três horas e eu não tomei uma pílula o dia todo. Quero minha cabeça limpa quando falar com ela. Não quero perder nada, independentemente da dor, na perna ou no coração.

Preciso de toda a minha perspicácia. Talvez seja sua criação britânica, com o estoicismo e o humor seco, ou talvez sejam os dois anos de trabalho no hospital de campanha, onde as emoções são tão contagiosas e perigosas quanto as infecções que eles combatem, mas a mulher é quase impossível de interpretar. Ela ri, ela sorri, é cheia de vida, mas nunca se descontrola, nunca deixa escapar uma palavra, nunca trai os pensamentos. Eu daria minha outra perna para saber como ela realmente se sente quanto a mim.

Estive pensando sobre minhas opções e fazendo os arranjos que posso. Um dia depois que aquele demônio do Damien Webster veio me visitar, escrevi três cartas. A primeira carta foi para o First National Bank, em Charleston, informando que eles deviam desembolsar o saldo da conta de meu pai para o Orfanato de Virgínia Ocidental, em Elkins. Enviei a segunda carta para o orfanato, notificando que eles esperassem a contribuição e que, no caso de a herança não chegar diretamente na conta deles, que entrassem em contato com o sr. Damien Webster com relação à questão, pois ele fora a última pessoa sabida que tem acesso à conta. Realmente espero que eles recebam os recursos.

A última carta escrevi para o City Bank de Charleston, onde meus fundos são mantidos. Recebi uma carta de resposta uma semana e meia depois, informando que minha conta totalizava US$ 5.752,34 e que haveria uma taxa para me enviar o valor via cheque para Gibraltar. Eu já esperava ser extorquido quando estivesse prestes a me retirar, como os bancos sempre fazem, e respondi de imediato, agradecendo e solicitando que enviassem o referido cheque o mais rápido possível. Um portador chegou ontem com ele.

Também recebi o saldo do meu parco salário do Exército, cuja maior parte o Exército guarda enquanto se está em combate. Fui honradamente dispensado na semana passada, então é o último salário que chegará.

Contando tudo, tenho US$ 6.382,79 — muito longe do que eu precisarei para sustentar uma mulher e me estabelecer. Terei de encontrar um trabalho sedentário, muito provavelmente algo em bancos ou investimentos, possivelmente em algo que eu conheça — mineração, talvez munições. Mas esse tipo de trabalho é apenas atribuído para um tipo de homem, com as ligações certas e o tipo correto de educação. Se eu tivesse capital próprio, poderia tentar algo e, com um pouco de sorte, acertar na mosca — carvão, ouro, diamantes, cobre ou prata —, dinheiro não seria problema. Vinte e cinco mil dólares é o objetivo que tracei. Não me daria muito espaço para errar.

Ouço Helena abrir a porta e caminho até a pequena antessala para cumprimentá-la. Seu uniforme de enfermeira está coberto de sangue e lança um contraste estranho com o tipo de sorriso que ela abre quando me vê. Daria qualquer coisa para saber se foi um sorriso de pena ou um nascido da felicidade.

— Está em pé. Desculpe pelas roupas, vou me trocar — ela diz enquanto sai às pressas da sala.

— Vista algo bonito — eu digo para ela. — Vou levá-la para uma caminhada, depois para jantar.

Ela põe a cabeça para fora da porta do quarto.

— É mesmo? — O sorriso se alarga e um laivo de surpresa se esgueira sobre ele. — Devo aprontar seu uniforme?

— Não. Obrigado, estou cheio de usar uniforme. Hoje à noite falaremos sobre o futuro.

Capítulo 75

Sala de situação
QG da Clocktower
Nova Déli, Índia

Dorian caminhou pela sala, esperando para ver a telemetria dos drones. As telas na bancada acenderam uma a uma, revelando um mosteiro aninhado numa encosta de montanha.

O técnico virou-se para ele.

— Precisaríamos passar algumas vezes para encontrar um alvo ideal...

— Não, não se preocupe. Acerte bem ao lado da base, não precisa ser exato. Queremos mais incendiá-lo. Faça o outro drone seguir o primeiro e filmar a sequência dos acontecimentos — Dorian disse.

Um minuto depois, ele observou os mísseis voarem do drone para a encosta. Ele aguardou na esperança de ver Kate Warner correr para fora do prédio em chamas.

Capítulo 76

Mosteiro Immaru
Região Autônoma do Tibete

Kate abaixou o diário e esticou-se para ver o que estava acontecendo ao longe. Pareciam explosões. Um deslizamento de rochedo? Terremoto? Depois da cadeia de montanhas mais distante a fumaça subiu, branca primeiro, em seguida preta.

A Immari estaria procurando por eles?

E se estivesse, o que ela poderia fazer a respeito? Ela deu a David sua dose vespertina de antibióticos e continuou lendo o diário.

5 de agosto de 1917

Helena e eu caminhamos pelo cais de pedras de cantaria, aproveitando a brisa morna do mar e ouvindo os navios tocar seus apitos quando entram na baía e ancoram no porto. O porto de madeira parece tão pequeno quanto uma pilha de palitos de dente embaixo do imenso e irregular rochedo de Gibraltar. Ponho as mãos nos bolsos e ela desliza o braço ao redor do meu, chegando mais perto de mim, e sincroniza o passo com o meu. Conto isso como um bom sinal. Gradualmente, as luzes acendem ao longo da rua, quando os lojistas acordam de suas sestas estilo espanhol e voltam a se preparar para a balbúrdia do jantar e dos compradores noturnos.

Cada passo gira uma faca em minha perna ou, ao menos, essa é a sensação que a caminhada oferece. Sinto o suor juntar-se na minha testa com a agonia prolongada, mas não ouso mover um braço para limpá-la com medo de que ela se afaste.

Helena para. E vê meu suor.

— Patrick, está sentindo dor?

— Não, claro que não. — Limpo a testa com a manga. — Só não estou acostumado com o calor. Estar fechado sob os ventiladores me deixou mal-acostumado. E, além disso, eu cresci na Virgínia Ocidental.

Ela assente para o rochedo.

— É mais fresco nas cavernas. E tem macacos lá. Você já os viu?

Pergunto se ela está brincando e ela jura que não. Digo que temos tempo antes do jantar e deixo que Helena me leve até lá, principalmente porque ela toma meu braço novamente, e eu caminharia para qualquer lugar naquela condição.

O sargento britânico nos leva por um passeio particular pelas grades que mantém os macacos lá dentro, no fundo da caverna de São Miguel. Nossas vozes ecoam quando falamos. São chamados de macacos-de-gibraltar e são semelhantes aos outros macacos europeus, exceto que não têm cauda. Aparentemente, os macacos-de-gibraltar são os únicos primatas que podem ser vistos em liberdade em toda a Europa. Bem, além dos humanos, se pudermos acreditar na teoria da evolução, e não estou certo de que podemos.

Enquanto nos afastamos para ir jantar, pergunto como ela sabia sobre os macacos.

— Os que ficam doentes são tratados no Hospital Naval Britânico — ela diz.

— Está brincando.

— É verdade.

— É seguro? Tratar macacos e humanos com tanta proximidade?

— Acho que sim. Não consigo imaginar que tipo de doença os macacos poderiam passar para os humanos.

— Por que se dar ao trabalho?

— A lenda é que, enquanto os macacos sobreviverem em Gibraltar, os britânicos governarão.

— Vocês são um povo muito supersticioso.

— Ou talvez estejamos apenas dispostos a cuidar de qualquer coisa de que gostamos.

Caminhamos em silêncio por um tempo. Imagino se sou como um animalzinho de estimação para ela, ou um tutelado, ou alguém com quem está em dívida por tê-la salvado no hospital.

Estou perdendo o controle da dor e, sem dizer uma palavra, ela para e, ainda segurando meu braço, vira-se de costas para encarar o rochedo enquanto o sol se põe na baía.

— Há outra lenda sobre o rochedo. Os gregos diziam que é um dos pilares de Hércules e que as cavernas e túneis sob ele vão até o fundo da terra, levando aos Portões de Hades.

— Os Portões do Mundo Inferior.

Ela ergue a sobrancelha, brincando.

— Acha que eles estão lá embaixo?

— Não, eu meio que duvido. Tenho certeza de que o inferno fica a milhares de quilômetros daqui, em uma trincheira na Frente Ocidental.

O rosto dela fica sério e ela abaixa os olhos.

Helena estava fazendo uma piada e eu tentei ser espirituoso, mas trouxe a lembrança da guerra. Isso estragou a atmosfera boa e eu desejei voltar no tempo e começar a conversa de novo.

Ela se anima um pouco e puxa o meu braço.

— Bem, da minha parte, fico feliz que você esteja longe de lá… e não vá voltar.

Abro a boca, mas ela se apressa, provavelmente esperando evitar que eu fale alguma coisa lúgubre.

— Está com fome?

O vinho chega e eu bebo duas taças com rapidez, como se me drogasse. Ela bebe meia taça, provavelmente para ser educada. Queria que ela bebesse mais — eu adoraria ver essa fachada se quebrando, mesmo que por um momento, para que eu pudesse saber o que ela está pensando, como se sente.

Mas a comida chega e nós dois sentimos o cheiro e comentamos como é boa a aparência dos pratos.

— Helena, queria falar uma coisa para você já faz um tempo. — As palavras saem sérias demais. Esperava ser casual para desarmá-la.

Ela abaixa o garfo e mastiga a pequena porção que acabou de sorver, mal movendo a mandíbula.

Eu continuo.

— Foi muito digno da sua parte me colocar em pé. Não sei se eu já agradeci, mas sou muito grato.

— Não foi nenhum incômodo.

— Foi bem incômodo, sim.

— Não foi o que quis dizer.

— Não importa, acho que eu deveria me mudar agora que já saí da minha… convalescência.

— Talvez fosse prudente esperar. Sua perna pode não estar totalmente curada. O dr. Carlisle disse que uma nova lesão seria possível quando caminhasse mais. — Ela brincou um pouco com a comida ao redor do prato.

— Não estou preocupado com a minha perna. As pessoas vão começar a falar. Um homem e uma mulher dividindo uma casa sem serem casados.

— As pessoas sempre falam.

— Não quero que falem de você. Vou encontrar uma casa e um trabalho também. Preciso começar a pôr minha vida em ordem.

— Parece… razoável… esperar até que você saiba onde vai trabalhar antes de pôr tudo em ordem.

— Isso é verdade.

Ela se anima um pouco.

— Falando nisso, uns homens querem falar com você sobre um trabalho. Amigos do meu pai.

Para meu desalento, não consigo esconder a raiva na minha voz.

— Você pediu para que ele encontrasse um emprego para mim.

— Não, juro que não. Sabia como se sentiria se eu fizesse isso, mas eu quis. Ele me telefonou cerca de uma semana atrás e eles estavam dispostos a vê-lo. Posterguei porque não sabia quais eram seus planos.

— Encontrá-los não vai doer — eu digo. Foi o pior erro da minha vida.

David conseguia ouvi-la ler, ou alguém ler, quando abriu a porta do apartamento com um empurrão. Allison ergueu os olhos, foi até o som e apertou o botão de pausa.

— Chegou cedo em casa. — Ela sorriu e começou a lavar as mãos na pia da cozinha.

— Não conseguiu estudar? — Ele apontou para o som. — Outro audiolivro?

— É, assim cozinhar fica menos chato. — Ela fechou a torneira.

— Acho que tem uma coisa menos chata que cozinhar. — Ele a puxa para si e lhe dá um beijo na boca.

Ela leva as mãos molhadas ao peito dele e se debate no abraço dele.

— Não posso, ei, para, eles vão mudar minha sala amanhã, preciso estar lá cedo.

— Óóó, a grande dama dos bancos de investimento já vai conseguir uma sala com janelas?

— Sem chance. Estou no centésimo quarto andar. Vai levar uns vinte anos antes de eu conseguir uma sala com janela lá em cima. Por ora, provavelmente será uma baia perto do banheiro.

— Exatamente por isso deveria viver um pouco. — Ele a pegou no colo e jogou-a na cama. Ele a beijou novamente e correu a mão pelo corpo da mulher.

Ela respirava mais rápido agora.

— Que horas você tem aula? Que dia é amanhã? Terça, dia 11?

Ele arrancou o suéter.

— Sei lá, não importa.

Capítulo 77

Nota à imprensa

Centro de Controle e Prevenção de Doenças
1600 Clifton Rd.
Atlanta, GA 30333, Estados Unidos

Para publicação imediata
Contato: Divisão de Notícias e Mídias Eletrônicas, Departamento de Comunicação
(404) 639-3286

NOVA VARIEDADE DE GRIPE RELATADA EM VILAREJOS NO NORTE DA ÍNDIA

Uma nova variedade de gripe chamada NII.4 *Burang foi revelada pelo Ministério da Saúde e Previdência da Índia. Ainda não se sabe se a variedade é uma mutação de uma gripe já conhecida ou um vírus completamente novo. O* CCPD *despachou uma equipe de campo para auxiliar os oficiais de saúde indianos a analisar a nova variedade.*

O surto foi relatado primeiro entre aldeões nas proximidades de Dharchula, Índia.

Atualmente, a taxa de gravidade e mortalidade da nova variedade também é desconhecida.

O CCPD *avisou o Departamento de Estado que nenhum alerta de viagem foi recomendado até o momento.*

Uma nota de acompanhamento para a imprensa será expedida quando o CCPD *tiver mais detalhes sobre a* NII.4 *Burang.*

Capítulo 78

Mosteiro Immaru
Região Autônoma do Tibete

Milo não estava aguardando Kate na manhã seguinte, mas a tigela de mingau do café da manhã estava na mesa, como antes. Estava um pouco frio, mas ainda assim delicioso.

Kate caminhou pelo assoalho de madeira do quarto até o corredor.

— Dra. Kate! — Milo disse enquanto corria para encontrá-la. Ele parou um pouco antes, pôs as mãos nos joelhos e arfou até recuperar o fôlego. — Desculpe, dra. Kate. Eu estava... precisei trabalhar no meu projeto especial.

— Projeto especial? Milo, você não precisa vir toda manhã.

— Eu sei. Eu quero vir — o adolescente disse quando retomou o fôlego.

Eles caminharam juntos pelos passadiços abertos de madeira na direção do quarto de David.

— No que está trabalhando, Milo?

Ele sacudiu a cabeça.

— Não posso dizer, dra. Kate.

Kate se perguntou se era outra pegadinha. Quando chegaram ao quarto de David, Milo fez uma reverência e partiu, correndo na direção da qual tinha vindo.

A situação de David mudara pouco, embora Kate achasse que ele estava mais corado.

Ela lhe deu os antibióticos matutinos e o analgésico e abriu o diário novamente.

7 de agosto de 1917

Levanto-me para cumprimentar os dois homens enquanto Helena os conduz para a pequena varanda. Nem mesmo o menor sinal de dor cruza meu rosto. Tomei três das pílulas analgésicas brancas e grandes hoje, me preparando, garantindo que pareceria pronto para qualquer tarefa.

É pouco antes do meio-dia e o sol pende alto no céu, banhando com luz a mobília branca de vime e as plantas colocadas ao redor da varanda.

O homem mais alto segue na frente, ultrapassando Helena e falando sem esperar que ela faça as apresentações.

— Então, finalmente decidiu nos ver.

Alemão, soldado. Seus olhos são frios, decididos.

Antes que eu possa falar, o outro aparece atrás do homem imponente, estendendo a mão.

— Mallory Craig, sr. Pierce. Prazer.

Irlandês e um medroso.

O alemão desabotoa o casaco e senta-se sem pedir licença.

— E eu sou Konrad Kane.

Craig dá a volta no sofá com ligeireza e se senta ao lado de Kane, que franze o nariz quando olha para cima, em seguida abaixa os olhos.

— Você é alemão — digo como se o acusasse de assassinato, o que considero justo. Provavelmente poderia ter disfarçado o tom, até mesmo pelas drogas, mas fico feliz que as palavras tenham saído dessa forma.

— Hum. Nasci em Bonn, mas devo dizer que perdi qualquer interesse por política neste momento. — Kane responde sem pressa, como se eu tivesse perguntado se ele acompanhava os cavalos, como se seu povo não estivesse sufocando com gás e assassinando soldados aliados aos milhões. Ele inclina a cabeça: — Digo, quem poderia se interessar quando há tantas coisas mais fascinantes no mundo?

Craig assente.

— Verdade.

Helena deixa uma bandeja de café e chá entre eles, e Kane fala antes que eu possa, como se estivesse em casa e *ele* estivesse *me* recebendo.

— Ah, obrigado, Lady Barton.

Aponto para a cadeira e lhe digo:

— Fique.

Acho justo provar a Kane quem está no comando. Ele parece incomodado e eu me sinto um pouco melhor.

Kane toma um gole do café.

— Ouvi dizer que precisa de trabalho.

— Estou procurando trabalho.

— Temos um tipo de trabalho especial a ser feito. Precisamos de um certo tipo de homem para ele. Alguém que saiba como manter a boca fechada e reaja com rapidez.

Nesse momento, eu penso: trabalho de inteligência — para os alemães. Espero que seja. Ainda tenho minha pistola do Exército americano no criado-mudo. Imagino-me buscando a arma e voltando para a varanda.

— Que tipo de trabalho? — Helena pergunta, rompendo o silêncio.

— Arqueologia. Uma escavação. — Kane permanece concentrado em mim, esperando minha reação. Craig observa Kane quase o tempo todo. Ele não deu um pio desde a "verdade", e duvido que dará outro.

— Estou procurando trabalho *in loco*.

— Então não ficará decepcionado. O local fica embaixo da baía de Gibraltar. Bem fundo. Estamos escavando faz um bom tempo. Na verdade, há quarenta e cinco anos. — Kane me observa, esperando uma reação, mas não reajo. Ele toma um lento gole de café, sem romper o contato visual. — Acabamos de encontrar... de fazer avanços reais, mas a guerra nos pôs em xeque. Ainda acreditamos que logo vai terminar, mas somos forçados a fazer outros planos até lá. *Ergo*, estamos aqui para fazer essa oferta para o senhor. — Kane finalmente desvia o rosto.

— É perigoso? — Helena pergunta.

— Não. Não mais perigoso que, digamos, a Frente Ocidental. — Kane espera que as sobrancelhas dela se ergam, em seguida estende a mão para dar um tapinha na perna de Helena. — Ah, não, é só uma piada, minha querida. — Ele sorri de volta para mim. — Não colocaríamos nosso heroizinho de guerra em perigo.

— O que aconteceu com sua última equipe? — eu questiono.

— Tínhamos uma equipe de mineração alemã, um time extremamente capaz, mas obviamente a guerra e o controle britânico de Gibraltar complicaram as coisas para nós.

Faço a pergunta que deveria ter feito no início.

— Quantas pessoas vocês perderam?

— Perdemos?

— Mortos.

Kane deu de ombros com desdém.

— Nenhum.

O olhar no rosto de Craig me diz que é mentira e imagino se Helena sabe disso.

— O que estão procurando na escavação?

Ele vai mentir, mas fico curioso com o que ele vai inventar.

— Artefatos. Históricos. — Kane cospe as palavras como tabaco mascado.

— Sei.

Minha aposta: uma caça ao tesouro, provavelmente um navio pirata afundado ou um navio mercante no fundo da baía. Precisava ser algo substancial para gastar quarenta e cinco anos escavando, especialmente embaixo da água. Uma missão perigosa.

— Remuneração? — pergunto.

— Cinquenta *Papiermark* por semana.

Qualquer cinquenta teria sido uma piada, mas *Papiermark* é um tapa na cara. Eles também podem me pagar com ouro de tolo. Pelo avançar da guerra para a Alemanha, em um ou dois anos não valerá a pena nem sequer queimar *Papiermark*. Famílias alemães estão levando essa moeda à padaria em carrinhos de mão para comprar um filão de pão.

— Quero meu pagamento em dólares norte-americanos.

— Temos dólares — Kane diz casualmente.

— E muito mais. Quero cinco mil dólares de adiantamento... apenas para examinar seus túneis. — Olho para Helena. — Se forem mal escavados ou o trabalho de escora for ruim, eu vou embora com o adiantamento de cinco mil.

— Eles são muito bem-feitos, sr. Pierce. Foram escavados por alemães.

— E quero mil por semana.

— Absurdo. Está pedindo o resgate de um rei pelo trabalho de um camponês.

— Bobagem. Ouvi dizer que reis, imperadores e czares não são mais tão valiosos como costumavam ser. Mas uma cadeia de comando ordeira tem seu lugar. Posso manter um homem vivo, especialmente em lugares perigosos, como em minas submersas. Se eu aceitar esse trabalho, quando eu estiver nas minas, estarei no comando, sem exceção. Não vou botar minha vida na mão de um tolo. Esses são meus termos; é pegar ou largar.

Kane bufa e abaixa sua xícara de café.

Eu me recosto e digo:

— Claro, vocês também podem esperar a guerra terminar. Concordo que não vai demorar. Então, podem conseguir uma equipe alemã, supondo que reste algum alemão, mas... eu certamente não apostaria nisso.

— Não vou aceitar seus termos. — Kane se levanta, meneia a cabeça para Helena e sai, deixando Craig confuso. O homem hesitante se levanta, reluta por um instante, olhando alternadamente para mim e para seu mestre, em seguida corre atrás de Kane.

Quando a porta se fecha, Helena se recosta na cadeira e corre a mão pelos cabelos.

— Meu Deus, fiquei morta de medo que você fosse aceitar o trabalho. — Ela encara o teto por um momento. — Eles me disseram que queriam você para uma espécie de projeto de pesquisa. Disse que você era muito inteligente e que poderia ser uma boa pedida. Nunca teria deixado esses patifes entrarem se soubesse o que buscavam.

No dia seguinte, quando Helena está no trabalho, Mallory Craig volta. Ele fica em pé na entrada da casa segurando a boina reta na mão diante do peito.

— Desculpe pela antipatia de ontem, sr. Pierce. O sr. Kane está sob muita pressão, o que… Bem, eu, hum, vim dizer que sentimos muito e para lhe entregar isto aqui.

Ele estende um cheque. Cinco mil dólares norte-americanos a serem debitados da conta da Immari Gibraltar.

— Ficaríamos honrados em ter o senhor liderando a escavação, sr. Pierce. Segundo as suas condições, claro.

Digo que fiquei decepcionado com a conversa do dia anterior e que entrarei em contato, de um jeito ou de outro.

Passo o resto do dia sentado e pensando, duas coisas que nunca fiz bem antes de partir para a guerra, duas coisas que pratiquei muito desde então. Eu me imaginei caminhando para aquele túnel de mina, a luz do dia dando lugar à luz de vela enquanto o ar fica cada vez mais frio e úmido. Eu vi os homens, de volta de um desmoronamento ou de outra lesão, homens fortes, quebrados como um ovo na lateral de uma frigideira no café da manhã quando a luz desaparece. Vou? Tento imaginar, mas não saberei até descer aquele túnel.

Considero o que mais poderia fazer de trabalho — minhas opções. Posso assumir trabalho nas minas, ao menos até a guerra terminar. Depois disso, provavelmente haverá mais mineiros do que nunca, alguns recém-treinados na guerra, muitos mais ex-mineiros voltando dela. Mas terei que sair de Gibraltar para encontrar minas que precisem de homens como eu — não há como escapar. A outra questão, na qual não me detenho muito, é que seria ótimo tomar um navio para a América ou para a África do Sul apenas para me mijar inteiro em um túnel de mina e sair de lá correndo.

Olho o cheque. Cinco mil dólares me dariam muitas opções e visitar a escavação poderia ser… revelador… num âmbito pessoal.

Decido que vou "apenas dar uma olhada". Sempre poderei sair ou, dependendo do meu controle intestinal, fugir correndo.

Digo a mim mesmo que provavelmente negarei o trabalho e não há motivo para dizer a Helena. Não há motivo para preocupá-la. Ser enfermeira em um hospital de campanha já é fatigante o suficiente.

Dorian esfregou as têmporas.

— Estamos recebendo as gravações via satélite — o técnico disse.

— E? — Dorian perguntou.

O homem estranho inclinou-se, examinando a tela do computador.

— Vários alvos.

— Mande os drones.

Os mosteiros eram como agulhas em um palheiro tibetano gigantesco, mas finalmente tinham uma visão deles. Não levaria muito tempo agora.

Capítulo 79

Kate examinou o ferimento e trocou as ataduras de David. Estava sarando. Ele sairia dessa logo. Assim ela esperava. Pegou o diário novamente.

9 de agosto de 1917

Quando Craig veio ontem, me disse que a Immari Gibraltar era "apenas um grupo local pequeno". Rapidamente acrescentou "embora sejamos parte de uma organização maior com outros interesses aqui no continente e além-mar". Pequenos grupos locais não são donos de metade do cais e não fazem isso através de uma dúzia de frentes.

A excursão ao sítio de escavação é a primeira indicação de que a Immari não é o que parece. Chego ao endereço no cartão de Mallory e encontro um prédio decadente de três andares no coração da zona portuária. As placas nos prédios todas terminam com alguma variação de "Companhia de Exportação e Importação" ou "Remessa e Frete Marítimo" ou "Estaleiros e Oficinas". Os nomes longos e a agitação dos prédios contrastam intensamente com a estrutura de concreto mal iluminada e com aparência de abandonada com "Immari Gibraltar" riscado em letras de fôrma pretas bem acima da porta.

Lá dentro, uma recepcionista ágil aparece e diz:

— Bom dia, sr. Pierce. O sr. Craig o aguarda.

Ou ela sabia de mim pela claudicância, ou não recebem muitos visitantes.

A caminhada através do prédio me lembra a de um quartel-general de batalhão, rapidamente estabelecido em uma cidade que acabara de cair num cerco, um lugar que será abandonado rapidamente assim que mais terreno for tomado ou no caso de uma retirada repentina. Um lugar que não garante acomodação.

Craig é educado, me diz como está feliz por eu ter decidido aceitar a proposta. Como suspeitei, Kane não está em lugar nenhum, mas há outro homem lá, mais jovem, com quase trinta, mais ou menos a minha idade e visivelmente semelhante a Kane — especialmente o sorriso afetado e condescendente no rosto. Craig confirma minhas suspeitas.

— Patrick Pierce, este é Rutger Kane. O senhor conheceu o pai dele. Pedi que ele viesse conosco na excursão, pois vocês trabalharão juntos.

Nos cumprimentamos com um aperto de mão. A dele é forte e aperta com firmeza, quase me fazendo grunhir. Os meses na cama me enfraqueceram e eu puxo a minha mão.

Kane Jr. parece satisfeito.

— Fico feliz que finalmente tenha vindo, Pierce. Estava atrás do meu pai para encontrar um novo mineiro há meses; essa maldita guerra já me deteve demais. — Ele se senta e cruza as pernas. — Gertrude! — Ele olha por sobre o ombro quando a secretária chega à porta. — Traga café. Aceita um café, Pierce?

Eu o ignoro, direcionando meu anúncio seco para Craig.

— Minhas condições eram claras. Fico responsável nas minas… *se* eu aceitar o trabalho.

Craig ergue as mãos, interrompendo Rutger, e fala rapidamente, esperando aplacar os ânimos.

— Nada mudou, sr. Pierce. Rutger trabalha no projeto faz uma década, praticamente cresceu nessas minas! Imagino, hum, pelo que ouço, que provavelmente vocês têm muito em comum. Não, vocês todos trabalharão juntos. Ele vai proporcionar aconselhamento valioso e, com seu conhecimento e habilidade em mineração, vamos terminar ou fazer grande avanço logo. — Ele para a secretária quando ela se esgueira cuidadosamente com a bandeja. — Ah, Gertrude, poderia colocar o café em uma garrafa? Vamos levá-la conosco. Ah, e um pouco de chá para o sr. Pierce.

A entrada das minas fica quase a um quilômetro de distância da sede da Immari — dentro de um armazém que margeia o porto, próximo ao rochedo. Dois armazéns para ser exato, ligados por dentro com duas fachadas separadas para fazer parecer dois armazéns vistos da rua. Um armazém desse tamanho se destacaria e inspiraria curiosidade. Duas fachadas de armazéns de tamanhos semelhantes, no entanto, poderiam facilmente passar despercebidos.

Dentro do armazém gigantesco, quatro homens morenos esperam por nós. Marroquinos, eu diria. Quando nos veem, os quatro homens silenciosamente começam a retirar a lona de uma estrutura no meio do armazém. Quando eles a descobrem, percebo que não é uma estrutura — é a abertura da mina. Uma entrada gigante que se estende dos dois lados. Esperava um túnel vertical, mas não é a menor das surpresas por vir.

Há um caminhão, um dos elétricos. E dois grandes trilhos que levam para dentro da mina. É óbvio que estão tirando muita terra de lá.

Craig aponta para um carro vazio e, em seguida, para o porto e o mar além das portas do armazém.

— Escavamos de dia e descarregamos à noite, sr. Pierce.

— Vocês jogam a terra...

— Na baía, quando podemos. Quando a lua está cheia, navegamos mais adiante.

Faz sentido. É a única opção para se livrar de tanta terra.

Chego mais perto e inspeciono o túnel. É escorado por tábuas largas, como nossas minas na Virgínia Ocidental, mas há um cabo preto e grosso correndo de uma tábua para a outra, estendendo-se pelo comprimento que consigo enxergar. Há dois cabos, na verdade, um de cada lado do túnel. Na outra ponta da abertura para a mina, o cabo à esquerda está preso a... um telefone. O cabo à direita simplesmente entra numa caixa presa a um poste. Tem uma alavanca de metal, como um comutador. Energia? Certamente não.

Quando os marroquinos puxam a última das lonas, Rutger vai até eles e critica os homens em alemão. Entendo um pouco, uma palavra em especial: *Feuer*. Fogo. Minha pele coça quando eu a ouço. Ele aponta para o caminhão, em seguida para os trilhos. Os homens parecem confusos. Sem dúvida é por minha causa, e eu me viro, recusando-me a assistir ao espetáculo e à humilhação dos homens. Ouço Rutger erguer alguma coisa e um retinir nos trilhos. Viro para vê-lo acender um pavio dentro de uma sacola de papel redonda sobre um minivagão, quase do tamanho de um prato. Rutger o prende a um único trilho, e vários dos marroquinos o ajudam com um dispositivo lançador que manda prato e chama zunindo para dentro da mina escura. O papel protege a chama de se apagar instantaneamente.

Um minuto depois, ouvimos o *puf* distante de uma explosão. É grisu. Provavelmente um bolsão de metano. Rutger acena para os marroquinos enviarem outra carga, e eles correm para o trilho com outro vagão-prato carregando uma bolsa de papel em chamas. Fico impressionado. Na Virgínia Ocidental, sinto em dizer, nossos métodos não são avançados assim, nem de longe. Atingir um bolsão de metano é como encontrar uma granada sem pino — a explosão é instantânea e total. Se a chama não matar, o desmoronamento faz o serviço.

Esta é uma mina perigosa.

Ouvimos o *puf* da segunda carga, mais fundo dessa vez.

Os marroquinos carregam e lançam um terceiro teste.

Esperamos um pouco e, como não chega nenhum som, Rutger aciona a alavanca na caixa e se põe atrás do volante do caminhão. Craig dá um tapinha nas minhas costas.

— Estamos prontos, sr. Pierce.

Craig embarca no banco do passageiro, e eu me sento no de trás. Rutger dirige para dentro da mina com imprudência, quase batendo nos trilhos da entrada, mas desvia no último minuto para se encaixar neles e, em seguida, se endireita enquanto seguimos mais fundo para dentro da terra, como personagens de algum romance de Júlio Verne. Talvez *Viagem ao centro da Terra*.

O túnel está completamente escuro, exceto pelos faróis turvos do caminhão, que mal iluminam o espaço de três metros à frente. Dirigimos em alta velocidade pelo que parece uma hora, eu sem dizer uma palavra, não que pudesse dizer alguma com o estrépito que fazia dentro do túnel. O tamanho é espantoso, inimaginável. Os túneis são amplos e altos e — muito para meu desgosto — extremamente bem-feitos. Não eram túneis de caça ao tesouro; eram estradas subterrâneas feitas para durar.

Os primeiros poucos minutos na mina são de viradas constantes. Devemos estar seguindo num túnel em espiral, como uma perfuração de saca-rolhas no fundo da terra, profundo o bastante para chegar embaixo da baía.

A espiral nos leva a uma grande área de preparação, sem dúvida usada para separar e armazenar suprimentos. Eu mal consigo vislumbrar os caixotes e caixas antes que Rutger acelere o caminhão novamente, descendo pelo túnel estreito com mais velocidade ainda. Estamos em declínio constante e quase consigo sentir o ar ficar cada vez mais úmido com o passar dos segundos. Há várias bifurcações no túnel, mas nada diminui a velocidade de Rutger. Ele dirige loucamente, desviando à esquerda e à direita, mal fazendo curvas. Eu agarro o assento. Craig estende-se e toca o braço do jovem, mas não consigo ouvir a voz por conta do ruído ensurdecedor do motor do caminhão. Seja lá o que foi dito, Rutger não dá a mínima. Ele empurra o braço de Craig e aumenta mais a velocidade. O motor berra e o túnel passa em flashes.

Rutger está fazendo esta pequena viagem emocionante para provar que conhece os túneis no escuro, que é seu território, que ele tem minha vida nas mãos. Quer me intimidar. E está funcionando.

Esta mina é a maior que já vi. E há algumas minas gigantes nas montanhas da Virgínia Ocidental.

Finalmente, o túnel se abre para uma área ampla e de formato irregular — como um lugar onde os mineiros buscaram a direção certa e fizeram várias tentativas erradas. Luzes elétricas pendem do teto, iluminando o espaço, revelando crateras e furos de sonda pelas paredes, onde bombas iniciaram novos túneis que foram abandonados. Eu vejo uma pilha de outro cabo preto num monte perto de uma mesa que tem outro telefone, sem dúvida ligado à superfície.

Os trilhos terminam aqui também. Três minivagões estão enfileirados no ponto terminal da linha, perto do fundo do espaço. A parte de cima de dois deles está estourada. O terceiro está parado na frente dos outros dois; sua chama tremeluz selvagemente enquanto arranha os bolsões de oxigênio flutuantes no espaço úmido.

Rutger desliga o motor, salta e sopra a vela.

Craig o segue e me diz:

— Bem, o que acha, Pierce?

— É um belo túnel. — Olho ao redor, examinando mais do espaço estranho.

Rutger se junta a nós.

— Não seja reticente, Pierce. Nunca viu algo assim antes.

— Nunca disse que vi. — Dirijo minhas próximas palavras para Craig. — Vocês têm um problema com metano.

— Sim, um problema bem recente. Começamos a atingir os bolsões no último ano. Obviamente estávamos um pouco despreparados. Acreditamos que a água é o maior perigo nesta escavação.

— Uma suposição segura.

Metano é um perigo sempre presente em muitas minas de carvão. Nunca teria esperado esse risco aqui embaixo, um lugar aparentemente sem carvão, óleo ou outros depósitos de combustível.

Craig aponta sobre nós.

— Sem dúvida, o senhor percebeu que a mina desce em nível constante, cerca de nove graus. O que deveria saber é que o nível do mar sobre nós se inclina em mais ou menos onze graus. Está apenas a setenta e três metros acima... assim acreditamos.

Percebo a implicação instantaneamente e não consigo esconder minha surpresa.

— Acha que os bolsões de metano são do fundo da baía?

— Sim, acredito que sim.

Rutger lança um sorriso afetado, como se fôssemos duas velhas fofoqueiras.

Inspeciono o teto do espaço. Craig me entrega um capacete e uma pequena mochila. Em seguida, ele aciona um interruptor na lateral e o capacete se ilumina. Encaro por um momento, maravilhado, em seguida eu o coloco, decidindo lidar com o mistério maior disponível.

A rocha do teto está seca — um bom sinal. O perigo implícito é que, se um bolsão de metano explodir, e esse bolsão for grande o suficiente para se estender até o fundo da baía, teríamos uma explosão muito grande, seguida de uma enchente que faria a mina inteira desmoronar quase instantaneamente. Seríamos queimados, afogados ou esmagados até a morte. Talvez uma combinação das três tragédias. Uma faísca — de uma picareta, de uma pedra caindo, da fricção das rodas do vagão nos trilhos — poderia mandar o lugar todo pelos ares.

— Se o gás estiver em cima, entre este túnel e o mar, não vemos outra opção. Vocês terão que fechá-lo e encontrar outro caminho — eu digo.

Rutger escarnece.

— Eu disse, Mallory. Ele não é capaz. Estamos perdendo nosso tempo com esse americano covarde e manco.

Craig ergue uma das mãos.

— Um minuto, Rutger. Pagamos o sr. Pierce para estar aqui; agora vamos ouvir o que ele tem a dizer.

O que você faria, sr. Pierce?

— Nada. Abandonaria o projeto. O produto não é capaz de justificar o custo, humano ou material.

Rutger revira os olhos e começa a caminhar, ignorando Craig e a mim.

— Temo que não possamos fazer isso — Craig diz.

— Vocês estão buscando um tesouro.

Craig entrelaça as mãos nas costas e caminha para adiante na caverna.

— O senhor viu o tamanho desta escavação. Saiba que não somos caçadores de tesouros. Em 1861, afundamos um navio na baía de Gibraltar: o *Utopia*. Uma pequena piada interna. Passamos os cinco anos seguintes mergulhando até o local do naufrágio, que era um disfarce para o que encontramos abaixo dele, uma estrutura com quase um quilômetro para além da costa de Gibraltar. Mas concluímos que não conseguiríamos acessar a estrutura pelo fundo da baía. Estava enterrada fundo demais e nossa tecnologia de mergulho simplesmente não era avançada o bastante e não poderia se desenvolver com rapidez suficiente. E estávamos com medo de chamar a atenção. Já passamos tempo demais no local de um navio mercante afundado.

— Estrutura?

— Sim. Uma espécie de cidade ou templo.

Rutger volta até nós e se vira para mim, encarando Craig.

— Ele não precisa saber disso. Ele vai querer mais dinheiro se pensar que estamos escavando para buscar algo valioso. Os americanos são tão gananciosos como os judeus.

Craig levanta a voz.

— Fique quieto, Rutger.

É fácil ignorar o fedelho. Fico intrigado.

— Como vocês sabiam onde afundar o navio, onde escavar? — pergunto.

— Nós... tínhamos uma ideia geral.

— Do quê?

— Alguns documentos históricos.

— Como vocês sabem que estão embaixo do local do afundamento?

— Usamos uma bússola e calculamos a distância, medindo a inclinação do túnel. Estamos bem embaixo do local. E temos uma prova. — Craig foi até a parede e pegou na rocha. Não, num tecido preto surrado, que pensei que fosse rocha. Ele puxa o cobertor para o chão, revelando... uma passagem, como um tabique num navio gigantesco.

Chego mais perto, apontando minha lanterna frontal para o espaço estranho. Os muros são escuros, claramente de metal, mas seu brilho é diferente, de uma forma indescritível, quase como se estivesse vivo e reagisse à minha luz, como um espelho feito de água. E há luzes, cintilando no alto e no fundo da passagem. Espio ao redor do túnel e vejo que ele leva a uma espécie de porta ou portal.

— O que é aquilo? — eu pergunto num sussurro.

Craig inclina-se sobre o meu ombro.

— Acreditamos que seja Atlântida. A cidade que Platão descreveu. A localização está correta. Platão disse que Atlântida surgiu do oceano Atlântico e que era uma ilha situada diante dos estreitos dos pilares de Héracles...

— Pilares de Héracles...

— O que chamamos de pilares de Hércules. O rochedo de Gibraltar é um dos pilares de Hércules. Platão disse que Atlântida reinou sobre toda a Europa, África e Ásia, e que era o caminho para outros continentes. Mas ela caiu. Nas palavras de Platão: "Houve terremotos e dilúvios violentos; e em um único dia e noite de desastre, todos os homens guerreiros foram tragados pela terra num só golpe e a ilha de Atlântida desapareceu de forma semelhante nas profundezas do mar".

Craig afasta-se da estranha estrutura.

— É isso. Nós encontramos. O senhor vê por que não podemos parar aqui, sr. Pierce. Vai se juntar a nós? Precisamos do senhor.

Rutger ri.

— Você está desperdiçando meu tempo, Mallory. Ele está terrivelmente assustado; posso ver isso nos olhos dele.

Craig concentra-se em mim.

— Ignore-o. Sei que é perigoso. Podemos pagar ao senhor mais que mil dólares por semana. Você vai me dizer o quanto vale.

Espio para dentro do túnel, em seguida inspeciono o teto novamente. O teto seco.

— Deixe-me pensar sobre isso.

Capítulo 80

Acampamento Nevado Alpha
Sítio de perfuração nº 5
Leste da Antártida

— **Qual é nossa profundidade?** — Robert Hunt perguntou ao técnico de perfuração.

— Acabamos de passar um quilômetro e oitocentos, senhor. Devemos parar?

— Não. Continue. Vou reportar. Informe quando estiver chegando em dois quilômetros.

Eles haviam atingido apenas gelo por mais de um um quilômetro e seiscentos — o mesmo que nos últimos quatro sítios de perfuração.

Robert puxou a parca junto ao corpo e caminhou pela gigantesca plataforma de perfuração na direção da sua tenda. Passou por outro homem no caminho. Quis dizer algo, mas não conseguia lembrar seu nome. Os dois homens que eles tinham enviado eram quietos; nenhum falava muito sobre si, mas trabalhavam duro e não bebiam — o melhor que se podia esperar de operadores de perfuradoras em condições extremas. Seu empregador provavelmente desistiria logo. O buraco número 5 parecia os quatro anteriores: nada além de gelo. O continente inteiro era um cubo de gelo gigante. Ele se lembrou de ter lido que a Antártida tinha noventa por cento do gelo do mundo e setenta por cento de sua água potável. Se pegar toda a água do mundo, em cada lago, lagoa, riacho e até mesmo a água da chuva, não chegaria nem a metade da água congelada da Antártida. Se todo aquele gelo derretesse, o mundo seria um lugar bem diferente. O mar aumentaria sessenta metros, nações cairiam — ou, mais precisamente, afogariam —, países em baixa altitude, como Indonésia, desapareceriam do mapa. As cidades de Nova York, New Orleans, Los Angeles e principalmente a Flórida também desapareceriam.

O gelo parecia ser a única coisa que a Antártida tinha em abundância. O que estavam procurando aqui embaixo? Petróleo era a resposta lógica. Robert era, no fim das contas, operador de plataforma petrolífera. Mas o equipamento não servia para petróleo. O diâmetro de perfuração estava errado. Para óleo, haveria a necessidade de uma tubulação. Aquelas pontas estavam fazendo buracos grandes o bastante para atravessar com um caminhão. Ou para descer com um caminhão. O que poderia haver lá embaixo? Minerais? Algo científico, talvez fósseis? Talvez algum estratagema para reivindicar a terra? A Antártida era gigantesca — dezessete milhões e meio de quilômetros quadrados. Se fosse um país, seria o segundo maior no mundo. A Antártida era apenas vinte mil quilômetros quadrados menor que a Rússia, outro inferno onde ele havia perfurado — com muito mais sucesso. Dois milhões de anos atrás, a Antártida fora um paraíso verdejante. O que corroborava a ideia de que havia uma reserva de petróleo inimaginável sob a superfície e quem sabe o que mais...

Atrás dele, Robert ouviu um estouro alto.

A estaca que saía do chão girava loucamente — a broca não estava atingindo nada que oferecesse resistência. Deviam ter atingido um bolsão. Ele esperava isso — as equipes de pesquisa recentemente haviam encontrado grandes cavernas e fendas no gelo, possivelmente fiordes submarinos onde o gelo corria sobre as montanhas lá embaixo.

— Desliguem! — Robert gritou. O homem na plataforma não conseguia ouvi-lo. Ele correu a mão através da garganta, mas o homem apenas olhou, atônito. Ele agarrou o rádio e gritou: — Parada completa!

Na plataforma, o longo tubo que saía do chão estava começando a bambear, como um peão perdendo o equilíbrio.

Robert jogou o rádio no chão e correu para a plataforma. Empurrou o homem para fora do caminho e entrou na sala de comando para parar a estaca.

Agarrou o homem e eles correram da plataforma. Quase haviam chegado aos iglus de acomodação quando ouviram a plataforma tremer, entortar e virar. A coluna de perfuração quebrou e girava no ar sem controle. Mesmo a sessenta metros de distância, o barulho era ensurdecedor, como um motor de jato rugindo a toda velocidade, e a broca avançou, enterrando-se no gelo como um furacão nas campinas do Kansas na região dos tornados, a Tornado Alley.

Robert e o outro homem estavam deitados de bruços, aguentando a chuva de gelo e a neve, até a broca finalmente parar.

Robert ergueu os olhos para a cena. Seu empregador não ficaria feliz.

— Não toque em nada — ele disse para o homem.

Dentro do iglu, Robert pegou o rádio.

— Bounty, aqui é o Rei da Neve. Tenho uma atualização. — Robert se perguntou qual era a atualização. Eles não haviam atingido um bolsão. Era outra coisa. A broca teria perfurado qualquer tipo de rocha, mesmo congelada. Fosse lá o que tivessem atingido, havia arrancado a broca. Era a única possibilidade.

— Câmbio, Rei da Neve. Reporte atualização.

Menos é mais. Ele não especularia.

— Atingimos alguma coisa — Robert disse.

O dr. Martin Grey olhava pela janela do quartel-general modular quando o técnico da Immari entrou. Martin não desviou o olhar. Algo na paisagem de neve infinita o acalmava.

— Senhor, a equipe de perfuração três entrou em contato. Achamos que eles atingiram a estrutura.

— Uma entrada?

— Não, senhor.

Martin cruzou a sala e apontou para a tela gigantesca que mostrava o mapa da Antártida.

— Mostre aqui.

Capítulo 81

Mosteiro Immaru
Região Autônoma do Tibete

Quando Kate chegou na manhã seguinte, David estava acordado. E furioso.

— Você precisa ir embora. O garoto me disse que estamos aqui há três dias.

— Fico feliz que você esteja se sentindo melhor — Kate disse num tom alegre.

Ela pegou o antibiótico, o analgésico e um copo d'água. Ele parecia ainda mais abatido que no dia anterior; ela teria que lhe dar algo para comer também. Queria tocar seu rosto, as maçãs altas do rosto, mas ele estava muito mais ameaçador agora, acordado.

— Não me ignore — David retrucou.

— Vamos conversar depois que você tomar seus remédios. — Ela estendeu a mão com duas pílulas.

— O que são?

Kate apontou.

— Antibiótico. Analgésico.

David pegou o antibiótico e tomou com um gole d'água.

Kate esticou a mão com o analgésico mais perto do rosto de David.

— Você precisa...

— Não vou tomar isso.

— Era um paciente melhor quando estava dormindo.

— Já dormi o suficiente. — David sentou-se na cama. — Você precisa dar o fora daqui, Kate.

— Não vou a lugar nenhum...

— Não. Não faça isso. Lembra o que me prometeu? Na cabana de praia? Disse que seguiria as minhas ordens. Essa foi minha única condição. Agora, estou mandando você ir embora.

— Ora... ora... Essa é uma decisão médica, não um... sei lá como vocês chamam... "decisão de comando".

— Sem joguinhos de palavra. Olhe para mim. Sabe que não posso sair daqui andando e sei quanto tempo de caminhada leva para sair. Eu já fiz isso antes...

— Falando nisso, quem é Andrew Reed?

— Não é importante. Ele está morto.

— Mas eles te chamam...

— Morto nas montanhas do Paquistão, não muito longe daqui, combatendo a Immari. Eles são bons em matar gente nessas montanhas. Isso aqui não é um jogo, Kate. — Ele pegou o braço dela, puxou-a para se sentar na cama. — Ouça. Você ouviu aquilo, o zumbido baixo, como uma abelha distante?

Kate assentiu.

— São drones... drones predadores. Estão procurando por nós e, quando encontrarem, não vai ter para onde correr. Você precisa ir.

— Eu sei. Mas hoje não.

— Não estou...

— Vou amanhã, prometo. — Kate pegou a mão dele e apertou. — Só me dê um dia.

— Vai embora na primeira hora, ou eu vou até aquela encosta...

— Não me ameace.

— Só será uma ameaça se você pensar em não fazer o que prometeu.

Kate soltou a mão dele.

— Então vou embora amanhã.

Ela se levantou e saiu do quarto.

Kate voltou com duas tigelas de mingau grosso.

— Pensei que talvez você estivesse com fome.

David apenas assentiu e começou a comer, com rapidez no início, apenas diminuindo depois de algumas colheradas.

— Estava lendo para você. — Ela ergueu o diário. — Você se importa?

— Lendo o quê?

— Um diário. O velho... lá debaixo... me deu.

— Ah, ele. Qian. — David deu mais duas colheradas rápidas. — Sobre o quê?

Kate sentou-se na cama e estendeu as pernas ao lado das dele, como fazia quando ele estava inconsciente.

— Mineração.

David ergueu os olhos da tigela.

— Mineração?

— Ou guerra, talvez, não, na verdade não tenho certeza. Foi escrito em Gibraltar...

— Gibraltar?

— Sim. É importante?

— Talvez. O código — David procurou nos bolsos como se estivesse procurando suas chaves ou uma carteira. — Na verdade, Josh fez...

— Quem é Josh? Fez o quê?

— Ele... trabalhava para mim. Conseguimos um código da fonte... a mesma pessoa que nos contou sobre o complexo na China; aliás, quero falar com você sobre isso. De qualquer forma, era uma foto de um iceberg com um submarino enterrado no meio dele. No verso havia um código. O código levou a obituários do *The New York Times*, em 1947. Eram três. — David olhou para baixo, tentando lembrar. — O primeiro era uma referência a Gibraltar e os britânicos encontrando ossos perto de um sítio.

— O sítio poderia ser a mina. A Immari está tentando contratar um mineiro americano, um ex-soldado, para escavar uma estrutura muitos quilômetros abaixo da baía de Gibraltar. Eles acham que é a cidade perdida de Atlântida.

— Interessante — David disse, mergulhado em pensamentos.

Antes que ele pudesse dizer mais alguma coisa, Kate abriu o diário e começou a leitura.

9 de agosto de 1917

É tarde quando chego em casa e Helena está na pequena mesa da cozinha. Os cotovelos estão sobre a mesa e ela segura o rosto com as duas mãos, como se ele fosse despencar no chão se ela soltasse. Não há lágrimas, mas os olhos estão vermelhos, como se já tivesse chorado e não aguentasse mais. Parece com as mulheres que eu costumava ver saindo do hospital, seguida por dois homens carregando uma padiola coberta por um lençol branco.

Helena tem três irmãos, dois no Exército, um jovem demais para ingressar, ou talvez ele tenha acabado de se alistar. Esse é meu primeiro pensamento: me pergunto quantos irmãos ela tem agora?

Ela pula com o som da porta e me encara com olhos arregalados.

— O que aconteceu? — eu pergunto.

Ela me abraça.

— Pensei que você tivesse aceitado o trabalho ou ido embora daqui.

Eu a abraço e ela enterra o rosto no meu peito. Quando o choro diminui, ela ergue os olhos para mim, os grandes olhos castanhos fazendo uma pergunta que no início não consigo decifrar. Beijo-a na boca. É um beijo faminto, descuidado, como um animal mordendo algo que ele caçou o dia todo, algo de que precisa para se sustentar, algo sem o que não consegue viver. Ela parece tão delicada nos meus braços, tão pequena. Pego em sua blusa, manuseando um dos botões, mas ela dá um tapa na minha mão e dá um passo para trás.

— Patrick, não posso. Ainda sou... tradicional, em muitos aspectos.

— Eu posso esperar.

— Não é isso. É que, bem, eu gostaria que você conhecesse o meu pai. Minha família inteira.

— Eu gostaria muito de conhecê-lo, conhecer todos.

— Ótimo. Ficarei de folga no hospital durante a próxima semana. Vou ligar para ele pela manhã. Se for bom para eles, podemos partir no trem da tarde.

— Vamos... depois de amanhã. Preciso... preciso fazer uma coisa.

— Muito bem.

— E tem mais uma coisa — eu digo, procurando as palavras. Preciso de trabalho, ao menos algumas semanas de pagamento, então estarei arrumado. — O trabalho, eu, na verdade, fui dar uma olhada e, hum, talvez não seja tão perigoso...

O rosto dela muda rapidamente, como se eu a tivesse estapeado. A careta fica em algum ponto entre a preocupação e a raiva.

— Eu não posso. Não vou. Todo dia, esperando, imaginando se você vai voltar para casa. Não vou viver desse jeito.

— É tudo que tenho, Helena. Não sou bom em mais nada. Não sei fazer mais nada.

— Não acredito nisso nem por um instante. Os homens recomeçam o tempo todo.

— E eu vou, prometo. Seis semanas, é tudo que preciso, e eu jogo a toalha. A guerra talvez tenha acabado até lá e eles conseguirão outra equipe, e você estará partindo daqui, e eu precisarei... precisarei de dinheiro para... me arranjar.

— Não precisa de dinheiro para se arranjar. Eu...

— Fora de questão.

— Se você morrer naquela mina, eu nunca vou superar. Você consegue viver com isso?

— Minerar é muito menos perigoso quando as pessoas não estão jogando bombas em você.

— E quando você tem um oceano inteiro sobre você? A baía de Gibraltar inteira sobre a cabeça? Toda aquela água, pressionando aqueles túneis o tempo todo. Como eles tirariam você no caso de um desmoronamento? É suicídio.

— Dá para ver a água chegando.

— Como?

— A rocha sua — eu respondo.

— Desculpe, Patrick, não posso. — A expressão nos olhos me diz que ela está falando sério.

Algumas decisões são fáceis.

— Então, está decidido. Vou dizer não.

Beijamo-nos de novo e eu a abraço forte.

David pôs a mão sobre a de Kate.

— O que é isso que você está lendo? ...*E o vento levou*... versão Primeira Guerra Mundial?

Ela empurrou a mão dele.

— Não! Digo, não estava assim até agora, mas... bem, você talvez possa gostar de um pouco de romance em sua dieta literária. Aliviar esse seu coração duro de soldado.

— Veremos. Talvez possamos simplesmente pular as partes melosas, ir direto ao ponto onde falam que as bombas ou os laboratórios secretos estão localizados aqui.

— Não vamos pular nada. Pode ser importante.

— Bem, já que você gosta tanto, eu aguento. — Ele cruzou as mãos sobre a barriga e encarou o teto, estoico.

Kate sorriu.

— Sempre o mártir.

Capítulo 82

QG da Clocktower
Nova Déli, Índia

— **Senhor?**

Dorian olhou para o oficial da Immari Security parado na porta de sua sala, nervoso.

— O quê?

— O senhor pediu para ser informado da operação...

— Dê seu relatório.

O homem engoliu em seco.

— Os pacotes estão em posição nos Estados Unidos e na Europa.

— E os drones?

— Encontraram outro alvo.

Capítulo 83

Mosteiro Immaru
Região Autônoma do Tibete

Kate pensou que o zumbido à distância, a abelha que os buscava, estava ficando mais alto, mas ela o ignorou. David não disse nada também.

Estavam sentados juntos na pequena alcova, olhando o vale, e Kate continuou a leitura, parando apenas para um almoço rápido e para dar o antibiótico para David.

10 de agosto de 1917

O penhorista me observa como uma ave de rapina encarapitada numa árvore quando examino as caixas de vidro na frente da loja. Estão cheias de alianças, todas brilhantes, todas lindas. Achei que houvesse três ou quatro para escolher, o que seria bem mais simples. O que fazer…

— Um jovem procura uma aliança de noivado, nada me aquece mais o coração, especialmente nesses tempos sombrios. — O homem vai até a caixa, abrindo um sorriso orgulhoso, sentimental. Não ouvi quando ele atravessou a sala. Deve se mover como um ladrão à noite.

— Sim, eu... não achei que houvesse tantas. — Continuo examinando a caixa, esperando que algo chame a minha atenção.

— Há muitas alianças porque há muitas viúvas aqui em Gibraltar. O Reino está em guerra há quase quatro anos e, pobres mulheres, a guerra as deixa sem marido e sem fonte de renda. Vendem suas alianças para conseguir comprar pão. Pão no estômago vale mais que qualquer pedraria no dedo ou memória no coração. Pagamos uma bagatela por elas. — Ele enfia a mão na caixa e puxa um mostruário de veludo que contém as alianças maiores. Coloca o mostruário sobre a caixa de vidro, apenas a poucos centímetros de mim, e estende a mão sobre ele como se estivesse prestes a fazer um truque de mágica. — Mas o infortúnio delas pode ser uma vantagem para o senhor, meu amigo. Olhe para os preços. Vai se surpreender.

Dou um passo para trás sem perceber o que estou fazendo. Olho das alianças para o homem, que aponta para elas com um sorriso ganancioso.

— Tudo bem, o senhor pode tocá-las...

Como se estivesse num sonho, saio pela porta e volto às ruas de Gibraltar antes de perceber o que aconteceu. Caminho rápido, o mais rápido que posso com uma perna e meia funcionando. Não sei por quê, mas saio do distrito comercial para o rochedo. Pouco antes de alcançá-lo, cruzo Gibraltar, saído do lado oeste, o lado moderno da cidade que fica de frente para a baía de Gibraltar. Entro no antigo vilarejo, que fica no lado leste do rochedo, na baía dos Catalães, de frente para o Mediterrâneo.

Caminho por um momento, pensando. Minha perna dói como o diabo. Não trouxe as pílulas. Não esperava caminhar tanto. Trouxe quinhentos dos quase onze mil dólares que guardei.

Pondero longamente quanto gastar. Pensei em gastar mais, talvez até mil dólares, mas duas coisas me convenceram a não fazê-lo. Primeiro é que preciso de capital para começar uma nova vida. Onze mil dólares provavelmente não serão suficientes, mas posso encontrar um jeito. Certamente não vou aceitar o trabalho da Immari, então o capital disponível é tudo que terei. Segundo, um motivo mais importante, é que não acho que Helena quereria isso. Ela sorriria e aceitaria com felicidade o anel vistoso, mas ela não quereria. Ela cresceu num mundo onde joias finas, roupas de seda e casas imponentes eram tão comuns quanto água potável. Acho que essas coisas perderam o brilho para ela. Ela anseia por coisas genuínas, pessoas de verdade. Com frequência, buscamos aquilo de que somos privados na infância. Crianças protegidas se tornam negligentes. Crianças famintas se tornam ambiciosas. E algumas crianças, como Helena, que crescem privilegiadas, não precisam de nada, cercadas por pessoas que não vivem no mundo real, pessoas que bebem seu conhaque toda noite e fuxicam sobre os filhos e filhas desta e daquela casa... às vezes elas querem apenas ver o mundo real, viver nele e fazer a diferença. Ter contato humano genuíno, ver sua vida *significar* alguma coisa.

Diante de mim, a rua termina quando encontra o rochedo. Preciso de um lugar para sentar, descansar a perna. Paro e olho ao redor. Na sombra do rochedo branco, subindo à direita, existe uma igreja católica simples. As portas arqueadas de madeira estão abertas e um padre de meia-idade sai no sol mormacento de Gibraltar. Sem dizer uma palavra, estende a mão para a abertura escura e eu subo a escada e entro na pequena catedral.

A luz entra através dos vitrais das janelas. É uma bela igreja, com vigas de madeira escura e afrescos incríveis pelas paredes.

— Bem-vindo à Nossa Senhora dos Aflitos, meu filho — diz o padre quando ele se aproxima da pesada porta de madeira. — Veio fazer uma confissão?

Penso em voltar, mas a beleza da igreja me atrai, e avanço mais para dentro.

— Hum, não, padre — digo, distraído.

— O que está buscando? — Ele caminha atrás de mim, as mãos cruzadas diante dele em uma pose de montaria.

— Buscando? Nada, ou melhor, eu fui ao mercado comprar uma aliança e...

— Foi sábia sua vinda até aqui. Vivemos tempos estranhos. Nossa paróquia teve muita sorte nesses anos. Recebemos muitas heranças de paroquianos que saíram do mundo dos vivos. Fazendas, arte, joias e, nos últimos anos, muitas alianças. — Ele me conduz pela nave até uma saleta atulhada com uma escrivaninha e livros com capas de couro apertados em estantes do chão ao teto. — A igreja mantém esses itens, vendemos quando podemos e usamos os recursos para cuidar daqueles que ainda estão entre os vivos.

Meneio a cabeça, sem saber o que dizer.

— Estou procurando... algo especial...

O homem franze o cenho e senta-se à escrivaninha.

— Temo que nossa seleção não seja o que você encontraria em outro lugar.

— Não é uma seleção que quero... é uma aliança... com uma história.

— Cada aliança conta uma história, meu filho.

— Algo com um final feliz, então.

O homem se recosta na cadeira.

— Finais felizes são difíceis de acontecer nesses tempos sombrios. Mas... talvez eu tenha uma aliança assim. Conte-me sobre a jovem sortuda que a receberá.

— Ela salvou a minha vida. — Eu me sinto estranho respondendo à questão e é tudo que consigo dizer no início.

— Você é um ferido de guerra.

— Sim. — É difícil não perceber meu claudicar. — Mas não é só isso, ela me mudou. — Parece um resumo deplorável do que ela fez por mim, para a mulher que me fez querer viver de novo, mas o padre simplesmente assente.

— Um casal adorável veio para cá muitos anos atrás. Ela era da ajuda humanitária na África do Sul. Já esteve na África do Sul?

— Não.

— Não surpreende. Tem atraído o interesse das pessoas há pouco tempo. Desde 1650, era apenas um buraco lamacento nas rotas mercantis para o Leste. A Companhia Holandesa das Índias Orientais construiu a Cidade do Cabo como uma parada na rota do Mar do Cabo. Construiu com escravos da Indonésia, Madagascar e Índia. E era isso, uma parada comercial no mar, ao menos até 1800, quando encontraram ouro e diamantes e o lugar se transformou num verdadeiro inferno na Terra. Os holandeses massacraram a população local africana por séculos numa série de guerras de fronteira, mas os ingleses chegaram e trouxeram a guerra moderna. Daquelas que apenas países europeus conseguem lutar, mas acredito que você saiba disso. Com baixas gigantescas, fome, doença e campos de concentração.

"Havia um soldado que lutara pelos ingleses na Guerra da África do Sul. E quando os espólios de guerra foram para os vitoriosos, o fim do conflito de tantos anos o deixou com uma boa quantia em dinheiro. Ele usou para investir nas minas. Um golpe de sorte o deixou rico, mas ele caiu doente. Uma trabalhadora da ajuda humanitária, uma espanhola que trabalhava no hospital durante a guerra, cuidou dele até que melhorasse. E suavizou seu coração. Ela lhe disse que se casaria com ele com uma condição: que ele deixasse as minas de uma vez por todas e doasse metade das riquezas para o hospital.

"Ele concordou e eles partiram da África do Sul para sempre. Estabeleceram-se aqui em Gibraltar, na cidade antiga, na costa do Mediterrâneo. Mas a aposentadoria não era para o homem. Ele fora soldado e mineiro a vida toda. Alguns diziam que tudo que ele conhecia era a escuridão, a dor, a luta; que a luz de Gibraltar brilhava demais para seu coração das trevas, que a vida fácil fez com que ele refletisse sobre seus pecados, que o perseguiam, o atormentavam dia e noite. Mas qualquer que fosse a causa, ele faleceu dentro de um ano. A mulher morreu alguns meses depois."

Espero, me pergunto se a história acabou. Finalmente, digo:

— Padre, temos ideias muito diferentes do que constitui um final feliz.

Um sorriso abre-se no rosto do homem, como se tivesse acabado de ouvir uma criança dizer algo engraçado.

— A história é mais feliz do que você imagina... se acreditar no que a Igreja ensina. Para nós, a morte é apenas uma passagem, alegre para os justos. Um início, não um fim. Veja, o homem se arrependeu, escolheu abandonar a vida de opressão e ganância. Pagou seus pecados... de todas as maneiras que importavam. Ele foi salvo, como tantos homens são, por uma boa mulher. Mas algumas vidas são mais difíceis que outras, e alguns pecados nos perseguem, não importa o quanto paguemos por eles ou o quanto naveguemos para longe deles. Talvez isso tenha acontecido com o homem, talvez não. Talvez a aposentadoria não sirva para os diligentes. Talvez, no fim, não haja conforto para um homem que trabalhe duro.

"E há outra possibilidade. O homem buscou guerra e riquezas na África do Sul. Ansiava por poder, segurança, pela sensação de que estava seguro em um mundo perigoso. Mas ele abriu mão de tudo isso quando conheceu a mulher. É possível que tudo que ele quisesse era ser amado e não ferido. E quando foi amado, quando finalmente encontrou o amor depois de uma vida sem ele, morreu feliz. E a mulher, tudo que ela queria era saber o que poderia mudar no mundo, e se pôde mudar o coração do homem mais sombrio, então havia esperança para a raça humana inteira."

O padre faz uma pausa, suspira, me analisa.

— Ou talvez sua única insensatez foi a aposentadoria, viver uma vida sedentária onde o passado podia alcançá-los, mesmo que apenas em sonhos à noite. Independentemente da causa da morte, seu destino era certo: o Reino dos Céus é o domínio daqueles que se arrependem, e acredito que o homem e a mulher vivem lá até hoje.

Considero a história do padre enquanto me levanto.

— Gostaria de ver essa aliança?

— Não preciso vê-la. — Tiro os cinco certificados de prata de cem dólares e coloco-os sobre a mesa.

Os olhos do padre arregalam-se.

— Ficamos felizes em aceitar qualquer doação que nossos benfeitores achem adequada, mas preciso alertá-lo de que, a menos que procure uma restituição, quinhentos dólares é muito mais do que essa aliança vale... no mercado... atual.

— Vale cada centavo para mim, padre.

No caminho de volta à cabana, mal noto a dor na perna. Tenho uma visão de mim e Helena singrando os mares do mundo, sem parar em lugar nenhum por alguns anos. Na visão, ela trabalha nos hospitais. Eu invisto em minas, usando o que conheço para encontrar operadores astuciosos e sítios promissores, minas que paguem aos operários um salário justo e ofereçam boas condições. Não será tão lucrativo no início, mas atrairemos os melhores e, na mineração, como em qualquer outro negócio, os melhores fazem toda a diferença. Tiraremos nossos concorrentes do mercado e usaremos o dinheiro para fazer a diferença. E nunca nos aposentaremos, nunca deixaremos o mundo nos alcançar.

Kate fechou o diário e inclinou-se para inspecionar as bandagens no peito de David. Puxou as pontas dos curativos e alisou-os em seguida.

— O que foi?

— Nada, mas acho que você ainda está sangrando um pouco em um dos ferimentos. Logo vou trocar as ataduras.

David suspirou, teatral.

— Sempre tive um coração que sangra.

Kate sorriu.

— Como ator, você é um ótimo soldado.

Capítulo 84

13 de agosto de 1917

O lar da infância de Helena é mais grandioso do que eu poderia ter imaginado, principalmente porque nunca tinha visto nada igual. Fica ao lado de um lago gigantesco, aninhado entre florestas inglesas densas e colinas onduladas. É uma obra de arte de pedra e madeira, como um castelo medieval que foi decorado nos tempos modernos. A névoa é densa na estrada que o barulhento carro a gás toma para nos trazer da estação de trem, também na via de cascalho ladeada por árvores até a mansão.

O pai, a mãe e o irmão estão lá, esperando por nós, em posição de sentido, como se fôssemos dignitários em visita. Cumprimentam-nos com discrição. Atrás de nós, os empregados da casa tiram as bagagens do carro e desaparecem com elas.

O pai é um homem alto, robusto, nada corpulento, mas também não é magro. Ele me cumprimenta com um aperto de mão e fita os meus olhos, estreitando os dele como se examinasse algo. Minha alma, talvez.

As próximas horas passam confusas. O jantar, a conversa na sala de estar, a visita guiada à casa. Tudo que consigo pensar é no momento de pedir a mão da filha do homem em casamento. Olho para ele às vezes, tentando coletar alguma informação, algo que me diga como ele é e o que poderia dizer.

Depois do jantar, Helena leva a mãe para fora da sala com uma pergunta sobre uma peça de mobília e, para meu alívio, o irmão mais novo, Edward, pede licença ao pai para sair.

Finalmente ficamos sozinhos na sala de estar revestida de madeira e começo a ficar nervoso. A dor tem diminuído nos últimos tempos, ou talvez eu esteja apenas "conhecendo a perna", como o dr. Carlisle disse que eu conheceria. Mas ela ainda está lá, beliscando através do nervosismo. Mesmo assim, fico em pé, esperando que ele se sente.

— O que você bebe, Pierce? Conhaque, scotch, bourbon?

— Aceito um bourbon.

Ele serve os copos quase até a borda, não se importa com o gelo e entrega um para mim.

— Sei que está aqui para fazer o pedido e a resposta é não, então vamos tirar esse pequeno incômodo do caminho para que possamos desfrutar a noite. Kane me disse que o senhor esteve na escavação de Gibraltar, que Craig fez a excursão com você em nosso pequeno projeto. — Ele me fita com um sorriso reticente. — Agora, gostaria de ouvir sua impressão sobre ele... como mineiro profissional. Vai aguentar até conseguirmos?

Começo a falar várias vezes. Pensamentos tresloucados passam pela minha mente. "Ele te afastou como um caixeiro-viajante. Ele é da Immari, uma serpente tão maldosa quanto Kane." Dou um grande gole na bebida e falo da forma mais controlada que consigo.

— Gostaria de saber o por quê.

— Não vamos ser grosseiros, sr. Pierce.

— Ela está apaixonada por mim.

— Tenho certeza que sim. A guerra é um período emocionante. Mas a guerra vai acabar e os sentimentos se dissiparão. O mundo real entrará em ação, ela voltará para a Inglaterra e casará com alguém que possa lhe dar a vida que ela realmente deseja, uma vida de civilidade e honra. Uma vida que o senhor não poderá apreciar até ter visto a selvageria do restante do mundo. É isso que a espera. Eu já fiz meus arranjos. — Ele cruza a perna e beberica seu conhaque. — Sabe que, quando Helena era uma menina, costumava trazer para casa todo animal infestado de pulgas, doente, ferido e às vezes meio morto que perambulava em nossas propriedades. Ela não descansava até eles morrerem ou melhorarem. Tem um bom coração. Mas ela cresceu e perdeu todo o interesse em resgatar os animais. Todo mundo passa por fases como essa, especialmente as garotas. Agora, gostaria de ouvir sua opinião sobre nossos túneis em Gibraltar.

— Não dou a mínima sobre esses túneis ou para o que tem lá embaixo. É uma mina perigosa e não vou trabalhar nela. O que eu *vou* é casar com sua filha, com ou sem sua permissão. Não sou um animal ferido, e ela não é mais uma garotinha. — Deixo a bebida na mesa de vidro, quase quebrando-a e derramando o líquido amarronzado no chão. — Obrigado pela bebida. — Eu me levanto para sair, mas ele engole o conhaque e me segue até a porta.

— Espere um minuto. Não pode estar falando sério. Você viu o que há lá embaixo. Vai recusar?

— Encontrei algo que me interessa muito mais do que cidades perdidas.

— Eu já disse, já tenho um pretendente para Helena. Está feito. Vamos deixar isso de lado. Quanto à escavação, podemos pagar o senhor. Por acaso, este é o meu papel nessa empreitada. Eu cuido dos recursos... da Immari Treasury. Kane cuida das expedições e de muito mais, como tenho certeza que o senhor já sabe. Mallory é nosso mestre-espião. Não subestime Craig, ele é muito bom nisso. Então, quanto vai custar? Podemos dobrar a oferta. Dois mil dólares por semana. Em poucos meses, o senhor poderia abrir um negócio do jeito que quiser.

— Não trabalho naquela mina por dinheiro nenhum.

— Por que não? É a segurança? Podemos consertar, tenho certeza. Os homens do Exército nos disseram que você era muito bom. *O melhor*, eles disseram.

— Eu disse a ela que não trabalharia em uma mina. Dei minha palavra. E não vou deixá-la viúva.

— Você assume que ela se casará com o senhor. Não casará sem a minha permissão. — Lorde Barton suspira e observa minha reação, satisfeito por ter me encurralado.

— O senhor a subestima.

— O senhor a *superestima*. Mas se esse é seu preço, você pode tê-la e os dois mil dólares por semana. Mas vai concordar, aqui e agora, que trabalhará naquela escavação até o final. Assim que estiver terminado, darei minhas bênçãos imediatamente.

— Trocaria sua aprovação por qualquer coisa que estivesse enterrada lá?

— Sem dúvida. Sou um homem prático. E um homem responsável. Talvez o senhor seja um dia. O que é o futuro da minha filha diante do destino da raça humana?

Quase dou risada, mas ele me encara com um olhar sério. Esfrego o rosto e tento pensar. Não esperava que o homem regateasse, muito menos sobre seus negócios embaixo de Gibraltar. Sei que estou cometendo um erro, mas não vejo outra opção.

— Terei sua permissão agora, não depois da escavação.

Barton virou o rosto.

— Quanto tempo para entrar na estrutura?

— Não sei.

— Semanas, meses, anos?

— Meses, eu acho. Não há como sa…

— Ótimo, ótimo. Você a tem. Anunciaremos hoje à noite e, se você não fizer sua parte em Gibraltar, vou deixá-la viúva.

Capítulo 85

Associated Press
Boletim on-line de notícias de ultima hora

CLÍNICAS NOS ESTADOS UNIDOS E NA EUROPA OCIDENTAL RELATAM SURTO DA NOVA GRIPE

Cidade de Nova York (AP) // *As salas de emergência e as clínicas em todos os Estados Unidos e Europa Ocidental relataram uma enxurrada de casos da nova gripe, aumentando o temor de que possa ser o início de uma epidemia de uma variedade de gripe não identificada previamente.*

Capítulo 86

Mosteiro Immaru
Região Autônoma do Tibete

Kate recostou a cabeça na parede de madeira da alcova e encarou o sol, desejando poder pará-lo bem ali, onde ele estava. De soslaio, viu David abrir os olhos e encará-la. Ela abriu o diário e continuou a leitura antes que ele dissesse alguma coisa.

20 de dezembro de 1917

Os operários marroquinos agacham-se quando a rocha despenca ao redor deles. O espaço enche-se de fumaça e recuamos para o túnel. Esperamos e ouvimos, prontos para embarcar às pressas no caminhão que está sobre os trilhos, prontos para partir correndo do túnel ao primeiro sinal de problema — fogo ou água, neste caso.

O primeiro grito de um canário rompe o silêncio e, um a um, todos expiramos e voltamos para o espaço gigantesco e vemos o quanto a última jogada de dados nos trouxe.

Estamos próximos. Mas não chegamos lá ainda.

— Falei que devíamos ter perfurado mais fundo — Rutger diz.

Não me lembro de ele ter dito nada. Na verdade, tenho quase certeza de que ficou lá sentado, indolente, nem mesmo inspecionou o buraco antes de o lotarmos com explosivo químico. Ele caminha até o sítio da escavação para olhar melhor, batendo a mão por uma das gaiolas de canário quando passa, deixando o pássaro em pânico.

— Não toque nas gaiolas — eu digo.

— Você os deixaria sufocar até a morte com gás metano para se adiantar alguns minutos lá para fora, mas eu não posso nem mesmo dar uma pancadinha neles?

— Esses pássaros podem salvar a nossa vida. Não vou deixar que torture os animais para se divertir.

Rutger descarrega o ódio dirigido a mim no capataz marroquino. Grita com o pobre homem em francês e a dúzia de operários começa a limpar os escombros da explosão.

Já se passaram quase quatro meses desde que entrei a primeira vez no sítio, desde que pus os pés pela primeira vez neste espaço estranho. Nos meses iniciais de escavação, ficou claro que a parte da estrutura que haviam encontrado era um túnel de acesso ao fundo da mesma. Levava a uma porta que estava selada — com algum tipo de tecnologia diferente de tudo que podíamos esperar romper. E tentamos de tudo: fogo, gelo, explosivos, produtos químicos. Os berberes na equipe de trabalho fizeram até um ritual tribal esquisito, possivelmente para sua proteção. Nossa teoria é de que existe algum túnel de drenagem ou rota de evacuação de emergência, selado por sabe Deus quantos milhares de anos.

Após alguma discussão, o Conselho da Immari — formado por Kane, Craig e Lorde Barton, agora meu sogro — decidiu que deveríamos subir pela estrutura até a área que contém os bolsões de metano. Isso nos atrasa, mas nas últimas semanas, descobrimos sinais de que estávamos chegando a algum tipo de entrada. A superfície lisa da estrutura, algum metal que é mais resistente que aço e quase não emite ruído quando se bate nele, começou a se inclinar para cima. Uma semana atrás, encontramos degraus.

A poeira está baixando e eu vejo mais degraus. Rutger grita para os homens trabalharem mais rápido, como se aquela coisa fosse sair dali.

Além da poeira atrás de mim, ouço passos e vejo meu assistente correndo.

— Sr. Pierce. Sua mulher está no escritório, procurando pelo senhor.

— Rutger! — Eu grito, e ele se vira. — Vou pegar o caminhão. Não estoure nada até eu voltar.

— Uma pinoia que não vou! Estamos perto, Pierce.

Agarro o pacote de cascos de explosivo e corro para o caminhão.

— Leve-me para a superfície — digo ao meu assistente.

Atrás de mim, Rutger berra uma ladainha sobre minha covardia.

Na superfície, troco rapidamente de roupa e lavo as mãos com cuidado. Antes que possa sair do escritório, o telefone no armazém toca e o gerente se afasta.

— Desculpe, sr. Pierce, ela foi embora.

— O que eles disseram para ela?

— Desculpe, senhor, não sei.

— Ela estava doente? Estava indo para o hospital?

O homem deu de ombros como se pedisse perdão.

— Eu... sinto muito, senhor, não perguntei...

Estou fora do armazém e dentro do carro antes que ele possa terminar. Corro para o hospital, mas ela não está e eles não a viram por lá. Do hospital, o operador de telefonia liga para o telefone recém-instalado em nossa residência. Toca dez vezes. O operador volta à linha.

— Desculpe, senhor, ninguém atende...

— Deixe tocar. Eu espero.

Mais cinco toques. Três mais e nosso mordomo, Desmond, atende.

— Residência dos Pierce, Desmond falando.

— Desmond, a sra. Pierce está aí?

— Sim, senhor.

Eu espero.

— Bem, coloque-a na linha — eu digo, tentando, sem sucesso, esconder meu nervosismo.

— Claro, senhor! — ele diz, envergonhado. Não está acostumado ao telefone. Provavelmente por isso demorou tanto para atender.

Três minutos se passam e Desmond volta para a linha.

— Ela está em seu quarto, senhor. Peço para Myrtle ir até lá e ver se ela...

— Não. Vou aí pessoalmente. — Eu desligo, saio às pressas do hospital e pulo para dentro do carro.

Ordeno que meu assistente dirija rápido, mais rápido. Zunimos com imprudência pelas ruas de Gibraltar, forçando várias carruagens a dar espaço e afastando compradores e turistas a cada curva.

Quando chegamos em casa, eu salto, corro escadas acima, abro as portas com tudo e entro no vestíbulo. A dor espeta minha perna a cada passo e suo em profusão, mas continuo, impulsionado pelo medo. Subo a grande escadaria até o segundo andar, sigo diretamente para o nosso quarto e entro sem bater.

Helena se vira, obviamente surpresa em me ver. E surpresa com a minha aparência — suor pingando da minha testa, o ofegar, a careta dolorida.

— Patrick?

— Você está bem? — eu pergunto e me sento na cama com ela, empurrando os cobertores grossos para trás. Corro a mão sobre sua barriga inchada.

Ela se endireita na cama.

— Eu poderia perguntar a mesma coisa. Claro que está tudo bem. Por que não estaria?

— Pensei que tinha ido até lá por isso, ou por que estava com algum problema... — Eu exalo e a preocupação desaparece do meu corpo. Olho feio para ela. — O médico disse que você deveria ficar na cama.

Ela se recosta de novo nos travesseiros.

— Tente ficar na cama por meses sem fim...

Sorrio quando ela percebe o que acabou de dizer.

— Desculpe, mas pelo que eu me lembro, você não era tão bonzinho também.

— Não, você tem razão, eu não era. Desculpe, senti sua falta. O que aconteceu?

— Como assim?

— Você foi ao escritório...

— Ah, sim, queria saber se você poderia escapar para almoçar comigo, mas me disseram que vocês já tinham saído.

— Sim. Um... problema lá embaixo, nas docas. — É a centésima vez que minto para Helena. Não tem sido tão fácil, mas a alternativa é muito pior.

— Os perigos de ser um magnata da navegação. — Ela sorri. — Bem, talvez outro dia.

— Talvez em algumas semanas, quando seremos três para almoçar.

— É verdade, três. Ou talvez quatro; me sinto tão grande.

— Nem parece.

— Você é um mentiroso brilhante — ela diz.

Mentiroso brilhante não é nem metade do que sou.

Nossa celebração é interrompida pelo som de batidas no quarto ao lado. Eu viro a cabeça.

— Estão medindo a sala de estar e a saleta lá embaixo — Helena diz.

Já reformamos a casa para ter um berçário e aumentamos três quartos para as crianças. Comprei para nós uma imensa casa com uma edícula separada para os empregados e não consigo imaginar o que mais precisaríamos agora.

— Pensei que podíamos construir um salão de dança, com assoalho de parque, como aquele na casa dos meus pais.

Todo homem tem limites. Helena pode fazer o que quiser na casa; aquele não é o problema.

— Se tivermos um filho? — pergunto.

— Não se preocupe. — Ela dá um tapinha na minha mão. — Não vou sujeitar seu filho americano forte às complexidades superficiais da dança social inglesa. Mas será uma menina.

Ergo as sobrancelhas.

— Como sabe?

— Pressentimento.

— Então, precisaremos de um salão de dança — eu digo, sorrindo.

— Por falar em dança, hoje chegou um convite por mensageiro. A Reunião Anual e o Baile de Natal da Immari, farão em Gibraltar este ano. Deve ser uma grande celebração. Telefonei para minha mãe. Ela e meu pai estarão lá. Gostaria de ir. Não vou exagerar, eu prometo.

— Claro. Combinado.

Capítulo 87

Kate apertou os olhos, tentando ler o diário. O sol estava se pondo sobre as montanhas e a apreensão estava aumentando no estômago. Ela olhou para David. Sua expressão era quase vazia, ilegível. Talvez até sombria.

Como se lesse sua mente, Milo entrou no grande quarto com assoalho de madeira com um lampião a gás. Kate gostava do cheiro, de alguma forma a tranquilizava.

Milo pôs a lanterna na mesa ao lado da cama, onde a luz alcançaria o diário, e disse:

— Boa noite, dra. Kate... — Ao ver que David estava acordado, ele abriu um sorriso. — E olá novamente, sr. Ree...

— É David Vale agora. É bom ver você de novo, Milo. Está muito mais alto.

— E isso não é tudo, sr. David. Milo aprendeu a arte ancestral de comunicação que vocês conhecem como... inglês.

David riu.

— E aprendeu muito bem. Fiquei me perguntando na época se eles jogariam fora ou lhe dariam... a Rosetta Stone.

— Ah, meu benfeitor misterioso finalmente se revela! — Milo curvou-se de novo. — Agradeço por me presentear com seu idioma. E agora posso compensar o presente, ao menos parcialmente — ele ergueu as sobrancelhas, misterioso — com a refeição da noite?

— Por favor — Kate disse, rindo.

David olhou pela janela. O último raio de sol deslizava atrás da montanha como um pêndulo desaparecendo na lateral de um relógio.

— Você deveria descansar, Kate. É uma longa caminhada.

— Vou descansar quando terminarmos. Acho ler relaxante.

Ela abriu novamente o livro.

23 de dezembro de 1917

Esforço-me para enxergar quando a poeira abaixa. Em seguida aperto os olhos, sem acreditar no que estou vendo. Descobrimos mais degraus, mas há mais uma coisa que se estende à direita da escada — uma abertura, como um corte profundo no metal.

— Estamos dentro! — Rutger grita e corre para dentro da escuridão e da poeira flutuante.

Eu o agarro, mas ele se livra das minhas mãos. Minha perna está um pouco melhor, a ponto de eu tomar apenas um analgésico, às vezes dois por dia, mas nunca o alcançarei.

— O senhor quer que a gente vá atrás dele? — o capataz marroquino pergunta.

— Não — eu respondo. Não sacrificaria um deles para salvar Rutger. — Traga um dos pássaros.

Pego a gaiola do canário, ligo minha lanterna de cabeça e entro mancando na abertura sombria.

O portal irregular é claramente o resultado de uma explosão ou um rasgo. Mas não o fizemos. Apenas encontramos — as paredes de metal têm quase um metro e meio de espessura. Quando cruzo a estrutura que a Immari estava cavando por quase sessenta anos, finalmente sou dominado pela admiração. A primeira área é um corredor com três metros de largura e nove metros de altura. Abre-se para uma área circular com maravilhas que não consigo começar a descrever. A primeira coisa que chama a minha atenção é uma reentrância na parede com quatro tubos grandes, como cápsulas oblongas gigantes ou vidros de compota alongados, em pé, correndo do chão ao teto. Estão vazios, exceto por uma luz branca leve e uma fumaça que paira no fundo. Mais adiante, há mais dois tubos. Um está danificado, eu acho. O vidro está rachado e não há fumaça. Mas o tubo ao lado dele... tem algo lá dentro. Rutger vê o mesmo que eu e ele está ao lado do tubo, que parece sentir nossa presença. A fumaça se dissipa quando nos aproximamos, como uma cortina se abrindo para revelar o segredo.

É um homem. Não, um macaco. Ou algo entre um e outro.

Rutger olha para mim, pela primeira vez com uma expressão diferente de arrogância ou desprezo. Está confuso. Talvez temeroso. Eu, com certeza, estou.

Ponho minha mão no ombro dele e sigo para examinar a sala.

— Não toque em nada, Rutger.

Capítulo 88

24 de dezembro de 1917

Helena brilha no vestido. O alfaiate passou uma semana para fazê-lo e me tirou uma pequena fortuna, mas valeu a pena esperar e cada xelim que paguei para ele. Ela está radiante. Dançamos, ignorando sua promessa de não exagerar. Não consigo falar não para ela. A maior parte do tempo fico parado, mas a dor é administrável e, talvez pela primeira vez em nossa vida, estamos no mesmo nível no salão de dança. A música desacelera, ela descansa a cabeça no meu ombro e eu esqueço o homem-macaco no tubo. O mundo parece normal novamente, pela primeira vez desde que o túnel explodiu na Frente Ocidental.

Então, como a névoa no tubo, tudo desaparece. A música para e Lorde Barton está falando, erguendo uma taça. Ele faz um brinde para mim — o novo chefe de marinha mercante da Immari, marido de sua filha e herói de guerra. As cabeças assentem ao redor do salão. Há alguma piada sobre um Lázaro dos dias modernos, de volta do mundo dos mortos. Gargalhadas. Eu sorrio. Helena me abraça mais forte. Barton finalmente terminou e, ao redor do salão, os convivas estão tomando champanhe e meneando a cabeça para mim. Faço uma pequena e tola reverência e levo Helena de volta para nossa mesa.

Neste momento, por algum motivo que não consigo entender, tudo que consigo pensar é na última vez que vi meu pai — no dia anterior ao meu embarque para a guerra. Ficou bêbado como um marinheiro naquela noite e perdeu o controle — a primeira, última e única vez que o vi perder o controle. Ele me contou sobre sua infância naquela noite e eu o entendi, ou pensei que sim. O quanto é possível conhecer qualquer homem de verdade?

Vivíamos numa casa modesta no centro de Charleston, Virgínia Ocidental, ao lado dos lares de pessoas que trabalhavam para o meu pai. Seus pares — os outros empresários, mercadores e banqueiros — viviam do outro lado da cidade e meu pai gostava que fosse assim.

Ele caminhava pela sala de estar, cuspindo enquanto falava. Eu fiquei lá sentado em meu uniforme bege e imaculado do Exército dos Estados Unidos, a única insígnia de latão do posto de segundo-tenente pendendo no meu colarinho.

— Você parece tão tolo quanto outro homem que conheci que entrou no Exército. Estava quase exultante quando correu de volta para a cabine. Acenou a carta no ar como se o próprio rei tivesse escrito. Leu para nós, mas eu não entendi a carta inteira. Estávamos nos mudando para a América, um lugar chamado Virgínia. A guerra entre os estados havia começado dois anos antes. Não consigo lembrar exatamente quando, mas as coisas estavam ficando bem sanguinolentas nesse momento. E os dois lados precisavam de mais homens, corpos frescos para moer. Mas se você fosse rico o bastante, não precisava ir. Era só enviar um substituto. Algum proprietário rico do Sul havia contratado seu avô como substituto. Substituto. A ideia de contratar outro homem para morrer na guerra em seu lugar, apenas porque você tem dinheiro. Quando começarem os alistamentos militares, vou cuidar no Senado para que nenhum homem possa enviar um substituto.

— Eles não precisam de alistados. Homens corajosos estão se voluntariando aos milhares…

Ele riu e serviu outro drinque.

— *Homens corajosos aos milhares.* Tolos que encheriam muitos vagões de trem, ingressando porque acham que há alguma glória nisso, talvez fama e aventura. Não sabem o custo da guerra. O preço que se paga. — Ele sacudiu a cabeça e deu outro grande gole, quase esvaziando o copo. — Logo o boato vai se espalhar e então eles não terão que se alistar, como os estados fizeram na Guerra Civil. De primeiro não faziam, foi anos depois que a guerra começou, quando as pessoas a experimentaram, quando começaram os alistamentos e os homens ricos começaram a inscrever os homens pobres como meu pai. Mas o correio é lento na fronteira canadense, especialmente se você é um lenhador vivendo longe da cidade. Na época em que chegamos à Virgínia, esse dono de terras já havia contratado outro substituto, disse que não ouvira falar do seu avô, ficou assustado quando ele *simplesmente apareceu*, Deus me perdoe. Mas estávamos na Virgínia, e ele estava mais do que disposto a lutar por uma fortuna — até mil dólares, o que recebiam os substitutos —, e isso era uma fortuna, se fosse possível cobrar esse valor. Bem, ele não conseguiu. Encontrou outro dono de terras que se deparou com a situação e ele vestiu o uniforme cinzento miserável e morreu dentro dele. Quando o Sul perdeu, a sociedade se despedaçou e o grande pedaço de terra prometido para seu avô como pagamento foi comprado por algum aproveitador do Norte nos degraus do tribunal do condado por alguns trocados.

Ele finalmente se sentou com o copo já vazio.

— Mas esse foi o menor dos horrores da Reconstrução. Eu assisti ao meu único irmão morrer de febre tifoide enquanto os soldados ocupantes da União comiam tudo que havia em casa; o que havia de casa era uma pequena cabana decadente nas terras. O novo proprietário nos expulsou, mas minha mãe fez um acordo: ela trabalharia nos campos se pudéssemos ficar. E assim ela fez. Trabalhou naqueles campos até a morte. Eu estava com doze anos quando saí das terras do homem e parti para a Virgínia Ocidental. Era difícil conseguir trabalhar nas minas, mas precisavam de garotos, quanto menores melhor para rastejar nos espaços pequenos. Então esse é o custo da guerra. Agora você sabe. Ao menos você não tem uma família. Mas é isso o que você deve esperar: morte e miséria. Se alguma vez se perguntou por que eu era tão duro com você, tão frugal, tão exigente, aí está. A vida é dura para todo mundo, mas é um inferno na Terra se você for tolo ou fraco. Você não é nem um, nem outro, eu vejo isso, e é assim que você vai me compensar.

— Esta é uma guerra diferente…

— É sempre a mesma guerra. Apenas os nomes dos mortos mudam. Tem sempre o mesmo objetivo: qual grupo de ricos vai dividir os espólios. Eles chamam essa de "A Grande Guerra", propaganda esperta. É a Guerra Civil Europeia, a única questão é que reis e rainhas dividirão o continente quando ela acabar. Os Estados Unidos não têm o que fazer lá, por isso eu votei contra. Os europeus tiveram o bom senso de ficar fora da *nossa* guerra civil, você deveria pensar que poderíamos fazer o mesmo. Toda a questão resume-se praticamente em uma rixa familiar entre as realezas, eles são todos primos.

— E eles são *nossos* primos. Nossa matriz está encurralada. Eles viriam ao nosso auxílio se estivéssemos enfrentando a aniquilação.

— Não devemos nada a eles. Os Estados Unidos são nossos. Pagamos por esta terra com nosso sangue, suor e lágrimas… a única moeda que sempre importou.

— Eles precisam de mineiros desesperadamente. A guerra entre túneis poderia encerrar a guerra mais cedo. Quer que eu fique em casa? Posso salvar vidas.

— Não pode salvar vidas. — Ele olhou, enojado. — Você não entendeu uma palavra do que eu disse, entendeu? Saia daqui. Mesmo que voltar da guerra, não volte aqui. Mas me faça um favor, por tudo que eu já lhe dei. Quando descobrir que está combatendo numa guerra alheia, não siga em frente. E não comece uma família até tirar esse uniforme. Não seja cruel e ganancioso como ele foi. Atravessamos a devastação do Norte para chegar àquela fazenda na Virgínia. Ele sabia no que estava se metendo e apostou. Quando você vir a guerra, saberá. Faça escolhas melhores do que as que fez hoje.

Ele saiu da sala e eu nunca o vi novamente.

Estou tão absorto em lembranças que mal percebo as fileiras de pessoas passando por nós, apresentando-se e tocando a barriga de Helena. Estamos sentados como um casal real em algum evento de

Estado. Há dúzias de cientistas na cidade, sem dúvida para estudar a área que encontramos recentemente. Conheci os chefes das divisões da Immari no exterior. A organização é gigantesca. Konrad Kane aproxima-se. As pernas e braços são rígidos, as costas retas e inflexíveis, como se estivesse sendo sondado por um instrumento invisível. Ele apresenta a mulher ao seu lado, sua esposa. Seu sorriso é doce e a voz é gentil, o que me pega desprevenido. Fico um pouco envergonhado com minha atitude brusca. Um garotinho corre de trás dela e pula no colo de Helena, esmagando a barriga. Eu o pego pelo braço, arranco-o do colo e jogo-o no chão. Meu rosto fica cheio de ódio e o garoto olha como se fosse chorar. Konrad trava o olhar com o meu, mas a mãe do garoto o envolve com os braços e admoesta:

— Cuidado, Dieter. Helena está grávida.

Helena se arruma na cadeira e estende a mão para o menino.

— Tudo bem. Me dê sua mão, Dieter. — Ela pega a mão do garoto e o traz até ela, pousando a mão na barriga. — Está sentindo? — O garoto ergue os olhos para Helena e meneia a cabeça. — Eu lembro quando você estava na barriga da mamãe. Lembro-me do dia em que você nasceu.

Lorde Barton fica entre Konrad e mim.

— Chegou a hora. — Ele olha para a mulher e para a criança acariciando a barriga inchada de Helena. — Com licença, senhoras.

Barton nos leva pelo corredor até uma ampla sala de conferência.

Os outros apóstolos do apocalipse estavam esperando por nós ali: Rutger, Mallory Craig e um grupo de outros homens, a maioria deles cientistas e pesquisadores. As apresentações são rápidas. Esses homens ficam obviamente menos impressionados com a minha presença. Há outra rodada de cumprimentos e hipérboles como se tivéssemos curado a praga; em seguida, eles voltam aos negócios.

— Quando chegaremos lá, no topo da escadaria? — Konrad pergunta.

Sei o que ele quer dizer, mas a curiosidade me arrebata.

— O que são aquelas coisas na câmara que encontramos?

Um dos cientistas fala.

— Estamos estudando ainda. Uma espécie de câmara de suspensão.

Também cheguei a essa conclusão, mas parece menos maluco quando um cientista diz.

— O salão é algum tipo de laboratório?

Os cientistas concordam com a cabeça.

— Sim. Acreditamos que a construção é um prédio científico, possivelmente um laboratório gigante.

— E se não for um prédio?

O cientista parece confuso.

— O que mais poderia ser?

— Uma nave — eu digo.

Barton solta uma gargalhada e fala jovialmente.

— Isso é bem elaborado, Patty. Por que não nos concentramos na escavação e deixamos a ciência para estes senhores? — Ele assente para os cientistas com simpatia. — Garanto que eles são melhores que você nisso. Agora, Rutger comentou que você está preocupado com a água e o gás acima dos degraus. Qual é o plano?

Eu prossigo.

— As paredes, dentro da estrutura. Elas parecem anteparas de um navio.

O cientista líder hesita, em seguida diz:

— Sim, parecem. Mas são muito grossas, quase um metro e meio. Nenhum navio precisaria de paredes dessa espessura, e ele não flutuaria. Também é grande demais para ser um navio. É uma cidade; estamos muito certos disso. E há os degraus. Degraus num navio seria muito curioso.

Barton ergueu a mão.

— Vamos descobrir todos esses mistérios quando estivermos lá dentro. Pode nos dar uma estimativa, Pierce?

— Não posso.

— Por que não?

Por um breve momento, minha mente volta para aquela noite na Virgínia Ocidental, em seguida volto para a sala, encarando o Conselho da Immari e os cientistas.

— Porque já cansei de escavar. Encontre outra pessoa — eu respondo.

— Agora, preste atenção aqui, meu rapaz, isso não é um clube, algo frívolo em que você entra e sai quando as responsabilidades pesam demais. Vai terminar o trabalho e cumprir sua promessa — Lorde Barton retruca.

— Eu disse que terminaria e terminei. Não vou lutar uma guerra que não é minha. Tenho família agora.

Barton ergue-se para gritar, mas Kane pega seu braço e fala pela primeira vez.

— Guerra. Uma palavra interessante. Diga-me, sr. Pierce, o que acha que tem naquele último tubo?

— Não sei e não me importo.

— Deveria — Kane diz. — Não é humano e não se encaixa em qualquer ossada que já encontramos. — Ele espera minha reação. — Deixe-me ligar os pontos para o senhor, já que parece ser incapaz ou não querer fazê-lo. Alguém construiu essa estrutura — a peça mais avançada de tecnologia no planeta. E construiu há mil anos, talvez centenas de milhares de anos atrás. Aquele homem-macaco congelado está ali por sabe-se lá quantos milhares de anos. Esperando.

— Esperando o quê?

— Não sabemos, mas posso garantir que, quando ele e o restante daqueles que construíram aquela estrutura acordarem, a raça humana estará acabada neste planeta. Então você diz que não é sua guerra, mas é. Não pode deixar para trás esta guerra, não pode simplesmente se abster ou se afastar, porque esse inimigo vai nos perseguir até os recônditos do mundo e nos exterminar.

— O senhor acredita que possam ser hostis, porque o senhor é hostil. Extermínio, guerra e poder dominam seus pensamentos e o senhor supõe que eles sejam iguais.

— A única coisa que sei com certeza é: aquela *coisa* é uma forma de ser humano. Minhas hipóteses são válidas. E práticas. Matá-los garantirá nossa sobrevivência. Fazer amizade, não.

Considero o que ele disse e fico envergonhado por admitir que acredito que a ideia faz sentido.

Kane parece sentir minha hesitação.

— Sabe que é verdade, Pierce. Eles são mais inteligentes que nós, infinitamente mais inteligentes. Se eles permitirem que vivamos, mesmo que sejam alguns de nós, não seremos mais que animais de estimação para eles. Talvez nos criem para sermos dóceis e amigáveis, nos alimentem ao lado de sua fogueira proverbial, eliminem os agressivos, da mesma forma que moldamos lobos selvagens para virarem cães tantos mil anos atrás. Eles nos deixarão tão civilizados que não poderemos imaginar combatê-los, não poderemos caçar e não nos alimentaremos. Talvez já esteja acontecendo e nem saibamos. Ou talvez não nos achem tão bonitinhos. Talvez nos tornemos seus escravos. Você está familiarizado com esse conceito, acredito eu. Um grupo de seres humanos brutais, ainda que inteligentes, com tecnologia avançada subjugando um grupo menos avançado. Mas, dessa vez, será para o resto da eternidade; nunca avançaríamos ou nos desenvolveríamos. Pense nisso. Mas podemos impedir esse destino. Parece hostil entrar lá e assassiná-los durante o sono, mas pense na alternativa. Seremos celebrados como heróis quando a história reconhecer a verdade. Seremos os libertadores da raça humana, os emancipadores...

— Não. Seja lá o que aconteça a partir daqui, acontecerá sem mim. — Não posso me livrar da imagem do rosto de Helena, o pensamento de segurar nosso filho, envelhecer à beira de um lago, ensinar nossos netos a pescar nos verões. Não posso fazer diferença no plano da Immari. Vão encontrar outro mineiro. Talvez isso os atrase alguns meses, mas seja lá o que esteja nas profundezas, terá que esperar.

Eu me levanto e encaro Kane e Barton por um longo momento.

— Cavalheiros, queiram me desculpar. Minha mulher está grávida e eu deveria estar a caminho de casa. — Concentro-me em Barton. — Estamos esperando nosso primeiro filho. Desejo o melhor no projeto. Como sabem, eu era soldado. E soldados conseguem guardar segredos. Quase tão bem quanto podem lutar. Mas espero que meus dias de luta tenham ficado para trás.

David sentou-se.

— Sei o que estão fazendo.

— Quem?

— A Immari. Protocolo Toba. Faz sentido agora. Estão construindo um exército. Eu aposto. Pensam que a humanidade está enfrentando um inimigo avançado. Protocolo Toba, reduzindo a população total, provocando um gargalo genético e um segundo Grande Salto Adiante — estão fazendo isso para criar uma raça de supersoldados, seres humanos avançados que possam enfrentar quem construiu aquela coisa em Gibraltar.

— Talvez. Tem outra coisa. Na China, havia um dispositivo. Acho que tem a ver com isso — Kate comentou.

Ela contou a David sua experiência na China, sobre o objeto em forma de sino que massacrou os pacientes antes de derreter e, em seguida, explodir.

Quando ela terminou, David assentiu.

— Acho que sei o que é.

— Sabe?

— Sim. Talvez. Continue lendo.

Capítulo 89

18 de janeiro de 1918

Quando o mordomo abre com tudo as portas para meu escritório, meu primeiro pensamento é em Helena: a bolsa estourou... ou ela caiu... ou...

— Sr. Pierce, alguém do seu escritório está ao telefone. Dizem que é importante, urgente. Com relação às docas, dentro do armazém.

Vou até a saleta do mordomo e pego o telefone. Mallory Craig começa a falar antes que eu diga uma palavra.

— Patrick. Houve um acidente. Rutger não deixou que eles ligassem, mas pensei que você deveria saber. Ele pressionou demais. Foi longe demais, rápido demais. Alguns dos operários marroquinos estão presos, dizem...

Já estou passando da porta antes de ele terminar. Dirijo-me até o armazém e salto no caminhão elétrico ao lado do meu ex-assistente. Conduzimos de forma tão imprudente como Rutger fez no primeiro dia que me mostrou o túnel. O tolo fez isso — pressionou e causou um desmoronamento. Fico apreensivo em ver o que aconteceu, mas digo ao meu assistente para dirigir mais rápido de qualquer forma.

Quando o túnel se abre no espaço gigantesco de pedra onde trabalhei pelos últimos quatro meses, percebo que as luzes elétricas estão apagadas, mas o salão não está escuro — uma dúzia de fachos de luz cruza o espaço, as lanternas de cabeça dos capacetes dos mineiros. Um homem, o capataz, me agarra pelo braço.

— Rutger está no comunicador, esperando o senhor.

— Ao telefone — eu digo enquanto caminho pelo espaço escuro. Paro. Tem água na minha cabeça. Era suor? Não. Uma gota d'água vinda do teto… está suando.

Agarro o telefone.

— Rutger, disseram que houve um acidente, onde você está?

— Num lugar seguro.

— Pare de joguinhos. Onde foi o acidente?

— Ah, você está no lugar certo. — O tom de Rutger é brincalhão e confiante. Satisfeito.

Olho ao redor. Os mineiros estão correndo para lá e para cá, confusos. Por que as luzes não estão acesas? Abaixo o telefone e vou até a linha de eletricidade. Está conectada a um novo cabo. Lanço uma luz sobre ele, seguindo-o ao redor da sala. Corre para cima da parede… até o teto e sobre as escadas até…

— Saiam! — eu grito. Luto sobre o chão irregular até o fundo da sala e tento arregimentar os operários, mas eles simplesmente tropeçam uns sobre os outros no mar agitado de luz e sombras.

Lá em cima, uma explosão ressoa no espaço e a pedra cai. A poeira envolve a sala e é como nos túneis na Frente Ocidental. Não consigo salvá-los. Não consigo nem vê-los. Cambaleio para dentro do túnel — o corredor até o laboratório. A poeira me segue e eu ouço a rocha fechar a entrada. Os gritos dissipam-se, simples assim, como uma porta fechando, e fico na escuridão total, exceto pelo brilho suave da luz branca e da fumaça nos tubos.

Não sei quanto tempo passou, mas estou com fome. Muita fome. A lanterna da minha cabeça já queimou há muito, e estou sentado na escuridão silenciosa, recostado na parede, pensando. Helena deve estar louca de preocupação. Ela finalmente vai descobrir meu segredo? Ela vai me perdoar? Tudo isso desde que eu saia daqui.

Do outro lado da rocha, ouço passos. E vozes. Os dois são abafados, mas há espaço suficiente entre as rochas para ouvi-lo.

— Alôôôô!

Preciso escolher minhas palavras com cuidado.

— Vá até o comunicador e chame Lorde Barton. Diga que Patrick está preso nos túneis.

Ouço uma gargalhada. Rutger.

— Você é um sobrevivente, Pierce, eu tenho que admitir. E é um mineiro brilhante, mas quando se trata de pessoas, você é tão tapado quanto as paredes da estrutura.

— Barton vai querer sua cabeça por me matar.

— Barton? Quem você acha que deu a ordem? Acha que poderia simplesmente se safar? Se fosse assim, eu teria me livrado de você há muito tempo. Não. Barton e meu pai planejaram me casar com Helena muito antes de termos nascido. Mas ela não gostava muito da ideia; talvez por isso ela tenha pulado no primeiro trem para Gibraltar quando a guerra eclodiu. Mas não podemos escapar do destino. A escavação me trouxe para cá também e a vida estava prestes a voltar para os trilhos até os vazamentos de metano matarem minha equipe e você aparecer. Barton fez um acordo, mas prometeu ao meu pai que poderia ser desfeito. A gravidez foi a última gota, mas não se preocupe, vou cuidar disso. Tantas crianças morrem logo depois do nascimento, com todo tipo de doença misteriosa. Não se preocupe, estarei lá para confortá-la. Já nos conhecemos há tempos.

— Vou sair daqui, Rutger. E quando eu sair, vou te matar. Entendeu?

— Fique quieto, garotão. Os homens estão trabalhando aqui. — Ele se afasta da entrada coberta da rocha para o corredor. Grita em alemão e ouço passos em todos os lugares do espaço.

Pelas próximas horas, não sei quantas, esquadrinho o misterioso laboratório. Não há nada que eu possa utilizar. Todas as portas estão seladas. Esta será minha tumba. Tem de haver alguma maneira de sair. Finalmente, sento-me e encaro as paredes, esperando, observando-as brilhar como vidro, quase refletindo a luz dos tubos, mas não totalmente. É uma recreação desinteressante, o tipo de reflexo que o aço polido faz.

Sobre mim, às vezes ouço perfuração e picaretas acertando as pedras. Estão tentando terminar o serviço. Devem estar perto do topo dos degraus. De repente, o ruído para, e ouço uma gritaria. "*Wasser! Wasser!*" Água — devem ter atingido o fundo. Em seguida, ouço estouros. O som inequívoco da rocha caindo.

Corro para a entrada e ouço. Gritos, água correndo. Algo mais. Uma batida de tambor. Ou uma vibração pulsante. Ficando mais alta a cada segundo. Mais gritos. Homens correndo. O caminhão é acionado com a manivela e ronca.

Eu me esforço, mas não consigo ouvir mais nada. Na ausência de som, percebo que estou com água a um metro de altura. Está vazando através da rocha solta com rapidez.

Chapinho de volta para o corredor. Deve haver uma porta para o laboratório. Bato nas paredes, mas nada funciona. A água está no laboratório agora; ela vai me alcançar em minutos.

O tubo... está aberto, um dos quatro. Que chance eu tenho? Cambaleio através da água e caio dentro dela. A névoa me cerca e a porta se fecha.

Capítulo 90

Acampamento Nevado Alpha
Sítio de perfuração nº 6
Leste da Antártida

Robert Hunt estava sentado no seu iglu, aquecendo as mãos ao redor de uma xícara fresca de café queimado. Após o quase desastre no último sítio de perfuração, ele ficou feliz que haviam alcançado pouco mais de dois quilômetros sem muito mais que um soluço. Sem bolsões de ar, água ou sedimento. Talvez o próximo sítio fosse como os primeiros quatro — nada além de gelo. Ele bebericou o café e considerou o que podia ter sido responsável pela diferença na perfuração do último sítio.

Além da porta do iglu, um som agudo irrompeu — o giro inequívoco de uma perfuração sob tensão baixa a nula.

Ele correu para fora do iglu, fez contato visual com o operador e passou a mão pelo pescoço. O homem avançou e acionou a alavanca de parada. O cara estava aprendendo, graças a Deus.

Robert correu até a plataforma. O técnico virou-se para ele e disse:

— Devemos reverter?

— Não. — Robert verificou a profundidade. 2,252 quilômetros. — Abaixe a perfuradora. Vamos ver qual o tamanho desse bolsão.

O homem continuou com a perfuração e Robert observou a leitura de profundidade aumentar: 2,255... 2,270... 2,286... 2,300... 2,316. Parou em 2,323 quilômetros.

A mente de Robert acelerou com as possibilidades. Uma caverna a quase dois quilômetros e quatrocentos abaixo do gelo. Poderia ser algo na superfície do solo. Mas o quê? A caverna ou o bolsão, o que quer que fosse, tinha trezentos metros de altura. Seu pé-direito era quase um campo de futebol sobre o solo. As leis da gravidade simplesmente não funcionavam desse jeito. O que tinha a força para suportar dois quilômetros e quatrocentos de gelo?

O técnico virou-se para Robert e perguntou:

— Reinicio a perfuração?

Robert, ainda absorto em pensamentos, acenou para os controles e murmurou.

— Não. Hum, não, não faça nada. Preciso reportar isso.

De volta ao iglu, ele ativou o rádio.

— Bounty, aqui é o Rei da Neve. Tenho uma atualização.

Alguns segundos se passaram antes de o rádio ser acionado. A resposta veio:

— Vá em frente, Rei da Neve.

— Atingimos um bolsão na profundidade de dois-dois-dois-sete, repetindo, dois-dois-dois-sete quilômetros. O bolsão termina em dois-três-dois-três, repetindo, dois-três-dois-três quilômetros. Aguardo instruções. Câmbio.

— Um momento, Rei da Neve.

Robert começou a preparar outra jarra de café. A equipe provavelmente precisaria de um pouco.

— Rei da Neve, qual a situação da perfuração, câmbio?

— Bounty, perfuradora ainda está no buraco na profundidade máxima, câmbio.

— Entendido, Rei da Neve. As instruções são as seguintes: extraia a perfuradora, feche o sítio e prossiga para o sétimo local. Aguarde coordenadas de GPS.

Como antes, ele anotou as coordenadas e aguentou o alerta redundante sobre o contato local. Dobrou o papel com as coordenadas de

GPS e enfiou no bolso, em seguida se levantou, pegou duas xícaras de café fresco e saiu do iglu.

Eles reverteram a perfuradora para retirá-la e prepararam o sítio com facilidade. Os três homens trabalhavam com eficiência, quase mecanicamente e em silêncio. Do ar, eles poderiam parecer três versões esquimós de soldadinhos de lata correndo em círculos num trilho, erguendo e empilhando caixas, abrindo grandes guarda-chuvas brancos para cobrir os itens menores e ancorando os postes de metal branco para a cobertura gigantesca que cobririam o sítio de perfuração. Quando terminaram, os dois técnicos montaram em seus trenós motorizados e esperaram Robert para conduzi-los.

Ele descansou o braço na caixa de plástico que continha as câmeras e olhou para o sítio. Dois milhões de dólares era muito dinheiro.

Os dois homens olharam para ele. Acionaram os trenós, mas um deles desligou.

Robert limpou a neve da caixa e abriu o fecho. O som do rádio o assustou.

— Rei da Neve, Bounty. Situação.

Robert apertou o botão no rádio e hesitou por um segundo.

— Bounty, aqui é o Rei da Neve. — Ele olhou para os homens. — Estamos evacuando o sítio agora.

Ele apertou o fecho com um estalo e se levantou por um momento. A coisa toda parecia estranha. O silêncio do rádio, todo o sigilo. Mas o que ele sabia? Era pago para perfurar. Talvez não estivessem fazendo nada errado, talvez apenas não queriam divulgação pela imprensa dos negócios. Nada de errado com isso. Ser despedido por ser curioso seria demais. Ele não era tão estúpido assim. Ele se imaginou dizendo para o filho:

— Desculpe, a faculdade vai ter que esperar. Não posso arcar com isso agora; sim, eu poderia, mas não consegui aguentar o mistério.

Por outro lado... se houvesse algo de ilegal acontecendo e ele fosse parte disso...

— Filho, você não pode ir para a faculdade porque seu pai é um criminoso internacional e P.S.: Ele era estúpido demais para saber disso.

O outro homem desligou o motor do trenó. Os dois técnicos o encararam.

Robert foi até os equipamentos de cobertura sobressalentes. Pegou um guarda-chuva branco fechado de dois metros e meio de comprimento e amarrou a seu trenó. Acionou a máquina e partiu para a próxima localização. Os dois homens o seguiram de perto.

Trinta minutos de jornada e Robert avistou uma rocha grande que se projetava, erguendo-se da neve. Não era profunda o bastante para ser uma caverna, mas a reentrância alcançava entre seis e nove metros para dentro da montanha e lançava uma sombra longa. Ajustou seu vetor para passar perto da rocha e, no último segundo, desviou para dentro da escuridão das sombras. Apesar de estarem perto dele, os dois homens emparelharam-se rapidamente no trajeto de Robert e estacionaram os trenós ao lado dele. Robert ainda estava sentado. Nenhum dos homens desceu dos veículos.

— Esqueci uma coisa no sítio. Vou voltar. Não devo demorar. Esperem aqui e não, hum, não saiam da ravina. — Nenhum dos homens disse uma palavra. Robert pôde sentir o nervosismo crescer. Era um mentiroso terrível. Ele continuou, esperando legitimar suas ordens. — Pediram para minimizarmos a visibilidade do ar. — Ele abriu o guarda-chuva branco e plantou-o ao lado, ancorando-o contra o trenó, como se fosse um cavaleiro medieval agarrando uma lança perto dele e aprontando o cavalo para o ataque.

Ele deu ré no trenó e voltou pelo caminho que haviam percorrido, de volta para o sítio.

Capítulo 91

Mosteiro Immaru
Região Autônoma do Tibete

Kate bocejou e virou a página. O quarto estava frio. Ela e David estavam enrolados em um cobertor grosso.

— Termine no caminho — David disse com olhos sonolentos. — Vai precisar parar bastante.

— Tudo bem. Só quero um bom ponto para parar — ela disse.

— Você ficava acordada lendo quando criança, não é?

— Quase toda noite. E você?

— Videogames.

— Bonecos.

— Às vezes, Legos. — David bocejou novamente. — Quantas páginas faltam?

Kate folheou o jornal.

— Não muitas, na verdade. Só mais um pouco. Posso ficar acordada, se você conseguir.

— Como eu disse, já dormi o bastante. E não tenho que caminhar amanhã.

Acordo com o chiado suave do ar fluindo para dentro do tubo quando ele se abre. Primeiro, o ar é pesado, como água nos pulmões, mas, após algumas respiradas do ar frio e úmido, minha respiração se normaliza, e eu me dou conta da situação. A câmara ainda está escura, mas há um facho de luz suave pairando no laboratório, vinda do corredor.

Saio do tubo e caminho na direção do corredor, examinando a sala enquanto ando. Nenhum dos tubos está ocupado, a não ser o do homem-macaco, que aparentemente dorme com a enchente sem se preocupar. Pergunto-me quanto ele já dormiu.

Ainda há trinta centímetros de água no corredor. O bastante para notar, mas não para me impedir. Chapinho pela água até a abertura irregular. As pedras que me trancavam ali dentro quase se foram completamente — arrastadas pela água, sem dúvida. Uma luz âmbar suave brilha de cima, cobre as pedras restantes, que eu afasto para o lado enquanto saio daquele espaço.

A fonte da luz estranha pende a nove metros acima de mim, no topo das escadas. Parece um sino, ou um peão grande, com janelas no topo. Olho e tento imaginar o que é. Parece olhar de volta para mim, as luzes pulsando devagar, como o coraçao de um leão batendo após ter devorado uma vítima no Serengeti.

Fico parado, imaginando se ele vai me atacar, mas nada acontece. Meus olhos estão se ajustando e, a cada segundo que passa, mais a sala entra em foco. O chão está uma sopa de água, cinza, terra e sangue, um pesadelo. Bem no fundo, vejo os corpos dos mineiros marroquinos, esmagados sob os escombros. Lá em cima, os europeus jazem prostrados, rasgados em pedaços, alguns queimados, todos mutilados por uma arma que não consigo imaginar. Não foi uma explosão, nem uma pistola ou uma faca. E eles não morreram há pouco. Os ferimentos parecem velhos. Quanto tempo fiquei aqui embaixo?

Procuro os corpos, esperando ver um em especial. Mas Rutger não está aqui.

Esfrego o rosto. Tenho que me concentrar. Chegar até em casa. Helena.

O caminhão elétrico se foi. Estou fraco, cansado, faminto e, naquele momento, não tenho certeza se verei novamente a luz do dia, mas ponho um pé na frente do outro e começo o percurso árduo para fora da mina. Pressiono minhas pernas o máximo que elas podem e me preparo para a dor, mas ela não vem. Estou determinado a sair deste lugar por uma força e um entusiasmo que não sabia que tinha.

A mina passa em um estalo e vejo a luz quando percorro a última volta da espiral. Eles cobriram a entrada do túnel com uma tenda branca, ou um pedaço de plástico de algum tipo.

Afasto o plástico para o lado e sou cercado por soldados em máscaras de gás e estranhas roupas de plástico. Eles me agarram e me seguram no chão. Dali, vejo um soldado alto se aproximar a passos largos. Mesmo através da roupa volumosa de plástico sei quem é. Konrad Kane.

Um dos meus captores ergue os olhos e fala através da máscara numa voz abafada.

— Ele acabou de sair, senhor.

— Traga-o — Kane diz em uma voz profunda e indiferente.

Os homens me arrastam para mais fundo no armazém até uma série de seis tendas brancas que me lembram um hospital de campanha. A primeira tenda tem várias fileiras de catres, todos cobertos com lençóis brancos. Ouço gritos na tenda próxima. Helena.

Luto contra os homens ao meu lado, mas estou fraco demais — com a falta de comida, a caminhada e seja lá o que o tubo tenha feito comigo. Eles me seguram com força, mas continuo lutando.

Consigo ouvi-la claramente agora, no fim da tenda, atrás de uma cortina branca. Avanço para alcançá-la, mas os soldados me puxam para trás, me encaminhando para a fileira, então tenho uma boa visão das pessoas mortas nos catres pequenos. O horror espalha-se em mim. Lorde Barton e Lady Barton estão aqui. Rutger. A mulher de Kane. Todos mortos. E há outros, pessoas que não reconheço. Cientistas. Soldados. Enfermeiras. Passamos por uma cama com um garoto, o filho de Kane. Dietrich? Dieter?

Consigo ouvir os médicos falando com Helena e, quando passamos pela beirada da cortina, vejo vários ao redor dela, injetando algo nela e segurando-a deitada.

Os homens me seguram enquanto luto. Kane vira-se para mim.

— Quero que veja isso, Pierce. Pode vê-la morrer como eu assisti a Rutger e Marie morrerem.

Eles me puxam para mais perto.

— O que aconteceu? — eu pergunto.

— Você desencadeou o inferno, Pierce. Poderia ter nos ajudado. Seja lá o que tenha acontecido lá embaixo, matou Rutger e metade de seus homens. Aqueles que conseguiram voltar à superfície estavam doentes. Uma praga além de qualquer coisa que podíamos imaginar. Devastou Gibraltar e está se movendo pela Espanha. — Ele puxa mais a cortina branca para trás, revelando a cena inteira: Helena se debatendo em uma cama cercada por três homens e duas mulheres trabalhando loucamente.

Empurro os guardas para longe e Kane ergue a mão para impedir que eles me persigam. Corro até ela, acaricio seus cabelos pretos e a beijo na bochecha, em seguida na boca. Ela está queimando em febre. Sentir sua pele fervilhando me aterroriza, e ela deve ver isso. Ela estende a mão e acaricia meu rosto.

— Tudo bem, Patrick. É só gripe. Gripe espanhola. Vai passar.

Olho para o médico. Seus olhos vão ao chão.

Uma lágrima brota do meu olho e rola lentamente pelo meu rosto. Helena a limpa.

— Fico tão feliz que você esteja em segurança. Eles me disseram que você havia morrido em um acidente na mina, tentando salvar marroquinos que trabalhavam para você. — Ela segura meu rosto com a mão. — Tão corajoso.

Ela leva a mão à boca, tentando suprimir a tosse que sacode o corpo todo e a maca de hospital. Ela segura a barriga inchada com a outra mão, tentando impedir que bata nas grades da lateral da cama. A tosse continua pelo que parece uma eternidade, com o som de pulmões se partindo.

Eu seguro os ombros dela.

— Helena...

— Eu te perdoo. Por não me dizer. Sei que fez isso por mim.

— Não me perdoe, por favor, não.

Outra rodada de tosses a sacode e os médicos me tiram do caminho. Dão oxigênio para ela, mas parece não ajudar.

Observo. E choro. E Kane assiste. Ela chuta e luta... e quando o corpo dela amolece, eu me viro para Kane e minha voz é indiferente, sem vida, quase como a voz que vem da máscara. Imediatamente, naquele hospital improvisado da Immari, faço um acordo com o demônio.

As lágrimas rolaram no rosto de Kate. Ela fechou os olhos e não estava mais na cama com David no Tibete. Estava de volta a San Francisco, em uma noite fria, cinco anos antes, em uma maca. Estavam correndo com ela da ambulância para o hospital. Médicos e enfermeiras gritavam ao redor dela e ela berrava também, mas eles não a ouviam. Ela agarrou o braço do médico.

— Salve meu filho, se tiver de escolher entre mim e o bebê, salve...

O médico se afastou dela e gritou para o homem corpulento que empurrava a maca.

— Sala de cirurgia 2. Já!

Eles empurraram a maca mais rápido, a máscara estava sobre a boca e ela lutou para permanecer acordada.

Ela acordou em uma sala de hospital vazia e grande. Tudo doía. Havia vários tubos saindo do braço. Ela estendeu a mão rapidamente na direção da barriga, mas já sabia antes de tocá-la. Puxou a camisola para trás e viu uma cicatriz longa e feia. Enterrou a cabeça entre as mãos e chorou, por quanto tempo não sabia.

— Dra. Warner?

Kate ergueu os olhos, assustada. Esperançosa. Uma enfermeira tímida estava diante dela.

— Meu filho?

Os olhos da enfermeira baixaram-se, concentrando-se nos pés.

Kate despencou na cama. As lágrimas vinham em ondas agora.

— Senhora, não sabíamos ao certo, não havia um número para contato em caso de emergência, podemos... tem alguém para quem podemos ligar? O... pai?

Uma explosão de ódio causou a onda de lágrimas. O romance de sete meses, o jantar, o encanto. O empresário da internet que parecia ter de tudo, quase bom demais para ser verdade. O controle de natalidade aparentemente defeituoso. O desaparecimento dele. A decisão dela de ter o bebê.

— Não, não tem ninguém para ligar.

David abraçou-a com força e limpou as lágrimas dela.

— Em geral não sou emotiva — Kate disse entre soluços. — Só que eu... quando eu estava em... — Uma barreira parecia estar se quebrando; sentimentos e pensamentos que ela não deixava entrar na mente a invadiram. Sentia as palavras se formando, prontas para sair — uma história estava pronta para se revelar pela primeira vez para um homem; algo inimaginável poucos dias antes. Ela se sentia tão segura com ele. Era mais que isso. Ela *confiava* nele.

— Eu sei. — Ele limpou uma nova onda de lágrimas do rosto de Kate. — A cicatriz. Tudo bem. — Pegou o diário da mão dela. — Chega de ler por hoje. Vamos descansar um pouco. — Puxou-a para perto de si e eles mergulharam no sono.

Capítulo 92

Sala de situação
QG da Clocktower
Nova Déli, Índia

— Senhor, temos certeza que os encontramos — o técnico disse.

— Quanta certeza? — Dorian perguntou.

— A dupla em terra, alguns locais disseram para eles que um trem passou por essa região. — O técnico usou um apontador a laser para circular uma área de montanhas e florestas na tela gigante. — Os trilhos deviam estar abandonados, então não poderia ser de carga. E os drones encontraram um mosteiro não muito longe dali.

— A que distância estão os drones agora?

O técnico apertou algumas teclas no laptop.

— Poucas horas...

— Como? Meu Deus, estávamos bem em cima deles!

— Desculpe, senhor, eles precisaram reabastecer. Podem estar no ar novamente dentro de uma hora. Mas... está escuro agora. A imagem de satélite é de mais cedo. Será...

— Os drones têm infravermelho?

O técnico digitou mais no teclado.

— Não. O que deveríamos...

— *Algum* dos drones próximos tem infravermelho? — Dorian perguntou, irritado.

— Um momento. — Imagens do computador refletiam os óculos do técnico. — Sim, um pouco mais distante, mas podem alcançar o alvo.

— Lance-os.

Outro técnico chegou correndo no centro de comando.

— Acabamos de receber informações sigilosas da operação Antártida. Eles encontraram uma entrada.

Dorian recostou-se na cadeira.

— Verificadas?

— Estão confirmando agora, mas a profundidade e as dimensões estão corretas.

— As ogivas portáteis estão prontas? — Dorian perguntou.

— Sim. O dr. Chase relata que foram aperfeiçoados para entrar numa mochila. — O homem magro ergueu uma pilha de páginas impressas grossa demais para ser grampeada. — Na verdade, Chase enviou um relatório bastante detalhado...

— Picote.

O homem voltou o relatório para debaixo do braço.

— E o dr. Grey ligou. Ele quer falar com o senhor sobre as precauções no sítio.

— Com certeza. Diga a ele que conversaremos quando eu chegar lá. Estou partindo agora.

Dorian levantou-se para sair da sala.

— Tem mais uma coisa, senhor. As taxas de infecção estão subindo no sudeste da África, Austrália e Estados Unidos.

— Já tem alguém trabalhando nisso?

— Não, acreditamos que não. Imaginam que seja apenas uma nova cepa de gripe.

Capítulo 93

Mosteiro Immaru
Região Autônoma do Tibete

Kate abriu os olhos sonolentos e examinou a alcova. Não era noite, mas não era bem de manhã. Os primeiros raios de sol espreitavam através da grande janela da alcova e ela se afastou deles, fugiu deles, ignorando a chegada da manhã. Ela aninhou a cabeça mais perto da de David e fechou os olhos.

— Eu sei que você está acordada — ele disse.

— Não estou, não. — Ela abaixou a cabeça e ficou parada.

Ele riu.

— Você está falando comigo.

— Eu falo durante o sono.

David sentou-se na pequena cama. Olhou para ela por um longo momento, em seguida tirou os cabelos do rosto de Kate. Ela abriu os olhos e fitou os dele. Esperava que ele se aproximasse e...

— Kate, você precisa ir.

Ela se afastou, virando de costas. Temia a discussão, mas não cederia. Não o deixaria. Porém, antes que pudesse contestar, Milo apareceu do nada. Usava sua expressão alegre de costume, mas embaixo dela, no rosto e na postura, havia sinais inequívocos de exaustão.

— Bom dia, dra. Kate, sr. David. Os senhores precisam vir com Milo.

David virou-se para ele.

— Só um minuto, Milo.

O jovem aproximou-se deles.

— Um minuto não temos, sr. David. Qian diz que chegou a hora.

— Hora de quê? — David perguntou.

Kate sentou-se.

— Hora de ir. Hora de — Milo ergueu as sobrancelhas — plano de fuga. Projeto de Milo.

David inclinou a cabeça.

— Plano de fuga?

Era uma alternativa ou, no mínimo, uma postergação da discussão constante de Kate com David, e ela aproveitou a deixa. Correu até o armário e reuniu os frascos de antibiótico e analgésico. Milo estendeu uma pequena sacola de pano ao lado dela e Kate jogou os frascos lá dentro, junto com o pequeno diário. Ela se afastou do armário, mas voltou e pegou algumas gazes, ataduras e esparadrapo por precaução.

— Obrigada, Milo.

Atrás dela, Kate ouviu David plantar os pés no chão e quase instantaneamente despencar. Kate chegou a tempo para impedir sua queda. Ela enfiou a mão na sacola, pegou um analgésico e um antibiótico e os enfiou na boca do homem antes que ele pudesse argumentar. Ele engoliu as pílulas a seco enquanto Kate praticamente o arrastava para fora do quarto, para o corredor aberto de madeira.

O sol estava se erguendo rapidamente e, logo além do passadiço, Kate viu paraquedas se aproximando da montanha. Não, não eram paraquedas — eram balões de ar quente. Havia três deles. Ela inclinou a cabeça e examinou o primeiro balão. Seu topo era verde e marrom. Uma espécie de cena de camuflagem. Era... árvores, uma floresta. Tão curioso.

O som. O zumbido. Estava próximo. David virou-se para ela.

— Os drones.

Ele se afastou do braço que o apoiava e a empurrou.

— Vá para o balão.

— David — Kate começou a falar.

— Não. Faça isso. — Ele pegou Milo pelo braço. — Minha arma. Aquela com que cheguei aqui a primeira vez. Está com ela aí?

Milo assentiu.

— Temos todas as suas coisas…

— Traga para mim, rápido. Preciso chegar a um lugar alto. Me encontre no deque de observação.

Kate pensou que ele poderia falar com ela uma última vez e… mas ele já havia partido, mancando pelo mosteiro, em seguida subindo uma escadaria de pedra encrostada na encosta.

Kate olhava dos balões para David, mas ele já havia partido. A escadaria estava vazia.

Ela atravessou o passadiço às pressas, que terminava numa escada em espiral feita de madeira. No fim da escada, os balões gigantes entraram no campo de visão. Havia cinco monges na plataforma inferior, esperando por ela, acenando para ela.

Ao vê-la, dois monges pularam dentro do primeiro balão, soltaram a corda e se afastaram da plataforma. O balão flutuou para longe da montanha enquanto os monges acenavam para chamar a sua atenção. Trabalhavam nas cordas e na chama que controlava o balão, mostrando para ela como operá-lo. Um dos homens assentiu para ela, em seguida puxou uma corda que soltou um dos sacos na lateral do cesto e eles se levantaram rapidamente no céu, pairando para longe da montanha. Era bonito, a serenidade do voo, as cores — vermelho e amarelo com manchas azuis e verdes. Ele sobrevoou o planalto, como uma borboleta gigante alçando voo.

Os outros dois monges estavam no segundo balão-borboleta, prontos para partir, mas não desamarraram as cordas. Pareciam estar esperando por ela. O quinto monge acenou para ela entrar no terceiro balão, aquele com a cena de floresta pintada no topo. Kate percebeu que o fundo era uma cena de nuvens — azul e branco. À distância certa, um drone veria apenas o céu acima. Se o drone estivesse voando sobre o balão, veria apenas a floresta. Era muito inteligente.

Ela subiu no balão de nuvem e floresta. O segundo balão-borboleta partiu na frente, e o último monge ficou na plataforma, puxou duas cordas no cesto, soltando os sacos e mandando o balão ao ar. O balão ascendeu em silêncio, como um sonho surreal. Kate virou-se e, além do planalto, viu dúzias — não, centenas — de balões, em um panorama de cor e beleza, todos subindo ao céu, o nascer do sol banhando-os com luz. Todos os mosteiros deviam ter soltado balões.

O balão de Kate estava subindo mais rápido agora, deixando a plataforma de madeira e o mosteiro para trás.

David.

Kate agarrou as cordas que controlavam o balão quando a explosão o sacudiu. A encosta da montanha pareceu desaparecer num piscar de olhos. O balão tremia. Madeira e pedra voavam pelo ar. Fumaça, fogo e cinzas flutuavam, enchendo o espaço entre Kate e o mosteiro.

Ela não conseguia ver nada. Mas o balão parecia bem; o míssil do drone atingiu a montanha embaixo dela e o lado oposto do mosteiro. Ela se esforçou nos controles. Estava subindo rápido. Rápido demais. Em seguida, outro som. Um tiro — vindo de cima.

Capítulo 94

O tiro errou. O drone disparou um dos dois mísseis um segundo antes de David puxar o gatilho. A perda de peso fez o drone avançar um pouco mais rápido, passando a bala do fuzil de franco-atirador de David.

Ele carregou a arma novamente e tentou encontrar o drone. A fumaça erguia-se em nuvens grossas. O mosteiro foi quase consumido pelas chamas, e as árvores embaixo dele também haviam incendiado. Ele se levantou com uma careta, mas as pernas reagiram. O analgésico estava funcionando. Precisava chegar a um ponto de vantagem melhor. Ele se virou e ficou chocado ao encontrar Milo sentado no canto do deque de observação de madeira, as pernas cruzadas, os olhos fechados. Sua respiração era leve e rítmica.

David o agarrou pelo ombro.

— O que está fazendo?

— Buscando a quietude interior, senhor...

David o ergueu e o empurrou em direção à montanha.

— Busque no topo da montanha. — David apontou e, quando Milo se voltou, ele girou o jovem e o empurrou para a montanha de novo. — Escale e não pare de escalar, Milo, não importa o que aconteça. Vai. Estou falando sério.

Relutante, Milo enterrou a mão na abertura irregular da montanha e David observou por um segundo enquanto ele subia pelo paredão de rocha.

David voltou seu foco para o deque de observação. Caminhou até a ponta do deque e esperou. Então ele veio — um vão na fumaça. Ele ajoelhou e olhou pela mira e, sem um único ajuste, viu o drone — um drone diferente. Este ainda estava equipado com dois foguetes. Quantos havia? David não hesitou. Respirou fundo e apertou lentamente o gatilho. O drone explodiu e um rastro pequeno de fumaça riscou o céu enquanto o veículo caía no chão.

David procurou no céu pelo outro drone, mas não conseguiu enxergá-lo. Ele se levantou e claudicou pela plataforma de madeira. Através da fumaça, uma forma colorida se ergueu, uma cena de céu e árvores, partindo a fumaça escura. O balão. Kate. Seus olhos encontraram os dela assim que a montanha explodiu embaixo dele. Metade da plataforma desapareceu num instante, fazendo com que ele se desequilibrasse. A arma caiu das mãos e bateu nas pedras, fazendo um barulho alto. O mosteiro estava despencando. O primeiro drone havia atirado o último míssil — um golpe fatal.

O balão foi sacudido, mas ainda estava lá, uns dois metros abaixo dele. O restante da plataforma estava desabando rapidamente naquele instante.

David ficou em pé, correu para a ponta da plataforma e saltou. Seu torso bateu na borda do cesto, quase arrancando seu fôlego. Tentou agarrar a lateral, mas as mãos escorregaram pouco antes de ele sentir os dedos de Kate nos seus antebraços, apertando, segurando-o com o máximo de força que conseguia. Ele parou de cair, mas balançava sem forças. Conseguiu alcançar a borda, mas a dor do ferimento era demais.

Sentiu o calor embaixo dele, subindo pelas pernas e corpo, chegando mais perto a cada segundo. Ele estava arrastando o balão para a carnificina. Kate precisava soltar. Com aquele peso, seria uma morte rápida.

— Kate, não posso embarcar! — Mesmo com o analgésico, a agonia com o ferimento no ombro o dominava. — Você precisa…

— Não vou soltar — Kate gritou. Ela plantou o pé na lateral do cesto e puxou para cima numa explosão de esforço. David agarrou a borda do cesto e segurou. Ela o soltou e se afastou.

David esperou, os braços cansados, o calor o tragava. Lá embaixo, ouviu um, em seguida outro, depois outro e outro saco de areia cair nas pedras. Ele sentiu o suor na palma da mão cobrir a pegada na lateral do cesto. Quando começou a deslizar e cair para dentro do mosteiro em chamas, as mãos de Kate agarraram seus antebraços de novo, puxando-o sobre a borda e para dentro do cesto com ela.

Ela ficou encharcada de suor pelo esforço, ele pingava com o calor do fogo. Seu rosto estava a poucos centímetros do dela, e ele fitou os seus olhos. Conseguia sentir o hálito da mulher. Avançou, aproximando-se da boca de Kate.

Pouco antes de os lábios se tocarem, ela se ergueu, rolando-o de costas no cesto.

David fechou os olhos.

— Desculpe…

— Não, não é isso, eu senti. Você está sangrando. Suas ataduras rasgaram. — Kate abriu a camisa dele e começou a trabalhar no ferimento.

David arfava e encarou as nuvens sob o balão. Ele esperava que, em algum lugar embaixo deles, Milo estivesse sentado no topo da montanha, seguro, e que algum dia, em algum lugar, ele encontrasse a quietude interior.

Parte III
AS CATACUMBAS DE ATLÂNTIDA

Capítulo 95

Região Autônoma do Tibete

Depois de Kate terminar de reparar as ataduras de David, ela engatinhou até o outro lado do balão e se encolheu na parede do cesto. Por um bom tempo, eles simplesmente flutuaram pelo ar, sentindo a brisa no rosto, vendo as montanhas cobertas de neve e o planalto verdejante lá embaixo. Nenhum deles disse uma palavra. Os músculos de Kate queimavam pelo esforço de puxá-lo para dentro do cesto.

David finalmente quebrou o silêncio.

— Kate.

— Quero terminar o diário. — Ela puxou o pequeno livro com capa de couro da bolsa com os medicamentos. — Então, podemos fazer planos. Tudo bem?

David assentiu, em seguida recostou a cabeça contra o cesto e ouviu Kate ler as últimas páginas.

4 de fevereiro de 1919
Um ano após eu acordar no tubo...

O mundo está morrendo. E nós o matamos.

Estou sentado à mesa com Kane e Craig, ouvindo as estatísticas como se fossem probabilidades de uma corrida de cavalo. A gripe espanhola (é o que vendemos para o mundo, como rotulamos a pandemia) chegou a todos os países do mundo. Apenas poucas ilhas foram poupadas. Matou milhões de pessoas até agora. Mata os fortes, poupa os fracos, diferente de qualquer outra epidemia de gripe.

Craig fala detalhadamente, usando mais palavras do que a informação merece. O resumo é que ninguém encontrou uma vacina e, claro, a Immari não espera que encontrem. Mas eles pensam que ainda podem vendê-la como a gripe. Essas são as "boas notícias", Craig anuncia.

E tem mais. Em todo lugar, o ambiente e a avaliação se tornaram otimistas: a raça humana sobreviverá, mas as perdas serão intensas. Dois a cinco por cento da população humana total, entre trinta e seis milhões e noventa milhões de pessoas, devem morrer da praga que libertamos. Por volta de um bilhão será infectado. Estimam que a população humana atual seja de um bilhão e oitocentos, então "não é um abalo ruim", nas palavras de Craig. As ilhas oferecem boa proteção, mas a realidade é que as pessoas estão assustadas e o mundo inteiro está escondido, evitando que qualquer um possa ser infectado. Estimativas da guerra são por volta de dez milhões de mortos. A praga, ou melhor, a gripe espanhola matará de quatro a dez vezes mais pessoas que a guerra. Claro que esconder isso é um problema. A guerra e o surto combinados, por volta de cinquenta milhões a cem milhões de pessoas mortas.

Porém, eu penso apenas em uma. Eu me pergunto por que ela morreu e eu sobrevivi. Sou um casco vazio. Mas eu me seguro por um motivo.

Kane olha para mim com olhos frios, ferinos e eu o encaro de volta. Ele exige meu relatório e eu falo lentamente, em um tom sem vida, distraído.

Relato que escavamos a área ao redor do artefato.

— Arma — ele corrige. Eu o ignoro. Ofereço minha opinião: assim que a desconectarmos, podemos nos mover dentro da estrutura. Ele faz perguntas e eu respondo mecanicamente, como um autômato.

Conversamos sobre o fim da guerra, da imprensa concentrada na pandemia, mas, claro, existem planos para isso.

Conversamos sobre os médicos nos Estados Unidos estudando o vírus, falamos que podem descobrir que ele é algo mais. Craig apazigua, como sempre. Ele tem a situação controlada na mão, ele garante a todos. Alega que o vírus parece estar desacelerando, como um incêndio de floresta que quase percorreu seu curso. Com a pandemia arrefecendo, ele acredita que o interesse em pesquisa seguirá o mesmo caminho.

A teoria em voga é que essa praga apocalíptica enfraquece com a retransmissão. As pessoas nos túneis foram mortas instantaneamente. As pessoas que os encontraram ficaram doentes e morreram pouco depois. Qualquer um infectado nesse ponto provavelmente está a cinco ou seis transmissões de Gibraltar; portanto, a taxa de sobrevivência aumenta. Houve duas ondas subsequentes de surto. Acreditamos que as duas foram causadas por corpos infectados no início de Gibraltar ou Espanha que alcançaram áreas com grande densidade populacional.

Defendo que deveríamos ir a público, rastrear qualquer um que deixasse Gibraltar. Kane discorda.

— Todos morrem, Pierce. Certamente, não preciso lembrá-lo disso. Suas mortes servem a um propósito. Aprendemos mais a cada onda de infecção. — Gritamos um com o outro até ficarmos roucos. Não me lembro do que disse. Não importa. Kane controla a organização. E eu não posso me dar ao luxo de enfrentá-lo.

Kate fechou o diário e ergueu os olhos.

— Eles estavam carregando corpos em trens da China. — David encarou o cesto por um momento. — Vamos recolher todos os fatos primeiro. Quantos dias mais no diário?

— Apenas um.

12 de outubro de 1938

Quase vinte anos se passaram desde a meu último registro. É um longo lapso, mas não acho que nada aconteceu. Tente me entender.

Comecei este diário como uma válvula de escape do desespero obscuro de ser um homem ferido num lugar desesperançado. Uma maneira de analisar meu desespero, uma via de reflexão. Em seguida, transformou-se num testamento sobre o que acreditava ser uma espécie de conspiração. Mas quando se observa aquilo que você mais ama no mundo morrer, uma vítima de algo libertado por você, produto de um acordo feito em troca da mão dela, a soma de sua vida inteira reduzida a um carvão ardente na palma da mão... é difícil pegar uma caneta e escrever sobre uma vida que achamos que não importa mais.

E os atos dos quais nos envergonhamos. Foi o que se seguiu naquele dia, naquela tenda.

Mas as coisas já foram longe o suficiente. Longe demais. Este é o fim da linha para mim. Não posso fazer parte de um genocídio, mas também não posso impedi-lo. Espero que você possa.

Desde minha última entrada, ocorreu o seguinte:

O dispositivo

Chamamos de Sino, ou para Kane e seus colegas alemães, *die Glocke*. Kane está convencido de que é uma superarma e que matará a raça humana inteira ou causará um arrebatamento, deixando os geneticamente superiores e matando qualquer um que possa ser uma ameaça a essa raça escolhida. Ele está obcecado por suas teorias raciais, a busca dessa raça principal que poderá sobreviver ao apocalipse vindouro, à máquina. Convenientemente, ele acredita que é membro dessa raça suprema. Os esforços de pesquisa concentraram-se em como criar essa raça principal de forma controlada, antes do suposto ataque dos atlantes. Desde que extraíram o Sino, fui marginalizado, mas ainda ouço as coisas. Ele levou o Sino para a Alemanha a fim de conduzir experimentos nas cercanias de Dachau. A situação está desesperada em sua *Vaterland*, com a fome predominante e as taxas de desemprego perigosamente altas. O governo lá é fácil de manipular. Ele está tirando o máximo de proveito.

A Immaru

Soube mais sobre a história da Immari e de sua facção-irmã, a Immaru. Em algum momento da Antiguidade, a Immari e a Immaru eram um grupo, aparentemente ainda na época dos sumérios, a primeira história escrita que temos. Na mitologia suméria, Immaru significa "a luz". Kane acredita que a Immaru sabia sobre o dispositivo e o destino da raça humana havia milhares de anos, desde antes do dilúvio. Sua teoria é que a Immari, seu pessoal, era um grupo de rebeldes da Immaru que acreditava que o homem poderia ser salvo, mas não poderia convencer seus membros dessa super-raça. De acordo com a história de Kane, seus ancestrais da Immari abandonaram a segurança para sair da terra natal ariana para a Europa, onde acreditavam que encontrariam as ruínas de Atlântida sobre a qual Platão escreveu — e com isso, as chaves da salvação da humanidade.

Quando ele anunciou essa história revisionista, perguntei sem rodeios por que isso não foi revelado antes para a Immari; no fim das contas, parecem fatos históricos úteis. Ele me repreendeu de forma condescendente, algo sobre "pesada é a cabeça que traz a coroa" e "saber que sozinhos ficaremos entre a humanidade e a aniquilação teria nos destruído. Nossos ancestrais eram sábios. Pouparam-nos do peso de nossas ações para que pudéssemos nos concentrar em descobrir a verdade e agir para salvar o mundo".

É difícil argumentar com um maníaco que cresce em importância dia após dia.

Expedições de Kane

Kane enviou expedições para cada uma das regiões montanhosas asiáticas: Tibete, Nepal e norte da Índia. Ele está convencido de que os Immaru estão lá, escondidos, guardando segredos que podem nos livrar do iminente fim dos dias.

Ele insiste que esses Immaru residem em um clima frio, numa região montanhosa. Enfatiza que os povos nórdicos da Europa dominaram o continente por muito tempo por sua conexão à linhagem original dos Immaru, que floresce em ambientes frios, gélidos. Ignorou minha menção das avançadas civilizações grega e romana, no clima agradável do sul europeu. "Produtos de dons genéticos concedidos pelos Immari quando viajavam para o norte, buscando a Atlântida e seu habitat natural preferido", ele disse. Insiste que esse "Gene Atlântida", que concedeu todos os dons da humanidade, uma herança genética mais concentrada nos Immari, deve estar conectado ao clima frio. A partir daí, ele postulou que o restante da raça atlante deve estar em algum lugar, no frio, hibernando, esperando para retomar o planeta.

Dessa forma, ficou obcecado pela Antártida. Enviou uma expedição para lá também, mas nenhuma notícia chegou ainda. Ele planeja seguir para lá pessoalmente, em um supersubmarino que está construindo em um estaleiro ao norte da Alemanha. Tentei desesperadamente encontrar sua localização, na esperança de plantar uma bomba nele. Mas ouvi dizer que o submarino está quase pronto e que ele logo partirá para o Extremo Oriente para se livrar dos Immaru de uma vez por todas, antes de seguir para a Antártida e encontrar a capital atlante. É um belo plano.

Eu esperava que sua ausência me oferecesse uma abertura, que eu pudesse assumir o controle da Immari enquanto ele não estivesse por perto, mas ele pensou nisso também. Se eu estiver certo, logo estarei fora de cena, mais ou menos em caráter permanente. Então, fiz outros planos.

Convenci um soldado na expedição a levar este diário até você, imaginando que Kane encontre os Immaru e que o soldado cumpra sua promessa. Se ele for pego com isso, é sentença de morte para ele (e para mim).

Uma câmara de curiosidades

Há uma última coisa que desejo lhe dizer. Encontrei uma coisa. Uma câmara de algum tipo, bem no fundo das ruínas, em Gibraltar. Acredito que ela contenha a chave para compreender a estrutura e, possivelmente, os atlantes. A tecnologia aqui é avançada — perigosa nas mãos erradas. Esforcei-me muito para escondê-la de Kane. Anexo um mapa para a câmara, que venho escondendo atrás de uma parede falsa. Apresse-se.

Kate desdobrou a delicada página amarela com o mapa, estudou-o por alguns momentos, em seguida entregou-o para David.

— Era o mesmo dispositivo, o Sino, na China. Eles o usaram em mim, em centenas de pessoas. É o que estão fazendo, tentando encontrar uma chave genética que confira imunidade ao dispositivo. Toda a minha pesquisa em genética vai para o outro lado: encontrar o Gene Atlântida. Todas as mentiras de Martin, minha vida inteira... eles me usaram.

David devolveu o mapa e olhou para fora do cesto, para as montanhas e florestas ondulando lá embaixo.

— Bem, fico feliz que fizeram isso.

Kate o encarou.

David fitou seus olhos.

— Podia ter sido outra pessoa. Alguém que não fosse tão forte. Ou tão esperto. Você conseguirá entender o problema e vai poder impedi-los.

— Não entendo como...

— Vamos repassar o que sabemos. Vamos organizar todas as peças do quebra-cabeça e ver o que se encaixa. Tudo bem? — Quando Kate assentiu, David continuou. — Lá no mosteiro, eu disse que sabia o que era o Sino. É uma lenda da Segunda Guerra Mundial. Teorias da conspiração ainda falam sobre isso: *die Glocke* ou o Sino. Dizem que era um projeto de armamento nazista avançado ou, possivelmente, uma fonte de energia revolucionária. Tem de tudo, de antigravidade a viagem no tempo. As teorias ficam mais malucas a partir daí. Mas se ele causou a gripe espanhola em 1918, e os corpos da China saíram de lá...

— Haveria outra pandemia, sendo esta pior que a gripe espanhola.

— Digo, isso é possível? — David perguntou. — As estatísticas da Immari estão corretas? Como poderíamos não ter uma vacina para algo que matou de dois a cinco por cento da população?

— Estudamos a gripe espanhola na escola de medicina, ou a pandemia de gripe de 1918, como é conhecida agora. As estatísticas estão certas ou próximas. Achamos que a gripe espanhola matou entre cinquenta milhões e cem milhões — cerca de quatro por cento da população global...

— Isso seriam... duzentos e oitenta milhões morrendo hoje... a população inteira dos Estados Unidos. Certamente eles têm uma vacina. E como a Immari conseguiu esconder isso... ou vendê-la como a gripe?

— No início, os médicos não achavam que era uma gripe. Inicialmente, era diagnosticada erroneamente como dengue, cólera ou febre tifoide... principalmente porque os sintomas são muito diferentes da gripe. Pacientes têm hemorragias das membranas mucosas, especialmente do nariz, estômago e intestino, até mesmo sangramentos da pele e ouvidos. — Kate pensou no salão escuro com o Sino pendurado sobre a multidão temerosa, nos corpos sangrando. Ela precisava se concentrar. — Bom, de todas as cepas de gripe no mundo, ainda é a menos compreendida e a mais mortal. Não há vacina. A gripe espanhola essencialmente faz com que o corpo se autodestrua; ela matava com uma tempestade de citocina. O próprio sistema imunológico do corpo o devasta. A maioria das cepas de gripe é devastadora para pessoas com sistemas imunológicos fracos... crianças e idosos. Por isso vacinamos: para fortalecer o sistema imunológico. Ela matava pessoas com sistemas imunológicos *fortes*. Quanto mais forte era o sistema imunológico da pessoa, pior era a tempestade de citocina. Era fatal para pessoas entre vinte e cinco e trinta e quatro anos.

— É quase como se ela matasse qualquer um que pudesse ser uma ameaça. Não me surpreende que os Immari pensem que é uma arma. — David disse. — Mas por que deflagrá-la? O mundo não teria nenhuma chance. Em 1918, no fim da Primeira Grande Guerra, as fronteiras estavam seladas em todos os lugares, o mundo todo tinha território a manter. Pense em como estamos conectados hoje; um surto similar nos devastaria em questão de dias. Se o que você diz for verdade, o contágio deixou a China e está já varrendo o mundo enquanto conversamos. Por que eles fariam isso?

— Talvez não tenham escolha.

— Eles sempre têm uma esco…

— Na mente deles — Kate interrompeu. — Apenas com base no pensamento do diário, tenho algumas teorias. Acredito que estejam buscando o Gene Atlântida para que possam sobreviver ao dispositivo. Por isso estavam interessados na minha pesquisa, por isso sequestraram as crianças. O tempo deles deve ter acabado.

— A foto de satélite… com os códigos no verso. Tinha um submarino no meio.

— O submarino de Kane — Kate esclareceu.

— Aposto. E havia uma estrutura embaixo. Sabemos que estavam buscando o submarino desde 1947… o obituário no *The New York Times* decodificado resultou em "Antártida, submarino alemão *não encontrado, avise se mais buscas forem autorizadas*". Então, eles finalmente encontraram o submarino, e sob ele, outra Atlântida… uma ameaça. — David sacudiu a cabeça. — Mas ainda não entendo, a ciência… por que deflagrar outra pandemia?

— Acho que os corpos do Sino *são* o Protocolo Toba. Parece que o contato direto com o Sino é fatal para a maioria das pessoas, mas existe apenas um Sino, ou existia. Talvez eles distribuam os corpos ao redor do mundo. O surto subsequente reduziria drasticamente a população mundial, para que restem apenas aqueles que possam sobreviver ao Sino, qualquer um com o Gene Atlântida.

— Sim, mas por quê… não há maneiras melhores? Eles não poderiam, sei lá, sequenciar uma porção de genomas ou roubar alguns dados e encontrar essas pessoas?

— Não, ou talvez. Seria possível identificar pessoas com o Gene Atlântida, mas há uma peça faltando: epigenética e ativação genética.

— Epi…

— É meio complicado, mas, em resumo, é que não se trata apenas dos genes que você tem, mas que genes serão ativados, bem como como esses genes interagirão com outros. É provável que a praga causasse um segundo Grande Salto Adiante ao ativar o Gene Atlântida em qualquer um que o tiver. Ou talvez seja outra coisa completamente diferente, talvez a praga reduza a população e nos force a transmutar ou evoluir, como a catástrofe de Toba fez... — Kate esfregou as têmporas. Havia algo mais, alguma outra peça, apenas fora do alcance. A conversa com Qian voltou à mente: a tapeçaria, o dilúvio de fogo, o bando de humanos morrendo, temendo o cobertor de cinzas... o salvador... oferecendo uma taça com seu sangue, e as feras da floresta emergindo como seres humanos modernos. — Acho que não estamos enxergando alguma coisa.

— Você acha que...

— E se o primeiro Grande Salto Adiante não tiver sido uma ocorrência natural? E se não foi evolução alguma? E se a humanidade estivesse à beira da extinção e os atlantes tivessem vindo para nos resgatar? E se os atlantes deram àquele bando de seres humanos agonizantes algo que ajudasse a sobreviver à catástrofe de Toba? Um gene, uma vantagem genética que lhes concedeu inteligência suficiente para sobreviver. Uma mudança nas conexões cerebrais. E se eles nos deram o Gene Atlântida?

Capítulo 96

David olhou ao redor, como se decidisse o que dizer. Finalmente abriu a boca, mas Kate ergueu a mão.

— Sei que parece maluco, tudo bem, mas apenas me ouça, vamos discutir isso até o fim. Não vamos ter muito o que fazer por um tempo. — Ela apontou para o cesto e para o balão sobre ele.

— Tudo bem, mas aviso que sou um peixe fora d'água. Não sei como posso ajudar.

— Apenas me diga quando começar a soar maluco demais.

— É retroativo? Porque o que você acabou de dizer...

— Tudo bem, apenas ouça por um tempo, daí me indique as loucuras. Aqui estão os fatos: cerca de setenta mil anos atrás, o supervulcão do monte Toba entra em erupção. Há um inverno vulcânico global que dura entre seis e dez anos, e possivelmente um episódio de resfriamento de mil anos. As cinzas cobrem Ásia e África. A população humana total cai para algo entre três mil e dez mil pessoas, talvez até menos que mil casais viáveis.

— Tudo bem, isso é verdade, posso confirmar a não maluquice.

— Porque eu contei sobre a catástrofe de Toba, em Jacarta.

David ergueu as mãos.

— Ei, só estou tentando ser útil.

Kate lembrou-se de sua reação e de suas palavras a David na van dias antes, o que parecia uma eternidade no passado.

— Muito engraçado. Bem, a redução da população causou um gargalo genético naquela época. Sabemos que cada ser humano no planeta descende de uma população extremamente pequena, entre mil a dez mil pares procriadores que existiam há setenta mil anos. Todo ser humano fora da África descende de uma pequena tribo que, cinquenta mil anos atrás, ficou com menos de cem pessoas. De fato, cada ser humano vivo hoje descende diretamente de um homem que viveu na África sessenta mil anos atrás.

— Adão?

— Na verdade, nós o chamamos de Adão cromossomial-Y, pois somos cientistas. Havia uma Eva também, a Eva mitocondrial, mas ela viveu muito antes, acreditamos que cento e noventa a duzentos mil anos atrás.

— Viajantes do tempo? Eu ainda tenho que apontar as maluqui...

— Não são viajantes do tempo, muito obrigada. São apenas designações genéticas das pessoas de quem todas as outras descendem diretamente. É complicado, mas o fato é que esse Adão tinha uma imensa vantagem... sua prole era muito mais avançada que qualquer uma de seus pares.

— Tinham o Gene Atlântida.

— Por ora, vamos nos ater aos fatos. Tinham *algum* tipo de vantagem, qualquer que fosse. Por volta de cinquenta mil anos atrás, a raça humana começa a se comportar de forma diferente. Há uma explosão no comportamento complexo: linguagem, produção de ferramentas, arte rupestre. É o maior avanço da humanidade, o que chamamos de Grande Salto Adiante. Ao olhar fósseis humanos antes e depois, não há muita diferença. Também não existe tanta diferença em seus genomas. Tudo o que sabemos é que houve uma mudança genética sutil que causou uma diferença na maneira como pensávamos, possivelmente uma mudança em nossas conexões cerebrais.

— O Gene Atlântida.

— O que quer que fosse essa mudança nas conexões cerebrais, foi a sorte grande genética na história de todos os tempos. A raça humana vai do abismo da extinção — menos de dez mil pessoas, caçando e coletando na natureza — ao domínio do planeta, com mais de sete bilhões de pessoas, no período de apenas cinquenta mil anos. É um piscar de olhos em termos evolucionários. É uma retomada extraordinária, quase difícil de acreditar para um geneticista. Digo, doze por cento de todos os seres humanos que *já viveram ainda* estão *vivos* hoje. Só evoluímos há cerca de duzentos mil anos. Ainda estamos dentro de uma nuvem de cogumelo dos efeitos do Grande Salto Adiante e não temos ideia de como isso aconteceu ou aonde levará.

— Sim, mas por que nós, por que tivemos tanta sorte? Havia outras espécies humanas por aí, certo? Os neandertais, os... não consigo lembrar o nome que você disse; o que houve com eles? Se os atlantes vieram nos resgatar, por que não ajudar os outros?

— Tenho uma teoria. Sabemos que havia ao menos quatro subespécies de seres humanos há cinquenta mil anos: nós ou seres humanos anatomicamente modernos, neandertais, denisovanos e o *Homo floresiensis* ou hobbits. Provavelmente havia mais que não descobrimos, mas essas são as quatro subespécies...

— Subespécies? — David questionou.

— Sim. Tecnicamente, são subespécies; todos eram humanos. Definimos uma espécie como um grupo de organismos capazes de cruzar e produzir prole fértil e todos os quatro desses grupos humanos podiam se cruzar. Na verdade, temos provas genéticas de que fizeram isso. Quando sequenciamos o genoma neandertal poucos anos atrás, descobrimos que todo mundo fora da África tem um a quatro por cento de DNA neandertal. Era mais acentuado na Europa, a terra natal dos neandertais. Algumas pessoas na Melanésia e, especialmente, em Papua Nova Guiné compartilham até seis por cento de seu genoma com os denisovanos.

— Interessante. Então, somos todos híbridos?

— Tecnicamente, sim.

— Então, absorvemos as outras subespécies em uma raça humana combinada?

— Não. Bem, um pequeno percentual, talvez, mas as provas arqueológicas sugerem que quatro grupos sobreviveram como subespécies separadas. Acredito que as outras subespécies não receberam o Gene Atlântida porque não precisavam dele.

— Eles...

— Não estavam à beira da extinção — Kate disse. — Achamos que os neandertais já existiam na Europa entre seiscentos mil a trezentos e cinquenta mil anos atrás. Todas as outras subespécies também são mais velhas que nós; provavelmente tinham populações maiores. E todos estavam longe do raio de explosão de Toba: os neandertais estavam na Europa, os denisovanos estavam onde hoje é a Rússia, e os hobbits no sudeste da Ásia... bem longe de Toba e a favor do vento.

— Então, eles se deram melhor que nós e quase entramos em extinção. Depois, *nós* encontramos o pote de ouro genético, e *eles* que foram à extinção... por nossa causa.

— Isso. E eles se extinguiram rapidamente. Sabemos que os neandertais eram mais fortes que nós, tinham cérebros maiores que os nossos e viviam na Europa por centenas de milhares de anos antes de aparecermos. Então, dentro de vinte mil anos, eles estavam extintos.

— Talvez isso seja parte do grande plano da Immari — David disse. — Talvez o intuito do Protocolo Toba seja mais do que encontrar o Gene Atlântida. E se a Immari acreditar que esses seres humanos avançados, esses atlantes, estão hibernando e, se eles voltarem, eliminarão quaisquer seres humanos concorrentes, qualquer um que possa ser uma ameaça... como fizemos nos últimos cinquenta mil anos após termos recebido esse Gene Atlântida? Você leu o discurso de Kane: eles pensavam que uma guerra com os atlantes era iminente.

Kate considerou a teoria de David, e sua mente trouxe de volta a conversa com Martin. Suas alegações de que qualquer raça avançada varreria quaisquer seres humanos inferiores que fossem uma ameaça; sua teoria de que a raça humana era como um algoritmo de computador avançando para uma possibilidade: uma raça humana homogênea. Aquela era a última peça do quebra-cabeça.

— Você tem razão. O objetivo do Protocolo vai além de encontrar o Gene Atlântida. É *criar* atlantes, transformar a raça humana pelo seu avanço. Estão tentando sincronizar a humanidade com os atlantes para criar uma raça, de forma que, se os atlantes voltarem, não nos verão como uma ameaça. Martin disse que o Protocolo Toba era "uma contingência". Eles acreditam que, se os atlantes acordarem e virem sete bilhões de selvagens, vão nos massacrar. Mas se emergirem e encontrarem um pequeno grupo de humanos, geneticamente muito semelhantes a eles, vão permitir que sobrevivam, verão como parte de sua tribo ou raça.

— Sim, mas acredito que isso seja apenas metade do plano — David disse. — Essa é a base científica, o ângulo genético, o plano de contingência. Os Immari acreditam que estão em guerra. Pensam como soldados. Eu disse antes que pensava que estavam criando um exército e ainda penso. Acredito que estavam testando os pacientes no Sino para um motivo específico.

— Para que eles pudessem sobreviver a ele.

— Sobreviver a ele, sim, porém mais especificamente: ser capazes de passar por baixo dele. Em Gibraltar, eles tiveram que escavar ao redor dele e removê-lo. Acho que talvez haja um Sino em cada estrutura de Atlântida... uma espécie de dispositivo sentinela que mantém qualquer um de fora. Mas ele funciona mal em nós porque somos, na verdade, híbridos de humanos e atlantes. Se a Immari encontrasse uma maneira de ativar o Gene Atlântida, talvez pudesse enviar um exército e matar os atlantes. O Protocolo Toba seria a contingência final; se falhasse, os atlantes acordariam e tudo o que restaria seriam os membros da própria raça.

Kate assentiu.

— Eles estariam massacrando as mesmas pessoas que nos salvaram da extinção, talvez as únicas que poderiam nos ajudar a reverter a praga do Sino.

Kate suspirou.

— Mas isso é teoria e especulação. Talvez estejamos errados.

— Vamos nos ater ao que sabemos. Sabemos que corpos foram levados da China, e que os corpos do Sino causaram uma pandemia antes.

— Vamos alertar as agências de saúde?

David negou com a cabeça.

— Você leu o diário, eles sabem como esconder surtos. E eles provavelmente são muito melhores nisso agora; estão preparando o Protocolo Toba por um longo tempo. Precisamos descobrir se suas teorias estão corretas e precisamos de alguma vantagem... uma maneira de contatar os atlantes ou parar os Immari.

— Gibraltar.

— É nossa melhor opção. A câmara que Patrick Pierce encontrou.

Kate olhou para o balão. Estavam perdendo altitude e tinham apenas poucos sacos de areia para jogar fora.

— Não acho que chegaremos tão longe.

David sorriu e olhou ao redor do cesto, como se procurasse algo que pudessem usar. Havia um pacote no canto.

— Você trouxe isso?

Kate notou o pacote pela primeira vez.

— Não.

David foi até ele e o desembalou. Dentro de camadas de tecidos rústicos, ele encontrou rupias indianas, uma muda de roupas para cada um deles e um mapa dobrável do norte da Índia, que sem dúvida eles estavam sobrevoando naquele momento. David desdobrou o mapa e um pequeno bilhete caiu. Ele deixou o mapa de lado, leu o bilhete e entregou-o para Kate.

Perdoe nossa inação.
A guerra não é da nossa natureza.
~ Qian.

Kate abaixou o bilhete e examinou o balão.

— Não acho que temos muito tempo aqui em cima.

— Concordo. Tenho uma ideia. Mas é arriscada.

Capítulo 97

2,4 quilômetros do sítio de perfuração nº 6
Leste da Antártida

Robert Hunt precisou dirigir mais devagar; o guarda-chuva gigante quase o derrubou do trenó motorizado duas vezes. Finalmente encontrou uma velocidade confortável na qual podia se segurar, mas mesmo àquela velocidade, o barulho da máquina, combinado com o bater do guarda-chuva, era quase ensurdecedor. Entre o ruído, ele ouviu um barulho estranho. Olhou para trás. Os homens o seguiram? Ele parou o trenó. Não era um motor. Era uma voz.

Ele abriu a jaqueta e procurou o rádio. O indicador de sinal estava aceso — estavam chamando por ele. Desligou o motor, mas o sinal desapareceu. Esperou. À distância, uma rajada de vento soprou neve do topo de um pico arredondado.

Ele apertou o botão do rádio e disse:

— Aqui é o Rei da Neve.

Respirou fundo. A reação abrupta e o tom ríspido do operador o deixaram perplexo.

— Rei da Neve... por que não atende o rádio?

Robert pensou, em seguida apertou o botão e falou no tom mais uniforme que conseguiu:

— Estamos em trânsito. Os rádios são difíceis de ouvir.

— Trânsito? Qual sua localização?

Robert engoliu em seco. Eles nunca haviam perguntado a localização ou contatado entre sítios antes. O que ele poderia dizer... Conseguiam vê-lo pelo ar?

— Rei da Neve! Está aí?

Ele se remexeu no assento, em seguida levou o rádio ao rosto.

— Bounty, aqui é Rei da Neve. Estimo que estamos a três quilômetros do local 7. — Soltou o botão e abaixou o rádio para o trenó de novo. Ele inalou. — Encontramos... Tivemos problemas com um dos trenós. Estamos arrumando.

— Aguarde, Rei da Neve.

Os segundos passavam. Estava gelado, mas tudo que ele conseguia sentir era o coração batendo na garganta.

— Rei da Neve, precisa de auxílio?

Ele respondeu instantaneamente.

— Negativo, Bounty. Podemos cuidar disso. — Esperou por um segundo e acrescentou: — Devemos alterar nosso destino?

— Negativo, Rei da Neve. Siga a toda velocidade e observe o protocolo de ocultação constante no local.

— Copiado, Bounty.

Ele soltou o rádio no assento. Naquele momento, parecia tão pesado quanto uma bigorna. Sua adrenalina cedeu lentamente e, enquanto ela abaixava, percebeu que o braço direito doía. Segurar o guarda-chuva estava cobrando seu preço. Mal conseguia fechar a mão, e seu ombro latejava a cada mícron que mexia. Cerrou os dentes e colocou o guarda-chuva de lado no trenó.

Com o frio e a dor, sua mente gritou: "Volte agora". Ele pensou por que haviam chamado. Havia apenas duas possibilidades: A, eles sabiam dele, ou B, eles queriam ter certeza de que ele estava longe do sítio. Se soubessem dele, sua batata já estava assada de qualquer jeito. Se estivessem fazendo algo no sítio que não queriam que ele visse, aquilo o deixava numa situação difícil.

Quando se decidiu, disse a si mesmo que, se o pegassem, ele simplesmente diria que esqueceu algo no sítio de perfuração. Nada de errado com isso. O guarda-chuva? "Simplesmente observando o protocolo de ocultação no local."

Mas a conversa via rádio havia acabado com sua história. Se eles o pegassem agora, ele estaria sem trabalho, na melhor das hipóteses, e se fossem criminosos fazendo algo ilegal... as coisas ficariam muito piores para ele.

Então, comprometeu-se consigo mesmo: seguiria até o topo da duna mais próxima, ver o que conseguiria ver, em seguida voltaria. Ele havia tentado.

Robert precisava dirigir devagar agora. Ele segurou o guarda-chuva com o cotovelo esquerdo e o apoiou no torso. Levou quase uma hora para chegar ao topo da duna. Pegou o binóculo e examinou o horizonte distante em busca do sítio.

Não conseguia acreditar em seus olhos.

As máquinas que se erguiam sobre o sítio eram de uma escala que ele nunca vira antes — e ele tinha visto algumas máquinas gigantescas. Elas deixavam o sítio pequenino e, agora, parecia que um tornado o havia atingido. A plataforma de perfuração estava meio enterrada na neve, como um microscópio revirado caído em uma caixa de areia de playground perto dos brinquedos de construção. Mas não era caixa de areia, e os rastros de neve sobre esses "brinquedos" deviam ter no mínimo quinze metros. O veículo principal parecia um centípede. Era longo, entre cento e vinte a cento e cinquenta metros, e tinha uma cabeça pequena, sem dúvida a "charrete" que o puxava. Seu corpo era uma série de segmentos brancos em forma de balão. Curvava-se ao redor do sítio em um semicírculo.

Além do centípede, um caminhão com guindaste, aproximadamente dez vezes maior que sua grua de construção industrial padrão, mantinha o braço do guindaste erguido no ar. Estava puxando alguma coisa? Ou, mais provável, estava abaixando alguma coisa.

Robert aproximou a imagem. Antes que pudesse enfocar o cabo do guindaste, teve um vislumbre de algo, ou um contorno de algo, na frente do centípede. Virou para a esquerda, mas o zoom era tão alto que ele perdeu o sítio completamente. Afastou o zoom, encontrou o sítio de novo, deu novo zoom, concentrando-se no meio do centípede.

Eram pessoas ou robôs? O que quer que fossem, estavam usando o que parecia ser roupas brancas de proteção, exceto que esses trajes eram mais volumosos. Eles se moviam de forma pesada, lenta. Pareciam com o Homem de Marshmallow de *Os caça-fantasmas* ou o boneco da Michelin. A altura era de seres humanos. Robert seguiu um com o binóculo enquanto a figura bambeava até o sítio de perfuração. O guindaste estava girando na direção do centípede. Puxou alguma coisa do buraco. Outro homem de marshmallow entrou no campo de visão e ajudou o primeiro a desenganchar e abaixar a bola do guindaste ao chão. Parecia um globo de boate, mas era preto. Atrás dos homens, na última seção do centípede branco, uma porta se abriu. Deslizou de baixo para cima, revelando a luz amarela dentro e uma bancada das telas de computador. Também havia uma grande caixa branca, que dois homens trajados lá dentro empurraram por uma rampa para baixo. No solo, os outros dois homens juntaram-se e começaram a tirar as laterais brancas. Elas soltavam com facilidade; devia ser flexível ou algum tipo de tecido.

Robert concentrou-se no binóculo. A caixa era uma gaiola com dois macacos, talvez chimpanzés; eram pequenos. Eles pulavam para lá e para cá e se agarravam, evitando as barras. Deviam estar congelando. Um dos homens rapidamente ajoelhou-se e começou a apertar o que devia ser um painel de controle no fundo da gaiola. No topo da gaiola, o que era um brilho laranja fraco assumiu um tom vermelho brasa e os macacos acalmaram-se um pouco.

Outro homem acenou com o braço para o guindaste, e ele se ergueu. Prenderam-no ao topo da gaiola, em seguida, a bola preta.

Os homens se afastaram quando o guindaste ergueu a gaiola, sacudiu sobre o buraco e a abaixou. Dois homens caminharam para trás do guindaste e surgiram dirigindo máquinas parecidas com caranguejos. Foram até a perfuração e conectaram as máquinas. Juntas, as duas máquinas cobriram o buraco inteiro, exceto por um pequeno vão, grande o bastante para o cabeamento passar por ele.

Todos os quatro correram para dentro do centípede e a porta deslizou atrás deles até se fechar.

Nada aconteceu por vários minutos. O braço de Robert começou a ficar cansado e ele se perguntou quanto mais deveria esperar. Não havia dúvida agora — não estavam perfurando em busca de petróleo. Mas o que estavam fazendo? E por que precisavam de roupas de marshmallow para fazer aquilo? Por que ele não precisava de uma — ou, por acaso, de macacos?

Talvez conseguisse uma resposta rápido. Os marshmellows estavam saltando para fora do centípede, aumentando o buraco. Eles afastaram as máquinas de cobertura e a gaiola pareceu explodir para fora do buraco. Ela balançou algumas vezes quando o cabo sacudiu para a frente e para trás. Por fim, pairou a poucos metros do chão, os homens a estabilizaram, e a porta se abriu.

Os macacos estavam cobertos de branco ou cinza... neve, talvez? Os dois jaziam sem vida na gaiola. Quando os homens puxaram-nos para fora, o branco continuou grudado neles, não era neve. Eles jogaram cada macaco em um saco branco separado e correram com eles através da entrada da segunda seção do centípede. Quando a porta se abriu, Robert teve um vislumbre de duas crianças, sentadas em um banco dentro de uma gaiola de vidro, esperando, como se fossem as próximas.

Capítulo 98

Nova Déli, Índia

— **Espere aqui.** Se eu não sair em quinze minutos, encontre um policial e diga que um roubo está acontecendo dentro da loja — David disse.

Kate examinou a rua e o exterior da loja: Timepiece Trading Company. A rua estava agitada, cheia de carros velhos e indianos zunindo nas bicicletas. David lhe disse que a loja era um dos postos avançados de cobertura da Clocktower, uma espécie de canal de comunicação secreta através do qual as fontes e os agentes locais podiam enviar mensagens para a Central. Sua teoria era que ele podia ter sido ativado, se a Clocktower ainda estivesse operacional. Era um grande *se*. Se a Clocktower houvesse caído — completamente —, então a Immari estaria vigiando, ou mais provavelmente ocupando esses postos avançados, esperando para eliminar qualquer agente desgarrado e corrigir pontas soltas.

Kate assentiu e David foi para a rua, mancando na direção da loja; num piscar de olho, ele entrou. Kate mordeu o lábio e esperou.

A loja estava cheia. Todos os relógios pareciam estar em estojos de vidro ou, ao menos, aqueles grandes que não estavam em pé. Cada item parecia tão frágil, feito de forma tão intrincada, tão quebrável. David sentiu-se como o proverbial elefante em loja de porcelanas enquanto tentava se espremer entre duas caixas de vidro, forçando a perna ferida a cooperar.

Estava escuro dentro da loja e iluminado lá fora; ele mal conseguia enxergar lá dentro. Raspou numa caixa cheia de relógios de bolso antigos, o tipo que homens com monóculos e coletes brilhantes usam. A caixa balançou e os relógios sacudiram, fazendo as bordas se tocarem e as peças pequeninas tilintarem. David agarrou a caixa, tentando equilibrá-la enquanto balançava na perna boa. Sentiu como se um movimento em falso pudesse levar o local inteiro abaixo.

Uma voz soou do fundo da loja.

— Bem-vindo, senhor. Como posso ajudá-lo hoje?

David procurou pelo recinto uma vez, então de novo, finalmente encontrando o homem por trás de uma mesa alta perto do fundo da loja. Ele mancou até ele e evitou as minas de vidro.

— Estou procurando uma peça especial.

— Veio ao lugar certo, senhor. Que tipo de peça?

— Um relógio tipo torre. Um *Clocktower*.

O funcionário examinou-o.

— Um pedido incomum. Mas o senhor está com sorte. Localizamos vários *Clocktowers* para clientes em vários anos. Posso saber mais sobre o que está buscando? Idade, formato, tamanho? Qualquer informação será útil.

David tentou lembrar as palavras exatas. Nunca pensou que teria de usá-las.

— Uma peça que mostre mais que as horas. Forjada em aço que não pode ser quebrado.

— Talvez eu conheça essa peça. Precisarei fazer uma ligação. — Sua voz mudou. — Fique aqui — ele disse num tom direto. Antes que David pudesse responder, o homem desapareceu atrás de uma cortina que pendia diante de uma porta.

David esforçou-se para ver e ouvir, mas nada passava detrás da cortina. Olhou para o relógio na parede. Ele estava lá dentro havia dez minutos. Kate manteria sua promessa?

O funcionário voltou. Tinha uma expressão vazia, ilegível.

— O vendedor gostaria de falar com o senhor.

Ele já esperava.

O que David não daria para ter uma arma naquele momento. Simplesmente assentiu e caminhou para trás da mesa. O funcionário puxou a cortina e empurrou David para a escuridão. Ele pôde sentir o funcionário estendendo a mão em suas costas, na direção da cabeça, mas antes que David pudesse se virar, o braço do funcionário estava descendo na direção do peito dele, rápido.

Capítulo 99

David virou-se assim que a mão do funcionário desceu.

A luz piscou ao redor dele. Lá em cima, uma lâmpada única balançava para a frente e para trás. O funcionário segurava a corda da lâmpada na mão.

— O telefone está ali — ele disse, apontando para a mesa de canto. O fone era de plástico grosso moldado, como aqueles das cabines telefônicas dos anos 1980. O tipo que poderia servir de porrete para matar alguém. O aparelho era tão velho quanto o de discar.

David foi até a mesa e pegou o receptor. Virou o corpo para encarar o funcionário. O homem havia dado um passo na direção dele.

A linha parecia muda.

— Central? — David perguntou.

— Identifique-se — disse uma voz.

— Vale, David Patrick.

— Estação?

— Jacarta — David respondeu. Não conseguia se lembrar direito, mas sabia que não era desse jeito.

— Aguarde. — A linha ficou muda novamente. — Código de acesso?

Código de acesso? Não havia código de acesso. Não era um esconderijo de escoteiro. Deveriam tê-lo identificado via voz assim que ele disse o nome. A menos que estivessem ganhando tempo. Cercando o prédio. David tentou decifrar a expressão do funcionário enquanto estava com o receptor na mão. Quanto tempo ele estava lá dentro? Cerca de quinze minutos agora?

— Eu... não tenho código de acesso...

— Aguarde na linha. — A voz retornou. Mais nervosa? — Nome verdadeiro?

David considerou o pedido. O que tinha a perder?

— Reed. Andrew Michael.

A resposta foi rápida.

— Aguarde pelo diretor.

Dois segundos se passaram e em seguida a voz característica de avô de Howard Keegan estava na linha.

— David, meu Deus, estávamos procurando por você em todos os lugares. Está bem? Qual é sua situação?

— A linha é segura?

— Não. Mas, francamente, meu garoto, temos problemas maiores no momento.

— Clocktower?

— Caiu. Mas não quebrou. Estou organizando um contra-ataque. Há outro problema. Uma praga está devastando o mundo. Estamos correndo contra o tempo aqui.

— Acho que tenho uma peça do quebra-cabeça.

— Qual é?

— Não tenho certeza ainda. Preciso de transporte.

— Destino?

— Gibraltar.

— Gibraltar? — Keegan soou confuso.

— Algum problema?

— Não. É a melhor notícia que já tive. Na verdade, estou em Gibraltar agora... os últimos dos agentes e eu estamos planejando um contra-ataque ao quartel-general da Immari daqui. O funcionário pode conseguir transporte para você, mas antes de vir, tem... uma coisa que preciso lhe dizer, David. Algo que eu quero que saiba no caso de não conseguir chegar aqui ou... se eu não estiver aqui quando você chegar. Você não era o único que investigava a Immari. Desvendar a conspiração deles tem sido o trabalho da minha vida, mas quando fiquei sem tempo... sabia que você era minha melhor aposta para pará-los. Eu era sua fonte. Usei todos os meus contatos dentro da Immari para ajudar, mas não foi suficiente. Os erros táticos foram todos meus...

— E estão no passado. Tenho novas informações, possivelmente poderemos usar alguma coisa. Não acabou. Vejo você em Gibraltar.

Capítulo 100

Base de Operações Prisma da Immari Research
Leste da Antártida

Dorian precisava entregar aquilo para Martin Grey: o homem era tecnicamente competente. O sítio de pesquisa na Antártida era surpreendente. Nos últimos trinta minutos, Martin havia mostrado a Dorian cada seção do laboratório móvel gigante em forma de centípede: o laboratório de primatas, com suas duas carcaças mortas, o centro de controle de perfuração, os alojamentos da equipe, as salas de conferência e o centro de controle principal, onde estavam agora.

— Estamos expostos aqui, Dorian. Deveríamos tomar precauções. Há várias estações de pesquisa aqui na Antártida. Qualquer uma delas poderia nos encontrar…

— E fazer o quê? — Dorian perguntou. — Para quem vão ligar?

— Para as nações que financiam, para um…

— Logo essas nações serão consumidas pelo surto. Pesquisa não autorizada em um cubo de gelo no fim do mundo não estará no radar delas, acredite em mim. Vamos parar de perder tempo e ir logo aos negócios. Diga o que encontrou no subsítio.

— O que esperávamos.

— Ele?

— Não. General Kane — Martin pareceu encolher-se ao dizer as palavras — não estava entre os corpos que identi...

— Então, ele está lá dentro. — A esperança de Dorian traía sua fisionomia, em geral fria.

— Não necessariamente. Há outras possibilidades.

— Questionável...

Martin continuou.

— Talvez tenha sido morto durante o ataque no Tibete. Ou a caminho daqui. Era uma longa jornada. Ou...

— Ele está lá dentro. Eu sei disso.

— Se estiver, isso levanta várias questões. Especificamente, por que não saiu. E por que não soubemos nada dele. E há a realidade do tempo. Kane partiu para a Antártida em 1938. Setenta e cinco anos atrás. Se ele *estiver* aí dentro, estaria com mais de cento e vinte anos. Morto há muito tempo.

— Talvez ele tivesse tentado se comunicar conosco. Roswell. Um aviso.

Martin refletiu.

— Interessante. Mesmo assim, sua obsessão para encontrar Kane colocou todos nós em perigo. Precisa ter uma visão clara se for liderar esta operação...

— Minha visão está clara, Martin. — Dorian levantou-se. — Admito que estou obcecado por encontrar Konrad Kane, mas você também estaria se seu pai tivesse desaparecido.

Robert Hunt deixou o trenó ligado. Desembarcou e caminhou até o pequeno rochedo que se projetava onde ele havia deixado os dois homens. Tinham desaparecido. Mas um trenó estava lá. Foram para o próximo sítio? Delataram-no? Eles o seguiram, voltando para o último sítio? Seria o mesmo que delatá-lo.

Ele correu para o campo aberto de gelo, tirou o binóculo e examinou à distância em todas as direções.

Nada.

Voltou à caverna. Estava frio lá dentro. Um frio mortal. Tentou ligar o trenó encalhado, mas estava sem gasolina. Como? Eles o seguiram e mal conseguiram voltar? Não… as trilhas eram antigas. Eles deixaram o veículo na caverna. Para manter aquecido? Sim, provavelmente. Tinham esperado o máximo que conseguiram, até que ele começou a falhar e o calor cedeu. Em seguida, subiram no último trenó e partiram juntos. Mas aonde tinham ido?

Capítulo 101

— **Imploro para que você** não faça isso, Dorian. — Martin foi até a porta e estendeu os braços.

— Seja razoável, Martin. Você sabe que chegou a hora.

— Não sabemos se...

— O que sabemos é que um pedaço imenso da cidade deles se partiu. E que um dos Sinos foi ativado setenta e cinco anos atrás... temos os corpos do submarino como prova. Quer assumir o risco? Nós dois sabemos que sairão da hibernação logo, se já não saíram. Não temos tempo para pesquisar e debater. Se eles marcharem para fora de lá, a raça humana estará acabada.

— Você acredita...

— Eu sei disso. Você sabe disso. Nós vimos o que o Sino é capaz de fazer. E esse é apenas o primeiro passo... o primeiro passo para um tipo de cidade que não seremos capazes de construir por milhares de anos, supondo que sejamos capazes de inventar uma tecnologia à altura. Imagine que armas eles têm lá. O Sino é simplesmente um detector de problemas para impedir que os selvagens atrapalhem o restante. Não querem ninguém lá dentro por algum motivo. Estou garantindo nossa sobrevivência. É a única maneira.

— Um ato dessa magnitude, com base numa conjuntura dessa monta...

— Grandes líderes são forjados com o fogo das decisões difíceis — Dorian disse. — Agora, afaste-se.

Dentro da célula, Dorian ajoelhou-se para olhar as duas crianças indonésias no rosto. Elas estavam sentadas num banco branco perto do laboratório dos primatas.

— Aposto que vocês estão felizes por estarem fora daqueles trajes, não estão?

Os garotos simplesmente o encaravam.

— Meu nome é Dorian Sloane. Qual é o de vocês?

Os olhos dos garotos eram um encarar inexpressivo que pairava lentamente de Dorian para o chão.

— Tudo bem, não precisamos de nomes para este jogo. O jogo de adivinhar nomes é chato, de qualquer forma. Vamos jogar um jogo melhor, um jogo muito divertido. Já brincaram de esconder? Era minha brincadeira favorita de infância. Eu era muito bom. — Ele se virou para o assistente. — Peguem as mochilas com o dr. Chase.

Dorian encarou os garotos.

— Vamos botar vocês dentro de um labirinto, um labirinto gigante. Vocês precisam encontrar uma sala. — Dorian ergueu uma imagem. — Estão vendo isto? É uma sala com um monte de tubos de vidro lá dentro. Tubos grandes o suficiente para um homem! Podem acreditar! Se puderem encontrar esta sala e se esconder nela, vão ganhar um prêmio. — Dorian deixou uma impressão brilhante no colo delas. Era uma versão computadorizada, uma extrapolação do que a Immari imaginava ser uma grande sala de tubos.

Os garotos observaram a imagem.

— Que prêmio? — um deles perguntou.

Dorian estendeu as mãos.

— Eu também perguntaria isso. Olha, vocês são espertos, muito espertos. — Dorian olhou ao redor. É mesmo, que prêmio? Ele nunca teria pensado que eles perguntariam. Odiava essas crianças. Quase tanto quanto suas perguntas. — Na verdade temos vários prêmios. Que... que prêmios vocês gostariam de ganhar?

O outro garoto deixou a impressão no banco.

— Kate.

— Querem ver Kate? — Dorian perguntou.

Os garotos assentiram, combinando o movimento rítmico das pernas balançando.

— Bom, vamos combinar o seguinte. Se vocês encontrarem a sala, se se esconderem lá e esperarem, Kate vai até lá encontrar vocês. — Dorian assentiu quando os olhos dos garotos se arregalaram. — É isso mesmo. Eu conheço Kate. Somos velhos amigos, na verdade. — Dorian sorriu para si mesmo pela piada interna, mas o sorrisinho teve o efeito desejado. Os garotos deram um pulinho no banco, entusiasmados.

Uma assistente de laboratório entrou com as mochilas.

— Aqui estão, senhor.

Ela ajudou Dorian a colocar as mochilas nas costas das crianças.

— O botão ativa as ogivas. Demos o nosso melhor para fazê-las à prova de interferência. Se os botões forem desconectados, as ogivas vão detonar. Como o senhor solicitou, assim que forem ativadas, não há como desativar manual ou remotamente. Configuramos a contagem regressiva para quatro horas.

— Excelente trabalho. — Dorian apertou bem as tiras do peito. Ele pousou a mão nos ombros dos garotos. — Agora, essa é uma parte muito importante do jogo. Vocês não podem tirar essas mochilas. Se tirarem, o jogo acaba. Não tem prêmio. Não tem Kate. Sei que são meio pesadas. Vocês podem parar para descansar se precisarem, mas lembrem, se vocês tirarem, nada de Kate. E tem uma última coisa. — Dorian tirou um envelope e prendeu-o ao peito do menino maior. Estava escrito "Papa" em letras grandes e cursivas.

Dorian enfiou mais alguns alfinetes no envelope para que não se movesse.

— Se vir um homem lá dentro, um homem mais velho com uniforme militar, vocês vencem o jogo... se lhe derem este envelope. Se o virem, corram até ele e digam que Dieter os mandou. Vão lembrar disso?

Os garotos assentiram.

Quinze minutos depois, Dorian observou, do centro de comando, como os dois garotos andaram como pinguins na direção do Sino, mais de três quilômetros abaixo do laboratório.

O dispositivo mortal apenas piscava. Diante deles, um portal gigante abriu em camadas. "Como a pálpebra de um réptil", Dorian pensou.

Ele observou os monitores, que mostravam as imagens da câmera nos trajes dos meninos. Cada tela voltou-se para cima quando os garotos ergueram os olhos para o Sino, várias centenas de metros acima deles, pendendo lá na redoma gigantesca de gelo.

Dorian apertou um botão.

— Não vai machucar vocês. Sigam em frente. Lembrem-se da sala com os tubos. — Ele soltou o botão e olhou para o técnico no centro de comando. — Pode colocar a imagem computadorizada dos tubos no visor dos trajes? Ótimo. — Ele ativou o link para os visores dos trajes dos garotos. — Aí está. Entrem e encontrem os tubos.

Dorian recostou-se na cadeira e observou os garotos atravessarem o portal. As imagens da câmera ficaram estáticas quando as portas do portal se fecharam. Nas outras telas da sala de controle, Dorian conseguia ver a câmara externa e o Sino. A entrada convexa estava parada. E silenciosa.

Na parede de monitores, um visor digital mostrava os segundos da contagem regressiva: 03:23:57, 03:23:56, 03:23:55.

Capítulo 102

Transcrição

Coletiva à imprensa da Casa Branca com relação ao surto de "Gripe Relâmpago"

Adam Rice *(Secretário de Imprensa da Casa Branca): Bom dia a todos. Vou ler uma breve declaração e, em seguida, responderei a algumas perguntas. "O Presidente e sua administração estão tomando todas as medidas para avaliar e abordar a preocupação da mídia relacionada à saúde no tocante à "Gripe Relâmpago". Hoje, o Presidente ordenou que o Centro de Controle e Prevenção de Doenças dedique todos os recursos disponíveis para avaliar a ameaça. Dependendo dos resultados dessa avaliação, a Casa Branca poderá tomar outras medidas para garantir a segurança de cada americano."*

[Rice abaixa a declaração e aponta para o primeiro repórter.]

Repórter: O Presidente estabeleceu um cronograma para fechar as fronteiras?

[Rice exala e olha para além da câmera.]

Rice: O Presidente disse repetidamente que fechar as fronteiras será o último recurso. Sabemos do impacto sobre os negócios nos Estados Unidos, tanto os grandes quanto os pequenos. Vejam bem, entendemos que existe uma questão de saúde pública aqui. Mas também há o risco econômico. Fechar as fronteiras apresenta um risco muito real à economia norte-americana. A gripe poderá afetar muitos americanos, mas fechar as fronteiras certamente causaria uma recessão imediata que colocaria mais americanos em riscos do que o surto de gripe. Estamos usando uma abordagem equilibrada aqui. O Presidente não vai colocar ninguém em risco, seja nas mãos da gripe ou da recessão comercial.

Repórter: *Qual a reação oficial aos relatórios da Ásia, Oriente Médio e Europa?*

Rice: *Consideramos os relatórios com seriedade, mas também estamos conduzindo uma análise cuidadosa e equilibrada das informações. Ainda estamos trabalhando com as informações incompletas e, francamente, não acreditamos que tudo seja confiável.*

Repórter: *O senhor se refere aos relatórios de testemunhas oculares, aos vídeos...*

[Rice ergue uma das mãos.]

Rice: *Quanto aos vídeos da internet, lá vocês verão o que há de pior. Ninguém faz um vídeo de YouTube sobre si, sentado em casa, saudável, comendo cereal ou fazendo aeróbica. Fazem esses vídeos quando há algo extraordinário. Todos nós já vimos esses vídeos no momento e vai haver mais. Se vivermos com base no que virmos no YouTube, tomaremos decisões muito ruins e é isso que estamos tentando evitar aqui. Não fica claro se esses vídeos são reais e, se forem, poderiam ser relacionados a um número limitado de questões de saúde críticas.*

[Rice ergue os dois braços.]

Rice: *Tudo bem, é isso por hoje, obrigado a todos.*

Capítulo 103

Esconderijo da Clocktower
Gibraltar

O pôr do sol sobre a baía de Gibraltar era espetacular. Tonalidades suaves de vermelho, laranja e rosa encontravam o azul profundo do oceano Atlântico à distância. Algumas centenas de metros adiante, o porto terminava no rochedo que se erguia para além do mar e da terra. Era cinza e preto, coberto com os raios quentes da luz do sol descendo pela encosta.

Kate puxou a porta de vidro para trás e saiu na varanda azulejada a quatro andares sobre as ruas do porto. Embaixo dela, guardas armados patrulhavam a grande casa. Uma brisa quente mediterrânea a envolveu, e Kate recostou-se no parapeito.

Lá atrás, ela ouviu uma onda de gargalhadas surgir ao redor da mesa. Os olhos dela encontraram os de David. Ele parecia tão feliz ali, sentado entre dúzias de outros chefes e agentes da Estação da Clocktower — os sobreviventes da queda da Clocktower. Agora, "A Resistência". Ali de fora, se ela não soubesse o que estava acontecendo, pensaria que era apenas uma reunião de velhos colegas de faculdade, brincando, contando histórias e planejando as escapadas de amanhã para confraternizar e assistir a um jogo de futebol importante. Mas ela sabia que estavam fazendo planos para atacar o quartel-general da Immari em Gibraltar. A conversa mudou para discussões técnicas sobre táticas, debates sobre a planta do prédio e questões sobre se o esquema e outras informações que tinham eram confiáveis. Kate saiu para a varanda, como uma namorada nova que claramente não fazia parte do grupo principal.

Na viagem de avião a partir da Índia, ela e David conversaram abertamente pela primeira vez sem defesas ou hesitação. Ela lhe contou sobre a perda do filho; como conheceu um homem que desapareceu no momento em que ela se descobriu grávida. Ela partiu de San Francisco para Jacarta uma semana depois do aborto e se lançou no trabalho e na pesquisa sobre o autismo nos anos que seguiram.

David também se abriu. Contou a Kate sobre a noiva morta nos ataques de Onze de Setembro e como ele ficou gravemente ferido, quase paralisado; então, sobre sua recuperação e a decisão de dedicar a vida a encontrar os responsáveis. Uma semana antes, Kate teria ignorado as afirmações sobre a Immari e uma conspiração global, mas no avião ela simplesmente assentiu. Não sabia como as peças se encaixavam, mas acreditava nele.

Eles dormiram depois de conversar, como se a franqueza tivesse trazido alívio. Mas para Kate foi um dormitar esporádico, sem descanso, em grande parte pelo barulho do avião e também porque era difícil dormir naquela poltrona. Todas as vezes que Kate acordava, David estava dormindo. Ela imaginou que ele fez o mesmo, observando-a até cair no sono. Kate ainda tinha muito a lhe dizer. Quando acordou na última vez, o avião estava se aproximando do aeroporto de Gibraltar. David olhou pela janela do avião e, quando viu Kate acordada, disse:

— Lembre-se, não diga nada sobre o diário, o Tibete ou o complexo na China até sabermos mais. Não estou muito seguro sobre tudo isso.

Os agentes da Clocktower aproximaram-se do avião no segundo em que desembarcaram e eles foram transferidos rapidamente para a casa. Ela e David mal trocaram uma palavra desde então.

Atrás dela, a porta abriu deslizando e Kate virou-se rapidamente, sorrindo, esperançosa. Era Howard Keegan, o diretor da Clocktower.

O sorriso de Kate desvaneceu no mesmo instante e ela esperou que o homem não tivesse visto. Ele saiu e fechou a porta.

— Posso lhe fazer companhia, dra. Warner?

— Por favor. E me chame de Kate.

Keegan ficou ao lado dela no parapeito, sem se recostar, nem olhar para Kate. Olhou para a baía, que começava a escurecer. Já tinha seus sessenta anos, mas estava em boa forma. Robusto.

O silêncio ficou um pouco constrangedor.

— Como está o planejamento? — Kate perguntou.

— Bem. Embora não importe. — A voz de Keegan era monótona, sem emoção.

Um calafrio percorreu o corpo de Kate. Ela tentou diminuir a tensão.

— O senhor não está confian…

— Estou. O resultado de amanhã já está planejado há anos. — Ele apontou para as ruas e os guardas lá embaixo. — Aqueles não são agentes da Clocktower. São da Immari Security. Como os guardas lá dentro. Amanhã, o último dos agentes que não são Immari dentro da Clocktower morrerão, inclusive David.

Kate afastou-se do parapeito e olhou para a mesa onde os homens ainda estavam rindo e gesticulando.

— Não enten…

Não se vire. Estou aqui para fazer uma oferta. — A voz de Keegan era um sussurro.

— Que oferta?

— A vida dele. Em troca da sua. Você vai embora hoje à noite, em algumas horas, quando todos tiverem apagado. Vão para a cama cedo, o ataque será ao amanhecer.

— O senhor está mentindo.

— Estou? Não quero matá-lo. Minha afeição por ele é genuína. Estamos apenas em lados diferentes da moeda. Azar. Mas queremos você, e muito.

— Por quê?

— Você sobreviveu ao Sino. É a chave para tudo o que fizemos. Precisamos entender. Não vou mentir: você será interrogada, em seguida examinada, mas ele será poupado. Pondere suas opções. Podemos simplesmente matar aqueles agentes lá dentro, agora mesmo. Vai ser pior, aqui é um bairro residencial, mas é aceitável. Mantivemos esta operação em aberto por tempo demais, esperando, vendo quem entraria, esperando que ele ligasse. Tem mais. Se for esperta em suas negociações, talvez possa libertar as crianças, ou talvez trocar você por elas. Estão sendo mantidos nas mesmas instalações. — Keegan fitou os olhos de Kate. — Agora, qual a sua decisão?

Ela engoliu em seco e assentiu.

— Tudo bem.

— Tem mais uma coisa. Nas gravações do avião, você e Vale mencionaram um diário. Queremos esse documento. Estamos procurando por ele há muito tempo.

Capítulo 104

Acampamento Nevado Alpha
Sítio de perfuração nº 7
Leste da Antártida

Uma onda de alívio varreu Robert Hunt quando viu o trenó estacionado fora dos alojamentos pequenos e brancos no sítio de perfuração 7. Ele estacionou seu trenó ao lado e correu lá para dentro. Os homens estavam se aquecendo ao lado do aquecedor de parede. Os dois se levantaram quando ele entrou.

— Tentamos esperar, mas estávamos congelando. Não poderíamos mais ficar.

— Eu sei. Tudo bem — Robert falou. Ele examinou o espaço. Exatamente como os últimos seis. Olhou para o rádio. — Eles ligaram...

— Três vezes em uma hora. Perguntando por você. Estão perdendo a paciência.

Robert pensou no que dizer.

— O que vocês disseram? — A resposta lhe diria como eles se viraram com tudo aquilo.

— Não atendemos a primeira chamada. A segunda disse que estavam enviando reforços. Dissemos a eles que você estava trabalhando na perfuração e que não precisávamos de ajuda. O que você viu?

A última pergunta fez a mente de Robert acelerar. "E se eles estiverem me testando? E se eles falaram com o empregador e têm ordens para me matar? Posso confiar neles?"

— Eu não...

— Olhe, não sou nenhum gênio, caramba, não tenho nem o ensino médio completo, mas trabalhei numa plataforma de petróleo no Golfo a vida inteira e sei que não estamos atrás de petróleo, então por que não nos diz o que viu?

Robert se sentou na pequena mesa com o rádio. De repente, sentiu-se muito cansado. E faminto. Tirou o capuz, depois as luvas.

— Não tenho certeza. Havia macacos. Mataram os bichos com um negócio. Depois eu vi crianças numa jaula de vidro.

Capítulo 105

Esconderijo da Clocktower
Gibraltar

Kate tentou estimar a distância entre as varandas. Um metro e vinte? Um metro e meio? Ela conseguiria pular? Lá embaixo, ouviu um guarda passando e voltou para o quarto. Ela espreitou. O estalar do cascalho fino sob os pés do homem lentamente desapareceu ao longe. Ela voltou à varanda.

Foi até a beirada e passou um pé por cima, sentando-se no parapeito, em seguida levantou a outra perna por cima. Ergueu-se na pequena plataforma que ficava fora do parapeito, que ela segurou com as duas mãos para trás. Conseguiria atravessar?

Estendeu a perna, segurando o parapeito com uma das mãos, como uma bailarina em um salto durante uma nota alta. Ela se esticou o máximo que pôde, sentindo a mão deslizar no parapeito e quase caiu. Quebraria o pescoço. A outra sacada quase ao alcance da mão, menos de sessenta centímetros.

Recostou-se ao parapeito e estava prestes a pular quando a porta da outra sacada se abriu e David saiu. Ele se encolheu quando a viu, mas, após reconhecê-la, foi até o parapeito. Sorriu para ela.

— Que romântico. — Ele estendeu o braço bom. — Pule. Eu puxo você. Te devo uma.

Kate olhou para baixo. Conseguiu sentir o suor nas mãos. David estendeu o braço sobre o parapeito. Estava a poucos centímetros dela. Ela queria pular, mas conseguiria? Se caísse, os guardas correriam para cima dela e Keegan saberia no mesmo instante. O acordo estaria cancelado. David conseguiria pegá-la? Ele poderia tirá-los dessa? Ela confiava nele, acreditava nele, mas...

Ela pulou e ele a pegou e a puxou sobre o parapeito para seus braços. Em seguida, tudo aconteceu rápido demais, como um sonho. Ele a puxou para o quarto, sem se importar em fechar a porta. Jogou-a na cama e montou sobre ela. Tirou a camisa e correu as mãos pelos cabelos de Kate. Beijou-a na boca e puxou a camiseta da mulher, tirando seus olhos dos dela apenas pelo tempo de tirar a camiseta.

Ela precisava lhe contar. Precisava parar. Mas não conseguia resistir. Queria aquilo. O toque de David era como uma corrente elétrica, acendendo nela partes que ficaram por muito tempo apagadas. Ele despertava algo, como uma força sobrenatural que a subjugava, embotando todo o resto. Ela não conseguia pensar.

Seu sutiã foi tirado e estavam tirando as calças.

Era tão bom. A entrega. Eles poderiam conversar depois.

Kate observou o peito de David subir e descer. Era um sono profundo. Ela havia tomado uma decisão.

Deitou-se na cama, encarando o teto de gesso branco, deliberando, tentando entender o que estava sentindo. Sentia-se... viva novamente, completa... segura, apesar da ameaça de Keegan. Uma parte dela queria acordar David, contar a ele que estavam em perigo e que precisavam sair dali. Mas o que ele poderia fazer? Os ferimentos a bala na perna e no ombro não estavam sequer na metade do processo de cura. Ela o mataria.

Vestiu as roupas e, em silêncio, saiu do quarto, fechando lentamente a porta.

— Eu fui claro.

A voz a assustou. Ela se virou... Keegan, em pé atrás dela, com uma expressão de... tristeza, decepção, arrependimento?

— Eu não contei para ele...

— Duvido...

— É verdade. — Kate entreabriu a porta, revelando David deitado, um lençol cobrindo apenas a parte inferior do corpo. Kate puxou gentilmente a porta de volta. — Não conversamos. — Ela baixou os olhos. — Estava me despedindo.

Trinta minutos depois, Kate observou as luzes da África do Norte pela janela, quando o avião seguia seu rumo na direção da Antártida.

Capítulo 106

— David, acorde.

David abriu os olhos. Ainda estava nu, deitado no mesmo lugar onde havia adormecido. Ele tateou a cama ao lado dele. Vazia. Fria. Kate havia partido horas antes.

— David. — Howard Keegan estava em pé ao lado dele.

David sentou-se.

— O que foi? Que horas são?

Seu ex-mentor entregou um bilhete.

— Duas da manhã. Encontramos este bilhete no quarto de Kate. Ela se foi.

David abriu o bilhete.

Caro David,

Não me odeie. Tive que fazer uma troca pelas crianças. Sei que vocês vão atacar o quartel-general da Immari nesta manhã. Espero que tenham sucesso. Sei o que eles tiraram de você.

Boa sorte,

~ Kate

A mente de David acelerou. Kate faria isso? Algo parecia errado.

— Achamos que ela foi embora várias horas atrás. Pensei que você deveria saber. Desculpe, David. — Howard caminhou até a porta.

David tentou analisar a situação tática, tentou ser objetivo. "O que estou perdendo?" A mente trazia Kate o tempo todo: imagens da última noite rodavam em sua mente como um slide show que ele não conseguia interromper. Ela estava segura, e agora se entregou nas mãos do inimigo. "Por quê?" Era seu pior pesadelo.

Keegan pegou a maçaneta da porta.

— Espere. — David o encarou, pensando. Que opção tinha? — Sei aonde ela foi.

Howard virou e olhou para David, cético.

— Recebemos um diário no Tibete. — David se vestia enquanto falava. — Continha um mapa dos túneis embaixo do rochedo; tem algo lá embaixo, algo de que eles precisam.

— O que é?

— Não sei. Mas acho que ela foi atrás disso... para usar como material de troca. Qual é nossa situação?

— Todos estão se equipando. Estamos quase prontos para o ataque.

— Preciso falar com eles.

Trinta minutos depois, David estava liderando os vinte e três últimos agentes da Clocktower no mundo através dos túneis sob o rochedo de Gibraltar. Ele disse aos homens que ele precisava ir, que precisava encontrar Kate e que talvez se atrasasse para compor o ataque. De qualquer forma, seu papel era muito mais cerimonial. Seus ferimentos, especialmente o da perna, o desqualificavam para ter um papel ativo no ataque. Ele ficaria em uma mesa, observando as telas e os visores, coordenando os homens durante a operação.

Seus camaradas agentes concordaram em unanimidade: eles ficariam juntos, investigariam os túneis primeiro, trariam Kate e, em seguida, retomariam o plano original. O conteúdo da câmera poderia oferecer alguma vantagem tática para a operação principal.

Eles anteviram pouca resistência no armazém, e não se decepcionaram. Os armazéns nem sequer estavam vigiados. Nem trancados, embora estivessem antes. A equipe da Clocktower encontrou uma combinação comum, o tipo usado em armários de escola, no chão, dobrada ao meio. Trabalho de Kate, claro. Aparentemente, a Immari havia abandonado o local havia muito tempo e o considerou de pouco valor. A falta de segurança ainda deixava David desconfiado.

A entrada para os túneis era como o diário havia descrito — e quase nas mesmas condições. Um oleado preto havia sido jogado sobre a entrada e as luzes que levavam à mina estavam ligadas. Dentro dos túneis, havia uma mudança: um sistema de carro elétrico, como um monotrilho com carros individuais, havia sido acrescentado para oferecer transporte rápido e seguro através dos túneis. Cada carro levava dois passageiros e a equipe embarcou em uma dúzia de carros, com Howard e David seguindo no primeiro. Depois de girar em espiral mina abaixo, o túnel ficou reto e começou a se bifurcar. David não previra isso; ele supôs que a Immari tivesse fechado quaisquer becos sem saída. O mapa no diário era de dentro da estrutura de Atlântida. Ele não tinha ideia de que caminho tomar nas bifurcações. Não havia opção. Howard começou a dividir as forças e, infelizmente, as linhas continuaram a se bifurcar até David e Howard seguirem sozinhos, esperando estar no trilho correto.

O plano era se encontrar na entrada em uma hora. Aquilo ainda deixaria tempo para o ataque pré-aurora à Immari Gibraltar.

David olhava para a frente enquanto as luzes no túnel voavam ao redor numa monotonia infinita. O que estava perdendo? Howard mexia nos controles do carro, controlando a velocidade. Em algum lugar, bem à distância, três disparos rápidos e baixos. David olhou para Howard e eles trocaram um olhar de quem sabia o que havia acontecido. Howard reduziu a velocidade e eles esperaram mais sons para discernir a direção.

— Podemos voltar — Howard disse em voz baixa.

Eles esperaram. Os túneis ficaram silenciosos. O que fazer? O som era claramente de armas de fogo, mas David não estava em condição de combater e, embora Howard fosse da inteligência, era um gerente, não um soldado. Nenhum dos dois poderia oferecer qualquer resistência real. De fato, eles provavelmente estariam a caminho.

— Não, vamos continuar — David falou.

Cinco minutos depois, ouviram outra rajada de armas, mas não pararam. Mais cinco minutos e chegaram ao espaço que se abria para a estrutura de Atlântida. Os degraus ficavam no centro, totalmente descobertos. À direita ficava a abertura irregular que o diário descrevia. David também pôde ver o restante da estrutura, mas em grande parte era de metal liso e escuro. Vigas de aço gigantescas chegavam ao teto, segurando a rocha e a água da baía.

David olhou para cima, observando a área sobre os degraus. Havia uma redoma imensa e um lugar onde a projeção da estrutura havia sido extirpada lá de cima.

— O que é isso? — Howard perguntou.

— É de onde retiraram o Sino — David disse, quase para si mesmo.

Howard caminhou até os degraus, pôs o pé no primeiro, e olhou para David.

Sem dizer uma palavra, David claudicou para a frente, subindo os degraus, inclinando-se pesadamente na bengala. Enquanto fazia careta e subia, uma sensação esmagadora de déjà-vu engolfou-o. O abridor de túneis, Patrick Pierce, também havia sido atraído aqui para baixo sob o pretexto de resgatar alguém, apenas para ser aprisionado. David cruzou o limiar com Howard seguindo de perto. Ele parou e examinou os olhos do mentor. Estava perdendo algo? O que ele poderia fazer sobre isso agora?

Lá dentro, a estrutura era iluminada com luzes de LED que corriam pelo chão e teto. Os corredores tinham cerca de dois metros e meio de altura — não eram apertados, mas não exatamente espaçosos. Também não eram quadrados. O fundo e o topo dos corredores curvavam-se levemente, dando um formato oval, exceto nas curvas, que formavam ângulos mais agudos. Em geral, os corredores pareciam os de uma nave — uma nave de *Jornada nas estrelas*.

David levou Howard pelos corredores, seguindo a imagem mental que fizera do mapa. Memorizar mapas e códigos era uma das ferramentas essenciais da arte da espionagem e David era bom nisso.

A estrutura era incrível. Muitas das portas para as salas estavam abertas e, quando passaram, David viu uma série de laboratórios improvisados, como algo que se poderia ver atrás de vidros de um museu, onde curadores estudavam cuidadosamente e restauravam artefatos históricos. Aparentemente, a Immari havia dissecado cada centímetro da estrutura nos últimos cem anos.

Era surreal. David tinha acreditado até certo ponto na história do mineiro, pensou que talvez fosse apenas isso... uma história. Mas lá estava.

A parede falsa para a câmara estava surgindo na próxima virada. Quando entrou no campo de visão, David sentiu que segurava o fôlego. A câmara estava... aberta.

Kate. Ela estaria lá dentro?

— Kate! — David chamou. Não havia nada a perder. Qualquer um lá dentro poderia ter ouvido sua bengala estalando no chão de metal a um quilômetro de distância, então não tinham exatamente o elemento surpresa.

Sem resposta.

Howard parou atrás dele.

David esgueirou-se para perto da abertura da câmara e espreitou lá dentro. O recinto parecia uma espécie de centro de comando. Uma ponte, com cadeiras espalhadas ao longo de superfícies lisas — computadores? Algo mais avançado?

David entrou na sala com o máximo de cuidado. Deu uma volta, apoiado na bengala, examinando cada centímetro da sala.

— Ela não está aqui — ele disse. — Mas o diário, a história era verdadeira.

Howard entrou na sala e apertou um interruptor atrás dele. A porta da sala começou a fechar, deslizando da direita para a esquerda.

David examinou-o.

— Você leu? — David envolveu os dedos na arma presa ao cinto.

O rosto de Howard mudou. Sua expressão tranquila como de costume desapareceu. Parecia satisfeito. Confiante.

— Sim, eu li. Mas apenas por curiosidade. Sabia o que você diria, porque eu estava lá. Vi em primeira mão. *Eu* contratei Patrick Pierce para encontrar este lugar. Eu sou Mallory Craig.

Capítulo 107

Base de Operações Prisma da Immari Research
Leste da Antártida

Kate estava sentada no pequeno banco de plástico e encarava as paredes brancas. Estava numa espécie de laboratório ou complexo de pesquisa, mas não tinha ideia de onde. Esfregou as têmporas. Meu Deus, ela estava tão grogue. Em algum lugar sobre o oceano, um homem entrou na cabine e ofereceu água. Ela declinou e ele avançou para prendê-la e cobrir sua boca com um pano branco, do tipo que prontamente induziu à inconsciência. O que ela esperava?

Ela se levantou e caminhou pela sala. Havia uma pequena fenda na porta branca, mas a janela revelava apenas um corredor do lado de fora e algumas portas como aquela.

Uma das paredes longas da sala tinha um espelho retangular, recuado uns poucos centímetros para dentro da parede. Sem dúvida era uma sala de observação, semelhante àquelas do laboratório em Jacarta, exceto que infinitamente mais assustadora. Ela encarou o espelho. Alguém estaria ali agora, observando-a?

Kate alinhou o corpo ao espelho e olhou-o como se pudesse ver o homem misterioso atrás dele, seu captor.

— Fiz a minha parte. Estou aqui. Quero ver minhas crianças.

Uma voz irrompeu no alto-falante. Era abafada e alterada por computador.

— Diga que tratamento você usou nas crianças.

Kate pensou. Ela não teria poder de negociação depois de revelar o que sabia.

— Quero vê-las primeiro, então você vai soltá-las e eu conto.

— Não está em posição de negociar, Kate.

— Discordo. Precisa do que sei. Agora, mostre-me as crianças ou não teremos nada a discutir.

Nada aconteceu por quase um minuto, então, em um lado do espelho, um vídeo apareceu. Aquela parte do espelho devia ser algum tipo de tela de computador. O vídeo mostrou as crianças caminhando em um corredor escuro. Kate aproximou-se do espelho, estendeu a mão. Diante das crianças, um portal gigantesco se abriu, revelando apenas escuridão lá dentro. As crianças entraram. O vídeo parou com uma imagem do portal se fechando.

— Você leu o diário do mineiro. Conhece a estrutura em Gibraltar. Existe uma estrutura semelhante aqui, vinte vezes maior. Sempre esteve aqui, dois quilômetros de gelo abaixo de nós, por muitos milhares de anos. As crianças estão lá dentro.

A tela no espelho mudou para uma imagem em close das crianças antes de cruzarem o portal, com um zoom nas mochilas que elas carregavam. Havia um contador simples de LED, daqueles que se vê em radiorrelógios — uma série de números digitais. Uma contagem regressiva.

— As crianças estão carregando ogivas nucleares naquelas mochilas, Kate. Eles têm menos de trinta minutos. Podemos desativá-las remotamente, mas precisa nos dizer o que fez.

Kate afastou-se do espelho. Aquilo era uma insanidade. Quem faria aquilo com duas crianças? Não podia confiar neles. Não diria. Serviria apenas para machucarem outras crianças. Tinha certeza disso. Precisava pensar.

— Preciso de um tempo — ela murmurou.

A imagem das mochilas desapareceu do espelho.

Alguns segundos se passaram e a porta se abriu. Um homem vestindo uma parca longa e preta entrou roboticamente na sala e...

Kate o conhecia.

Como podia ser? Lampejos de jantares caros, ela rindo enquanto ele a paquerava, um apartamento com luzes de vela em San Francisco. E o dia em que ela lhe disse que estava grávida — o último dia que ela o viu... até aquele momento.

— Você... — Foi tudo que Kate conseguiu falar. Ela deu alguns passos para trás enquanto ele avançava para dentro da sala. Kate sentiu as costas atingindo a parede.

— Hora de conversarmos, Kate. E me chame de Dorian Sloane. Na verdade, vamos dispensar esses apelidos. Sou Dieter. Dieter Kane.

Capítulo 108

Túneis da Immari
Gibraltar

David observou o homem atravessar a sala, o homem que ele conhecia como Howard Keegan, diretor da Clocktower, o homem que agora dizia ser Mallory Craig.

— Você está mentindo. Craig contratou Pierce quase cem anos atrás.

— É verdade, contratei. E estamos procurando esse diário desde então. Pierce era um homem extremamente inteligente. Sabíamos que ele enviou o diário para os Immaru em 1938, mas não tínhamos certeza se havia chegado lá. Estava curioso com o que ele diria, quantos segredos revelaria. Quando você leu, não ficou curioso sobre o acordo que ele fizera conosco? Por que ele ficou trabalhando para a Immari por quase vinte anos após a gripe espanhola ter matado sua mulher e filho não nascido? Do que ele chamou mesmo? Seu "acordo com o demônio". — O homem riu.

David tirou disfarçadamente a arma do cinto. Precisava mantê-lo falando, ao menos um pouco mais.

— Não sei o que isso tem a ver com você.

— Não? Por que acha que Pierce trabalharia conosco?

— Vocês o matariam.

— Certo, mas ele não temia a morte. Você leu o fim do diário. Ele receberia de bom grado, mataria a todos nós num arroubo de glória. Tiramos tudo dele, tudo que ele amava. Mas o amor pelo filho era mais poderoso que o ódio. Como eu disse, Patrick Pierce era um homem inteligente. No segundo que ele emergiu do tubo, sabia o que eles eram. Tubos de hibernação, câmaras de suspensão. Naquele hospital improvisado, no armazém acima de nós, ele fez um acordo. Ele colocaria o cadáver de Helena em um tubo e Kane colocaria Dieter, o filho moribundo, em outro tubo. Os dois homens ficaram obcecados por pesquisas médicas. Sonhavam com o dia em que poderiam abrir os tubos e salvar seus amados. Claro, as ideias de Kane eram mais radicais, tinham um caráter mais racial. Ele se dedicou a encontrar uma maneira de sobreviver ao Sino. Ele o levou para a Alemanha e... você já sabe sobre os experimentos. Sabíamos que Pierce estava trabalhando contra nós, planejando algo. Em 1938, na noite da expedição de Kane, ele mandou suas tropas de assalto capturarem Pierce e colocá-lo num tubo.

— Por que não simplesmente matá-lo?

— Teríamos gostado, mas como eu disse, sabíamos que ele havia escrito um diário e que estava fazendo outros planos contra nós. Supomos que a execução desses planos seria desencadeada com sua morte, então estávamos em uma posição difícil. Matá-lo ainda era muito arriscado. Mesmo assim, eu ri quando Pierce lutou com todas as forças até os guardas o incapacitarem e o jogarem no tubo. Então, para minha surpresa e horror, Kane ordenou que as tropas me colocassem em outro tubo. Ele não confiava em mim, mesmo depois de todos os anos de lealdade. Kane prometeu que me traria de volta quando ele retornasse. Nunca sonhou que *não* retornaria, mas claro que não voltou. Encontramos seu submarino poucas semanas atrás, na Antártida.

"Pierce e eu acordamos em 1978, em um mundo diferente. Nossa organização, a Immari, estava praticamente extinta — apenas restos de nossas empresas e alguns ativos no exterior permaneciam. A Segunda Guerra Mundial nos dizimou. Os nazistas apropriaram-se de muitos de nossos equipamentos, inclusive do Sino. A liderança da Immari, como estava na época, ficou desesperada. Desesperada o bastante para trazer de volta o pessoal das antigas, aqueles que haviam construído a Immari International no passado. Ao menos tiveram esse bom senso. Mas, claro, eles não sabiam de toda a história. Patrick Pierce e eu fomos acordados ao mesmo tempo e pegamos tudo quase exatamente como havíamos deixado. Comecei a reconstruir a Immari e Patrick continuou com seu papel de dificultar minha vida. Comecei revivendo a organização que eu havia fundado, minha divisão da Immari, a primeira organização de inteligência global. Você está familiarizado com ela. A Clocktower. O braço de inteligência da Immari.

— Você está mentindo.

— Não estou. Você sabe disso. Viu as mensagens que enviamos em 1947, aquelas incorporadas aos obituários do *The New York Times*. Por que as mensagens da Immari estariam marcadas com as palavras *clock*, relógio, e *tower*, torre? Você deve ter percebido quando viu as mensagens decodificadas... ou talvez até antes. Em algum lugar, nos recônditos da sua mente, você sabia o que a Clocktower era desde o segundo em que ouviu quantos agentes estavam sob controle da Immari. Soube quando as células caíram tão rápido. Pense nisso. A Clocktower não foi comprometida pela Immari. Era uma divisão da Immari, uma unidade dedicada a ganhar a confiança das agências de inteligência mundiais, infiltrando-se nelas completamente e garantindo que, quando o dia chegasse, quando nós liberássemos a Praga Atlântida, elas ficariam impotentes, totalmente cegas. A Clocktower também serve a um outro objetivo: recolher e conter qualquer um que esteja bisbilhotando o plano mestre da Immari, pessoas como você. O tempo inteiro em que você esteve na Clocktower, o estávamos observando, tentando descobrir o quanto você sabia e para quem havia contado. É a única solução. Pessoas como você não se contentam com perguntas. E há outra vantagem. Descobrimos, com o passar dos anos, que a maioria dos agentes se junta a nós quando sabem da verdade inteira. Você também se juntará. Por isso está aqui.

— Para ser doutrinado? Acha que vou me juntar a vocês se eu ouvir sua justificativa.

— As coisas não são o que parecem...

— Já ouvi demais — David ergueu a arma e apertou o gatilho.

Capítulo 109

Base de Operações Prisma da Immari Research
Leste da Antártida

Kate sacudiu a cabeça. Como ele poderia estar aqui? Ela não choraria. Tudo que conseguiu dizer foi:

— Por quê? — Sua voz titubeava, traindo-a.

A expressão de Dorian mudou, como se lembrasse de algo frívolo, um item inútil que havia esquecido no mercado.

— Ah, isso. Apenas saldando uma dívida antiga. Mas nada comparado ao que farei com você se não me disser o que usou para tratar aquelas crianças. — Ele se aproximou dela, encurralando-a no canto da sala.

Kate *quis* dizer para ele agora, para ver o olhar em seu rosto.

— Sangue de cordão umbilical.

— O quê? — Dorian deu um passo para trás.

— Perdi o bebê. Mas, um mês antes, pedi que extraíssem células-tronco embrionárias do cordão umbilical, apenas no caso de a criança desenvolver uma doença que exigisse tratamento com células-tronco.

— Você está mentindo.

— É verdade. Fiz um tratamento experimental de células-tronco com as crianças, aplicando as células do feto do nosso filho morto. Usei tudo. Não há mais nenhuma.

Capítulo 110

Túneis da Immari
Gibraltar

David puxou o gatilho de novo. Outro clique.

— Removi o percussor de disparo — Craig disse. — Sabia que você seria capaz de diferenciar uma arma carregada de uma não carregada.

— O que você quer de mim?

— Eu já disse. Quero recrutá-lo. Quando terminarmos de conversar, você saberá a verdade e finalmente…

— Não vou. Pode me matar agora.

— Prefiro não. Bons homens são difíceis de encontrar. Há um outro motivo: você sabe mais que qualquer outro. Você está na posição única de…

— Você sabe por que eu entrei na Clocktower, o que a Immari tirou de mim. O que *você* tirou de mim.

— Eu não. Dorian. Dieter Kane. Claro, eu usei a Clocktower para garantir que nenhuma agência de inteligência soubesse da trama, mas *ele* planejou o Onze de Setembro. Foi invenção dele. Ficou obcecado por procurar o pai dele naquelas montanhas. Precisava desesperadamente de algum tipo de término. Não foi o único motivo. Como eu disse antes, nossa organização estava arruinada quando acordei, em

1978, e ainda estávamos nos recuperando em 2001. Precisávamos de dinheiro, e uma cobertura global para reiniciar nosso trabalho.

— Dorian Sloane é Dieter Kane?

— Sim. Quando acordei, em 1978, ordenei que a equipe abrisse seu tubo e ele saiu de uma vez, com saúde de ferro. O tubo deve ser alguma espécie de dispositivo de cura, um tubo de tratamento médico. Mas seus poderes também são limitados para tratar os vivos. Assisti a Patrick Pierce, que fora estoico como um juiz nos últimos vinte anos, ficar em pedaços quando retiraram o cadáver de Helena do tubo. Ele reviveu a morte da mulher. No entanto, conseguimos salvar a criança que estava dentro dela.

— O filho?

— Filha. Mas você já a conhece. Kate Warner.

Capítulo 111

Base de Operações Prisma da Immari Research
Leste da Antártida

Kate observou o rosto de Dorian. Confusão? Descrença? Arrependimento? Ele encarou o ponto onde a parede encontrava o assoalho, pensando.

Em seguida, concentrou-se nela, abrindo um sorriso maléfico, cruel.

— Foi muito esperta, Kate. Claro que você é muito esperta... quando se trata de ciência. Mas não quando se trata de entender as pessoas. — Ele se afastou e caminhou até a porta. — Você é como seu pai nesse quesito. Brilhante, mas estúpida.

Do que ele estava falando? O pai dela morrera vinte e oito anos atrás. Dorian, ou Dieter, ou fosse lá qual fosse seu nome... ele era maluco.

— Você é o único estúpido aqui — Kate disse.

— Sou? Tudo isso é culpa do seu pai. Ele desencadeou tudo isso. Matou minha mãe e meu irmão e forçou meu pai a assumir a missão arriscada de salvar o mundo... uma missão da qual ele nunca voltou. Eis seu *porquê,* Kate. Dediquei minha vida toda a terminar a obra do meu pai e a endireitar os erros que seu pai cometeu com a minha família; hoje, você me deu as chaves para finalmente fazer isso.

Antes que Kate pudesse reagir, um alarme soou.

Um guarda, ou uma espécie de soldado, abriu a porta com tudo.

— Senhor, estamos sob ataque.

Capítulo 112

Túneis da Immari
Gibraltar

A mente de David acelerou. Ele pensou alto, quase murmurando os pensamentos.

— Kate Warner é filha de Patrick Pierce? Como...

— Pensei que os novos nomes estavam em ordem. Se qualquer um nos ligasse a eventos durante e após a Primeira Guerra Mundial, teria... complicado nossa vida. Pierce assumiu o nome Tom Warner, e Katherine sua filha recém-nascida. Ele lhe disse que a mãe morreu no nascimento, o que foi verdade. Dieter se tornou Dorian Sloane e ficou obcecado pelo passado e pelo legado do seu pai. Viu muita dor e ficou totalmente sozinho numa idade em que não entendia. Imagine um garoto de sete anos dormir em 1918 com a gripe, quando seus pais e irmãos estavam vivos, e acordar sessenta anos depois, em 1978, saudável e completamente solitário num mundo estranho. Tentei assumir a figura paterna para ele, mas ele era muito problemático, muito isolado. Como você, dedicou a vida a se vingar das pessoas que haviam matado seus entes queridos, matar as pessoas que o mudaram e arruinaram sua vida. Para ele, eram Tom Warner e os atlantes.

"Infelizmente para todos nós, Dorian é muito capaz. E teve apoio dentro da organização Immari. Para a Immari, ele era o herdeiro e salvador que retornara, prova viva de que a praga e o Sino poderiam ser combatidos, que a raça humana poderia sobreviver. Tudo isso entrou na cabeça de Dorian. Ele se transformou num monstro. Está planejando reduzir a raça humana a poucos selecionados, os geneticamente superiores, que ele acredita ser sua tribo. Já libertou a praga. O apocalipse está acontecendo agora, como falamos. Mas podemos pará-lo. Você poderá matá-lo, então eu assumirei sozinho a Immari, com você ao meu lado."

Craig observou David, esperando alguma indicação de como seu ex-aprendiz reagiria à oferta.

— Vou pegar você como prisioneiro. Eu conheço Dorian. Vai querer mostrar-se triunfante, interrogar e torturar você com as próprias mãos. Vou lhe dar meios de matá-lo quando for deixado a sós com ele.

David sacudiu a cabeça.

— É isso que você quer? Essa é a grande charada? Quer que eu mate Sloane... para colocar você no trono?

— Você não quer? Ele foi responsável pelo Onze de Setembro. É seu inimigo. E você poderá salvar Kate. Ela está com ele agora. Ele *vai* machucá-la. Machucou antes, em San Francisco. O bebê? Era dele.

— O quê?

— Foi a vingança dele. Com Tom Warner morto, restou sua filha. Dorian não hesitou. Ele queria que Kate sentisse a dor que ele sentiu, de acordar e perceber que sua família fora devastada. Ele é um monstro. Apenas Martin impedia que ele a matasse, mas Martin não conseguirá parar Dorian agora. *Você* pode. Você pode salvá-la. Ninguém mais vai resgatá-la.

Craig deixou que as palavras penetrassem na cabeça dele por um bom tempo, em seguida se virou e caminhou pela sala.

— Pense nisso, David. Sabe que não pode vencer. Não pode nos combater. Os tiros nos túneis, aquele foi o som dos meus agentes da Immari Security matando os últimos agentes leais à Clocktower. Todos estão mortos. Você está sozinho aqui embaixo. Não pode derrotar a Immari. Ninguém pode. O mundo já está combatendo a praga. Você não pode impedir a catástrofe. Mas podemos mudar as coisas de dentro da Immari. Podemos moldar o mundo que virá.

David considerou a oferta — seu acordo com o demônio. Então, ele olhou ao redor da sala, buscando algo que pudesse usar como arma. Havia algo — o cabo de madeira de uma lança, saindo da parede. A lança de madeira e ferro parecia tão fora do lugar, ali, numa sala de metal estranho, vidro e tecnologia que David não conseguia começar a conceber de onde vinha.

Do outro lado da sala, um holograma apareceu, como uma espécie de vídeo tridimensional.

— O que é...

— Não sabemos ao certo — Craig disse. Caminhou para mais perto da área onde o holograma estava se formando. — Algum tipo de vídeo, hologramas, repetido. Reproduz a cada poucos minutos. Acredito que eles mostrem o passado, o que aconteceu aqui. Eles são o outro motivo pelo qual trouxe você até aqui para esta sala. São os segredos que esta sala mantém. Achamos que Patrick Pierce ainda não os havia descoberto quando enviou o diário, em 1938. Ou, esta é outra teoria: ele encontrou a sala, mas nada funcionou até ele sair do tubo, em 1978. Ainda estamos tentando descobrir o que é, mas como verá, acreditamos que ele os viu em algum momento nos sete anos depois que reassumiu seus trabalhos como Tom Warner. Não sabemos o que os vídeos querem dizer ainda, mas ele se esforçou muito para manter em segredo. Acreditamos que sejam algum tipo de mensagem.

Capítulo 113

Base de Operações Prisma da Immari Research
Leste da Antártida

Kate ergueu os olhos com o som da segunda explosão. Tentou abrir a porta de novo. Ainda trancada. Achou que sentiu cheiro de fumaça. A mente percorreu as alegações malucas de Dorian e os vídeos das crianças caminhando para dentro da estrutura gigantesca... com mochilas presas às costas.

A porta abriu-se com tudo e Martin Grey entrou rapidamente na sala. Agarrou Kate pelo braço e a puxou para o corredor.

— Martin — Kate começou, mas ele a interrompeu.

— Fique quieta. Temos que correr — Martin disse enquanto a conduzia pelo corredor de paredes brancas.

Eles fizeram uma curva e o corredor terminava no que parecia uma comporta de ar de estação espacial. Avançaram pela comporta, e uma rajada passou por eles, enquanto se aventuravam para dentro da grande sala depois dela — uma espécie de hangar ou armazém com um teto alto, arqueado. Martin apertou o braço de Kate e a levou a uma pilha de caixas de plástico rígido, onde eles se ajoelharam e esperaram em silêncio. Ela ouviu vozes de homens no fim da sala e motores de equipamentos pesados — empilhadeiras, talvez.

— Fique aqui — Martin falou.

— Martin...

— Um minuto — Martin sussurrou quando ficou em pé e começou a andar rápido.

Kate ouviu os passos pararem abruptamente quando ele chegou aos homens. A voz soou com uma autoridade e força que Kate nunca ouvira antes de seu pai.

— O que vocês estão fazendo?

— Descarreg...

— Sloane chamou todo o pessoal na entrada norte.

— O quê? Disseram para a gente...

— A estação foi invadida. Se ela cair, seja lá o que vocês estiverem fazendo aqui, não vai importar. Ele está chamando vocês. Podem ficar aqui se quiserem. Vai ser o funeral de vocês.

Kate ouviu mais passos movendo-se na direção dela; então, eles passaram e saíram por outra comporta. Só restaram alguns passos agora, os de Martin. Ele caminhou para o fundo do hangar e falou novamente:

— Ele chamou todos...

— Quem vai controlar o sítio?

— Cavalheiros, por que acham que estou aqui?

Mais passos, correndo, uma comporta abrindo e fechando, e Martin estava de volta.

— Venha rápido, Kate.

Martin a conduziu por fileiras de caixas e uma estação de controle improvisada, com uma bancada de computadores e uma parede de telas. Elas mostravam um longo corredor de gelo e a abertura em que ela viu as crianças passando.

— Martin, por favor, me diga o que está acontecendo.

Os olhos de Martin eram suaves, compassivos.

— Entre neste traje. Vou contar tudo que puder nos segundos que restam. — Ele apontou para um traje espacial branco, volumoso, pendurado na parede ao lado de um grupo de armários. Kate começou a deslizar no traje, e Martin virou o rosto enquanto falava.

— Sinto muito, muito mesmo, Kate. Sou aquele que forçou você a produzir resultados. E quando você produziu... Mandei sequestrar as crianças. Fiz isso porque precisávamos deles para...

— O Sino...

— Sim, passar pelo Sino, entrar nas catacumbas... a estrutura que fica a três quilômetros abaixo de nós, no gelo da Antártida. Desde que começamos a estudar o Sino, soubemos que algumas pessoas conseguem resistir mais tempo que outras. Todas morrem, mas alguns anos atrás, identificamos um conjunto de genes envolvido na resistência: o Gene Atlântida, como o chamamos. O gene influencia muito as conexões cerebrais. Achamos que é responsável por todo tipo de capacidades cognitivas avançadas: resolução de problemas, compreensão avançada, linguagem, criatividade. Nós, *Homo sapiens sapiens* que somos, temos isso e nenhuma das outras subespécies de seres humanos tem, não que tenhamos encontrado. É a nossa diferença. Minha teoria é de que os atlantes nos deram isso por volta de sessenta mil anos atrás, na época da catástrofe do monte Toba. Isso permitiu que sobrevivêssemos. Mas não estávamos prontos para isso. Ainda éramos muito parecidos com nossos primos macacos, agindo por instinto, vivendo na natureza. O estranho é que pensamos que ele é ativado por uma espécie de sub-rotina neural de sobrevivência, o centro de luta-ou-fuga do cérebro. Esse mecanismo ativa o Gene Atlântida, que concentra mente e corpo. Talvez seja por isso que somos uma raça que busca emoção e tendemos à violência. É fascinante.

Martin sacudiu a cabeça, tentando se concentrar.

— Bom, ainda estamos tentando entender como funciona. Todos temos o Gene Atlântida ou, ao menos, alguns componentes genéticos dele, mas ativar o gene é o problema. Para algumas mentes, as geniais, a ativação é mais frequente. Acreditamos que esses momentos geniais, esses flashes de insight e clareza, sejam exatamente como uma lâmpada piscando: o Gene Atlântida se ativa e, por momentos dos mais breves, podemos usar a plena potência de nossa mente. Essas pessoas podem ativar o Gene Atlântida sem o disjuntor de luta-ou-fuga. Começamos a concentrar nossa pesquisa em mentes que tinham esse tipo de ativação contínua. Observamos a ativação em algumas mentes no espectro do autismo: os *savants*. Por isso, financiamos sua pesquisa. É por isso que o Conselho de Immari perdoou as transgressões de Dorian com você... ele a desviou para uma área de interesse da Immari. Quando você conseguiu, quando as crianças mostraram ativação contínua do Gene Atlântida, sequestramos as crianças antes que ele pudesse descobrir. Criamos outras distrações, como a Clocktower, para mantê-lo ocupado.

— *Você* era a fonte. Você enviou informações para David.

— Sim. Foi uma tentativa desesperada de parar o Protocolo Toba. Eu sabia que David estava investigando a conspiração da Immari. Enviei para ele uma mensagem, revelando os agentes duplos da Immari trabalhando como analistas da Clocktower e estava tentando dizer que a própria Clocktower *era* a agência de inteligência da Immari, alertá-lo em quem deveria confiar. Esperava que ele pudesse saber da verdade a tempo. Mas eu precisava ser muito cuidadoso, algumas das informações eram conhecidas apenas pelos níveis mais altos, e eu já estava sob suspeita. Ao menos, esperava que a guerra da Clocktower consumisse a Immari, atrasando a execução do Protocolo Toba...

— O que é exatamente o Protocolo Toba?

— Toba é o plano de Sloane: usar a Praga do Sino para concluir a transformação genética da raça humana.

— Por quê?

— Para nos sincronizar geneticamente com os atlantes. Ao menos, essa é a história que Sloane e Keegan vendem em toda a organização. Mas é apenas meia verdade. Sua finalidade é criar um exército para um ataque preventivo. Sloane e Keegan querem entrar na estrutura lá embaixo e matar os atlantes.

— Isso é insano.

— Sim. Mas na época deles, em 1918, o surto matou dezenas de milhões no mundo inteiro, inclusive a mãe e o irmão de Sloane. Eles acreditam que, seja lá quem esteja dentro da estrutura, quer nos prejudicar, que eles exterminarão a raça humana quando acordarem. Para eles, salvar um seleto grupo de pessoas geneticamente superiores é melhor que a extinção.

As perguntas voavam na mente de Kate. Ela tentou processar as revelações de Martin.

— Por que não me disse? Por que não pediu minha ajuda? — ela perguntou, quase sem pensar.

Martin suspirou.

— Para protegê-la. E eu precisava das crianças rapidamente. Não tive tempo de explicar, e fazer isso teria envolvido você na conspiração da Immari. Eu estava tentando cumprir uma promessa que fiz muito tempo atrás: manter você fora disso. Mas falhei. A equipe de operações deveria tirar as crianças discretamente do seu laboratório. Você não deveria nem estar lá naquela hora. Fiquei horrorizado quando soube que seu assistente fora assassinado. E cometi outros erros. Subestimei a rapidez com que Dorian reagiria. Tentei lhe dar pistas sobre o que estava acontecendo quando nos encontramos em Jacarta, durante minha bronca teatral na sala de observação. Eu não tinha certeza se você conseguiria juntar todas as peças. Então, os homens de Dorian levaram você e... a situação inteira saiu do controle. Depois que vi você em Jacarta, fui trazido aqui para a Antártida. Os agentes de Dorian estavam me vigiando. Não havia muito o que eu pudesse fazer para ajudá-la. Mas eu tinha uma agente minha aqui, Naomi. Arrisquei ao enviar outra mensagem codificada para David, contando sobre o complexo na China, e Naomi... descobriu uma maneira de acompanhar Dorian até lá.

— Naomi conseguiu os crachás de identificação na estação de trem.

— Sim. Minha esperança era que entre ela, você e David, os três pudessem resgatar as crianças e desabilitar a usina de energia, impedindo o Protocolo Toba. Foi uma aposta e tanto, um movimento desesperado. Mas dado os riscos, literalmente bilhões de vidas, qualquer oportunidade era melhor que nenhuma.

Kate puxou o restante do traje volumoso.

— Os garotos... Você estava...

— Tentando fazer contato. Sou parte de uma pequena facção dentro da Immari que defende um caminho diferente. Nosso objetivo é encontrar uma terapia que ative o Gene Atlântida, permitindo que entremos nas catacumbas e recebamos os atlantes quando eles acordarem, não como assassinos, mas como seus filhos, pedir que eles ajudem a administrar as dores crescentes da humanidade. Pedir sua ajuda para consertar o Gene Atlântida. Descobrimos alguns outros... aspectos interessantes do gene, mistérios que ainda não entendemos. Não há tempo para explicar, mas precisamos da ajuda deles. É o que precisamos fazer, Kate. Você pode entrar naquelas catacumbas. Você viu qual é o plano de Dorian... usar as crianças para aniquilar os atlantes. Precisa se apressar. Seu pai deu a vida por essa causa e fez muitos sacrifícios por você. E tentou desesperadamente salvar sua mãe.

— Minha mãe... — Kate esforçou-se para entender.

Martin sacudiu a cabeça.

— Claro. Eu não lhe disse. O diário. É do seu pai.

— Não pode ser... — Kate buscou o rosto de Martin. Sua mãe era Helena Barton? Patrick Pierce era seu pai? Como podia ser verdade?

— É verdade. Ele era um membro relutante da Immari. Ele fez isso para salvá-la. Pôs sua mãe no tubo com você dentro dela naquele dia, no hospital de campanha, em Gibraltar. Ele emergiu em 1978 e assumiu o nome Tom Warner. Eu já era um cientista da equipe da Immari, mas eu estava hesitante com... os métodos, a crueldade. Encontrei nele um aliado, alguém dentro da organização que queria parar a loucura, alguém que preferia o diálogo ao genocídio. Mas ele nunca confiou em mim, não totalmente. — Martin olhou para o chão. — Tentei a todo custo mantê-la segura, honrar minha promessa para ele, mas falhei de forma tão miserável...

Atrás deles, outra explosão balançou a plataforma. Martin pegou o capacete do traje.

— Você precisa se apressar. Vou baixar você. Quando chegar lá dentro, precisa encontrar as crianças e levá-las para fora primeiro. Seja lá o que faça, tire-as de lá. Depois encontre os atlantes. Não resta muito tempo: menos de trinta minutos até que as bombas que os garotos estão carregando explodam. — Ele a levou até outra comporta no fim do armazém. — Quando sair, suba na gaiola. Posso operá-la daqui. Quando ela chegar ao fundo do túnel de gelo, corra através do portal, como as crianças fizeram. — Ele travou o capacete no lugar e empurrou-a para fora da comporta antes que Kate pudesse dizer mais alguma palavra.

Quando a comporta externa se abriu, Kate viu a gaiola de metal pendurada no cabo de aço grosso do guindaste. Ele balançava levemente ao sopro dos ventos antárticos, mal abrindo as tramas metálicas.

Ela caminhou até a gaiola com algum esforço, cambaleando. O vento quase a jogou para trás quando chegou lá. Era difícil pegar a maçaneta com as mãos enluvadas, mas ela conseguiu entrar. Assim que fechou a porta, a gaiola começou a descer pelo fosso redondo.

A gaiola estalou e, acima dela, o círculo de luz diminuía a cada segundo que passava. Lembrou Kate o final de um desenho animado, onde a última cena gradualmente era coberta com a escuridão enquanto o círculo diminuía até o tamanho de uma cabeça de alfinete e, por fim, desaparecia na tela preta. A gaiola rangendo era uma trilha sonora enervante para a descida cada vez mais escura.

Após alguns momentos, a gaiola começou a se mover mais rápido, e o último laivo de luz lá em cima desapareceu. A velocidade e a escuridão desorientadora lhe deram uma sensação de enjoo no estômago e ela se apoiou contra a parede da gaiola. Não falta muito, ela disse a si mesma, mas não imaginava quanto. Tinha três quilômetros de profundidade.

Então, a luz — um pequeno número de faíscas esmaecidas lá embaixo, como estrelas brilhando em uma noite clara. Por um momento, Kate abaixou os olhos para elas, admirando sua beleza, sem pensar sobre o que eram de verdade. "Estrelas", ela pensou. Em seguida, sua mente científica começou lenta e sutilmente a repassar as possibilidades antes de parar no candidato mais provável: luzes pequeninas de LED que foram jogadas para iluminar o fundo do fosso. Estavam lá, sem um padrão determinado, brilhando na escuridão ao redor deles, como se guiassem Kate em uma jornada cósmica para algum planeta desconhecido. Elas eram quase... hipnotizantes...

Um som alto — uma explosão — ecoou pelo túnel, e Kate sentiu a gaiola cair mais rápido. E mais rápido ainda. O grosso cabo preso ao topo da gaiola afrouxou-se e juntou-se em ondas acima dela. Ela estava caindo, queda livre. O cabo fora cortado.

Capítulo 114

Túneis da Immari
Gibraltar

Craig chegou mais perto de David quando o holograma se formou.

David encarou-o. As cores eram vívidas e o holograma quase preencheu a sala. Parecia que estava lá. Ele viu um navio gigantesco emergindo do oceano. O rochedo de Gibraltar entrou no campo de visão e David percebeu a escala da embarcação. O rochedo parecia um seixo perto dela. Havia outra coisa — a localização do rochedo estava errada. Estava dentro do continente, não na costa, e a terra estendia-se para além do rochedo e à direita dele até a África. Europa e África, unidas por uma ponte de terra.

— Meu Deus… — David sussurrou.

— É como Platão descreveu, uma ilha gigantesca saindo do mar. Ainda estamos tentando definir com precisão o período, mas acreditamos que esse holograma foi feito entre doze mil e quinze mil anos atrás. Certamente em algum ponto antes de a última idade do gelo ter terminado. Saberemos mais assim que estimarmos o nível do mar. A conta de Platão diz que a ilha afundou doze mil e quinhentos anos atrás, então talvez estejamos certos. E você notou o tamanho da embarcação.

— Incrível. Vocês encontraram apenas uma parte.

— Sim, e uma parte pequena. Acreditamos que a estrutura tenha mais de cento e cinquenta e cinco quilômetros quadrados... isso é, considerando que a rocha tivesse o mesmo tamanho que tem hoje há quinze mil anos. A estrutura, ou peça, como você diz, na qual estamos agora tem menos de dois quilômetros e meio quadrados. A embarcação na Antártida é muito maior, quase seiscentos e cinquenta quilômetros quadrados. — Craig meneou a cabeça para o holograma. — O próximo filme revela o que é essa nave... assim acreditamos.

David observou o navio gigantesco se mover na costa e parar. O holograma piscou, como se alguém estivesse trocando o rolo em um antigo projetor de filmes. A nave ainda estava lá, mas a água havia aumentado um pouco. Bem além da nave, à beira da costa, havia uma cidade, se fosse possível chamá-la assim. Monumentos primitivos de pedra, como uma série de Stonehenges irradiando do navio em semicírculos. Choupanas com telhados de palha sarapintavam a paisagem. Uma fogueira imensa queimava no meio das estruturas de pedra e o holograma se aproximou. Um bando de seres humanos usando peles grossas carregavam outro ser humano — não, um macaco. Ou algo intermediário. O macaco era alto. Estava vestido e lutava com selvageria contra seus captores nas laterais. Os seres humanos ao redor curvaram-se quando ele se aproximou do fogo.

Do navio, dois objetos voadores foram lançados. Eles pareciam bigas ou Segways da era espacial. Flutuavam a poucos metros do chão, correndo em direção ao fogo. Quando chegaram, os seres humanos afastaram-se, curvando-se e encarando o chão.

Os atlantes apearam de suas bigas, agarraram o selvagem e injetaram algo nele. Usavam uma espécie de armadura com capacetes cobertos quase inteiramente por vidro espelhado, exceto pela parte traseira. Eles jogaram o homem-macaco sobre uma biga e voltaram às pressas para o navio.

O holograma piscou novamente e a cena mudou para dentro do navio. O homem-macaco estava deitado no chão. Os atlantes ainda estavam com os trajes e David não conseguia formular, mas parecia que estavam dizendo algo um para o outro... a linguagem corporal sutil, alguns gestos com a mão.

Craig pigarreou.

— Ainda estamos trabalhando no que está acontecendo aqui. Tenha em mente que os vimos apenas poucas horas atrás, quando encontramos o mapa do diário e acessamos a câmara, mas acreditamos que é um vídeo dos atlantes interrompendo um sacrifício ritual. O homem é um neandertal. Acreditamos que nossos ancestrais consideravam sua obrigação caçar todo homem que não era seu semelhante e sacrificá-lo. Algum tipo de higienismo primevo.

— É o mesmo ser humano primitivo que Pierce viu no tubo?

— Sim, como você verá.

— O que aconteceu com ele?

Craig bufou e sacudiu a cabeça.

— Kane degelou-o no início dos anos 1930, no segundo em que pôs o Sino em operação. Tivemos um tempo com fonte de energia. Ele executou uma série de experimentos em poucos anos. Tentaram até recriar o homem-macaco ao cruzar seres humanos com chimpanzés: seu insano projeto "humano-chimpanzé". Kane acabou perdendo o interesse quando não houve progresso. Ele o jogou no Sino em 1934.

— Ele não sobreviveu?

— Não, mesmo depois de muitos milhares de anos no tubo. Então, claro, ficamos chocados quando Kate Warner sobreviveu. Achamos que tem algo a ver com os tubos, mas seja lá o que faça, não funciona em nossas subespécies. Os tubos devem de alguma forma ativar o Gene Atlântida. Seja lá o que ela tiver dado para tratar as crianças tem de estar relacionado aos tubos de alguma forma. Nossa teoria é de que todo ser humano tenha o Gene Atlântida, mas apenas é ativado esporadicamente e por poucos selecionados. Obviamente o neandertal não tinha o precursor genético.

Craig meneou a cabeça para o holograma.

— Ah, aqui a tomada de ouro, como costumam dizer.

A imagem saiu do laboratório para outra tomada externa. Atrás do navio, um tsunami gigantesco ergueu-se no ar. Devia ter trinta metros a mais que o navio, o que resultava facilmente em sessenta metros de altura, com base no tamanho relativo do rochedo de Gibraltar.

A onda lavou o navio e entrou na cidade primitiva, destruindo-a com um golpe violento.

O navio ficou à deriva, e a onda o carregou para dentro da cidade, achatando os monumentos de pedras e as cabanas quando passou. Então, as águas recuaram, levando a embarcação para o mar, mais da metade dela ainda sob a água. Faíscas voaram na parte inferior quando o navio deslizou contra o fundo do mar. Em seguida, o holograma ficou vermelho e branco quando a explosão grandiosa eclodiu embaixo do navio, partindo-o em dois, três, agora quatro partes.

— Achamos que foi um bolsão gigante de metano no leito do mar. Ele explodiu com a força de dúzias de ogivas nucleares.

A água estava voltando do navio quebrado e a imagem voltou para o laboratório e para os atlantes. Um deles foi lançado contra a antepara. O corpo estava amolecido. Morto? O atlante sobrevivente ergueu o neandertal como um boneco de pano e jogou-o dentro de um tubo. Sua força era incrível. David imaginou se era a roupa ou sua força natural.

O atlante virou para o parceiro e o ergueu. A imagem terminou quando o homem saiu da sala. O holograma seguiu-o quando ele correu pelo navio. Ele era jogado para lá e para cá — sem dúvida as ondas sacudiam o navio e ele flutuava sem vida no fundo do mar. Em seguida, ele estava na câmara onde Craig e David estavam agora. Ele mexeu nos painéis por um momento. Na verdade, não tocava os controles, ele simplesmente pairava com os dedos sobre eles enquanto segurava o parceiro no ombro.

Os computadores desligaram-se um a um.

— Achamos que ele está ativando o Sino aqui. Um dispositivo anti-intrusão para impedir a entrada de animais como nós. Faz sentido. Em seguida, ele desliga os computadores. Ainda estamos tentando adivinhar a próxima parte.

No holograma, a sala era quase escura, exceto pelo brilho leve das luzes de emergência. O homem foi até o fundo da sala e tocou em algo no antebraço. Uma porta deslizou diante dele. David seguiu-a com os olhos — a porta estava lá, mas estava com a lança agora. O atlante olhou ao redor, fez uma pausa e atravessou-a. A porta fechou-se — sem lança cravada nela.

David olhou para a porta.

— Nem se dê ao trabalho. — Craig sacudiu a cabeça. — Já tentamos. Por horas.

— O que há na porta? — David chegou mais perto.

— Não sabemos. Alguns cientistas acham que é a Lança do Destino, mas não temos certeza. Achamos que Patrick, ou melhor, Tom Warner a trouxe até aqui, tentando abrir um buraco na porta ou algo assim.

David aproximou-se ainda mais.

— Lança do Destino? — David sabia o que era, mas precisava ganhar algum tempo e distrair Craig.

— Sim. Não conhece?

David sacudiu a cabeça.

— Kane estava obcecado por isso e Hitler estava atrás dela. A lenda é que a lança golpeou o flanco de Jesus Cristo enquanto estava pendurado na cruz, matando-o. Os antigos acreditavam que qualquer exército que possuísse a lança nunca seria derrotado. Quando Hitler anexou a Áustria, encontrou a lança e apenas a perdeu poucas semanas antes da capitulação da Alemanha. É dos muitos artefatos que colecionamos em todos esses anos, esperando que ela, ou qualquer outra coisa da antiguidade, nos oferecesse pistas que levassem aos atlantes.

— Interessante — David disse enquanto pegava a ponta da lança. Ele puxou e sentiu que a porta se moveu um pouco. Puxou com mais força, a lança se soltou e a porta abriu. Ele soltou a bengala e avançou pela entrada quando Craig puxou a arma e começou a atirar.

Capítulo 115

Base de Operações Prisma da Immari Research
Leste da Antártida

— **Não, não atire neles!** — Dorian gritou no rádio, mas era tarde demais. Ele assistiu ao segundo homem tomar dois tiros no peito e o terceiro caiu com os tiros no ombro e no abdômen. — Parem de atirar! Vou fuzilar o próximo idiota que apertar o gatilho!

Os tiros cessaram e Dorian saiu do espaço aberto na direção do último homem. Ao ver Dorian, ele começou a rastejar até sua arma, deixando uma trilha de sangue grosso por onde passava.

Dorian correu até a arma e chutou-a para a parede ao fundo do laboratório.

— Pare. Não quero machucá-lo. Na verdade, vou ajudar você. Quero apenas saber quem o enviou.

— Quem? — O homem tossiu e o sangue correu pelo queixo.

— Sim... — A escuta de Dorian estalou, e ele desviou os olhos do moribundo.

Um dos técnicos da estação entrou em contato.

— Senhor, temos as identidades dos homens. São nossos... de uma de nossas equipes de perfuração.

— Equipe de perfuração?

— Sim. Na verdade, são da equipe que encontrou a entrada.

Dorian voltou a olhar para o homem.

— Quem enviou vocês?

O homem olhou confuso.

— Ninguém... nos enviou...

— Não acredito em você.

— Eu vi... — O homem estava perdendo mais sangue agora. O tiro na barriga acabaria com ele logo.

— Viu o quê? — Dorian pressionou.

— Crianças.

— Ah, pelo amor de Deus — Dorian disse. No que o mundo estava se transformando? Até operadores de plataforma de perfuração eram debiloides de coração partido. Ele ergueu a arma e deu um tiro na cabeça do homem. Virou-se e voltou para a unidade da Immari Security. — Limpem isso...

— Senhor, algo está acontecendo no controle do portal. — O soldado ergueu os olhos. — Alguém acabou de acionar a gaiola.

Os olhos de Dorian abaixaram-se, em seguida se voltou rápido para a frente e para trás.

— Martin. Mande uma equipe... protejam a estação de controle. Ninguém sai daquela sala. — Um pensamento correu pela mente de Dorian: a gaiola foi acionada. Kate? — Quanto tempo?

— Tempo?

— Para as bombas que as crianças estão carregando.

O agente de segurança da Immari puxou o tablet e tocou na tela.

— Menos de quinze minutos.

Talvez ela ainda consiga alcançá-los.

— Cortem o cabo da gaiola — Dorian disse. Era um final conveniente. Kate Warner, a filha de Patrick Pierce, morreria em um túnel frio e escuro, como o irmão de Dorian, Rutger.

Capítulo 116

David foi ao chão quando as balas ricochetearam na porta que se fechava atrás dele. Ele girou, agachou-se e segurou a lança com a ponta para a frente, sobre o ombro, como um caçador pré-histórico pronto para acossar a presa quando ela aparecesse na porta corrediça.

Mas a porta não se abriu. David suspirou e sentou-se no chão, descansando a perna ferida. Ele não sabia como Patrick Pierce tinha feito aquilo — toda a caminhada até ali.

Quando a dor diminuiu, ele ficou em pé e reconheceu o ambiente. O quarto era semelhante àquela sala de que ele acabara de sair — as paredes cinza metálicas eram as mesmas, bem como as luzes acima e abaixo delas. O quarto parecia ser uma espécie de saguão. Tinha sete portas ao todo, abrindo-se num semicírculo, quase como um leque de portas de elevador.

Além das sete portas corrediças ovais, não havia quase mais nada no espaço, exceto uma mesa na altura do peito no lado oposto da série de portas. Uma estação de controle? A superfície era coberta de plástico escuro ou vidro que pareciam os controles da câmara anterior.

David foi até a mesa e recostou a lança nela para que pudesse usar a mão saudável. Ele estendeu a mão sobre a superfície, como vira o atlante fazer no holograma. Filetes de fumaça branca e azul e luz giraram ao redor de sua mão, dando pequenos estalos e choques elétricos.

Ele sacudiu os dedos e a luz e a fumaça mudaram radicalmente; os estalos e os leves impulsos elétricos rodopiaram sobre os dedos.

David puxou a mão para trás. Por falar em peixe fora d'água... Ele aguardou, ou melhor, esperou que alguma espécie de menu de ajuda aparecesse.

Ele pegou a lança de novo. "Mantenha do jeito que você sabe: suas maneiras de caçador-coletor", ele disse a si mesmo. Havia outra porta, que se acionou sozinha, perto da estação de controle. Uma saída? Ele foi até ela, e ela abriu deslizando, revelando mais corredores estilo *Jornada nas estrelas*, que levavam à câmara secreta do mineiro. Seus olhos agora estavam totalmente ajustados às luzes diáfanas de LED que corriam pelo corredor e pelo teto.

Se os atlantes correram para esta câmara quando a nave explodiu doze mil ou quinze mil anos antes, claro que era uma espécie de compartimento de fuga ou, talvez, uma seção fortificada no meio do navio. Outro pensamento surgiu na mente de David: se eles vieram para cá, alguns deles talvez ainda estivessem ali. Talvez hibernassem ali, em outros tubos.

David olhou ao redor. Certamente não havia sinais de vida.

A porta do elevador abriu-se em uma bifurcação em T. Os dois lados terminavam em outra porta oval. Ele escolheu o caminho mais curto e mancou até lá, usando a lança como cajado. Ajudou imensamente.

No fim do corredor, a porta deslizou automaticamente e David entrou.

— Não se mexa. — A voz de um homem. Era rouca, como se não tivesse falado nada por um bom tempo.

David ouviu passos atrás dele. Com base no eco, o homem (ou atlante) era do seu tamanho. David ergueu os braços, ainda segurando a lança.

— Não estou aqui para machucar você.

— Eu disse para não se mexer. — O homem estava quase sobre ele.

David virou-se rapidamente, tendo um vislumbre do homem, ou o que fosse, antes de sentir a punção elétrica atravessá-lo. Ela o lançou ao chão e o deixou inconsciente.

Capítulo 117

3 quilômetros abaixo da Base de Operações Prisma da Immari Research
Leste da Antártida

A gaiola de aço balançou enquanto despencava rapidamente pelo fosso de gelo. Ela avançou e cravou-se no gelo macio da parede, salpicando lascas de gelo sobre o traje e o visor de Kate. Ela ergueu os braços para cobrir o capacete quando a gaiola cambaleou para trás, quase jogando-a para fora. O cabo pesado que havia se aglomerado sobre a gaiola estava pesando sobre ela. A gaiola se endireitou por um momento, em seguida tombou em um movimento rápido, o fundo raspando um lado do fosso de gelo, o alto cortando o outro. Kate agarrou a barra no alto da gaiola e enterrou os pés no assoalho aramado, travando o corpo como um astronauta num aro de treinamento de gravidade zero, preparando-se para o caso de a gaiola virar e girar. Ela fechou os olhos e forçou a gaiola com toda a força que pôde recolher e esperou. Mais gelo espalhou-se ao redor dela quando a gaiola bateu contra as laterais do túnel. Os impactos estavam reduzindo a velocidade da queda. Em seguida, as paredes desapareceram, dois longos segundos se passaram e... um baque surdo. A gaiola enterrou-se em um monte de gelo e Kate foi lançada ao chão, perdendo o ar na queda.

Ela lutou para retomar o fôlego dentro do traje. Era como respirar através de um canudinho de café. Quando ela recuperou o fôlego, rolou de costas e se familiarizou com a situação.

A gaiola havia se enterrado vários metros num monte de gelo bem abaixo de onde a perfuradora havia aberto através da câmara. Devem ter sido as lascas de gelo que caíram do fosso quando a perfuradora estava saindo à superfície e o gelo arrancado por sua descida. A cama de gelo salvou sua vida.

O monte mais parecia um globo de neve — luzes fortes brilhavam por dentro. Kate encarou-as por um momento. Pareciam uma revoada de vaga-lumes, mas sem dúvida eram LEDs que haviam sido jogados lá para iluminar a imensa caverna lá embaixo. Afundaram-se nas aparas de gelo e sua luz refratava para fora e para dentro da grande câmara. Também revelavam a situação de Kate.

A gaiola estava meio enterrada nas raspas soltas de gelo e a parte acima da superfície do monte ficou coberta pela malha de aço. Ela estava presa, mas havia uma pequena abertura — não era grande o bastante para rastejar para fora... mas... ela conseguiria aumentá-la se cavasse por baixo.

Kate começou a cavar com as mãos, como um cão tentando passar sob uma cerca de alambrado. A gaiola havia quebrado um pouco o gelo finamente raspado, mas o ritmo ainda era lento. Por fim, ela pensou que a abertura já era grande o suficiente, e ela passou primeiro com a cabeça. Sua cabeça e braços passaram, mas o traje volumoso ficou preso na malha de metal denteada. Kate tentou puxar para trás, mas a malha afiada rasgou o traje e ela se firmou. O ar frio entrou pelo buraco do traje, atingindo as costas enquanto ela se sacudia para se soltar. Apertou a barriga no gelo o máximo que pôde e empurrou para trás com as mãos, e ela voltou para a gaiola.

O frio parecia estar amortecendo seu corpo, pouco a pouco, começando pelas costas e irradiando de dentro para fora. A cada segundo que passava, ele tomava cada vez mais seu corpo. As mãos começaram a tremer. O traje mantinha mais o calor do que ela imaginava. Ela congelaria até morrer se não agisse rápido.

Começou a tirar o gelo com as duas mãos, tentando freneticamente alargar o buraco. Sentiu as pernas endurecerem cada vez mais e lutou para se equilibrar enquanto erguia outra mão de gelo para dentro da gaiola. O buraco estava quase bom.

O frio ardia nos pulmões agora e a respiração era uma fumaça gélida contra o vidro claro do capacete. Logo o frio encheria seus pulmões. Ela sufocaria até morrer antes de congelar. A fumaça quase cobria o capacete. Ela limpou com a mão. Nada. Ainda estava lá. Limpou de novo. Ainda estava lá. Por que não desaparecia? Claro, estava do lado de dentro do capacete. Ela sabia disso. Por que tentava limpar o lado de fora do capacete? O que estava acontecendo com ela? O frio. Fazendo o corpo falhar. Ela mal conseguia pensar. O que estava fazendo antes da fumaça? A cobertura de gelo dentro do capacete era completa agora — ela não conseguia ver nada. Virou-se, buscando algum tipo de direção. Como um cão em uma gaiola, buscando um som na noite.

Um cão. Uma jaula. O buraco. Claro, ela estava cavando para sair dali. Precisava sair. Onde estava o buraco? Kate tateou o gelo embaixo dela desesperadamente. Correu ao redor da gaiola. Nada além de tela, em todos os lugares. Havia um buraco? Em seguida, as mãos sentiram algo — sim, estava lá. Mas ela não conseguia cavar mais. Não conseguia sentir os dedos.

Enfiou-se no buraco e empurrou com os pés. Sentiu a tela de metal afiada nas costas, mas ignorou-o, empurrando ainda mais forte com os pés. A tela estava na parte de trás das pernas agora. Ela estava se movendo. Enterrou os cotovelos no gelo e puxou, um cotovelo sobre o outro, como um soldado se arrastando sob um caminho com obstáculos de arame farpado. Quanto havia avançado? Ergueu uma perna. Estava livre.

Rolou de costas e ficou em pé. O gelo dentro do capacete a cegava. Para que caminho era a estrutura? Começou a correr, mas as pernas pareciam feitas de chumbo. O traje, mais as pernas congeladas — ela nunca chegaria. Não estava chegando a lugar nenhum. Para onde caminhar? Era tudo igual — gelo, e além dele, o brilho tênue das luzes.

Ela sentiu o chão se aproximar. Estava deitada no chão, rolando. O gelo tocou suas costas, enviando uma nova onda de frio, dando um choque no corpo. Arqueou as costas e os olhos se arregalaram. Puxou o fôlego e caiu de joelhos, respirando com esforço.

Precisava pensar. Ficou em pé e girou. Luzes. Havia mais em uma direção que em outra. A câmara de teto abaulado era gigantesca. As luzes — o globo de neve, os vaga-lumes lá dentro... onde a perfuradora havia atravessado... as luzes estariam na direção oposta da entrada.

Kate virou-se e caminhou com dificuldade para longe da luz. Estava com tanto frio. Em seguida, houve um estouro. O zumbido de metal contra metal. Havia sido lá adiante, mas levemente à direita. Kate ajustou o vetor e continuou se arrastando para a frente. Caiu novamente, mas se levantou, pousando as duas mãos em um joelho e puxando a outra perna para cima. Não conseguia mais sentir o corpo. Simplesmente sacudia os membros, esperando um descanso.

Os ruídos do gelo embaixo dos pés pararam. Seus passos silenciaram, mas ainda estava frio. Ela estava zonza. Deu outro passo, em seguida outro. Manter-se em movimento.

Atrás dela, metal contra metal. A porta se fechando?

Ainda estava com muito frio. Caiu de joelhos e depois de cara no chão.

Capítulo 118

Base de Operações Prisma da Immari Research
Leste da Antártida

Dorian observou Kate cair, em seguida se levantou e perambulou para dentro do portal gigante. O Sino lá em cima estava silencioso. Ele olhou para a contagem regressiva: 00:01:32.

Menos de dois minutos. Tinha certeza de que a queda a mataria, mas uma explosão nuclear dentro das catacumbas? Muito bom. Mesmo resultado final.

— Me solte, Dorian.

Dorian se virou e olhou para Martin Grey. O homem grisalho lutava contra os agentes da Immari Security que o seguravam de cada lado. Dorian ficou tão obcecado por assistir à morte de Kate, ou assim ele esperava, que se esqueceu que o velho urubu ainda estava na sala de controle.

Dorian olhou para Martin e sorriu.

— Foi você. A charada inteira com a Clocktower, depois a orientação até o complexo da China, esperando que eles pudessem salvar as crianças e me impedir de executar o Protocolo Toba. — Ele pensou por um momento. — E você os ajudou a escapar. Foi você, não foi? Entrou em contato com os Immaru, que os resgataram após o Sino explodir. Como sabia? Como os encontrou?

— Você está delirando, Dorian. Me solte e pare de se envergonhar.

— Você é muito esperto, Martin, mas não pode se safar dessa com sua conversinha. Você ajudou Kate escapar.

— Não nego. Nunca escondi meu carinho por ela. Protegê-la é minha prioridade número um. Teria queimado este complexo inteiro se precisasse.

Dorian sorriu.

— Então você admite: a equipe de perfuração que nos atacou estava agindo sob suas ordens.

Martin sacudiu a cabeça com desdém.

— De jeito nenhum. Pense, Dorian. Eu não tinha nem como contatá-los. Eu nunca os encontrei.

— Bom, não importa. Eu descobri, Martin. — Dorian examinou o homem mais velho, esperando uma reação. — Não foi? Sim, eu aposto que foi. As crianças sobreviveram ao Sino porque você as tratou com células-tronco do meu filho com Kate. Nós dois fomos salvos pelos tubos: Kate como um feto não nascido no ventre da mãe, eu mesmo como criança sofrendo da Praga Atlântida, ou gripe espanhola se preferir. O que significa que posso atravessar o portal também. Mas vou esperar alguns minutos. — Ele apontou para a tela gigante do computador com o contador. Os últimos segundos passaram até que surgiu: 00:00:00. Os números piscavam em vermelho.

Dorian esperava alguns tremores na superfície por conta das explosões, mas não houve nada. A estrutura deve ter paredes incrivelmente grossas e os três quilômetros de gelo ofereciam isolamento adicional.

Dorian sorriu.

— Duas ogivas nucleares acabaram de explodir lá embaixo. Kate não conseguiu chegar às crianças, posso garantir. Tinha menos de dois minutos para alcançá-los e acho que não estava em condições para uma corrida. Você viu. Ela sofreu muito, Martin. Pode ter congelado até a morte dentro do traje. Ou, no mínimo, perdido a maioria dos dedos das mãos e dos pés muito antes de ter morrido.

Dorian esperou, mas Martin não disse nada. Dorian assentiu para um dos guardas, que foi até os armários e começou a preparar um traje espacial.

— Logo vou lá embaixo, ver como ela ficou, assim que eles prepararem um estribo para me descer. Eu aviso se encontrarmos quaisquer restos mortais. Duvido. Mas, antes de ir, quero compartilhar mais uma coisa. Descobri outro mistério. — Dorian caminhou até ficar diante dele. — Se importa em ouvir?

— O show de horrores é seu, Dorian…

— Não me insulte. Sua vida está nas minhas mãos.

— E a sua também. Nenhum membro do conselho pode matar outro…

— Veremos. Mallory Craig me proibiu de matá-lo poucos dias atrás, mas ele mudou de ideia agora… ele me enviou Kate. Não vetará sua execução dessa vez. Mas, como eu estava dizendo, a explosão na China. As crianças simplesmente foram tratadas com a terapia do Gene Atlântida. A radiação do Sino não as afetou, mas agiu de forma diversa quando Kate entrou em contato com ele. O Sino entrou em colapso. Foi o que aconteceu na China. O Sino a reconheceu como uma atlante, uma de sua espécie, e entrou em colapso, enviando uma onda de energia de proporções avassaladoras por nossa rede, destruindo os reatores nucleares e qualquer outro disjuntor no complexo inteiro. Percebe as implicações, Martin?

Martin olhou para o nada.

— Tenho certeza que você vai me dizer.

— Não seja descarado. Você quer ouvir. Significa que nosso filho é o primeiro rebento de dois atlantes… o primeiro de uma nova raça humana, a eventualidade da evolução humana. Seu genoma contém as pistas para entender como mudamos há cinquenta mil anos, como podemos continuar evoluindo.

— *Poderia ter,* Dorian. Seu…

— Eu não poderia fazer isso. — Dorian afastou-se de Martin. — Por mais que eu odiasse Kate pelo que seu pai fez à minha família, eu não conseguiria matar meu filho. Ele está em um laboratório, em um dos tubos atlantes, em San Francisco. Era isso que eu queria lhe dizer, Martin. Toda sua intromissão, ela não resultou em nada. Eu venci. Uma equipe científica está extraindo o feto agora para estudo. Teremos vacinas Atlântida viáveis logo, talvez até em algumas semanas ou meses. E as usaremos seletivamente…

Um técnico interrompeu Dorian.

— Estamos prontos, senhor.

— Preciso ir, Martin.

— Eu não faria isso se fosse você — Martin o encarou.

— Tenho certeza que iria…

— Sei por que você vai lá embaixo.

— Sabe…

— O bilhete — Martin disse — que você pregou naquelas crianças. Sei o que estava nele. Uma carta em alemão, de um garotinho esperançoso dizendo ao seu "Papa" que as crianças estavam carregando bombas e que ele precisava ir para a entrada o mais rápido possível. Você está cego, Dorian. Encare os fatos. E as carcaças daqueles primatas no laboratório 3. O Sino lá embaixo ficou ativo quando nós chegamos. E assim aconteceu com o iceberg no submarino várias semanas atrás. Ele matou os homens da nossa equipe de pesquisa. Encontramos seus ossos lá embaixo. Seu pai nunca dormiu em um tubo. Era humano, muito humano, aliás…

— Ele era um deus. E não está morto. Nunca vi os ossos dele — Dorian disse, desafiador.

— Ainda não. Mas nós tes…

— Ele está lá embaixo! — Dorian insistiu.

— Mesmo que estiver, o que eu duvido, estaria com cento e vinte e sete anos.

— Então verei seus ossos ou seja lá o que eu encontre, mas saberei. E verei alguns outros ossos. De uma mulher, com trinta e poucos anos. Depois disso, concluirei meu destino. Exterminarei a ameaça atlante de uma vez por todas. — Dorian foi até os guardas. — Cuidem para que ele não saia daqui. Vigilância pesada. E se eles não precisarem dele para a pesquisa do feto… — Ele se virou e fitou os olhos de Martin —, mate-o.

O rosto impassível de Martin não mostrava uma migalha de emoção.

Um dos técnicos caminhou até Dorian. Ele falou, hesitante:

— Senhor, tem algo acontecendo lá embaixo… é… achamos que o senhor deveria esperar.

— Por quê? O traje vai me proteger da radiação, vocês disseram que…

— Claro, é verdade, mas pode haver outros danos das explosões. Incêndio. Possíveis danos à estrutura. A coisa inteira pode ruir por tudo que sabemos. Estamos recolhendo alguns dados na estrutura em Gibraltar… o diretor Craig encontrou uma espécie de vídeos arquivados. A estrutura na verdade foi rompida por explosões de metano semelhantes às ogivas que enviamos, na verdade mais poderosas, mas sabemos que as estruturas não são indestrutíveis…

— O que sugere?

— Esperar alguns dias…

— Fora de questão. Vou esperar algumas horas, no máximo.

O técnico assentiu.

— Tem mais uma coisa. Após eu entrar nas catacumbas, desça três ogivas por esse fosso perfurado. Se qualquer um além de mim ou do meu pai sair… ser humano, atlante ou qualquer outra coisa… ative-as. Use o restante das ogivas nas outras perfurações e configure-as para detonarem simultaneamente.

— As explosões derreteriam o gelo…

— As explosões salvarão a raça humana. Faça isso.

Capítulo 119

David abriu os olhos e olhou ao redor. Estava deitado em um catre fino com um colchão de gel que contornava à perfeição seu corpo. Ele se inclinou para a frente e o gel reagiu, ajudando-o. Ele sentiu um cheiro como o de alho misturado com alcaçuz. Na verdade, era pior que isso. David ergueu a mão para cobrir o nariz, mas o cheiro apenas piorou. Percebeu que o fedor vinha dele — de uma pasta preta no ombro e na perna. Meu Deus, isso fede, mas... os ferimentos pareciam melhores. A pasta havia atravessado sua camisa, mas parecia estar curando as feridas. Ele se levantou, em seguida caiu de volta sobre o catre. Ainda não estava cem por cento.

— Calminha aí. — Era o homem que o incapacitara.

David buscou uma arma na sala. A lança havia desaparecido.

— Relaxe, não vou machucá-lo. Primeiro achei que tinham enviado você para me matar, mas quando vi seus ferimentos... imaginei que teriam enviado alguém... em melhores condições de saúde.

David examinou o homem — e *era* um homem, David conseguiu vê-lo agora. Tinha quase ou pouco mais que cinquenta anos. Seu rosto era emaciado, como se não tivesse comido ou dormido muito por algum tempo. Mas era mais que isso... O rosto do homem era endurecido. Um soldado, talvez um mercenário.

— Quem é você? — David deu outra fungada na gosma preta no seu ombro e virou a cabeça, tentando em vão se afastar dela. — E o que fez comigo?

— Francamente, nem eu sei direito. É algum tipo de pasta medicinal. Parece ser capaz de curar quase tudo. Não sei como funciona, mas funciona. Eu me machuquei, fiquei de cama e pensei que morreria. O computador abriu um painel com uma placa dessa coisa fedida, em seguida exibiu um filme de mim aplicando-a... era muito realista. Então eu fiz, e melhorou... rapidamente. Vai estar pronto para outra logo. Talvez dentro de poucas horas.

— Sério? — David analisou os ferimentos.

— Talvez até antes. Não que você vá para algum lugar. Agora me diga, quem é você?

— David Vale.

— Organização?

— Clocktower, Estação de Jacarta — David disse automaticamente.

O homem aproximou-se de David e sacou uma pistola.

David percebeu o que havia dito.

— Não, eu estava trabalhando contra a Immari, acabei de descobrir que a Clocktower fazia parte da organização.

— Não minta para mim. Como você me encontrou?

— Não encontrei. Não estava procurando você. Olhe, nem sei quem você é.

— O que está fazendo aqui embaixo? Como chegou até aqui?

— Os túneis sob Gibraltar. Descobri uma câmara, com a lança...

— Como?

— Um diário. — David sacudiu a cabeça, tentando pensar. A pasta parecia ter o efeito de um resfriado, era difícil concatenar os pensamentos. — Consegui no Tibete, com um monge. Sabe alguma coisa sobre isso?

— Claro que sim. Eu escrevi.

Capítulo 120

Kate ouviu o som de ar chiando ao redor dela. Ainda não conseguia sentir o corpo, mas o ar era morno, apenas um pouco morno de início, mas ficava mais quente a cada segundo que passava. Ela tentou se erguer do chão, mas voltou a cair de cara. Estava tão cansada. Seu corpo amolecido despencou no traje gélido.

Aos poucos, o calor encheu o traje e as sensações voltaram ao corpo. Eles — quem quer que fossem — estavam aumentando a temperatura de seu corpo. A fumaça no visor do capacete transformou-se em gotas de água que corriam em listras e uma visão do chão se materializou em linhas, como uma imagem fragmentada sendo remontada, uma faixa fina por vez. Era uma grade de metal, exceto... que ela não conseguia ver através. Não, era um chão de metal sólido com pequenas cavidades.

Ela rolou de costas e encarou o teto metálico liso. A fumaça estava recuando. Ainda parecia frio, mas sem dúvida agradável se comparado à catedral fria lá de fora. Onde estava? Alguma espécie de câmara de descontaminação?

Kate sentou-se. Conseguia sentir os dedos agora e começou a tentar desprender os grampos nos pulsos. Depois de algum esforço, as luvas saíram e ela começou a mexer no capacete. Dez minutos depois, estava livre do traje e em pé nas roupas que recebera em Gibraltar.

Ela examinou a câmara. Era bem iluminada, cerca de doze metros de largura e provavelmente com o dobro de comprimento. Atrás dela, viu a porta enorme pela qual havia entrado — era muito maior que a porta na outra ponta. Ela avançou na sala e a porta menor se abriu. Passou por ela e as luzes acenderam-se no teto e no chão. Cada luz era tênue, mas juntas lançavam luz suficiente para iluminar o corredor cinza. Lembravam as pérolas de luz no assoalho de uma limusine.

Ela estava diante de uma bifurcação gigantesca em T. Para que lado ir? Antes que pudesse decidir, ouviu algo se mover na direção dela. Passos.

Capítulo 121

David tentou entender o que o homem havia dito. Sua cabeça estava atordoada com a nanopasta que estava curando os ferimentos no ombro e na perna e o nauseava com seu odor pútrido.

O homem alegava ser Patrick Pierce/Tom Warner — o pai de Kate e autor do diário. Um soldado norte-americano que cavava túneis para a Immari em troca da permissão para se casar com a filha de um dos líderes. Mas não podia ser — essa cronologia estava errada. Embora… ele *tivesse* passado um tempo nesses tubos atlantes de estase… Era plausível? Ele estaria falando a verdade?

David tentou reunir o que sabia.

De 1917 a 1918, Patrick Pierce se recupera dos ferimentos da Primeira Guerra Mundial e descobre a estrutura de Atlântida sob Gibraltar, revelando o Sino e liberando uma pandemia mortal vendida para o mundo como "gripe espanhola". Entre cinquenta milhões e cem milhões de pessoas morrem. Até um bilhão é infectado em todos os continentes.

Em 1918, Pierce põe sua mulher, Helena, e o filho ainda não nascido dentro de um tubo.

De 1918 a 1938, Pierce se torna um membro a contragosto da Liderança da Immari para proteger a mulher e o filho em seu ventre. Ele termina a escavação em Gibraltar, mas também é colocado num tubo quando Konrad Kane embarca em sua expedição: primeiro ao Tibete para recuperar artefatos e massacrar os Immaru, em seguida para a Antártida para encontrar o que acredita ser a capital de Atlântida. Kane nunca retorna.

Em 1978, após quarenta anos, Mallory Craig, Patrick Pierce e Dieter Kane são despertados dos tubos. A mulher de Pierce ainda está morta, mas a criança nasce. Pierce a batiza com o nome Katherine Warner. Os outros assumem novos nomes: Patrick Pierce se transforma em Tom Warner, Mallory Craig em Howard Keegan, e Dieter Kane em Dorian Sloane.

Em 1985, Tom Warner (Patrick Pierce) desaparece — possivelmente morto em um experimento de pesquisa.

Poderia ser verdade? Patrick Pierce/Tom Warner poderia estar lá embaixo desde 1985?

Supondo que Pierce estivesse com seus vinte e cinco anos durante a Primeira Guerra Mundial, como consta no diário, ele estaria com seus quarenta e cinco em 1938, quando entrou no tubo... Teria por volta de cinquenta e dois em 1985 e... oitenta hoje. O homem diante dele era muito mais jovem, possivelmente cinquenta e poucos anos.

David já se sentia melhor com a pasta. Ele se levantou, e o homem ergueu a arma.

— Fique onde está. Você não acredita em mim, não é?

"É difícil argumentar quando você está ferido e seu captor tem uma arma", David pensou. Ele deu de ombros e olhou, acanhado.

— Acredito.

— Não se faça de engraçadinho. E pare de mentir para mim.

— Olhe, eu estava apenas tentando montar as coisas, o diário era... de 1918 a 1936...

— Conheço as datas do diário, lembre que fui eu quem escreveu. Agora me diga exatamente como chegou aqui embaixo.

David sentou-se de novo na cama.

— Fui atraído para uma armadilha. Por Mallory Craig, diretor da Clock...

— Eu sei o que ele dirige. Qual foi a isca? — O homem falava rápido, tentando encurralar David, esperando que ele cometesse um erro e se revelasse um mentiroso.

— Kate Warner. Ele me disse que ela havia descido para as catacumbas. Vim encontrá-la. Eles pegaram as duas crianças do laboratório de Kate em Jacarta cerca de uma semana atrás. Eles foram tratados com uma nova terapia para o autismo…

— Que diabos você está falando?

— Não sei ao certo, ela não me contou…

— Kate Warner é uma garota de seis anos de idade. Ela não tem um laboratório em Jacarta ou em qualquer outro lugar.

David analisou o homem. Ele acreditava no que estava dizendo.

— Kate Warner é uma pesquisadora da área de genética e, definitivamente, não tem seis anos de idade.

O homem abaixou a arma e a cabeça, virando o rosto.

— Impossível — ele murmurou.

— Por quê?

— Estou aqui faz apenas um mês.

Capítulo 122

Kate mal conseguia acreditar em seus olhos. Adi e Surya entraram no corredor correndo e, ao ver Kate, correram ainda mais rápido na direção dela. Kate inclinou-se para abraçá-los, mas os garotos mal pararam.

Eles puxaram os braços dela, obrigando-a a segui-los.

— Venha, Kate, temos que ir. Eles estão vindo.

Dorian desengatou o estribo laranja e se deixou cair o um metro restante sobre o gelo lá embaixo. As luzes no capacete revelaram a gaiola destroçada enterrada pela metade no monte de gelo como um caranguejo preso no fundo do oceano. Ao lado dele, um monte gigante de cabo de aço estava empilhado desajeitadamente. Havia caído por cima e ao lado de Kate, mas a gaiola a protegeu. Uma pena.

Dorian endireitou o corpo e marchou até o portal. Parou bem embaixo do Sino que pendia lá em cima, no alto da cúpula. As luzes do capacete varreram-no várias vezes e ele sorriu. Estava lá, silencioso, parado. O dispositivo maléfico que matara seu irmão instantaneamente e sua mãe com a praga que ele liberou nos sobreviventes... agora silenciado.

O portal se abriu, como se reconhecesse que sua hora havia chegado. Ele o atravessou.

Capítulo 123

As ideias de David voavam baixo.

— Olha, não sei o que dizer. Estamos em 2013.

— Impossível. — O homem apontou a pistola para David enquanto caminhava até um gabinete, fuçava nele e retirava um objeto brilhante de ouro. Ele o jogou para David.

Era um relógio. David virou-o e leu a data: 19 de setembro de 1985.

— Claro. Hum. Eu, na verdade, não tenho um relógio de ouro com a data errada, mas... — Ele levou a mão ao bolso.

O homem ergueu a pistola. David ficou paralisado.

— Calma. Tenho minha cápsula do tempo. Uma foto no meu bolso. Pegue, dê uma olhada.

O homem avançou e puxou a foto brilhante do bolso de David. Ele examinou a foto do iceberg com o submarino se projetando dele.

— Acho que a Immari não tirava fotos de icebergs via satélite em 1985.

O homem sacudiu a cabeça e virou o rosto como se ainda estivesse juntando as peças.

— É o submarino de Kane, não é?

David assentiu.

— Acreditamos que o encontraram poucas semanas atrás. Ouça, estou tão confuso quanto você. Vamos conversar sobre isso, tentar resolver essa questão. Como chegou até aqui?

— Eu estava trabalhando na câmara oculta. Percebi como operar o maquinário deles.

— Você pôs os vídeos para repetir?

— Vídeos? Ah, sim, eu fiz, no caso de eu não voltar e alguém descobrir a câmara. — Ele se sentou no catre, olhou para os pés, parecendo buscar os pensamentos. — Também encaixei a lança na porta. Estava testando os diferentes artefatos do acervo da Immari, esperando que algo fosse acionar mais máquinas.

"Consegui abrir a porta, mas fiquei preso; não havia nada mais que eu pudesse fazer na câmara. Achei que houvesse outra estação de controle na sala ao lado, então entrei. Tentei manter a porta aberta com a lança. Queria que tivesse funcionado. Não fui capaz de voltar pela porta. As máquinas aqui são diferentes. A maioria está desligada. Há poucos outros mistérios... mas eu não avancei muito no último mês, quer dizer, até pouco antes de você aparecer. Parece que o lugar inteiro está despertando, mais máquinas estão funcionando e portas que antes não se moviam abriram. Eu estava explorando quando ouvi a porta se abrir e encontrei você."

— Vamos voltar à diferença de tempo. Sei que você não é Patrick Pierce ou, sei lá, Tom Warner. Ele estaria com oitenta anos. Diga apenas quem você é...

— Sou Patrick Pierce. — O homem inclinou-se para a frente. — O tempo passa mais devagar aqui embaixo. Deve ser... um dia para um ano lá em cima.

— Como?

— Não sei. Mas achamos que tem alguma coisa a ver com o Sino. Talvez tenha duas funções. É um dispositivo sentinela para manter os não atlantes fora, mas essa é só metade de suas funções. Quando começamos a estudar o aparelho, pensamos que era uma máquina do tempo. Ela criava um campo ao seu redor, uma espécie de bolha de dilatação do tempo. Como eu disse, o tempo se move mais devagar perto do Sino. Pensamos que tinha a ver com deslocamento gravitacional... dobrando e encurvando o espaço-tempo ao redor dele. Pensávamos que talvez fosse um gerador de buraco de minhoca.

— O quê?

— Esqueça o jargão. As ideias foram baseadas na teoria da relatividade geral de Einstein. Tenho certeza que foi atualizada ou mesmo descartada atualmente. Basta dizer que, nos anos depois que extraímos o Sino em Gibraltar, percebemos que ele parecia reduzir o tempo no espaço ao seu redor. Acreditávamos que ele gerava força dessa maneira. Fomos capazes de reverter basicamente o dispositivo, fornecendo energia para ele e diminuindo seus efeitos gravitacionais.

— É interessante, mas há apenas um problema. O Sino em Gibraltar foi removido há quase cem anos.

— Eu sei. Eu o removi. Tenho outra teoria. Acho que, quando a nave explodiu em Gibraltar, os atlantes ficaram presos na seção que se rompeu. Acho que a porta que atravessaram não era uma passagem para outra sala naquele lugar. Era um portal para outra nave. Não acho que estamos em Gibraltar.

Capítulo 124

Na curva seguinte, Kate finalmente fez os garotos pararem.

— Digam o que está acontecendo — ela pediu.

— Temos que nos esconder, Kate — Adi falou.

— De quem?

— Não temos tempo — Surya disse.

Tempo — a palavra ecoou pela mente de Kate, e outro medo a tomou. Ela virou os garotos e buscou o contador de tempo digital.

02:51:37. Quase três horas se passaram. Martin disse que havia menos de trinta minutos antes da detonação. Como? Não importava — o relógio ainda estava correndo. Ela precisava pensar.

Os garotos a puxaram de novo e, atrás deles, portas duplas se abriram.

Dorian tirou o restante do traje e examinou a sala — uma espécie de sala de descontaminação. Ele foi até a porta menor. Seus passos ecoavam alto na grande câmara de metal. A porta se abriu quando ele se aproximou. Como em Gibraltar. Era tudo verdade. Era outra cidade atlante.

Luzes acenderam-se no alto e no chão do corredor. O lugar parecia imaculado, intocado. Certamente não teria suportado uma explosão nuclear. Por que não? As crianças não avançaram até as catacumbas? Os atlantes os pegaram? Desarmaram as bombas?

Lá adiante, Dorian ouviu passos — botas marchando, retinindo no chão de metal em uníssono. Ele puxou a pistola do coldre e seguiu até a lateral do corredor, à sombra de uma viga.

Capítulo 125

Kate parou e olhou ao redor da sala.

Havia uma dúzia de tubos de vidro gigantes em pé como aqueles que Patrick Pierce — seu pai — havia descrito no diário. E como aqueles tubos, cada um deles continha um macaco, ou um ser humano, ou algo entre um e outro. Kate entrou na sala, maravilhada com os tubos. Era incrível: um salão de ancestrais esquecidos. Todos os elos perdidos na cadeia evolutiva da humanidade coletados e catalogados impecavelmente naquela sala oval, a mais de três quilômetros abaixo do gelo antártico, como uma criança coletando borboletas em potes de geleia. Alguns dos espécimes eram menores que Kate, não mais de um metro e vinte; a maioria tinha sua altura, e uns poucos eram bem mais altos. Eram de todas as cores: alguns negros, alguns morenos, outros brancos pálidos. Cientistas passariam vidas inteiras nesta sala. Muitos já haviam passado vidas inteiras escavando ossos, tentando desesperadamente encontrar meros fragmentos dos seres humanos que flutuavam intactos ali, suspensos nos doze ou mais tubos de vidro.

Os garotos a seguiram para dentro da sala e as portas duplas se fecharam assim que passaram.

Kate observou a sala. Além dos tubos, não havia muito mais ali, exceto uma barra na altura do peito com um tampo de vidro. Kate caminhou até ela, mas parou quando as portas da sala começaram a se abrir novamente.

Capítulo 126

Patrick Pierce mantinha a mão na arma enquanto observava o homem que dizia se chamar David Vale. Ele deixou o homem mais jovem continuar. A história era plausível, mas Patrick ainda não confiava nele. "Ou talvez eu simplesmente não queira acreditar."

Eles atravessaram um longo corredor após o outro e a mente de Patrick voltou à Helena, àquele dia, sete anos antes, quando o tubo de vidro se abriu com um chiado...

As nuvens brancas se abriram, e ele estendeu o braço para tocá-la. Pensou que sua mão viraria areia, se esfarelaria e explodiria como cinzas ao vento quando sentiu a pele fria da mulher. Caiu de joelhos e as lágrimas rolaram pelo rosto. Mallory Craig passou um braço ao redor dele, e Patrick jogou a mão do homem ao chão, em seguida bateu nele duas, três vezes, quatro vezes no rosto, antes de dois seguranças da Immari o puxarem para longe de Craig. Craig — o braço direito do demônio, o homem que o atraiu para uma armadilha querendo matá-lo. Um garoto assustado — Dieter Kane — estava encolhido no canto. Craig levantou-se, tentou limpar o sangue que não parava de descer sobre o rosto, em seguida recolheu Dieter e fugiu da sala.

Patrick queria enterrar Helena com a família, na Inglaterra, mas Craig não permitiu.

— Precisamos de novos nomes, Pierce. Qualquer relação com o passado deve ser apagada.

Novos nomes. Katherine. Kate, como o homem — Vale — a chamou.

Patrick tentou imaginar como fora a vida para ela. Ele foi um pai ausente e, quando estava por perto, um pai estranho na melhor das hipóteses. A partir do momento em que tomou Katherine nos braços, ele se dedicou a desmantelar a ameaça da Immari e revelar os mistérios de Gibraltar e do Sino — tornar o mundo seguro para ela. Era o melhor que poderia fazer por ela. E fracassou. Se o que Vale dissera fosse verdade, a Immari estava mais forte que nunca. E Kate... ele perdera toda a sua vida. Pior — ela fora criada por um estranho. Não apenas isso, ela foi envolvida na conspiração da Immari. Era um pesadelo. Ele tentou afastar os pensamentos da mente, mas eles pareciam ressurgir a cada curva que faziam, pareciam se erguer do chão a cada novo corredor, como um fantasma que não desapareceria.

Patrick olhou o homem que mancava na frente dele. Vale teria as respostas? Elas seriam a verdade? Patrick pigarreou.

— Como ela é?

— Quem? Ah, Kate? — David olhou para trás e sorriu. — Ela é... sensacional. Incrivelmente esperta... e extremamente decidida.

— Não tenho dúvida disso. — Ouvir as palavras era tão surreal. Mas de alguma forma ajudava Patrick a se conformar com o fato de que sua filha havia crescido sem ele. Sentia como se devesse dizer algo, mas não sabia bem o quê. Depois de um momento, ele falou: — É estranho falar sobre isso, Vale. Para mim, foi apenas há poucas semanas que eu disse adeus para ela em Berlim Ocidental. É... estranho saber que minha filha cresceu sem pai.

— Ela se virou muito bem, acredite em mim. — David fez uma pausa por um momento, e continuou: — Ela é diferente de todas que já conheci. Ela é lind...

— Tudo bem, já, hum, já chega. Vamos... hum... nos concentrar, Vale. — Patrick apertou o passo. Aparentemente, havia um limite de velocidade para revelações... de certo tipo. Patrick seguiu na frente de Vale e começou a liderar. Ele tinha um braço e uma perna a mais que o homem, literalmente, e Vale estava desarmado, então não era uma grande ameaça. E a última resposta de Vale convenceu Patrick: o jovem estava falando a verdade.

David esforçou-se para acompanhar.

— Certo — ele disse.

Eles avançaram pelos corredores em silêncio e, depois de um tempo, Patrick parou para David tomar fôlego.

— Desculpe — ele disse. — Sei que a gosma tira seu fôlego. — Ele ergueu a sobrancelha. — Tive alguns acidentes explorando no último mês.

— Posso acompanhar — David disse, ofegante.

— Claro que pode. Lembre com quem está falando. Eu manquei por esses túneis cem anos antes de você. Precisa ir com calma.

David ergueu os olhos para ele.

— Por falar nisso, você está andando bem agora.

— É. Mas eu trocaria tudo para voltar. O tubo. Eu entrei direto em 1918. Poucos dias lá me consertaram rápido. Eu não coloquei isso no diário; na época, tudo que eu conseguia pensar era no que estava acontecendo ao meu redor. Helena... a gripe espanhola... — Patrick olhou para a parede por um minuto. — Achei que os tubos faziam outra coisa. Quando saí em 1978, eu conseguia fazer as máquinas funcionarem. Acho que por isso eu consegui atravessar o portal em Gibraltar. — Patrick encarou David. — Mas ainda não entendi como *você* conseguiu. Você nunca esteve num tubo.

— Verdade. Admito, não entendo.

— A Immari tratou você com alguma coisa?

— Não. Ou melhor, acho que não. Mas, na verdade, fui tratado... recebi sangue de alguém que estava nos tubos... Kate. Fui ferido no Tibete. Perdi muito sangue e ela... salvou a minha vida.

Patrick assentiu e caminhou pelo corredor.

— Que interessante. — Ele olhou para os ferimentos cobertos de gosma no ombro e na perna de David. — Os ferimentos foram limpos, mas acho que eram tiros. Quem atirou em você?

— Dorian Sloane.

— Então ele se juntou à Immari e continuou o legado da família. O demoniozinho estava ficando mais malvado, dia após dia, em 1985. Tinha quinze anos.

— E não parou por aí. — David endireitou o corpo. — Obrigado pelo descanso. Estou pronto.

Patrick seguiu em frente de novo, assumindo um passo enérgico, mas um pouco mais lento. Lá adiante, portas duplas que nunca tinham aberto para ele se abriram e deslizaram quando eles se aproximaram.

— É empolgante... passagens abertas que ontem estavam fechadas. Olha, pareço os idiotas que me contrataram durante a Guerra.

David balançou a cabeça.

— A Guerra.

— Que foi?

— Nada. É estranho ouvir "a guerra" em referência à Primeira Guerra. Hoje em dia, significa a guerra no Afeganistão.

Patrick parou.

— Os soviéticos? Estamos em guerra...

— Ah, não, eles desapareceram em 89. Na verdade, a União Soviética não existe mais.

— Quem, então?

— Al-Qaeda, ou melhor, agora é o Talibã, um... tipo de tribo islâmica radical.

— Os Estados Unidos estão em guerra com uma tribo afegã...

— Bem, hum, é uma longa história...

As luzes no corredor acenderam, em seguida apagaram. Os dois ficaram paralisados.

— Isso já aconteceu antes? — David sussurrou.

— Não. — Patrick tirou uma barra de LED e apertou um botão. Lançou luz no corredor e ao redor deles. Parecia Indiana Jones acendendo uma tocha que iluminava algum corredor antigo. Ele começou a fazer uma referência, mas David provavelmente não saberia quem era Indiana Jones. *Caçadores da arca perdida* já era um filme antigo, com mais de trinta anos e a geração mais jovem provavelmente não havia assistido aos filmes antigos. David ergueu o braço bom para bloquear a luz e apertou os olhos.

Patrick caminhou na frente, dando cada passo com cuidado. As luzes no corredor piscaram de novo, quase acendendo antes de desaparecerem de novo. A porta no fim do corredor não abriu automaticamente quando se aproximaram. Patrick estendeu a mão para o painel de vidro ao lado dela. Filetes esparsos de fumaça rodopiaram, e os estalos na mão foram menos intensos. O que estava acontecendo?

— Acho que há um problema com a energia ou algo assim — Patrick disse. Pensou que poderia fazer a porta funcionar. Ele manipulou os controles, e a porta deslizou lentamente até se abrir.

Ele ergueu a barra de LED, lançando luz no espaço gigantesco. A câmara era a maior que já tinha visto, lá embaixo ou em qualquer lugar. Parecia ter quilômetros de largura e de comprimento.

Fileiras de tubos longos de vidro estavam presos ao teto, mais altos do que podiam ver. Estendiam-se à distância, por quilômetros escuridão adentro.

Eram do mesmo tipo de tubos que Patrick vira em Gibraltar tantos anos antes, com duas exceções: esses tubos estavam cheios de corpos... e a névoa branca lá dentro mudava. Dissolvia-se. As nuvens que se dissipavam lá dentro dos tubos revelaram apenas vislumbres das pessoas lá dentro. Se fossem mesmo pessoas. Eles pareciam mais humanos que o homem-macaco de Gibraltar. Eram atlantes? Se não, quem? E o que estava acontecendo com eles? Estavam acordando?

A fascinação de Patrick com os tubos foi interrompida por um som, lá no fundo da câmara: passos.

Capítulo 127

As portas duplas da sala abriram e Kate se esforçou para esconder a surpresa quando um homem alto, de meia-idade, usando um uniforme militar nazista entrou a passos largos. O homem parou e ficou como uma pedra, as costas rígidas. Os olhos moveram-se lentamente sobre Kate e, em seguida, sobre as crianças.

De forma inconsciente, Kate deu um passo para a frente, colocando-se entre o homem e suas crianças. Os lábios dele crisparam-se levemente nos cantos, como se o movimento dela revelasse algo, lhe contasse um segredo. Talvez o passo a houvesse traído, mas o sorriso fez o mesmo para ele: ela conhecia aquele sorriso frio. E sabia quem era o homem.

— Olá, *Herr* Kane — Kate disse em alemão. — Estávamos procurando o senhor há muito tempo.

Capítulo 128

Patrick ouviu os passos em algum lugar na escuridão e parou. Ele e David ficaram paralisados, olhando-se, esperando.

— Que lugar é este? — David sussurrou.

— Não sei.

— Nunca esteve aqui?

— Não. Mas acho, talvez... tenho uma ideia — Patrick disse quando olhou para os tubos. A sala era escura; a única luz vinha dos tubos que pendiam em grupos nas prateleiras de metal, como bananas numa bananeira. Era possível? A Immari estava certa esse tempo todo? — Acredito que possa ser uma grande embarcação de hibernação. A porta em Gibraltar... era um portal para outro local. Provavelmente para a estrutura na Antártida. E aquela estrutura é... É o que eles pensavam que era.

— Quem?

— Kane, a Immari. Sua teoria era de que a estrutura em Gibraltar era um pequeno posto avançado para a pátria atlante, que eles supunham estar debaixo da Antártida. Acreditavam que os atlantes eram super-humanos em hibernação, esperando para retomar a Terra.

Naquele momento, os passos à distância recomeçaram.

Patrick olhou para a bengala de David — a lança. Sua expressão expôs os pensamentos: se eles fossem até os passos, quem quer que fossem os ouviria chegar.

— Posso esperar aqui — David disse. — Ou podemos chamá-los.

— Não — Patrick sussurrou com urgência. — Se a Immari encontrou uma entrada na Antártida... os passos poderiam ser... talvez não sejam amigos. Ou — ele ergueu os olhos para os tubos. — De qualquer forma, vamos esperar.

Os dois homens recuaram para mais perto dos tubos e agacharam-se nas sombras enquanto os passos que vinham na direção deles ecoavam alto através das catacumbas.

Capítulo 129

Dorian observou os soldados nazistas passarem por ele no corredor mal iluminado. Era verdade. Alguns deles estavam vivos. Seu pai poderia estar vivo.

Ele saiu de trás de uma sombra, endireitou as costas e falou com força:

— *Ich heiße Dieter Kane.*

Os dois homens giraram e apontaram suas submetralhadoras para ele.

— *Halt!* — um dos homens gritou.

— Como ousam! — Dorian berrou com eles. — Sou o único filho vivo de Konrad Kane. Abaixem as armas e levem-me até ele de uma vez.

Konrad Kane deslizou para mais perto de Kate, como um grande felino examinando a presa, calculando se ou quando atacar.

— Quem é você?

A mente de Kate fervilhou. Ela precisava de uma mentira verossímil.

— Sou a dra. Carolina Knapp, cientista chefe do projeto de pesquisa especial da Immari, enviada para encontrar o senhor.

Kane examinou-a, em seguida as crianças.

— Impossível. Estou aqui a menos de três meses. Lançar outra expedição levaria muito mais tempo.

Kate imaginou se ele suspeitava de seu sotaque. Havia muito que não falava alemão. Uma resposta curta seria melhor.

— O senhor está aqui há muito mais tempo. Mas acredito que já estejamos atrasados. Precisamos ir. Preciso tirar as mochilas dessas crianças e partir...

Outro soldado nazista apareceu correndo, falando rapidamente em alemão.

— Senhor, encontramos uma coisa e mais pessoas. — Ele arfou e esperou Kane falar.

Kane olhou do homem para Kate.

— Eu já volto. — Ele a estudou de novo. — Doutora. — Curvou-se para olhar as crianças no rosto e, para surpresa de Kate, falou em inglês. — Garotos, preciso de sua ajuda. Por favor, venham comigo. — Ele os tomou nos braços e saiu da sala antes que Kate pudesse contestar.

Capítulo 130

Quinze minutos de discussão com os imbecis não levaram Dorian a lugar nenhum. Cabeças rolariam quando ele contasse ao seu pai. Mantê-lo sob a mira de armas como um gatuno capturado. Por fim, ele exalou e ficou lá parado, balançando-se para a frente e para trás, esperando.

Cada segundo parecia uma eternidade.

Então, lentamente, o silêncio foi quebrado. Os passos entrando no corredor ecoaram com o ritmo do coração de Dorian, pois o momento que esperou a vida toda havia chegado. O homem de quem ele mal conseguia se lembrar, que havia deixado seu corpo adoentado em um caixão de vidro, que salvara sua vida e salvaria o mundo, seu pai, entrou no corredor e marchou até ele.

Dorian queria muito correr até ele, abraçar o pai e dizer todas as coisas que ele havia feito, como ele o salvou, assim como salvara Dorian quase cem anos antes. Queria que o pai soubesse que ele cresceu para ser forte, tão forte quanto o pai era, que era digno dos sacrifícios que o pai fizera. Mas Dorian ficou parado. As submetralhadoras eram um dos motivos, mas não o maior. Os olhos do pai eram frios, penetrantes. Pareciam analisá-lo, como se os olhos estivessem juntando as peças de um quebra-cabeça.

— Papa — Dieter sussurrou.

— Olá, Dieter. — Seu pai falava em alemão e a voz era apática, comercial.

— Tem muitas coisas que preciso lhe dizer. Eu acordei em 197...

— 1978. O tempo corre mais devagar aqui, Dieter. Você está com quarenta?

— Quarenta e dois — Dieter disse, surpreso que seu pai já houvesse entendido tudo.

— 2013 lá fora. Aqui, setenta e cinco dias. Um dia por ano. Um diferencial de tempo de trezentos e sessenta para um.

A mente de Dorian encheu-se de ideias, tentando acompanhar. Queria dizer algo perspicaz, deixar seu pai saber que era esperto o bastante para resolver o mistério também, mas tudo que conseguiu dizer foi:

— Sim. Mas por quê?

— Encontramos a câmara de hibernação deles. É como suspeitávamos — seu pai disse quando se afastou e caminhou pelo corredor. — Talvez o Sino também distorça o tempo dentro da estrutura e gere a energia que eles precisam para a hibernação. Talvez a hibernação não seja perfeita. Talvez eles envelheçam, mesmo que gradualmente. Ou talvez seja para beneficiar as máquinas, que certamente sofreriam algum desgaste a cada ano. De qualquer forma, reduzir o tempo ajudaria ultrapassar as eras. Também descobrimos outra coisa. Os atlantes não são o que achamos que são. A verdade é mais bizarra do que imaginávamos. Leva um bom tempo para explicar.

Dorian apontou para as mochilas.

— As crianças estão carregando...

— Explosivos. Sim. Uma jogada esperta. Acredito que consigam passar pelo Sino, certo? — Konrad perguntou.

— Sim. Havia outra mulher que também passou: Kate Warner. Ela é filha de Patrick Pierce. Temia que ela chegasse até eles. Mas não importa agora. Estamos quase sem tempo.

Konrad verificou as costas da mochila.

— Cerca de duas horas. A mulher os encontrou, mas nós a pegamos. Vamos colocá-los nas catacumbas. Voltaremos se precisarmos terminar o trabalho.

— Deveríamos sair logo depois. É uma caminhada de trinta minutos daqui até o portal. — Dorian curvou-se para as crianças e falou em inglês. — Oi de novo. Disse para vocês que Kate desceria. Gostaram do primeiro jogo?

Os meninos apenas olharam para ele. Estavam mudos como portas, Dorian pensou.

— Vamos brincar de um jogo novo. Vocês gostariam? — Dorian esperou, mas os garotos não disseram nada. — Tudo bem… quem cala, consente. É um jogo de corrida. Vocês correm bastante?

Os garotos assentiram.

Capítulo 131

David observou dois soldados nazistas caminharem para o fundo das catacumbas, olhando os tubos com admiração. Usavam suéteres grossos e não traziam capacetes: eram da Kriegsmarine, membros da marinha nazista. Eram muito habilidosos em luta corpo a corpo em espaços fechados. A surpresa era fundamental para David e Patrick derrubá-los. David ergueu a mão para fazer sinais, mas Patrick já estava sinalizando para ele: espere até passarem.

David tentou agachar-se mais, mas a perna queimava. Era um milagre ele conseguir se agachar. A pasta realmente funcionava. A pasta — eles sentiriam o cheiro? Patrick agachou-se atrás dele, entre dois outros tubos no cacho mais perto dos soldados divagantes. Dois segundos.

Um homem parou. Sentiu o cheiro?

Acima da posição do esconderijo de David e Patrick, um estouro de fumaça branca foi despejado dos tubos, chamando a atenção dos soldados. Eles puxaram as submetralhadoras das costas e as ergueram, mas David e Patrick já estavam sobre eles.

A força do ataque de David levou seu alvo ao chão e ele bateu o pulso na testa do homem. A cabeça do soldado atingiu o chão de metal e estalou. Uma poça de sangue espalhou-se ao redor dela.

A quase um metro e meio de distância, Patrick estava lutando com o outro soldado. O jovem soldado estava sobre ele, tinha uma faca e pressionava contra o peito de Patrick. David saltou sobre o homem e tirou-o de cima de Patrick. David tirou a faca da mão do soldado e prendeu-o ao chão. Patrick estava lá, ao lado dele, segurando a faca no pescoço do homem. O nazista parou de lutar em uma capitulação silenciosa, mas David ainda o segurava no chão.

David não falava alemão, mas antes que pudesse abrir a boca, Patrick começou a interrogar o homem em alemão.

— *Wie viele Männer*?

— *Vier*.

Patrick moveu a faca do pescoço para o dedo indicador esquerdo do homem.

— *Zwölf!* — o homem gritou.

— *Herr Kane?*

O soldado assentiu. Estava suando em profusão.

— *Töten Sie mich schnell* — ele disse.

Patrick interrogou o homem enquanto David o prendia ao chão.

— *Schnell* — o homem implorou.

Patrick puxou a faca sobre o pescoço do homem e o sangue fluiu e a morte seguiu em rápida sucessão.

Patrick soltou a faca ao lado do homem e caiu no chão. O sangue pingava do ferimento no peito.

David arrastou-se sobre o morto e juntou os restos de gosma preta dos ferimentos quase curados no ombro e na perna. Ele passou a pasta no ferimento de Patrick e o homem mais velho fez uma careta.

— Não se preocupe, vai estar novo em folha dentro de poucas horas. — David abriu um sorrisinho. — Talvez até antes.

Patrick sentou-se.

— Se tivermos esse tempo todo. — Ele apontou para uma porta na direção de onde os soldados tinham vindo. — Não há dúvida agora, estamos na Antártida. — Ele ofegou algumas vezes.

— Quantos estão lá?

Patrick olhou para os soldados mortos.

— Doze. Dez agora. Kane está com eles. Se chegarem a esta câmara, será um genocídio e, depois disso, talvez... haverá... notícias muito ruins para a raça humana.

David começou a revistar os corpos, reunindo armas e qualquer coisa que pudesse ser útil.

— Eles disseram mais alguma coisa?

Patrick olhou para ele, confuso.

— Viram mais alguém? — David falou com esperança.

Patrick entendeu o que ele queria.

— Não. Não viram ninguém. Estão aqui há quase três meses, o que faz sentido se chegaram por volta de 1938. Um ano por dia, um mês a cada duas horas. Eles disseram que acabaram de encontrar esta câmara e um homem voltou para relatar o fato.

David entregou a Patrick uma das metralhadoras e estendeu o braço para ajudar Patrick a se levantar.

— Devemos nos apressar, então.

Patrick agarrou o braço de David e fez esforço para se erguer. Olhou para o soldado morto que o subjugou.

— Olhe, Vale, já não sou soldado faz vinte e cinco anos...

— Ficaremos bem — David disse.

Capítulo 132

Dorian segurou as crianças pelos ombros enquanto marchava atrás do pai.

Assim era o mundo: a vida poderia se transformar de uma hora para outra. Ele e o pai, reunidos, a caminho de terminar sua grande obra — salvar a raça humana. Todos os sacrifícios, todas as decisões... Ele estava certo.

Lá adiante, soaram tiros.

David derrubou dois guardas que estavam nas portas das catacumbas antes que qualquer um pudesse efetuar um disparo. À esquerda, outro guarda entrou no corredor e lançou uma rajada de balas na parede de metal ao lado dele, mas Patrick acertou o soldado em cheio no peito com três tiros rápidos, mandando-o para o chão de uma vez.

David varreu o outro lado do corredor. Limpo. Ele se virou e correu para alcançar Patrick, que avançava pela virada de onde o terceiro soldado surgiu.

— Eu pego a dianteira — David falou. Ele esticou o pescoço para o corredor e... uma bala zuniu perto de sua cabeça.

— Eu dou cobertura — Patrick disse enquanto estendia a arma para dentro do corredor e disparava várias vezes.

David entrou no corredor e aproximou-se do homem que estava encostado na parede adjacente. Atingiu-o com dois tiros bem próximos no peito. Quatro caídos. Restavam cinco, tirando Kane. As chances ainda não eram boas. E eles perderam o elemento surpresa. Um passo por vez.

Patrick estava ao lado dele, e os dois homens encararam as portas duplas de onde os soldados deviam ter vindo. Eles tomaram posição de cada lado das portas e Patrick mexeu no painel de vidro até as portas se abrirem, revelando uma sala com doze tubos de vidro contendo... homens-macacos?

David precisava se concentrar. Patrick parecia menos amedrontado. Ele entrou rapidamente na sala, varrendo-a de um lado para o outro com a arma. David seguiu. A sala estava vazia.

Em seguida, atrás deles, David sentiu alguém se aproximar. Virou e ergueu a metralhadora para disparar...

Kate. Ela estava se escondendo atrás da estação de controle.

Ele tirou o dedo do gatilho e abaixou a arma na lateral do corpo. Foi até ela, pronto para agarrá-la. Assim que ele estendeu a mão, os olhos de Kate encontraram os de Patrick. Ela se afastou de David.

— Pai?

O velho ficou parado com a expressão entre remorso e descrença no rosto.

— Katherine...

Kate derramou uma lágrima enquanto caminhava até ele para abraçá-lo. Ele soltou um grunhido ao abraçá-la. Ela se afastou um pouco.

— Você está vivo. — Ela torceu o nariz. — E está ferido e, nossa, que cheiro é...

— Estou bem, Katherine. Eu. Ai, meu Deus, você se parece tanto com ela. — Os olhos de Patrick ficaram cheios d'água. — Eu fiquei tão preocupado, mas sei que você... é que... para mim se passaram apenas algumas semanas...

Kate assentiu. Ela parecia já ter se recomposto. David admirou-a enquanto ficou lá, parado, um pouco sem jeito. Ela estendeu o braço e ele foi até ela para abraçá-la, apertando o rosto contra os cabelos de Kate. Ela estava viva. Naquele momento, era tudo que importava para ele. Ela o deixara em Gibraltar, mas estava viva. O vazio dentro dele o preencheu mais uma vez.

Ela o soltou e disse:

— Como vocês...

— Gibraltar — o pai dela disse. — Uma porta na câmara que encontrei... era um portal para a Antártida, para esta estrutura maior. Há mais homens. Precisamos...

— Eu sei — Kate falou. — Eles pegaram as crianças. Dorian está fazendo com que eles carreguem mochilas com bombas nucleares.

David olhou ao redor, pensativo, em seguida disse:

— Há uma câmara com tubos que tem quilômetros. Aposto que estão indo para lá. — Um plano se formou em sua cabeça. Ele não a colocaria em risco de novo. — Você fica...

Kate sacudiu a cabeça.

— Não. — Ela foi até o homem que acabara de morrer ao sair da sala e pegou sua metralhadora. Encarou David. — Vou com vocês. E tenho uma arma dessa vez. Não estou pedindo.

David suspirou.

Patrick olhou de Kate para David.

— Impressão minha ou essa é uma discussão recorrente?

— É, hum, esta semana foi estranha. — David concentrou-se em Kate. — Você não vai lá fora...

— Não posso ficar aqui. Você sabe disso.

David resistiu, a mente buscou um contra-argumento.

Patrick olhou para um e para outro, parecendo entender que algo não dito estava acontecendo.

— A menos que a gente pare o que está prestes a acontecer, não estarei segura em lugar nenhum, inclusive nesta sala. Vocês precisam da minha ajuda. Precisamos pegar aquelas crianças e sair desta estrutura. Nenhum de vocês os conhece.

Ela estava certa. David sabia. Mas mandá-la lá para fora, assumir esse risco parecia insuportável para ele.

— Você tem que me deixar ir com vocês, David. Sei do que você tem medo. — Os olhos de Kate o examinaram, esperando uma reação. — Temos que fazer isso. Passado é passado.

David assentiu lentamente. O medo ainda estava lá, mas de alguma forma era diferente. Saber que ela aceitava o risco, que ela acreditava nele e estaria com ele, como sua parceira, isso mudava as coisas.

David foi até Kate e lhe entregou uma pistola.

— A Luger é mais difícil de travar. Está carregada e pronta para uso. Apenas aponte e atire. Tem oito balas, é o bastante. Fique atrás de nós.

Capítulo 133

Dorian ergueu a mão para os cinco soldados atrás dele pararem. Espiou o corredor ao lado. Dois soldados mortos, um de cada lado da porta. Eles saíram ou entraram? Saíram, ele esperava. Estendeu a cabeça novamente. Outro corpo, no canto do corredor — ele estava correndo na direção deles. Eles saíram.

— Limpo — ele falou, e os homens e seu pai espalharam-se pelo corredor, verificando os homens mortos.

Dorian inclinou-se para as crianças.

— Ah — ele os puxou para si, longe dos mortos. — Não prestem atenção neles, estão apenas se fingindo de mortos. É outro jogo. Agora, é hora de correr. Lembrem, corram o mais rápido que puderem. O primeiro a chegar no fim da sala vai ganhar um grande prêmio!

Seu pai mexeu no painel de vidro ao lado das portas duplas gigantes. Elas se abriram em silêncio e Dorian empurrou as crianças por ela assim que os primeiros tiros soaram. Dois de seus cinco homens caíram instantaneamente. Dorian avançou e cobriu o pai, mas era tarde demais. A bala atingiu o braço de Konrad e o jogou no chão.

Dorian puxou o pai para trás da porta enquanto os três soldados restantes recuavam atrás do outro lado da porta. Dorian rasgou a manga da camisa do pai e verificou rapidamente o ferimento. O velho empurrou a mão dele para longe.

— É carne ferida, Dieter. Não seja tão emotivo. Concentre-se. — Ele puxou a pistola e olhou para o batente da porta. Tiros raspavam o metal acima da sua cabeça.

Dorian apertou-o contra a parede.

— Papa, saia pelo caminho que vim. Um de nós precisa sair. Eu cubro você.

— Precisamos ficar…

Dorian levantou o pai.

— Vou acabar com eles e depois sigo você. — Ele o empurrou para o corredor e soltou rajadas rápidas da submetralhadora até ela estalar sem balas.

O pai havia corrido pelo corredor. Dorian o salvou.

Ele se encolheu na parede. Um sorriso lhe atravessou o rosto.

Capítulo 134

David olhou para Patrick.

— Precisamos voltar. Não podemos passar por eles... não sem mais contingente ou explosivos.

— O corredor deve se ligar com a parte onde entramos nas catacumbas. As crianças estavam correndo. Talvez possamos pegá-las — Patrick disse.

David olhou ao redor, como se procurasse outro jeito.

— Concordo. Vocês dois vão. Mantenho Sloane e os homens dele aqui.

Kate se pôs entre os dois.

— David, nao.

— É o que vamos fazer, Kate. — A voz de David era direta, fria, definitiva.

Ela o fitou nos olhos por um longo momento, em seguida afastou o rosto.

— E as bombas?

David assentiu para Patrick.

— Seu pai tem um plano para isso.

A compreensão lentamente cobriu o rosto de Patrick.

Kate virou-se para ele.

— Tem?

— Sim, tenho. Agora, vamos nos mexer.

Kate seguiu o pai através de outra entrada para as catacumbas assim que as crianças cruzaram a passagem diante deles.

— Adi! Surya! — Kate gritou.

Os garotos pararam de correr, quase tombando. Ela correu até eles e olhou para o relógio na mochila. 00:32:01. 00:32:00. 00:31:59.

— Como você vai desarmar…?

— Confie em mim, Katherine — o pai disse, puxando-a pelo braço.

Da direção que vieram, Kate ouviu o som de pistolas automáticas. David. Lutar com o restante deles, sozinho. Ela quis muito voltar, mas as crianças, as bombas. O pai a puxou pelo braço de novo, e ela se viu dando um passo na frente do outro, marchando rapidamente para longe dos tiros.

Capítulo 135

David ouviu Kate gritar para as crianças. Ele arriscou olhar pelo corredor. Os nazistas tinham ouvido também? Os soldados à porta estavam partindo para a câmara gigantesca. Ele não podia deixá-los alcançar Kate. Foi até a porta e atirou — vazia. Soltou a arma e pegou a última submetralhadora do nazista caído, atirando nos dois homens que corriam, derrubando-os. Restava apenas mais um com Dorian.

O último soldado espiou o corredor, e David soltou uma rajada de tiros que o atingiu na cabeça. Era uma armadilha. Os corredores eram a isca, eles esperavam que David entrasse em pânico e corresse rapidamente para dentro das catacumbas atrás deles — dando ao franco-atirador um alvo fácil.

Restava um — Dorian. David não ouviu mais passos. Em algum lugar, no fundo das catacumbas, um par de portas fechou. Kate, Patrick e as crianças saíram. Ele deveria voltar, segui-los, mas parou pouco antes da porta. Ele teria que correr para alcançá-los. Mas ficou lá, parado. O Onze de Setembro ficara no passado distante. David tinha Kate. E ele tinha a Immari para combater. O surto.

Onde Sloane estaria? Em algum lugar nas profundezas das catacumbas, escondido, esperando, vigiando a entrada. David poderia esperá-lo ali fora um pouco. Ou... Ele sacudiu a cabeça, como se a sacudida afastasse o pensamento.

Ele deu alguns passos para trás, ainda segurando a metralhadora a postos e, como ninguém surgiu, virou-se e partiu pelo corredor a toda velocidade.

Os primeiros tiros atingiram as costas de David e saíram pelo peito, jogando-o contra a parede e, em seguida, no chão, de cara. Mais tiros atingiram seu corpo amolecido no chão, atingindo suas pernas.

Passos. Uma mão que o virou.

David puxou o gatilho da pistola duas vezes. As balas rasgaram o rosto de desprezo de Dorian, fazendo cérebro e osso sairem por trás da cabeça, pintando o teto de vermelho e cinza.

Um sorriso amargo estendeu-se sobre os lábios de David quando ele soltou o último suspiro.

Capítulo 136

Konrad prendeu o capacete no traje e esperou o portal se abrir. As portas de metal se abriram com um estrondo alto, revelando uma gigantesca catedral de gelo muito semelhante a uma que ele havia cruzado quase três meses antes — ou setenta e cinco anos antes. Se era a mesma, haveria um Sino pendurado bem do lado de fora, sobre a entrada. O Sino do outro lado da estrutura foi desligado quando Konrad o cruzou — ele apenas piscou quando ele e seus homens marcharam embaixo dele. Mas haviam acionado aquele Sino pelo lado de dentro; ele sabia disso agora.

Os sistemas de controle dentro da estrutura eram muito complexos, e ele e seus homens tentaram acessar o sistema que eles acreditavam ser o controle da hibernação. Descobriu-se que eram os controles de um satélite meteorológico. Kane na verdade havia derrubado o satélite em algum lugar nos Estados Unidos, assim acreditava, muito provavelmente no Novo México. Fosse lá o que tivesse feito, desencadeou alguma rotina anti-intrusão que travou os sistemas e ativou o Sino, matando os homens em seu submarino.

Nenhum dos sistemas funcionava desde então. Até aquele dia.

Ele se perguntou se já tinham removido o Sino de fora, ou se a reativação dos sistemas de controle significava que ele estava desativado. Também havia outra possibilidade: talvez o Sino apenas atacasse pessoas que tentassem entrar, não sair.

Se ainda estivesse acionado, ele teria que se mover rápido para se livrar dele.

Kane deu um passo hesitante para fora da câmara de descontaminação. Seus olhos estavam se ajustando e ele conseguiu ver um agrupamento de luzes suaves, como pequenas estrelas brilhando num monte de neve bem abaixo de uma gaiola de metal destroçada.

Havia outra coisa: um cesto de metal pendendo de um cabo grosso. Sim, lá estava — sua rota de fuga, mesmo que o Sino estivesse ativado.

Kane deu outro passo, passando pelo portal. Sobre ele, um ronco alto reverberou pelo espaço e ecoou em seu traje, talvez até mesmo nos ossos.

Havia um Sino. E ele estava ribombando seu despertar.

Capítulo 137

Kate puxou a mochila das costas de Adi. Finalmente ela se soltou. 00:01:53. Ela virou para Surya. A gosma preta estava corroendo as alças da mochila dele também. Estavam quase livres. O pai de Kate puxou o garoto das alças e empurrou-o na direção dela. Ele apontou para a segunda das seis portas.

— Vá, Katherine. Eu cuido disso.

— Não. Diga, como? — Ela buscou no rosto dele, imaginando como ele poderia desarmar as bombas.

Ele suspirou e meneou a cabeça para a porta.

— Quando os atlantes saíram da estrutura de Gibraltar, eles configuraram o portal para ser a escotilha de fuga unidirecional para esta estrutura na Antártida. Mas a estrutura aqui estava bloqueada, por isso eu não consegui voltar. Mas, se eu estiver certo, a ativação dos sistemas aqui permitirá que os atlantes passem por ela. Você tem DNA atlante puro. Você ficou incubada nos tubos. Vai funcionar para você. Agora, isso é importante: quando você sair do outro lado, estará em Gibraltar, numa sala de controle. Não toque em nada. Precisa apenas deixar o portal aberto para que eu possa seguir vocês. Preciso fechar o portal... permanentemente. Esta bomba não pode explodir aqui na Antártida.

Kate encarou-o, tentando compreender.

— Quando sair do outro lado, precisa ir para a superfície e o mais longe que puder. Terá cerca de trezentos e sessenta minutos — seis horas. Um minuto aqui são trezentos e sessenta minutos lá. Entendeu? — A voz do pai era firme.

Uma lágrima rolou do rosto de Kate. Ela entendeu finalmente. Abraçou-o por três longos segundos, mas quando tentou se afastar, sentiu que o pai a segurou firme. Ela o envolveu com os braços.

— Cometi muitos erros, Katherine. Estava tentando proteger você e sua mãe... — A voz dele era trêmula.

Kate inclinou-se para trás e fitou-o nos olhos.

— Eu li o diário, pai. Sei por que você fez isso, tudo isso. Eu entendo. E eu te amo.

— Eu te amo também, muito.

Capítulo 138

Konrad sentiu uma gota de suor na testa quando o tum-tum-tum do Sino lá em cima aumentou.

Através do vidro do capacete, uma imagem surgiu, como se uma versão em miniatura da pessoa estivesse sentada dentro do vidro. O homem grisalho estava sentado em um escritório, atrás de uma grande mesa de madeira com uma bandeira da Immari atrás dele. Havia um mapa-múndi na parede, mas estava diferente, todo errado. E o rosto do homem... Konrad o conhecia.

— Mallory! — Konrad gritou. — Ajude-me...

— Claro, Konrad. Há uma seringa ao lado do cesto. Injete em si mesmo.

Konrad avançou em desespero, tentando alcançar o cesto. Caiu duas vezes, e mais uma. Decidiu que não conseguia correr com o traje, então cambaleou desajeitadamente, atingindo a melhor velocidade que podia enquanto o Sino retumbava cada vez mais alto a cada segundo.

— O que há na seringa?

— Algo em que estamos trabalhando. Apresse-se, Konrad.

Ele chegou ao cesto e pegou a grande seringa.

— Puxe-me para cima, Mallory. Esqueça esse experimento científico.

— Não podemos correr o risco. Injete a seringa na veia, Konrad. É sua única chance.

Konrad abriu o estojo de metal e encarou a seringa por um segundo, enquanto o Sino estalava mais alto. Havia algo correndo pelo seu rosto. Viu o reflexo vermelho no vidro do capacete. Quanto tempo tinha? Konrad puxou a seringa, tirou a capa plástica da agulha e enfiou-a no braço através do traje. O estojo devia ser algum tipo de dispositivo de aquecimento, mas o líquido já estava congelando quando fluiu para as veias.

— Pronto, agora me erga.

— Temo que eu não possa fazer isso, Konrad.

Konrad sentiu os braços úmidos. Não era suor. O Sino estrondava mais alto. Sentiu-se estranho, fraco por dentro.

— O que fez comigo?

Mallory recostou-se na cadeira, um olhar satisfeito no rosto.

— Lembra quando você me levou para aquele passeio no acampamento onde estava testando o Sino? Foi no início dos anos 1930. Não lembro exatamente quando, mas me lembro do seu discurso... o que você disse aos operários para convencê-los a fazer aquelas coisas terríveis. Eu me perguntei como havia conseguido. Você disse: "Este é um trabalho abominável, mas essas pessoas estão entregando sua vida para que possamos entender o Sino, para que possamos salvar e purificar a raça humana. Seu sacrifício é necessário. Seu sacrifício será lembrado. Poucos morrem para que muitos possam sobreviver". — Mallory sacudiu a cabeça. — Fiquei tão impressionado, tão impressionado com você naquele momento. Foi antes de você me colocar em um tubo por quarenta anos. Eu era leal. Fui a segunda voz por muitos anos e olha como você me recompensa. Não vou lhe dar uma segunda chance.

— Não pode me matar. *Eu* sou a Immari. Eles nunca vão apoiar isso. — Konrad caiu de joelhos. Ele conseguia sentir o Sino batendo no seu coração, arrancando-o em tiras de dentro para fora.

— Você não é a Immari, Konrad. Você é um experimento científico. Você é um sacrifício. — Mallory mexeu em alguns papéis, em seguida disse algo para alguém fora da tela. Ele ouviu por um momento. — Boas notícias, Konrad. Estávamos recolhendo dados do traje. Ele deve nos dar tudo de que precisamos. Temos um feto com ativação contínua do Gene Atlântida, na verdade é o filho da filha de Patrick e de Dieter. Por falar em ironia. De qualquer forma, o problema é que precisávamos de um genoma do mesmo estoque genético *antes* da ativação do Gene Atlântida. Pai ou mãe, de preferência. Também precisávamos rastrear e testar esse genoma enquanto o Sino o atacasse para entender exatamente quais genes e fatores epigenéticos estão envolvidos. Como você bem se lembra, é um esforço tremendo desmontar o Sino, e então há toda aquela questão energética. — Mallory acenou a mão no ar com indiferença. — Então, achamos que seria melhor deixar este Sino ativo, preparar uma seringa com terapia de rastreamento genético e esperar você sair. Nunca fui bom em discursos, não tão bom quanto você, mas eu era bom em imaginar o que as pessoas fariam. E você é muito previsível, Konrad.

Konrad cuspiu sangue quando caiu de cara no gelo.

— Acho que esse é um adeus, velho amigo. Como eu disse, seu sacrifício será lembrado. — Quando Mallory terminou, um homem entrou às pressas no escritório. Mallory ouviu e, em seguida olhou, confuso. — Gibraltar? Quando?

Capítulo 139

Kate prendeu a respiração quando as portas se abriram. Era exatamente como seu pai dissera: uma sala de controle com toneladas de consoles de vidro. Mas havia alguém lá: um guarda, sentado em uma banqueta e recostado na parede, lia uma revista.

Ao ver Kate e os dois garotos, ele olhou pasmo por um breve momento, em seguida empurrou a banqueta sobre as quatro pernas e ficou em pé. Uma revista com uma mulher nua na capa foi ao chão quando o guarda agarrou o fuzil automático que estava recostado à parede e apontou para Kate.

— Não se mexa, dra. Warner. — Seu rosto era sério. Ele inclinou o rosto para o ombro e disse: — Aqui é Mills, câmara 7. Nós os pegamos, Warner e os garotos. Solicito apoio.

Em dez segundos, havia mais dois guardas na sala. Eles revistaram os três rapidamente. O soldado responsável sorriu quando embolsou a pistola de Kate.

— Venha conosco — ele disse.

Capítulo 140

Mallory Craig caminhava em seu escritório, esperando notícias. Ergueu os olhos quando o agente da Immari entrou.

— Conseguimos os dados biométricos do traje de Kane. O dr. Chang está analisando, mas diz que precisa do corpo.

— Ótimo, leve o corpo para ele. Como estamos em Gibraltar?

— Estão com Warner e duas crianças.

— Que Warner? — Mallory questionou, irritado.

— A mulher.

O que Mallory não estava sabendo?

— O senhor quer que nós...

— Mais alguém saiu?

— Não.

Craig sentou-se à mesa e começou a rabiscar com ardor. Quando terminou, levantou-se, enfiou a carta em um envelope e anotou um endereço no lado de fora.

— Preciso que entregue isso.

— E a dra. Warner?

Mallory olhou pela janela e pensou. Vale e o pai dela morreram nas catacumbas?

— Segure a mulher lá. Precisamos interrogá-la. E triplique a vigilância naquela sala. Diga que estou a caminho.

Capítulo 141

Kate segurou os garotos bem perto ao lado dela quando seguiram os homens por uma série de corredores. Atrás deles, uma voz familiar chamou-os.

— Parem.

Kate e os guardas viraram-se para o homem, que estava acompanhado por dois guardas também. Vestiam uniformes com uma bandeira que Kate nunca tinha visto. Embaixo dela havia duas letras de fôrma em um quadrado: [II].

— Eu assumo daqui — Martin Grey disse.

— Não pode, senhor. Ordens do presidente Craig. — Seu captor deu um passo adiante para discutir com Martin e seus homens.

Kate quase arfou quando percebeu a presença de Martin. Seu cabelo estava revolto e despenteado, não havia se barbeado... meses? Provavelmente fazia tempo que não tomava banho. Os cabelos longos e a barba, combinados com o olhar exausto, eram um contraste agudo com a clareza e a suavidade de sua voz.

— Entendo. Você tem suas ordens, capitão. Queria saber, antes de levá-los, se eu poderia dar uma olhada nas crianças. É uma solicitação de pesquisa, algo que precisamos com urgência. — Antes que o homem pudesse responder, Martin caminhou até as crianças e se ajoelhou na frente delas. Ele os juntou com os braços e segurou-os perto dele, cobrindo seus olhos e ouvidos quando o cano reluziu e sons de tiros encheram o corredor estreito.

Os três soldados que estavam vigiando Kate caíram no chão e Martin ergueu as crianças nos braços e saiu rapidamente para o corredor.

Kate correu atrás dele.

— Martin, temos que sair daqui o mais rápido possível.

Os guardas de Martin cobriam a retaguarda enquanto eles avançavam pelos corredores escurecidos.

— Esse é um eufemismo, Kate. — Em seguida, Martin parou. — Espere, do que você está falando?

— Uma bomba nuclear está vindo por aí, em menos de duas horas — Kate disse.

Martin olhou para seus soldados.

— O submergível.

Os soldados levaram-nos por uma série de corredores que terminavam em uma sala redonda, feita de um metal diferente daquele da estrutura de Atlântida. Essa seção da estrutura era nova. E montada por seres humanos. No meio da sala, uma escada de ferro pendia fora de um grande cano redondo. Lembrou Kate de um bueiro que levava para fora de um esgoto.

— O que está havendo, Martin? O que aconteceu com você?

Fiquci aqui escondido por quase dois meses, esperando que você e seu pai saíssem. Conversamos no submergível. Entre. Craig provavelmente está a caminho agora.

Capítulo 142

Patrick atravessou o portal e entrou na sala de controle. Havia ao menos uma dúzia de guardas na sala e, ao fundo, atrás de todos eles, um rosto familiar. Para variar, Patrick estava de fato feliz em ver o homem que lhe levou para um passeio nos túneis quase cem anos antes. Um homem que mudou seu destino. Um homem que poderia ter deixado a Immari morrer em 1978, quando ele despertou, mas, em vez disso, escolheu reconstruir a monstruosa organização.

As palavras de tantos anos atrás ditas por Mallory Craig correram pela cabeça de Patrick. A ligação. A isca. A armadilha. "Patrick. Houve um acidente..."

Craig meneou a cabeça para o homem de jaleco branco que estava em pé segurando uma seringa.

— Tire uma amostra.

Patrick ergueu a pistola e apontou-a para o homem de jaleco branco, fazendo-o estacar.

Um pequeno sorriso atravessou o rosto de Patrick.

— Mallory. Acho que é verdade, então. Os humildes herdarão a Terra.

O rosto de Craig mudou.

— Não tenho metade da humildade em que você acredita...

— Pode aguentar uma explosão nuclear? Que tal duas?

Capítulo 143

Um a um, Kate, Martin, as crianças e os soldados de Martin subiram as escadas para entrar no submergível. Trinta minutos depois, o veículo emergiu através das águas da baía de Gibraltar. Era uma embarcação pequena sem subcompartimentos. Quando chegou à superfície, Martin disse aos soldados:

— Sigam para o Atlântico e observe a velocidade, estão patrulhando os estreitos. — Ele apontou para Kate segui-lo em outra escada que levava a um deque de observação oval no topo do submergível.

Kate caminhou até a meia-parede de aço sólido e recostou-se ao corrimão ao lado de Martin. O vento estava mais frio agora, muito mais frio que ontem, em Gibraltar. Quanto tempo ficou nas catacumbas? Algo estava diferente. Gibraltar. Estava sombria.

— Por que não há nenhuma luz em Gibraltar? — Kate perguntou.

Martin virou-se. Sua aparência não barbeada, despenteada, ainda a enervava um pouco.

— Evacuada.

— Por quê?

— É um protetorado da Immari.

— Protetorado?

— Você ficou fora por dois meses, Kate. O mundo mudou. E não para melhor.

Kate continuou a procurar pelo contorno da costa. Gibraltar estava escura, mas também o norte da África. Todas as luzes piscantes que ela viu da sacada naquela noite, a noite quando David a agarrou...

Kate ficou em pé por um tempo sem dizer uma palavra. Por fim, viu algumas luzes se movendo na costa.

— As luzes no norte da África...

— Não há luzes no norte da África.

Kate apontou para luzes tênues e piscantes.

— Estão bem...

— Uma barcaça de praga.

— Praga?

— A Praga Atlântida — Martin disse. Ele suspirou, de repente parecendo mais exausto. — Vamos chegar lá. — Ele se recostou ao corrimão e olhou para Gibraltar. — Esperava ver seu pai novamente. Mas este... este é um fim que ele teria gostado. — Ele continuou antes que Kate pudesse falar. — Seu pai foi um homem cheio de remorso. Ele se culpava pela morte de sua mãe. E por levar a Immari para dentro da cidade de Atlântida. Uma morte, salvar sua vida, salvar os atlantes e impedir que a Immari acessasse o portal que ele encontrou... impedir que eles ficassem fora da estrutura na Antártida... é adequado para ele. Ele queria morrer em Gibraltar. Sua mãe morreu em Gibraltar.

Como se planejado, um gêiser de água e luz ergueu-se no ar, e um estouro sônico irrompeu pelo céu e ecoou no peito de Kate.

Martin pôs o braço ao redor dela.

— Precisamos ir lá para baixo. Logo a onda estará aqui. Temos que submergir.

Kate deu uma última olhada para trás. Através da luz do estouro, ela viu o rochedo de Gibraltar ruir — mas não todo. Um último fragmento ainda restou, erguendo-se acima da linha d'água.

Capítulo 144

O técnico de laboratório entrou na sala do dr. Chang.

— Senhor, não recebemos nenhum dado de Gibraltar.

— A explosão interrompeu?

— Não. A transmissão nunca começou. Eles não conseguiram uma amostra de Pierce. Mas tivemos outro rompimento. Craig deixou uma carta. Ele não deixou Pierce enterrar o corpo de Helena Barton por um motivo... Craig, na verdade, o manteve no caso de ele poder ser útil um dia. Está em um armário em Sa...

— Conseguiram uma amostra?

O técnico assentiu.

— Estamos executando a simulação dela com o feto e os dados de Kane agora. Não sabemos se vai funcionar, pois...

Chang jogou o tablet na mesa.

— Em quanto tempo saberemos?

— Talvez... — O telefone do técnico tocou. — Na verdade, agora. — Ele ergueu os olhos, entusiasmado.

— Encontramos o Gene Atlântida.

Epílogo

David abriu os olhos. A visão estava distorcida. A curva do vidro. Ele estava dentro de um tubo. Seus olhos estavam se ajustando, como se acordasse de um sono profundo. Ele conseguia ver seu corpo agora. Estava nu. Sua pele era suave… muito suave. Os ferimentos do ombro e da perna haviam desaparecido. Como as cicatrizes nos braços e no peito, onde as peças incandescentes de metal e rocha do prédio desmoronando haviam se cravado nele muito tempo atrás.

A fumaça branca estava clareando agora e ele olhou para fora do tubo. À esquerda, uma luz brilhava na câmara vasta. Era a luz do corredor… o corredor para onde ele fugira e onde Dorian atirara nele. *Matou-o*. David esforçou-se para enxergar. Lá estava ele. O corpo amolecido, deitado em uma poça de sangue. Havia outro corpo deitado diante dele.

David afastou o rosto da cena, tentando compreendê-la. À direita, no alcance de sua visão, acima e abaixo, à direita e à esquerda, havia tubos. Todos estavam dormindo.

Exceto ele.

E havia mais um.

Mais um par de olhos examinando à distância. Bem diante dele. Ele quis se inclinar para a frente e vê-los, mas não conseguia se mover. Esperou. Uma nuvem de bruma passou e ele viu os olhos e o rosto no outro tubo.

Dorian Sloane.

Nota do autor

Olá, obrigado pela leitura. *Atlântida – O Gene* é meu primeiro romance e espero que você tenha gostado. Este romance foi, em grande parte, um trabalho de amor e realmente uma experiência de aprendizado. Levei dois anos para escrevê-lo e a jornada para levá-lo às suas mãos preencheria outro volume de 560 páginas.

Para mim, a conclusão mais fundamental do processo inteiro foi descobrir como você, que está lendo, é importante. Eu me beneficiei imensamente da resposta que muitos leitores me deram antes, e peço que você escreva para mim diretamente com suas impressões: ag@agriddle.com. A sabedoria, a generosidade e as palavras gentis que recebi de muitos de vocês mudaram de forma decisiva o curso da minha carreira de escritor.

Ao escrever esta nota, dez meses depois de publicar *Atlântida – O Gene* nos Estados Unidos, o romance já reuniu quase 6 mil resenhas na Amazon. Essas resenhas me colocaram em evidência. Sou um autor novo, desconhecido e independente. Sem essas resenhas, talvez você nunca tivesse descoberto meu trabalho. Não peço para que você escreva uma resenha de *Atlântida – O Gene*. Provavelmente ele já tem o bastante. Meu pedido é o seguinte: da próxima vez que ler um livro de autor desconhecido que não tenha muitas resenhas, escreva uma se puder. Essa resenha pode mudar a vida de alguém.

O que acontecerá com Kate Warner, David Vale e Dorian Sloane? *Atlântida – A Praga* em breve estará disponível!

Saiba mais em: <AtlantisGene.com/Next>.

Obrigado pela leitura,

Gerry

P.S.: O site também contém uma seção chamada "Fatos x Ficção por trás de Atlântida – O Gene", *que explora a ciência e a história que aparecem no romance.*

Agradecimentos

Por onde começar?

Pela minha casa, acho. Para Anna, por tudo. Especialmente por ler meu primeiro rascunho e fazer sugestões valiosas. E, em geral, por viver comigo durante os últimos dois anos quando me perguntei se estava perfurando um poço seco e por que a garrafa de uísque Balvenie sempre estava vazia (descobri que ela não estava furada). Eu te amo.

Imagino que todo homem jovem que escreve um romance deva agradecer imensamente a sua mãe, mas para mim, é muito mais que isso. Sou muito sortudo por ter pais que sempre me apoiaram e uma mãe que passou vinte anos ensinando inglês para o oitavo ano na Crest Middle School, em Shelby, Carolina do Norte. Obrigado, mãe, por ler meu manuscrito, realizar um trabalho de preparação extraordinário e por sempre acreditar em seus meninos, dentro e fora da sala de aula.

A partir daqui, a lista de pessoas que quero agradecer fica mais longa e arrisco deixar alguém de fora. Não quero fazer isso, então, para todo mundo que teve participação no meu primeiro romance e me ajudou nesta caminhada, meu muito obrigado.

Este livro, composto nas fontes Fairfield e Officina,
foi impresso em papel pólen soft 70 g/m² na gráfica Intergraf.
São Paulo, Brasil, agosto de 2016.